JN060823

’22
年鑑代表
シナリオ集

日本シナリオ作家協会編

SCENARIO2022

助成：

文化庁

文化庁文化芸術振興費補助金（舞台芸術等総合支援事業（次代の文化を創造する新進芸術家育成事業））
独立行政法人日本芸術文化振興会

二〇二一年版　年鑑代表シナリオ集　目次

〈収録作品　公開順〉

装丁　塚本友書

死刑にいたる病

高田亮

〈脚本家略歴〉

高田亮（たかだ　りょう）

1971年生まれ、東京都出身。『婚前特急』（11／前田弘二監督との共同脚本）で劇場映画脚本家デビュー。『そこのみにて光輝く』（14／呉美保監督）でキネマ旬報ベスト・テン脚本賞、ヨコハマ映画祭脚本賞を受賞。その他の作品に『さよなら渓谷』（13／大森立嗣監督との共同脚本）『オーバー・フェンス』（16／山下敦弘監督）『武曲MUKOKU』（17／熊切和嘉監督）『猫は抱くもの』（18／犬童一心監督）『映画クレヨンしんちゃん 激突!ラクガキングダムとほぼ四人の勇者』（20／京極尚彦監督）『裏アカ』（21／加藤卓哉監督）『まともじゃないのは君も一緒』（21／前田弘二監督）『ボクたちはみんな大人になれなかった』（21／森義仁監督）『死刑にいたる病』（22／白石和彌監督）『グッバイ・クルエル・ワールド』（22／大森立嗣監督）『夜、鳥たちが啼く』（22／城定秀夫監督）などがある。

監督：白石和彌
原作：櫛木理宇『死刑にいたる病』（ハヤカワ文庫刊）
制作プロダクション：RIKIプロジェクト
配給：クロックワークス

〈スタッフ〉
企画・プロデューサー　深瀬和美
プロデューサー　永井拓郎
　堀慎太郎
撮影　池田直矢
美術　今村力
　新田隆之
照明　舘野秀樹
録音　浦田和治
編集　加藤ひとみ
音楽　大間々昂

〈キャスト〉
榛村大和　阿部サダヲ
筧井雅也　岡田健史
金山一輝　岩田剛典
加納灯里　宮﨑優
筧井和夫　鈴木卓爾
根津かおる　佐藤玲
佐村　赤ペン瀧川
クラタ　大下ヒロト
地元の農夫　吉澤健
滝内　音尾琢真
赤ヤッケの女　岩井志麻子
相馬　コージ・トクダ
筧井衿子　中山美穂

1 橋

ひらひらと花びらのようなものが舞っている。

それは川面に落ち、流されていく。

橋の上から、それをまいている男・榛村大和（40）。

小瓶に入ったものをまき終わると、欄干にそれを置き、ポケットからもう一つ小瓶を取り出す。

大和「……」

蓋を開け、また中身をまく。

ひらひらと、何かが落ちていく。

大和「……」

2 火葬場

棺を乗せた台車が、火葬炉の中に入っていく。

住職がお経を唱え、棺を囲むようにいる参列者たちが手を合わせている。

その中には、大学生の筧井雅也（20）がいる。

喪主は雅也の父・和夫（48）、手には雅也の祖母の写真がある。

その隣には、雅也の母・衿子（42）がいる。

棺は火葬炉に入り、扉が閉まった。

3 同 控え室

親戚達に酌をしている衿子。
衿子「今日はありがとうございます」
親戚①「衿子さんも大変だったよねえ」
親戚②「叔母さんは、雅也くんにべったりだったからなあ」
それを向かいの席で聞いている雅也。
親戚①「自慢の孫だもんねえ」
雅也「……」
曖昧に笑う衿子、雅也のそばに行き、
衿子「雅也、飲み物もっと頼んだ方がいいかな」
雅也「え……どうだろ」
衿子「あなた決めてよ。お母さん決められないから」
雅也「頼んでいいんじゃない？　ビンで二、三本」
衿子「そうするね」
親戚①「雅也くん、元気でやってるか」
雅也「はい……なんとか」
親戚②「そんなこと言ってぇ、東京の大学で頑張ってんでしょ？」
親戚①「法学部だって？　すごいよなあ」
雅也「いや……別にそんな……」
和夫、それを見ていた。
和夫「……」
雅也「（その目を気にし）……」
席を立った。

4 雅也の実家 全景（夜）

5 同 居間（夜）

祭壇に遺骨を置く和夫、線香に火をつける。
その後ろに正座する衿子と雅也。
お鈴を鳴らす和夫に合わせ、手を合わせる衿子、雅也。
和夫、そのまま立ち上がり、行ってしまう。
雅也「元気ないね」
衿子「おばあちゃんが亡くなったんだから」
雅也「……母さんは？　せいせいした？」
衿子「やめなさい」
「雅也」と、戻ってくる和夫。
雅也「（ビクッとし）……」
和夫「お前、再来週はこっちきてるか」
雅也「わかんないけど、なんで？」
和夫「……学校関係の人たち、おばあちゃんのお別れ会やるんだ。お前、こないだろ？」
雅也「来て欲しくないんだ」
衿子「雅也、違うから」
和夫、行ってしまった。
その鴨居の上にある、表彰状や感謝状。
小学校の校長だった祖母に、教育委員会

が送ったものだ。
衿子「おばあちゃん、校長先生だったでしょ？　だから先生とか、生徒だった人とか、大勢くるから……」
雅也「大丈夫、行かないよ」
と、部屋を出て行った。

6　同　台所（夜）
風呂上がりの雅也、冷蔵庫を開け、ペットボトルを取り出し、食器棚からコップを取り出す。

と、棚に数枚のダイレクトメールがあり、その中に封書が一枚あるのに気づく。

宛名は『筧井雅也様』。

大和の声「僕のことを覚えていますか？」

雅也「……」

7　商店街の外れ（夜）
部屋着にサンダル姿の雅也、だらだらと来る。
大和の声「最後に会ったとき、君は中学を卒業したら全寮制の高校に行くと言っていたね。君が有名な進学校に受かって、僕も嬉しかった」
歩き続ける雅也、その先にある店に近づいていく。
大和の声「急な手紙でこんなことを言うのもおかしいかもしれないけど、君に頼みたいことがあってこの手紙を書きました」
店の前で足を止める雅也、窓はベニヤで塞がれていて、『貸店舗』の貼り紙がある。
大和の声「よかったら一度会いに来てもらえたら嬉しいです」
入口のドアの上には、『ロシェル』と店名があった。
雅也「……」
雅也の声「彼には……」

8　大和の家　庭
朝もやが漂っている。

植えられている二十数本の苗木、家に近いほどその背は高く、遠いほど若い木だ。

雅也の声「自分の決まりがあった」

母屋の縁側に座っているのは、大和。

彼は満ち足りた顔つきで、庭の苗木を眺めている。

大和「……」

9　国道（早朝）
ワンボックスカーが走っている。
雅也の声「決まった時間に家を出て」

10　パン屋『ロシェル』（朝）
レジに立っている大和、客から金を受け取る。
雅也の声「決まった時間に店を開け」

11　同　前
いくつか並んだ椅子とテーブルに、髪の黒い、真面目そうな女子高生（小松美咲）が座っている。

そこに来る大和、盆に乗ったコーヒーを出す。

雅也の声「決まった年代、決まったタイプの少年少女に目をつけ」

大和と親しげに話す女子高生、コーヒーを飲んだ。

12　大和の家　前（夜）
停車している車の荷台から、毛布にくるんだ小松美咲を運び出す大和、家の中へ入っていった。
雅也の声「決まったやり方で家に運び」

13　同　燻製小屋　中（夜）
大音量で、音楽が流されている。

顔面は血だらけで、さるぐつわを噛まされ、マットレスに横になっている美咲。

彼女の左手を取る大和、小指を万力に挟み、締める。

　くぐもった叫び声をあげる美咲の声は、大音量の音楽にかき消されている。
雅也の声「決まったやり方でいたぶり」
　万力に挟まれた指の先、爪をペンチで挟む大和、彼女の恐怖の表情を見ようと、顔を傾ける。
大和「……」
　その目、興奮している。
美咲「んーッ……んんッ……」
大和「(更に興奮し)……」
美咲「んんッ！　んんッ！」
　大和、彼女の爪を剥がした。

14　同　外(明け方)

　小屋の煙突から煙が上がっている。
雅也の声「決まったやり方で処理した」

15　同　庭

　シャベルで穴を掘った大和、そこに、袋に入った灰を入れ、その上に苗木を植えた。

大和「……」

　と、丁寧に埋め戻す。

　敷地の外、道を歩いている住人が遠くに見える。

大和「あぁ（と笑顔を作り）おはようございます」

　住人、笑顔で会釈を返した。

　大和、シャベルや袋を手にし、家に帰っていく。

　庭には、同じ種類の木がいくつも植えられている。

雅也の声「警察は、23人の少年少女と、1人の成人女性を殺害した容疑で、彼を逮捕した」

16　宇都宮地方裁判所　法廷・回想

　証言台にいる大和に、反対質問をしている検察官。
検察官「あなたは、警察の捜査が迫っているのに気づき、精神的に追い詰められていたのではありませんか」
大和「追い詰められたことはありません」
検察官「現に逮捕されているじゃありませんか」
大和「逮捕されたのは、僕が慢心したからです。警察が優秀だったからではありません」
検察官「慢心してどうなりましたか」

17　大学　全景

18　同　教室

　まばらにしかいない生徒たち、携帯をいじったり、寝たりし、誰も講義を聞いていない。

大和の声「街の人たちは自分たちの生活を少しも大事にしていないように思えました」

　その中にいる雅也、ぼんやりとしている。

19　同　スカッシュコート

　一人、私服のまま、一心不乱にラケットを振るっている雅也、ボールを思い切り打つ。
大和の声「私はどこにいても信用され、悟られない……あまりに不用心で呆れてしまいます」

20　同　敷地内

　校舎から出て来る雅也、そこかしこにたむろしている生徒たちの誰とも目を合わさず、早足で行く。
雅也「……」
大和の声「そんな人ばかりなのに真面目にやっているのがバカバカしくなって来たんです……」
　雅也を目で追っている学生・加納灯里(20)がいる。
灯里「……」

21　宇都宮地方裁判所　法廷・回想

検察官「具体的なことを教えて下さい」
大和「睡眠薬で眠らせたはずの女の子に逃げられてしまったこともそうです。初めの頃なら、逃げられないように拘束していたはずです。それに、庭に遺体を埋めたりしませんでした。骨にして細かく砕いてから埋めていましたから」
検察官「つまり、以前のまま犯行を繰り返していれば、逮捕されることはなかったということですか？」
大和「はい。もう一度やり直せるなら、捕まらないでしょうね」

○タイトル『死刑にいたる病』

22 小菅駅前
駅から出て来る雅也、歩いていく。

23 東京拘置所　面会所入口前
辺りを見ながら、歩いて来る雅也。

『池田屋差入店』という商店の向かいに、『面会受付』という案内があり、その入口から入っていく。

24 同　受付
用紙に必要事項を書き込んでいる雅也。

用紙を受付に出し、受付前のソファに座る。

×　×　×

受付職員、面会人の方に、
受付「筧井さん」
窓口へ行く雅也、面会整理表を差し出され、
受付「金属類の持ち込みは禁止されていますので、時計や携帯電話などの金属類はロッカーに預けて下さい」
雅也「はい……」
受付「のちほど番号でお呼びしますので、向こうでお待ち下さい」

25 同　待合所
面会整理表を持った雅也、入って来る。

と、並んだベンチには、被告人の両親らしき打ちひしがれた様子の高齢者や、仲間の面会らしき長髪の若者、メイク前のホステスのような女が座り、イライラと立っている者もいる。

雅也「（落ち着かず）……」

モニタに表示された番号の面会人が出ていく。

雅也、モニタがよく見えない。

席を立つ長髪の若者、雅也を押しのけ、出て行く。

雅也「……」

26 同　面会室
入って来る雅也、パイプ椅子に腰掛ける。
アクリル板の向こう側には、まだ誰もいない。
雅也「……」
ドアが開き、刑務官に促された大和、入って来る。
四十五歳の大和を前に、顔が強張る雅也。
刑務官、大和の奥に座り、バインダーを机に置いた。
大和「久しぶりだね、まあくん」
雅也「はい……」
大和、彼に優しく笑いかけた。
雅也「……」
大和「……あぁ、もう『まあくん』なんて呼んじゃいけない歳だよね。ごめんごめん」
と、屈託なく笑う彼の顔を見、緊張がほぐれる雅也。
雅也「いえ……」
大和「雅也くんって呼んだほうがいいかな。や、筧井くんの方がいい？」
雅也「雅也でいいです」
大和「そう。じゃあ、雅也くんで」
雅也「はい……」
大和「……」
と、じっと見られ、目を伏せる雅也。

大和「でも、変わらないな……よく、店に来てくれてたよね」
雅也「はい……」
大和「来てくれてありがとう」
雅也「いえ……」
大和「雅也くんは、僕がやったこと知ってるよね？」
雅也「……ニュースとか、ネットとかで」
大和「そうだよね。だいたい全部？」
雅也「……警察は、榛村さんが24人も……その……」
大和「うん……驚いた？」
雅也「はい……」
大和「怖かったよね」
雅也「ええ、まあ……」
大和「ごめん……」
雅也「……僕が通ってた頃も……その……やってたんですよね」
大和「……（うなずく）」
雅也「……僕のことも……その……そうしようと……」
大和「それは違う」
雅也「……」
大和「当時の君は、まだ若過ぎたんだよ」
雅也「……」
大和「僕が惹かれる子たちは決まっててね。17歳か18歳の真面目そうな高校生で……15歳の中学生ではダメなんだ」
雅也「そうなんですね……」
彼を見つめている大和、笑いかけ、
大和「雅也くんは、優しかったよね。いつも店のカウンターで……BLTサンドだったかな？ 塾に行く前に食べて、食べ終わるとカウンターを拭いてくれたよね」
雅也「……」
大和「懐かしいな」
雅也「全然気がつかなかったです……その……榛村さんが、そういう……」
大和「うん……僕はね、君と話してる時間は、すごく落ち着いていられたんだよ。どうしてかな……君と話していると、僕は、普通の、町のパン屋さんになった気でいられたんだ」
雅也「……」
大和「僕はもう死刑判決を受けた。それでいいと思ってる。当たり前だよね」
雅也「……」
大和「でも一つだけ、納得がいかない事があってね」
トントンと音がする。
雅也「……」
見ると、刑務官がペンでバインダーを打っている。
大和「僕は、24件の殺人容疑で逮捕されて、その中の9件が立件されたんだけど、知ってるよね？」
雅也「……はい」
大和「その9件目の事件はね、僕がやった事件じゃないんだ」
雅也「え……どういうことですか」
刑務官「面会時間終了」
大和「9件目の事件は、僕以外の誰かが犯人だってことだよ」
雅也「……」
刑務官、トントンとバインダーを叩く。
大和「確かに僕は大勢の男の子と女の子にひどいことをしたよ。ほんと言うと何人やったか覚えてもない。死刑になって当然だと思う。それは受け入れてる」
刑務官「もう終わりにしなさい」
大和「でもね、二十歳過ぎの女を拉致してすぐ絞め殺す？ 僕はそんなつまらない真似はしないよ。それじゃ通り魔と同じじゃないか。僕は時間をかけて信頼関係を築いて、うちに連れてきてからゆっくり痛みを味わってもらってたんだからね。みんな、僕にそんなことをされるなんて想像もしてなかった苦痛を味わうんだよ」
その目、輝いている。
雅也「（困惑し）……」
大和「僕はずっと、9件目の犯行はやってないって言い続けてる。でも誰も信じようとしないんだ」
　刑務官、バインダーを手に、立ち上がった。
刑務官「立ちなさい」
大和「僕の言うことなんか、信じなくて当然だよね」
刑務官「立ちなさい！」
　大和、立ち上がり、
大和「でも君は違うだろ？」
雅也「……」
大和「まだ本当の犯人は、あの街にいるかもしれない。今それを知ってるのは、君と僕だけだ」
雅也「……」
大和「断ってくれてもいいし、途中でやめてもいい……決めるのは君だよ」
雅也「……」
　大和、刑務官に連れ出されていく。
大和「もし興味があったら、僕の弁護士の所に行ってもらえないかな。事件のことを詳しく教えてくれるよ」
雅也「……」

27　信号前

　面会室のやりとりを反芻するように歩いてくる雅也。
　その先に、信号待ちをする長髪の男がいる。
　雅也、彼と並び、待つ。
　が、信号が変わらない。
雅也「……」
　長髪の男の向こうに、押しボタンがあった。
　『ボタンを押してください』の表示が見える。
雅也「ちょっと、すいません」
　と、長髪の男の向こうに手を伸ばし、ボタンを押した。
長髪「あ……そうか……」
雅也「……」
長髪「面会ですか？」
雅也「え……」
長髪「さっき、拘置所にいましたよね？」
雅也「はい……面会ですか？」
長髪「あぁ……僕は、ただ来てみただけなんです……本気で会おうとかじゃなくて……」
雅也「？……」
長髪「……僕、優柔不断なんですよね……」
雅也「？……面会しなかったんですか」
長髪「なんか、迷ってて……自分で決めるとろくなことないから」
雅也「あぁ……」
長髪「決めてもらえます？」
雅也「はい？」
長髪「あなたが決めたことに従いますよ」
雅也「……」
長髪「……ははは……すいません、変なこと言って」
雅也「いえ……」
長髪「赤になりますよ」
雅也「え？」
　と、信号を見ると、青になっていた。
　雅也、歩き始めたが、長髪は動かず、
雅也「？……」
長髪「もう少し考えます」
　と、街道を渡らず、歩道を歩き始めた。
雅也「……」
　と、また歩き始めた。

28　佐村弁護士事務所　外観

29　同　ミーティングルーム

　書類の束を抱え、やってくる弁護士・佐村(52)、それをドサっと置き、
佐村「公判記録の概要、証拠の一覧、検察調書のコピー……（と並べ）控訴審の公判準備中なので、ここで読むだけになります」
　雅也、山のようにある書類に、圧倒されている。

佐村「一応、ウチの事務所のアルバイトという形をとらせてもらえますか？　よろしければ、こちらに記入して下さい」
雅也「はい……」
と、書類に記入を始める。
佐村「この情報が外部に流出した場合、法的な措置を取らせていただく、ということになります。わかりますよね？」
雅也「わかりました……」
佐村「じゃ何かわからないことがあったら聞いて下さい」
と、部屋を出て行った。
雅也「……」
と、スマホを取り出すと、書類を撮り始めた。
一ページ一ページ、写真を撮っていく。

30　アパート　雅也の部屋（夜）

壁に、プリントアウトした被害者の写真を貼る雅也。
雅也の声「久保井早苗、17歳」
黒髪の女子高生・久保井早苗（17）の写真だ。
雅也の声「榛村大和は、彼女がアルバイトをしているスーパーに」
×　×　×
スーパーでレジを打つ早苗に会釈する大和。
雅也の声「週に2回から3回の頻度で通い詰めて挨拶を交わすようになり」
×　×　×
コーヒーショップで飲み物を受け取る早苗、席を探すと、席に着いている大和を見かける。
雅也の声「彼女が休憩時間にいつも利用するコーヒーショップに偶然を装って先に入店し、声をかけた」
席を立つ大和、彼女と目が合い、声をかける。
雅也の声「その時は、短く話すだけで連絡先も聞かず」
×　×　×
雅也の声「次にスーパーで会った時に話かけ」
レジにいる早苗に、声をかける大和。
雅也の声「彼女の休憩時間に合わせてコーヒーを飲みに行く。そうやって時間をかけ、関係を築いていく」
早苗に笑いかけている大和。
×　×　×
アパートの壁に、被害者の男子高生・宮下陸（18）の写真を貼る雅也。
雅也の声「宮下陸。18歳。駅前の自転車置き場で、榛村大和に自転車を間違えられ、乗って行かれそうになった」
×　×　×
雅也の声「その後、映画館などで顔を合わすと会釈をするようになる」
映画館の客席で入ってきた陸に声をかける大和。
×　×　×
プリンターからは、スマホで撮った写真が次々とプリントアウトされてくる。
被害者の顔写真や、大和と出会ってから殺されるまでの記録や殺害方法、損傷の激しい遺体写真などが次々と吐き出される。
雅也、壁にまた写真を貼り、全体を眺める。
雅也の声「被害者たちは皆10代後半で、男女問わず髪は黒く……」
と、二十四人の顔写真が、壁一面にある。
雅也の声「制服を校則通りに着る真面目な高校生で、頭が良かった」
黒髪の少年少女の写真が並ぶ中、一枚だけ、黒髪の成人女性・根津かおる（26）がいる。
雅也「……」

31　大学　敷地内

バッグをどこで買ったかを話している女

子学生や、大声で笑う男子学生たちがいる中、やって来る雅也。

校舎入口前の石段に、友人たちと座り込んでいるクラタ、彼に目をやる。

雅也、彼らを大きく避け、校舎へ入っていく。

雅也の声「榛村大和がやっていないと主張している九件目の被害者、根津かおるは当時26歳」

× × ×

黒髪で童顔の、『根津かおる（26）』の顔写真が映る。
雅也の声「見た目は、榛村大和の犠牲者たちと一致しているが、年齢が当てはまっていない」

32 同 スカッシュコート

雅也の声「医療品や介護用品のリースなどを扱う『三研メディカル』に勤めていた彼女は……」
私服のまま、ラケットを振っている雅也。
雅也の声「会社を出てから行方がわからなくなり……」
ボールを全力で打つ、力が湧き上がり、また打つ。
雅也の声「26日後、死体で発見された」

× × ×

根津かおるの腐敗した遺体写真。

右腕、両足が折れている。

× × ×

ガラス壁の向こう、スポーツウエアを着た集団が来て、その一人・クラタ（20）がドアを開け、
クラタ「あれ？ サークルの人じゃないよね」
雅也「……（うなずく）」
クラタ「2時からサークルで予約してんだけど、入会希望の人？」
雅也、無視して行こうとする。
と、スポーツウエア姿の灯里と目が合う。
灯里「筧井くん……こういうのやるんだ」
雅也「や、やるっていうか……」
灯里「あ、練習終わったら飲み会っていうか、就活の情報交換しようって話になってるんだけど、筧井くんも行こうよ」
雅也「あぁ……」

33 居酒屋 座敷席（夜）

一人で座っている雅也、スマホで時間を見る。
と、19時47分だ。
スマホをポケットにしまい、立ち上がろうとした。
そこへやって来る灯里たち。
灯里「ごめんね。ミーティングしてたら遅くなって」
雅也「なんか、変わったよね」
灯里「あ、私？ そうだよね……暗かった？」
雅也「あぁ、まあ、そうかな」
灯里「中学の時、私に話しかけてくれたの、筧井くんだけだった」
クラタ「誰なの、そいつ」
灯里「あ、地元が一緒で……」
雅也「こんな大学でよく就活とかやる気になりますね」
クラタ「は？ 何言ってんのこいつ」
灯里「あ、情報交換は口実で、ただみんな飲みたいだけだから」
クラタ「（笑い）情報交換なんかするわけねーじゃん」
サークルの仲間たちも笑った。
雅也「……」
と、立ち上がり、座敷から出て行く。
灯里「筧井くんッ」
クラタ「席取っといてくれてありがと～」
皆、笑った。

34 同 店前の道（夜）

店を出てくる灯里、先を行く雅也を追う。

周りも見ずに歩く雅也、居酒屋から出て来たスーツの中年男とぶつかった。

かなり酔っていたのか、彼は倒れてしまった。
雅也「……すいません」
と、手を貸し、起こしてやる。
スーツの中年「何だよおまえは！」
と、雅也を殴りつけた。
雅也「（驚き）……」
それを、少し離れた所から見ていた灯里。
雅也「（彼女と目が合い）……」
部下らしき男、来て、止めに入った。
部下「（中年に）何やってんすか、も〜」
雅也「……」
スーツの中年「なんだぁ、青年〜、働いてる人間を敬えよぉッ」
部下「（雅也に）早く行っちゃって」
灯里、雅也に声をかけようとした。
雅也「……」
と、去って行く。

35　アパート　雅也の部屋（夜）

カップ焼きそばを食べている雅也。

雅也「……」

と、バッグからはみ出した資料に目がいく。

資料に手を伸ばし、開いてみる。

と、根津かおるの遺体写真が目につく。

雅也「……」

パソコンを立ち上げ、榛村大和を検索した。

『連続殺人鬼』『演技性人格障害』『24人殺害』『閲覧注意！　殺害の現場』などの文字が目につく。

雅也、殺害現場や榛村大和の自宅、庭の捜索をしている報道映像、被害者の写真がパソコン画面に次々と映り、それを食い入るように見つめる。

資料を開き、証拠写真を見る雅也、猿ぐつわや万力、ペンチ、苗木、土のついた骨、爪を剥がされた指、指、指。

36　走る長距離バスの中

座席に座っている雅也、資料を読み込んでいる。

雅也の声「榛村大和の自宅裏から掘り返された遺体は、慢心した彼がなんの処理もせずに埋めていたが、そのどれからも爪は見つかっていない」

雅也の目、見開いている。

×　×　×

土砂降りの雨が降る森の中。

ぬかるんだ地面には、人が這いずり、引きずられ、爪を立て、もがいた跡がある。

その先には、右腕と両足の骨が折れた状態で、苦痛に顔を歪め、這いずっている根津かおるがいる。

その足を掴んで引きずり戻す犯人、手を離した。

また逃げようとする根津かおる、泥の上で這いずる。

その手、指先には、爪が全部揃っている。

×　×　×

根津かおるの検死写真、爪が揃っている。

雅也「（凝視し）……」

37　雅也の実家　玄関（夜）

入ってくる雅也、靴を脱ぎ始める。
と、奥から来る衿子、複雑な顔つき。
衿子「あぁ……帰ってきたの……」
雅也「なに？」
衿子「や、お父さんが、おばあちゃんのお別れ会に……」
雅也「わかってるよ、出ないよ」
衿子「私はいいのよ……お父さんが気にして……」
雅也「息子が三流大だから、恥ずかしいんだろ」
と、自分の部屋に行った。
衿子「……」

38　東京拘置所　面会室

雅也の声「榛村大和は、典型的な秩序型殺人犯に分類される」
　アクリル板の向こうに座っている大和。
雅也の声「高い知能を持ち、魅力的な人物で社会に溶け込み、犯行は計画的」
　彼と向き合っている雅也。
雅也「根津かおるさんの殺害方法は、計画性がなく、犯行の隠蔽もされていません。感情に任せて相手をいたぶっているように思えました。榛村さんのやり方とはかなり違います」
　彼の話に聞き入っている大和。
雅也「榛村さんは、被害者の爪は、必ず剥がしていたということでいいんですよね」
大和「少なくとも、起訴された件に関しては、そうだね」
雅也「根津かおるさんの爪は全て揃っていました」
大和「うん」
雅也「それに、榛村さんは、九十日から百日、必ず間隔を空けて犯行を繰り返していましたが、根津かおるさんが殺されたのは、榛村さんの最後の犯行から、一ヶ月半後です」
大和「僕の言ったこと、わかってもらえたみたいだね」
雅也「や、あの、まだ調べないと」
大和「警察も裁判官も、同じ時期に、同じ地域で、こんな残虐な殺人鬼が二人もいる可能性はないって判断だったよ」
雅也「はい……でも僕は、可能性はあると思ってます」
大和「……」
雅也「根津かおるさんの同僚だった人に会ってきたんです」

39　公園・回想

　ベンチで自分で作った弁当を食べている女がいる。
　そこへやって来た雅也、頭を下げ、
雅也「根津かおるさんの、同僚の方ですよね?」
同僚「はい……」
　と、弁当箱を閉じた。
同僚「警察にも、何度も話したことなんですけど、いいですか?」
雅也「ええ、お願いします」
同僚「根津さん、殺される少し前に、誰かに尾けられてる気がするって言ってたんです」

40　東京拘置所　面会室

雅也「根津さんには、ストーカーがいたようです」
大和「それは、誰?」
雅也「同僚の方が、上司が根津さんのことを気に入ってたと言ってたので、その上司からも話を聞くつもりです」
大和「別の人間の可能性は?」
雅也「もう一人、根津さんの同級生の方にも連絡が取れたんで、彼女の話を聞いてみました」
大和「根津かおるの同級生に連絡が取れたの?」
雅也「ええ。地元では有名な事件ですから……被害者を知ってるとか、知り合いが知り合いだとか、みんなよく言ってました」
大和「そうか……それで、どうだった?」
雅也「根津さんは、高校生くらいから潔癖症と偏食が目立ってきたみたいで、年々悪化してたらしいです。事件当時は不潔恐怖症になっていて、犯人は、それを知っていたから泥の中で彼女をいたぶったとも考えられます。毎日同じ時間に同じ道を通っていたことも、犯人には都合がよかったんだと思います」
大和「やっぱりすごいな君は」
雅也「いえ、まだ始めたばかりなんで……」
大和「自分のやり方で進めてるじゃないか。しかも成果もあげてる」
雅也「やり方がわからないだけです」
大和「でも雅也くん、僕がいうのもおかしな話だけど、本当に気をつけてくれよ。そいつは人殺しなんだから」
雅也「わかってます（と思わず笑い）」
二人、笑い合った。
雅也の声「榛村大和と話していると」

× × ×

雅也の声「ロシェルに通っていた頃を思い出す」
ロシェルのカウンターで、コーヒーを飲んでいる中学生の雅也、大和と笑い合っている。

41 同 待合所

座っている長髪の男、廊下をじっと見つめている。
と、雅也が横切っていくのが見えた。
長髪の男、立ち上がり、雅也の後を追った。

42 あぜ道

田んぼが両脇に広がる道に、自転車を走らせる雅也。
その先に、大和の自宅が見えてくる。
あぜ道に自転車を停め、空き地を歩き始める。
と、大和の燻製小屋の残骸がある。
雅也「……」
そこには、もう苗木はなく、掘り返された穴がいくつもあるだけだ。
「何やってんのあんた」と、声がし、振り返ると、地元の老人があぜ道にいるのが見えた。
雅也「あ……（と会釈し）あの……あ、弁護士事務所の者で……」
地元老人「あぁ、弁護士さん……」
雅也「いえ、あの、アルバイトです」
地元老人「……そこに住んでた人のこと?」
雅也「えぇ、お付き合いとか、ありました?」
地元老人「ありましたけどね……あんたが隣に住んでても、榛村さんが人殺しなんて気付けないよッ」
と、歩き始めた。
雅也「（面食らうが）……そうですよね。僕もそうでした」
地元老人「……」
雅也「あの人のパン屋の客だったんですよ。普通にいい人だと思ってましたから」
地元老人「そう……そうだよねえ。わからないよ」
と、顔の強張りが取れた。
地元老人「ウチの息子とか、榛村さんと会ったこともない連中に、『なんでわかんなかったんだ』とか散々言われてね。バカ扱いだよ」
雅也「そうだったんですか」
地元老人「まあ、息子は子供連れて遊びきてたから、驚いたんだろうけどね……でも俺はね、こう言っちゃなんだけど、今あの人が警察から逃げてきて、匿ってくれって言ったら、匿っちゃうかも知れないね。そりゃ孫は近づけないよ。でもねえ、俺はあの人、そう嫌いじゃないからねえ」
雅也「……わかります」
地元老人「そう?」
雅也「えぇ」
地元老人「（笑い）……あんたがさっき挨拶してくれたとき、あの人によく似てたなあ」
雅也「榛村大和にですか?」
地元老人「あぁ、顔とかじゃないよ? なんていうか、頭下げた感じがね。あの人に似てたなあ……愛想も良かったけどねえ……ひでえことしてたんだなぁ……ついてけないよ」
雅也「……」

43 オフィス街

歩いている雅也、ビルにある『三研メディカル』の社名を見上げ、立ち止まった。
その反対車線の歩道から、雅也を見てい

る男がいる。
長髪の男だ。
長髪「……」
三研メディカルのビルから、根津かおるの上司・橋本（48）が出てくる。
それに気づいた雅也、彼に駆け寄った。
雅也「『三研メディカル』の橋本さんですよね」
橋本「はい……」
雅也「私、榛村大和の弁護士事務所の者で、筧井と申します」
と、名刺を差し出した。
橋本「（それを見）……」
雅也「根津かおるさんのことで、お聞きしたいことがあるんですが……」
橋本「（ため息）私がストーカーかどうか聞きたいんですか?」
雅也「え……」
橋本「もう何度も聞かれましたよッ」
と、名刺を雅也に投げつけ、歩き始めた。
雅也「ちょ、ちょっと待って下さい（と後を追う）」
橋本「私は事件当日、商談中でした。アリバイがあるんですよ！」
雅也「や、それは確認してます。僕が聞きたいのは、根津かおるさんが、誰か他に親しくしてた人とか……」
橋本「あぁ……でも、彼氏とかはいなかったと思いますよ」
雅也「付き合ってなくても、誘われてるとか……」
と、二人、並んで歩き始めた。

44　山

木々がざわめいている。
ふもとの停留所にバスが停車し、雅也が降りてくる。
と、そこにいる赤いヤッケを着た中年女性と挨拶を交わす。

45　山中

赤ヤッケと雅也、森の中を歩いてくる。
赤ヤッケ「まさかウチの山で、あんなことがあるなんてねぇ」
と、木々の開けた場所に出た。
花や飲み物などが、わずかながら供えられている。
雅也「（手を合わせ）……当時は大騒ぎだったでしょうね」
赤ヤッケ「もう凄いなんてもんじゃなかったわよ〜。テレビの人とか野次馬がひどくてね、ゴミがそこら中に散らばって、毎日掃除よ」
雅也「特別熱心に通う人はいませんでした?」
赤ヤッケ「どうだったかなぁ……あ、でも、最近まで来てる人はいましたね」
雅也「え、その人って、どんな人っていうか、何か特徴とか……」
赤ヤッケ「友達みたいだったけど……黒い髪で……地味な服だったかなぁ……」
雅也「女性の方ですか?」
赤ヤッケ「えぇ。こう、手を合わせてね、泣いてるみたいでしたよ」
雅也「……」

46　雅也の実家　全景（朝）

47　同　祖母の部屋前（朝）

寝起きの雅也、自分の部屋から出てくる。
と、ドアが開いたままの祖母の部屋を覗いた。
押入れから出したダンボール箱が並び、衿子が祖母の遺品を整理している。
雅也「何やってんの?」
衿子「あぁ、おばあちゃんの物、整理してて」
雅也「もう?　早くない?」
衿子「これどうしたらいいと思う?　決めてくれない?」
雅也「え〜?」

　と、ダンボールを覗くと、市で発行している教員育成についての冊子や、書類のファイルが入っている。

衿子「お母さん、決められなくて……」

雅也「全部捨てていいんじゃない？」

衿子「やあだも～」

　雅也、笑った。

　廊下の奥、和夫が不機嫌にそれを見ていた。

和夫「はしゃぐなッ」

雅也「……」

和夫「喪中だぞ」

雅也「……」

　と、雅也、祖母の部屋に入る。

　箱からはみ出した小学生の絵に気づき、手に取る。

雅也「……」

衿子「あぁ、それ、懐かしいでしょ。さっき見てたの」

　と、押入れの奥を探る。

　『おかあさん　いつもありがとう』と、書かれた絵は、中央に大きく祖母が描かれ、隣に祖母よりも小さく衿子が描かれていた。

雅也「（苦笑し）……」

　絵を戻すと、その奥にあるブリキのランチボックスが目に留まった。

　それを手にし、開けてみる。

　『たんじょうび　おめでとう』と書かれた、バースデカードなど、雅也が幼少の頃に書いたものがある。

衿子「雅也、手伝って」

雅也「あぁ……」

　と、ボックスを戻そうとして、その奥にある写真に気づき、取り出してみる。

　と、それは数枚の母の昔の写真だった。

雅也「……」

　その中に、中年女性と数人の若者が写る集合写真があり、若い母らしき十代の女と見覚えのある若い男が写っている。

雅也「……」

　と、写真を食い入るように見つめる。

衿子「ちょっと、これ、ひっかかっちゃって」

　と、押入れの遺品を取り出そうとしている。

　雅也、写真を手に部屋を出て行く。

48　同　雅也の部屋

　榛村大和の資料の中から、『榛村桐江』と書かれているプロフィールと顔写真を取り出す。

　若い母の写った集合写真を見る雅也、その中にいる中年の女性と、『榛村桐江』の写真を見比べる。

　同じ女性だ。

雅也「……」

　彼女のプロフィールには、虐待や少年犯罪に関する本を数冊上梓しているとあり、備考欄には『榛村大和（当時十九歳）を養子にし、ベーカリー「ロシェル」開店に尽力』とメモがある。

49　焼き鳥屋（夜）

　ガード下の店先にはみ出した客席で、多くの会社員が酒を飲む中、中年男性・滝内（46）と飲んでいる雅也。
滝内「榛村桐江さんって人は、人権活動家っていうんですかね。ボランティアグループを主催してて、児童養護施設とか、小児科の入院病棟なんかを回ってたんです」
雅也「滝内さんは、そのボランティアグループに所属されてたんですよね？」
滝内「えぇ、大和と一緒にボランティア活動してましたよ」
　と、サワーをぐいぐいと飲む。
雅也「当時の彼はどんな様子でしたか？」
滝内「桐江さんのところには、大和の他にも虐待受けた子とか、養子がいて、一緒にボランティア活動をしてたんですけどね、その中でも『一番の当たり』って言われてましたよ」
　と、またサワーを飲む。
雅也「『当たり』ですか……」
滝内「はい……何ていうか、『かわいそうな子』って、大人しくて、健気で、って思いますよね？　でも実際は問題行動の多い子もかなりいるんですよ。その、やたら我儘言ったり大げさに被害を訴えたりとか、大人を試そうとするんです。まあ、愛情不足のせいなんでしょうね。大和はね、そういう子供達もうまく操縦してましたよ」
　と、サワーを飲み干し、店員に、
滝内「おかわりください」
雅也「その、操縦っていうのは……」
滝内「あぁ、子供達の中でも一番逆らって来る奴をまず手なずけるんです。そいつが自慢したいことに『すごいなあ君は』みたいなことを言ってやったりね」
雅也「……」
大和の声「やっぱりすごいな君は」
滝内「それで、その子をリーダーっぽく扱ってやってから、他のやつを可愛がって寂しくさせる。それを繰り返すんです。単純な手ですよ。そういうことをね、自然にやるんです」
雅也「彼自身は？　扱いやすかったですか？」
滝内「えぇ、従順でしたけどね。多分あいつは、こっちが望む人間になろうとしてたんじゃないですかね」
雅也「それは……どういう……」
滝内「例えば……友達の大切さとかね、みんなと仲良くしな、とか言うじゃないですか、そういう時あいつはね、必ず『そうした方がいいんですか？』って聞いてくるんです」
雅也「そうした方がいいんですか……」
　店員からサワーを受け取る滝内、ぐいぐいと飲み、
滝内「今思えば、ですけど、大和は『普通の人』に成りすまそうとして、従順にしてたのかもしれないですよね」
雅也「……じゃあ……榛村大和は、榛村桐江さんとボランティア活動をしてる時も、その……犯行を……」
滝内「いやあ、殺したりはしてないと思いますよ」
雅也「そうですか……」
滝内「でも……噂はありました」
雅也「殺人の？」
滝内「や、ボランティアで行った児童養護施設とかでね……んー、レイプまではいってないと思うんですけど……」
雅也「事件にはならなかったんですか？」
滝内「えぇ……桐江さんが奴をかばってね。『少年刑務所帰りだからって、色眼鏡で見ないでください』すごい剣幕でしたよ。大和は桐江さんのお気に入りでしたから」
雅也「みんな、彼を好きになる。滝内さんはどうでしたか」
滝内「えぇ……私も……大和をかばいました」
雅也「……」
滝内「でもね、当時のあいつは、かわいいとこあったんですよ。ボランティアの人形劇とか、僕の担当だった出し物で、工夫したり頑張ったとこ、ちゃんと見ててくれるんです」
雅也「滝内さんも、操られてたんじゃないですか？」
滝内「僕のことなんか操ってもメリットないじゃないですか」
雅也「でも……榛村大和をかばったんですよね？」
滝内「だからなんですか……」
雅也「そこで彼が捕まってれば、連続殺人は起きなかったかもしれませんよ」
滝内「そんなことわかってますよッ！」
　と、サワーを飲む。
雅也「……」
滝内「被害者の方には申し訳ないと思ってます……でも……あいつは……いい奴だった

んですよ……」
雅也「……」

50　駅前（夜）

酔った滝内と歩いている雅也。
滝内「今日はすいません……」
雅也「けっこうペース早かったですもんね」
滝内「……じゃ私、こっちなんで」
と、行こうとした。
雅也「……この写真、見てもらえます？」
と、母の写った集合写真の拡大コピーを取り出す。
雅也「この中に、榛村大和はいますか？」
と、スマホのライトで写真のコピーを照らした。
滝内「……これです」
と、写真に写った大和を指差す。
雅也「……滝内さんは」
滝内「（指差し）これです。まだ、髪がありますね（と笑う）」
雅也「……この人のことは、覚えてますか？」
と、母親らしき若い女を指差す。
滝内「あぁ、覚えてますよ。えー……なんだったかなぁ……あ、エリちゃん、だったかな？　そうそう、衿子ちゃんだ。服の衿って書くんですよ」
雅也「……」
滝内「この子も、人付き合いがあまりうまい方じゃなかったんですけど、大和とは仲が良かったですね」
雅也「……」
通りを行く車のヘッドライトが二人を照らす。
滝内「この子も桐江さんの養子だったんですよ」
雅也「そうなんですか？」
滝内「大和とか他の養子たちと、桐江さんの家で同居してたんですけどね、問題起こして追い出されたんです」
雅也「……」
滝内「妊娠しちゃったんですよ」
雅也「……」
めまいがした。
滝内「桐江さん、そういうことに厳しかったんで」
ヘッドライトが光り、滝内の顔が影になる。
雅也「妊娠の相手は……」
滝内「いやあ、それはわかんないですけどね」
雅也「……あの……榛村大和が相手ってことは」
滝内「あぁ……どうでしょうね」
雅也「……」
車が通り過ぎていく。

51　橋

ひらひらと花びらのようなものが舞う。
それは川面に落ち、流されていった。

52　東京拘置所　廊下

刑務官に連れられ、やってくる大和。
雑談をしているのか、親しげに笑い合っている。

53　同　面会室

刑務官に連れられ、入って来る大和、アクリル板の向こうにいる雅也に笑いかける。
雅也「……」
と、彼の顔をじっと見つめてしまう。
大和「……どうしたの」
雅也、何か言いかけ、やめた。
大和「……？」
雅也「……母のこと、聞いてもいいですか？」
大和「いいけど……どっちの母親かな。生みの親は新井実葉子だけど……養子にしてくれた榛村桐江さんの方？」
雅也「いえ、俺の母親のことです」
大和「……」
雅也「母は、衿子って名前なんです……旧姓は、榛村衿子です。榛村桐江さんの養子でした」
大和「……エリちゃんからは、何か聞いてる？」
雅也「いえ、何も」
大和「そう……」
雅也「はい」
大和「僕も聞きたいよ。エリちゃんは……や、お母さんは、幸せにしてた？　君のお父さんに、大事にされてた？」
雅也「……ほとんど……家政婦のように扱われてました」
大和「そう……」
雅也「僕は、祖母に育てられたようなもので……僕は、母のことが好きだったんですけど……祖母の前では態度に出せませんでした……」
大和「お父さんに、よくぶたれてたよね？」
雅也「（うなずく）……父も、小学校の校長をしていた祖母の体面をいつも気にしていて、言いなりでした……」
大和「全寮制の高校に行ったのも、おばあさんの希望だった？」
雅也「……はい……祖母に恥をかかせたくなかったんでしょうね、父に厳しくされました……自由な時間なんか全然なかったです」
大和「……僕の店には、よくきてくれたよね」
雅也「学校と塾の間に行くあの店の時間だけが、僕の自由になる時間で……何とか高校受験は受かりましたけど……高校ではひどい成績でした。大学はFランクなんです」
　と、うつむいた彼を、じっと見つめる大和。
大和「雅也くんには、そういうことじゃ許れないものがあるよ」
雅也「……」
大和「僕に言われても嬉しくないかもしれないけど（と笑う）」
雅也「や……（とほころぶ）」
大和「……僕は、君が店にいる時間が、好きだった」
雅也「……」
大和「あの時間だけだよ、僕が人間でいられたのは」
　と、雅也に笑いかけた。
雅也「……榛村さんは……僕の、父親ですか」
大和「……」
　と、ただ、雅也をじっと見つめる。
雅也「……そうなんですね」
大和「……いま、君の手を握れたらいいんだけどな」
雅也「……」
　体から、力が抜けるように感じる。
大和「こんな場所で……ごめん」
雅也「……（首を横に振る）」
大和「（微笑み）……」
　二人、笑い合う。

54　パン屋『ロシェル』・回想

　席に着いている中学生の雅也、目の前にあるサンドイッチに手をつけていない。
「まーくん」と、大和がくる。
　顔を上げる雅也、頬にアザがある。
大和「……またやられたんだ」
　うなずく雅也。
大和「お父さん？」
雅也「……（うなずく）」
大和「よく我慢できるね」
雅也「逆らうと、母が八つ当たりされるので」
大和「優しいな。でも、そのままじゃ君が壊れちゃうよ」
　雅也、力なく笑う。
大和「逃げたくなったら、いつでもおいで」
雅也「……（うなずいた）」

55　東京拘置所　待合所

　廊下を歩いている雅也が横切っていく。

それを、待合室の椅子から見ていた長髪の男、立ち上がり、雅也について行く。

56　信号前

歩いている雅也の背を見ながら行く長髪の男。
雅也、赤信号で立ち止まる。
近づいて行く長髪。
その気配を感じたのか、振り返る雅也。
長髪「……」
長髪「……」
雅也「……前も会いました?」
長髪「は?」
雅也「あ、ここで言ってましたよね、面会するか迷ってるって」
長髪「あぁ……えぇ……」
雅也「僕に決めて欲しいって言ってました?」
長髪「(雅也をじっと見つめ)……」
雅也「?……どうしました?」
長髪「少し、変わりましたよね」
雅也「はい?」
長髪「言われませんか? 明るくなったとか」
雅也「や……」
長髪「変わったと思います」
と、信号を渡らず、早足で去って行く。
雅也「……」

57　道

長髪に言われたことを反芻し、歩いている雅也。

前から来る女子高生たちに目を留める。

雅也「……(立ち止まり)」

彼女たちに笑いかける。

と、女子高生に微笑み返され、すれ違った。

雅也「……」

58　アパート　雅也の部屋(夜)

サイコパスや殺人鬼などの書籍や、トラウマ障害などの心理学系の書籍が、座卓や床に散乱している部屋で、榛村大和の資料を読んでいる雅也。
雅也の声「榛村大和が、根津かおるの殺害に関しても有罪になったのは、犯行現場近くで榛村大和を見たという目撃者がいたからだ」

×　　×　　×

宇都宮地方裁判所の法廷。

佐村弁護士の前に刑務官と座っている大和。

裁判官「検察官請求の証人尋問を始める前に、検察側から申し出がありましたので、刑事訴訟法一五七条の五、第一項に基づいて遮蔽措置をとりたいと思いますが、いかがですか」

検察官、弁護人、うなずいた。

証言台にパーテーションが運び込まれてくる。

×　　×　　×

雅也「一五七条?」
と、パソコンで『刑事訴訟法一五七条の五第一項』を検索してみる。

×　　×　　×

法廷に運び込まれるパーテーション。
雅也の声「裁判所は、証人を尋問する場合において、犯罪の性質、証人の年齢、心身の状態、被告人との関係その他の事情により……」
パーテーションで、大和と佐村弁護士から証言台を見えなくする。
雅也の声「証人が被告人の面前において供述するときは圧迫を受け精神の平穏を著しく害される恐れがあると認める場合であって……」
パーテーションを見つめている大和。
大和「……」

59　佐村弁護士事務所　ミーティングルーム

座っている雅也、向かいにいる佐村に、
雅也「この証人に、刑事訴訟法一五七条の五が適用されたのは、どうしてですか？　榛村大和と関係のある方だったんでしょうか」
　佐村、資料のページをめくり、
佐村「あぁ……この人は……そうですね……」
雅也「この条項が適用されるのは、被害者の場合が多いですよね？」
佐村「えぇ……この証人、金山一輝というんですが、十歳の頃に、榛村大和と関係がありました」

×　　×　　×

　二十歳の大和、公園の遊具に腰掛け、本を読んでいる。

佐村「子供は、少し歳上の者と仲良くなりたがりますから、それを利用して子供を手懐けたんでしょうね」

　カラーボールで遊んでいる子供たちがいる。

　受け取り損ねたボールが、大和の足元に転がる。

　それを拾い上げる大和、子供達を追いかけ、
大和「当てちゃうぞ～」

　逃げ回る子供達、楽しそうだ。

×　　×　　×

佐村「金山は、弟と二人で、よく榛村と遊んでいたそうです」
雅也「それだけですか？」
佐村「榛村は、その二人を競わせて、彫刻刀とカッターナイフで、お互いに斬り合わせたんですよ」
雅也「……」
佐村「それを、何度もやらせてたらしいですね。深い傷ではないらしいんですが、いまだにいくつも傷が残ってるそうです」
雅也「それは、警察沙汰にはならなかったんですか？」
佐村「実際に斬ったのは子供達ですからね」
雅也「え、でも、一五七条の五は適用されてるじゃないですか。金山をかつての被害者だと認めてるってことですよね？」
佐村「……」
雅也「そうなると証言しても信憑性ないんじゃないですか？　まだ恨んでる可能性があるし」
佐村「裁判記録を読んでいただければわかると思いますが、私も同じように考えて意見書を出したのですが、その証人は採用されてしまいました」
雅也「どうしてですか」
佐村「さあ……」
雅也「警察は捜査の間違いを認めようとしないし、検察は起訴したら是が非でも有罪に持ち込もうとする。だから、信憑性の低い目撃証言だとわかっていながら採用したんじゃないですか」
佐村「筧井さん……」
雅也「これじゃ、ホントの犯人は野放しじゃないですか」
佐村「（ため息）……榛村大和は、連続殺人鬼ですよ？　彼の言うことを真に受け過ぎてませんか？」
雅也「冷静に事件を見ているつもりです」
佐村「彼が十四歳の頃に起こした事件をご存知ですか？」
雅也「確か……小学五年生に……」
佐村「バス停にいた女の子を路地裏に連れて行って……」

×　　×　　×

　薄暗い路地で、大和と少女の影がうっすらと見える。

佐村の声「後頭部をブロック片で殴って昏倒させ……」

　大和が少女を殴りつけたのが微かに見える。

佐村の声「下着を脱がせて陰部へ石を詰め込んで……」

　壁に手をついて体を支える大和の影、両足で何度も飛び上がるのが見える。

×　　×　　×

佐村「意識を取り戻しそうになった彼女の顔面を何度も両足で踏みつけたんですよ？」
雅也「……」
佐村「彼女は、内臓のいくつかに損傷を負い、顔面は陥没。前歯のほとんどが折れて、右眼球は破裂したそうです」
雅也「……」
佐村「その事件で少年刑務所に入った彼が、出所した後にやったことは？　知ってますか？」
雅也「男子小学生を拉致して、廃屋に監禁……」
佐村「四日目に発見された少年は、両手の指を全て折られ、十指のうち八指の生爪を剥がされ、左足の小指と薬指が切断され、繰り返し殴られたせいで肝臓の一部と腎臓の片方を損傷していました。食事は与えられず、自分の尿のみ無理に飲まされていたそうです」
雅也「……」
佐村「彼の母親は、薬物の過剰摂取で死亡してます。それを事故だと思いますか？」
雅也「……佐村さんは、榛村大和の弁護士ですよね？　依頼人の言うことを信じないんですか？」
佐村「ええ、私が、彼の弁護士です。あなたは違う」
雅也「……金山一輝の目撃証言は、不自然だと思いましたよね？」
佐村「榛村の手口をもう一度読み直して、冷静になって下さい」
雅也「佐村さんこそ、予断を持ってるんじゃありませんか？」
佐村「……」
と、資料を閉じ、立ち上がった。
佐村「勝手に名刺を作って関係者に会ってますよね？」
雅也「……」
佐村「やめてください。弁護士資格の無い人間が単独で事件関係者に交渉したら、問題になるんですよ。あなたは一応、ウチのアルバイトですからね。懲戒処分を受けるのは責任者の私だ」
雅也「……すみませんでした」
佐村「探偵ごっこなら、私が関わっていない事件でやって下さい」
部屋から出て行った。
雅也「……」

60　道（夜）

足早に行く雅也、地面を踏む足に力がこもっている。
雅也「……」

61　サイバーデータ　前

オフィスビルから、日焼けした体格のいい男・相馬と出てくる雅也、歩道を行く。
相馬「俺も金山も、最初はシステムエンジニアとして入社したんですけどね、俺はすぐ営業に回されたんで、助かりましたよ」
雅也「そんなに大変だったんですか？」
相馬「うちの会社は、ＳＥなんて鼻紙くらいにしか思っちゃいませんからねえ。体壊して辞めるのが当たり前なんです。ブラック企業もいいとこですよ」
雅也「金山さんが辞めたのもそれで」
相馬「や、あいつが辞めたのは、上司を殴ったからですよ」
雅也「……金山さんは、普段からそういう、その、すぐ殴ったりするような人だったんですか？」
相馬「いやいや、そんな奴じゃありませんよ。当たった上司が悪かったんでしょうね。もろ体育会系の上司で、『お前、なめてんのか』とか荒っぽいこと言って人を従わせる奴いるでしょ？」
雅也「最悪ですね」
相馬「そうでしょ？　そいつがね、金山をよくイジってたんですよ。あいつ暗いし、顔にアザあるから髪で隠してたんですけど……」

雅也「アザ？」
相馬「えぇ、この辺に、けっこう大きく」
　と、目の周りを指でなぞった。
雅也「……」
相馬「それ隠すための長髪だから、おしゃれでも何でもないんですよ。それを『女かお前』みたいな低脳なイジりされてて」
雅也「それで爆発した」
相馬「えぇ、溜め込んでたんでしょうね。結構暴れてましたよ」
雅也「……」
相馬「あいつの父親も、似たようなこと言ってたみたいですね。上司にイジられると父親を思い出すってよく言ってましたから」
雅也「……金山さんは、取引先に行くこともありました？」
相馬「あぁ、システムメンテナンスはＳＥに行ってもらってますね。僕らじゃどうにもならないんで」
雅也「医療品とか介護用品のレンタルをしてる『三研メディカル』と取引がありますよね？　そこに金山さんは……」
相馬「あぁ、殺人事件の被害者がいた会社ですよね、行ってましたよ。何度か行ってるはずです」
雅也「……その被害者と、金山さんが、個人的に親しくなったりとかはあり得ます？」
相馬「や～、あいつはないでしょ。そんなこと出来ないと思いますけどね」
雅也「そうですか……金山さんの写真って携帯に入ってます？」
相馬「あぁ～、あったかなぁ（と立ち止まり）」
　と、スマホを操作する。
相馬「やっぱ無いか……あいつアザ気にしてたから、写りたがんなかったんですよね～。会社の奴に聞いときますよ」
雅也「すいません……」
相馬「じゃ、僕こっちなんで」
雅也「今日はありがとうございました」
　と、去って行く相馬に頭を下げた。
雅也「……」
　と、歩き始める。

62　寺　墓地

　祖母の納骨が行われている。
　喪服の親族が墓前に集まっている。
　住職が、お経を唱え始める。
住職「願我身浄如香炉　願我心如智慧火……」
　雅也、衿子の顔を見る。
　衿子、手を合わせている。
雅也「……」

63　同　敷地内

　歩いている喪服の親族たち。
　その最後尾を歩いている雅也、隣の衿子に、
雅也「榛村大和に会ったよ」
衿子「……」
雅也「拘置所で会ってきた」
　衿子、迷うが、普通にしようとし、
衿子「……あぁ、パン屋の人？」
雅也「母さんと仲よかったんだよね？」
衿子「……」
雅也「榛村桐江さんのところで」
衿子「……後でゆっくり話そ」
雅也「……」

64　雅也の実家　外観（夜）

65　同　ダイニング（夜）

　一人、コップでビールを飲んでいる衿子。
　そこに、ビールを注いでやる雅也。
衿子「あぁ……」
雅也「俺も飲んでいい？」
　と、食器棚からコップを取り出し、衿子のそばに座ると、自分でビールを注ぐ。
衿子「……」
　雅也、ビールを飲む。
雅也「……母さんも、虐待されてた？」

衿子「虐待っていうのか……分からないけど」
雅也「榛村桐江って人は、虐待されてた子しか養子にしないんじゃないの？」
衿子「うん……私は……母親から嫌われてて」
雅也「引き取られた時、壁土が腸の中に詰まってたって、大和さんが、手紙で教えてくれたよ」
と、便箋を衿子に見せた。
衿子「（それを見）……あの人の字……懐かしい」
雅也「……自傷癖があって、壁土食べたの？」
衿子「母親との関係が原因みたいに言われたけど……私にはよくわかんなかった。でも、おかしくなってたんだろうね」
雅也「それで、桐江さんに引き取られたんだ」
衿子「……引き取られた後も、うまくやれなかったけど」
雅也「大和さんとだけは、うまくいった？」
衿子「……」
雅也「仲良かったんだろ？」
衿子「……」
雅也「全部聞いたよ」
衿子「……あの人しか……頼れなかった……堕ろせなくて」
雅也「……」
衿子「……あの人……衿子ちゃんが自分で決めなって……」
雅也「父さんは、知らないの？」
衿子「言えるわけない」
雅也「そういう、引け目があったから、逆らえなかった？」
衿子「ううん、感謝してる……私なんかと結婚してくれて……」
雅也「もう、そんな気を使わなくてもいいんだよ」
衿子「……」
雅也「ん？」
衿子「今、あの人にそっくりだった」
雅也「あの人って……大和さん？」
衿子「（うなずく）……」
雅也「俺の本当の父親は……」
衿子「お父さん」
雅也、振り返ると、風呂上がりの和夫が立っていた。
雅也「……」
衿子「お父さんも飲む？」
と、立ち上がり、食器棚からコップを取り出す。
和夫「あぁ、もらおうか」
雅也「……」
と、瓶を手にし、父のコップにビールを注ぐ。
和夫「うん」
と、飲んだ。
衿子「……」
雅也「……」
和夫、ビールを飲み干すと、催促するように、雅也の前にコップを置いてくる。
雅也「……」
と、また、ビールを注いでやる。
雅也「（衿子を見）……」
衿子「（雅也を見）……」

66 同 階段（夜）

ダイニングから来た雅也、階段を上っていく。
「雅也……」と、それを追うように来る衿子。
衿子「さっきの話だけど……あなたは、お父さんの子だから」
雅也「父さん、殺したいと思ったことないの？」
衿子「な……なに言ってるの……」
雅也「……」
と、階段を上っていく。
衿子「……」

67 大学 教室

教授が講義をしている。

まばらにしかいない生徒たち、講義を聞いていない。

雅也の声「金山一輝の元同僚に聞いた限りでは……」

雅也、榛村へ手紙を書いている。

雅也の声「金山一輝は、父親が抑圧的で、強いコンプレックスがあり、大人しい性格。仕事は激務で、友人もほぼ失っていたようです」

68　大学　敷地内

歩いて来る雅也。
雅也の声「つまり鬱屈し、孤独で、暴発する危険性を秘めていたとも考えられます」
雅也「……」
どこか、歩みが強い。
その先、建物の前に、クラタたちの集団がいる。
その中には、友達と話している灯里もいる。
雅也、そこへ、まっすぐに来る。
灯里「あ、筧井く……」
雅也、立ち止まり、彼を見る。
クラタ「……なに?」
雅也「邪魔だよ」
クラタ「……なんだよお前」
雅也「……（灯里に）こいつらと一緒にいたいの?」
灯里「……」
クラタ「……」
雅也「……」
と、クラタたちをかき分け、校舎に入っていく。
灯里「……」
と、ついて行く。

69　同　校舎内　廊下

歩いている雅也に、追いついて来る灯里、顔にかかった髪を直す。
雅也、その指先に目がいき、
雅也「（立ち止まる）……」
彼女の爪を見ていた。
灯里「……なんか……変わったね……」
雅也「……」
と、また歩き始める。
灯里「……」

70　駅に近い道（夜）

雨が降る中、一人、歩いている雅也。

駅の方から、帰宅する人々が歩いてくる。

駅に向かう雅也、彼らとすれ違い、歩き続ける。

酔った中年の会社員がぶつかり、傘を落とした雅也。

雅也「（中年を見）……」

中年、舌打ちし、振り返る。

雅也「……（と目を逸らす）」

中年、また歩き始めた。

雅也「……」

と、雨に濡れていく。

71　線路沿いの道（夜）

雨が強くなっている。

道端で、先刻の中年が立小便をしている。

それを、傘もささず、物陰から見ている雅也。

雅也「……」

歩き始めた中年に、ついて行く。

気づかず歩いていく中年。

片側が線路、片側にラブホテルなどがある。

雅也、歩く速度を上げ、中年に追いついていく。

気配を感じたのか、振り返る中年。

その首に腕をかける雅也、彼を空き地に押し倒した。

もがく中年の服を掴み、空き地の奥へ引きずる。

手足を必死に動かし、雅也の手を逃れる中年。

中年「やめてくれよおッ！」

　大きな声を出され、慌てた雅也、後ろから襲いかかり、ネクタイを掴むと、引き上げる。

中年「誰がぁ……だ……だすけ……」

　と、食い込むネクタイに指を入れようとしている。

　背中に乗っている雅也、更にネクタイを引く。

中年「……ぐ……が……」

　こめかみに血管が浮き出る。

雅也「ッ……」

　恐ろしくなったのか、手を離した。

　ネクタイを緩める中年、咳き込む。

雅也「……」

　と、走って逃げ出す。

72　アパート　前（夜）

　土砂降りの中、走って来る雅也、足を止めた。

　建物の前に、傘をさした灯里がいたからだ。

灯里「筧井くん……」

　と、彼に近寄り、傘に入れてやる。

　震えている雅也。

灯里「どうしたの……」

雅也「……お……おれ……」

　と、彼女にすがるように、抱きついた。

灯里「……」

　と、彼を温めるように、抱きしめた。

73　同　一室（夜）

　同じ布団に寝ている雅也と灯里。

　スマホの画面が、暗闇に光った。

　雅也、手を伸ばし、スマホを見る。

　と、画面には、相馬からのＬＩＮＥが『金山の写真ありましたよ～』とあり、写真がある。

雅也「……」

　相馬や他の社員が居酒屋で撮った写真だ。

『僕の後ろに写ってるのが金山です』とある。

　雅也、相馬の奥に写っている、顔にアザのある男を拡大した。

雅也「……」

　それは、拘置所にいた長髪の男だった。

雅也「……」

74　山道

　山道を走って登って来る雅也、息切れしている。
　その先にある畑には、農作業をしている赤いヤッケの中年女性がいる。
雅也「こんにちは……」
赤ヤッケ「あ～、こないだの」
雅也「こないだ……根津さんの殺害現場で、女の人が泣いてたって言ってましたよね……この人じゃありませんか」
　と、スマホを取り出し、金山の写真を見せた。
赤ヤッケ「あ～、そうそう髪もこんなで……これ男の人？」
雅也「えぇ、そうなんですけど……違いますか？」
赤ヤッケ「でもこのアザ……あったかもしれない……うん」
雅也「……」

75　森の中

　木々の間から、やってくる雅也、足を止める。

　そこは、根津かおるの殺害現場だ。

　しゃがみ込む雅也、手を合わせる。

雅也「……」

　木の葉や枝を踏みしめる足音が聞こえた。

　雅也、振り返る。

　と、長髪の男・金山一輝が、歩いてきていた。

雅也「……」

　と、後ずさりする。

金山「ここで、根津さんが殺されたんですよね……」
雅也「……」
金山「……僕が殺したんです」
　と、告白の苦痛に顔を歪め、雅也を見た。
　その顔、アザがあった。
雅也「……」
　と、こらえきれなくなったように、走り出す。
　木々の間をすり抜け、大木の影に身を潜めた。
雅也「(息を整えようとし) ……」
　大木の影から、後ろを見やる。
　と、小走りに迫ってくる金山の姿が見えた。
　雅也、再び走り出す。
　それに気づいた金山、後を追う。
　振り向き、振り向きしながら走る雅也、肩が木にぶつかり、よろけて倒れた。
　そこへ、追いついてくる金山。
　四つん這いで逃げようとする雅也。
金山「待ってくれよ!」
　と、服を掴んだ。
雅也「うわぁッ!」
　と、振り払った勢いで、仰向けになってしまった。
　それを見下ろす金山。
金山「……」
雅也「(怯え) ……」

76　雅也の実家　庭 (夕)

　洗濯物を取り込んでいる衿子、足音が聞こえ、
衿子「(振り返った) ……」
　そこには、泥だらけで、息を切らした雅也がいた。
雅也「……」

77　橋・回想

　川面に流されている花びらのようなもの。
　爪だ。

78　東京拘置所　面会室

　入ってくる雅也、パイプ椅子に腰を下ろす。
　アクリル板の向こうには、まだ誰もいない。
雅也「……」
　静かだ。
　雅也、うつむいている。
　ドアが開き、大和が入ってきた。
雅也「(顔を上げ) ……」
　大和、微笑む、が、
大和「(真顔になっていく) ……」
雅也「……」
　刑務官が席に着く。
大和「……(笑う)」
　と、席に着いた。
雅也「(大和を見) ……」
　雅也を見つめる大和、優しい顔だ。
雅也「根津かおるさんを殺した犯人がわかりました」
大和「すごいじゃないか」
雅也「……」
大和「……?」
雅也「金山一輝さんに会ったんです」
大和「……」
雅也「金山さんが十歳の頃、金山さんと八歳の弟さんと、二十歳だった榛村さんで、よく一緒に遊んだそうですね」
大和「一輝くんと大地くんだよね」
雅也「……彼らにしたことを覚えてますか?」
大和「僕は、彼らのことが好きだったから、彼らが親にはしてもらえないことをしてあげたかっただけだよ」
雅也「いたぶることですか?」
大和「認めてあげることだよ。自分が楽しいと思うこと、頑張ってること、大事にしてるもの……」
雅也「……」
大和「親から抑圧された子供は、総じて自尊

心が低いから、いたわってあげたかったんだよね」
雅也「金山さんは……父親の望んだ通りの子供じゃなかった。それを察して努力しても、なれなかったそうです……榛村さんは、そういう子たちを狙ったんですね」
大和「君は、昔と少しも変わってないな」
雅也「……（目を逸らし）金山さんと弟さんは、お互いを斬りつけ合ったことになってますけど、違いますよね」
大和「ある意味では違わない」
雅也「……あなたは、金山さんたちに、決めさせた」

×　　×　　×

団地の裏で、十歳と八歳の男子と向き合っている二十歳の大和。
大和「今日は、どっちの子が、痛い遊びしてくれるの」

×　　×　　×

雅也「金山さんは、弟さんを指差した」
大和「別の日には、大地くんが先に一輝くんを指差したよ」
雅也「指差された方を、カッターで刺したんですね」
大和「……」
雅也「何度も」
大和「一輝くんから、聞いたことを信じてるんだね」
雅也「あの日、金山さんは榛村さんに呼び出されたと言ってました。昔のことを謝りたいと言ったんですね」
大和「……」
雅也「金山さんは、弟さんを指差してしまったことをずっと後悔してました。だから、あなたからの誘いに乗ってしまった。違いますか？」
大和「まず、君の推理を聞くよ」
雅也「……根津かおるさんは、潔癖症で、毎日の行動も判を押したように同じでした。あなたはそれを知っていた。金山さんを、そこに呼んだんですね？」
大和「……」
雅也「その時、あなたの目が、切られた時と同じ目になったと言ってました。金山さんは、その目で見られて、逆らえなくなったんですね？」

×　　×　　×

歩道橋に立っている金山と大和。
大和「昔、よく、『痛い遊び』をしたよね。一輝くんの顔を見たら、またしたくなって来たよ」
と、金山に近づく。
金山「……」
と、後ずさりする。
大和「謝ろうと思ったのに……変だよね」
と、更に迫った。
金山「……やめ……くださ……」
と、背中が欄干にぶつかった。
大和「じゃあ、誰と遊べばいい？」
金山「……」
大和「一輝くんが選んでくれないかな」
金山「……」
大和「君の言うことに従うよ」
金山「……」
と、歩道を歩いている根津を指差す。
大和「わかった。じゃあね」
と、去って行く。
金山「……」

×　　×　　×

雅也「金山さんは、自分で決めたんじゃない。決めさせられたんです」
大和「……」
雅也「根津さんを殺すだけじゃなく、金山さんに罪の意識を背負わせるために、わざわざ呼び出したんですね」
大和「……（笑い）根津かおるは、僕の好みの年齢からは外れてるよね。それは、どう説明するの？」
雅也「あなたが目をつけた時は、まだ十代だったんじゃないですか？」
大和「……」

雅也「金山さんと同じ、元獲物。そうですよね?」
大和「どうしてそう思うの?」
雅也「金山さんや、金山さんの弟に対する執着と同じように、根津かおるさんにも執着したのではないかと」
大和「一輝くんと大地くんに執着? 僕が?」
雅也「あなたは、二人をいたぶっていた頃から二十五年経っても金山さんに会いたがっている。殺人鬼の中には、そういう執着を持つ者もいるそうですね」
大和「それも推測かな?」
雅也「金山さんが、これを見せてくれました」
　と、上着の内側から封書の束を取り出した。
雅也「全部あなたからの手紙です。執着してるじゃありませんか」
　十通以上はあるその封書の宛名には、金山一輝様とあり、差出人は、榛村大和とある。
大和「……」
雅也「これは、ごく一部だそうですね」
　と、封筒から便箋を取り出し、
雅也「『お元気ですか? 暑さもだいぶ落ち着いて来て、過ごしやすくなりましたね。風邪などひいていないといいんですが。僕は、裁判も終わって控訴の準備中です。やはり納得のいかないところがいくつかあるので、そこを見直して欲しいと思っているんです。でも大丈夫だよ。裁判での君の証言はそのまま受け入れるつもりだから』……」
大和「……」
雅也「『君のしたことは、控訴審でも言わないし、君のことを責めるつもりもない……』」

×　×　×

　拘置所の面会待合室にいる金山、怯えている。
金山「……」
雅也の声「『君の気持ちはわかるよ。苦しいよね? 一度、ここに会いに来てくれないかな。ゆっくり話したい』」

×　×　×

大和「……」
雅也「これは、脅迫ですか? 会いに来なければ、根津さんを指差してしまったことを証言するとも取れます」
大和「それを証言されたからって、一輝くんは困るのかな?」
雅也「彼は、そのことに罪悪感がありましたから……」
大和「罪悪感があったら、全てを正直に言いたくなるんじゃないかな」
雅也「だから俺には言ったんですよ」
大和「違うね」
雅也「……」
大和「一輝くんは、裁判の時、僕のことを見たと証言した。でも、雅也くんには、僕に呼び出されて、選ばれたと言った。どっちかが本当だったら、どっちかは嘘だ」
雅也「裁判では言えなかったと金山さんが……」
大和「どっちも嘘だとは思わなかった?」
雅也「……」
大和「一輝くんは、僕に罪を着せようとした。ただそれだけだよ」
雅也「……」
大和「雅也くんは、自力で一輝くんまで辿り着いた。すごいことだよ。警察もそこまで調べなかったのに、君は一人でそこまできたんだ。それなのに、なんで最後にごまかされたのか、僕にはわからないな」
雅也「……」
大和「彼は、根津さんと知り合いで、何度も彼女を誘ったけど断られ続けた……」

×　×　×

大和の声「想いが募った彼は、ある日……」
　三研メディカル近くの物陰に潜んでいる金山。

歩道を行く根津かおるの後をつけていく。

後ろから襲いかかる金山、停めてある車に彼女を押し込んだ。

大和の声「彼女の後をつけて無理やり車に乗せて拉致し、山に連れて行って彼女を殺した」

×　×　×

大和「そう考えるほうが無理がないと思わない？　君はそう考えたはずだ」
雅也「……」
大和「彼は、自分がしたことを暴かれたくなかった。だから君に接触して自分に都合のいいように話を作ったんだよ。これ以上君に調べられたくなかったんじゃないかな」
雅也「……」
大和「そう思わない？」
雅也「……面会時間はもう終わりじゃないですか？」
刑務官、答えない。
大和「雅也くん、今日はゆっくり話そうよ。いいですよね、渡辺さん」
刑務官、うなずいた。
雅也「……」
大和「もちろん、帰りたくなったら、いつ帰ってくれてもいい。一輝くんを信じたかったら、それでもいい。それは、君の自由だから」
雅也「……」
大和「一輝くんのお父さんはね、男らしい息子を望んでたんだよ。だから、顔のアザを気にして髪を伸ばしてる自分の子が許せなかったんだね。一輝くんは毎日、怒鳴られて、叩かれて、なんとかその苦痛から逃げたがってた」
雅也「……」
大和「そういう子の中には、問題行動の多い子がいるよね。大げさに被害を訴えたり、ひどい嘘つきになる子もいる」
雅也「はい……」
大和「裁判で、彼が僕のことを見たって証言した時から変だと思ってたけど、確信はなかったんだ」
雅也「……」
大和「だから直接会って聞きたかったんだけど、雅也くんの話を聞いて、確信したよ。一輝くんがやったんだね」
雅也「……」
大和「君はすごいよ。たった一人で犯人を突き止めたんだから」
雅也「……いえ」
大和「……（笑みが漏れ）ずっと苦しんでたよね」
雅也「……」
大和「苦しい思いをしたから、人のことを分かってあげられるんだよ」
雅也「……」
大和「あの頃から、君は特別だった」

×　×　×

『ロシェル』で大和と話している雅也。

顔にアザがある雅也を、励ましている大和。

大和「逃げたくなったら、いつでもおいで」

×　×　×

雅也、顔がこわばる。
大和「優しい人だよね、君は……」
雅也「『親から抑圧された子供は、総じて自尊心が低い』」
大和「うん？」
雅也「僕のことも、そう思ってましたか？」
大和「……」
雅也「『自尊心が低いから、いたわってあげたかった』」
大和「……」
雅也「……僕も……あなたの元獲物なんですね」
大和「……だから、あの頃の君はまだ中学生だったから……」
雅也「僕が、高校生になるのを待っていたんじゃありませんか？　『時間をかけて信頼関係を築いてから、ゆっくり痛みを味わってもらう』。あなたが言ったんですよ」

大和「……（笑う）」
雅也「信頼関係を築いてから、いたぶる」
大和「……」
雅也「どうしてですか」
大和「……僕は、そういうふうにしか人と付き合えない」
雅也「……」
大和「ずっとそうなんだ」
雅也「……」
大和「僕もある意味被害者だよ。わかるよね。望まれずに生まれてきた子供は、生きてることを恨むようにな……」
雅也「根津さんを殺したんですか？」
大和「……」
雅也「根津さんの過剰なまでの潔癖、年々悪化していた偏食は、重度のトラウマを負った行動様式の可能性があります。これはあなたが負わせたトラウマなんじゃないですか？」
大和「……」
雅也「あなたは根津さんを傷つけたが、殺さなかった。それが心残りだったんじゃないですか？　捜査の手が迫ってきたあなたは、根津さんを殺すだけじゃなく、根津さんの会社に出入りしていた金山さんにも罪悪感を抱かせ、長年に渡って彼を苦しめようとしたんですね」

大和「……」
雅也「あなたにとっては、金山さんに手紙を書くことにも、彼を苦しめる悦びがある。僕を使って事件のことを調べさせることも、僕を思うままに操る快感と……」

×　　×　　×

森の中で、右腕と両足の骨が折れた根津かおるが、這いずっている。
雅也の声「犯行の悦びを思い返す快感があったはずです」
その足を掴み、引きずり戻す犯人。
また逃げようとする彼女を見下ろしている犯人の顔。
大和の顔だ。
その目、悦びに輝いている。

×　　×　　×

雅也「違いますか？」
大和「……（苦笑し）もう、僕を父親だとは思ってないんだね」
雅也「……」
大和「エリちゃんから聞いた？」
雅也「（うなずく）……母の子供を、どうやって始末したんです？」
大和「……エリちゃんに、妊娠の相手の話は聞いた？」
雅也「週末だけボランティアに参加してた人で……」

大和「奥さんも子供もいた」
雅也「……」
大和「元々、生理が不順だったから、気づかなかったらしくてね。堕ろせなかったから、空き家にあったマットレスの上で産んだんだよ。死産だった」
雅也「……」

×　　×　　×

川辺で、何かを燃やしている二十二歳の大和。
その傍らにいる十九歳の衿子。
大和の声「遺体は、焼いて……骨は砕いて川に流した」

×　　×　　×

雅也「……」
大和「ホッとした？　それとも、がっかりしたかな？」
雅也「……」
大和「自分が急につまらない人間に思えたんじゃない？」
雅也「……」
大和「君みたいに普通の人間たちは、どこかで特別な人間になりたがってる。自分が殺人鬼の息子かもしれないと思ったら、妙な自信がついたよね？　本当の殺人犯の子供は、差別を受けるし、生きていくのが大変なのに」

雅也「人を殺しかけました」
大和「……」
雅也「でも、出来ませんでした」
大和「……」
雅也「その時……僕は、あなたの子じゃないと思いました」
大和「……」
雅也「……」
　大和、何かが壊れたような、顔。
大和「……よかったじゃないか」
雅也「……」
大和「こっち側に来たら、もう戻れないよ」
雅也「……」
大和「……君が……本当の息子だったら良かったんだけどな」
雅也「……」
大和「信じたかったのは、僕だよ」
雅也「……根津さんを殺したのは、あなたですね」
大和「……」
雅也「僕が、金山一輝さんに目をつけて、犯人だと思うことまで、想定してたんですか?」
大和「……（力なく笑った）」
雅也「……」
大和「……疲れたな」
雅也「……」
大和「もういいかな」
雅也「……ちょっと、聞きたいんですが」
大和「……」
雅也「あなたは、捜査の手が迫っていると知っていましたよね」
大和「あぁ、睡眠薬で眠らせた女の子に、逃げられたからね」
雅也「どうして爪を捨てたんですか? 証拠を隠滅するにしては不完全でした。庭には遺体もありましたし、小屋には、他にも証拠がいくつも残ってました」
大和「どうしてかな……」

79　橋・回想

　ひらひらと花びらのようなものが舞っている。

　それは川面に落ち、流されていく。

　橋の上から、それをまいている大和。

　小瓶に入ったものをまき終わると、欄干にそれを置き、ポケットからもう一つ小瓶を取り出す。

大和「……」

　蓋を開け、また中身をまく。

大和の声「今思えば、あれは……」

　ひらひらと落ちていくのは、爪だ。

大和の声「別れの儀式みたいなものだと思う」

大和「……」

　苦痛に顔を歪める。

80　東京拘置所　面会室

　席を立つ大和。
大和「じゃあ……」
雅也「最後にもう一つだけ」
大和「……」
雅也「榛村さんのお母さんは、爪は、きれいでしたか?」
大和「……僕が、小さい頃はね」
　と、出て行った。
雅也「……」

81　晴れた空　実景

82　大学　スカッシュコート

　雅也と灯里、楽しそうにスカッシュをやっている。

83　アパート　前（夜）

　雅也と灯里、少し酔っているのか、笑いながら来る。

84　同　雅也の部屋（夜）

　明かりも点けず、向き合って座っている雅也と灯里。

二人、キスした。
雅也、彼女の手を握る。
雅也「爪、きれいだね」
と、灯里の爪を見つめる。
灯里「剥がしたくなる？」
雅也「……」
灯里、またキスしようとする。
雅也、思わず体を引き、彼女のバッグに手がぶつかって中身が出た。
ふと、目を落とすと、彼女のバッグに目が行く。
バッグから封筒がはみ出している。
差出人は『榛村大和』だ。
雅也「……」
灯里「私はわかるな。好きな人の一部を持ってたいって気持ち」
と、手紙を取り出す。
と、その奥から、十数枚の写真が、滑り出て来る。
雅也「ッ！」
それは、大和に殺された被害者たちの写真だ。
手紙を手にした灯里、雅也を真っ直ぐに見、
灯里「彼も、雅也くんならわかってくれるって」
雅也「……」
灯里「わかってくれるよね」
雅也「……」
と、言葉が出てこないまま……

【終】

マイスモールランド

川和田恵真

〈脚本家略歴〉

川和田恵真（かわわだ　えま）

２０１４年に「分福」に所属し、是枝裕和監督の作品等で監督助手を務める。２０１８年の第23回釜山国際映画祭「ASIAN PROJECT MARKET (APM)」で、アルテ国際賞（ARTE International Prize）を受賞。また２０２２年、商業長編映画デビューとなる本作が第72回ベルリン国際映画祭に出品され、アムネスティ国際映画賞スペシャルメンションを授与された。第27回 新藤兼人賞 銀賞、おおさかシネマフェスティバル２０２３ 新人監督賞など多数受賞。

監督：川和田恵真
製作：『マイスモールランド』製作委員会
企画：分福
制作プロダクション：AOI Pro.
共同制作：ＮＨＫ FILM-IN-EVOLUTION
配給：バンダイナムコアーツ

〈スタッフ〉

エグゼクティブプロデューサー　濵田健二
プロデューサー　森重宏美　伴瀬萌
撮影　四宮秀俊
照明　秋山恵二郎
音響　弥栄裕樹
美術　徐賢先
編集　普嶋信一
音楽　ROTH BART BARON

〈キャスト〉

チョーラク・サーリャ　嵐莉菜
崎山聡太　奥平大兼
チョーラク・マズルム　アラシ・カーフィザデー
チョーラク・アーリン　リリ・カーフィザデー
チョーラク・ロビン　リオン・カーフィザデー
小向悠子　韓英恵
パパ活おじさん１　吉田ウーロン太
原英夫　板橋駿谷
出入国在留管理局職員　田村健太郎
パパ活おじさん２　池田良
西森まなみ　新谷ゆづみ
野原詩織　さくら
ロナヒ　サヘル・ローズ
アパートの管理人　小倉一郎
太田武　藤井隆
崎山のり子　池脇千鶴
山中誠　平泉成

マイスモールランド

トルコ語…Turkish（正体）クルド語…*Kurdish*（斜体）
家族の会話は、姉弟は日本語を喋り、父とサーリャはトルコ語、日本語を喋る。クルド語がわかるのは父だけ。父はクルド人とはクルド語で話すときもある。

1
緑のある広場

陽が差し込む広場で、結婚パーティが行われている。

クルド人同士の結婚式だ。新郎新婦を囲み輪になって、女性たちが手を取り合って踊る。

サーリャ（17）も、ウェーブした髪をなびかせ踊っている。盛り上がる大人たちの側、子供たちはあちこちで木の枝を投げたりジュースをこぼしたり。混沌。

弟・ロビン（7）は他の子供たちと鬼ごっこをしている。

妹・アーリン（14）が一人離れてスマホをいじっている。父・マズルム（48）が何か声をかけるが冷たくあしらわれる。

離れたところからその様子を見ているサーリャは、父のそばに行く。

マズルム〝Surata bak, sanki bi şey yaptık... (Arin'in yüzünü taklit ederek)〟

「（ため息をついて）こんな怖い顔してた（アーリンの顔真似する）」

サーリャ〝Ya boşver. (gülüyor)〟

「気にしないで（笑）」

父を慰めるように二人で踊り始める。ロビンもやってきて共に踊る。踊り方を教えながら明るく笑うサーリャ。

女性達が高い声で「ティリリリー」と雄叫びをあげる。椅子が用意され、座った新郎の周りを新婦がバラの花を持ちぐるぐると回る。湧き上がる手拍子。拍手をしているサーリャ。

ロナヒ〝(Yamna gelir) Sıra sende〟

「（隣に来て）次はあなたの番ね」

サーリャ〝...Ben?〟

「……私？」

ロナヒ〝Gelinliğini ben verecem (sessiz bir sesle). bundan daha güzel〟

「ドレス貸すわよ（声をひそめて）あれよりもっと立派なの」

マズルム〝Hayır, annenin gelinliği var. Sana tam uyar〟

「いや、うちに母さん（ファトマ）のがある。きっとぴったりだ」

サーリャ〝Hı...〟

「…うん」

父はサーリャの肩をポンポンとする。

ダフの楽隊が現れ、クルド語の歌を大合唱。

歌えないサーリャ。周りを見ると、皆、視線を真っ直ぐと空の向こうに向けている。

そして各々が、天に向けて手のひらを掲げる。

たくさんの手（赤く染色されている）が空に交差する。父も、肩車されているロビンも、手を高く挙げている。サーリャは自分の赤く色づいた手を少し見つめるが手を上げず、拳を握る。

一歩、二歩、三歩…離れて輪を見つめるサーリャ。

2
バス・車内（夜）

車内は4人一緒に座れるところがない。アーリンだけは空席を見つけて座る。

彼ら以外は全員日本人。

ロビンがふざけて「ティリリリ」と結婚式での女性の真似をすると、一斉に視線が集まる。

サーリャ「しっ」

周りを気にするサーリャ。

マズルムはロビンの肩に手を置く。

マズルム〝Tamam boşver〟

「大丈夫。気にするな」

サーリャ「……」

父を見るサーリャ。父は車窓の景色を見ている。

サーリャも外を見る。瞳に映る街の灯。

アナウンス「次は××、××～。お降りの方は…」

私たちのすぐ隣りで暮らしているかも知れない、彼らの世界。

画面にタイトル――

『マイスモールランド』

3　サーリャのアパート・玄関前（翌日）

オリーブに水をやる、作業着を着たマズルム。家に入っていく。

4　同・洗面所

顔を洗うサーリャ。赤く染まったままの手をこするが落ちない。父が廊下を通る。

マズルム〝Allaha ısmarladık〟

「行ってきます」

サーリャ〝Güle güle〟

「行ってらっしゃい」

扉が閉まる音。窓に父の影が過ぎて行くのを待って、ヘアアイロンを出すサーリャ。鏡を見ながら髪のウエーブをまっすぐに伸ばす。

5　高校・教室

テスト用紙を配る、原英夫（40）。テストを後ろに回す生徒たち。

サーリャ、右手（赤い手）を出そうとして引っ込めて、左手で受け取り、後ろに回す。

原「はい、始めっ」

「チョーラク・サーリャ」と名前を書いて解答を始める。日本語の文章を読んでさらさらと解答する。

6　同・同・ベランダ

昼休み。「お疲れー」と紙パックのジュースで乾杯する、西森まなみ（17）と野原詩織（17）。しゃがんで教室から見えないように隠れるまなみ。鏡で顔をチェックしてメイクを始める。
詩織「問4って丸？」
サーリャ「あー、あれはひっかけだと思う。バツにした」
詩織「だあー！　まじか。ひっかけんなよー」
渡り廊下に岩井智雄（17）が見える。
詩織「まなつん。岩井いるよ」
まなみ「うそっ（立ち上がり、大きな声で）ともくん！」
手を振り合う二人。友人に冷やかされる智雄。
目を合わせるサーリャと詩織。
詩織「おデートっすか」
まなみ「おうちでお勉強するんです」
詩織「無理ー絶対勉強しない」
サーリャ「おうちとか無理ー」
まなみ「えー？　君たちがおかしいんだよ」
鏡で目元をチェックしてマスカラをつける。
まなみ「あーあ、さっちゃんのまつげ分けて欲しい。マジでドイツ人しか勝たん」
詩織「（サーリャに）そいつ？」
サーリャ「（呆れ）それいらんてー」
詩織・まなみ「そいつ？」
サーリャ「……どいつ」
詩織・まなみ「こいつ？」
サーリャ「（大きく）ど、い、つ!!」
無視するまなみ、詩織。
サーリャ「おいー。無視すんな！」
はしゃぐ二人に対し、少し表情が暗くなるサーリャ。
ポケットから鏡を出し、浮き出たアホ毛を気にする。

7　同・進路指導室

サーリャの進路志望書を見ている原。

原「このまま頑張れば、推薦も十分狙え

る」
サーリャ「ほんとですか?」
原「チョークは一年の時からよく頑張ったから。部活辞めなければ確実だったのになあ。もったいない」
サーリャ「……家のことで色々あって…」
原「まあとにかく、引き続きファイトだ。努力は必ず報われるからな!」
サーリャ「はい…頑張ります」
笑みがこぼれるサーリャ。

8　河川敷（夕方）
自転車に乗るサーリャ。優しい風に吹かれ、まとめた髪から浮き出た柔らかな毛が光のなかでふわふわと揺れる。
× × × ×
荒川に架かる橋。サーリャの漕ぐ自転車が、埼玉から東京へ渡る。（埼玉・東京の県境の看板を越える）

9　コンビニ・店内
レジで、商品を会計するサーリャ。
サーリャ「…ありがとうございました」
太田「（大きな声で）ありがとうございましたー!」
客が去ると太田武（47）が近づいて来る。
太田「だいぶ慣れてきたね」
サーリャ「ありがとうございます」
太田「じゃあさ、あのお客さんの会計いくらだ?」
サーリャ「（計算しようとして）…わかんないです」
太田「（囁く）507円」
客が来る。商品を会計するサーリャ。
サーリャ「（ちょっと驚いて）507円になります。レジ袋お使いになりますか?……ありがとうございました」
客が去ったのを確認すると太田、「どうだ」と誇らしげに胸を張る。
サーリャ「（拍手して）すごいですね!」
太田「さっちゃん、まだまだだね。慣れればこれくらい、当たり前だっちゅーの。知らない? だっちゅーの」
サーリャ「え…（苦笑）」
太田「で、その手はなに?」
サーリャ「…すみません…美術の授業でつけちゃって。洗ったんですけど…」
太田「そんな落ちないものあるんだ?」
近づいてくる崎山聡太（17）。
聡太「ありますよ」
サーリャ「……」
太田「へえ…そうなの?」
聡太「色んな画材使うんですよ。店長の頃と違って」
太田「一言余計だな。とにかく、気をつけてね…（奥に行きながら）なんか落とせそうな洗剤なかったけ…」
手を見るサーリャ。
サーリャに手袋を差し出す聡太。
聡太「あの人、マジでしつこいから」
サーリャ「…ありがと」

9A　同・バックヤード
制服に着替えたサーリャに、給料袋を渡す太田。
太田「今月もお疲れさま」
サーリャ「ありがとうございます（嬉しそうに給料袋を見る）」
太田「手、ちゃんと落として来てね。清潔感が一番大事なんだからさあ」
サーリャ「…はい…すみません」

10　同・調理場〜裏口（夜）
帰ろうとするサーリャ。
調理場で、ひとりゴミを運ぶ聡太が見える。
手伝いに行くサーリャ。
聡太「あ…ありがと」
二人でゴミを集め、外に出す。
サーリャ「なんでいつもシフト終わった後も働いてるの?」

聡太「ああ、まあ。店長の身内だからね…」
サーリヤ「…お父さん?」
聡太「違うよ!(笑)叔父さん。俺の母さんの兄」
サーリヤ「それで…」
聡太「そう。だから色々頼まれる。しょうがなくね」
　ボソリと呟く聡太の表情を伺うサーリヤ。協力しながらどんどんゴミ袋に入れていく。
サーリヤ「……しょうがなくなんかないよ」
聡太「……そうかな」
　聡太、サーリヤを見る。
サーリヤ「そうだよ」
　そのまま作業を続けるサーリヤ。
サーリヤ「(シュークリームを持って)これ美味しいやつだ。捨てるのもったいないね」
聡太「持っていきなよ」
サーリヤ「いやいやバレたらやばいって」
聡太「大丈夫。俺、三年目のプロだから(笑)ほら」
　ポケットに入れる聡太。
サーリヤ「…じゃあ私も(ポケットに入れる)」
　ゴミのコンテナに袋を投げ入れる聡太。入ると、「ナイッシュ」とサーリヤ。真似てサーリヤが投げると入る。「ナイッシュ」と聡太。

11 同・表

　それぞれの自転車を押して歩き出す。
聡太「ほんとは何で手赤いの?」
サーリヤ「(手を見て)…これは…トマト食べ過ぎた」
聡太「マジで?…どれくらい食べた?」
サーリヤ「…ダンボール、一箱くらい(言いながら笑ってしまう)」
　笑う二人。
聡太「嘘下手だね(笑)」
サーリヤ「……」
聡太「じゃあね」
　去って行く聡太の背中を見るサーリヤ。

12 芝川沿いの道

　自転車に乗ったサーリヤが幾つかの居酒屋やスナックのネオンが灯る小さな商店街を抜ける。

13 サーリヤのアパート・表(コインランドリー前)

　表ではウェラット(25)やムスタファなどクルド人たちが集まっている。

サーリヤに〝Hosgeldiin〟「おかえり」と声をかける。

サーリヤ〝Hosbulduk〟「ただいま」

　サーリヤが自転車を止めていると、アパート管理人が出て来る。

アパート管理人「チョーラクさん!(男性たちの方を気にしながら)あのね、また工事現場の服洗った人がいて、ドラムが砂だらけになっちゃったんだよ。注意したんだけど通じなくって」

サーリヤ「すみません…ちゃんと言っておきますので」

アパート管理人「これ、訳しといてもらえる?」

　日本語で注意事項の書かれた紙を渡すと「お願いね」と去っていく管理人。

14 同・台所

　サーリヤは慣れた手つきでキュウリを刻んでいる。

　父はカトマジャ(パンのようなもの)を引き延ばす。

　ホットプレートでもくもくと湯気が上がるカトマジャを裏返す。綺麗な焼け目。

　サーリヤが皿を出すと阿吽の呼吸で焼けたカトマジャをのせる父。

サーリヤ「ロビン!」

ロビン「今、忙しい」
　ロビンはリビングでゲームに夢中。
サーリヤ「もー。（父に）アーリンは？」
マズルム「Youtube」
　静かに首を横に振る父。

15　同・居間

　床に敷かれた布の上に料理が並べられている。

　両手の平を上に向ける4人。

マズルム〝*Insallah bexte we bas bibe.*〟

「わたしたちの未来に光がありますように」（字幕なし）

　父の言葉に顔を洗うような仕草をする。終わると、各々手を伸ばして自分の皿に取って食べる。

　サーリヤは父の前に唐辛子パウダーを無言で差し出す。待っていたかのようにそれを手に取ると父はヨーグルトにパウダーを大量に追加する。

　父、アーリンの前にカトマジャを置く。

アーリン「（父を見もせず）いらない」

　父が置いたカトマジャを戻そうとするアーリン。

サーリヤ「（受け取り自分の皿へ）」

アーリン「…うざー（軽く）」

ロビン「（真似して）うざー」

サーリヤ「（ロビンに）こら」

ロビン「（真似して）こら！（笑）」

マズルム「（アーリンに）テニスはどう？試合出れそう？」

アーリン「出るけど。見に来ないでね」

マズルム「はいはい（サーリヤに）〝Senin de maçşn var mı? Badminton〟

「お前も試合あるのか？　バドミントン」

サーリヤ〝Evet, ondan geç geldim〟

「…うん、それで遅くなって」

　サーリヤは家族にバイトのことを秘密にしている。

　避けられたと思った話題に触れられてバツが悪い。

マズルム〝Ama bir daha böyle geç kalma. Yemeği beraber yememiz lazım〟

「あんまり遅くなるな。一緒にご飯食べるんだから」

サーリヤ〝Özür dilerim〟

「ごめんなさい」

マズルム〝Özür dileyesin diye demedim〟

「謝って欲しくて言ったわけじゃない」

アーリン「なんの話？　私のこと言ってんの？（二人にしかわかんない言葉で）」

サーリヤ「違うよ」

アーリン「…うざ（低い声）」

　無言で食べ続ける四人。

　アーリンはスマホでお笑い動画を見始める。

15A　同・寝室〜台所

　寝室で勉強をするサーリヤ。アーリンはイヤホンをして動画を見ている。

　ロナヒが入って来る。勉強を中断するサーリヤ。

　ロナヒはサーリヤにチークキス。

ロナヒ〝Sana zahmet bunu da yapar mısın?〟

「また、お願いしていい？（連絡帳と手紙を見せる）」

サーリヤ〝……Tamam〟

「……うん」

　台所の机に行く二人。居間ではマズルムはロビンにクルド語の絵本を読み聞かせしている。

　台所のテーブルで学校からの手紙を翻訳するサーリヤ。

サーリヤ〝Gözleri bozulmuş. Doktora gitmesi lazımmış〟

「視力が落ちてるって。眼科に行かないと」

ロナヒ〝Sen götürüversen? Ben fabrikadayım ya...〟

「連れて行ってくれる？　私、工場の仕事

で…」

サーリヤ〝Ama Yusuf Japonca biliyo...〟

「…ユスフが日本語わかるんだから…」

マズルム〝Sen götür işte! İlkokul çocuğunu tek başına doktora nasıl gidecek〟

「行きなさい。小学生一人じゃ行けないだろ」

サーリヤ〝....Tamam〟

「……わかった」

ロナヒ〝Sağol canen〟

「よろしく」

〈ユスフ病院〉とポストイットに書いて貼るサーリヤ。壁に他にもたくさんのポストイットが貼られている。（日本語で）〈ロナヒ・役所の書類〉〈エミネ・病院の予約〉〈フセイン・wi-fi契約〉〈アイシェ・美容院〉など。

16　同・寝室

お風呂上がりのサーリヤが入ってくる。（髪はウエーブしている）アーリンはもう寝ている。

付けっ放しのスマホを充電器に挿してやる。

サーリヤは押入れの奥から缶を出し、鞄から給料袋と財布を出す。二千円を財布に入れる。

缶の中の封筒の中には既に十万くらい。先ほどのバイト代を加える。

財布をバッグの中に戻すと、忘れていたシュークリームを見つける。妹のほうを気にしながら、静かに開けて食べる。

17　工事現場（日替わり）

建て壊し中の建物。前の住民のものと思われる色褪せたかるたや、ネックレスなどが散乱している中でハンマーを振って働くクルド人の男たち。

マズルムもハンマーを振り下ろす。粉塵が舞う。

×　×　×　×　×

一人一人の手と頭にホースで水をかけてやるマズルム。落ちていたネックレスをつけて来るアリ。「馬鹿」と顔面に水を浴びせる。

×　×　×　×　×

アリは奥さん手作りの豆のトマトスープ。マズルムは昨日の残りのカトマジャ。水筒に入れたアイランを飲む。カップラーメンを買ってきたウェラット。音を立てずに麺を食べるウェラット。

ムスタファ〝*Tu ji zu jineke dixwaze!*〟

「お前も早く嫁さん欲しいだろ」

ウェラット〝*Ha werge*〟

「そりゃあ、はい」

アリ〝*A ku bizewice belliye, na?*〟

「相手は決まってんだから。（マズルムに）なあ?」

マズルム〝*Hmm, te go çi?*〟

「……え? 何だって?」

聞いてないふりをするマズルム。笑う一同。

マズルム〝*Nyukan çawa bu?*〟

「どうだった〈入管〉?」

アリ〝*Qerar a Nanminsinse derneket*〟

「〈難民申請〉の結果出なかった」

マズルム〝*Waa.*〟

「そうか…」

ムスタファ〝*Karihomen pir dewine na*〟

「でも…〈仮放免〉が増えてるらしいな」

ウェラット〝*Karihomen çi ye?*〟

「〈仮放免〉って何ですか…?」

マズルム〝*Nyukan kinge bixwaze we di hapse kin mina merike Ronahiye*〟

「…いつ〈入管〉に入れられてもいいようになる…ロナヒの旦那みたいに」

ムスタファ〝*Ji bo ku we bişinin welat*〟

「国に帰らせるためだよ」

ウェラット〝*Em ber zilme reviyan ev çi dikin wisa ....*〟

「…帰ったら刑務所ですよ…」

間。

アリ〝*Tu ji iro tere?*〟

「お前も今日、行くんだろ？」

マズルム〝*Ha.*〟

「ああ…」

アリ〝*Xwede me Bipareze*〟

「アッラーのご加護を（マズルムの肩を叩く）」

マズルムの表情は固い。

18　出入国在留管理局・面接室

並んで座る家族四人。向かいに職員・下田（37）。
「難民不認定」の書類が差し出される。
職員「難民申請は不認定となりました」
マズルム「…私は…難民です…何回でも説明します。何が足りないんですか？　証拠ですか？」
職員「私にはわかりかねます…」
マズルム「家は軍に焼かれました。デモに参加したら刑務所に入れられて…（ズボンをめくって傷を見せる）これは拷問の時の傷です」
職員「（見ずに）ここで決定は覆りません…」
マズルム「見て、ちゃんと。（大声で）見ろ！これでも難民じゃないんですか？」
職員「（迫力にたじろぐ）」
いつもと違う父に驚くアーリン、ロビン。
サーリャ〝*Yapma. Kötü olacak*〟
「やめてよ。印象が悪くなる」
憮然とする父。
職員「本日より、この在留カードは無効になります」
家族全員の在留カードに穴あけパンチで穴が開けられる。パチっ、パチっと軽い音。
職員「〈仮放免〉とは、本来は入管に収容されるべきかたに、条件付きで外での生活が認められる制度です」
職員、マズルムに書類を差し出す。
職員「まず…就労、働くことは禁止です。お住いの都道府県、つまり…埼玉県外に出るときは必ず事前の許可が必要になります。それから、国民健康保険にも加入できなくなりますので、病院は自費となります」
マズルム「どうやって暮らせば良いんですか」
職員「それは……ご自分たちで考えてください」
4人はまっすぐ職員のほうを見つめて動かない。
マズルム〝*Ya xwede tu dibine*〟
「神は見てる（小さく呟く）」
父を見るサーリャ。

19　レインボーブリッジが見える道

歩く家族四人と、弁護士の山中誠（73）。大きなバッグに書類を入れる山中。その中は資料だらけ。
山中「日本の認定率は国際基準よりずっと低い。はなっから認める気なんてないんだ…」
マズルム「…先生…私たちどうしたら…」
山中「…難民のあなたたちに対して理不尽ではあるけど、とにかく仮放免のルールは守ってください。あと健康に気をつける。風邪で病院行っても自費だと一万とか取られちゃうから。良いですね？」
アーリン「質問。勝手に埼玉から出ちゃダメなんですよね」
山中「入管に申請して必要が認められれば県外に出られる。まあ…遊びに行ったりなんだりはできないけど」
アーリン「…原宿行きたくて…」
山中「何しに行くの？」
アーリン「友達とクレープ食べに」
山中「それは…アーリンちゃん、川口でいいんじゃないかな？」
サーリャ「……」
アーリン「（白目）オワター」
最後尾になるサーリャと山中。
サーリャ「…私…大学行けるんですか…」

山中「学校次第だね…。住民票がなくなるんだから簡単じゃない。たくましく生きよう。冬に咲くひまわりみたいに」
サーリャ「そんなのないですよね…」
山中「僕くらい長く生きてるとそういうの見るのよ」
ロビンは、カードの穴から景色を覗いている。振り返り、姉の方に向けると姉が小さな穴の中にいるみたい。

20 ラーメン屋

券売機の前。
マズルム「今日はトッピングひとりみっつまでいいよ」
ロビン「やったー！　コーンと卵とそれからそれから」
歌いながら食券のボタンを押すロビン。
アーリン「（目を輝かせ）餃子もいい？」
マズルム「どうぞ」

×　×　×　×

席にラーメンが運ばれてくる。父は自分の煮卵をロビンとアーリンに半分ずつ分ける。父にメンマを一つだけあげるロビン。
アーリンももやしを一本だけあげる。
マズルム「それだけ？」
もう一本だけあげるアーリン。笑う四人。
アーリンが麺を吸って食べる。真似するロビン。
マズルム「音はダメ」
ロビン「こう？」
音を立てずに食べるロビン。
サーリャも音を立てずに食べる。
マズルム「そうだ」
変わらず音を立てて食べるアーリン。
アーリン「こっちの方が美味しいって」
マズルム「そんなわけない」
ロビン「パパは音立てたことあんの？」
マズルム「いや…」
アーリン「（ロビンに）やったことないならわかるわけないじゃんねえ」
ロビン「うん」
音を立てて食べるサーリャ。
サーリャ「やっぱりね、ダメだ。音ないほうがぜんぜん美味しいよ。味が濃い！」
マズルム「そうだよ。味が違うんだ」
ロビン「（ロビン、試して）ほんとだ！　違う！」
三人、思わず顔を見合わせて爆笑。
他の客が家族を見る。「静かに」と周りを気にしつつ、笑いが止まらないサーリャ。マズルム、アーリンも。ロビンもよくわからないがつられて笑う。
家族の様子を見るマズルム。優しい表情。

21 高校・教室（日替わり）

掃除の時間。机に椅子を乗せて運ぶ生徒たち。
サーリャと詩織とまなみは教室担当。
まなみ「まなみは、ともくんとおんなじ大学かなあ。二人も東京？」
詩織「もちろんっす」
サーリャ「…うん、そのつもり」
詩織「（手をあげて）はい。ずっと思ってたんだけど」
まなみ「なに？」
詩織「ルームシェアしませんか、三人で！」
まなみ「はあ？　天才だなあ」
詩織「でしょ？」
まなみ「でも残念。まなみともくんと住むんだよねえ」
詩織「え！　同棲!?　じゃあ私さっちゃんと同棲するー」
サーリャ「あ…えっと…」
まなみ「さっちゃん嫌そうじゃん（笑）」
詩織「まじで…？（超ショック）」
サーリャ「…いや…違う違う…だってしぃちゃん家のこと全部やらせるつもりでしょ？」
詩織「えーそれは、んーどうでしょう」
まなみ「否定しろ（笑）でも、ほんと皆近くに住めたらいいね」
サーリャ「…うん。いいね」
「どの辺がいいかな」とどんどん話を進める二人に合わせようとする。

22　小学校・校庭（放課後）

歩いてくるサーリャ。下校する小学生が駆けてゆく。
一人鉄棒をしているロビンに近づくサーリャ。
ロビン「何してんの」
サーリャ「悠子先生に呼ばれた」
ロビン「…ふーん」
ロビンの見ていた方を見ると、サッカーをしている男の子たちの集団が見える。

23　同・渡り廊下

歩くサーリャと、ロビンの担任・小向悠子（35）。
悠子「5年ぶり？　懐かしいでしょ」
サーリャ「はい…あ、これ先生の字だ…」
外国人児童向けの掲示物が貼られている。
悠子「うん。あの頃はサーリャだけだったけど、今はもっと多くて」
サーリャ「そうなんですね」
悠子「最初は日本語わからなくて大変だったよね。ジェスチャーしたり（笑）すぐ必要なくなったけど」
サーリャ「先生のおかげです」
悠子「ううん、ぜんぶ自分が頑張ったおかげ。みんながみんなサーリャみたいには頑張れないから…」
サーリャ「……」
悠子「最近どうなの？　来年受験でしょ」
サーリャ「はい…先生と同じとこ目指して」
悠子「え？　ちょっと嬉しいなあ。なんかあったら聞いて」
サーリャ「……ありがとうございます」

24　同・教室

座っているサーリャとマズルム。ロビンの国語のテストを持ってきて見せる悠子。15点。
悠子「ロビン君、読み書きが遅れてしまっていて」
マズルム「ああ。いーこ（15）、ですね」
サーリャ「ちょっと…」
マズルム「ジョーダンです！」
悠子「（苦笑して）色んな言語に触れて、混乱してるんだと思います。まずは、日本語をきっちりと習得してから他の言語も…」
マズルム「日本語だけではダメです、ロビンはクルド人です」
サーリャ「先生はまず日本語からって言ってるだけじゃん」
マズルム〝O zaman... Japon olur...〟
「そんなことしたら…日本人になる」
サーリャ「………」
悠子「（サーリャに）大丈夫？」
サーリャ「はい、大丈夫です」
悠子「…このままでは学習が完全に手遅れになります。これからもここで生きていくロビン君に何が一番大切か、私たちで一緒に考えてあげましょう」
マズルム「……」
感情的になっていたマズルムも冷静に考え込む。
悠子「ロビン君、おうちではたくさんお話しますか？」
サーリャ「はい…？」
悠子「実は、学校ではほとんど口を開かないんです。クラスメイトとは、全然喋らなくて…」
サーリャ「……私の時みたいな…いじめですか？」
悠子「……少し違うと思う」
サーリャ「……」
悠子「ロビン君、自分のこと…宇宙人だって言ったの。そのせいで嘘つきって言われて…みんなを避けるようになって…」

サーリャ・マズルム「……（顔を見合わせる）」

25　芝川の遊歩道

帰り道、3人で歩いて帰っている。

ロビン「……何人って聞くから言っただけ」
サーリャ「…わかんなかったんだよね？」
ロビン「うん」
マズルム「じゃあ父さんは宇宙人か」

ロビン、首を横に振る。

マズルム「それなら…ロビンも違う」

ロビンの頭を撫でる父。

マズルム「自分が知ってればいい。胸を張ってクルドって言えばいい。（サーリャに）だよな？」
サーリャ「……うん」

石を思い切り蹴飛ばすロビン。
それをみたマズルム、ふっと笑う。

マズルム「俺が生まれたとこにはたくさん石があったんだよ」
ロビン「こういうの？」
マズルム「そうだ。田舎だったから、遊ぶものなんかなかった。石蹴りばっかりしてた」

一つの石を拾ってロビンに渡すマズルム。

マズルム「この石もクルドの石も何も変わらない」
ロビン「これも…？」
マズルム「そう」
ロビン「……（石を大事そうに握る）」
マズルム「俺たちの国はな…ここにあるんだよ（胸を叩く）」
ロビン「ここ？（胸を指す）」
マズルム「うん。だから、いつもある。どこにでもある」
サーリャ「……」

26　荒川に架かる橋（日替わり）

自転車に乗るサーリャ。橋の前で一度止まる。
仮放免になってから初めて東京側へ。

サーリャ「……」

大きく息を吐き出すと、ゆっくりと、確かめるようにペダルを踏み込む。

27　コンビニ・調理場〜店内

調理場で太田と作業（弁当仕込みなど）をするサーリャ。客（老婆）が来たことに気がついてレジへ。
会計をするサーリャ。

老婆「あなた、お人形さんみたいねえ」
サーリャ「いえ……860円です」
老婆「（お金を支払って）お国はどちら？」
サーリャ「……ドイツです」
老婆「とっても言葉がお上手。外人さんと思えない」
サーリャ「……ありがとうございます」
老婆「いつかお国には帰るの？」
サーリャ「……ずっと…日本に居たいと思ってます……」
老婆「そう。これからも頑張ってくださいね」

まったく他意なく、優しい笑顔で言う老婆。
老婆を見送った後、泣くつもりはないのに涙が出そうになり、上を向いてごまかそうとする。
それに気がつく聡太。レジに客が来る。
代わりに対応する聡太。

28　同・表

仕事が終わって出てくると、聡太が待っている。
「お疲れ」と小さく手をあげる聡太。

29　河川敷（東京側）

自転車を押して歩く二人。川沿いには、スケボー少年やランナー。犬を散歩している老人。

聡太「ここ、よく来る」
サーリャ「へえ。好きなんだ？」
聡太「うん。夜になるともっと綺麗だよ。

あっちの…埼玉のほう」
サーリャ「へえ…私が住んでる所らへんだ」
　土手にいる人たちや、風景を見ながら歩く二人。
　×　×　×　×
　リュックからふたつシュークリームを出し、渡す聡太。
サーリャ「これ、新商品？　じゃん」
聡太「うん。今日は買ったやつ。おごり」
サーリャ「……ありがと」
　食べ始める二人。聡太はサーリャの顔を伺う。
聡太「もうだいぶ落ちたね」
サーリャ「ん？」
聡太「トマト」
　手のひらを見せる聡太。
サーリャ「ああ…」
聡太「良い色だった」
サーリャ「ほんと？」
聡太「うん。俺、赤好きだし」
　色がかすかに残った手のひらを見るサーリャ。
サーリャ「（決意して）私、ドイツ人じゃないんだ」
聡太「……」
サーリャ「小学生の時、ワールドカップあってさ。学校で友達にどこの国応援してんのって聞かれて、ドイツって言ったのね」
聡太「ああ、強いもんね。ドイツ」
サーリャ「……ほんとはみんなと一緒に日本応援したかった」
聡太「うん…（？）」
サーリャ「私が日本って言ったらおかしいのかなって思って…」
聡太「考えすぎでしょ」
サーリャ「考えるよ…。いつの間にかドイツ人だと思われてて。なんかちょうどよくて…自分でもドイツ人って言うようになった…」
聡太「……ほんとはどこの国から来たの？」
サーリャ「…国じゃないんだけど…クルド…って知らないよね」
聡太「……クルド…？……ごめん…わかんない」
サーリャ「ううん。みんな知らないし」
聡太「ワールドカップ出てないよね」
サーリャ「…うん。出れない」
聡太「あんま強くないんだ」
サーリャ「ううん（笑）まあ…とにかく、その、クルドの結婚式で、手赤くすんの。親戚は」
　サーリャは再び手のひらに目を落とす。
サーリャ「……赤い手見ると思い出すんだよね…自分がクルドってこと」
　間。なんと言って良いか迷う聡太。
聡太「……俺も青とオレンジ（コンビニのイメージカラー）見ると叔父さんの顔思い出す」
サーリャ「それ…ちょっとやだね（笑）」
聡太「ちょっとじゃないよ（笑）」
　笑う二人。シュークリームを食べ終わる。
　聡太の口にクリームがついている。
サーリャ「ついてる（笑）こっち」
聡太「（口をこする）え、こっち…？」
サーリャ「このこと、初めて人に話した」
聡太「（こするのを止める）…俺でよかったの？」
サーリャ「うん」
聡太「……そっか」
サーリャ「（顔を見てふっと笑い、口元を示す）」
　聡太の口にはまだクリームが付いている。

30　芝川沿いの道（翌日）
　自転車に乗るサーリャと聡太。
　橋の横に止まり、下を見る。

31　公園（川口）
　スプレーを使ってキャンバスに絵を描く聡太。
　赤、青、オレンジ、を混ぜてみる。

色んな色が混じり合った絵。
サーリャも教えてもらいながら、自分の好きな色を加える。手の平を見せる聡太。
黄色い。
聡太「レモン食べ過ぎ」
サーリャ「（自分の黄緑の手を見せ）キャベツ食べ過ぎ」
笑う二人。
× × × ×
作品が完成する。
サーリャ「すごいね…」
聡太「初めて人と一緒に描いた」
サーリャ「なんていうのこういう絵？」
聡太「なんだろう？（笑）」
サーリャ「いいね（笑）」
聡太「でも、ちゃんと絵の勉強したいから、美大行きたいんだ。サーリャは、志望校決まってるの？」
サーリャ「…うん。私は…小学校の先生になりたくて。そのためにバイト代貯めてる」
聡太「へえ…。サーリャ先生」
サーリャ「良い響き。へへ」
ぽつぽつと雨が降ってくる。逃げ出すように走る二人。それぞれ絵を守るように走る。途中で洋服が汚れてしまったことに気がついて笑う。

32 サーリャのアパート・居間

サーリャは髪をほどいて頭を拭いたあと、上半身をささっと拭き、脚を丁寧に拭く。
聡太はTシャツを脱ぎ、身体を拭く。
思わず見てしまうサーリャ。目を背ける。
着替え終えた聡太は家の中を見る。
美しいレースのカーテン。寸足らずで合ってない。
壁に貼られているポストイットに気づき、見る聡太。
聡太「何、これ？」
サーリャ「クルド人、日本語わからない人も多いから。色々頼まれてて」
聡太「もう先生なんだ。すごいね」
サーリャ「そんなんじゃないよ（照れる）」
洗面所の方に行くサーリャ。
鍵を開ける音。帰ってくるマズルムとロビン。
マズルム「誰？」
ロビン「うちには何もありません」
聡太「いや、あ、すみません。僕はサーリャさんの、あの」
部屋をくるりと見渡すマズルム。
マズルム「（大声で）サーリャ！」
サーリャ「……」
マズルム〝O kim?〟「誰なんだ」
サーリャ〝Okulda ... Kürt meselesini anlatacaaz da.. Onun için, beraber çalışmak için geldi〟「学校で…今度一緒にクルドのこと発表するの。それで勉強のために来てもらって」
マズルム「……」
サーリャ〝Özür dilerim...Hemen göndereceem〟「…ごめんなさい…もう帰ってもらう」
マズルム「……（聡太に）ご飯食べてってください」
サーリャ「……いや」
マズルム「クルドに興味あるんでしょう？」
聡太「え…あ…ありがとうございます」
聡太は妙な空気感の二人に気圧される。
× × × ×
食事を囲んで座る四人。
聡太「うんま！　すごいね」
サーリャが唐辛子パウダーを父に渡す。ヨーグルトに大量にかける。それを見ている聡太。
マズルム「かける？」
聡太「はい」
マズルムが大量の唐辛子をかける。一口食べてむせる聡太。笑う三人。ティッシュを差し出すロビン。
聡太「（ロビンに）ありがと」

マズルム「家は、近く?」
　頑張って日本語で話しかける父。
聡太「僕は東京です」
マズルム「東京から川口の高校来てるの?」
聡太「ああ、いや…」
サーリャ「(割って) 東京から。珍しいんだけどね」
聡太「…はい」
　気まずい間。
マズルム「クルドの何知りたいですか」
聡太「えっと……クルドってどのへんなんですか」
マズルム「んー、トルコ、シリア、イラン、イラク、ができる前からその場所にクルド人は居た。でも、戦争の後に…sınır…日本語でなに?」
サーリャ「国境」
マズルム「国境ができてクルド人は別々の国に分かれました。だから国はない」
聡太「…でもなんで…?」
マズルム「…クルド人はこれまでずっと裏切られてきた。だからバラバラだけど…心はひとつです」
聡太「僕…何も知らなくて…」
マズルム「日本の人が興味持ってくれるだけで嬉しい」
サーリャ「……」
　ビール缶を開けるマズルム。
マズルム「(聡太に) 飲みますか」
聡太「いやあのぼくまだ…」
マズルム「ジョーダン、です!」
　ハハハと笑うマズルム。つられて聡太も笑う。
　アーリンが帰ってくる。
聡太「あ、お邪魔してます」
アーリン「彼氏?」
サーリャ「違うよ」
聡太「違う、違います」
アーリン「ふーん。いいなあー」
サーリャ「何言ってんの…」
　サーリャは父の顔を伺うが、気にしてないかのように食事を続けている。
ロビン「ねえ、ゲームやってってもいいよ」
聡太「え、やりたい」
ロビン「やった」
　嬉しそうに笑うロビン。

33　同・玄関

　聡太を見送るサーリャ、マズルム、ロビン。
ロビン「(袖を掴んで) ソータ! キャンプ一緒行く? 夏休み行くんだよ」
サーリャ「ロビン」
聡太「いいね」
マズルム「大変だよ」
聡太「僕平気ですよ、やったことあります」
マズルム「クルド人のとは全然違うと思うけど」
サーリャ「(割って) じゃあね、聡太くん」
聡太「ごちそうさまでした」
　帰り際、それぞれに目線を合わせ、最後にサーリャに目を合わせ、「じゃあ」と優しく微笑む聡太。
　父はその様子を見ている。

34　同・玄関前 (日替わり)

　玄関前の共同スペースでバーベキューをしているクルド人たち。マズルムとロビン、アリとその妻のエミネ、子供たち、ロナヒ、ウェラット。アリがクルド語の歌を歌い出すと、みんな一斉に歌い始める。

　料理を作っているサーリャはロナヒと顔を見合わせて苦笑。

サーリャ〝Her zaman böyle! İçkiyi fazla kaçırıyonuz〟

「…いっつもこう。飲み過ぎ (呆れ)」

ロナヒ〝İyi değil mi işte! Kürtçe türkü söylemek de Kürtçe konuşmak da yasaktı…〟

「いいじゃない。昔は、クルド語で歌うの

も、話すことも禁止されてたんだもん。殴られたり、捕まったり…」

サーリャ「……」

ロナヒ〝Sarya senle beraber söyleyelim yaa... Hadi çabuk öğren artık Kürtçeyi be!〟

「ねえ、サーリャと一緒に歌いたい。早くクルド語を覚えて」

サーリャ〝Hmmm...〟

「…うん…」

ロナヒも歌い始める。

ウェラットと目が合い微笑まれ、目を逸らすサーリャ。上機嫌の父、ウェラットの肩を抱く。

エミネ〝*Tu ji Welat pir hez dike*〟

「ウェラットがお気に入りね」

マズルム〝*Ī mine lawiki mine*〟

「息子みたいなもんさ」

笑うウェラット。みんな笑う。

アリ〝Sarya, nişanlın olur. Gelecekteki kocan!〟

「サーリャ、お前の未来の夫だよ！」

ロナヒ〝Ali! (kafasını sallıyor)〟

「アリ！（首を振る）」

マズルム、ため息。

サーリャ〝Öyle mi?!...〟

「…ほんとなの？…」

マズルム〝Bu iş için daha erken, daha sonraki mesele...〟

「……まだ先のことだよ」

サーリャ「……」

サーリャを見ようとしない父。

サーリャは席を立ち、片付けを始める。大きな声でのやり取りが聞こえてくる。

エミネ〝*Wexta ku zewici Fatma ji Sarya biçuktir bu na?*〟

「あなたが結婚したとき…ファトマは今のサーリャより若かったんじゃないの？」

マズルム〝*Ha 16 sali bu*〟

「ああ…16だった」

ウェラット〝*De u bave we qerar dabu.*〟

「やっぱり親同士が決めたんですか」

マズルム〝*Ha werg bu*〟

「そうだよ」

笑うロナヒ。

ロナヒ〝Yok ya Yalancı seniiii. Büyük aşkı bunlarınki〟

「嘘ばっかり！　大恋愛だったくせに！」

マズルム〝*Çi ye bi kurdi beje*〟

「なんだよ。クルド語で言えよ」

ロナヒ〝Mazlum ilk görüşte aşık oldu ... dağları aşıp görmeye gidiyodu kızı〟

「マズルムが一目惚れしてね…山を越えて会ってたのよね」

大笑いする一同。

マズルム〝O dağa cenazesini teslim etmek de nasip oldu... 〟

「あの山に遺体を返せてよかったよ」

サーリャ「……」

35　**同・洗面所（翌日）**

サーリャ、アイロンで髪を伸ばす。父が廊下を通る。

マズルム「……」（アイロンをしているところを初めて見た）

サーリャ〝Güle güle〟

「…行ってらっしゃい」

父が行くと、鏡に映る自分の顔をじっと見てからリップを塗る。

36　**河川敷（子どもの水辺）**

河川敷で勉強している二人。英単語のクイズを出し合っている。サーリャは正解が続く。
聡太「めっちゃ勉強してんじゃん」
サーリャ「まあね」
聡太「オープンキャンパスとか行かないの？」
サーリャ「聡太くんは？　どっか行くの」
聡太「うん。大阪」
サーリャ「……大阪？」
聡太「ずっと行きたかった美大あるんだよね。

まだ親にも言ってないんだけど…」
サーリヤ「へえ…どんなとこ？」
聡太「えっと…ここなんだけど」
動画を見せる。大学の紹介動画。
サーリヤ「…すごいね。聡太君の仲間がいっぱい…」
聡太「そうそう。とにかく遠くに行ってみたくて探してただけなんだけどね…今は本気で行きたい」
サーリヤ「………いいね、大阪。行ったことない」
聡太「俺もないよ」
サーリヤ「…何あるのかな…」
聡太「とりあえず、たこ焼きお好み焼き道頓堀…」
サーリヤ「たこ焼き！　いいなあ」
聡太「……一緒に行かない？」
サーリヤ「……私は……行けないや」
聡太「……そっか…」
サーリヤ「ごめんね」
聡太「いや、ごめんとかじゃないし。ぜんぜん、ごめんじゃないよ」
サーリヤ「……」

37　同・近くの道

歩く二人。立ち止まるサーリヤ。
サーリヤ「…私…ほんとは…東京に来ちゃいけないんだ」
聡太「え……」
サーリヤ「………最近、ビザの関係で、許可がなきゃ埼玉から出ちゃダメになって…」
聡太「……なんで急に…？」
サーリヤ「……ダメになって……難民申請が…」
聡太「（驚いて）……」
サーリヤ「…私が小さい時、お父さんが国にいられなくなって…日本に逃げて来たの。私もよくわからないんだけど…帰ったら捕まるって…」
聡太「……今は、その……大丈夫なの？」
サーリヤ「うん…色々、制限はあるけど…」
聡太「…なんだよそれ…」
怒りを込めて言う聡太。
サーリヤ「……しょうがないから」
聡太「…（言葉を探すが何もない）」
サーリヤ「……こんなこと……困るよね…」
聡太を置いて行くサーリヤ。
サーリヤの腕を掴む聡太。
聡太「しょうがなくなんかないよ」
真っ直ぐに言う聡太。
サーリヤ「……」
聡太にチークキスをするサーリヤ。
重なる二人のシルエット。驚いて固まる聡太。
サーリヤ「…クルドの挨拶。さよならとこんにちは」
聡太「……今のはどっち？」
サーリヤ「……どっちでしょう？」
笑顔で言うサーリヤ。腕を掴んでいた聡太の手が、サーリヤの手へと下り、繋がれる。歩く二人。

38　荒川に架かる橋（夜）

橋の中央に止められている自転車二台。
「東京都・埼玉県」の県境の看板に赤いスプレーをつけた手で手形をつける聡太。
サーリヤも手形をつける。
自転車が来る。自転車に急いで乗って逃げる二人。
夜の光が輝いている。

39　サーリヤのアパート前の公園（家の前）

送ってきた聡太。
サーリヤ「ここで大丈夫」
聡太「うん。じゃあ、またね」
サーリヤ「あのさ……やっぱり、一緒に大阪行きたい」
聡太「……」
微笑むサーリヤ。

40　サーリヤのアパート・玄関〜居間

帰ってくるサーリャ。居間には夕食の準備がされ、家族が待っている。

サーリャ「ただいま」

そのまま自分の部屋に行こうとする。

マズルム〝Buraya gel!〟

「こっちに来なさい」

居間に行くサーリャ。

マズルム〝Neredeydin?〟

「何してたんだ」

サーリャ「…友達と会ってた…」

マズルム〝Onunla mı görüştün?〟

「あいつか」

サーリャ「（動揺して）友達だから」

マズルム〝Gerçekten arkadaş mısınız?〟

「本当に友達?」

サーリャ「……うん」

マズルム〝Söyleyemeyeceğin bi şey mi var?〟

「……言えないような関係なんじゃないのか」

サーリャ「…違う」

いつもとは違う剣幕に威圧される。

マズルム〝Allah yemin et?〟

「神様に誓える?」

サーリャ〝……Yemin ederim〟

「……誓います」

マズルム〝Onunla bir daha görüşmeyecekesin〟

「もう二度と会うな」

サーリャ「……」

アーリン「早く食べようよ」

座るサーリャ。

いつものように食前の祈りをしようとする。

手のひらを上に向けると、インクの汚れがついている。

マズルム〝Ellerini yıka〟

「手を洗って来い」

手を見るサーリャ。

サーリャ「……やだ」

マズルム〝Hemen〟

「早くしなさい」

父の乱暴な言い方に、これまで抑えてきた気持ちが溢れ出すサーリャ。

サーリャ「……なんで会ったらダメなの?　何でこんなことしなきゃいけないの?」

マズルム〝Sen Kürtsün! Nereye gidersen git Kürtsün! Nande mande deyip durma!〟

「お前はクルド人なんだ。どこにいても。祈りに理由なんていらない」

サーリャ「………」

雑に祈る。

サーリャ「もういい?」

マズルムはサーリャの頬を平手打ちする。

サーリャは寝室に行き大きな音を立て襖を閉める。状況が掴めないロビンとアーリンは呆然と見ている。

41　同・表（翌日）

出かけようとするが自転車がなくなっている。

42　解体置き場

帰っていくアリやウェラット。
マズルムは車のなかで少しぼんやりしている。
そこへ警察官がやって来る。
窓をノックする警察官。窓を開けるマズルム。
警察官「こんにちはー。こちらの従業員さんですか?」
マズルム「……」
警察官「（不審そうに覗き込んで）身分証明書、見せてもらえます?」
マズルム「……」

43　出入国在留管理局・面会室①（日替わり）

サーリャとアーリン、ロビン、山中が腰掛けて待っていると、父が入って来る。

　サーリャは先日のことを引きずり自分から父に声をかけられない。

山中「働かずに生きろっていうのは確かに無茶な話だけどね。大変なんですよ…一回入っちゃうと…」
アーリン「何日くらいここにいるの？」
山中「期限はないんだよ」
ロビン「キャンプいける？」
マズルム「…たぶん無理かな」
ロビン「えー！」
山中「あれなら、おじさんが一緒に行ったげようかな」
ロビン「いい」
山中「パパじゃなきゃダメだよなあ（笑）とにかくね、もう一度難民申請することを勧めます。あと、裁判も。こちらの正当性を司法に認めてもらうんだよ」
マズルム「お願いします（頭を下げる）」
サーリャ「でもそれって…時間かかりますよね…」
山中「まあすぐにどうこうなるってことはないけど」
サーリャ「これから私たちはどうしたら…」
アーリン「……悪いことしてないんでしょ？」
マズルム「……ああ。してない」
アーリン「（サーリャに）大丈夫だよね？ここに居られるよね？（声が震える）」
サーリャ「……大丈夫」
山中「うん、気を落とさないで」

　涙を拭くアーリン。サーリャはそれを見る。

マズルム〝Bu ikisine iyi bak (Sarya'ya)〟
「（サーリャに）二人のこと、よろしくな」
サーリャ〝…Tamam〟
「……うん」
マズルム〝Kürt halkımıza da sahip çık… Sen dik dur. Sana güveniyorum〟
「クルドのみんなのこともな。おまえがしっかりしなさい……頼んだからな」

　立ち上がる父。

マズルム「じゃあみんな、またね…」
サーリャ〝Bisiklet nerede?〟
「自転車どこにあるの？」

　答えず行ってしまう父。サーリャはぎゅっと手を握りしめ過ぎて、爪の跡が手の甲に残る。

44　サーリャのアパート・居間（夏休み）

　父がいなくなって一ヶ月が経ち、新しい生活が出来始めている。部屋は荒れている。
　壁には新たに貼られたポストイットがたくさん溜まっている。頼まれた書類を書いているサーリャ。
　カタカタという音。慌てて台所に行くサーリャ。
　スープが吹きこぼれている。蓋に触る。

サーリャ「熱っ」

　蓋を床に落としてしまう。しゃがみこむサーリャ。
　アーリンが帰ってくる。

アーリン「うえー。このうち暑すぎ」

　窓を開ける。

サーリャ「どこ行ってたの？　部活はどうしたの？」
アーリン「うるさいなあ。親にでもなったつもりかよ」
サーリャ「…何その言いかた…」
アーリン「てかまだクルドの手伝いしてんの？（笑）」
サーリャ「当たり前でしょ」
アーリン「今大変なんだから、断れば良いのに」
サーリャ「…無理だよ」
アーリン「甘やかすからあの人たち日本語上達しないんだよ」
サーリャ「は…私が悪いの？」
アーリン「悪いとは言ってないけど」
サーリャ「……じゃああんたがどうにかしてよ」
アーリン「私関係ないもん。お姉ちゃんは自業自得だよ」

サーリャ「………」

貼られていたポストイットを全て外してゴミ箱に入れるサーリャ。驚いて見ているアーリン。

45　聡太の家・庭

サーリャ、ロビン、聡太、三人で絵を描く。

×　×　×　×

聡太の母・崎山のり子（43）が仕事から帰ってくる。
聡太「あ、帰ってきた」
緊張して姿勢を正すサーリャ。後ろに隠れるロビン。
のり子「こんにちは。もー聡太、先に言っといてくれたら早く帰ったのに」
聡太「ラインしたじゃん」
のり子「そうだけど、急にカットにカラーにパーマ、フルコースのお客さん来ちゃって見れなかったのよー」
サーリャ「お邪魔してます。すみません突然」
のり子「サーリャちゃん。はじめまして」
サーリャ「（緊張して）はじめまして」

46　同・台所

調理を手伝うサーリャ。いつものようにキュウリを切る。
のり子「すごい切り方！　いいねえ（笑）」
サーリャ「普通だと思ってました（笑）うちではこうなので」
のり子「へえ。いつもお母さんのお手伝いしてるんだ？」
サーリャ「料理は父としてます。母が亡くなってて。でも、やりかたを教えてくれたのはお母さんです。レシピも」
のり子「受け継いでるんだね、どこの国なの？」
サーリャ「…クルドです」
のり子「クルド…なんかかっこいい。私もね、受け継いでるよ、岩手の味（笑）あ、それこっち」
刻んだ野菜をボウルに入れるサーリャ。
のり子「うちも二人なのに、聡太なんか全然手伝わない。なんとかアートに目覚めちゃって（笑）」
サーリャ「聡太くんの絵、好きです」
のり子「そう？（ちょっと嬉しい）」
サーリャ「はい」
のり子「ま、本当は普通の職業について欲しいんだけどねえ」
サーリャ「…アートやるの反対なんですか？」
のり子「ううん。親は子どもが幸せでいてくれるのが一番だからさ。やりきって欲しいかな」
サーリャ「羨ましいです。そんなふうに言ってもらえて」
のり子「サーリャちゃんのご両親も、同じ気持ちだと思うよ、きっと」
サーリャ「……」

47　同・居間（夜）

準備するのり子と聡太を見ているサーリャ。
のり子「聡太、ドレッシング持ってって」
聡太「はいはい（冷蔵庫から出して持っていく）」
のり子「それじゃなくて、胡麻の！」
聡太「はいはいはい」
机に四人で座ってカレーを食べる。
ロビン「あぢっ」
のり子「急がないで（笑）そういえばお父さん、連絡ついた？　心配してない？」
サーリャ「…はい…」
聡太「お父さん、めっちゃ面白いんだよ」
のり子「へえ、会ってみたいなあ」
聡太「（ロビンに）ひげすごいし、ね？」
ロビン「……（うつむく）」
聡太「あれ……どうしたの？（サーリャを見る）」

サーリャ「……」
聡太「……大丈夫…？」
サーリャ「(聡太を見て、のり子を見る)…
　本当は…今、いないんです」
聡太「え…？　いないって…」
のり子「……どこにいるの？」
サーリャ「……入管…入国管理局に…収容さ
　れてて…」
のり子「……どうして？」
サーリャ「……難民申請がダメになって、ビ
　ザがなくなって…」
のり子「サーリャちゃんも…？」
サーリャ「(頷く)」
　間。言葉を探しているのり子。
のり子「…ごめんね、想像が追いつかなくて
　…」
聡太「……食べようよ。冷めちゃう」
のり子「…うん。今日はいっっっぱい食べ
　てってね。ついでにお風呂も入って、泊
　まってく？」
ロビン「お風呂おっきい？」
のり子「んーとね、普通！(笑)」
　ロビンにおかわりをよそってやるのり子。
　サーリャは少し安心して聡太を見る。頷
　く聡太。
のり子「ふたりとも、いつでも遊びに来てね」
サーリャ「ありがとうございます」
ロビン「ダメ」
のり子「え？(笑)」
ロビン「こっち来ちゃダメなんだよ」
サーリャ「……」
のり子「…どういうこと？」
サーリャ「………埼玉県から出たらいけな
　いんです…」
のり子「…あれ…でも…今も、うちの店で働
　いてるんだよね？　兄さんはこのこと知っ
　てるの？」
聡太「叔父さんは知らない」
のり子「…聡太は知ってて、東京に連れてき
　たの？」
聡太「……」
のり子「…そっか…うん…」
　気まずい沈黙。

48　サーリャのアパート・表

　帰ってくるサーリャとロビン。ロナヒが
　階段を降りて来る。

ロナヒ〝Hoşgeldiniz〟

　「おかえり」

サーリャ〝Hoş bulduk〟

　「…ただいま」

　ロビン、一人階段を上っていく。

49　コインランドリー・店内

　ベンチに座っている二人。ロナヒの洗濯
　物が回っている。

ロナヒ〝Ben de tam bunu size getiriyodum〟

　「これ、ちょうど今持って行こうと思って
　たの」

　クルド料理が詰まったタッパーを渡され
　る。

ロナヒ〝Köfte seversin, de mi?〟

　「好きでしょ？　キョフテ」

サーリャ〝Eline sağlık...〟

　「ありがとう…」

ロナヒ〝İnşallah Mazlum abi çabuk çı
　kar〟

　「マズルム…早く出れるといいね」

サーリャ〝Ya senin Kocan?〟

　「ロナヒの旦那さんは？」

ロナヒ〝Kocam...İki yıl oldu...〟

　「うちの人は…もう、二年…」

サーリャ〝.....Iki yıl...〟

　「……二年…」

ロナヒ〝Mazlum abiye mektup yazdın mı
　?〟

　「マズルムに手紙書いてあげた？」

サーリャ〝Hayır...〟

　「ううん…」

ロナヒ〝Yazsasana. Senin için çalı　ştı
　çabaladı kendini zora soktu〟

「書いてあげて。あなたのために無理して働いてたのよ」
サーリャ〝Benim için mi?〟
「私のため?」
ロナヒ〝Mutlaka üniversiteye gönderecem diyodu〟
「大学に行かせてあげたいって」
サーリャ「……」

50 サーリャのアパート・玄関前(日替わり)

オリーブの木に水をやるサーリャ。ロビンも来る。
お祈りをするロビン。
ロビン「パパの真似」
サーリャ「…うん…」
ロビン「これどういう意味なの?」
サーリャ「……なんだろね」

51 同・寝室

お金の計算をするサーリャ。

かなり残金が少なくなってきている。

自分の学費のために貯めていた缶に入れたお金も確認する。アーリンは薄く目を開けてその姿を見る。

52 コンビニ・バックヤード

太田と向き合うサーリャ。
太田「ビザ、見せてくれる?」
鞄から仮放免許可証を出すサーリャ。
書類をまじまじと見て深くため息をつく太田。
太田「さっちゃん頑張ってくれてたから残念だけど…でも…不法就労はさせられない。これまでの分と、少し多めに入れたから、これ…」
サーリャの前に封筒を差し出す太田。
太田「…今まで働いてたこと、内緒にね」
サーリャ「……」
太田「あと…聡太ともう会わないでやって欲しいんだ」
サーリャ「……どうしてですか」
太田「あいつの…母親が心配してててね。聡太のことも、さっちゃんのことも…」
サーリャ「………お世話になりました」
封筒を受け取らずに行こうとするサーリャ。
太田「待って。持って行って」
サーリャに封筒と弁当を持たせる太田。
サーリャは受け取り、部屋を出る。

53 同・表~道

追いかけてくる聡太。サーリャは止まらずに歩く。
聡太「どうかしたの?」
サーリャ「……クビになった。不法就労」
聡太「…ごめん…。俺から叔父さんに話す」
サーリャ「もういいから…。大阪もごめん、ひとりで行って」
聡太「え…なんで…申請したら行けるんでしょ?」
サーリャ「あんまり…行きたくなくなった」
聡太「……」
サーリャ「じゃあね」
追いかけてこなくなる聡太。

54 荒川に架かる橋

橋の真ん中、歩いてくるサーリャ。看板につけた手形の上に落書き禁止の張り紙がされている。

55 サーリャのアパート・居間

ロビンに写真を撮らせているアーリン。新しい服を着ている。
机には新しく買われた化粧品やヘアアイロンが散乱している。
サーリャ「…何してんの…」
ロビン「アイドルの写真」
サーリャ「何それ…」
アーリン「オーディション受けるから。お姉ちゃん撮って」

サーリャ「これ…どうやって買ったの？」
アーリン「ちょっと、借りました」
　サーリャが自分の大学費用のために貯金していた缶が床に落ちている。
サーリャ「は？　何勝手に使ってんの」
アーリン「本気だから。絶対に成功して返すから」
　缶を拾うサーリャ。空である。
サーリャ「…ふざけんなよ」
　ロビンが持っているスマホを奪うサーリャ。
アーリン「返してよ」
　奪い合いになる。スマホが落ちてしまう。
アーリン「（傷を確認して）まじ最悪なんですけど…」
サーリャ「オーディションはやめときな」
アーリン「なんで」
サーリャ「無理だから」
アーリン「だからなんで」
サーリャ「……日本人じゃないから」
アーリン「……私は私。何人でもない」
サーリャ「……」
　二人の部屋からサーリャの布団を投げ出すと、閉じこもるアーリン。一人机の上を片付けるサーリャ。
　全部でお金がいくらあるかを数える。
　店長からもらったバイト代だけだ。

56　解体置き場（日替わり）

　アリが財布の中にあるお札を全てサーリャに渡す。

アリ〝Kusura bakma bundan başka yok. Patron kaçtı...〟

「これだけしかなくてごめん。社長が逃げやがって…」

サーリャ〝...Sagol...〟

「…ありがとう…」

アリ〝Bak... Welat'a sorsana. Nasılsa kocan olacak〟

「ウェラットに頼んでごらんよ。未来の旦那だろ」

サーリャ〝......Olmaz〟

「……やだよ」

アリ〝Aha bak orada〟

「ほら、そこにいるよ」

サーリャ〝Gerek yok〟

「いいから」

アリ〝Welat!〟

「ウェラット！」

サーリャ〝Yaa dur!〟

「やめてよ」

　ウェラットが来る。サーリャは顔も見ずに歩く。

ウェラット〝Sarya, noldu?〟

「サーリャ、大丈夫？」

サーリャ〝Yok bi şey〟

「大丈夫」

ウェラット〝Ne lazımsa bana söyle〟

「俺になんでも言ってよ」

サーリャ〝Bir şey yok dedim〟

「大丈夫だってば」

　逃げてくサーリャ。腕を掴むウェラット。

ウェラット〝Benden nefret mi ediyosun?〟

「俺が嫌い？」

サーリャ「……」

ウェラット〝Buraya Mazlum abi sayesinde gelebildim... Bana defalarca yardım etti... Ben de sana yardım etmek istiyom. Kürtler olarak birbirimize yardım etmemiz lazım〟

「ここに来れたのだってマズルムのおかげだったし……何回も助けてくれたから…役に立ちたい。クルド人同士、助け合うのは当たり前だよ」

サーリャ〝......Hayır değil...〟

「……私は違う…」

　ウェラットの腕をゆっくりと解こうとするサーリャ。離さないウェラット。

ウェラット〝Sen Kürtsün〟

「クルドだろ」

サーリャ「……クルドじゃない」

ウェラット、ようやく手を離す。

57　道

電話が鳴る。

サーリヤ「（出て）もしもし」

山中の声「山中です。実はお父さんがね……」

サーリヤ「……」

58　出入国在留管理局・面会室②（日替わり）

椅子に座って待つサーリヤと山中。
部屋に入ってきた父は、やつれている。

サーリヤ「……」

山中「大丈夫ですか？」

首を縦に振るマズルム。

マズルム「はい。クーラーはつかない代わりにご飯はすごく冷たい。最高のオ・モ・テ・ナ・シ！　です！」

山中「ははは（爆笑する）」

サーリヤ、山中をいぶかしげに見る。

山中「ごめんごめん。でも皮肉が言えるくらいでよかったですよ。本当に追い詰められちゃう人もいるからね」

サーリヤ「…ねえ。裁判しないって、なに？」

マズルム「ああ。お前たちはしたら良い」

サーリヤ「お父さんは？」

マズルム「帰ることにするよ俺は」

サーリヤ「…何言ってんの？」

マズルム「このままここにいたら…おかしくなるから」

サーリヤ「……」

山中「危険なのはよくわかってるでしょう」

サーリヤ「そうだよ、逮捕されるっていつも言ってたのに…」

マズルム「今だって捕まってるじゃないか」

山中「マズルムさん、向こうの国であったことを忘れたんですか？　自分の脚の傷を見ても、それでも帰るって言うんですか？」

マズルム「帰らせるの日本でしょう…」

山中「……その通りです。僕だっておかしいと思ってます。だからこうして方法を探してるんじゃないですか…」

間。

サーリヤ「…よく考えてよ」

マズルム「大丈夫、また会えるよ」

サーリヤ「そんなの無理に決まってるじゃん」

マズルム「…俺はどこにも居場所ないんだよ…」

サーリヤ「…私は？　私たちの居場所は？」

まっすぐ父を見るサーリヤ。

サーリヤ「…連れてきたくせに…今度は置いて行くんだ？」

父は宙を見て答えない。

サーリヤ「勝手すぎ」

サーリヤは怒って出て行ってしまう。

山中「もう…一体何があったんですか…」

マズルム「………先生にお願いがあります」

59　サーリヤのアパート・寝室

勉強しようと参考書を開くが、身が入らない。
床に寝そべるサーリヤ。

60　高校・実景（夏休み明け）

61　同・進路指導室

原の前に座るサーリヤ。

サーリヤ「推薦ダメになったんですか…？」

原「残念だけど、あの大学は断られた…。だから、受け入れてくれる違う学校を…」

サーリヤ「（遮って）受験もできないんですか…？」

原「受験はできても、ビザがないと入学はできないって」

サーリヤ「………」

原「行けるところ見つけようよ。俺も協力するから」

サーリヤ「小学校の教員資格取れるところが良いんです。ずっと…特別で…」

原「わかった。でも、視野広げて、ポジ

ティブに。頑張ろうぜ、な?」
サーリャ「……（小さく）頑張ってます」
原「ん?」
サーリャ「もう頑張ってます」
原「お、おう。そうだな、うん…」

62 同・進路指導室前の廊下

出てくると、部屋の前に詩織がいる。小さくハイタッチして入れ替わりに入っていく詩織。
一度廊下を歩いた後、指導室の前に戻るサーリャ。
まなみの声「なにしてんの?」
まなみが近づいてくる。
サーリャ「……あ…ううん…」
中から詩織の喜びの声が聞こえる。察するまなみ。
まなみ「いっつもさっちゃんにノート借りてたくせにね」
サーリャ「…まあ良かったじゃん…」
テンションが低いサーリャを気にするまなみ。
まなみ「さっちゃんもさ、勉強ばっかじゃなくて、遊ばなきゃ。たまには息抜き必要よ?」
サーリャ「…うーん…」
まなみ「いいからいいから」

63 カラオケ・室内

歌うまなみとおじさん。
サーリャ「……（呆然）」
ノックして入ってくる店員。
ハニートーストを三つ置くと出て行く。
まなみ「わーい! めっちゃくちゃおいじぞー」
サーリャ「…こんなの初めて食べます」
おじさん「ああ、そう（嬉しそう）食べて食べて」
食べるサーリャとまなみを見てるおじさん。
まなみ「そのネクタイかわいい」
おじさん「これ? いいでしょ。父の日に娘がくれて」
サーリャ「…娘さんいるんですか?」
おじさん「うん、今大学生。前はよく一緒に食べたんだけどねえ」
おじさんを見るサーリャ。
わざと口元にクリームをつけてまなみに拭わせるおじさん。
× × × ×
手を振って去っていくおじさん。
もらったお金の半分（5千円）をサーリャに渡すまなみ。
サーリャ「あれだけで…」
まなみ「さっちゃんの見た目ならめっちゃくちゃ稼げるよ。才能だから活かした方が良いって」
サーリャ「何のスカウト（笑）…まなみ、ともくんはいいの?」
まなみ「別れた。受験勉強するからって。終わってるっしょ」
サーリャ「まじか…。でも、パパ活なんか辞めたほうがいいよ」
まなみ「……私にも色々あんのよ」
サーリャ「……」
まなみ「このことしいちゃんに秘密ね。私も言わない。ね、おそろのトレーナー買い行こ?」
サーリャ「…うん」
まなみ「だからー、もう元気出せぇって（寄りかかる）」
サーリャ「……（サーリャも寄りかかる）」

64 サーリャのアパート・表

管理人に捕まっているサーリャ。
アパート管理人「出て行ってもらうしかないよ、こっちは善意で貸してあげてたんだから。もう二ヶ月もらってないんだけど?」
サーリャ「…すみません（頭を下げる）」
アパート管理人「お父さんに伝えといてよ。そういえば最近見ないね…」

サーリャ「……家賃、必ず払います……」

65 同・玄関前（日替わり）

オリーブに水をやるロビン。

ガラクタ（枝やゴミ…）を使って一人遊びをしている。父がくれた石を握る。

66 公園

友達とダンスの練習をしているアーリン。

67 カラオケ・廊下

エレベーターの扉が開く。降りてくるおじさんに続くサーリャ。

68 同・室内

歌うおじさんにタンバリンで付き合うサーリャ。

おじさん「何でこんなことしてんの？…親には頼れないんだ？」

サーリャ「……はい」

おじさん「若いのに大変だね…。でも、苦労したら絶対いいことあるから」

サーリャ「…ありがとうございます」

おじさん「力になりたいなあ。（メニューを渡して）好きなもの頼んでよ」

サーリャ「じゃあ…ポテトいいですか？」

おじさん「いいよいいよ。ちなみにだけど、プチってしてないの？　三千円でハグ、とか、一万円でキスとか」

サーリャ「………」

おじさん「手っ取り早く稼いだ方がいいって。みんなやってるし。それに外国人なら挨拶みたいなもんでしょ？」

サーリャ「……」

おじさん「嫌ならいいよ。今日は帰ろっかな」

帰り支度を始めるおじさん。

サーリャ「…待ってください………ハグなら」

おじさん「じゃ、5分ね」

サーリャ「…え…5分？……前払いにしてください」

三千円を財布から出して机に雑に置くと、タイマーをスタートさせ、急に抱きついてくる。

おじさん「ねえ、あと一万…いや…二万だすからさあ…いいでしょ？」

首元から髪の匂いを嗅がれ、もたれかかってくる。力のかぎりで突き飛ばすと、おじさんがソファから落ち、背中を強く床に打つ。

おじさん「イッテえ…。このクソビッチ！出てけ日本からあ」

サーリャは急いで荷物を持って部屋を飛び出そうとドアに手をかけるが、戻って机の三千円を取る。

69 サーリャのアパート・寝室

一人で伏せっているサーリャ。そばに三千円。

アーリン「（入ってきて）ちょっと。私の化粧品……」

ためらいながら、少しずつ姉に近づく。背中に触れるくらいの位置に座る。

姉の髪を撫でるアーリン。抱きしめる。

アーリン「この前のオーディション、一次審査通ったんだよ」

サーリャ「え、すごい…」

アーリン「何人とか関係なく通ったんだよ。私、それだけで満足しちゃってんの」

サーリャ「……（泣く）」

アーリン「もー泣かないでって」

サーリャ「………」

アーリン「ねえ……私、絶対ここにいたい」

サーリャ「……うん」

アーリン「おねーちゃんは？」

サーリャ「……」

泣いてメイクがぼろぼろのサーリャ。

アーリン「ねえ顔やばいて」

ティッシュを渡すアーリン。

呼び鈴が鳴る。「私出る」と言って行く

アーリン。

アーリンの声「おねーちゃん！」

70　同・玄関

聡太が来ている。

聡太「…元気？」

サーリャ「うん…そっちは」

聡太「元気。コンビニのこと…ほんとごめん」

サーリャ「しょうがないよ」

聡太「……」

しょうがなくない、と言えない聡太。

聡太「あの…これ…（封筒を出して）ちょっとだけなんだけど…あ、叔父さんとか母さんからじゃなくて、俺からの」

サーリャ「……ありがとう。でも大丈夫だから」

聡太「ほんとに？（荒れた家の中を見る）」

サーリャ「……ほんとに」

封筒を下げる聡太。

聡太「そっか…。これくらいしか思いつかなくて。ごめん。バカだよね…」

サーリャ「……」

アーリンが来る。

アーリン「ねえ、ロビンいない」

サーリャ「いつから？」

アーリン「……わかんないよ…たぶん昼間から…」

71　同・表

外階段を降りてくる三人。

コインランドリー前に集まって話しているクルド人たち（ウェラット、アリ…）に駆け寄るサーリャ。

サーリャ〝Robin'i gördünüz mü?〟

「ロビン見なかった？」

アリ〝Görmedik〟

「見てないよ」

ロナヒもコインランドリーの中から出てくる。

ロナヒ〝N' oldu?〟

「どうしたの？」

サーリャ〝Robin yok!〟

「ロビンがいなくなったの」

ウェラット〝Biz de arayalım〟

「俺たちも探す」

サーリャ〝...Sağolun〟

「…ありがとう」

駆け出していくクルド人たち、サーリャ、聡太、アーリン。

72　公園（家の前）

スマホのライトを点けてそれぞれ探す三人。

見つからない。

サーリャ「…どうしよう…私のせいだ…」

聡太「大丈夫…見つかるよ」

73　芝川沿いの道〜橋

サーリャ、聡太、アーリン、二手に分かれる。

74　芝川の遊歩道〜橋の上の道

それぞれ、スマホのライトを当てて道を探す。

サーリャ、聡太、は見つけられない。

アーリンが座り込んでいるロビンの姿を見つける。

アーリン「おねーちゃん!!」

対岸に向かって駆け出すサーリャ。

× × ×

橋の上の道。ロビンは聡太におぶわれている。

サーリャ「何してたの…」

ロビン「石探してたんだけど全然綺麗なのないんだもん」

ロビンの手には石が入ったバケツ。

ロビン「バカっていうほうがバカ」

サーリャ「そうだね…」

ロビン「……パパ、なんで戻ってこないの？」

サーリャ「……わかんないよ……」

75
サーリャの家・居間
居間に布団を敷いて三人並んで川の字に寝る。
よく眠るロビンの前髪を撫でる。
アーリンは姉の姿を見ている。

76
電車・車内（日替わり）
気持ちの良い天気の日。
電車に乗っている聡太とサーリャ、アーリン、ロビンの四人。ボックス席。ロビンは窓に張り付いて景色を見ている。鼻の跡が窓につく。

77
荒川の上流（秩父）
山道から川へと歩いていく四人。
ロビンは石を探し始める。サーリャがついていこうとすると、アーリンが「いいから」とロビンの方に行く。残されたサーリャと聡太。ゆっくりと歩く。
聡太「この辺？」
サーリャ「うん」
二人はそこに、いつもサーリャの家で食事の時に使っている布を敷きながら話す。
サーリャ「ケバブ焼いたり、釣りしたり。毎年一緒」
聡太「めっちゃ楽しそうじゃん」
サーリャ「なんか…私が生まれたところに似てるらしい」
聡太「ここが？」
風を受けながら辺りを見る二人。川、山、空。
知らないクルドを想像する。石を手に取るサーリャ。
サーリャ「……全然…わかんない…でも…誕生日に石もらったの覚えてる。村で一番綺麗な石って。ありえなくない？」
笑う二人。聡太の顔を伺うサーリャ。
聡太「やっぱ面白いね、お父さん」
サーリャ「そうかな。本当何考えてるかわかんない…」
聡太「俺も…お母さん何考えてるか…理解できない」
サーリャ「……聡太くんが幸せでいてくれるのが一番だって言ってたよ」
聡太「…そんなこと…。うまくいかないね…」
サーリャ「…うん…うまくいかない…」
聡太「ちゃんと話さなきゃな…」
サーリャ「……うん……私も……」
サーリャは石を見ながら、自分の父を思う。
石を拾って川に投げるサーリャと聡太。
聡太が石を投げると三回はねる。
聡太「おっ記録更新！」
明るく笑う二人。
聡太にチークキスをするサーリャ。
聡太「今のはどっち？」
サーリャ「…どっちでしょう？…」
見つめ合う。先に目を逸らしてしまうサーリャ。
サーリャの手を取る聡太。
サーリャはその手を離さない。

77A　**サーリャのアパート・実景（秋）**
階段の蔦が茶色くなってきている。

78
同・居間
父に差し入れるものを整理するサーリャ。
いつも着ていた服。手伝っている山中。
山中「これ、差し入れてあげよう…肌寒くなって来たからね」
ポケットに小さなメモ帳が入っている。
山中「（サーリャに渡して）見てこれ」
家族の名前を下手くそなカタカナで何度も書いている。何ページも、何ページも。
サーリャ「……お父さん…帰らせないようにできませんか？」
山中「…もちろん、僕だってそうさせたい。でも、意思が固いんだ…」
サーリャ「……どうしてですか…帰ったら捕

まるのに……」
山中「……うん」
サーリャ「そんなのおかしいじゃないですか…。止めてくださいよ。先生なら、止められるんじゃないんですか?」
山中「……実は…言わないでと頼まれたんだけど……外国人でも日本で育った子どもにビザが出たことがあるんだよ」
サーリャ「ビザが出たんですか…?」
山中「その家族の場合はね……うん…（言いよどむ）」
サーリャ「……?」
山中「……親のビザを諦めたおかげで、子供にビザが出たんだよ。お父さんはそのことを知って…帰ると決めたんだ…」
サーリャ「……」
ノートを握りしめるサーリャ。

79 出入国在留管理局・面会室③（翌日）

やつれていて力無い父。
サーリャ「……本当に帰るの?」
マズルム〝He〟
「ああ」
サーリャ「…ここに居てよ…きっといつか大丈夫になる…から…」
マズルム「……」
間。
マズルム「クルドの家のそばにオリーブの樹があったの、覚えてる?」
サーリャ「……（首を振る）」
マズルム「サーリャが生まれたとき、ファトマと二人で植えた」
サーリャ「……」
マズルム「毎年一本ずつ植えて、いつか林にしようって…でも…五本しか植えられなかった。俺のせいで…居られなくなったから」
サーリャ「……何があったの?」
マズルム「……クルドの自由のために声をあげただけだ」
サーリャ「……帰ったら危ないんでしょ?」
父の表情は明るい。
マズルム「お前のお母さんは樹のすぐ近くで眠ってる…ひとりで。だから…そばに行くんだ」
サーリャ「……」
マズルム「…今の季節なら実がついてるかもしれない…。覚えてるか? ここに来る前、一本、一緒に植えたの」
言葉が出ないサーリャ。
サーリャ「……（首を振る）」
マズルム「……そうか……」
間。
マズルム「目を閉じて」
目を閉じるサーリャ。
マズルム「今、何が思い浮かぶ?」
サーリャ「……なんでだろ…ラーメン。みんなで行ったとこ…」
マズルム「お腹空いたの?（笑）」
サーリャ「ううん…」
ずずーっとラーメンをすするような音を出すマズルム。サーリャも真似して音を出し、笑う。
マズルム「これからは好きなように食べて」
サーリャ「…………うん」
サーリャは確信を持って答える。
部屋の前に入国警備官が来る。
入国警備官「時間です」
サーリャ「まだ…」
立ち上がり扉の方へ向かうマズルム。
マズルム「（振り返って）自転車、ロナヒが知ってる」
サーリャ「待ってよ…!」
マズルム、顔を手で洗うような仕草をする。
マズルム〝*Insallah em ê rojên ronahî bibînin*〟
「あなたたちの道が開きますように」
サーリャ「……」
去っていくマズルムの姿を呆然と見るサーリャ。

79A　ロナヒのアパート・表

サドルに積もった塵を手で払うサーリャ。

自転車を押して歩き出す。

80　荒川に架かる橋

自転車を押して歩くサーリャ。

中央の看板の前に来て、ハッとする。

東京と埼玉の間に赤字の矢印（⇔）が書かれている。

聡太が描いたものだとサーリャにはわかる。

看板を越えて行くサーリャ。

81　河川敷（東京側）

思いきり自転車をめちゃくちゃに漕ぎまくるサーリャ。

ガシャンという衝撃音。倒れた自転車の車輪がカラカラと回る。

手を擦りむき、血で赤く染まる。

肩で息をしながら自転車を起こし立ち上がるサーリャ。前のカゴは少し歪んでしまっている。

自転車を押して歩き出す。

聡太と二人、話をした場所に来る。

その対岸の川口の町を見つめる。

自分が生きてきた土地。そしてこれからも生きていかなければならない土地。

82　サーリャのアパート・玄関前

階段を上ってくるサーリャ。ロビンとアーリンが石や花や木の枝など、拾い集めたものを飾っている。それはひとつの街のようになっている。

サーリャ「これ…」
ロビン「ぼくの国。これは山で、これが川。これが皆で住む家。今よりもっと大きい」
サーリャ「これは？」
アーリン「東京に行くだよね」
ロビン「お父さん喜ぶかな」
サーリャ「うん…」
　ロビンは小さな石をいくつか持ってくる。
　それには顔の絵が描いてある。
ロビン「パパ、ママ、ぼく、アーリン、サーリャ、あとソータ」
サーリャ「……ありがとう」
　ロビンはサーリャとアーリンに石を渡す。
　サーリャはロビンが作った国の中に石を置く。
　サーリャはオリーブの枝を持ってきて、国の中に置く。母と父の石のそばに。

83　同・洗面所

部屋にはサーリャひとり。流しで手を洗うと、血の色が薄く滲む。顔を洗い、髪までびしょびしょになる。髪や顔から水がしたたる。

父が去り際に唱えた言葉を言おうとする。

サーリャ〝*Insallah em ê rojên ronahî*…〟

「私たちの未来に光が…」

それ以上の言葉が思い出せない。濡れたままの顔を手で拭う。（父がした祈りの動作のように）

開いたその目は決して力を失ってはいない。


（了）

ハケンアニメ！

政池洋佑

〈脚本家略歴〉

政池洋佑（まさいけ ようすけ）

1983年生まれ。愛知県名古屋市出身。法政大学社会学部卒。株式会社USENに就職後、脱サラして脚本家、構成作家に。2012年、第3回連ドラシナリオ大賞入選。2020年には、「スナイパー時村正義の働き方改革」（CBCテレビ）のシナリオで日本民間放送連盟賞最優秀賞、文化庁主催芸術祭テレビドラマ部門優秀賞受賞。近年の主なテレビドラマ「ちらん～特攻兵の幸福食堂」（NHK BSプレミアム）「ドラマ『家、ついて行ってイイですか』」（テレビ東京）「寂しい丘で狩りをする」（テレビ東京）など。

監督：吉野耕平

原作：辻村深月『ハケンアニメ！』（マガジンハウス刊）

製作：映画「ハケンアニメ！」製作委員会

制作プロダクション：東映東京撮影所

配給：東映

〈スタッフ〉

企画プロデュース　須藤泰司
プロデューサー　高橋直也
　木村麻紀
　清久素延
撮影　神田諭
美術　三善章誉
照明　赤澤靖大
録音　上野聡一
編集　池頼広
音楽　Production I.G
アニメーション制作
実写本編監修東映アニメーション
アニメ監修　梅澤淳稔
VFXプロデューサー　井上浩正
　山田彩友美

〈キャスト〉

斎藤瞳　吉岡里帆
王子千晴　中村倫也
宗森周平　工藤阿須加
並澤和奈　小野花梨
群野葵　高野麻里佳
根岸　前野朋哉
河村　矢柴俊博
白井　新谷真弓
田口　松角洋平
逢里哲哉　水間ロン
アニメショップ店員　前原滉
星　みのすけ
越谷　古館寛治
前山田　徳井優
関　六角精児
川島　大場美奈
ナレーション　朴美
行城理　柄本佑
有科香屋子　尾野真千子

0　王子の部屋

机の上に短い鉛筆が一本、立っている。
その下、書きかけのコンテや無数のメモの紙。
床にもおり重なっている。
窓から風が吹き込み、それらを舞い上がらせている。

1　面接会場

リクルートスーツ姿の斎藤瞳《さいとうひとみ》（22）。面接官に向けて語っている。
面接官「どうして、アニメ業界なんですか？」
瞳「誰かの力になる。そんなアニメを作るためです」
面接官「国立大学を出て、県庁で働いていたんでしょ。なんで、わざわざ？」
瞳「……王子千晴《おうじちはる》」
面接官「え？」
瞳「王子千晴監督を超える、アニメを作るためです」

2　編集スタジオ・『サバク』作業部屋・中

一転、監督・瞳（28）の頭はぼさぼさに。タブレットに食い入るようにコンテを描いている。
瞳「タンタン…サー…帰ってきた…音だ……」
白井「…督…カントク？」
瞳「…は、はい!?」
イヤホンを外し顔をあげる瞳。
白井「……チェックいい？」
隣に座っていた編集・白井《しらい》（45）。画面を示す。
瞳「はい、お願いします」
画面、コンテVが再生される。

> ※「サウンドバック　奏の石」
> 1話（コンテV）
> 神社の崩落した祠の洞窟の中、飛び石を飛んでマユを助けにいくトワコ

瞳「（ドン……ドン…パシャン…タン…）」
見つめながら映像に合わせて口の中で呟く瞳。
やがて映像止まり…。
白井「このカット、やっぱり要る？」
白井の示す画面、水面下から見上げたカット。
白井「テンポも落ちるし作画も撮影もカロリー高い。スケジュールもデスマーチ、ギリギリでしょ」
白井の傍らに、全体の進行表。
瞳「…コンテ、通りで」
白井「（不愛想に）あいよ」
コンテに戻る瞳。
男の声「別の人間にやり直させて下さい。早急に」
瞳、ビクッとその声に顔をあげる。
チーフ・プロデューサーの行城理《ゆきしろおさむ》（38）が、年上の宣伝担当、越谷《こしがや》（48）に冷たく命じている。
行城は手に持つ原画をゴミ箱に投げ捨てる。
越谷「何するんだよ!?」
焦る越谷がゴミ箱から原画を取り出す。
越谷「アニメゾンの表紙、先週、これでいいか確認しただろ。ねぇ監督」
越谷が瞳にサウンドバック奏《かなで》の石の原画を見せる。
瞳「宣伝は越谷さんにお任せしてますから」
越谷「監督もこう言ってる。これで行くから」
行城「こんなの、表紙に載せられません」
越谷「そういうのはメール送った段階で言えよ」
行城「パソコンの画面じゃ、良し悪しは判断できません」
行城は紙を掴み、マジックで裏に何か書

きつける。

行城「描き直せないなら、これで。こっちの方がよっぽど目立ちます」

紙には〝サウンドバック奏の石〟と、なぐり書き。

越谷「……ありえないだろこんなの！」

瞳「……」

沈鬱な空気がスタジオを包む。

行城の元に電話がかかってくる。

行城「(明るい声で)行城です。行き違いですみません。来週、新企画の打ち合わせをお願いしたいと思って――」

行城、話しながら、ブースを出ていく。

越谷「まだ話、終わってないから(と行城を追いかけ出ていく)」

行城と入れ替わるようにもう一人のプロデューサー根岸《ねぎし》(39)がやってくる。

越谷が根岸に不満を呟く。

越谷「(遠ざかる行城の背中を見つつ)あれ、道野監督？」

根岸「また掛け持ち。新人の瞳ちゃんを大抜擢って言ってますけど、最初はこの枠、道野さんに振ってたらしいし」

越谷「はー、なるほどね」

根岸と越谷が部屋に戻ってくる。

白井「……聞こえてたよ」

根岸「瞳ちゃん、潰されないようにね。行城って、新人なら思い通りに動かせるって、思ってるから」

瞳「(努めてスルーするも複雑)……」

越谷「国立大出て、県庁から転職。そういうキャッチーな肩書、大好きだからなぁ」

根岸「さすが人事部上がり。上手く利用されないでね」

根岸、瞳の肩をポンと叩く。

瞳、差し入れのコージーコーナーの箱に手を伸ばすも空っぽ。思わずため息が出る。

瞳、再び絵コンテを描き始める。

(カメラの視点その横のモニターに入っていく。粒子の海を通り抜け、別の編集室へ)

3　同・『リデル』作業部屋・中

スタジオえっじ・チーフプロデューサーの有科《ありしな》香屋子《かやこ》(36)が電話をしている。

(部屋の入口には「スタジオえっじ『運命戦線リデルライト』(※以下、リデル)初回放送編集」と書かれている。)

電話口から「おかけになった電話は電波の届かない場所にあるか――」とアナウンスが流れる。

深くため息をつく香屋子。

※「リデルライト」1話(原画V) 走行中のものと思われる抽象的なライン

香屋子、担当演出・田口《たぐち》(39)がやってきたのに気づく。

香屋子「(目いっぱい明るい顔で)おつかれさまです、今日もよろしくお願いします！」

田口「王子監督、今日も休み？」

香屋子「まだ体調が悪いみたいで」

田口「…また降りたのかって思った」

香屋子「(明るく)何言ってるんですか。もうすぐオンエアですよ？　明日には、来ます。いや、来させますから」

田口「さすが伝説の制作進行。プロデューサーになっても頼りにしてる」

香屋子「お任せ下さい」

と、親指でグーサインを作る。

香屋子が部屋の外に出ていく。

香屋子、グーサインの手が下に落ちてくる。

一転、香屋子の表情が暗くなる。

(先行して)「ドンドン」とドアを叩く音

4　(回想)王子のマンション・中

香屋子「開けますよ。いいですか?」
　ガチャ、ドアが開き、管理人を残して、鍵を手にした香屋子が入っていく。
　書きかけの絵コンテなど資料が散らばったまま。
香屋子「……逃げた?」
　香屋子、部屋の真ん中で呆然と立ち尽くす。

5　編集スタジオ・廊下

　香屋子、LINEで「王子千晴」に『連絡下さい』とメッセージを送る。
　これまでのメッセージには一つも「既読」がない。
　行城が電話をしながら、香屋子に近づいてくる。
行城「——では明日、伺いますから(と、電話を切る)」
香屋子「(行城に気付き)!」
　香屋子、さり気なく部屋に戻ろうとするが。
行城「どうです、星の王子様の調子は?」
　香屋子が止まる。
行城「大変でしょう、彼の相手は」
　香屋子、笑顔を作りながら、ゆっくりと振り返る。
香屋子「……いえ(と笑う)」
行城「元々うちの人間ですからね。あちこちでご迷惑をおかけして申し訳なく思っています」
香屋子「いいえ。ちっともご迷惑なんて」
行城「伝統の土曜午後5時枠。まさか真裏にぶつけて来るとは。こっちは新人監督。お手柔らかにお願いします」
　二人の元に瞳がやってくる。
瞳「行城さんっ! 表紙の件で話が(と、香屋子に気付く)」
行城「こちらが、その斎藤瞳監督です」
　瞳、香屋子に頭を下げる。
香屋子「『運命戦線リデルライト』プロデューサーの有科です」
　香屋子が瞳に名刺を渡す。
瞳「(目を輝かせ)リデルの。今度の王子監督との対談楽しみにしています」
香屋子「……はい。よろしくお願いします」
行城「(瞳に)で?」
瞳「(有科を意識し)あの、ここじゃ」
行城「…分かりました」
　瞳について、行城が部屋に向かおうとする。
　香屋子、バレなかったとホッとした表情になる。
行城「戻ってくるといいですね。王子監督」
香屋子「(固まって)……何のことでしょう」
　行城が笑みを浮かべて、去っていく。
香屋子「……」
　香屋子が素手で「ドン!」と自動販売機を殴る。

6　同・『サバク』作業部屋・中

　瞳が行城、越谷に向けて話している。
瞳「表紙は、私が描きます」
越谷「(明るく)監督が描いてくれるなら、『アニメゾン』もきっと大喜びだよ」
行城「駄目です」
瞳「え?」
行城「それなら断った方がマシです。斎藤監督では絵は描けない」
瞳「でも」
行城「説明している暇はありません。あの子に頼みましょう」
越谷「あの子?」
行城「『夏サビ』の神作画で話題のあの子です。名前は…」
瞳「…ナミサワ、カズナ?」
根岸「ファインガーデンの! うちのサバクの原画も何話か描いてる——」
行城「確か、そんな名前の子でしたね。その子に描いてもらいましょう」
和奈の声「無理です!」

7　東京スカイツリー・展望台（夕方〜夜）

並澤和奈《なみさわかずな》（23）が電話で話している。
和奈はスマホの口元を隠し、囁くような声で話す。

和奈「（逢里を見ながら）い、今、た、大切な人と一緒にいて」
行城「デートですか？」
和奈「そういう訳じゃないんですけど…」
行城「じゃ、お願いします。社長の了解は取りました」
和奈「（逢里の視線を感じ）……すみません。今は無理です」

和奈、電話を一方的に切り、逢里のそばへ戻る。
逢里哲哉《おうさとてつや》（28）が心配そうに聞いてくる。

逢里「大丈夫ですか？」
和奈「あ、全然。気にしないでください。（景色を見て）秩父まで見えるのかな」
逢里「あの…この後、いいですか？」
和奈「え？」
逢里「並澤さんに渡したいものがあるんです」
和奈「（何だろうと緊張して）……え？」

8　ガチャガチャ専門店（夜）

パカッと開いた手。指輪かと思いきや、中にはガチャガチャケースに入った小さなフィギュアが。

和奈「……？」
逢里「うちの会社の新作です。どうですか？よかったら並澤さんのご意見を」
和奈「ええ…」
宮森「逢里さん！」

店員の宮森《みやもり》（27）が逢里に気づき、近づいてくる。

逢里「あっ、いつもお世話になっています」
宮森「（和奈に気付く）あ、デート!?　失礼、失礼！」
逢里「デートだなんてとんでもない。この方知ってます？　あの並澤和奈さんです」
宮森「え!?　あの神作画の！」
逢里「そう、あの神作画の並澤さんです！」

興奮する宮森の声に反応し、周囲の客もざわつく。

宮森「ボク、並澤さんが描いた『夏サビ』の4話、カオリが雪解けの水で手を洗う所が大好きで。まさか、本人に会えるなんて。感激です――」
和奈「……ありがとうございます」

和奈、逢里と宮森が盛り上がっているのを横目に、

和奈「（落胆で独りごち）……デートだなんてとんでもない」

と、再び、電話がかかってくる。
和奈、そのスマホを見る。

逢里「お仕事ですか？」
和奈「なんか、アニメゾンの表紙を書いて欲しいって。でも断ったんで、大丈夫です」

ガチャン。宮森。持っていた段ボールを思わず落とす。

宮森「アニメゾン……」
逢里「――凄いじゃないですか」

宮森と店内の人々、憧れと期待に満ちた眼差し。

和奈「え？」

9　トウケイ動画・外観

10　トウケイ動画・中

制作スタッフに連れられ、フロアを歩く和奈。
場違いな服装で恥ずかしそう。

根岸「いやいやいやほんと、ごめんなさいね、遅くに――」

迎えに出る根岸。
奥の会議スペース、行城たちが待つ。
机の上には、各種資料や筆記具が集められている。

和奈「……恨みます。私、今日、休みのために何日も徹夜で仕事して…」

そこに、遅れて小走りに入ってくる瞳。

瞳　「遅れてすみません」
行城「こちら『サバク』の斎藤監督です」
　和奈が振り返って、まじまじと瞳を見る。
和奈「……へえ、あなたなんですね。あの子たちのお母さん」
瞳　「は？」
根岸「お母さん？」
和奈「タカヤに、トワちゃんに、マユ。私、リュウくん派なんですけど。あなたが、産みの親なんですね」
瞳　「はい。あの、きょうは本当、すみません」
　深々と頭を下げる瞳。
和奈「もういいです…。私、いつもこういう運命なんで」
瞳　「……」
行城「では、締め切りも迫ってますので」
和奈「……一つだけ、条件があります」
行城「……」
和奈「時間もないし、机や道具も馴れたものじゃないから。原画のクレジット、ペンネームにしてください」
瞳　「分かりました」
行城「それはできません」
瞳　「！」
和奈「……それぐらい、いいでしょ？　ただでさえ、無理矢理…」
行城「あなたにお願いしたのは、あなたが並澤和奈だからです」
和奈「え？」
行城「名前を下さい。『サバク』の表紙に、並澤和奈が描いたという看板を下さい。名実共に。中身も名前も、取らせて下さい」
　行城は、腰を90度に曲げる。
根岸「（小声で越谷に話しかける）名前覚えてなかったくせに」
越谷「ね」
和奈「……あぁー、もう、分かった！　分かりました！」

×　　×　　×

瞳　「…こう、トワコが、マユを横に抱きかかえるようにして叫んでる、みたいな構図で。その、ニュアンス難しいかと思いますので、わからないところは横で私が――」
和奈「…何て言ってるんですか？」
瞳　「はい？」
和奈「トワちゃん。その時、何て言ってるんですか？」
　和奈、何か考えながら紙を見つめている。
瞳　「（和奈をみつめ）…『なんでも、あげる』」
和奈「（何かつかみ）わかりました。じゃ、それで進めてみますね」
　和奈、鉛筆を走らせていく。
瞳　「…」
　じっと見守る行城たち。
　線が重なりキャラクターに命が吹き込まれていく。
　朝日がさす頃、美しい原画が完成する。

11　**書店・中**
　その原画に色が塗られたものが、雑誌『アニメゾン』の表紙となり、書店に並ぶ。表紙には『今クールの覇権を獲るのは誰だ！』と文字が踊る――。

　それを手にしてレジへ向かう人の姿。

×　　×　　×

　夜の東京。上空からの俯瞰。

　そのままトウケイ動画のフロアの俯瞰へ重なる。

　中央の廊下を忙しそうに歩く制作スタッフ。

　視点はその手のカット袋へ。

　カット袋はフロアを巡り、やがて瞳監督の席の背後の『監督未チェック』の山に置かれて止まる。

ＮＡ「日本を代表するエンタテインメント『アニメ』。その市場規模は2兆円ともいわれ、毎クール50本近い新作が今、この瞬間も生み出されている。制作現場で働く人々は最も成功するアニメ、つまり覇権を取るアニメを生み出すために、日夜戦っている。彼らが目指す最高の頂き……それが『ハケンアニメ！』なのだ！」

12　アニメ制作の流れ

スタジオでタブレットにコンテを描く瞳。

×　×　×

コンテをもとに作画打ち合わせをする瞳や作画監督他スタッフたち。

×　×　×

タップ穴に用紙をはめ、描き始める原画担当。

×　×　×

やがて動画も加わり、動きが滑らかになっていく。

×　×　×

美術やCG他の打ち合わせをする瞳や各スタッフ。

×　×　×

タブレットで描く美術スタッフ。

×　×　×

マウスをクリックするとアニメの画に色がつく。

×　×　×

PC画面上でトワコの動きが完成されていく。

※ここまでの作業は「サバク」1話 飛び石を飛ぶトワコの カットで見せていく。

×　×　×

深夜。自宅で瞳がシナリオを元に『サバク』の絵コンテを描いている。

×　×　×

やがて疲れてソファーに倒れこむ瞳。

×　×　×

朝。ガバっと目を覚ます瞳。
慌てて着替えながら、干しっぱなしの靴下やブラジャーをとり、飛び出していく。
部屋を片づける暇もない。

×　×　×

瞳「ここも少し、輝きを足したいんですけど！」
撮影監督「何％ですか？　具体的に数字で言ってください」
瞳「数字？　えーっと」

×　×　×

瞳と作画監督・河村《かわむら》（42）が話している。
河村「数字で言わないでくれる？　演技はパッションだよ」
瞳「…パッション？」

×　×　×

色彩設定「もっと、具体的に言って」
瞳「だから、濃いブルーです」
色彩設定「コバルトブルー？　セルリアン？　イージアン？」
瞳「うー！」

×　×　×

瞳のデスクの後。「監督チェック済」と「未チェック」のカット袋が並ぶ。必死で働く瞳だが、次々新しいカット袋が積み上がりおいつかない。
デスクの脇、コーラと野菜ジュースの空き容器が並び、どんどん増えていく。

×　×　×

ラッシュチェック。
根岸「ラッシュチェックでーす。メインスタッフの方、試写室までお集まりください」
スタッフたち、ラッシュチェックに向かう。
それぞれのネームテロップが入る。
根岸「あれ、監督は？」
小柄な瞳は他のスタッフに埋もれていた。

×　×　×

ラッシュ室。みんなで映像（1話の抜粋）を見始める。
（タイトル）『ハケンアニメ！』

13 トウケイ動画・会議室

瞳と行城、根岸、河村、シリーズ構成・前山田《まえやまだ》（58）ら脚本陣などの面々。

ボードに『第六話』と書かれ、周囲に設定資料など。その中心、書かれた手書き文字『吸い込む音、鐘（訂正）→電車』

前山田「（見ながら）…これ、脚本から変わってるよね？」

瞳「はい。吸い込む音を変えました。鐘だと、古すぎる気がして――」

前山田「あ、そう。古いの。僕のアイデア」

根岸「あーえっと…ノスタルジーは大事なんですが、監督的にはそっち方向ではない…ということかな～と…」

前山田「わかってねぇな」

瞳「……」

前山田「この直し、あとあとにも関係してくるよ？　結構、修正でるけどいいのって話？　進行、ギリギリでしょ？」

根岸「はは、あの…検討します」

河村ら作画陣。疲れている様子だ。

瞳「コンテ…通りで」

前山田「（舌打ちして）了解…」

根岸「で、では、今日のところは、この辺で」

皆、お疲れ様と言いながら、立ち上がる。

瞳がコージーコーナーの差し入れを食べようとすると、もう残っていない。

瞳「……ここもう少し使っていいですか。コンテ書きたくて」

タブレットを開こうとする瞳。と、横から指がのび電源を切る。いつの間にか横にいる行城。

瞳「え？」

行城「言いましたよね。16時からフィギュアの打ち合わせです」

瞳「……普通、監督はそういう打ち合わせ、出ませんよね」

行城「私が担当する監督には、出てもらうようにしています」

瞳「……」

14 走るタクシー車内

タブレットでコンテの続きを書こうとする瞳。

ポーン♪ラインで玩具の資料が送られる。

行城「着くまでに読んでください。あと、18時からファッション誌の取材です」

瞳「……ファッション誌!?」

15 女性誌編集部・会議スペース

ヘアメイクなどされながら話す瞳。

瞳「すみません。あの、顔出しNGではないんですけど、なるべくなら作品の顔はキャラクターとメカで――」

カメラマン「はいテスト」

パシャ！　ストロボにひるむ瞳の妙な顔がモニターに。

その様子を行城と、根岸、越谷が見ている。

行城「構いません。監督も作品の顔。しかも、見ての通り、ちょっと可愛いですから」

編集者「ありがとうございまーす」

瞳「私の見た目は、作品と関係ありません。それに、ちょっと可愛いって」

行城「使えるものは全部使う。売れなければ、あなたはここで終わり。それでもいいんですか？」

瞳「……」

行城「じゃ口角上げて、お願いします」

行城、言い残して、フロアの挨拶周りに出ていく。

カメラマン「はい、じゃ本番で」

カシャ！　無理やり口角上げた笑顔の瞳が映る。

×　　×　　×

ぎこちない笑顔の写真が雑誌の記事にレイアウトされるが、その隣に王子の写真と記事。段違いに大きい。

休憩中の瞳に根岸と越谷が近寄ってくる。

越谷「監督おつかれさま〜」
根岸「ほんとごめんね、いつも行城が面倒な
　事に巻き込んで」
瞳「新人だから宣伝が必要なことも分かり
ます。でも、あまりにも多すぎませんか？
雑誌の取材。ＳＮＳの動画撮影。ラジオ番
組出演。スポンサーとの会食。無駄な時間
を省いて、意味のあることだけに集中した
いですけど――」
行城「それだけ怒れるなら、ワイドショーの
コメンテーターもいけそうですね。番宣と
して考えておきます」
　瞳が振り返ると、そこには行城がいる。
瞳「⁉」
　カシャ、瞳にスマホをむける行城。
行城「ＳＮＳ用です。笑ってください」
　瞳、口角を上げた笑顔で、行城を睨む。

16　テレビ局・会議室

　香屋子が神妙な面持ちを浮かべている。
　香屋子の前には、テレビ局のアニメ担当
プロデューサー・星《ほし》（45）らが座ってい
る。
星「一週間、何の音沙汰もないんでしょ
　う？」
香屋子「……はい、ですが必ず――」
星「（遮り）王子監督、何年か前にも急に
　降りてるよね？」
香屋子「……はい」
星「戻ってこなかった場合、あなたに責任、
取れるの？　億単位の金がかかってるんだ
よ」
香屋子「……承知しております」
星「それだけじゃない、こっちはタレント
に頭を下げ、15年やった情報番組、潰して
るんだ。事務所に借りを作ってこのアニメ
枠を立ち上げるんだ！」
香屋子「……判ってます」
星「判ってない！」
　星、新しい監督リストを出す。

17　編集スタジオ『リデル』作業部屋・中

　香屋子が監督リストをじっと見ている。
　担当演出・田口が香屋子に話しかける。
田口「有科さん？」
香屋子「（反射的に）あ、はい、明日には
　戻ってくると…」
田口「は？」
香屋子「（我に返り）あ、いえ、えーと、な
　んでしょう？」
田口「紹介映像どうする？　勝手に作ったら
　監督、怒るでしょ？」
　編集室では、王子監督の繋いだ1話を流
している。
　香屋子、その映像に見惚れてしまう。
田口「…ホント、久しぶり。編集中に次の話
が気になって仕方ないのは」
香屋子「……（じっと画面を見つめる）」
　香屋子、監督リストを改めてみるが…
バサ、監督リストを勢いよくゴミ箱に捨
てる。
香屋子「……私がやります」
田口「え？」
香屋子「この作品、監督の次に分かっている
　のは、私ですから」

18　録音スタジオ・『サバク』アフレコ室

　アフレコブースにいる声優・群野《むれの》葵《あおい》
（24）がトワコの声を出す。

※「サバク」1話（完パケ間近の
カットや原画Ｖ混在）
奏の石を前にする子供たち。
危険が迫りくる中、奏の石の「サ
サゲロ」という言葉に答えようと
するマユの口をとっさにふさぐト
ワコ。
トワコはマユの代わりに答えを口
にする。

葵「なんでも、あげる！」

瞳がブース内に通じるマイクから指示を出す。

瞳「違います。語尾はもう少し強く、入りは逆に弱くで」

横橋「（ため息交じりで）テイク18」

葵「なんでも、あげる！」

瞳「違います」

葵「あの、ここってトワコが音を捧げるのを決意するシーンですよね。もう少し感情出してもいいかなって」

瞳「それはトワコじゃないです。勝手に決めないでください」

葵「……」

横橋「テイク19」

葵「なんでも、あげる」

瞳「（下を向いたまま）違います！」

周囲のスタッフがざわついている。

根岸「あーあ、泣いちゃった」

顔をあげる瞳。と、ブースに立つ葵が俯く。慰めている隣の声優等。

瞳「（マイクに）……どうして泣くんですか?」

葵「え」

瞳「どうして泣いたのか、気持ちを聞かせて下さい」

葵、ブースを飛び出していく。（後を追う他スタッフなど）

瞳「（ため息）」

行城「（瞳に）……言いたいことを言ってすっきりしたかもしれませんが、フォローしなければならないこちらは、大変不愉快です」

瞳「……私は反対しました。ルックスだけで実力のない、あの子を入れるの。それを——」

行城の電話が鳴っている。

行城「ええ、彼女は人気があります。客を呼べる。そうでもしないと、無名監督のあなたは、王子千晴に勝てません」

瞳の返事を待たないまま行城、電話を手に出ていく。

根岸が瞳に近づいて来る。

根岸「声優じゃなくて、アイドルって意識なんだろうね。俺は瞳ちゃんの演出、間違ってないと思うよ」

と、根岸が瞳の肩をポンと叩く。

19 電車・中（夜）

座席、疲れて座っている瞳。

電車の中吊り、『2大テレビ局の代理戦争!? 注目の夕方アニメ対決！』と週刊誌の文字。

夜の車内には、飲み会帰りの楽しそうな同年代の女子たちや、カップルの姿なども。

瞳「…（ぼんやり眺め）」

瞳、ハッとスマホで時間を確認し、生気を取り戻す。

瞳「…エクレア…?!」

20 駅前（夜）

瞳、全力で走っている。

21 コージーコーナー・表（夜）

瞳の目の前で店の灯りが消えていく。

瞳「（！）…」

瞳、膝から崩れ落ちそうになる。

22 団地・中（夜）

帰宅した瞳。暗い部屋。入っていく。

瞳「ただいま…ザクロ～?」

部屋の奥に呼びかける。返事がない。

瞳「ザクロ?」

ニャ…ニャッ！　猫のザクロ、暗い部屋の中、ベランダの窓ガラス相手に何かにじゃれついている。

瞳、窓をあけてみると…ベランダの防火扉の下から、黒い毛虫のようなものがピョコピョコ動いている…

瞳「……うわっ！」

ガタガタン！　思わず飛びのき、へたり

込む瞳。

隣のベランダに続く防火扉の向こうから顔をのぞかせる子供、太陽《たいよう》（9）。手に、猫じゃらし。

瞳「太陽くん⁉」

太陽「…ザクロが退屈してると思って」

防火扉の隙間から入れて動かしていたらしい…。

瞳「あ、（少し考え）…ちょっと待って！」

瞳、慌ただしく部屋の掃除をし始める。

× × ×

太陽、ザクロと一緒に遊ぶ。
ミルクティーを入れた瞳、「光のヨスガ」のマグカップを持ってくる。
瞳「どうぞ」
太陽「…これ、アニメ？」
カップのマークをみて、興味なさげに呟く太陽
瞳「……太陽君、何か好きなアニメとか…ある？」
太陽「ない」
瞳「…あんまり好きじゃない？」
太陽「ていうか、嫌い」
瞳「……何で？」
太陽「アニメって、みんな嘘じゃん。現実にはヒーローとかいないし。あんなの信じて、みんな、ガキだよ」
瞳「……」

23　（回想）・公園・中

団地の公園。魔法少女のステッキで遊んでいる女子たち。ポツンと離れて画用紙に画を描いている幼い頃の瞳（7）。風景画。非常に細かく描けている。

愛「あげる。新しいの買ったから」

クラスメイトの女の子・愛（7）、ステッキを瞳に差し出す。

瞳、ステッキを見つめ、突き返す。

瞳「要らない。この世界には、魔法なんて、ないんだよ」

ドン…ドン…ドン…重たい音。

24　（回想）瞳の実家・アパート・中

部屋の隅、耳を塞いでじっと座っている瞳。
ドン…ドン…窓、叩かれ続けている。
借金取り「斎藤さん、いい加減、お金返しませんか」
瞳「いません！　ここには大人はいません…」

25　（回想）同・居間

散らかったテーブルの上、離婚届が置かれている。

夫の欄だけ記入されている。

「ごめんな」とメモがある。

瞳の母親、泣きながら瞳を抱きしめている。

瞳「……（遠くを見つめている）」

26　元の団地・瞳の家（夜）

太陽、『光のヨスガ』のマグカップを見る。
太陽「お姉ちゃん、アニメとか見る人？」
瞳「……これは特別。……明日、これを作った人に会って、話をするんだ」
隣の部屋に誰かが帰ってくる。
母親の声「ただいまー、…あれ？　太陽、太陽？」
太陽「……あ」
瞳「お母さん…帰ってきたね」
壁の奥の声に耳をすませ、顔を見合わせて笑う二人。
ピンポーン。母親が玄関チャイムを押す音。
母親「瞳ちゃん、いつもごめんね。お邪魔しちゃって」
立ち上がり、ドアへと駆けていく太陽。
その背中を見つめる瞳。

27　イベント施設・上層階（日替わり）
T『対談当日』
アニメフェスティバルの会場。
行城と瞳が会場の中に入っていく。
大きな『サバク』と『リデル』の垂れ幕が飾られている。見上げる瞳、大きく息を吸う。
行城「緊張してるんですか？」
瞳「……ようやく、王子監督にたどりつきましたから」
周囲のファン、リデルの垂れ幕ばかりを撮影する。
行城「大丈夫です。みんな王子監督しか見てませんから」
瞳「……わかってますよ」
行城「でも、作品のPRの場としては最高です」
瞳「……」
行城「（垂れ幕をみて）うちの、ちょっと斜めですね。主催者に伝えておきます」
と、行城が会場に入っていく。

28　同・上層階
どこかふっ切れた表情で香屋子が外を見ている。

香屋子が時計を見る。時刻は開始直前。

香屋子「……ダメか」

窓の外を見て、ふっと笑う香屋子。

俯いた頬、スッと涙が。

と、その時、背後から声が聞こえる。

王子の声「人がゴミのようだって思ってる？　byムスカ」

香屋子は、その声に射抜かれる。

振り返ると、そこにいたのは、王子千晴（35）だった。

香屋子「……」

王子が香屋子に向かって微笑む。

王子「ただいま、有科さん」

途端、王子に向かって香屋子は走り出す。

王子は手を広げて、香屋子を受け止めようとする。

が、香屋子はそのまま王子の顔をグーで殴る。

香屋子の拳を頬に受ける直前、
王子「え？」

倒れる王子。

周囲にトランクと紙袋が勢いよく散らばる。

香屋子「ふざけんな……。ふざけんな、ふざけんな、ふざけんな。お前、ほんっとーにふざけんな」

床に倒れた王子。やがてノソノソ起き上がり、散らばった荷物を拾いながら。

王子「痛った……はー、親父にもぶたれたことないのに」

香屋子「一体、どこ行ってたんですか⁉」

王子、散らばった荷物の中からひょいっと赤いビニール袋を差し出す。

王子「はい、お土産」

香屋子がうけとり、中を覗きこむ。

袋に入っていたのは「Hawaiian」と書かれたチョコレートの箱。

香屋子「ハワイ…？……まさか」

王子「そ。カウアイ島の方」

香屋子「（絶句）……」

王子「仕事全然進まないからさぁ。もうこれ場所変えなきゃダメだな！　って。バカンス兼ねつつ取材？」

香屋子「ハワイに一週間…この時期に…」

王子「違うよ。移動とかもろもろかかるから、滞在は実質五日。全然ゆっくりできなかった」

香屋子「ひとこと連絡くらい…」

王子「空港のラウンジでアニメ観てたらスマホの充電切れちゃって」

香屋子が再び、強く拳を固め近づき。

王子「（焦って）で！　これ！」

王子がもう一つ紙袋をさしだす。

受け取る香屋子。中に分厚い封筒が。表紙をみた瞬間に、息が止まる。『運命戦線リデルライト　第4話』と書かれた封筒。中に絵コンテが。
王子「絵コンテの状態で十一話まで。最終話はこれから考える」
香屋子「……（コンテに見入っている）」
王子「行こうか」
　王子、歩き出す。
王子「あっ、そうだ。きょうの紹介映像、（さっき）見た」
香屋子「え?」
王子「さすが有科さん。作品のこと、良く分かってる。俺の次にね」
　何事もなかったように王子が対談場所に向かう。
香屋子「（嬉しく）……」

29　同・対談会場

　会場の背後に巨大スクリーン。

　リアルタイム視聴のＳＮＳの言葉等が次々現れる。

アナウンサー「秋のアニメフェス、メインイベント。サタデーファイブで対決する天才・王子千晴監督と、話題の新人監督・斎藤瞳監督の対談です。まずは、斎藤監督、ご登壇下さい」

　ステージへと歩く瞳。

　緊張から壇上に上がる時、小さくつまずく。

　パラパラとほどほどの拍手が。

アナウンサー「続いて、王子千晴監督です!」

　王子がステージに現れる。観客席から大きな拍手。

　スクリーンのＳＮＳの言葉、一気に増える。

瞳「……」

　瞳、王子の雰囲気に圧倒されている。

アナウンサー「ではまず、お二方の作品の紹介映像を見た後、お話しを聞いていきたいと思います」

×　　×　　×

　瞳の説明に合わせて『サバク』の映像が流れる。
　本編映像に、キャラ紹介・設定資料などを加えて構成したプレゼンテーション的なムービー。
　王子監督も画面を見ている。
瞳「（緊張しながら）『サウンドバック　奏の石』は、「奏」と呼ばれる石が、音の記憶の力を使って生み出すロボットが登場するアニメで…」
王子「（手を上げて）は〜い、具体的には?」
瞳「例えば主人公たちが風鈴の音を聴くと、その音にまつわる記憶から、奏の石がロボットを生み出します。ロボットは、戦いを終えると力を失って、ただの岩や土に戻ります」
王子「…続けて」
瞳「そのロボットの名前が『サウンドバック』。主人公・トワコたちが乗り、戦っていきます。全12話。毎回どんなロボットが出てくるか、楽しみにしていて下さい」
　徐々に緊張が解けた瞳、何とか堂々言い終える。
アナウンサー「はーい、トウケイアニメらしい、少年少女の活躍する爽やかで王道ロボットアニメといった内容でしょうか?」
瞳「あ、えっと…（言いかけるが）」
アナウンサー「（ロクに聞かず）では続いて、皆さんお待ちかね、王子監督です。ご説明を!　あれ?　監督?」
王子「……（席も立たず座ったまま）」
　ざわつく会場。戸惑うアナウンサー。
アナウンサー「で、ではそのまま、どうぞ!」
　照明が落ち、暗闇の中突然『運命戦線リデルライト』の映像が流れだす。
　モノクロの原画ベースの世界観で、スタイリッシュで荒々しい編集。
　映像はラスト、『運命戦線リデルライト』とタイトルが出ると同時に、主人公・充莉《じゅうり》の決め台詞が。
充莉「生きろ。君を絶望させられるのは、世界で君一人だけ」

静まり返った会場。王子、立ち上がり一気に語る。

王子「運命戦線リデルライトは、バイクをテーマにした魔法少女ものです。主人公の充莉が、自らの魂の力で乗るバイクを変形させて戦って、ライバルたちとレースで競い合っていく。主人公は初回、6歳だけど、1話ごとに1歳年を重ねていく。つまり…『成長するヒロイン』ってことです」

堰を切ったように、歓声とどよめきの会場。

勢いよくあふれるSNSの言葉たち。

王子、席に戻り、横の瞳に静かに話しかける。

王子「12体、別々のロボット出てくるってこと?」

瞳　「はい」

王子「……面白そうじゃん」

瞳　「……面白いです。面白そうじゃなくて」

アナウンサー「(割り込む形で) いやいや凄いですねー。今回、王子監督は8年ぶりにメガホンを取られるということですが」

王子「(アナウンサーの方を見ず) 7年ぶり、ね。それに、メガホンはないです。アニメの場合」

アナウンサー「失礼しました。前作『光のヨスガ』の時は監督がイケメンということでも話題になりましたが、噂では監督は最終回で主人公を殺そうとしていたとか」

王子「ええ。殺させてもらえなかった……でも、今日って、その話をする場じゃないですよね?」

アナウンサー「あ、いやもちろんそれだけじゃありません。しかしヨスガ以降、本当にアニメは凄いですよね。オタクや一部のファンのものではなく、1億総オタク化という言葉すら生まれていますが、それについてはいかがでしょ――」

王子「何それ。必要としてくれるなら、俺のアニメはオタクのものだって、一部のファンのものだって別にいいと思う。放送した時点で俺のものじゃない。観たその人だけのものでいいよ」

アナウンサー「(戸惑い) …」

王子「リア充どもが現実にデートとセックスに励んでる横で、俺は一生童貞だったらどうしようって不安で夜も眠れない中、数々のキャラでオナニーして青春過ごしてきたんだよ。だけど、ベルダンディーや草薙素子を知ってる俺の人生を不幸だなんて誰にも呼ばせない」

王子の熱に惹きこまれていく会場。

王子「暗くも不幸せでもなく、まして現実逃避するでもなく。現実を生き抜く力の一部として、俺のアニメを観てくれるなら、俺はその人のことが兄弟みたいに愛しい。総オタク化した一億の普通の人々じゃなくて、その人のために仕事ができるのなら幸せだよ」

終わると同時に、会場に拍手と歓声が溢れる。

客席で王子を見つめる香屋子。

スクリーンには「王子様最高!」等の言葉でびっしり埋まる。

その熱気に気おされるアナウンサー。逃げるように瞳に話をふる。

アナウンサー「さ、斎藤監督は、王子監督の『光のヨスガ』に憧れて、公務員を辞めて、この業界に入ったんですよね?」

瞳　「……ええ。私、子供の頃、アニメに全然興味がなくて。魔法少女に選ばれるのはいつも、最初から綺麗な家に住んで、可愛い顔をした一部の女の子だって思ってました。でも、ヨスガは違った。…団地に暮らす普通の、どこにでもいる子が主人公でした。私の子供の頃と変わらなかった。ヨスガに出会って初めて今までの人生が肯定された、魔法にかけられた…」

王子「……」

瞳　「この業界に入ったのは、見てる人に魔法をかけられるような作品を作るためです」
行城「……」
瞳　「だから、憧れの王子監督が、裏の枠に来るなんて光栄です」
王子「そっちが裏でしょ。こっちは表」
瞳　「それは、視聴者が決めることだと思います」
王子「じゃ、視聴者に決めてもらおう。どっちが表か」
一拍開けて、瞳、顔をあげて宣言。
瞳　「…私、負けません」
王子「それって、勝利宣言ってこと?」
瞳　「そうです。今クール、視聴率から何から全部勝って、ハケンを取ります」
壇上で語る瞳を見つめる行城
王子「そんな事言われたらさ、こっちも負けられないよね。ごめんね、折角の初監督作品なのに」
瞳　「こちらこそ、ごめんなさい。折角の復帰作品なのに」
アナウンサー「で、では、あの、戦いの前にお二人に握手など…」
王子「(笑って) いやです」
盛り上がる会場。スクリーンに溢れる言葉の喧噪。

30　同・4階

階下、興奮した観客たちが帰っていく。リデルの垂れ幕の写真を撮る人、さらに増えている。
眼下を眺める王子。
香屋子「斎藤監督、手ごわそうですね」
王子「(気軽に) 最終話でさ、主人公、殺しちゃダメ?」
香屋子「はい?」
王子「今度こそ、最後にちゃんと主人公殺したいなって思って」
香屋子「……夕方5時は、子供が見る枠です」
王子「へぇ、有科さんって、枠とかで内容変える人なんだ」
ポンと何かを手渡し、トランクを引き去っていく王子。
土産物の小さなフラダンス人形。脳天気な笑顔。
香屋子「……」

31　同・別の場所

片隅のテーブル。瞳がつっぷし、落ち込んでいる。
瞳　「……(勢いで) 言い過ぎた…」
気を取り直し、顔をあげタブレットを開き仕事を始めようとする瞳。そこに行城がやってくる。
行城「サバクの舞台の秩父市から『聖地巡礼』の話が来てます。打ち合わせは明日10時」
瞳　「今は、王子監督に勝つことしか考えられません」
行城「……分かりました」
意外な行城の返答。だが…
分厚い資料がバサッと置かれ
行城「では明日までに目を通してA4の紙にご意見をまとめて送って下さい。(打ち合わせの代わりです)」
資料を残し去っていく行城。
瞳　「……何で私が」

32　ファインガーデン・外観

和奈の声「……何で私が?」
T　埼玉県・秩父市
廃校になった小学校。『スタジオ・ファインガーデン』と看板が掲げられている。

33　同・事務室

サバクとリデル両方のポスターがはられた事務室。
和奈とファインガーデンの社長・関《せき》(45)が向かい合って座っている。
関の横で秩父市・観光課の職員・宗森《むねもり》周平《しゅうへい》(27)が頭を下げている。
宗森「お願いします」

テーブルに「サバク」のスタンプラリーの企画書が置かれ、担当者には「並澤和奈」とある。

関「ほら、役所にはお世話になってるし、ここは、やっぱりうちのエース出さないと。ね？　何とか」

和奈「いやいやいやいや、今年何回目の『何とか』ですか？　私、リデルも、サバクも描いてるし、この前のアニメゾンだってもう、大変だったんですよ？」

背後の壁には両作品の進行表や担当表が。

宗森「お願いします！」

宗森が再び、和奈に頭を下げる。

関「宗森さんもこうやって、頭下げてるしさ。何とかお願い！」

和奈は企画書のスタンプラリーの文字を見る。

和奈「（ため息）……スタンプラリー……（ベタ……）」

34　テレビ局・会議室

香屋子が星に頭を下げる。

香屋子「ご迷惑をおかけしました」

星「何言ってるんですか。僕は最初からね、戻ってくるって信じてましたよ」

笑う星。つられて笑う周囲。

香屋子「（空気をみて）……で、実は、最終回のことでご相談が」

星「天才・王子千晴。凄いラスト考えてるんでしょう」

香屋子「例えば…なんですけど、主人公が死ぬってのは？」

星「え？」

香屋子「（相手に伺うように）主人公が死ぬ」

星「リデルって、何曜日の何時からでしたっけ？」

香屋子「……土曜日の夕方5時」

星「子どもが見る時間帯です。その時間のアニメ、主人公、死にますか？」

香屋子「……死にません」

星「ですよね？」

笑う星、周囲。

星「（一転、冷たく）答え、出てるじゃないですか」

香屋子「……」

34A　ファインガーデン（日替わり）

T『「サウンドバック奏の石」「運命戦線リデルライト」初回放送日』

休憩室に左右、2つのテレビが置かれている。

サバク・リデルポスターが一枚ずつ置かれ、それぞれの前に椅子が並べられている。集まってきたスタッフたち。好きな作品の方の椅子へと座っていく。

35　王子の部屋・中

香屋子の声「（ノックして）いいですか？　開けますよ？　また失踪じゃないですよね⁉」

返事がない中、香屋子、鍵を手に部屋に入っていく。

誰もいない。

が、奥の部屋からシャワーの音が。

香屋子「……何のんびりしてんだよ」

ふと下をみると、脱がれた服が点々と落ちている。ズボンの上に転がる財布のそば、くしゃくしゃのレシートがある。思わず手にとり、広げる香屋子。

と、量販店のレシートが。

『マカダミアチョコ３×１２００円…（フラダンス人形…他）』

香屋子、レシートを掴んで、じっと見る。

シャワーを終え、頭を拭きながら出てきた半裸の王子。

香屋子「（振り返り）行ってなかったんですか？　ハワイ」

王子「わあああああ……‼」

レシートをひったくり浴室に駆け込む王子。

王子「ほんっと、信じらんない。何で勝手に家、入ってんの。ばっかじゃないの。こんなのプライバシーの侵害だろーが。死ね、マジで。もうやだ。生きてけない！」

香屋子「本当は、どこに行ってたんですか」

王子「ホテルだよ。都内のホテル…」

　シャツを着ながらブツブツ出てくる王子。

香屋子「どうして」

王子「あのさぁ、まだ存在しないゼロのものを、形にしなきゃならないプレッシャーって分かる？　簡単にやれてるようにみえるかもしれないけど、簡単にやっているよーに見えてんだろーなってことまでがストレスになるわけ」

香屋子「……」

王子「脚本とか絵コンテは地道に机に向かうことでしか進まないよ。どんだけ嫌でも、飽きても、派手さがなくても、そこに座り続けてずっと紙やパソコンと向き合うしかない。書くことの壁は書くことでしか超えられない。気分転換なんて、死んでもできない。噛り付くように、ひったすら、やるしかないんだ！」

香屋子「……待たせてる人の気持ちも考えたらどうなんですか」

王子「考えているよ。誰よりも考えてる。作品のことだけじゃなくて、スタッフのことも、もちろん」

　王子が香屋子の顔をちらりと見る。

　香屋子にスタッフからかかってきた電話を見ている。

香屋子「（顔をあげ）初回放送です、みんなで観ましょう」

　言い残し、部屋から出ていく香屋子。

王子「……」

36 映画館・入口～中（同刻）

　映画館の入り口に、『サウンドバック奏の石・公開招待上映会』と張り紙が。

　奥から葵の声が響く。

葵の声「主人公・トワコ役の群野葵です。よろしくお願いしまーす」

　映画館のシートには様々な観客たち。

　ライトを振り、歓声をあげる。

37 同・バックヤード

　バックヤードの行城と瞳。

　舞台表から、葵の声と観客の声が漏れ聞こえる。

葵の声「小さいお友達、こんにちは元気ですかー（ワー、子供の声）。そして大きいお友達、（笑い声）今日もありがとうッ！（ワー、野太い歓声）。今回はー、いつもと違った役に、挑戦させて頂きました！　思いっ切り楽しんで欲しいと思いまーす。楽しんでくれるかな？（レス）、楽しんでくれるかな？（野太いレス）オーケーありがとうッ、じゃあいよいよオンエアまであと少し――」

行城「（ノートPCをみて）やっぱり、凄い人気ですね」

瞳「……行城さんは、私の作品、どう思ってるんですか？」

行城「曖昧な質問です」

瞳「面白いと思っているんですか？」

行城「面白い、と答えれば納得するんですか？」

瞳「……思ってないんですか？」

行城「…面白くてもヒットしない作品もあるし、面白くなくてもヒットする作品もあります」

瞳「どっちなんですか、サウンドバックは？」

行城「……誰に何を言われようが自分の信じた作品を作る。あなたはそういうタイプの監督だと思ってました」

瞳「すみません。そういうタイプじゃなくて」

行城「何か怒ってます？」

瞳「怒ってません！」

　瞳がその場を去っていく。

行城「どこに行くんですか？」

瞳「トイレです」

38　同・トイレ

トイレの鏡の前、息をつく瞳。

39　上映直前・様々な場所・点描

司会「さあ、まもなくオンエアです。準備はいいですか？　では、せーの…10―　9―」

映画館の中、カウントダウンで盛り上がる人々。

一番奥の隅の席、会場を冷静に見る行城。

×　×　×

人々の声「8―　7―　6―」

ファインガーデンの休憩室。

サバク派、リデル派に分かれて座り、待つ人々。

関、和奈、真ん中で両方を見ているような位置に。

その場には、宗森もいる。

×　×　×

人々の声「5―　4―」

スタジオえっじ会議室。香屋子、田口などのスタッフの中、菓子をポリポリ食べながら見る王子。

×　×　×

人々の声「3―　2―　1―――」

トイレの鏡の前。緊張で吐いていた瞳、顔をあげ。

人々の声「1―――（フッ）」

…一瞬の無音…から、会場からサウンドバックの音声が聞こえはじめ…。

×　×　×

スクリーンに映し出される1話の映像。

それを見つめる観客たち。

×　×　×

リデルを見ている香屋子らスタッフたち。

王子はスマホでサバクもチェックしている。

×　×　×

熱心に見ている和奈や宗森ら。

×　×　×

場内から遠く聞こえる音を聞きながら、トイレの個室の中、うなだれ壁にもたれる瞳。

×　×　×

じっと見守る人々。

×　×　×

映像が終わりに近づき……

トワコのM「ふりかえればそれが私たちの1年の…はじまりだったそうです」

『つづく』の文字

劇場内は静寂に包まれる。

40　同・女子トイレ

女子トイレの個室に一人、瞳。

ドン…ドンドンドン、個室の扉が叩かれる。

瞳「!?」

41　同・壇上への通路

暗い通路、強引に瞳の手を引き、歩く行城。

瞳「あの！　ちょっと、女子トイレですよ!?」

行城「逃げこむなら別の場所にしてくれると助かります」

ドン、不意に明るい場所に押し出され…

42　同・壇上

司会「お待たせしました『サウンドバック・奏の石』の斎藤瞳監督の登壇です！」

瞳「……あの…」

静まり返る客席から、まばらな拍手が起き、次第に広がっていく。と…ワァァ！　ある時からさらに大きな歓声と拍手へ。

瞳「（ホッと顔をあげる）……」

（瞳、気づいていないが）ステージ上、背後で葵が登場して客に手を振り、拍手を煽っていた。

43　同・バックヤード
スタッフや関係者たちが集まり。慰労や祝賀の声。

緊張と安堵で興奮さめやらぬ瞳が戻ってくる。

越谷「監督、おつかれ様〜」

ニコニコ出迎える越谷。

行城「……ありがとうございました」

丁寧に頭をさげる行城。瞳に…と思いきや、反対の廊下から遅れて戻ってきた葵に対してだった。

越谷「葵さん！　ありがとね（拍手のジェスチャー）」

瞳「？　え？」

戸惑う瞳、その間に葵は目の前にきてすれ違う。

瞳「あ…」

慌てて葵に会釈する瞳だが、葵、目を伏せたまま無言で去っていく。その後姿…。

44　編集スタジオ『サバク』作業部屋・中
白井が作業をしている。

瞳、タブレットを見つめたまま固まっている。

『第一話、視聴率結果速報』のタイトルのメールとファイルが。瞳、勇気を出して、タッチする。

瞳「（目をひらき）はー…」
ホッとした表情で息をつき、背もたれにもたれる。
サバクの視聴率、僅差でリデルに勝利。
白井「……枠の力だよ」
瞳「え？」
白井「1話の視聴率なんか枠の力でゲタ履かせてくれてんの。大事なのは、ここから」
瞳「…」
白井「で、ここはどうすんの？」
瞳「ここは……」
（カメラ、そのまま画面の中に入っていき粒子の海へ）

45　SNS画面・他・点描
SNS画面「観た？」「観た！」と、両作品の評判のフキダシが。ピンクのリデルと、ブルーのサバクの評判。

増えていく。

やがて、それらが集まり、ピンクのバイクとブルーのロボットになり、駆け出す。

×　　×　　×

駅のホームで電車を待つ学生やサラリーマン。

ほか、あちこちでスマホをいじる人々の頭上にも、ピンクやブルーのフキダシが生まれていく。


ロボットとバイク、駅のホーム、電車を待つ人々の間を猛スピードで駆け抜けていく。

46　スタジオえっじ・中
王子監督と香屋子がチェック用の映像を見ている。

画面を見ながら矢継ぎ早に指示を出す王子。

※「リデル」2話
主人公・充莉の変身シーン

王子「ここ、彩度バキッと立てて、色は青に20転ばせて。もっと思い切り遊んでいいから。あとパーティクル、弾幕薄い。全然ダメ。次——」

手慣れた様子でメモし、修正するスタッフたち。

王子「変身のバンクは作品の花だよ？　もっとギラギラ美しくないとさ。次——」

生き生きとした姿の王子。それを見つめる香屋子。

×　　×　　×

（画面）生まれ変わった充莉の変身シーン。

鮮やかに舞う姿。

47　ファインガーデン　休憩室

リデルの画面をみつめどよめく人々。

48　同・階段

第二話を観終えた人々、ガヤガヤ仕事に戻っていく。
和奈「リデル、またよくなっちゃってませんか」
関「監督修正も急にメチャクチャくるようになったしなぁ」
ぼやきながら作業に戻っていく関たち。

49　ガチャガチャ専門店

ピンクのリデルと青のサバクの棚が並ぶ。
客は既にリデルのほうが随分多い。
スマホで何かツイートする客。その頭上、ピンクのフキダシが次々現れ昇っていく。

50　テレビ局・廊下

部下を連れ、忙しそうに廊下を歩く星。
背後のガラス窓の向こう、沢山のピンクのフキダシが浮かんでいる。
星「（ニヤリと）やっぱり、王子はすごいよねぇ」
壁に貼られた速報、「リデルライト・視聴率首位へ！」と文字が踊る。

51　録音スタジオ「サバク」アフレコ室・中

『サバク』の第6話アフレコが行われている。

※「サバク」6話（コンテV&完パケ前のカット）
戦いの後、石に戻ったロボを眺めるトワコ・タカヤ・リュウイチ。
鉄橋では電車が走っている。

タカヤの声優「トワコ、何か隠してないか?」
葵「……は?　私が隠し事するはずないじゃん」
瞳、納得できず頭を抱えている。
マイクの前の葵。俯いたまま今にも出ていきそう。
根岸「（小声で）またエンドレスエイトか…?」
行城「…困りましたね」
根岸「はい休憩しよ！　休憩！」
横橋「（マイクで）休憩入れます。10分後再開で…」
葵、スタスタとアフレコ室から出ていく。
瞳、その背中をただ見つめている。
机に差し入れのコージーコーナーの箱。
瞳が手を伸ばすと、別の方向からにゅっと手がのび、最後のエクレアを取り出す。
瞳「あ…」
行城がエクレアを頬張っている。
瞳は、行城の様子を恨めしそうに見ている。
行城「?」

52　同・ラウンジ

瞳、乱暴に自販機のボタンを押している。
瞳「何で先に食べてんだよ。ぶっ殺す」
王子の声「誰殺すの?　手伝おっか?」
瞳がちらりと振り返ると、そこには王子がいた。
瞳「……（王子監督！）」
会釈して思わず自販機に向き直る瞳。
王子「…見たよ。『サウンドバック』…」
沈黙の後、
王子「…面白かった」
瞳「……！（緊張と興奮で動けないまま）」
王子「…いいもの見せてもらったお返し。斎藤さん、あの子と上手くいってないでしょ?」
瞳「え?…」
王子「群野葵。…あの子のツイッターとかインスタ、見てる?」
瞳「……」

間。

王子「心を開かないと、エヴァは動かないよ」

言い残し、フラリと去っていく王子の後ろ姿。

53 秩父市・秩父橋の上

宗森、地元の人と親しげに何か話している。

その側を帽子をかぶった女性（葵）がすれ違う。

× × ×

橋を歩く宗森と和奈。
宗森「ありがとうございます。スタンプ台の置き場所探しまで手伝っていただいて」
和奈「（無愛想に）ええ、社長命令ですから」
宗森、スタンプ台を置く場所を思案しながら歩く。
和奈「……宗森さん、子供の頃、どんなアニメが好きだったんですか？」
宗森「いや、子供の頃は『ドラゴンボール』とか観てましたけど、どっちかっていうと、外で遊ぶのが好きだったんで」
和奈「でしょうねー」
和奈がこっそり呟く。
和奈「（小声で）よもやよもや、リア充だ…」
宗森「え？　何か言いました？」
和奈「（焦って）あ、いや、何でスタンプラリーなんですか？」
宗森「いや、アニメの事詳しくなくて、自分なりに勉強してみたんです。茨城県大洗町、岐阜県の飛騨市、あとは滋賀県犬上郡とかぐるっと一通り見て、話聞いてきて。で、やっぱり最初はスタンプラリーからかな、と。長く続けたいんで」
和奈「（ちょっと感心）へぇ」
と、眼下の河原に、バーベキューや釣りをしている一団が。親しげにこちらに手を振っている。
宗森「お？　おー！（手をふる）」
楽しそうに手を振り返す宗森。
和奈「……やっぱ、リア充」

54 駅でアニメを見る人の手元

※「リデル」3話
物語のカギになる第3のメンバー
（悠樹《ゆうき》）が登場

55 電車・中　午後

走る車窓の外の景色。

ピンクのバイクとブルーのロボが並走しているのが見える。バイク、スピードをあげ、ロボを引き離す。

空中に文字。

『第四話、リデルライト2%リード』と
車内。スマホで速報を見ていた瞳、顔をあげる。

「やっぱ王子千晴だよな」など、どこかで話す学生たちの声。周囲の声や、中吊りの記事まで。みんなサバクの負けを噂しているように感じる。

見れば、電車車内が奥からピンクに染まっていく。

窓の外、リデルを讃える無数のピンクのフキダシが電車をびっしり覆っていく…。

× × ×

ポン。駅員に肩を叩かれてハッと顔をあげる瞳。

駅員「この列車は当駅止まりです」

電車は停まり周囲に誰もいない。

慌てて立ち上がり、出ていく瞳。

56 乗り換え駅・駅前

賑わう駅前。瞳がぼんやり歩いている。

チラシ配りがスポーツジムの割引券を瞳に渡す。

瞳、反射的に割引券を貰う。

ボクササイズの写真も掲載されている。


ポケットに入れる。

街頭ビジョンから「サバク」の音声が流れる。

瞳「……?」

見上げる画面の中、第一話の場面。
トワコが『なんでもあげる』と決意するシーン…
と、思いきや…

トワコ「なんでも…『揚げる』」

とテロップ。カップの天ぷらうどんのCMに…。
周囲の人々。笑って去っていく人も。

瞳「……何これ…何これ?!」

57　トウケイ動画・中

怒り心頭で足早に歩く瞳。
すれ違うスタッフに尋ねる。

瞳「行城さんは!?」

スタッフ「さぁ…（首をふる）」

と、足をピタリととめる瞳。
非常階段の喫煙スペースから声が聞こえる。
根岸と越谷、タバコを吸いながら話している。

根岸「だから俺は最初から反対してたんすよ。新人の、しかも、女の監督なんて」

越谷「まぁ頑張ってはいるんだろうけどねえ」

根岸「頑張るなんて誰でもできるんですよ。結果出さないと。プロなんだから」

越谷「所詮代打か…」

根岸「次は無いっすね、こんな大舞台でコケたら。可哀想に」

越谷「『哀しいけど、これ戦争なのよね』って」

冗談に笑う二人。

瞳「……」

瞳、歩き出す。

58　ファインガーデン・中

テレビを観ている人々。
リデルの方が沢山いる。

> ※「リデル」5話
> 物語に不穏な気配が漂い始める
> 充莉「私たちって、誰と戦ってるのかな……」

> ※「サバク」6話
> 戦いの後、石に戻ったロボを見ているトワコ・タカヤ・リュウイチ。
> タカヤ「トワコ、何か隠してないか?」
> トワコ「私が隠し事するわけないじゃん」

59　テレビ局・会議室

パソコン画面の前、ガッツポーズの星プロデューサー。
その背後、ガラス窓の外、ビル群の頭上で、ピンクのバイクがブルーのロボを撃破している。
『第6話、リデルライト圧勝。差3%』『夕方アニメ対決、早くも決着か』等、雑誌やニュースの言葉が次々と。

60　録音スタジオ・「リデル」アフレコ室・中

ロボットを撃破したピンクのバイク、ガラスに映っている。その周囲に大量のSNSの言葉がまとわりつく。
『さすが天才!』『期待通り!』『最終話は?』等、リデルへの称賛と最終回への期待の言葉たち。
それらを見つめている王子。
香屋子「どうですか？　最終話」
文字が消え、王子、香屋子の声で我に還る。
ブース内では声優たち5人が、Vコンテに合わせて楽しそうに息のあった読み合わせをしている。
王子「いや、迷っててさ」
香屋子「……どういうことですか？」
王子「（声優たちの方をみて）どう殺そうかなって」
香屋子「……」
王子「何かおすすめの殺し方あったら、教えてよ」
香屋子「……」

61　ファインガーデン・2階踊り場

和奈と宗森が話している。
和奈「（すごい）…これ作るの、大変だったんじゃないですか？」
和奈、『サバクMAP』の下描きを見つめている。
現時点で出て来る場所が網羅された力作。
宗森「ガキの頃から見ていた景色ですから。
それより、並澤さん一ついいですか？」
和奈「……はい？」
宗森「並澤さんがこの前言ってた、リア充っていう言葉なんですけど」
和奈「……え？」
宗森「……あれって、確かリアルしか充実していない人間を指す言葉でしたよね」
和奈「リアル——しか？」
宗森「並澤さんやここの皆さんは、僕と違って想像の…リアル以外の場所も豊かじゃないですか……」
和奈「……」
宗森「僕は確かにリアルしかないし、理解がないと思われて当然かもしれないですけど、『サバク』が観られるために、できることはさせてもらいたいんです」
和奈「ちょっと、ちょっと待ってください」
宗森「へ？」
和奈「宗森さん、リア充の意味、ちょっと違います。それ、別に悪い意味でもなければ、謙遜する時に自分から使うような言葉でもないです。むしろ、自分から使ったら、ちょっと痛いヤツっていうか」
宗森「そうなんですか？　中味のない薄っぺらい奴だって、バカにされているのかと思っていました」
和奈「そんなこと——」
和奈、否定しかけるも、図星だと気づく。
和奈「そんなこと、……ありません」
宗森「（安堵の表情で）良かったです。嫌われてしまったのでないなら、安心しました」
和奈「……はい」
和奈、気まずくて、周囲を見る。
スタッフ「和奈！　スタジオえっじからまた監督修正」
若いスタッフが和奈を呼びに来る。
宗森「お仕事の邪魔ですよね。僕、帰ります」
宗森が慌てて、去っていく。
宗森が封筒を忘れている。サバクという字が見える。
和奈が中を覗くと企画書が。そこには「聖地巡礼第二弾『秩父まつり×サバク』コラボ企画」とある。
天灯にサバクの絵を描くという企画だ。
和奈「……」

62　スタジオえっじ・ラッシュルーム（夜）

王子「今のシーン、まるごと変える」
10話を観終えた王子、紙にコンテをサラサラ書き直している。
王子「はい」
修正コンテを渡し、部屋を出ていく。
コンテを見る香屋子に、小声で告げる制作進行・川島。

川島「(小声で) これ以上はファインガーデンも降りるって…」
香屋子「…」

× × ×

階段を降りる王子。後を追う香屋子。
香屋子「無理です。今からこんな修正、もうどこのスタジオも相手にしてくれません」
王子「…じゃ、新しい会社見つけてよ」
香屋子「(厳しく) 新しい会社は見つかりません」
王子「じゃあ、ここまでだね。この作品も」
香屋子「?」
王子「最終回も必要ない。これで気が楽になった。お疲れ様でした」
香屋子「ふざけてるんですか?」
王子「それはこっちの台詞だよ。有科さんがその程度の覚悟だなんて思わなかった」
香屋子「その程度って、私がどれだけ…」
王子「どれだけやろうが、納得できない作品流したらおしまいだよ」
バタン。会議室に入って、ドアを閉める王子。

63 トウケイ動画・会議室(夜)

ドアの外、立ち尽くす香屋子。
瞳の声「もう、こういうPR止めにしませんか?」
スタッフが集まり、宣伝会議が開かれている。
行城「作品を観てもらわなくていいんですか?」
瞳「そのためには宣伝よりも大切な事があるって言ってるんです」
行城「もしかして、いい作品を作れば、視聴率が取れると思ってますか?」
瞳「もちろんです」
行城「それは確かに理想ですけどね」
瞳「じゃあ行城さんの考える視聴率の取れるアニメって、何ですか?」
行城「視聴者に届くアニメです。どんな手段を使っても、一度は目に触れ、興味を持ってもらう。作品の質が問われるのは、それからです」
瞳「サバクは本当にその視聴者に届いているんですか?」
行城「それは分かりません」
瞳「は?」
行城「視聴者にアニメを届けるというのは簡単なことじゃない。１００の方法で届けて1届けば良い方です」
瞳「……その99に付き合わないといけないんですか?」
行城「それが私のやり方です」
瞳「(つきあえるわけ――)」
瞳、カバンを持って出ていこうと
越谷「瞳ちゃん? ちょっと…?」
行城「(冷静に) あなたも失踪するつもりじゃないですよね?」
越谷「(行城に) おい…」
瞳「……するワケないでしょ!」
瞳の声が響く。
瞳「私が代打だからって、そんなこと関係ない! 王子監督に勝つんです。そのためにここまでやってきたんです。何でそんなことも、そんなことすら分かってくれないんですか!」
瞳、会議室から出ていく。
行城、瞳が出ていった扉をじっと見つめる。

64 道(夜)

思いつめた表情の瞳が歩いている。
外、雨が降り出している。

65 (回想) 面接会場

冒頭の面接シーンの続き。
瞳「王子千晴監督を超える、アニメを作るためです」
面接官「……なぜ、王子監督を超えたいんですか?」
瞳「王子監督を超えるアニメを作れたら、

私みたいな子供に届けられると思うんです」
面接官「……私みたいな、子供?」
瞳　「ステッキを捨ててしまったんです。子供の頃、友達にもらった魔法のステッキを。現実には魔法なんてないと思ってたから。…でも、王子監督に教えてもらいました。魔法はないかもしれないけど、アニメは魔法以上の力を、与えることができるって。そのために、私はここに来ました」

66　元の道（夜）

降りしきる雨の中、駅へと走る瞳。

ドシャ！　足を滑らせ、水たまりに転ぶ。

瞳　「っー…（顔をあげる）」

転倒した時にカバンから落ちたタブレットが水たまりに。衝撃で、画面が割れている。

瞳　「（え？　ちょっ！　うそっ）」

びしょ濡れのタブレット。電源も入らない。

瞳　「（ーーっ！）」

雨の中、天に向かって声をあげ、拳をふりあげる瞳。

が、途中でとめ、やがて力なく立ち上がろうとする。

が…。

ふと、ポケットから出たボクササイズの割引券に気付く。割引券を掴み、じっと見つめる瞳——。

（先行して）サンドバッグを叩く音。

67　都内のスポーツジム・ボクササイズコーナー

音と光の中、サンドバッグを叩く人々。
瞳、周りに気圧されるが、やがて見様見真似でパンチを繰り出しはじめる。
と、すぐ隣、鋭い連続パンチを繰り出す女性の影が。
その姿に刺激を受け、瞳も全力でパンチを繰り出す。
やがて、音と光が止まり、明かりがつく。
周囲、拳と拳を合わせて挨拶（終了の定番らしい）
瞳も真似して隣の女性と拳を合わせるが、顔をみて気づく…。
瞳　「あ…」
香屋子「あ…」

68　銭湯（夜）

瞳・香屋子「はー…」
天を仰ぐ湯船の中の二人。
香屋子「風呂は、命の」
瞳　「洗濯ですねぇ」

69　同・脱衣所（夜）

瞳　「さっきのパンチ、すごいですね」
香屋子「（笑って）シュシュ…はい（どうぞ）」
香屋子、番台で買ってきたフルーツ牛乳を一本、瞳に渡す。三回拳を突き出すような少し不思議な動作。
瞳　「（受け取り）出崎演出…？」
香屋子「わかります？」
…顔を見合わせ笑う二人。
香屋子「……斎藤監督って、王子監督のヨスガを見て、業界に入ったって言ってましたよね」
瞳　「ええ、7年前…」
香屋子「7年前か…」

70　（回想）・大学時代の瞳のアパート（夜）

コーヒーカップを持ったまま立ち尽くす瞳。

手前の勉強机に「地方公務員試験・過去問題集」が。

テレビを見つめている瞳。リモコンを持ったままの手。

瞳　「偶然ヨスガに出会ってしまって。もし子供の頃にこれを見てたら、私の人生は何センチか、いや、何ミリだけかもしれないけど、確実にもっと早く、豊かに変わっていたんじゃないかって」

71 （回想）・会社・フロア（夜）

フロアの奥でついているテレビ。

ソファで仮眠していた香屋子、その映像『光のヨスガ』を見つめ、魅入られたように起き上がる。

香屋子「私も。その時はもう、今の仕事をやってたけど、自分がまた、こんな気持ちになれるなんて」

72 元の脱衣所（夜）

香屋子「あれ以来、王子監督と仕事するのがずっと目標で。作品を、昔の自分みたいな人に届けたくて……でも、いざやってみると…」

瞳「……私もです」

香屋子「……でも、監督って本当に凄い。世界丸ごと作る神様みたいじゃないですか。斎藤監督、若いのに」

瞳「新人もベテランも舞台に立ったら、同じです。王子監督が魂削るなら、私は魂も、身体も、睡眠時間も削るしかありませんから。ここで負けたらアニメ作り、最後になるかもしれない。もう後がない。そう思って、今ここにいます」

香屋子「……」

×　　×　　×

（回想・フラッシュ）

香屋子。顔をあげると、王子監督の部屋に入ったときの景色が見える。

無人の部屋と机。散らばって舞う沢山の紙たち。

瞬きすると、その机で作業していた王子の姿が見える。孤独に机に向かい続けるその背中…。

×　　×　　×

香屋子が突然、立ち上がる。

香屋子「……私、行かないと」

瞳「……？」

香屋子「すみません。私、先行きますね」

香屋子、手早く荷物をまとめながら。

香屋子「斎藤監督」

瞳「はい」

香屋子「負けませんから」

瞳「（顔をあげ）…？」

香屋子「プロデューサーもスタッフも声優もみんな、作品を届けたい気持ちは、監督に負けませんから」

立ち上がり笑う香屋子、出ていく

瞳「……」

73 高速を走る車内（夜）

車を走らせる香屋子。

その目、まっすぐ前をみつめる。

視界の隅、ハンドルのそばで揺れるフラダンス人形。王子の『ハワイ土産』だ。

場違いに脳天気なその姿…チラリと見て、苦笑する香屋子。やがて顔をあげ、アクセルを踏み込む。

車、夜の高速を加速する。

74 駅（夜）

ホームで電車を待つ瞳。

向かいのホームの看板。葵が出ている広告が。

瞳「……（何かを思い出し）」

スマホを取り出す瞳。

75 秩父（夜）

夜を走る軽自動車。秩父橋を通過する。

×　　×　　×

スマホをじっと見つめる瞳。

やがて、来た電車に乗らず、階段を駆け上がる。

76 ファインガーデン・表（夜）

軽自動車、水たまりの残るグラウンドに停まる。

バタン。降りた香屋子。灯りを見つめ、息を吸い、意を決し、歩いていく。

香屋子の声「お願いしますっ」

× × ×

77 同・中・事務所（夜）

香屋子が地面につく勢いで、頭を下げる。
アニメーターたちは香屋子の様子に驚いている。
奥には、和奈がおり、香屋子を遠目に見ている。
関が迷惑そうに答える。

関「…無理。これ以上は対応できない」
香屋子「……お願いします。一つの後悔もない作品を届けたいんです」
和奈「？」
香屋子「王子が机にしがみついて生み出したリデルを。これ以上ない、納得のゆく形で」
と、香屋子、再び頭を下げる。
和奈がじっと、その様子を見つめる。
関「申し訳ないんだけどさ…」
和奈がすっと手をあげる。
和奈「私、やります」
一同「え？」

× × ×

深夜。和奈らが原画を描いている。
関「何で引き受けたんだ」
和奈が香屋子の事を見る。
香屋子、トラブル対応で、東京に電話している。
和奈「ここまで来て頭下げた人、今までいました？」
関「……いないな」
和奈「プロデューサーが本気なら、私たちはもっと本気にならないと。リアル以外の場所も豊かにするのが、私たちの役目ですから」

78 録音スタジオ・ロビー（夜）

奥へと歩く瞳。
葵がタブレットの動画に合わせ一人練習をしている。
10話のトワコのセリフを練習する葵。
手にした台本、たくさんの書込みが。
葵「忘れるわけないじゃん」
瞳「……」

79 （回想）駅（夜）

瞳が葵のインスタグラムを見ている。
多忙な日常がうかがえる写真。その中、河原や橋の写真が続く。（秩父橋もある）
瞳「…」
荒川鉄橋の写真に手がとまる瞳。
その下のコメントに、『トワコに会いたくて』とある。
瞳「…（私…今まで何見てたんだ…）」

80 元の録音スタジオ・ロビー（夜）

葵、やってきた瞳に気付く。
葵「…監督？」
瞳「（頭を下げて）……ごめんなさい！」
葵、きょとんとした表情を浮かべている。
瞳「見に行ってくれてたんですね、サバクの場所」
葵「…」
瞳「ちゃんとトワコの声を探そうとしてくれてたのに私…あんな言い方で…」
葵「行城さんから聞きました」
瞳「…」
葵「監督は昔の自分に見せたいんですよね？」
瞳「？」
葵「子どもたちの記憶に残るような、いつか心の支えになるような、そんなアニメを作りたい。ですよね？」
瞳「……行城さんが」
葵「わかりますその気持ち。私にもそういうアニメがあったから。それならもう、やるしかないじゃないですか」
瞳「……」
葵「自分が客寄せだってことくらいわかってます。それなら、日本一の客寄せになってやる」

　笑う葵と瞳。

81　ファインガーデン・中（夜）
　調理室から大急ぎで何か運んでくる香屋子たち。
　×　×　×
　できたての温かいおにぎりとみそ汁だった。
香屋子「すみません。今はこれしか用意できず……」
　関と和奈が香屋子の作ったおにぎりをかじる。
和奈「うま」
関「これが伝説の味、か」
和奈「伝説？」
関「有科香屋子。彼女が行くと、100％確実に原画が上がるという伝説の制作進行。プロデューサーになっても、おにぎりの味は衰えず。俺たちが伝説を壊す訳にはいかないか」
　関、おにぎりをかじりながら、原画を描き始める。

82　ファインガーデン・中（夜）
　和奈、関らが懸命に原画を書いている。
　×　×　×
　夜明け。全ての原画が完成する。手でめくり、パラパラ流すと、キャラの情感と美しい動作が生き生きと伝わる。
香屋子「……すごい」
　香屋子、書き込みの美しさに目を奪われる。
関「（香屋子をまっすぐ見て）届けて下さい。日本中に俺たちの画を」
香屋子「…はい」

83　スタジオえっじ・会議室
　静まり返った会議室。無数の紙が落ちている。

　机にボロボロの王子が一人、『運命戦線リデルライト　最終話』と書かれたコンテに向かっている。

（窓の外、真っ青な空に無数の文字が流れている。SNSや世の中にあふれる、リデルライト最終話への期待や不安をふくむ有象無象の言葉たち…）

王子「…」

　コンテ紙はほとんど白紙のまま。

　そこに、香屋子がやってくる。

　やがて王子の背中に静かに語りかける香屋子。

香屋子「殺してもいいですよ」

王子「？」

香屋子「ファンを沢山つけた人気のヒロインを皆殺しにしてください。監督の思う通りになさってください」

王子「そんなトラウマエンディングでいいわけ？　局側も絶対NGって言ってるんだよね。円盤やフィギュアの売上だって、最終回の出来で左右されるご時世だよ。そういう二次利用がなきゃ、採算はまず――」

香屋子「（断ち切るように）いいですよ。殺すなら殺すなりの理由を、王子千晴なら必ず用意するはずです。万人が納得できる死に方を。絶対にこのエンディングしかないって、ぐうの音も出ない素晴らしいラストを描いてください。私に、局と戦えるだけの武器を下さい！」

王子「…」

　窓の外、ただの空。

　フッと笑い、やがて再びデスクに向かう王子。

王子「…出てってもらっていい？　悪いけど」

　その後ろ姿を見つめ、部屋を出ていく香屋子。

84　出版社・とある場所
　インタビューを受ける瞳。

カメラが瞳を撮影している。
その様子を根岸と越谷が見ている。
インタビュアー「最後に、主人公トワコと同じ決めポーズしてもらっていいですか」
瞳「決めポーズですか?」
インタビュアー「はい。ぜひ、お願いします!」
瞳「……分かりました」
瞳、無理やり何かの決めポーズを披露。

85 同・エントランスホール
撮影を終えた瞳について歩く根岸・越谷。
瞳、どこか疲れた様子。
根岸「行城が監督を変に表に出すから、ああいうおかしなことを言う奴が出てくるんだよな。かわいそうに」
瞳「……」
越谷「とりあえず話題になることにはミーハー。の割に、利用できる人間以外ロクに名前も覚えない」
根岸「もしかしたら監督だって、まだ名前覚えられてないかもね」
越谷「行城あるあるだな」
瞳「……」
根岸「しかし監督も色々、引っ張り回されて、良く耐えられるね?」
瞳「……そういうのも必要なんじゃないですか」
越谷「いやいや女性だと思って、甘く見られてるんじゃない?」
瞳「……そんな風には、思ってませんけど」
根岸「だったら危機管理甘いね。あいつ、瞳ちゃんや『サバク』を食い物にすることしか考えてないよ。気を付けて下さいよ、カントク」
根岸が気安く瞳の肩を叩く。
その瞬間、何かが瞳の中で切れた。
瞳「……食い物にするって言うなら、きちんと食える物作れよ、あんたたちも!」
ホールに響く声。根岸と越谷が驚いて、瞳の顔を見る。
瞳「行城さんは、あの人は、私をきちんと食い物にしてるでしょう」
続ける瞳
瞳「あの人の悪口を言っていいのは私だけです!　一番振り回されているのも私だし、その逆に一番迷惑かけているのも私です。だけどその私が信頼しちゃったんだからもうどうしようもないじゃないですか」
瞳、ここまで一気に話して、息を深く吐く。
瞳「名前を覚えてもらえない?　そりゃそうでしょう。覚える価値がないと判断されたんだから。私も演出の頃や助監の頃はそうでした。〝あの女の演出〟とか、〝五話やった子〟とかそんなもんです。顔だってきっと忘れられてた。その人に今、自分の名前を覚えてもらっているというのがどれだけ誇らしいことか想像できますか。斎藤監督と呼ばれて一緒に仕事をしてる。それで幸せですよ。何にもかわいそうじゃないッ!」
一気にぶちまけた瞳。気がつけば、周囲の人々、驚いてこちら見ている。そして…入り口近くに、ちょうどやってきた行城の姿が。
行城「…遅れてすみません」
瞳、心臓が止まりそうになるほど驚く。
行城「根岸さん、越谷さん、取材、立ち会って頂いて助かりました」
根岸「あ…(気まずく)」
行城「監督、お礼、言いました?」
瞳「?」
行城「お礼です。立ち会って頂いたお二人に」
瞳が根岸と越谷の方を向く。
瞳「……ありがとうございました」
瞳が深く頭を下げる。
根岸と越谷が気まずそうに笑みを浮かべる。
行城「最終回に向け、みんなでいいものにしましょう」

　歩き出す一同。瞳も歩くが、ふいに視界がぐにゃりと揺れだし、そのまま倒れていく…迫る床。

　行城が瞳を抱きとめる。

86　同・医務室

　ベッドで目を覚ます瞳。
　そこに行城が入ってくる。
行城「どうですか？　体調は」
瞳　「…大丈夫です、もう戻ります」
行城「無理しないでいいです。まだ横になっててください」
瞳　「……」
行城「……サバクを終えて、どれくらいでトウケイ動画を辞めるんですか？　配信で新作アニメを作る話、来てますよね」
　瞳が弾かれたように頭をあげて、行城を見る。
　行城が瞳を見る。その目には、怒りも悲しみもない。
行城「プロダクションは『スタジオグリーン』」
瞳　「……知ってたんですか」
行城「私の人脈と情報の早さを舐めないでください（と、笑う）」
瞳　「……でも、断ります。まだトウケイ動画で……（勇気を出して）行城さんの下で勉強したいこと、ありますから」
行城「……いや、辞めて下さい」
瞳　「？」
行城「あそこの作品には私も注目しています。折角の誘い、断らないで下さい」
瞳　「……いいんですか？」
行城「昔の自分みたいな子達に届くアニメ、作りたいんですよね。それならためらうことはない」
瞳　「……どうしてそれ…」
行城「自分で言ってたじゃないですか」

87　（回想）面接会場

瞳　「王子千晴監督を超える、アニメを作るためです」
面接官「……なぜ、王子監督を超えたいんですか？」
瞳　「王子監督を超えるアニメを作れたら、私みたいな子供に届けられると思うんです」
　その言葉を聞いて、面接官たちの端で記録係をしていた社員（行城）が顔を上げた——。

88　元の医務室

瞳　「……（思い出し）」
行城「ただ、辞めるにしても、一つだけ条件があります。それだけは守って下さい」
瞳　「…何ですか？」
行城「どうか、円満にトウケイ動画を辞めて下さい」
瞳　「…」
行城「王子監督もそうですが、皆さん、会社と大ゲンカして、フリーになられるので。これからも一緒に仕事をするために、どうか、円満に辞めて下さい」
瞳　「これからも、私と仕事する気があるんですか？」
行城「いけませんか？」
　行城がきっぱりと言う。
行城「あなたには才能があります。ハケンを取りたいと堂々と声に出す姿勢が僕は大好きです」
瞳　「……」
行城「なるべく多くを吸収して下さい。退社するまでの間、スポンサーとの渡り合い方も面倒な数字の事も、できるだけ多くのことを教えます」
瞳　「……今まで色々連れ回したのって」
　行城はごまかすように小さく笑う。
行城「……きちんと、勝ちましょう」
瞳　「もちろんです」
行城「それから、もうひとつ」

瞳「?」
行城「誤解があったかもしれませんが、あなたは、代打なんかじゃありません。最初から四番です」
瞳「……」
行城がコージーコーナーの箱を渡す。
箱を開けると果たして…。
瞳「(喜びの顔) エクレア…!」
が、よくよく見ると、モカやいちごエクレアばかり。
瞳「(泣き笑いで小さく呟く) チョコがない…」
行城「ん?」

89 団地・表 (夕方)
イチゴエクレアをかじりながら帰ってくる瞳。
その目の前、太陽が泥のついたランドセルを背負って歩いている後ろ姿が見える。

90 瞳の家・中 (夕方)
太陽がザクロの頭を撫でている。
瞳、太陽の膝に擦り傷がある事に気付く。
瞳「どうしたの、それ」
太陽「ちょっと」
瞳「……」
太陽「(元気なく) ……ヒーローなんか、いるもんか……」

× × ×

(フラッシュ)
瞳「……この世界には魔法なんて、ないんだよ」

× × ×

瞳、太陽の横顔をじっと見つめる。
太陽、お腹がグーと鳴る。
瞳「太陽くん」
瞳、サバクコラボのカップうどんを棚から出す。
瞳「食べる?」
太陽「知ってるそれ。『なんでも揚げる』って奴でしょ。CMで見た」
太陽の答えを聞いて、瞳が口元を緩ませる。
瞳「……届いてるじゃん」
太陽「?」
瞳「この『サウンドバック』っていうアニメ、凄く面白いから観て。途中から観ても、絶対面白いから」
太陽「おもしろいの?」
瞳「(きっぱりと) おもしろいよ」
しばしの間。
瞳「太陽くん」
太陽「ん?」
瞳「この世の中は繊細さのない所だよ。でも、ごくたまに、君をわかってくれる人はいる。わかってくれる気がするものを、観ることもある」
太陽「ふうん」
しばしの間。
太陽「観てみる」
瞳「……うん!」

91 トウケイ動画・中 点描
広いフロアを縦横に歩き、時に走る瞳。
カット袋を手に、様々な部署の相手のもとに行き、一層の情熱を持って話しかける。

× × ×

冷ややかな反応や、時に居留守や逃げられることも。
しかし、ひたすら相手に向かう瞳。

92 録音スタジオ「サバク」アフレコ室
※「サバク」8話の画面。(コンテV)
トワコの秘密を知ったリュウイチがタカヤに詰め寄っている。

リュウイチの声優「わかってんのか⁉ トワコは戦うたびに音を……記憶を失くしてた

んだぞ?」
タカヤの声優「……」
リュウイチの声優「おまえ、知ってたのか? 最初から…」
タカヤの声優「……あいつが言うなって言ったんだ」
アフレコを見つめて何か考えている瞳。

93 盛り上がるSNSなど点描

駅のホーム、興奮して話す学生
学生「知ってた? サウンドバック」
学生「一話からか—…」
学生「何? 何の話?」
周囲、スマホを操作するサラリーマンや女性など。

× × ×

ガチャガチャ店。

客「あのー、サウンドバックのってどこですか?」

宮森「あ、こちらです(あれ?)」

案内した宮森、驚く。

もはやわずかになっていたサバクの『陣地』に、客が次々やってきては、買っている。

94 スタジオえっじ・中　点描

> ※「リデル」8話(美術・ミックス作業など画)
> 星の輝く空が、逆さになった街にオーバーラップして別の世界が浮き出してくる。
> デル「君たちが戦っていた相手は、もう一人の君たちなんだよ」

画面を見つめスタッフに指示を出す田口。

その近く、電話しながら歩く香屋子。

香屋子「止めを増やすならレイアウトと処理で粘って。クオリティだけは落とさないように——」

× × ×

机に向かう王子。描き、消し、ボロボロの姿で取り憑かれたように一心にコンテを描いている。

95 東京上空

東京上空を駆け巡るピンクとブルーの光。ぶつかりあい、火花を散らす。

(※「板野サーカス」的表現)

『トウケイアニメ・終盤まさかの再浮上』『リデルライトを猛追』『鍵は最終回?』等の言葉と共に7、8、9、話の記事や視聴率らしい言葉が次々現れては消える。

96 ファインガーデン・休憩室

サバク画面をじっと見る宗森。その目に涙が浮かぶ。

サバクとリデルのそれぞれを真剣に見つめる人々。

両者の数、もはや同等。

97 ファインガーデン・階段

見終えてガヤガヤ、興奮しながら仕事に戻る人々。
その中、歩く和奈、関、宗森。
宗森、目立たないように目をぬぐう。
和奈「(気づき)え? 泣いてるんですか?」
宗森「あ…いや! あの(恥ずかしそうに目を隠し)」
和奈「でも、サバクもここに来て本当良くなりましたよね…」
関「声だ。声が違う。『何があったか知らないが、うまくなっちゃってまぁ~』(※ナウシカのクロトワの声真似で)」
楽しそうに先に歩いていく関。
和奈「…宗森さん、私、あれ描きます」
宗森「はい?」
和奈「これ」
立ち止まる和奈。宗森が忘れていった

『聖地巡礼第二弾・秩父祭り』の企画書を見せる。
天灯にキャラの絵を描く企画。
和奈「私、描きたいです」
宗森「…いいんですか?」
和奈「はい。聖地巡礼は、私の仕事ですから」
まっすぐ見つめ、笑う和奈。
宗森「…」
宗森、深々と頭をさげる。

98　スタジオえっじ・会議室

窓際の机に王子。つっぷしたまま動かない。

机に転がる鉛筆。床に落ちた沢山の紙。

今は風もなく動かない。

静まり返った部屋の端の椅子、じっとコンテを読む香屋子。表紙に『リデルライト　最終回』と文字。

そばに置かれたコーヒー、手つかずのまま冷めている。

やがて…トン。

香屋子、読み終えたコンテを置く。

王子「……どうだった?　有科さんにだけは文句つける資格がある」

つっぷしたまま尋ねる王子。

香屋子「……本当に、これでいいんですね?」

王子「……」

香屋子「(涙を拭う)……」

コンテに両手を置き一礼するように深く頭を下げ、出ていく。

99　録音スタジオ「サバク」アフレコ室

ブース内で熱心に話し合っている瞳と葵。

瞳、監督席に戻り、本番に。

※「サバク」10話（コンテ&完成画）
夕方の台所でマユとトワコが話している。
マユ「……おねえちゃん」
トワコ「?」
マユ「この音も忘れちゃう?」
トワコ「……」
マユ「私のことも?」
トワコ、マユの頬に触れ、抱きしめる。
トワコ「……忘れるわけないじゃん……忘れないよ」

演じるブース内の葵をじっと瞳が見つめる。

100　瞳の自宅・中　夜

割れたタブレットの傍ら。一人紙に向かっている瞳。

サバク最終話のプロットメモ。

「トワコが全ての音にまつわる記憶を取り戻す」と書かれた文字をみつめる瞳。

瞳「……」

瞳、「取り戻す」の後に「?」を書き足す。

101　トウケイ動画・会議室

『サバク』の最終話打ち合わせ。

根岸「え?」

瞳と行城、根岸、越谷、作画監督・河村、シリーズ構成・前山田、各話演出、編集の白井などの面々が座っている。

各スタッフは当初の最終話のコンテを広げているが、瞳の手元には新たな最終話に関する脚本の走り書きやイメージ画の束が。

瞳「最終回、変更しようと思います。やっぱり、トワコは音を取り戻せません」

瞳の手元の資料、「トワコが全ての音の記憶を失う?」と書いてある。

根岸「いやいやありえないでしょそんなラスト。予定通り奏の石の奇跡で、トワコが全ての音と記憶を取り戻す。みんな大好き、涙と感動のハッピーエンドにしなきゃ」

瞳　「……それは…」
根岸「それに、今の段階からの変更は、現場が対応しきれません」
　スタッフたち、皆疲れた顔を浮かべている。
瞳　「……」
根岸「ね、(瞳の手元の資料を指し) もうそんなのしまって、元のコンテ通りの展開でさ」
白井「…いいの？　監督は、それで」
瞳　「…」
根岸「何言ってるんですか？　最終回で円盤の売れ行きも全然変わるの知ってるでしょ？　ここは絶対、王道展開ですって」
白井「監督に聞いてるんだけど」
河村「俺たちは監督の頭ん中、形にするためにやってきてる」
根岸「…」
　一同、瞳を見つめる。根岸が行城を伺う。
根岸「(助けを求めるように) おい行城…」
行城「……うちは大手です」
根岸「そう。大手だからハケンを取らないと！」
行城「いや、違う」
根岸「？」
行城「大手だからこそ、目先の覇権ではない、十年後に語られるようなアニメを作ることだって出来る」
瞳　「…」
行城「そういう作品を残すことも、伝統ある、うちのような会社の務めです。斎藤監督、あなたは何を残したいですか？」
瞳　「……人生には…大事なものを失っても、何かを成し遂げないといけない時があると思うんです」
行城「……」
瞳　「最後の最後に奇跡が起きて失った音が戻ってくる。そんな都合の良いことはありません。失うから手に入るものだってあります」
　一同が黙って聞いている。
瞳　「この物語のトワコたちにはもう、誰かの都合で描かれたハッピーエンドはいらない。大事なものを失った先にも、きっとハッピーエンドはあるから」
一同「……」
瞳　「今すぐ伝わらないかもしれません。けど、いつか思い出してもらえる日が来ればいい。最終話が、そんなふうに誰かの胸に刺さってくれればいい。そんなラストが、今なら作れると思うんです」
根岸「…(助けを求めるように越谷をみる)」
越谷「…わかってるの？　失敗したら二度とアニメ作れなくなるよ？」
　間
瞳　「構いません。結末、変えさせて下さい……いや、変えます」
　静まる一同。その中
　ペラ…ページをめくるかすかな音。
前山田「……まだ…できることはあるかも、な」
　前山田、いつの間にか手をのばし、瞳の前の新たなラストの資料やプロットメモを読んでいる。
河村「カットの背景と処理変えて使えれば」
瞳　「……？」
前山田「絵とセリフの組み合わせ、もう一回考え直してみるか」
白井「本気？…誰がつなぐのそれ。(嬉しそうに溜息)」
　越谷、根岸を振り返り『降参』と手をあげる。
根岸「あーーーもう……やるしかないか！」
行城「(スタッフの顔を見渡し、静かに) …はい」
　瞳、顔をあげて
瞳　「…ありがとうございます！」

×　×　×

　ラストへ向け、一丸となって作業する一同。
　一話から全ての絵コンテをコピーして壁に貼り、ハサミで切り張りし、セリフを書き換え、最終回のラストを作っていく。

部署を越え、あちこちでスタッフが話し合う。

瞳、第一話のいくつかのカットの背景を黒く塗りつぶしたり（※意味は最終話オンエアでわかる）。

102　トウケイ動画・中

トウケイ動画、全部署が最後の追い込みの真っ只中。

103　トウケイ動画・点描

目を細めて画面を覗く瞳と撮影監督。
瞳「0．62……いや、0．63あげで」
撮影監督「63……いいですね（ニヤリ）」
×　×　×
大げさなジェスチャーで話す瞳と河村。
瞳「もっとグワーってきて、で、ギュッ！　なんですよ」
河村「おお、グワーでギュッな」
瞳「ですです！」
×　×　×
ラムネの包み紙をデスクライトに透かせ、その光を覗き込む瞳と色彩設計。
瞳「この色です、ほらこの、この…」
色彩設計「あーサルファーイエロかー！」

104　編集スタジオ「サバク」作業室

白井と真剣に画面をみている瞳。

105　録音スタジオ「サバク」アフレコブース

瞳、葵に台本の差し込みを渡す。
瞳「最終話、ラストのセリフ、これでお願いします」
葵、セリフをじっと見つめる。
瞳「(目をみつめ)…言い方はお任せします」
葵「……はい」

106　トウケイ動画・廊下

根岸「ラッシュチェックでーす！」

長い廊下をラッシュチェックに向かうサバクチームのメインスタッフたち。

ボロボロの姿だがどこか顔は晴れやかだ。

その中心、先頭。今は堂々と瞳が歩く。

107　各所

タイトル『最終回　放送日』
東京の俯瞰。夕方五時。
様々な場所で、放送が始まるのを待つ人々。

108　ファインガーデン・休憩室

テレビが2台並べられている。

関らアニメーターが画面を今か今かと待っている。

109　スタジオえっじ・ラッシュルーム

香屋子と王子、スタッフたち。
最終話が始まるのを待っている。
×　×　×
東京上空、無数の吹き出したちが浮かんでいる。

110　テレビ画面～さまざまな場所

「運命戦線リデルライト」の最終話。
ボロボロになった清羅《きよら》、バイクのキーを見る。
デル「やめるんだ！　そんなことをすれば君の世界そのものが消滅するぞ！」
清羅「いい……あの子を失うより……ごめんね」
すっと目を閉じる清羅。
清羅「充莉……さあこれでおしまい。あんたたち全員道連れよ」
×　×　×
様々な場所で、テレビを見ている人々。
×　×　×
清羅「充莉……あなたは生きて……」
覚悟を決める清羅
×　×　×

ファインガーデン、サバク組、他。

様々な場所で、サバクをみている人々

× × ×

「サウンドバック・奏の石」最終話。

地球を守るために音の記憶をすべて犠牲にすることもいとわずに挑んでいくトワコ。

タカヤ「音を……食ってる…？」

リュウイチ「……奏の石のいった通り、生命の内側に流れる音、それがやつらの力の源だったんだ」

タカヤ「そんな……」

× × ×

サバクをテレビで見ている、様々な人々。

× × ×

トワコ「盗んだ…音になんか…私たちは負けない！」

タカヤ・リュウイチ「よせ！　トワコ！」

トワコ「絶対に！」

トワコ「（目をとじて）なんでもあげる……」

タカヤ「やめろ！　トワコ！　これ以上音を失えば」

リュウイチ「今度こそ帰ってこれなくなるぞ！」

トワコ「何もかも全部あげる……だから守って……まだ大事だって……ちゃんと……覚えてるうちに……！」

祈るトワコ。その記憶。第一話からの様々な回想が重なるが、トワコ以外の部分は黒い霧に包まれ消えていく…。

（※コンテの切り貼りから生まれた新パートだ）

× × ×

テレビを見つめる、前山田や河村ら、トウケイアニメのスタッフたち。

× × ×

サウンドバックの目が輝き、背中から光が翼のように生え、最後の敵へと挑んでいく。

× × ×

ファインガーデン。

真剣に画面を見つめるリデル組のスタッフ達

× × ×

再び「リデル」の映像

そこへ遠くから充莉の声が聞こえてくる。

充莉「キーーーーーヨ────ラ──────！」

全力疾走でバイクで駆けつける充莉

呆然とする清羅。

充莉「言ったでしょ、一人にさせないって……」

充莉の差し出した手をつかもうとする清羅の手。

つないだ二人の手はやがて自爆の巨大な光芒の中に消える。

そのまま真っ白になり、暗転する画面。

× × ×

テレビを見守っていた人々や家族。衝撃の結末に呆然。

× × ×

ファインガーデンで「リデル」を見ていた人々も。

ため息をつく関。が、そこへ……。

× × ×

テレビを見つめていた一人、顔をあげる。

× × ×

「リデル」最終回の続き。

暗転したはずの画面に、抽象的な線がゆらめき、やがて、鮮やかな色がつき、充莉たちの復活が描かれる。

充莉「お前ら！　私たちが死ねばいいと思ってるんだろうけど、おあいにく様！」

ボロボロになった少女たちがバイクで走っている。

充莉「古いんだよ！　死なきゃ花道にならない感動なんて！　どんな姿でも、誰にも望まれなくても、絶対に生きてやる！　そんな私たちを、お前ら、どんだけ醜くても、──責任持って、愛してよ」

× × ×

王子渾身の、リデルのラストを見つめる人々。

× × ×

コース上、バイクで疾走していく二人。

清羅「生きろ……お前を絶望させられるのは」

充莉「世界でひとり……お前だけ！」

× × ×

テレビをみつめる王子。結末を見届けた。

王子「…（ふと横をみる）」

同じ先を見る香屋子が。そしてスタッフの姿がみえる。

× × ×

じっと画面を見つめる太陽。

タカヤの声「…聴こえるか？」

× × ×

どこかの舞台裏、ステージ衣装のまま携帯で観ている葵

× × ×

「サバク」最終話の続き

タカヤの声「聴こえるか…？　トワコ」

夜明けの上空、戦いの後、地上に落ちていくトワコたちを乗せたサバクロボのコア部分。

リュウイチ「俺たちの町だ……」

タカヤ「帰る場所だよ…」

眼下、朝焼けの光と小さな街が見える。

トワコ「（うつろなまま）……」

そこへマユたち地上の子供たちの呼びかけが聞こえる。

子供たち「おーい！」

マユ「トワちゃーん」

それをじっと見つめるトワコ。

やがて口をひらき

トワコ「……キレイ」

画面に「おわり」と表示された。

× × ×

画面をみつめる根岸らトウケイアニメのスタッフ達そして行城。そして…

× × ×

いつかの公園。スケッチブックから顔をあげ、世界を見つめる幼い瞳。その目、その耳に広がる夕方の景色。

111　トウケイ動画・屋上（夕方）

夕闇。静寂。

瞳が街を見渡している。

瞳「……刺され、誰かの胸に…」

112　タクシー・中（夜）

東京の夜の俯瞰。

× × ×

香屋子と王子がタクシーに乗っている。

王子「あのさ」

香屋子「……？」

王子「……ありがとう」

香屋子は度肝を抜かれた表情になる。

王子「知ってたんでしょ。『ヨスガ』以降の俺の評判。あいつは、もう抜け殻だって」

香屋子は返事に詰まる。

王子「初めて認めるけどさ。ダメだったんだよね。『天才だなんて言われてても、二作目を出した途端に凡庸だってバレるんじゃないかって、ずっと怖かった」

香屋子「……」

王子「……二度と、監督はできないと思ってた」

香屋子「……」

王子「有科さんは、大きな女の人だよ。俺と組めるなんて相当だ」

王子が屈託のない顔で笑う。

王子「ところで有科さんて、彼氏いる？」

香屋子「……何ですか、突然」

王子「真面目な話、アニメ一本作るのって、ひとの人生の大事な三年分を預かる訳だけど。結構いいお年なんじゃないかと思って。まだ彼氏いる気配がないから、気になって」

香屋子「余計なお世話です」

王子「なんなら、俺、結婚してあげてもいいけど」

香屋子は「ふぇっ」と声が出てしまった。

香屋子「どういう意味ですか？」
王子「どうって言葉通り。どうしても困ったら、相談に乗るよ。どう？　結婚する？」
香屋子「……え？」
王子「……え？」

113　トウケイ動画・中（翌日）
ガランとしたフロア。行城が歩いている。

行城の元に根岸が近づいてくる。

根岸「…惜しかったな」

根岸の手に視聴率表。

去っていく根岸。歩き出す行城。

行城「（独りごち）…終わりじゃないですよ」

一人笑みを浮かべている。

114　瞳の家・中～ベランダ（一週間後）
束の間の日常。

瞳の机で眠るザクロ。

その横、机に新しいタブレットが。

開かれたままのメール画面に『秩父祭り』の写真。

夜の秩父橋をバックに天灯を掲げた宗森と和奈の笑う姿。天灯にはサバクのキャラが描かれている。

その傍ら、自分の部屋を片付けている瞳。

山積みだった資料や書類は、今や整理され空っぽだ。

コトン、その空っぽの棚に、新たな資料が置かれる。

蝶や熱帯の植物、そして海の資料など。

そして、スタジオグリーンの封筒。手書きの文字で『新企画　ミスターストーンバタフライ』書かれる。

ピーピー。脱水が終わった洗濯機の音。

立ち上がる瞳。

洗濯かご山もりの洗濯物を運び、干し始める。

夏のベランダ。風がシーツを揺らす。

下で遊ぶ子どもたちの声が聞こえる。

その時…

太陽「何でもあげる！」

と声が。下を見れば、サウンドバックのフィギュアを持った子供たち。その中に、太陽の笑顔も。

見つめる瞳。

その顔に、笑顔が広がった――。

エンドロール

115　トウケイ動画・廊下
行城、一人廊下を歩いている。

ふいに立ち止まり、スマホを開く。

ポーン。傍らにフキダシが出る。

『前期・ＤＶＤ・ブルーレイ予約ランキング速報』…『第一位』…『サウンドバック～奏の石～』『二位　運命戦線リデルライト』…

行城「…」

行城、静かにスマホを仕舞い、歩いていく。

その後ろ姿。突然ジャンプし、軽やかにかかとを打った――。

おわり

冬薔薇《ふゆそうび》

阪本順治

〈脚本家略歴〉

阪本順治（さかもと　じゅんじ）

1958年10月1日生まれ、大阪府出身。大学在学中より石井聰亙（現：岳龍）監督、井筒和幸監督などの現場にスタッフとして参加。89年、赤井英和主演『どついたるねん』で監督デビュー。多くの映画賞を受賞する。藤山直美を主演に迎えた『顔』（00）では、日本アカデミー賞最優秀監督賞、キネマ旬報日本映画ベスト・テン1位など主要映画賞を総なめにした。以降もハードボイルドな群像劇から歴史もの、喜劇、SFまで幅広いジャンルで活躍。その他の主な作品に『傷だらけの天使』（97）、『新・仁義なき戦い。』（00）、『KT』（02）、『亡国のイージス』（05）、『魂萌え！』（07）、『闇の子供たち』（08）、『座頭市THE LAST』（10）、『大鹿村騒動記』（11）、『北のカナリアたち』（12）、『人類資金』（13）、『団地』（16）、『エルネスト』（17）、『半世界』（19）、『一度も撃ってません』（20）、『弟とアンドロイドと僕』（22）、『冬薔薇《ふゆそうび》』（22）、『せかいのおきく』（23）などがある。

監督：阪本順治
製作：木下グループ
配給：キノフィルムズ

〈スタッフ〉

製作総指揮	木下直哉
プロデューサー	谷川由希子
	椎井友紀子
撮影	笠松則通
照明	渡邊孝一
録音	照井康政
美術	原田満生
	我妻弘之
編集	普嶋信一
音楽	安川午朗

〈キャスト〉

渡口淳	伊藤健太郎
渡口義一	小林薫
渡口道子	余貴美子
中本祐治	眞木蔵人
美崎輝	永山絢斗
君原玄	毎熊克哉
中本貴史	坂東龍汰
美崎智花	河合優実
友利洋之	佐久本宝
澤地多恵子	和田光沙
近藤次郎	笠松伴助
永原健三	伊武雅刀
沖島達雄	石橋蓮司

1

ある岸壁・横須賀市・米軍基地近く・晩夏

停泊中の通称・ガット船（砂、砂利、石灰石等運搬船）、『渡口《とぐち》丸』の貨物倉に、荷台を傾斜させたダンプトラックから、大量の砂が落とされる。

ふたを開けた貨物倉は、仕切りもない巨大な箱のようなもの。

落とし終えると、次のダンプがやって来て、また、砂を注ぎ落とす。

その大量の砂、トンネル掘削で搬出されたもの。

貨物倉が砂で満杯になると、その砂は一旦集積場《ストックヤード》に運ばれ、のちに東京湾埋め立て地に投じられる。

甲板には、その砂を移動するための旋回起重機《クレーン》が。

渡口丸の船長であり、『渡口海運』を営む渡口義一（66）は、ブリッジ（操舵室）から、岸壁に列をなす何台ものダンプを認めると、デッキへと降りる。

「いまのうち、喰うか」と、ひとりごち。

※　※

デッキに厨房と、食堂を兼ねた船室《サロン》があり、船員たちがぞろぞろと集まる。

厨房で、昼食の賄いを作る義一。

もうすぐ喜寿の、達ちゃんこと沖島達雄・機関長。

古希を迎えた、永原健三・一等航海士。

最年少！　55歳の、近藤次郎・甲板員。

義一、作った焼きそばに、自宅でこしらえ持参した握り飯を並べ、4人、食卓を囲む。

と、雑談の中で沖島が、義一に、

沖島「……淳は、まじめに行ってるのか、洋服の学校」
義一「……のはず」
沖島「いつも、〝の・は・ず〟だな」
義一「気にしても、どうしようもない」
沖島「そろそろ船乗せねぇと」
義一「いいよ、あいつには向いてない」
沖島「もうすぐ喜寿だぞわしは、あちこちガタがきて、（永原たちをこなし）こいつらだって、足して二で割りゃ」
義一「どこも跡継ぎがいなくて、撤退してるから、やれるだけやるから、オレが、で、焼きそば、どう」
永原「いいよ、キャベツの硬いところの硬さがいい」
近藤「この焦げぐあいが、絶品」
沖島「海老が入ってない」

2

渡口丸・数時間後

砂の積み込みが終わり、蛇腹式のハッチカバーが移動して貨物倉が閉じられ。

沖島が、機関室でエンジンを作動させ。

ブリッジの義一が操舵して、船が離岸してゆく。

義一、暫くして、スマホで誰かに電話をする。

が、相手は、出ず、その留守電に、

義一「……きょうは、敦士の命日だから手を合わせておくように」

3

ある造船所跡地・その頃

その電話の相手、義一の次男、淳（25）が、走る。

連れだって走るのは、淳が属する反社組織の連中。

リーダーの美崎輝（33）、君原玄（32）、安井涼（26）。

視界の先に、身なりが夜のキャッチ系のグループ、地べたに転がるひとりのおとこ、山口憲作（20）に、次々と暴行を加える。

その山口、美崎たちの仲間で、拉致された。

君原と安井が、鈍器を手に襲撃し、グループから山口を引き剥がすと、山口、すぐそばに来た美崎に、

山口「あいつらのひとり、ガンとばしてきた

から、シメタだけで」

美崎「ケツとれよ。じぶんで」

　と、けしかけ、山口の背を押す。

相手も、血の気荒く、ぐちゃぐちゃに。

安井、やられながらも、笑っている。

美崎、自分は漫然と観ているだけ。

淳、猛然としかも素手で向かってきた少年に圧倒され、ただただ情けなく、慣れないナイフを振り回す。

と、その少年、地べたに転がる朽ちた角材を掴み、淳の右膝を殴打する。

膝蓋骨が潰れる鈍い音。

そして、その角材には、錆びた釘が。

悲鳴を上げる淳をよそに、美崎が、消えるように去ってゆく。

それを君原（通称・ゲン）が、ちらり視界に。

3A　航行中の渡口丸・全景

積載した砂を、集積場《ストックヤード》へと運んでゆく。

4　砂集積場の岸壁

停泊した渡口丸が貨物倉の砂を、クレーンの尖端のバケットでつかみ取り、旋回させては、砂を岸壁の集積場へと、落とす。

5　渡口丸の母港・浦賀・午後遅く

渡口丸が、母港に帰港した。

接岸すると、船内スピーカーから義一の「アンカー、レッコ（錨《いかり》、下ろせ）」という声が響き、永原が、ブレーキレバーを緩め、錨を海へ落とす。

近藤が、〝とも〟（船尾）から舫《もやい》を投げる。

岸壁で、その舫をさばくのは、義一の妻で、淳の母親の道子（57）。

慣れたように、舫を、係留抗《ビット》に、繋ぐ。

道子、日々、渡口海運の業務采配と、ゼネコンやマリコン、そのまた下請けの下請け委託を受け、運賃交渉を担っている。

道子が、きょうも無事だった船員たちに安堵し、岸に設けられた渡口海運の事務所に戻る。

年季の入った小さな事務所。

タラップを岸に掛け、降りてきた永原、近藤が、義一に挨拶をし、それぞれの自宅に帰ってゆく。

達ちゃんこと沖島は、デッキの船員室の一室が住まいで、散らかった三畳ほどの自室に戻るなり、缶ビールを呷ると、衣服を脱ぎ、船内浴室の洗濯機に放り込む。

船を降りた義一、事務所に向かう。

5A　同・渡口海運事務所・中

事務机や、小さな流し、使わなくなった麻雀台等。
道子、義一を迎えるなり、
道子「友利君から、いま、連絡あって……同じ学科の」
義一「……また、警察か」
道子「ケガしたらしいの、誰かとケンカして」
義一「命日に、なにやってるんだ」
　事務机の上に、男子児童の遺影。
　行年9歳の、淳の兄、敦士のもの。
義一「その友利君にまかせろ」
道子「彼も、急に知らされて、ずっとは付き添えないって」
義一「なんだ、友だちじゃないのか」
道子「……なに、その云い方」
義一「おまえは墓参り済ませたんだろ。オレはこれからだから」
　と、ロッカーの前で、汚れた作業着を脱ぎ、
義一「淳は、そっちが（行けばいい）」
道子「こんなときに、そっちもこっちも、ないでしょ」

6　ある総合病院・夕暮れ

集中治療室前の、待合いロビー。

ベンチに、淳が在籍する服飾デザイン学

院の学友、友利洋之（21）が、タブレット端末でドレスのデザインをしながら、いる。

と、そこへ、人影が。

やって来たのは、義一。

気づいた友利、「あぁ、やっとだ」と立ち、「ご無沙汰しています」と、会釈し、

友利「僕は、詳しくはなんにも知らなくて、あんな連中にかかわるなって、いつも云ってきたのに……で、いいですか、もう帰って。あした、デザインのプレゼンなんで」

義一「ちょっとだけ、いいか、な」

と、友利、しかたなく、

友利「……はい」

と、ふたり、坐り、

義一「ありがとうな……もうしわけない」

友利「……（手術室をこなし）膝の骨にひびが入ったみたいで、でも、リハビリすれば歩けるって」

義一「そうか……オレがほっといたんだ、高校辞めてぶらぶらしてても……だから、喜んだんだよ、アパレルのデザイナーがどうのこうのって急に云いだしたとき、学費がね、かかるけど、やれよって」

友利「……」

義一「そのぶらぶらしているとき、その連中とやらと……バカなやつだ……」

友利「僕も、巻き込まれそうになったけど、群れるの嫌いなんで」

義一「じぶんで気づくの待ってんだけどね、ずるい云い方かな」

友利「うちのおやじもそうですけど、その場その場でしかもの云えないし、なんだかんだ、きらわれるの怖いんですよ、こどもに」

義一「きついな（と、笑い）」

友利「それに、勘違いするのが、親ですから」

義一「これまた、きついな」

友利「また、逢いにきますよ、ここに」

義一「ん。ありがとう。友だちでいてくれて」

と、立ち上がり、財布から二千円を抜いて畳み、「なにか食べて」と、渡そうとすると、それを固辞し、

友利「……いまこんなこと云うのもなんだけど、5万円貸したままで、淳君に」

義一「……」

友利「僕は仕送り貰ってるから、貸せたんだけど……」

義一「……すまん、いま持ち合わせていないんだ」

7　渡口家・その後・夜遅く

2階建ての一軒家。

その居間で、淳に付き添っている義一からの電話を受けている道子。

道子「眠ってるんでしょ、淳」

義一の声「あぁ、まだ麻酔が」

道子「帰ってきていいわよ、とうさん」

義一の声「でもよ」

道子「眼を覚ましたら、誰かいるより、誰もいない方がいい」

義一の声「……」

道子「山梨の弟から、手紙が来てね、相談あるから」

義一の声「……わかった」

道子「敦士がいたら……淳におにいちゃんがいたら、淳はどうなってたんだろうね」

8　元の総合病院・病室・翌朝

眠り続けた淳が眼を覚ますと、ぼやけた視界にいたのは、反社リーダーの美崎と君原（通称・ゲン）。

淳の右膝は石膏で固められ、大手術の痕跡が。

ゲンの額には、殴られ、裂けた疵跡が。

淳、意識が戻り、ふたりを認めると、

淳「あ、なんで（わざわざ）」

ゲン「生きてたら、殺してやろうかと想って」

　と、美崎、ゲンの頭をはつり、
美崎「ひでぇこと、云うな、おまえ（と、淳に）さっき点滴替えていったネェちゃんに訊いたら、もう少しで、おまえ、切断だったんだってよ、刺さった釘、錆びてて、よ」
淳「やばいっすよね、それ」
美崎「で」
淳「え」
美崎「なんも訊かれなかったのか」
淳「（察して）あ、なんも云ってないっす」
美崎「まあ、ただのケンカだもんな」
淳「すよ」
美崎「ゲン、下のコンビニで、なんかコーラとかバナナとか、雑誌でも買ってきてやれよ」
　と、そのまま踵を返し、
美崎「オレ、シゴトあるからさ」
　と、去る。
　ゲン、その背を見送り、淳に、
ゲン「……なんか買ってやれって、カネぐらい置いてけよな……」
淳「いいっすよ、いま飲めねぇし、バナナとか喰う気しないし」
ゲン「美崎さん、帰ったんだぜ、ケンカの途中で、きのう」
淳「そういうとこありますね……あ、便所いいっすか」
ゲン「は？」
淳「おむつ、されてんですよ、いやなんすよ」

9　同・廊下からトイレ

　おんぶして淳を連れてきたゲン、淳を便座に坐らせて、背中向けると、
ゲン「おまえをやったガキ、オレが半殺しにしてやったから」
淳「……すみません」
ゲン「そんなんじゃおまえ、糞の役にもたたねぇし、もうこっちはいいから、離れな（組織を）」
淳「代々うち、船舶やってるでしょ、帰ったって、このざまじゃ、働けねぇし、だいたい、兄貴が継ぐはずだったし、その兄貴がいなくなると、親はオレに継げとも云わないし、楽だなあと想ったけど、逆を考えりゃ、じぶんでじぶんのケツ拭けってことで、で、想ったんすよ、ファッションだなって、デザイナーとかいいじゃんって、マイナーブランドでも、人気取るなんて、以外と、簡単でしょ、いまは。SNSとか、インフルエンサーていうの、美崎さんとか、ゲンさんとか、人脈あるし、こういうのは、そっから広がるもんだし、ゲンさんに着てもらえれば、広がると想うなあ」
ゲン「オレのなにを知ってんだよ、おまえいつもじぶんのことだけべらべら喋って、ひとのあれこれには、おまえ、興味もねぇっていうか、知りたいって想わないんだろ、群れてりゃ虚勢張れるし、それだけなら邪魔なんだよ、ったく、なにが、人脈だ」
淳「……」
ゲン「じぶんのケツはじぶんで拭けよ、じゃあな」
　と、淳を捨て置き、トイレから去る。
淳「……」

10　同・トイレから廊下・その後

　壁を伝って、左脚で跳ねるように、病室に戻っていく淳、次第に、息が上がって。

11　渡口海運の岸壁・初冬

『二ヶ月後』のテロップ。
淳が、来る。
右膝に医療用ギブス、脚をひきずり。
事務所に入ると、請求書の業務をしていた道子が、
道子「（退院）迎えにいけなくて、ごめんね、ちょっとバタバタしてて」
淳「バタバタ……」
　と、背後から「久しぶりだな、淳君」の

声。
淳、振り向くと、ひとりのおとこ。
淳「叔父さん」
おとこ「ん。多分、6年ぶりかな」
おとこ、道子の弟で淳の叔父、中本裕治（54）。
裕治「大変だったそうだな」
淳「歩けるから、これでも」
と、義一、裕治をこなし、
義一「働いてもらってるんだ、うちで」
道子「山梨でやってた遊覧船の整備、なくなっちゃってね、観光どころじゃなかったでしょ、ずっと」
淳「……」
裕治「貴史も、連れてきたんだ、覚えてるよな、淳君のひとつ上で」
道子「貴史ちゃん、教員免許取って、中学校に勤めてたんだけど、叔父さんといっしょに来てね、ほら、郵便局の近くに塾があるでしょ」
淳「なんで、なんにも、知らせてくれなかったの」
道子「リハビリ大変だと想って」
淳「払ってない学費、貰いにきた、あ、寮費も」
義一「ろくに授業もでてないんだろ、こっちだって、しんどいんだ、船の依頼も、どんどん減って」
淳「じゃあ、なんで叔父さん雇う余裕あんの」
義一「……」
と、裕治が、
裕治「離婚して、失職して、叔父さんが頼みこんだんだ」
淳「貴史だっけ、教師なら、給料いいはずでしょ」
義一「オレが、いいって云ったんだから、黙れ」
淳「いや、山梨じゃ、それで充分喰ってゆけるでしょ、なのに、なんで教師辞めて」
裕治「生徒に手をあげたんだ」
淳「あ、そう、いつの時代だよ」
道子「よしなさい」
義一「復学するなら、学費、じぶんで作ってこい」
淳「もういいや、で、（道子に）どこの塾？郵便局の近くって」

12 ある塾・夜

2階の窓の中に、教鞭をとる裕治の息子、貴史（26）が見える。
淳のいとこ。

13 同・表・その後

貴史、授業を終え、出てくると、「貴史か？」の声。
物陰にいたのは、淳。
淳「オレだよ、なんだいっちょまえに、背広着て」

14 渡口家・その頃

帰宅した義一と道子。
義一、すぐさま廊下の奥へゆき、汚れた作業着と下着を洗濯機に放り込んで、浴室へ。

※　　※

食卓で、夕飯をとるふたり。
道子の作った海鮮パスタ。
義一「小海老、入ってるじゃないか」
道子「大きい海老、刻んであるだけ」
義一「あ、そう」
道子「……」
義一「……あいつ、きょう、帰ってくるのか」
道子「えぇ。寮には戻らないって、貴史君と呑んでるんでしょ」
義一「なんか、云った方がいいのか、あいつに」
道子「云いたければ……」
義一「……」
道子「（いちいち訊かれて）あぁ、めんどくさい」

義一「……」

道子「あぁ、ひとりになりたい」

義一「……（複雑）」

15　塾近くの赤提灯

奥のテーブルに、淳と貴史。

淳の、いきつけ。

淳が、一方的に喋りまくって。

淳「だいたいがよ、押し込み強盗だろ、高級車盗むだろ、で、詐欺だな、たまに稼ぎで、粉だよ粉」

貴史「粉」

淳「あぁ、決めてさ、おんなにぶちこんで」

貴史「よしてよ、そんな」

淳「（おもむろに）一万、持ってる？　あ、二万でもいいんだけど」

貴史「……」

16　赤提灯そばの路地・その後

ふたり、帰路へ。

と、三叉路に来て、貴史が、

貴史「アパート、こっちだから」

と、一方を指差して、行きかけると、淳、

淳「また呑もうや、たまには、帰ってくるからさ、あ、次は、横須賀に行こうぜ、カネはちゃんと返すから」

と、貴史に手を振り、別の一方へ、去る。

と、脚をひきずるその背に、

貴史「……なにが、粉だよ（やってないくせに）」

と、淳が、自転車に乗った20歳代のおんなとすれ違い、呼び止め、親しげに話しているのが見える。

暫くのち、淳と別れたそのおんなが、貴史のそばを通りすぎるとき、スカートをなびかせるそのすがたを眼で追う貴史、なぜか、盗み見るように。

17　横須賀・翌日の午後

美崎が、ゲン（君原）、安井、山口たちを連れて、閑散とした飲食街の、通りの真ん中を歩いている。

と、連れ立った中に、昨夜貴史が盗み見たおんなが。

おんな、美崎の妹、美崎智花《ともか》（25）。

智花「（美崎に）おにぃちゃんさ、きょうバイトあるって云ったじゃん」

美崎「うまくいきゃ、暫くバイトなんてしなくて済むから」

と、監視カメラの有無を確認し、紙袋を智花に渡す。

山口「（中を指差し）通帳と印鑑とカードと、暗証番号のメモ」

美崎「それなりに（カネ）入ってるから」

智花「これ、誰の」

安井「よく知らねぇ、カネ持ちのばばあ。ばばあだから、名義がおんな、なんで」

智花「は？　バレたらどうするの」

美崎「ゲンが、窓口の待合いにいるから、なんかあったら、こいつがなんとかするよ」

と、通りを塞いでいた美崎たちに、クラクションが。

振り向くと、カップルの乗ったセダンが。

美崎、キレると、「うっせいなっ」と、向かっていき、バンパーを蹴飛ばし、運転のおとこに絡みだす。

そこに、安井や山口も加わり。

と、ゲン、うんざりして、智花を促し、歩く。

智花「こういうの、もうやめてって云ってんじゃん」

ゲン「だよな、でもよ、いねぇんだよ、他に」

智花「……あ、そういえば、きのう淳に逢ったよ、おにいちゃんとはもう離れたって」

ゲン「あいつには向いてないから、だからオレが抜けろって」

智花「ゲンは、いつ離れんの」

ゲン「なんで」

智花「ひとりの方が似合うよ、ゲンは」

18 ある臨海公園・その頃

淳が、園内の歩道を歩いている途中、突然、膝をかばい、しゃがみ込む。

ずれたギブスを装着し直そうとして、痛みが走ったのか、横倒しに、倒れる。

と、近くのベンチでランチをとっていたあるおんなが、淳を抱き起こす。

プラチナリングを塡めたおんなの、右手が。

19 渡口海運事務所・中

道子が、固定電話の受話器を手に、
道子「……ちょっと待ってくださいよ、もうそれ、勘弁だわ、油代も上がってこっちはぎりぎりで、だから、その値切り方は、ないわ、考えなおして、また、連絡ください……え?……はい……あ、どうぞ、それなら、よそへ、どうぞ、永らくのご鞭撻ありがとうございました」
と、乱暴に受話器を置くと、表へ出て煙草を吸う。
眼のまえに、出航予定のない渡口丸が。
と、慌てて戻り、受話器を取ってダイヤルすると、
道子「……あ、さきほどは失礼いたしました、ちょっと旦那と口論の最中だったもので、はい」

20 渡口丸・機関室

沖島と裕治が、補助エンジン等の整備をしている。
オイルを注したり、フィルターを替えたり。
と、沖島、唐突に、
沖島「で、海老とか、すき?」
裕治「いきなり、え?」
沖島「船長、賄い作ってくれるのはいいんだけど、海老きらいみたいなんだよね」
裕治「海老が」
沖島「鮨屋の海老は喰えるらしいんだけど、小海老がダメなんだよな」
裕治「それは、トマトはすきだけど、プチトマトがダメみたいな」
沖島「トマトすきなら、プチトマトも大丈夫だと想うんだけど、なんか、小さいとき、冷凍の小海老を釣りの餌にしているのを見てから、餌にしか見えないらしいんだよな、ちっちゃい海老が」
裕治「繊細ですね」
沖島「あぁ、ああ見えて、臆病だし」
裕治「僕には、そう見えませんが」
沖島「女房にな、最後の最後に云いかえせねぇんだ。ケンカ始まっても、最初は強気でワッて云うんだけど、最後の最後に、ごめんなさいってしちゃうんだよな、あの女房、どんな育ちしたか知らねぇけど、ちょっと根性ひねくれてるとこあってよ」
裕治「あの、それ、僕の姉です」
沖島「あ、そうだったの！」
裕治「……きのうも同じ会話しました」

21 同・ブリッジ・夕方近く

義一、航海用レーダーやGPS、コンソール全体の電源を落とすと、船体がきしむギィーッという音が。

その悲鳴のような音に、ふと、外を眺める義一。

窓の向こうに、貨物倉が、薄暮の中で、不気味に、口を開けて、ある。

その貨物倉の暗がりへと吸い込まれそうになって、義一、かぶりを振ると、背後の神棚に合掌して、灯りを消し、ブリッジを、去る。

22 あるバー・横須賀・その頃

2階に住まいがあるゲンの、生家。

ゲンの両親が死去後、バーは閉じたまま。

いまは美崎たちグループの、たまり場。

智花、一同に、まくしたて、

智花「……窓口で通帳見せたら、振込のとこに『ネンキン』て書いてあってさ、普通にムリじゃん、ばばあの替わりなんか、んで、急いでゲンと離れて、ATMめちゃくちゃ廻って、てか、監視カメラあるからさ、で、これ、限界」

美崎、300万ほどの束を手に、

美崎「ったく、いいよ、これ、預かっとくから」

ゲン「分けられるでしょ、こいつらにも、少しぐらいなら」

安井・山口「……」

美崎「(ゲンに)なんだ、よけいだよ、こっちはシゴト廻してもらってんだから」

安井「ゲンさん、わかってるんで、オレもこいつ(山口)も」

山口「まだ見習いっすけど、溶接やって、小遣いくらいありますから」

ゲン「……」

と、奥の階段から、6歳くらいの女児が降りてきて、ゲンを「パパ」と呼ぶ。

女児、君原さやか。

ゲン「なんだ、いまお仕事だから」

さやか「きょうは、ずっといる?」

ゲン「いるよ」

さやか「ママは、きょうも、だめ?」

ゲン「ごめんな」

と、美崎が、口を挟み、

美崎「ママはね、パパがすけべだから、怒っちゃって」

ゲン「やめてくださいよ」

美崎「(構わず、さやかに)ママは、違うパパといるよ」

ゲン、激怒すると、

美崎「(それ見て、さやかに)ごめんごめん、すけべってのは嘘だから、違うパパはホントだけど」

と、智花が、美崎の背中を叩き、

智花「おにぃちゃんさ、それ、ひでぇよ」

美崎「なにが」

智花「あたしだって、あれくらいの頃に、おにぃちゃんの妹になったんだよ、ふざけないでよ」

美崎「こいつらのまえで、ごたごたいうんじゃねぇよ」

智花「こいつらのまえで、って、情けなくない?」

と、美崎、いきなり智花の頬を張ると、

智花、

智花「次は、ばばあじゃなくて、じじぃにしろよ、バカ」

と、出てゆく。

いたたまれなくなったゲン、さやかを抱えると、

ゲン「美崎さん、これからは、週末、ここ、開けようかなって、いま、いろいろ掃除とか始めてて」

美崎「開けたって、誰が来るんだよ」

ゲン「おやじの馴染みとか、です」

と、ゲン、さやかを抱えたまま、2階へ。

23　雑居ビル・翌日の午後

その陰にいる美崎に、反社の先輩、加賀谷武(36)が近づいてくる。

美崎から封筒を受け取り、中の札束を確認して、

加賀谷「おまえ、いちいちLINEで、うまくいきそうです、とか、喜んでください、とか、こんど、美味いもんでも喰わせてくださいとか、うっとおしいんだよ、バカか」

美崎「あ、はい……」

と、加賀谷、ビニール袋を美崎に渡し、

加賀谷「偽造の保険証と処方箋入ってっから、薬局廻ってこいよ」

美崎「……いま、警戒きついっすけど、睡眠薬とか」

加賀谷「知らねぇよ、そんなこと」

と、去り、向こうで振り向くと、

加賀谷「オレがあげたサングラス、似合ってんじゃん」

と、また遠ざかる。
美崎「……」

24 ラブホテル・横須賀あたり・その頃

あるおんな、澤地多恵子（34）が、口元を手で覆い、喘ぎ声を。
その右手に、プラチナリング。
騎乗位のまま、受け身でしかない淳。
臨海公園で、淳を抱き起こした、おんな。
実は、わざとそうさせた淳。
ふたり、高まって。

※　　※

仕切りの向こう、浴室前の鏡で化粧を直した澤地が、スリップのまま現れると、
すでに着替え終わった淳が、最後に膝にギブスを填めながら、
淳「澤地さん、ほくろ、あるんだね、へその右と左に」
澤地「ちょっとやめてよ、そんなとこ見てたの」
淳「オレ、正常位ムリだから」
澤地「それと、澤地さんてやめてくれる、こんなに頻繁に逢ってるんだから」
淳「いや、感謝しかないから、学費まで気にかけてもらって」
澤地「そんな、他人みたいに云わないで」
と、澤地、ソファにあるバッグから財布を抜き、
澤地「卒業させるから、私が……ブランド立ち上げるときも、淳のそばでなんでもするから」
と、淳に100万の束を渡す。

25 服飾デザイン学院・表

その玄関に、入っていこうとする淳。
と、いつかの学友、友利が入れ違いに、出てくる。
お互い、顔を合わせ、「久しぶりだな」と。
淳「滞納してた分、やっと稼いでさ、払いにきたんだ」
友利「もう、やめとけよ」
淳「なにが」
友利「なにしたか知らないけど、（ギブス見て）ケガするだけだろ」
淳「（むっとして）もう、つきあってねぇよ、あいつらとは。あんな半端な連中、こっちからやめてやったよ」
友利「……」
淳「で、すぐ済むから、飯喰う？」
友利「オレは、逆なんだ、おやじが倒れたっていうから、ここ、やめるんだ」
淳「え」
友利「倉敷戻って、継がなきゃいけないんだ」
淳「そうか、でも、安泰じゃん、デニムの製造販売だもんな」
友利「おやじ倒れたって云ってるのに、そんな云い方ないだろ」
淳「羨ましいと想っただけだよ、え、謝ればいいの」
友利「（あきれて）いいよ、もう」
淳「あ、借りてたカネ、返すよ」
友利「淳のおやじさんが、とっくに返してくれたよ」
淳「え」
友利「利子つけて、振り込んでくれたから」
淳「……」
友利「友だちでいてくれてありがとうって、云われたよ、そっちが手術中に……」
淳「体裁だよ、おやじの」
友利「まあ、どっちでもいいけど」
淳「いつか、倉敷行くよ」
友利「それより、ちゃんと勉強しろよな、さぼってばっかだったんだから」
淳「うるせぇよ」
友利「じゃあな」
と、去ってゆく。

26 渡口丸・夜

停泊中の渡口丸のタラップを上がってい

く義一。

渡口丸、デッキやブリッジに、わずかに常夜灯がある程度で、夜のとばりに、ぽつんと。

義一の手には、日本酒の一升瓶。

27 同・沖島の自室

簡易ベッドと、テーブル、テレビなどが。散らかりまくり、雑然と。
沖島、ラジオを聴きながら、ひとり、うたた寝を。
と、開けっ放しのドアにノックの音がして、
義一「たまには、一杯やりますか」

※　　　※

ふたりで、呑んでいる。
沖島「あれだな、物忘れってのは、便利なもんだな、なんせ、以前は、どうでもいいことも覚えとかなきゃいけなかったが、どうでもよくはないことだけ覚えてるわけだから、脳味噌が身軽になったわけだな」
義一「いつか、オレもそうなるわけで」
沖島「そうだよ、でも、ふっと現れてくることもあるわけだ」
義一「ふっと」
沖島「ひとりでいるとな、いまさらどうでもいいことが」
義一「……」
沖島「いまさらどうしようもないことが」
義一「オレにも、ありますよ」
沖島「……」
義一「ブリッジで、ひとりでいるときとか」
沖島「(なにか察し)……まあ、呑めや」
と、義一のグラスに酒をつぐ。
沖島「この船はもう何年だ」
義一「40年経ったよ」
沖島「わしは、前の船からだ」
義一「おやじの時代は、オリンピックだ、夢の島だ、羽田の滑走路だ、で」
沖島「だよ、先代も、意気揚々で、奥さんなんか、事務所の周りに、鉢植えいっぱい飾ってさ、カーディガンていうの」
義一「ガーデニングです」
沖島「(反応せず)で、オレは、犠牲にしちゃったけどな、ギャンブル三昧で、かかあも、1男4女も、みんないなくなった、で、いまは寝床が揺れてないと、眠れない、て、なんだかよ」
と、沖島、不意にうつむいて、目頭を。
義一「なに泣いてんの、いまさらどうしようもないこと、だよ」
沖島「違うわい」
と、矢庭に、義一の手を握り、
沖島「ありがとな、来てくれて、誰も、来てくれないんだもん」

28 渡口丸・全景

中から、ふたりの笑い声が、溢れて。

29 渡口家・その頃

台所の換気扇の下で、煙草を吸っている道子。

ひとり。

30 欠番

31 いつかのラブホテル・日中

部屋に入るなり、淳、ギブスを外し、脱ぎ始めて。
と、例の澤地が、着衣のまま、
澤地「喫茶店で話そうって云ったのに」
淳「しなくていいの」
澤地「なにその云い方、してあげてる、みたいな云い方」
淳「そうじゃなくて……わかったよ」
と、脱ぎかけた服をまた、着る。
澤地「どうして、LINE無視するの、おカネ渡した途端に、なんで」
淳「澤地さんのおかげで、目一杯授業が続いて」
澤地「嘘。ほとんど行ってないじゃん」

淳「なんで」
澤地「頻繁に尋ねたから、学院に、それに、きょうも、ゲームセンターにいたじゃん、あちこち、さがしたんだから」
淳「……あそこ、あの学校さ、たいしてひと育ってないから、独学でやってさ、プレゼンのときだけ、行こうかなって」
澤地「それじゃ卒業できないでしょ、在籍してるだけで、安心したいだけじゃないの」
淳「意味わかんねぇよ」
澤地「契約不履行だから、いっしょになるって云ったのに」
淳「なに」
澤地「弁護士って知ってた？　私」
淳「聞いてないよ」
澤地「聞いてないじゃなくて、そっちが訊かなかったのよ」
淳「……カネ、返せばいいの」
澤地「いらないわよ、また同じことするんでしょ」
淳「……」
澤地「かわいそうなおとこ」
淳「なにが」
澤地「みじめなおとこって、云ってるの」
淳「……帰る」
　と、ドアへ。
　と、床にあったギブスを拾い、うしろから、
澤地「これ、忘れてるわよ、もう無くても歩けるくせに、同情ひきやがって、どうせ、わざと誰かの気を引こうとしたんでしょ、倒れた振りしてさ」
　と、ギブスを淳に投げる。
　淳、受け取り、出てゆく。
　そのまま、ベッドに座り込む澤地。
澤地「で、私は、なに（と、呟き）」
　と、室内電話が鳴り、取ると、
ホテル従業員の声「あのぉ、お連れの方帰られたようですが」
澤地「気にしないでください、私、殺されませんから」

32　いつかの臨海公園・その後

　歩道を歩く淳、「なんだよ、ちくしょう」と怒りにまかせて、ギブスを路上に投げつけると、すれ違った視覚障碍者のおとこにぶつかり、障碍者、倒れる。
　障碍者、森繁久（57）、仕事帰り。
　淳、嘆息し、「何？　何？」と戸惑っている森繁に近づくと、森繁、
森繁「わたしが、なにかした？」
淳「（あたりを気にし）いや、偶然……」
森繁「偶然って、こまるんだよ、方角わかんなくなるでしょ」
　と、淳、そっけなく、
淳「悪気ないから」
　と、森繁を雑に抱え起こすと、森繁、
森繁「……謝らないんじゃなくて、謝れないんだ、あんた」
淳「……」
森繁「もういいから、どっか行って」
　と、淳、云われるまま離れて、ふと振り向くと、しゃがんで、地べたにある杖をさがす森繁。
淳「……」
　淳、戻ると、杖を拾い、「いまさらだけど、ごめん」と、その杖を手渡して、落胆のまま、去る。

33　渡口海運の岸壁・その頃

　軽のボックスカーで、岸壁に入って来る義一。
　事務所の前で軽を停めると、後部からプランターと園芸用の土と、何かの苗木の鉢を、幾つも降ろす。
　事務所から、道子が来て、
道子「どうしたの」
義一「薔薇」
道子「薔薇」
義一「冬でも咲く薔薇」
道子「なんで」

義一「ここ、殺風景だから」
道子「殺風景なのは、あなたのカオでしょ」
義一「きついな、おまえ」
道子「ごめんごめん、取引先とまた、言い争っちゃって」
義一「(意味わからん)……」

※　※

事務所のドア口付近。
義一と道子、しゃがんで、薔薇の苗木を、プランターに移し替えている。
と、道子が、苗木に結ばれ、『四季薔薇』と書かれたタグの解説に、眼を通していて、
道子「ねぇねぇ、冬に薔薇って書いて、『ふゆそうび』って読むんだって」

34　停泊中の渡口丸・母港・その翌日

永原、どうしようもない俳句を連発しながら、デッキを、ブラシで磨き。
近藤は、船体の錆を取り。
義一は、ブリッジの窓を拭き。
沖島は、自室で半年ぶりに掃除機をかけ。
道子は、冬薔薇《ふゆそうび》に、水をあげる。
穏やかな、別段何もない一日。
と、裕治が、貴史を連れてきて、
裕治「船乗ってみたいって云うから」

※　※

サロンで、貴史も含め、道子も加わり、義一の賄いを一同で食べる。
沖島の失敗談で盛り上がり、終始、笑いが絶えず。

35　渡口家・その夜

義一と道子、夕飯を終え。
義一は、晩酌を続け。
道子、台所で洗い物をしながら、
道子「貴史、たのしそうだったね」
義一「あぁ、こっちの生活にも慣れたみたいだし」
道子「うちの弟、勉強なんてからっきしできなかったのに、どうやって育てたのかしら」
義一「なんだ、厭味かよ、かあちゃんだよ、かあちゃん(育てたのは)」
道子「そっちも、厭味ね」
義一「淳が、あんなだったらって想ったよ」
道子「……」
義一「いまさら、か」
道子の沈黙が続き、
義一「なんだ、急に黙って」
と、道子、手を止めて、向き直り、
道子「私は、敦士がいなくなって、淳に構わなくなって、でもあなたも私になにも云わなかったじゃない、なんか、云ってくれた、淳も気にかけてやれよとか、ちゃんと教育しろよとか、私のいちばんそばにいて、気づいてたくせに、めんどくさいって想ってたのは、あなたもいっしょじゃない」
義一「ふざけるな、子供育てるのに、めんどくさいなんて想ったことなんかない」
道子「ひとりになった淳が、いつもいつも甘えてきて、それをこっちは、遠ざけて、それどころじゃないんだからって、私もあなたも、遠ざけて」
義一「もういい、やめよう」
道子「なにをやめるの、あなたはいつも、済んだことにして、終わったことにして、いっしょになにも考えてくれない」
義一「ひとを責めて、そんなに気分いいか、いい加減にしろ」
道子「じゃあ、別れますか」
義一「おまえはいつだって、相手が云いかえせないことわかって、ものを云う、ずるいだろ」
道子「そうさせてるのは、あなたでしょ」
義一「その云い方も、そうだ」
道子「……」
義一「だいたい、裕治君、雇ってあげたのオレだぞ、わかってんのか」
その言葉に落胆し、ひとつ、ため息をつくと、

道子「……敦士も淳も、こんな親、いやだろね」
と、洗い物を終えると、台所から、去る。
義一「……」

※　※

玄関の外。
道子、煙草を吸って、気持ちを落ち着かせ、近所の人が通ると、煙草を背中に隠し、「こんばんは」と、愛想よく、精一杯のムリをして。
と、玄関ドアが開き、半開きのまま、
義一「……あ、わるかったな」
道子「……なにが」
義一「（話題変えようと）あした、久し振りの、海だな」
道子「海って、海水浴か」
と、つっこんだ。

36 いつかの赤提灯・その頃

カウンターに淳と、塾を終えた貴史がいる。
貴史「カネならいつでもよかったのに」
淳「持ってると使っちゃうから」
貴史「きょう、船乗ってきたよ、賄いもご馳走になった」
淳「なんで」
貴史「訊いたら、淳君、めったに乗らないんだって」
淳「船酔いしかしねぇよ、オレは」
と、なんとなく、不機嫌なさまに、
貴史「なんかあった?……ひとに云えない事だって、聞くよ」
淳「友だちじゃねぇから」
貴史「……あんまりだな」
淳「じゃあ、こっちが訊いていいか、生徒に手あげたんだって」
貴史「……（憤激し）それ、知らなくていいことなんだよ」
淳「それで、クビになって、情けねぇ」
と、貴史、音を立ててグラスを置き、淳を睨んで。
淳「なんだ、ぶん殴られてぇか」
貴史「オレ、少林寺（拳法）やってたから、大学で」
淳「嘘つけ、もういいよ、帰るわ」
と、立ち上がり、「ここ、払っとけよ」と、出てゆく。
ひとり残された貴史、憤慨のまま、おかわりを頼む。
貴史、次第に形相が変わってゆき……。

37 いつかの赤提灯そばの三叉路・夜中

ひと気のない、ひっそりと静まりかえった三叉路。
と、ある物陰にうっすらと人影。
じっと潜むその影は、貴史。
なにかを待っているような。
その、狂気に満ちたさま。
と、眼のまえに、一台の自転車がやってくる。
貴史、即座に、駆けだし、追いかけた。
智花が乗った自転車を。

38 あるアパート・表・翌早朝

裕治と貴史が住むアパート。
もう明け方に近い。
裕治が自室から出て来て、自転車で渡口海運に向かおうとすると、貴史が帰ってくる。
スーツの膝頭には、汚れが。
裕治「なんだ、もう朝だぞ」
貴史「いや、淳が横須賀行こうって、しつこくて」
裕治「……云いにくいが、とうさんは、あまり、すきじゃない、あの子が」
貴史「わかってるけど、あいつ、危なかっしいだろ、まあ、できのわるい弟みたいなもんだよ」

39 欠番

40　渡口海運の岸壁・朝

出航間際。

事務所で帳簿をつけていた道子が、ふと外を見ると、タラップをあがってゆく淳が見える。

道子「……⁉︎」

と、すぐさまスマホを手にし、
道子「……おとうさん、いま、淳が、そう、いま、そっちに」

41　いつかの米軍基地近くの岸壁・正午頃

いつものように、ダンプトラックが、渡口丸の貨物倉に砂を落とし続ける。
甲板の中デッキの上から、そのさまを見ている淳。
と、沖島が来て、
沖島「いつ以来だ」
淳「中学」
沖島、じっと貨物倉を見ている淳に、
沖島「……おまえ、じぶんから（家業）継ぎますって、云えないのか」
淳「達ちゃんのそれ、ガキの頃からずっとでしょ、うっとおしかったよ」
沖島「身内だと想ってるからだよ、お年玉もあげたじゃないか」
淳「そのかわり、遊んであげたでしょ」
沖島「（驚愕）……あれ、遊ばれていたのか、キャッチボールしたりとか」
淳「（応えず）オレさ」
沖島「（不機嫌なまま）なんだよ」
淳「……ひでぇことしてきたかなって、いろいろ」
沖島「……なら、これからは、するな、しなくても済むこと、おまえ、わざわざやってきたんだ、だから、しなくても済むんだから、しなくてもいいんだ、しなきゃならないことをするために、しなくていいことを、できるだけ、しないことだ……どうだ、久し振りに、ちゃんと云えた」
淳「……」
と、裕治が、来て、
裕治「沖島さん、きょうは積み込み少ないみたいで、そろそろ」
沖島「そうか、もう出るのか、わかった」
と、階段を降りていくと、裕治、なにげに、淳に、
裕治「きのう、横須賀だったんだって、貴史と」
淳「え？　いつもの行きつけで呑んで、オレ、先に帰ったから、寮に」
裕治「……」

42　欠番

43　同・ブリッジ

義一がひとり、いる。
航海日誌をつけ、出航の準備をして。
窓外には、もうダンプはいない。
と、ブリッジに入ってくる淳。
義一、淳に、ちょっと身構えると、
義一「なんの気まぐれか」
淳「邪魔しないから、ちょっと云っとこうかなと想って」
義一「……なにを」
淳「訴えられた」
義一「……」
淳「ちょっと遊んだだけなのに、おんなの想い込みだよ」
義一「また、カネか」
淳「……それだけ？　云うことは」
義一「あきれてんだよ」
淳「あきれてるって、いつから」
義一「なにが」
淳「いつから、って訊いてるの」
義一「そんなこと、じぶんでわかってるだろ」
淳「あ、そう」
義一「もういいか、そろそろ船出すから」
淳「（構わず）いつか、『きょうは敦士の命日だから、手を合わせとけ』って、メッセージ入れたよね」

義一「云わないと、忘れるから、そっちは」
淳「……さっき、デッキで作業見てたら、想いだした、5歳のころ、兄貴といっしょにこの船に乗せてくれたよな」
義一「あぁ」
と、淳、ブリッジから見える貨物倉をこなし、
淳「兄貴はあそこに落ちたんでしょ、達ちゃんも、みんな知ってるはずだよね」
義一「……」
淳「責めてるわけじゃないんだ」
義一「……」
淳「オレさ、叔父や貴史が来ることも教えてもらえなかったし、なんで、継げって云われないのかなって想ってたし……たまには、なんかオレに云ってくれないかな、死んじまえ、でもいいから」
義一「……」
と、なにも云えずにいる義一に、
淳「云うのも、めんどくさいか」
と、笑って、ブリッジを、去る。
義一「……」
エンジンがかかる音が、響く。

44 渡口海運の岸壁・その後

冬薔薇に蕾がひとつ、ふたつ。
水をあげていた道子、それを見つめ、

道子「(蕾に)ほんとに、こんなに寒くても、咲くんだね」
と、携帯が鳴り、『とうさん』の表示。
道子「なに」
義一の声「訴えられたって、いま、淳が」
道子「ん、さっき、そのひと来たよ」
義一の声「……」
道子「いっぱい謝って、少しずつお返しすることにして」
義一の声「……」
道子「どうしようもないねぇ、淳は。それに、情けないねぇ、私たち」

45 元のブリッジ・航行中

義一「……」
道子の声「で、淳は、それを云いに、わざわざ来たの」
義一「あいつな、オレになんか云ってくれって、それがわからずじまいで、なにも、云わなかったよ、多分、おまえがオレに云ったことと、同じなんだろな」
道子の声「さっきのひとねぇ、ひとつだけいいこと云ってた、かわいそうだって、あのひとが、あのひとって淳のことだけど、あのひとが誰かに近づくと、みんな離れていって、じぶんから離れていくと、誰も近づいてこない、そんなだから、私がいたのにって、わかってあげられたのにって」
義一「……」

46 ゲンのバー・午後

美崎、ゲン、智花がいる。
智花の頬に、擦り傷が。
智花「私、ここにいなきゃいけないの、なんで、ゲンに喋るの」
美崎「いいだろ、ゲンには。他の連中には云ってねぇよ、それより、どんなやつだったか、ちゃんと想いだせって」
智花「自転車ごと倒されて、そのまま口塞がれて、うしろからだから、わかるわけないよ」
ゲン「あれだな、以前、淳と逢ったあたりだな」
智花「だけど、いいから、なんもしないでよ、やられるまえに抵抗して、パンツ取られただけなんだから、触られたけど」
美崎「なにが、だけなんだから、だ、バカか」
智花「もうさ、バカとか、いいって」
ゲン「(智花に)なにもしないわけいかないから、オレたち、だいたいの住所、わかるよな、そこの」
美崎「場所わかったって、どんなやつかわかんなきゃ、やりようねぇだろ」

と、ゲン、自身のスマホでなにやら検索し、
ゲン「車載カメラ《ドラレコ》の投稿サイトがあって」
と、美崎に、検索したある動画を見せ、
ゲン「ほら、覚えあるでしょ」
と、それは、いつか美崎が、バンパーを蹴飛ばしたセダンの車載カメラの映像。
怒鳴り散らす美崎が映っている。

47 渡口丸・船内トイレ・午後遅く

船酔いし、便器に嘔吐している淳。

と、メールが届いた音。

淳、口を拭うと、トイレを離れ、通路を歩きながら、メールを確かめると、美崎から。

『こいつ、知らないか』の文字と共に動画の添付が。

それは、誰かの車載カメラが偶然捉えたもの。

その動画には、あるおとこが、自転車を倒し、乗っていたおんなを、路地へ連れ込むようすが。

運転手の「やばくね、あれ」という声も。

おんなは、智花で、おとこは、貴史と、すぐわかり、驚愕する淳。

淳「……なんで」

と、外のデッキをゆく裕治と、偶然眼が合う。

裕治「……」

淳、咄嗟に視線を外し、なにげない振りをして、去る。

48 元のバー・その後

と、美崎のスマホにＬＩＮＥが。
美崎「淳が、知らないって、いま（知らせが）」
ゲン、車載カメラの投稿サイトの検索を続けて、ある動画に、貴史が映っているのを見つける。
その動画、夜中の住宅街でゴミ収集所のゴミ袋を狂ったように破き、蹴り飛ばし、撒き散らしている貴史を捉えたもの。
「あいつ、あたま、おかしいよな」の音声も。
ゲン「……」
智花「私、これ持って警察行くわ」
美崎「バカか、おまえ。こいつ、さらって半殺しだよ」
智花「それで気が済むのは、私じゃなくておにぃちゃんでしょ」
美崎「うるせぇ、ゲン、帰せ」
ゲン、ドアを開け、外へ促すと、智花、
智花「もうしんどいよ、血、繋がってないからって、私、おにぃちゃんのおんなには、なれないから、こっち気づいてたから」
と、去り、ゲン、外へと、送る。
ひとりになった美崎、笑うしかなく。

49 動画にあった住宅街・夜

塾を終え、アパートへの帰路を、歩く貴史。

事件になっていないか、スマホばかりに眼をやり。

と、ゲンが運転する大型のワンボックスカーが猛スピードで近づいて停まり、後部座席にいた美崎が、貴史を引きずり込み、スライドドアを閉める。

50 走るワンボックスカー・中

美崎「てめぇ、妹に」

と、貴史に襲いかかる。

貴史、少林寺拳法の経験からか、狭い車内で、美崎に反撃する。

猛烈に反撃する。

ゲン、漁港の荷揚げ倉庫の敷地内に、ワンボックスカーを突っ込み、停める。

51 荷揚げ倉庫

運転席から降り、後部座席の貴史の髪を掴んで外へ投げつけ、蹴り倒すゲン。

美崎、貴史に殴られて血まみれの鼻を押

さえ、車輛から降りないまま、ゲンの足もとにナイフを投げ、
美崎「刺せ」

ゲン「え」

美崎「殺せって」

と、隙をみて、貴史がそのナイフを奪おうとすると、ゲン、咄嗟にナイフを拾い、貴史、それでも襲いかかると、揉み合ううちに、ナイフ、貴史の腹に。

ゲン「……」

地べたに倒れた貴史、呼吸が細くなり……。

空には、下弦の月。

黒に溶けて、貴史の呼吸音が消えてゆき。

52 欠番

53 冬薔薇が、いくつか咲いている・朝

『一週間後』のテロップ。
渡口海運の事務所。
沖島、永原、近藤が、テーブルに置かれた貴史の遺骨箱に手を合わせ、裕治に惜別の言葉をかけている。
裕治、帰郷することになった。
義一「これから出航だから、送っていけなくてすまない」
裕治「いいえ、こちらこそ」
と、そのまま言葉が途切れ、ただ頭を深くさげたまま。
義一「また、便りでも、いつか、貰えれば……」
道子、遺骨箱に抱きついて、涙がこぼれ、
道子「ごめんね、伯母さん、なにもしてあげられなかったね、ごめんね」
と、義一が、そんな道子に、
義一「淳と、さあ」
道子、涙を拭い、頷いて、遺骨箱を手にすると、裕治のボストンバッグに納め、事務所には入らず外の渡口丸のタラップに座り込んだままの淳に、
道子「淳、叔父さん、帰るよ」
すぐには動けない淳。
と、裕治が、道子に「ちょっと、淳君に」と云い、淳のところへ。
裕治「貴史のこと、ありがとうな」
淳「いいえ、そんな……叔父さんこそ、何て云えばいいのか」
と、裕治、事務所を振り向いて、誰もこちらを気にしていないことを確かめると、
裕治「ほんとに心当たりはないんだよな」
淳「え」
裕治「誰がやったのか」
淳「知らないものは、知らない……」
裕治「そうか、いや、君が、なにか云いたげだったから、デッキで」
淳「……あれは」
裕治「情けないことに、恨みを買うとしたら、予想できることがあってな」
淳「……」
裕治「いつか生徒に手をあげたと云ったが、間違いで、生徒に手をだしたんだ。向こうの親とはヤクザ介して示談にしたが、ショックで母親はいなくなった」
淳「……」
裕治「だから、誰がやったかわかっても、黙っといてほしい。あいつの恥だから」
淳「……」
裕治「でも、もし、わかったら教えてほしい、オレが、殺すから」
淳「……（青ざめ）」
裕治「嘘だよ、怖がらせるつもりなんかない、ごめんな、整理がつかなくてな、かあさんやとうさんのこと、頼むよ」
と、裕治、踵を返すと、また、振り向き、
裕治「貴史が、君のこと、弟みたいだって云ってたよ」
と、事務所へ戻り、ボストンバッグを手に取った。
淳「……」

54 最寄り駅

改札口の向こうに去ってゆく裕治。
見送りに来た道子と淳。
道子、裕治の背が見えなくなるまで手を振り、やっと手を降ろすと、不意に、
道子「淳」
淳「……え」
道子「どこに手を延ばしても、誰にも、とどかないなあって、かあさん」
淳「……」
道子「いろいろうまくいきそうと想っても、いきなり、身近なひとがいなくなったり」
淳「……」
道子「あんたは、背筋がぞっとしたことなんてないでしょ、振り返るのも、怖くて、考えないようにする、かあさんにしてみれば、うらやましい」
淳「……」
道子「と、同時に、もったいない……帰ろ」

55　渡口丸・沖島の自室・夜

沖島「……ん。やめよ、貴史君のこともあったし、もうあんなショックなこと、こりごりで、これが、船との縁の切れ目だよ」
と、いつかのように、酒を挟んで、義一と向き合い。
義一「考え直せって云ってもらおうと想って来たのに」
沖島「船長が、やめたいっていうのを船員が止められるか」
義一「……」
沖島「ブリッジから貨物倉見て、なにを想ってきたかくらい、わかってるよ。それに船員3人あわせて202歳だ、あいつらも、理解するよ」
義一「……」
と、沖島に、あたまをさげた。

56　あるフェンス沿いの道

を、歩きながら、元学友の友利とスマホで会話している淳。
「どう、うまくいってる?」「なんだよ、急に」「倉敷行こうかなって」「来るなら、事前に日時教えてよ」「オレ、デザイナーってあり?」「は?」「いや、デニムのいろいろをさ」「どういうこと?」「ジーンズのデザインとか」「それ、また、逢ったときに」「ありがと」「で、これからはLINEで。クリスマスまでは、こちら暇なしなんで、かかってきても取れないこと多いから」「承知した」「じゃあな」……。
淳、通話を切ると、独り勝手な、歓喜を。
と、スマホを懐に入れ、ひと気のない道をゆく淳。
向こうに、待っていたのは、ゲン。
淳、あたりを窺うと、ゲンに、
淳「びっくりしましたよ、急に連絡あって」
ゲン「美崎が逢いに来なかったか」
淳「美崎（呼び捨て?）」
ゲン「あいつとは、縁、切ったから」
淳「美崎さんがなんでオレに」
ゲン「（あのこと）知ってるのおまえだけなんだから」
淳「そうか、考えないようにしてたから」
ゲン「気をつけろよ」
淳「ゲンさんも、縁、切ったなら、やばいっしょ」
ゲン「じかに殺ったの、オレなんだよ、あいつ、オレにやらせたんだよ、だから、いくらでも、脅せるから、オレを」
と、あらたまるように、
ゲン「淳に、謝った方がいいんだろうな、おまえのいとこだったんだから、でもな、できねぇな、これでさよならだ」
と、そばに停めてあった外車に乗り込む。
去りぎわ、助手席の窓が開き、智花が、こちらを見て、ちょっと頷いた。
その膝の上に、さやかも、いて。
淳「……」

57　渡口海運事務所・中・後日

義一と道子がいる。
義一は雇用契約などの書類を整理し、道子は、デスクトップで、会社の清算業務を。
道子が、「いま、うちのクラスの船で、売れたとしても、借入金の返済で終わっちゃうな」と云うと、義一が「すぐに売れるわけじゃないし、年末までは、仕事、いくつか請け負ってるし」と、返辞する。
と、不意に、淳が、来て、道子、
道子「また、学費の未払分の催促来たけど、なによ」
淳「あぁ、もう学院辞めたし、働いて、じぶんで払うから」
道子「働く？」
淳「友利っていただろ、いま、倉敷で、家業継いでてさ、連絡取ったんだよ、あいつのところで働かせてもらうから」
道子「そう、助けてくれるの、友利君、ありがたいね」
と、義一が、急に、立ち上がり、ドア口へ。
表を、白髪の釣り人が通りすぎて。
道子「なに」
義一「いや、いまのひと、中学の担任に似てるなって」
道子「あのひと、いつもいるひとでしょ」
と、聞かず、義一、外へ行ってしまう。
道子「もう、なんで……」
淳「……どうでもいいんだよ、とうさん、オレなんか」
道子「そんなこと、ない、いまのは、とうさんの照れ」
淳「（かぶり振り）いいよ、オレは勝手にするから」
道子「淳」
淳「……なに」
道子「このあいだ、ブリッジまであがったんでしょ」
淳「あぁ」
道子「神棚あったでしょ、そのそばをちゃんと、見た？」
淳「……」

58　空はプラスチックのような青・ひと月後

ごろごろキャリーバッグを曳きながら、歩道を歩いている淳、いつもより、身なりも整えて。

59　渡口海運事務所・午後遅く

キャリーバッグを手に、入ってきた淳、
淳「いまから、行くから」
道子「バス、夜でしょ、もうすぐとうさん戻って来るのに、ご飯食べていったって間に合うでしょ」
岸壁に、渡口丸は、ない。
淳「横浜のバスターミナルって初めてだし、早めに行って、近くで喰うよ」
道子「こんなときだけ、用心深いんだから」
と、道子、淳に菓子折りを渡し、
道子「これ、私からって……友利君にくれぐれも」
淳「ん。また、あっち着いたら連絡する、朝だけど」
道子「わかった」
淳「てか、あいつ、ＬＩＮＥ、返辞ないんだよな」
道子「大丈夫なの、それって」
淳「クリスマス終わっても、年末年始、まだ、バタバタだろうから」
道子「だったらいいけど、じゃあ、いってらっしゃい」

60　いつかの最寄り駅・ホーム

淳、電車を待ちながら、スマホでＬＩＮＥを確かめても、いまだ、友利から、返辞がなく。

と、不意に、着信音が。

61　渡口海運の岸壁

義一、帰港した渡口丸のタラップを降りながら、スマホを、耳に添えて。

淳の声「なに、おやじ」

義一「……別段なにもないが、いつか、友利君に云われたことあってな」

淳の声「なにを」

義一「おやじってのは、きらわれるのが怖くて、こどもになにも云えないそうだ」

淳の声「は」

義一「だいたいのおやじはそうらしい」

淳の声「大丈夫かよ、おやじ」

義一「気遣いはいらない、じぶんを気遣え」

淳の声「なんだそれ」

義一「こっちから、連絡しないから」

淳の声「わかったよ、あ、このあいだ、ブリッジあがったよ、で、見たから」

義一「（意味わかり）……だいたいのおやじはそうだ。では」

と、一方的に切った義一、苦笑いだけが残り。

62　横浜駅周辺・全景・夜

63　呑み屋・横浜駅裏手あたり

小振りのカウンターでひとり、呑む淳。
あれこれつまみを注文して、腹に入れ。
ＬＩＮＥの着信音は、いまだ、なく。

と、淳、痺れを切らし、直接友利に電話を。
コールが続き、留守電に。
仕方なく、吹き込む淳。

淳「……忙しいのはわかってるけどさ、こっちはもうすぐ出発なんだから、迎えに来てくれるのかどうかくらい、返辞くれよ」

と、周りはみんな常連客なのか、カウンターの呑み屋の主人と、軽口をたたきながら。
「きょう、これから雪だってよ」と、誰かの声が。
淳、また、友利に電話するが、やはり留守電。
淳、一気に呑み、おかわりを頼む。
と、やがて着信音がして表示を見ると、『友利』。
やっと、折り返しが。

淳「（出て）なんだよ、ずっとＬＩＮＥ送ってるのにさ、ったく、で、あした行くよ、夜行バスで、倉敷着くの朝8時すぎかな、もしかしたら、迎えに来てくれるのかなって」

友利の声「ほんとに来るの」

淳「え」

友利の声「いや、おまえのことだから、また、云ってるだけかなって、すぐ、約束破るし」

淳「……こんどは本気だよ」

友利の声「来られても困るんだよな」

淳「ちょっと待てよ、このあいだ、おまえ」

友利の声「あぁ、かなりバタバタしててさ」

淳「……」

友利の声「デザイナーっていったたって、そっちのデザイン見たことないし」

淳「やらせてくれれば、おまえも納得するから」

友利の声「わるいけど」

淳「なに」

友利の声「友だちじゃないし」

淳「……」

友利の声「もしかして、ダチって想ってた、オレのこと?」

淳「おい、ふざけんなよ」

友利の声「ふざけてるの、いつも、そっちでしょ」

淳「……」

友利の声「ひとを頼ってばっかでさ、来ても、追い返すから」

淳「……てめぇ、殺すぞ」

友利の声「あぁ、めんどくせ」

淳「絶対行ってやるからな、待っとけよ、

こらぁ」

と、やり取りを聞いていた主人が、淳の罵声に、「(電話は)外でやれよ」と。

と、淳、スマホを乱暴に切ると、

淳「(主人に)こっちは生きるか死ぬかなんだよ！」

主人「なら、呑んでねぇで、救急車呼べよ」

と、淳、主人にグラスを投げつけ、向かってゆく。

と、常連客たちが、一斉に立ち上がり、淳へ。

64 同・表

淳、常連客たちに袋だたきにされ、放りだされてくる。地べたに転がった淳に、執拗に殴り蹴飛ばしてくる、ある常連客。

淳、必死で抵抗して、なんとか逃げた。

65 ビルとビルの隙間・その後

淳、唇の流血を拭いながら、壁にもたれたまま。

と、次第に、嗚咽が。

と、「なんだよ、おまえ、気づいていねぇのか、雪だよ、雪」と、声がして、ビルの隙間の向こうにフードを被った人影が。

それを認めて、

淳「……ちょっと、ほっといてくれないかな、美崎さん」

と、涙をためた眼を、向ける。

いつのまにか、あたりは雪に。

淳、急に、怯えて、

淳「あ、もしかして、オレのこと……」

美崎「なに怖がってんだよ、違うよ、なにもしねぇよ」

と、美崎、淳に近づき、

美崎「サツにも云わず、こっちは、たすかったんだ、なぁ、お互いチャラにして、戻ってこいよ」

と、淳、うつむいて、

淳「……いや、それは」

美崎「ゲンもいなくなってよ、しかも、智花といっしょみたいで、いきなり、さみしくなったからさ」

と、美崎、手を差し延べてきて。

うつむいた淳の視界に、その手が。

淳、拒むように、かぶりを振り、

淳「絶対、これからも、チクったりしないですから」

美崎「そんなの疑ってねぇよ、ダチなんだから」

淳「……ダチ」

美崎「ずっとつるんできたんだから、ダチだよ」

淳「……」

美崎「ほら、立てよ、なんか美味いもんでも喰いにいこうぜ」

淳の視線のまえにある美崎の手が、誘っている。

淳「……」

美崎「なぁ、ケツ持ってやるから、オレが……ずっとだよ」

と、淳……とうとう顎をあげた。

雪はやまない。

66 欠番

67 冬薔薇

すべての蕾が咲き、その花びらが、雪に覆われて。

68 渡口丸・その後・年末

サロンでまた賄いを。

カレーライス。

義一、沖島、永原、近藤。

雑談の中で、また、沖島が、義一に、

沖島「ところで、淳は、まじめに働いているのか」

義一「のはず」

沖島「倉敷にいるんだ」

義一「のはず」

沖島「また、〝の・は・ず〟で、呑気すぎないか」
義一「携帯が壊れたとかで、いちど公衆電話から連絡あった」
沖島「どんくせぇなあ、あいつ」
義一「で、ちらし鮨でいいですか」
近藤「え、ちらし？」
義一「あさって、最後の賄い」
永原「達ちゃんがよければ、それで隠居だし」
沖島「隠居ってなんだよ、船売るなら、わしも込み込みでって、船長に頼んでんだよ、だって、住まいがなくなっちゃうんだもん」
近藤「(笑って)で、賄い」
沖島「いいよ、ちらし鮨、海老、入ってるよね」
義一「入ってますよ、ちらしですから」
永原「〝海で老いる〟と書いて、〝海老〟」
近藤「うまいこといいますねぇ」
と、感慨に耽り、
沖島「……ついに、おさらばかあ、この船と」

69　同・ブリッジ・航行準備

義一が、レーダーなどの電源を次々入れてゆく。
背後の神棚のそばに、写真立て。
幼い敦士と淳が、兄弟仲良く並んで笑っている。
やがてエンジン音が。
義一、通信機のマイクを手にし、
義一「……錨《アンカー》、上げっ」

70　渡口海運事務所・表・その頃

道子、冬薔薇の枯葉を取り除き、枝を剪定して、
道子「また、春にね」

71　と、その声が聞こえたかのように

どこかにいる淳が、振り返る。
髪型も変わり、薄いサングラスの向こう、もの悲しげな眼をして……。

終

PLAN 75

早川千絵

〈脚本家略歴〉

早川千絵（はやかわ　ちえ）

NYの美術大学School of Visual Artsで写真を専攻し独学で映像作品を制作。短編『ナイアガラ』が2014年カンヌ国際映画祭シネフォンダシオン部門入選、PFF（ぴあフィルムフェスティバル）アワード2014グランプリ、ソウル国際女性映画祭グランプリ、ウラジオストク国際映画祭国際批評家連盟賞を受賞。2018年、是枝裕和監督総合監修のオムニバス映画『十年 Ten Years Japan』の一編『PLAN75』の監督・脚本を手がける。その短編から物語を再構築した『PLAN 75』にて、長編映画デビューを果たす。長編初監督作品ながら、2022年カンヌ国際映画祭オフィシャルセレクション『ある視点』部門へ正式出品され、カメラドール特別表彰授与という快挙を成し遂げた。

その後も反響は止まらず、日本アカデミー賞、毎日映画コンクールでは脚本賞を受賞。ヨコハマ映画祭で新人監督賞、ブルーリボン賞で監督賞、テッサロニキ国際映画祭では最優秀監督賞を受賞するなど、国内外で高い評価を得た。

監督：早川千絵
製作：『PLAN 75』製作委員会
企画・制作：ローデッド・フィルムズ
配給：ハピネットファントム・スタジオ

〈スタッフ〉

脚本協力　ジェイソン・グレイ
プロデューサー　水野詠子
ジェイソン・グレイ
フレデリック・コルヴェズ
マエヴァ・サヴィニエン
撮影　浦田秀穂
照明　常谷良男
録音　臼井勝
美術　塩川節子
編集　アン・クロッツ
音楽　レミ・ブーバル

〈キャスト〉

角谷ミチ　倍賞千恵子
岡部ヒロム　磯村勇斗
マリア・ティングラオ　ステファニー・アリアン
岡部幸夫　たかお　鷹
成宮瑶子　河合優実
牧　稲子　大方斐紗子
林田久枝　矢野陽子
三村早苗　中山マリ
片桐　源　牧口元美
玉利藍子　大西多摩恵
戸波一也　森　優作
グレイス　市川シェリル
秋山　茂　金井良信
若林一平　梅田誠弘
藤丸釜足　串田和美
浅野りま　梶原茉莉

○ **黒み**

安いスピーカーから流れる優雅なヴァイオリンコンチェルト。微かに重なる、ジーっという異音。

○ **特別養護老人ホーム　廊下**

入居者達の部屋が並ぶ長い廊下。

音楽は館内放送のスピーカーから聞こえている。

所々に放り出された生活道具や枕、倒れた車椅子。

ドスンという物音に何かが割れる音。

廊下を横切る黒い人影。

手洗い場の蛇口から水流音。が、止まり、階段を降りていく男の後ろ姿。

無造作に開け放たれた居室のドア。

床に割れた湯飲み茶碗。

窓からの日差し。静かに揺れるカーテン。

○ **同　広間**

足音が近づいてきて、手に猟銃、頭にアクションカムを装着した、黒づくめの若い男（戸波一也・23）が中央の階段から降りてくる。

ソファにどっかり腰を下ろし、持っていた猟銃を無造作にテーブルに置く。

ヘッドストラップを外してテーブルに置くと立ち上がり、自販機で缶ジュースを買う。

それをソファで飲みながら、窓の景色を惚けたように見つめる戸波。

やがて思い出したように、カメラを缶ジュースの上にセットする。

咳払いをし、手書きの声明文を読み上げ始める。

戸波「我が国は今、かつてない危機に瀕している。増えすぎた老人がこの国の財政を圧迫し、そのしわ寄せを全て若者が受けている。老人達だってこれ以上社会の迷惑になりたくないはずだ。なぜなら、日本人というのは昔から、国家のために死ぬことを誇りに思う民族だからだ。私のこの勇気ある行動がきっかけとなり、みなが本音で議論し、この国の未来が明るくなることを、心から願っている」

銃口を額にあて、引き金を引く戸波。

スピーカーから流れていた音楽が止み、ラジオニュースが始まる。

ラジオ「ラジオジャパン『音楽の森』をお届けしています。続いてニュースをお伝えします。75歳以上の高齢者に、死を選ぶ権利を認め、支援する制度、通称『プラン75』が今日の国会で可決されました。高齢者が襲撃される事件が全国で相次ぐ中、深刻さを増す高齢化問題への抜本的な対策を政府に求める国民の声が高まっていました。発案当初から物議を醸し、激しい反対運動が繰り広げられましたが、ここへきてようやくの成立となりました。前例のないこの試みは世界からも注目を集め、日本の高齢化問題を解決する糸口になることが期待されます」

ニュースの途中から溶暗。

ガスを想起させる煙がゆっくり画面に満ちていき、浮かび上がるタイトル。

『PLAN 75』

○ **ホテル　廊下　朝**

ミドルクラスの老舗シティホテル。クラシックな趣の内装。客室が並ぶ長い廊下に清掃カートやリネン類が無造作に置かれている。

微かに聞こえている掃除機の音。

客室から姿を表す角谷ミチ（78）、カートからアメニティを取り出していると、ふと何かの気配を感じて顔をあげ、一点（カメラの方）を見つめる。

○ **同　客室　朝**

同僚の稲子（76）が家具のホコリをはらっている。

ミチ、入ってきてお茶類を補充する。仕事の手は休めず、
ミチ「ため息ばっかり」
稲子「なに、私?」
ミチ「さっきからずっと」
稲子「おーイヤだ。自分じゃ気づかないんだね」
ミチ「体調どうなの?」
稲子「だめ」
ミチ「病院行きなよ」
稲子「医者はおっかなくって」

○同　清掃員スタッフルーム

仕事を終え着替えたミチ、稲子、同僚の早苗(75)、久枝(77)。リンゴをむくミチ。
お茶をいれ、菓子を皿に盛る早苗。
シフト表を確認していた久枝、振り返り
久枝「ねえ、稲子さん」
　稲子、居眠りしている。
ミチ「稲ちゃん」
稲子「(気づいて)ん?」
久枝「書くとこ間違ってる」
稲子「あそう?」
久枝「直しとくよ」
早苗「(菓子の袋を手に)あらっ、これ潰れちゃってる」
稲子「食べたら同じよ」
　ミチ、リンゴを皿に並べ、
ミチ「はいどうぞ」

○ミチのアパート　周辺の道　夕

低層の古い公営アパートが並ぶ。
買い物袋とトイレットペーパーを手に歩くミチ。

○同　入り口・階段　夕

ポストから郵便物を取るミチ。ダイレクトメールばかり。
手すりにつかまり階段をゆっくりあがっていく。

○同　玄関・居間・ベランダ

玄関を入ってくるミチ。居間に荷物を置くと、ベランダに出て洗濯物をとりこむ。

○同　居間　夜

すっきりと整理整頓された室内。
ミチ、テレビを見ながら一人質素な夕食をとる。

○同　洗面所　夜

風呂上りのミチ、狭い洗面台の鏡の前、丸椅子に座り、小さなドライヤーで髪を乾かしている。

○同　居間・台所　夜

ちらしの上で爪を切り終わると、シンクのそばに置いた植物の鉢に、自分の爪を撒く。

○市役所　待合エリア

天井が高く、モダンで画一的なデザインの市役所。待合エリアで4、5人の高齢者が座っているところに、柔和な雰囲気の男性職員、岡部ヒロム(30)がやってきて、声をかける。
ヒロム「5番でお待ちの方いらっしゃいますか?」
　誰からも反応がない。
　ヒロム、一人の老爺(片桐源・83)ににこやかに話しかける。
ヒロム「整理券、5番じゃありませんか?」
　憔悴しきった顔をあげ、
片桐「(あたふたと整理券を見て)5番」
ヒロム「お待たせしました。どうぞこちらへ」
　立ち上がるのも難儀そうな片桐。
　走って簡易車椅子を取りに行き、
ヒロム「少し距離があるんで(どうぞ)」
片桐「こりゃどうも」

片桐を車椅子に座らせてやりながら、
ヒロム「ここまでいらっしゃるのも大変でしたよね」
ヒロム、車椅子を押して奥の相談ブースへ。

○同　プラン75相談ブース

衝立のある半個室。ヒロムの向かいに座る玉利藍子（75）、たくさん付箋のついたパンフレットをめくり、
藍子「聞きたいことがたくさんあるの」
ヒロム「すごい勉強されてるんですね」
藍子「（ページを見つけて）そうそう、この支度金。十万円もらえるんでしょ。何に使ってもいいの？」
ヒロム「そうですね。これは基本的に、自由にお使いいただけるお金なんで、旅行とか、美味しいものを食べるとか、ほんとになんでも好きに使ってください」
藍子「ご褒美みたいなものね」
ヒロム「お葬式代にあてるって方も、中にはいらっしゃるんですけど」
藍子「それじゃあつまんないわね。（せわしなくページをめくり）あと何だったかしら・・・」
手元のタイマーが残り3分を切ったのをちらと見やるヒロム。
藍子「合同プランってどういうことなんですか？」
ヒロム「火葬と埋葬の形態ですね。わたくしどもと提携している火葬場と霊園がありまして、そこでみなさまご一緒に火葬・埋葬をさせていただくっていうプランなんです。こちらだと全て無料でご利用いただけます」
藍子「無料なんですか」
ヒロム「はい。ですからその場合だと、先ほどお話した十万円も、より自由にお使いいただけますよね」
藍子「死んじゃったらわからないものね。他の人と一緒だって構やしないわよね」
ヒロム「その方が寂しくないっていう方もいらっしゃいますね」
藍子「審査は厳しいの？」
ヒロム「審査っていうのは特になくてですね、健康診断もいりませんし、お医者さんですとか、ご家族の承諾も不要です」
藍子、しみじみとプラン75のパンフレットを眺め、
藍子「こっちの方がずっと簡単なのね」
ヒロム「そうですね」
藍子「簡単な方がいいわ」
ヒロム「今日申し込みされていきますか？」
藍子「ええ」
ヒロム「承知しました。では書類をご用意しますね」
ちょうどピピと鳴り出したタイマーを素早く止めるヒロム。
藍子「ちょうど30分だ」
ヒロム「（笑って）はあ、そうですね」
自分に死ぬことをにこやかに勧める若者を、まじまじと見つめる藍子。ヒロムは手元の書類を見るのに忙しく、藍子の視線に気づいていない。

○老人ホーム　ラウンジ　昼

フィリピン人介護士のマリア・ティングラオ（25）、ラウンジに集う入居者達に、飲み物を配っていく。
マリア「はい、どうぞ」
×　×　×
マリア、手洗い台の前でプラスチック手袋をはめ、
マリア「奥田さん、入れ歯取りますね」
慣れた手つきで老女の口に指をつっこみ、総入れ歯を外すと、ガーゼで口中をふいてやる。
×　×　×
日本人介護士の動きを真似て、座ったまま体操する入居者達。
来客を告げるチャイムが鳴り、玄関へ向

かうマリア。

○同　エントランス

ガラス張りの自動ドアの向こうに、上品な60代女性の二人連れ。面会に来た家族である。

マリア、「ちょっと待っててください」とジェスチャーで示し、玄関脇にしまってある金属探知機を取り出す。

外に出ると、両手をあげる女性達に探知機をあてて念入りにボディチェックする。

マリア「バッグの中もいいですか？（チェックして）オッケーです。どうぞお入りください」

二人を中へ通す。

○老人ホーム　ランドリールーム

マリア、リネン類を洗濯機から乾燥機に移す。

別洗いした食事エプロンは洗濯ハンガーに干す。

と、電話の呼び出し音が鳴る。

ポケットからスマホを出し、

マリア「（タガログ語）ハロー、ベイビー。どうした？　注射うったの？　痛かった？　エライじゃない！　もうすぐ日本のおもちゃも届くよ。あと少し頑張れるかな？　うん、いい子ね！　ルビー、パパはそこにいる？　パパとちょっとお話ししてもいい？・・・もしもし？　どうだった？　うん・・・うん・・・今やらないとダメだって医者が言ってるの？　手術の成功率は？（椅子に座り）うん・・・うん・・・」

○ミチのアパート　台所　朝

小さな台所のシンクで、歯を磨くミチ。

窓からの光が、洗い桶の水に反射して天井にひだまりを作っている。ゆらゆら揺れるひだまりを眺めるミチ。

○保健所　検査ブース　昼

様々な検査機器が並ぶ、高齢者の集団検診会場。

入り口には『後期高齢者集団検診』の立て看板。

セルフ測定器に腕を入れて血圧を測るミチ。

隣りで稲子が測定器を使いこなせないのを見て、

ミチ「ボタンを押すの。スタートって、あるでしょ？」

稲子「これ？　あ、できた。（測定が始まり）こういうとこ来るのも肩身が狭いね。いつまでも長生きしたいみたいで」

ミチ「ほんと」

○同　ロビー

数名の高齢者が問診票を手に座っている。

その中にミチの姿もある。

ロビーの目立つ場所に、即席のプラン75相談窓口が設置されている。

前方の大型液晶モニターに、愛らしい赤ん坊のモンタージュ映像。

テロップ「未来を守りたいから」

プラン75のロゴがフェードインする。

ＣＭの中でインタビューに答える高齢女性。

高齢女性「人間て生まれてくることは自分で選べませんよね？　だから、死ぬ時くらい、自分で選べるっていうのはいいことだと思うんです」

ＣＭナレーション「プラン75は75歳以上の方ならどなたでも無料で利用できます。利用者のみなさま一人一人に寄り添い、手厚くサポートさせていただきます」

電話オペレーターの映像に『24時間３６５日カウンセリングサービス』のテロップ。

ミチの隣りにいた高齢男性が立ち上がり、モニターの方へ。映像を消そうとするが電源スイッチが見つからない。男性を見つめるミチ。
CMナレーション「あなたの最期をお手伝い。プラン75」
男性、電源コードを引き抜く。ぶちりと消えるCM。
席に戻った男性の顔を、ミチは少し嬉しそうにちらと見る。

○**公民館　ロビー**

ミチと稲子、早苗、久枝の四人、受付カウンターで来館者リストに名前を記入。
談笑する子連れの母親達。

○**公民館　多目的ルーム**

お茶を入れたり菓子の用意をする早苗と久枝。
テーブルにはカラオケ用のマイクが。
曲目リストのページをめくる稲子、目当ての曲を探しあてると番号を読み上げる。
稲子「みだれ髪。25」
ミチ、段ボール箱に入った大量のレーザーディスクの中から、25のラベルのついた一枚をさがす。
ミチ「25・・・」
早苗「みっちゃん、あたし46と52」
久枝「今日の一番手は？　ミチさん行く？」
ミチ「わたしは最後でいい」
久枝「たまにはいいじゃない。いっつもあたしと早苗さんばっかり歌っちゃうんだから」
稲子「悲しい酒。37」

×　×　×

椅子に座ったまま前方の画面を見つめマイクを持つミチ。『リンゴの木の下で』を歌っている。
ミチ「リンゴの木の下で　明日また会いましょう」

×　×　×

久枝のスマホを手に、写真を見ながら、
稲子「どれ？」
ミチ「リゾートホテルみたい」
稲子、スマホを受け取り見る。
久枝「パンフレット、もらってきたわよ」
みんなに配る。
早苗「ずいぶん高いね」
久枝「プラチナプランですもの。なんでもあんのよ。温泉にプールでしょ、エステもあるし、マッサージもあるし。あと写真館。ちゃんとお化粧もしてくれてさ、きれいに撮ってくれるんだから」
ミチ「遺影写真？」
久枝「家族写真でもいいのよ。フェアウェルフォトって言うんだって」
早苗「民間のサービスは違うね。気がきいてる」
久枝「そうなのよ」
早苗「でもあたしは家で死にたいな」
久枝「あたしだって最初はそう思ってた。だけどこんなとこ行ってごらん。気が変わるから。こういうとこで家族に囲まれて、笑顔で逝くっていうのもなかなかいいもんよ」
稲子「あんたもう死ぬつもり？」
久枝「（笑って）ゆくゆくはの話。孫達のこと考えたら、そういうことが必要かもしれないじゃない」
早苗「孫のためだったら腹くくれるわ」
久枝「だったら行ってみなさいよ、見学ツアー」
早苗「ほんとにタダなの？」
久枝「一泊二日の食事付き」
早苗「いいじゃない」
盛り上がる久枝達の横でミチと稲子、プラン75プラチナプランのパンフレットを手に浮かない顔。

○**スーパーマーケット　惣菜売場**

ミチと稲子、値引きされた惣菜パックを手に「これでいいよね？」等と話しながら買い物かごに入れる。

○　同　レジ

財布を出そうとする稲子を制し、

ミチ「今日はあたしのおごり」

稲子「あら、いいわよ！　お客さんなのに」

ミチ「こっちがお邪魔するんだから。（店員に札を渡し）お願いします」

稲子「じゃ、遠慮なく。フフフ」

○　稲子の家　台所　夜

食事を終え、テキパキと食器を洗うミチ。

稲子は居間でテーブルを拭く。

ミチ「（あたりを見回して）ねえ、（皿を）拭くものある？」

稲子「いいよ、いいよ。置いときゃ乾くんだから」

ミチ「そう？」

稲子「こっち来てお茶にしようよ」

ミチ「あんまり遅くなると、うちの方バスなくなっちゃうのよ」

稲子「だから泊まればいいじゃない。布団なら腐るほどあんだから」

タンスをごそごそ探し、

稲子「（歯ブラシを見つけ）ほら。なんだってあるんだから。泊まってってよぉ」

懇願する稲子を見て笑うミチ。

○　同　寝室　夜

部屋の電気は消えているが、つけっぱなしのテレビの光が明るい。（テレビは消音されている）

ベッドに稲子、横に敷いた布団にミチが寝ている。

遠くを走る電車の音。

タンスの上に古い家族写真が飾られている。若い稲子と夫、幼い娘達の写真の数々。

ミチ「娘さん、全然連絡ないの？」

稲子「孫にも会ったことない。子供がいたって寂しいもんよ」

ミチ「寂しいだけが人生だ」

稲子「そうだ、そうだ」

天井に反射するテレビの光を見ているミチ。

稲子「眩しいでしょ？」

ミチ「ううん、平気」

稲子「今日は用心棒がいるから」

稲子、リモコンでテレビを消す。

暗闇の中、目を開けたままの稲子。

ミチ、手を伸ばして稲子の手を握る。

ミチの手を握り返す稲子。

○　公園

座面に低い仕切りのついたベンチの前に立つヒロム、営業マン、施工業者。ヒロム、ダウンジャケットを着たまま寝転がり、

ヒロム「確かに、寝れますね」

営業「高さがあるタイプを色々お持ちしたんで、ちょっと見ていただいて」

業者、様々な形のベンチ用仕切りサンプルを並べる。

ヒロム「今ついてるやつを外すのって・・」

営業「それは簡単にできます」

ヒロム「そうなんですね」

営業「もう少しゴツいやつも車にあるんで、持ってきますね」

ヒロム「すいません、ありがとうございます」

営業マンに促された業者、走って公園の外へ。

ヒロム、サンプルをベンチに並べては神妙な顔でその上に寝て確かめてみる。

○　市役所前の広場　夜

市役所の職員達が困窮者向けの炊き出しを行っている。列をなす人々に暖かいスープを配る。

その横の一角でプラン75の相談ブースを構えるヒロム。ブースに貼られた告知ポスター。

大きな文字で『住民票がなくても利用可

能です！』とあり、『10月1日から住所のない方でもプラン75を利用できるようになりました』云々と説明書きが続く。

ヒロム、あくびを噛み殺す。と、スープを待つ人々の中に、ある男（叔父の岡部幸夫・75）の姿を見つけてハッとする。

○**横断歩道　夜**
赤信号で足をとめるヒロム。

一台も車が通らないにも関わらず、長い信号を待ち続ける。

○**公園付近の道　夜**
公園内からうるさく吠える犬の声が聞こえている。

歩きながらその方をじっと見つめるヒロム。

ベンチに横たわる高齢のホームレス男性に向かって、放し飼いの小型犬が執拗に吠えたてている。

○**ホテル　客室　昼**
バスルームのリネンを補充するミチ。稲子はダスターでチェストの埃をはらう。

○**同　アメニティ倉庫**
アメニティのストック部屋でミチ、シャンプーや歯ブラシセットなどをカゴいっぱいに詰めていく。

○**同　廊下**
廊下に置かれた清掃カート。すぐそばの部屋のドアが開いていて、中からシャワーの音が聞こえている。

○**同　客室　バスルーム**
シャワーの音。稲子（一見、ミチに見える）がバスタブに上半身を突っ込むような姿勢で意識を失っている。

○**教会　礼拝堂**
簡素な造りの教会。

フィリピン人が集う日曜礼拝が行われている。

ギター演奏に合わせて踊り、聖歌を熱唱する人々。

その中にマリアの姿もある。

歌いながら感極まり涙する者もいる。

○**同　広間**
マリアと教会のメンバー達、持ち寄った料理を広げてランチの準備。
×　×　×
世話人のグレイスが立ち上がり、
グレイス「（タガログ語）食事の前に、話があります。みんな、おしゃべりを中断してこっちに注目してくれる？　今日はみなさんにカンパのお願いです」
マリアを隣に立たせて、
グレイス「（タガログ語）彼女は毎日一生懸命、日本のお年寄りのために働いている立派な女性です。そんな彼女が今、大きな試練を前にしています。（マリアに）自分で話す？」
マリア、ルビーの写真をみんなに見せながら、
マリア「（タガログ語）マニラにいる娘です。5歳です。生まれつきの心臓病で、手術が必要です」
グレイス「（タガログ語）名前はなんていうの？」
マリア「（タガログ語）ルビーです」
グレイス「（タガログ語）ルビー。宝石のような美しい少女よ」
マリア、写真をみんなにまわす。
立ち上がり、マリアをハグするメンバーがいる。
グレイス「（タガログ語）今から愛の箱を回します。マリアとルビーにどうかみなさんの御慈悲を」
寄付金の回収箱が回される。メンバー達、

次々に心ばかりのお金を入れていく。

× × ×

グレイスとマリアが二人で話し込んでいる。

グレイス「（タガログ語）いくらもらってるの?」
マリア「（タガログ語）十五万円」
グレイス「（タガログ語）もっと稼げる仕事を紹介できるかも」
マリア「（タガログ語）どんな仕事?」
グレイス「（タガログ語）高齢者関連。あなたの専門よね?」
マリア「（タガログ語）ほんとに?」
グレイス「（タガログ語）私も詳しいことはよく知らないけど、とにかくお金がいいらしいの」
マリア「（タガログ語）どうして（そんなに報酬が高いの）?」
グレイス「（タガログ語）国がやってる事業らしいわ」
マリア「（タガログ語）連絡先、教えてもらえる?」
グレイス「（タガログ語）もちろん」

携帯で連絡先を交換する。

○ **市役所　プラン75相談ブース**

相談ブースに座る幸夫。落ち着きなく周囲を見回している。ヒロムが来て向かいに座り、

ヒロム「（ためらいながら）おじさん」
幸夫「ん?」
ヒロム「ヒロムです」

ヒロムの顔をじっと見つめてから

幸夫「武夫んとこの?」
ヒロム「はい」
幸夫「大きくなって」
ヒロム「ご無沙汰してます」

幸夫の手にはすでに記入されたプラン75の申込書。

○ **同　デスク**

上司（秋山茂・50）のデスクの前に立つヒロム。
申請書を見ている秋山、ふと何かに気づいて、

秋山「あ、誕生日だ。今日で75歳」
ヒロム「・・・ほんとだ」
秋山「気合を感じますね。（タイプしながら）おじさんと仲いいの?」
ヒロム「いや。会ったの20年ぶりです。親父の葬式にも来なかったです」
秋山「訳あり系?」
ヒロム「まあ」
秋山「岡部はいいの?」
ヒロム「ああ・・・（考える）」

ヒロムの答えを待たずに、

秋山「（PC上のガイドラインを参照しながら）あった。叔父叔母は・・・3親等だから・・・ああ、やっぱりお前は担当できないな」
ヒロム「じゃあ、櫻井に代わってもらいます」
秋山「そうして」

○ **ホテル　スタッフルーム**

従業員が集まり簡単な送別式を行っている。

従業員「本当に長い間お疲れ様でした」

一同が拍手する中、ミチ、早苗、久枝が前に並び、花束を渡される。浮かない表情の3人。

○ **同　従業員通路の廊下**

早苗と久枝がロッカーの私物を片付けている。
ミチは壁沿いに置かれた椅子に座っている。
もらった花束をまじまじと見つめ、

早苗「なんだか毒々しいね。誰がこういう色を選ぶんだか」
久枝「結局息子さんのとこは行くことにした

の？」
早苗「まだ迷ってんの」
久枝「お嫁さんと同居は気つかうよね」
早苗「一人の方がよっぽど気楽」
ミチ「あなたはどうするの？」
久枝「上の娘がさ、お金やるから孫のベビーシッターやれって言うのよ。私それだけは嫌だったんだけど。背に腹はかえられないし」
早苗「みっちゃんは？」
ミチ「あたしはほら、誰もいないし。仕事見つけないと」
早苗「あれっ？　今日稲ちゃん退院よね」
久枝「何も職場で倒れてくれなくてもよかったのに」
ミチ「家だったら助かってなかったわよ」
早苗「だけどさ、なんで私たちがとばっちり受けなきゃなんないの？」
ミチ「投書が来たって」
久枝「なんの？」
ミチ「年寄りを働かせたら可哀想だって」
早苗「そんなの嘘ウソ」
久枝「会社の言い訳よ。ホテルん中で人が死んだらイメージ悪いからでしょ」
早苗「誰だって年とるのにねえ」

○　ミチのアパート　入口　夕

ミチ、郵便受けを開くが何も入っておらず。とぼとぼと階段へ向かう。

掲示板に大きく張り出された通告。赤字で『退去期日』とあり、『建物老朽化のため取り壊し』云々と説明が日本語、英語、中国語で書かれている。

郵便受けの多くはガムテープで塞がれ、住民のほとんどがすでに退去したことが伺われる。

○　ミチのアパート　居間　夜

受話器を手に、呼び出し音を聞いているミチ。留守番電話に切り替わる。
ミチ「稲ちゃん、ミチだけど。寝てんのかな？　もしもし・・・どうしてるかなと思って、電話してみました。またかけるね。お大事にね」

○　不動産屋　待合エリア　昼

大手不動産会社のチェーン店。ガラス張りの店舗の中、待合ソファに座るミチ。

従業員「亀井様、お待たせいたしました。こちらへどうぞ」

他の客はどんどん呼ばれていくのに、ミチはなかなか呼ばれず。

○　同　接客カウンター　時間経過

大家と電話で話す担当者の男（若林一平・30）。

心細そうに見守るミチ。

若林「もしもし？　いつもお世話になっております若林ですが。今ちょっといいですか？　すいません。あのう、またご相談なんですけど。えーと、78歳。女性。無職。・・・お一人です。そうなんですよー。・・・はい。・・・はい。そこをなんとかお願いできないですかね？　うちが5軒目だそうなんですよ。ええ、ええ。はあ、なるほど。ちょっとお待ちくださいね。（ミチに）家賃を2年分先払いしていただけるなら、お年寄りでもオッケーだっていうんですけど」

首を振るミチ。

若林「（電話相手に）もしもし？　それはちょっと。うーん、そうですよね。わかりました。いえいえ、どうもありがとうございます。また宜しくお願いします。（電話を切り）やっぱりダメですね」

ミチ「仕事見つかってからじゃないと難しいのかしら」

若林「まあ、厳しいですよねえ。ちなみにですけど、生活保護って手は考えないですか？　受給者向けのアパートっていうのが結構あって。そっちの方が可能性高いと思うんですよ」
ミチ「もう少し頑張れるんじゃないかと思って」
若林「ああ、なるほど（苦笑い）。そうなんですね」

○**職業安定所**

求人検索機がずらっと並ぶ。

壁には、『みんなで目指そう、一億総活躍社会』『生涯現役宣言！輝くシルバー世代』といったポスターやスローガンが並ぶ。

ミチ、検索機を前に途方に暮れている。

何度試しても結果は「案件０」。

ちょうど通りかかった係員を「すいません」と呼び止める。

ミチ「これ、壊れてないかしら？　何度やっても、ゼロになっちゃうの」

係員、手早く検索機をチェックして、
係員「壊れてはないですね」

ミチ「じゃあ何でかしら・・・」

係員、他に呼ばれてそそくさと行ってしまう。ため息をつくミチ。

○**スーパー　バックヤード**

若い店員が忙しなく行き交う中、心もとない様子で待っているミチ。
しばらくすると店長がやってきて、
店長「やっぱりうちじゃちょっと・・・」

○**スーパー近くの踏切**

カンカンと鳴っている踏切警報音。物憂げに立つミチ。電車が通過する。

○**ミチのアパート　居間　夜**

求人情報誌を前に、受話器を持つミチ。
ミチ「経験者です。はい、30年くらい。年ですか？　78です。はい、はい、はい」
しばらく待たされた後、
ミチ「もしもし？・・・そうですか・・・わかりました。はい・・・」
ため息をついて、電話を切る。

×　　×　　×

久枝に電話をかけているミチ。

ミチ「それが全然だめ。やっぱり年がって、言われちゃうのよね。うん、それでね、今日電話したのはさ、お孫さんのベビーシッターやるって言ってたじゃない。やらせてもらえないかなと思って。そう、私が。うん、うん・・・あ、そう。娘さんのお友達はどうかしら。そうよね・・・ああ、ごめんね、お夕飯時にかけちゃって。はいはい、切るね。はい、また、さよなら」

受話器を置き肩を落とすミチ。

×　　×　　×

台所のシンクを綺麗に拭き上げるミチ。

不安な気持ちを鎮めるように、無心に掃除をしている。

○**道路　夜**

人通りの少ない道。ぶかぶかの警備服に赤い点滅式ＬＥＤライトのついた安全ベストを着たミチが心細げに立ち、道路工事の迂回を案内している。工事の耳障りな音が響く中、時折強風が吹きつける。

×　　×　　×

パイプ椅子に座り込み、うなだれるミチ。

体力の限界。

○**プラン75施設　大廊下**

古い病院のような、殺風景でインダストリアルな雰囲気の施設。

○**同　会議室**

他の外国人スタッフと共にＩＤ用の写真を撮られるマリア。

○**同　更衣室**

ロッカーが並ぶ更衣室で、数名の外国人スタッフと共に、清掃ユニフォームに着替えて手袋をはめるマリア。

○同　階段・廊下

　出来たてのＩＤカードを首からさげ、ユニフォームを着たマリアと外国人スタッフ達が男性職員に誘導されて歩いていく。

職員「ジスイズスペシャルユニットフォーピープル、ウィズノーファミリー。ウィーテイクケアオブ、クリメーション、フォーゼム、オールトゥギャザー（ここは身寄りのない方が入る特別棟です。火葬の世話も私たちがやっています。全員一緒に火葬します）」

○同　ガラスの小部屋前の廊下

　職員に引率され、他スタッフと共に歩いてくるマリア。

職員「ファースト、トゥー・ピープル、ワーク・トゥギャザー、フォー、ワンペイシェント。ノーチャッティング。ザッツマナー。オーケー？（最初のうちは、一人の患者を二人で担当します。私語は厳禁。死者に対する礼儀です）」

　ガラス張りの小部屋の前に差し掛かり、部屋の中を見たマリア、はっと息をのみ、小さく十字を切る。

○バス停　夜

　寒風吹きすさぶ中、バスを待つマリア。疲弊し虚ろな表情。身を固くし、寒さに震えている。

○教会　外

　日曜礼拝の後、グレイスが前後に子供を乗せるシートが装着された電動自転車をマリアの前に引っ張ってくる。

　近くにいたグレイスの娘達（姉妹）が乗りたがる。

　マリア、妹の方を抱き上げて子供用シートに乗せてやり、試し乗りする。

マリア「（タガログ語）いい感じ」

グレイス「（タガログ語）この子達が小さかったころはさ、前と後ろに一人ずつのせるでしょう。それで一番下の子は抱っこ紐よ」

マリア「（タガログ語）３人も？　信じられない」

グレイス「（タガログ語）母は強しでしょう？　これなら坂道だってスイスイよ。シートはどっちも外せるから」

　姉が自分にも自転車をこがせてとマリアにせがむ。子供達に囲まれて嬉しそうなマリア。

　　×　　×　　×

　自転車の車体を拭くグレイス。マリアはせっせとタイヤに空気を入れる。

グレイス「（タガログ語）仕事はきついの？」

マリア「（タガログ語）そんなことない。慣れてきたし」

グレイス「（タガログ語）朝が早いんでしょう？」

マリア「（タガログ語）これがあれば、だいぶ楽になるわ」

グレイス「（タガログ語）いじわるする人はいない？（日本語）ダイジョーブ？」

マリア「（笑って）ダイジョーブ」

　一心不乱に空気を入れるマリア。

グレイス「（英語）じゃあなんで泣いてるの」

マリア、頬をつたう涙をぬぐう。

グレイス、マリアのそばにいって肩を抱く。

○道　朝

　電動自転車に乗って仕事へ向かうマリア。後部のチャイルドシートだけは装着されたまま。

○プラン75施設　ガラス小部屋

　カーテンで仕切られた小部屋。清掃スタッフのユニフォームを着たマリアが、ベッドの上に横たわる老人の遺体から、ベルトや眼鏡、時計をはずす。

別のスタッフが来て、床に脱いで置かれた靴を回収カートにドサリと入れる。

また別のスタッフは、コート類を回収していく。

○同　大廊下

長く広い廊下。シーツで覆った遺体をストレッチャーに乗せて運ぶマリア。他にも遺体を運ぶスタッフの姿が。なかでも一際目立つ高齢の男性スタッフ（藤丸釡足・75）。小柄で痩せ型、眼光の鋭い老爺である。

背筋をピンと伸ばし、キビキビとした動きで、自分と同世代の老人達の遺体を粛々と運んでいる。

○プラン75施設　リサイクル室

回収した靴や鞄を素材ごとに仕分けしていくマリア。

眼鏡、腕時計、帽子、杖、ベルトなどを入れる専用ケースも並ぶ。

藤丸が、眼鏡の入ったケースをがさごそとあさり、2つ3つ自分に試してみる。

マリアと目が合うと、女性ものの腕時計を選んで、
藤丸「生きてる者が使ってやるのが供養」

　マリアによこす。

　マリアが首を振って拒むと、
藤丸「デッド・ピープル、ノー・モア・ユーズ。ユー、ユーズ、ノーガベージ。エブリワン・グッド」

　腕時計をつき出す藤丸。

藤丸「リメンバー・デッド・ピープル」

　マリア、おずおずと受け取る。

○ミチのアパート　台所～居間　昼

シンクに、汚れたまま放置された皿。掃除好きなミチらしからぬ、散らかった室内。

○同　寝室　昼

目が覚めていても布団から出ようとしないミチ。虚ろな表情。

○同　居間

寝巻きのまま、（稲子に）電話するミチ。

留守番電話のメッセージが聞こえると、受話器を置く。

○住宅街の道　夕

記憶を頼りに歩くミチ。

○稲子の家　前　夕

鍵が差し込まれたままの引き戸。

恐る恐る開けるミチ。

○同　廊下　夕

ミチ、一歩足を踏み入れた瞬間に異臭を感じ、思わず手で鼻を押さえる。何が起きているか察し、泣きそうになりながら、一歩一歩進んで行く。

薄暗い居間の向こう、ダイニングテーブルに突っ伏したまま動かない稲子が見える。

蝿の羽音がにわかに大きくなる。

○ミチのアパート　洗面所　夜

丸椅子に腰掛けドライヤーをかけるミチ。

蝿の羽音が聞こえた気がし、ふとドライヤーをとめて宙を見る。

○同　寝室　深夜

布団に入ってもなかなか寝付けないミチ。

見えない蝿を振り払おうとする。起き上がって電気をつける。

○同　台所　深夜

コップに一杯水をくみ、椅子に座って飲み干すミチ。

シーンと静まり返った部屋。

稲子が死んでいたのと同じ姿勢で机に

つっぷす。

そのＰＯＶ。微かに蝿の羽音が聞こえる。

○**踏切の道　夕**
休日。住宅街にある踏切を渡っていくヒロム。

○**アパート前の道　夕**
スマホの地図アプリを見ながら幸夫の家を探すヒロム。手には土産の鯛焼き。

○**幸夫のアパート　外**
木造モルタルの二階建てアパート。一階の一室の前、呼び鈴を押すヒロム。返答がない。施錠されていないドアを開けてみる。

必要最低限のものしかない殺風景な部屋。不用品やゴミ袋がまとめて積み置かれている。

○**アパート近くの道**
アパートを後にしたヒロム、狭い路地から開けた道に差しかかる。

と、そこに、緑のビブスに軍手をした幸夫の姿が。トングを使ってゴミ拾いをしている。

その横を、灯油の巡回販売車がゆっくり走ってくる。

少し音のひずんだ童謡『たき火』のインスト曲が町内にこだまする。

黙々とゴミを拾い続ける幸夫を見つめるヒロム。

○**幸夫のアパート　室内　夜**
四畳半の居間に一人、手持ち無沙汰で座るヒロム。
台所でヤカンに水を入れる音。
幸夫がマッチを擦り、コンロに火をつける。
ヒロム、立ち上がり台所の方へ。
玄関横にまとめ置かれた不用品の中に、輪ゴムで束ねた赤い献血手帳が数十冊。
一冊手にとって見るヒロム。
ヒロム「（手帳を見て）長崎にいたの？」
幸夫「長崎は・・・（記憶をたどり）橋だ」
ヒロム「橋？」
幸夫「高速道路、トンネル、空港、ダム。なんだって作った」
ヒロム「へえ」
幸夫「日本全国、呼ばれたら身ひとつ（で行く）」
ヒロム「（献血手帳を見ながら）広島、名古屋、仙台、北海道。とりあえず献血するんだ」
幸夫「そうだよ」
幸夫、財布から一枚の献血カードを出してヒロムに渡す。
幸夫「最近のはこんな」
ヒロム「（二つ見くらべて）なんか、味気ないね」
幸夫「なあ」
幸夫、ヒロムから返されたカードをゴミ袋に放り入れる。
ヒロム「捨てちゃうの？」
幸夫「捨てちゃうよ」
×　×　×
台所に立つ二人。幸夫、インスタントラーメンの袋を開け、乾麺を鍋に入れる。
幸夫「お母さんどうしてる？」
ヒロム「ああ・・・再婚した」
幸夫「（驚いて）いつ？」
ヒロム「いつだっけ・・・ずっと前」
幸夫「お父さん死ぬ前か？」
ヒロム「うん」
器を探しながら、
ヒロム「病気して大分丸くなったけど、前はひどかったから」
一つしかない丼を手に取り、
ヒロム「これしかない？」
幸夫「俺はこれ（鍋）で食うよ」
居間からテレビの音が聞こえている。

ニュース（声）「プラン75開始から三年、様々な民間サービスも生まれ、その経済効果は1兆円とも言われています」

×　×　×

居間で一人、鯛焼きを食べながらテレビを見ている幸夫。

ニュース（声）「総務省は今日、社会保障費用統計を公表し、社会保障給付費が調査開始以来、初めて減少に転じたことがわかりました」

ヒロムは台所で鍋や食器を洗っている。

ニュース（声）「政府は今後十年をかけて、対象年齢を65才まで引き下げることを検討しているとのことです。世界で最も早いスピードで高齢化が進んできた日本に、明るい兆しが見えてきたと専門家は語ります」

ゴミ袋に生ゴミを捨てようとするが、中の献血手帳に気づき、拾い上げる。

振り返ると、居間に一人ぽつねんと幸夫、テレビを見ながら鯛焼きを食べている。

○ **道　夜**

ヒロム、歩いていてふと振り返る。

幸夫がアパートの前に立ち、ヒロムを見送っている。

だいぶ距離がある上、暗い街灯の元、幸夫の表情はよく見えない。幸夫、ヒロムに手を振る。

ヒロム、その小さな姿を目に焼き付ける。

○ **市役所　生活援護課フロア　昼**

ミチ、ロビーの館内地図で生活援護課の場所を確認する。

○ **同　生活援護課**

生活援護課入り口に設置された受付番号発券機の前で立ち尽くすミチ。『生活支援相談　本日分受付終了』と赤字で書かれた紙が貼られている。

待合エリアにはすでに沢山の人。子連れの母親や、若者の姿もある。

○ **同　展望フロア**

市街地を見渡せるガラス張りの展望室。

ぼんやりベンチに座るミチ。

○ **市役所前　広場　夜**

炊き出しに並ぶ人々。

プラン75相談ブースから人々を見つめるヒロム。

粛々と整列してスープを受け取る人。

黙々と食す人。

少し離れたベンチに寂しげに座るミチの姿に気づく。

○ **同　広場　ベンチ**

ヒロムが小走りにやってきて、ミチにスープを差し出す。

ヒロム「良かったら、どうですか?」

とっさに言葉が出ず、ヒロムを見上げるミチ。

躊躇するが、心を決めたように、

ミチ「ありがとう」

ヒロムの手からミチの手に渡るスープ。

○ **ミチの部屋　夜**

電話の呼び出し音。改まった調子で電話に出るミチ。

ミチ「もしもし」

瑶子（声）「プラン75の成宮と申します。角谷ミチさんのお宅で間違いないでしょうか?」

ミチ「はい、そうです」

瑶子（声）「この度はプラン75にお申込みいただきありがとうございます。短い間ではございますが、どうぞ宜しくお願いします」

ミチ「お世話になります」

瑶子（声）「わたくし成宮から定期的にお電話させていただきますが、少しでも不安に感じられることがあれば、コールセンターは24時間あいておりますので、いつでもご連絡ください」
ミチ「ありがとうございます」

○ 同 夜 後日

窓際の高座椅子に座り、リラックスした様子で電話をしているミチ。

ミチ「私ね、二度結婚してるの。意外でしょ」

瑶子（声）「意外です」

ミチ「最初の結婚はいやいや。お見合いを断れなくてね。商売やってる家だったから、朝から晩までこき使われて。もう辛くて辛くて。毎日逃げ出すことばっかり考えてた」

瑶子（声）「逃げ出したんですか？」

ミチ「子供ができてね。でも生まれる時にへその緒が巻きついて死んじゃったの。小さい病院だと、そういう赤ちゃんを助けられないのよね」

瑶子（声）「辛いですね・・・」

ミチ「辛かった。あれは本当にね、辛かった。真っ白な、綺麗な顔してね、お人形さんみたいだったの。あの時の子が生きてたら、色々変わってたかもしれないよね」

ピピピという音。

ミチ「もう15分経った？　話してるとあっと言う間ね」

瑶子（声）「金曜日にまたお電話しますね」

ミチ「金曜日ね。はい、宜しくお願いします」

瑶子（声）「おやすみなさい」

ミチ「おやすみなさい」

ミチが電話を切るのを待っていると、
瑶子（声）「・・・もしもし？」

ミチ「先生、お願いがあるんだけど」

瑶子（声）「なんでしょう？」

ミチ「行きたいところがあるの。一人だと行きづらくて。先生についてきてもらえないかなと思って」

瑶子（声）「あ・・・」

ミチ「やっぱり困るわよね」

瑶子（声）「利用者さんと個人的に会うのは禁じられてて」

ミチ「あら、そうなの。ごめん、変なこと言ったわね」

瑶子（声）「すみません、あの・・・またかけます」

電話切れる。

ミチ「あ・・・」

受話器を置く。が、すぐにベルが鳴る。

ミチ「はい」

瑶子（声）「成宮です。携帯からかけてます」

ミチ「（事情を理解し）・・・」

瑶子（声）「いいですよ、会っても」

○ ボーリング場　カフェ

レーンを見渡せるカフェ。注文カウンターでメニューを見ている瑶子。をテーブル席から見つめるミチ。
瑶子、アイスティーを受け取り、テーブル席へ。
ミチ「無理言ってごめんなさいね」
瑶子「ばれなければ大丈夫なんで」
ミチ「どうして、会ったらいけないのかしら？」
瑶子「情が移って、心変わりしないようにってことじゃないですかね」
ミチ「電話の時と雰囲気違うね」
瑶子「がっかりしました？」
ミチ「そんなことない。来てくれてありがとう。あ、忘れないうちに、これ」
ポチ袋を差し出す。
瑶子「いや、いいです」
ミチ「いいの、いいの。付き合ってもらうんだから。ほら、十万円もらったでしょう。使い道なくて。小遣いやれる孫もいないし」
瑶子の手にポチ袋を握らせるミチ。
瑶子「すいません」
瑶子、おずおずと鞄にしまう。
瑶子「角谷さんは、声の印象そのまま」

ミチ「あ、そう?」
瑶子「いい声だなって、いつも思ってました」
ミチ「うちの人もね、初めて会った時に、声がいいって、褒めてくれたの。なんだか嬉しい。ありがとう」
瑶子「旦那さんとの想い出の場所ですか」
ミチ「こんなに変わってると思わなかった」
　メロンソーダを前にして嬉しそうに
ミチ「これは昔とおんなじ」

○同　**貸し靴カウンター前**
ボーリングシューズに念入りに消臭スプレーをかけているスタッフ。
×　　×　　×
シューズに履き替えるミチと瑶子。

○同　**ゲームエリア**
ボーリングレーンが並ぶゲームエリア。

きれいなフォームでボールを投げる瑶子。

ストライク。

隣りのレーンでは大学生の男女グループがゲームをしている。大声で盛り上がる若者達に少し気圧され気味のミチと瑶子。

ミチに一番軽いボールを選んで持ってきてやる瑶子。

ミチ、狙いを定めてボールを投げる。のろのろと転がっていくボール。息をのんで見つめるミチ。その姿をじっと見守る瑶子。

今度はミチがプレイする瑶子の姿を見つめている。

瑶子が再びストライクを出すと、となりの学生達が盛り上がり、ミチとハイタッチする。

見ず知らずの若者達と、つかの間の楽しいひとときを過ごす二人。

×　　×　　×

ガシャンガシャンという機械的な音とともに、倒れたピンがピットの奥に引きずりこまれていく。

○**プラン75施設　廊下**
歩くマリア。

シーツで覆われたやけに小さな遺体をのせたストレッチャーが廊下にぽつんと放置されている。不審に思うマリア、近づいていく。

シーツをめくると、それは娘のルビーの遺体。

ハッと息をのむマリア。

○同　**休憩所**
テーブルにつっぷして居眠りしていたマリア、目を開く。

向こうのテーブルでは藤丸がタバコを燻らせている。

○**市役所　中庭　昼**
炊き出しテントの横で、プラン75臨時相談ブースを設置するヒロム。その背後から突然何かが飛んできて壁に当たり、生卵が砕け散る。

ヒロムの背中や顔にも命中。投げた者達が走り去って行くのを茫然と見つめるヒロム。

○**市役所　オフィス　夜**
残業するヒロム。

プラン75申請者の名前や生年月日、住所や、実施日（死亡予定日）のリストを出力する。

×　　×　　×

リストを見ながらデスクで電話をかけているヒロム。

ヒロム「施設の方は問題ないんですけど、火葬炉の方がですね、故障してしまいまして。はい。そうなんです。・・・ええ、そうですねえ。申し訳ございません。なので、明日ご利用いただく予定だったみなさまには改めて日程をご案内させていただきたいと思っております。はい、ほんとにご迷惑をおかけして、申し訳ありません。後日また連絡させていただきますので、はい、よろしくお願い致します。はい、では失礼します」

　ヒロム、電話を切り、連絡先リストにチェックを入れる。秋山がデスクで作業しながら、

秋山「一日や二日遅れたってな。逆じゃ嫌だろうけど」

ヒロム「これって何の会社なんですかね」

秋山「どれ？」

　ヒロム、秋山にリストを見せる。

ヒロム「ここだけまだ連絡してないんですけど」

秋山「ここは俺からしとくよ」

ヒロム「いや、いいですよ」

秋山「（ヒロムの言葉を遮って）いいよ」

　ヒロムの手からリストを取り、

秋山「コーヒー頼んでいい？」

ヒロム「あ、はい」

　含みのある秋山の態度にひっかかるヒロム。

　×　×　×

　自席で作業しながらコーヒーを飲むヒロム。

　ふと手を止めて、スマホで『ランドフィル環境サービス』と入力し、検索する。

　と、産業廃棄物処分業者のホームページがヒット。

　事業内容をクリックすると、『産業廃棄物の収集・運搬、中間処理、最終処分』とあり、最終処分場と書かれた埋立地の写真やリサイクル工程を説明するイラストが並ぶ。

　『取扱い廃棄物リスト』には『動物系固形不要物』『動物の死体』といったワードが続き、やがて『残骨灰』という文字にヒロムの目が釘付けになる。

○ミチの部屋　夜

　すでに家具や荷物が運び出され、がらんとした部屋。

　電話中のミチ。

ミチ「いつもはさ、スーパーの買うの。八時過ぎるとうんと安くなるから。でも今日はね、こういう時くらい奮発しようと思って。出前を頼んだの、ちゃんとしたお寿司屋さんの。電話かけたらさ、一人前じゃダメって言うのね。でも事情を話したら、わかりました！って。特上よ、持って来たの」

瑶子（声）「すごいですね」

ミチ「やっぱりさ、特上って違うね」

瑶子（声）「特上なんて、食べたことないです」

ミチ「じゃあ先生の分も頼めば良かった」

　ピピピという音が鳴る。

ミチ「・・・」

○コールセンター　夜

瑶子「最後にお伝えしないといけないことがいくつかあるので、いいですか？」

ミチ（声）「はいはい」

瑶子「一番初めにご説明させていただいたんですけど、大事なことなのでもう一度お伝えしますね」

○ミチの部屋　夜

　姿勢を正すミチ。

ミチ「はい」

瑶子（声）「プラン75は利用者の皆様のご要望を受けて、私どもが提供させていただくサービスです。万が一、お気持ちが変わられたら、いつでも中止できます。明日、直前になって、やっぱりやめたいと思われたら、遠慮なくおっしゃってください」

ミチ「はい」

○コールセンター　夜

　必死に声の震えを抑えながら、

瑶子「明日の朝のことですが、家を出る時に

鍵を閉めないで出てください。後ほど、担当の者がご自宅へ伺って最終確認と大家さんへの引き渡しを行います」
ミチ「（声）最後までお世話になります」
瑤子「こちらからは以上になります。何かご質問があれば」

○ミチの部屋　夜

ミチ「いつも先生とおしゃべりできるのが、嬉しかった。おばあちゃんの長話につき合ってくれて、本当にありがとうございました」

　深々と頭をさげるミチ。

瑤子（声）「それでは、これで・・・」

ミチ「・・・さようなら」

　強張った顔で受話器を置く。

○コールセンター　夜

電話を切った瑤子、しばし沈黙する。気を取り直して次の相手にコールしようとするが・・・やめて、立ち上がり席を離れる。

○同　廊下

携帯で電話をかける瑤子。呼び出し音が鳴り続けるが、いっこうにつながらない。途方に暮れ、立ち尽くす。

○ミチの部屋　夜

電話線のコードを抜いたミチ、不要となった電話機と一緒に紙袋に入れる。台所のシンクに洗って置いた寿司桶の水滴を布巾でぬぐう。

○コールセンター　カフェテリア　夜

オープンスペースにあるカフェテリアで、人を避けるように、一人弁当を食べる瑤子。

その背後で、講師の浅野りま（50）が新規スタッフ向けのオリエンテーションを行っている。

浅野「お年寄りっていうのは寂しいんです。誰かに話を聞いてもらいたくて仕方がないんですね。そういう方々に寄り添って、じっくりお話を聞いてさしあげるのがみなさんの仕事です。途中でやっぱりやめたいってなる人が、実際すごく多いんです。そうならないように、みなさんが上手く誘導してあげなくちゃいけない」

　瑤子、急激に食欲が失せ、箸を置く。

浅野「人間ですから、不安になるのは当たり前ですよね。誰も好き好んで死にたくなんかないですよ。そういう気持ちにはきちんと寄り添ってあげることが大切です。その上で、利用者さまがこの世に未練を残すことなく、心安らかに旅立っていただけるよう勇気づける。それが私たちの役割です。いいですか？　じゃあ次は具体的な事例を元に説明していきたいと思います。お配りした資料の8ページを開いてください」

　手つかずの弁当を前にうつむいて座っている瑤子。

　やがて蒼白の顔をあげ、誰かに（または自分自身に）問いかけるような眼差しをカメラに向ける。

○ミチのアパート　朝

真っ暗な部屋。ゆっくり光が差し始め、布団の中でじっと天井をみつめるミチの姿が見えてくる。

窓から差し込んだ朝日が、畳の上にひだまりを作っている。布団の中から手を伸ばし、太陽の温もりを感じてみるミチ。

今日がミチにとって人生最後の日。

○同　洗面台　朝

顔を洗い、丁寧に髪をとかす。

○同　台所　朝

シンクにもたれて歯を磨きながら、天井の陽だまりを見つめる。

○同　ベランダ　朝

ベランダに立ち、馴染みの景色を見納める。

○同　朝　時間経過

主が去り、シーンと静まり返る部屋で、ゆらゆら揺れる陽だまりには生命が宿っているよう。

○道　ヒロムの車

停車中の車。運転席のヒロム、道の向こうから歩いてくる幸夫に、短いクラクションで合図する。

○ヒロムの車

助手席に乗り込む幸夫。

幸夫「悪いな。今日に限ってどうしたもんか。いつも四時に目が覚めんのに」

シートベルトをうまく装着できない幸夫をみかねて、手伝ってやってから、車を発車させる。

○高架下の公園　朝

巨大なコンクリート柱のふもとで、6人程の園児達が無邪気に走り回って遊んでいる。

○向かいの道　朝

園児達を眺めるミチ。

○送迎バス　車内

車窓から見える景色。街の風景や木々。シートの背に差し込んだ太陽の光がゆっくりと移動する。

バスがトンネルに入り、車内が一気に暗くなる。

○高速道路

を走るヒロムの車。車窓の景色。

○車内

無言で車を走らせるヒロム。幸夫は目を閉じてラジオに聞き入っている。

ラジオ「東日本では一時的な冬型の気圧配置となり、午後を中心に太平洋側では雨や雪が降ります。千葉県流山市の方からです。朝から全体的に真っ白な濃い霧に覆われています。車を運転される方、歩行者ともに視界の悪化に注意が必要ですね。気温はマイナス2・8度。体感寒いです、とメッセージいただいています」

○定食屋

キッチンから聞こえてくる皿の音。店員や客達の話し声。外を通過する車の音。

踏切。電車の音。

幸夫が最後に耳にする日常の音。

黙々と朝食を食べる幸夫とヒロム。

ヒロム「お酒のむ?」

幸夫「そうね」

ヒロム「(店員に)すいません、お酒ください」

×　×　×

ヒロム、ハンカチで手を拭きながらトイレから出てくる。上り框に座り靴を履きながら、テーブルの幸夫を見る。

頬杖をつき目を閉じている幸夫。

店員が来て、一万円札を幸夫に返しながら、

店員「すいません、やっぱり千円札切らしてるみたいで」

幸夫「釣りはいいよ」

店員「いやあ、それは・・・」

ヒロムが戻ったのに気づいて立ち上がり、

幸夫「ごちそうさま」

店員「すいません、ありがとうございます」

ヒロム「ごちそうさまでした」

幸夫の後に続いて店を出る。

店員、二人の食器を片付け、テーブルを拭く。

○ **駐車場**

地面に膝をつき嘔吐する幸夫。

その背中をさすってやりながら、

ヒロム「・・・帰る?」

幸夫、首を振る。

吐くものがなくなり、膝をついたままぜーぜーと肩で息をしている。

ヒロム、その姿から思わず目を背ける。

○ **車の中**

車を運転するヒロム。助手席でぐったりしていた幸夫がぽつり言う。

幸夫「お父さんは、俺を怒ってたろう」

ヒロム「会いたがってたよ」

ラジオは消され、車の走行音だけが聞こえている。

幸夫「声まで似てるな」

ヒロム「おじさんだって」

幸夫「そりゃあお前、兄弟だもの」

○ **プラン75施設前**

施設に到着するヒロムの車。幸夫、助手席でぐったりと目を閉じたまま動こうとしない。沈黙が続く。

じっと前を見据えるヒロム。やがて目を開く幸夫、シートベルトを外そうとするが、手が震えてなかなか外せない。手を貸してやるヒロム。

幸夫「どうもね」

車から降りていく幸夫を直視できないヒロム。

感情を押し殺したまま、車を発車させる。

バックミラーに小さくなる幸夫の姿。

○ **プラン75施設　小部屋（ミチ）**

カーテンで仕切られたスペースに簡易ベッドが並ぶ。

ミチ、このうちの一つのベッドに腰掛けている。

看護師が入ってきて、

看護師「失礼します。ちょっとお腕をいいですか?」

ミチのリストバンドのバーコードを読み取り、親指にパルスメーターを装着する。

心拍音に合わせてピッピッという電子音が鳴り始める。周囲からも同じ音が聞こえている。

看護師「横になっていただいて、少しお待ちください」

ミチ「はい」

看護師、出ていく。

ミチ、緊張した面持ちでベッドに横になる。

○ **ヒロムの車　車内**

険しい顔で車を走らせるヒロム。

赤信号で停止する。

信号が青に変わっても動こうとしない。

後ろの車がクラクションを鳴らす。

助手席に差し込む太陽の光を見つめるヒロム。

ヒロムの車、無理やりUターンして、元来た道を引き返す。

○ **プラン75施設　小部屋（ミチ）**

ミチ、口に吸入器をつけている。

隣の小部屋から、看護師が優しく説明する声が聞こえてくる。

看護師（声）「もうすぐここからお薬が出てくるのでね、ゆっくり呼吸を続けてください。30秒くらいでだんだん眠くなってきますから、リラックスして、そのまま眠っていただいて大丈夫ですからね」

看護師の院内ＰＨＳが鳴る。ミチが見ると、カーテンの隙間から隣の小部屋のベッドが。そこでミチと同じように吸入器をつけて横たわっているのは幸夫である。

吸入器にはすでに白い蒸気が充満している。

看護師（声）「はい。・・・あーはいはい、わかります」

死にゆく幸夫の傍らで、電話中の看護師。幸夫にはまったく注意を払っていない。視線を感じ、ミチの方を見る幸夫。無言で見つめ合う二人。看護師はまだ話し続けている。

看護師（声）「それ多分故障してるんじゃないですかね。メーカーに問い合わせてみました？　何て？　はい、・・・はい、ああ、なるほど」

幸夫、しだいにまぶたが重くなり、目を閉じる。

看護師（声）「とりあえず、じゃあそっちに・・・はい、すぐ行きます、わたし」

出ていく看護師。

パルスメーターの音の間隔が徐々に長くなり、やがて止まる。

その尊厳なき最期を見届けたミチ。目に静かな怒りをたたえている。

○　**プラン75施設　大廊下**
足早に歩くヒロム。

○　**プラン75施設　ナースステーション前**
ヒロム、足早にやって来て職員を探すが誰もいない。

○　**プラン75施設　廊下〜ガラスの小部屋**
ヒロム、幸夫を探して小部屋をひとつひとつ確認して回る。ガラスの小部屋の中、ベッドに横たわる様々な老人達の顔・顔・顔。

○　**プラン75施設　小部屋（ミチ）**
回廊に並ぶベッド。カーテンで仕切られている。

老人達の顔を確認して歩くヒロム。と、ベッドの上で半身を起こしたミチの姿が。

黙って見つめ合う二人。

ミチはヒロムの目をしっかり見据えながら吸入器を外す。ヒロム、何も言えずにその場を離れる。

○　**プラン75施設　小部屋（幸夫）**
ベッドの上で息絶えた幸夫。ヒロムが入ってくる。
ヒロム、慌てて吸入器を外し、
ヒロム「おじさん、おじさん」
呼びかけながら、首や手首を触って脈を確かめようとする。
口元に手をかざしてみるが、幸夫は呼吸をしていない。茫然と立ち尽くすヒロム。

○　**同　廊下**
マリアが回収カートを押して歩いている。

○　**同　ガラスの小部屋（マリア）**
遺体からベルトを外し、鞄を回収カートに入れるマリア。

○　**同　廊下（ヒロム）**
どこかから車椅子を見つけてきたヒロム。

○　**同　小部屋（幸夫）**
ヒロム、幸夫の体を起こし、車椅子に移動させようとするが、車椅子が動いてしまい、なかなかうまくいかない。

○　**同　廊下（マリア）**
マリア、回収カートを押して歩いている。

背後でどしんと何かが落ちる音がして、振り向く。

○　**同　廊下／廊下**
シーツで覆った遺体を乗せたストレッチャーを運ぶマリア。

○　**同　運搬用エレベーターホール**
ストレッチャーを押してきて、エレベーターのボタンを押す。

○同　外通路
ストレッチャーを押すマリア。
ヒロムが車を止めて降りてくる。
マリア、足を止め、ヒロムを見つめる。
×　　×　　×
助手席の幸夫にシートベルトを締めるヒロム。車を発車させる。

○同　階段
マリア、階段をのぼっていく。

○同　リサイクル室
遺留品の仕分けをするマリア。

藤丸が回収カートを運んでくる。

二人で黙々と、鞄の中身を出し、ゴミとリサイクル品に分ける作業にあたる。

年季の入ったウエストポーチを手にするマリア、中身を出そうとしてハッとする。

そこには百万円の札束が入った銀行封筒が3つ。

藤丸の顔を伺うマリア。藤丸は「(好きに持っていって) いいんだ、いいんだ」という風にマリアに目配せする。

ポーチの中の札束を見つめるマリア。

○同　更衣室
私服に着替えたマリア、ユニフォームとIDカードを中に残したままロッカーの扉を閉める。

○道路　ヒロムの車の中
ヒロム、路肩に車を停め、電話をかけている。
電話の声「火葬のみのご利用ですね」
ヒロム「はい」
電話の声「霊柩車のご手配はお済みですか?」
ヒロム「いや、自分の車で」
電話の声「棺はございますか?」
ヒロム「ないです」
電話の声「こちらでご用意もできますが」
ヒロム「はい、お願いします」
電話の声「ただいま空き状況をお調べ致しますので、少々お待ち下さい」
保留の音楽が流れ始める。
ヒロム、後部座席に横たわる幸夫に目をやる。
電話の声「お待たせいたしました。大変混み合っておりまして、一番早くて4日後の金曜日、15時と16時に空きがございます」
ヒロム「4日後・・・」
電話の声「もしくは、本日の16時にひとつだけ空きがあるんですが」
ヒロム、15時30分を示す時計を見る。
ヒロム「それで、お願いします」

○道路　車内
時計を気にしながらさらにスピードを上げるヒロム。

すると、背後から急に白バイのサイレンが聞こえる。

○道路
路肩に車を停めたヒロムの元へ警官がやってくる。
警官「警察です。だいぶ飛ばしてましたね」
警官を見上げるヒロム。
警官「免許証出してもらえますか?」
ヒロム、財布から免許証を取り出して警官に渡す。
警官「(免許証を見て) お名前はオカベヒロムさん? 記載事項に変更はないですか?」
ヒロム「はい」
警官、助手席の幸夫に気づく。
警官「その人は?」
ヒロム「叔父です」
ただならぬ状況を察し、
警官「少しお待ちください」
警官はインカムを使って本部と連絡を取り始める。
警官（声）「横浜１３２から照会センター」

照会センター（声）「照会センターです。どうぞ」

警官（声）「免許証番号から総合照会一件願います。氏名、オカベヒロム。免許証番号、４５１００３２６７５９２０」

照会センター（声）「横浜１３２、しばらく待たれたい」

助手席の幸夫を見つめるヒロム。その穏やかな表情。

○**道　夕**

自転車を走らせるマリア。腰にはウエストポーチがしっかり装着されている。

風が吹き始める。結んでいた髪をほどき、風を感じる。

○**道　夕**

風が吹き、強い西日が照りつける中、ミチが一人緩い坂道をおりてくる。

息を切らしながら歌を口ずさんでいるが、ゴーゴーという風の音にかき消され、その声はほとんど聞こえない。

○**同　高台　夕**

見晴らしの良い高台に差し掛かると、足を止めて夕陽を見つめるミチ。

ミチ「リンゴの木の下で　明日また会いましょう」

絞り出すように歌うその曲からメロディは消え、まるで呪文を唱えているよう。

ミチ「黄昏赤い夕陽　西に沈む頃に」

燃えるような夕日を見つめるミチ。ミチの息遣いが確かに聞こえている。

強い横風が吹きつける。その細い体が吹き飛ばされないように、鉄製の手すりをぎゅっとつかむミチ。

ミチの生きる決意が込められた固い握りこぶし。

了

神は見返りを求める

吉田恵輔

〈脚本家略歴〉
吉田恵輔（よしだ　けいすけ）
1975年、埼玉県出身。東京ビジュアルアーツ在学中から自主映画を制作する傍ら、塚本晋也監督の作品の照明を担当。06年『なま夏』を自主制作し、ゆうばり国際ファンタスティック映画祭オフシアター・コンペティション部門のグランプリを受賞。08年に小説『純喫茶磯辺』を発表。同年、自らの監督で映画化。それ以降は、オリジナルシナリオを映画化した『さんかく』（10）、『ばしゃ馬さんとビッグマウス』（13）、『麦子さんと』（13）、『犬猿』（18）『BLUE／ブルー』『空白』（21）や、コミックを映画化した『銀の匙 Silver Spoon』（14）。『ヒメアノ～ル』（16）『愛しのアイリーン』（18）。22年にはオリジナルシナリオで『神は見返りを求める』が公開。

監督：吉田恵輔
製作：『神は見返りを求める』製作委員会
制作プロダクション：ダブ
配給：パルコ

〈スタッフ〉
企画　石田雄治
プロデューサー　柴原祐一
　英田理志
撮影　志田貴之
照明　疋田淳
録音　鈴木健太郎
美術　中川理仁
編集　田巻源太
音楽　佐藤望

〈キャスト〉
田母神尚樹　ムロツヨシ
川合優里　岸井ゆきの
梅川葉　若葉竜也
チョレイ　吉村界人
カビゴン　淡梨
村上アレン　柳俊太郎

1　繁華街（夜）

スマホの録画画面。

手に持ったまま走り、激しく揺れている映像。

少し離れたところから女の悲鳴と声が聞こえる。

男の声「あっ、すいません」

別の男の声「テメー、何してんだ！　このやろう」

男の声「すいません」

女の声「何なの、こいつ」

録画画面は物陰に隠れ、声の方へ向け撮影。

男性（後に田母神と分かる）が、いかつい男にボコボコにされている。

いかつい男の彼女も蹴りを入れている。

画面は自撮りになり、覆面を被った男、ハイパーマリオが映る。

マリオ「（息切れ）ハイパーマリオです。ゴッティーめっちゃ、やられてんだけど。やっば」

再び、暴行現場にカメラを向けるマリオ。

彼女がビール瓶で男性の頭をかち割る。

マリオの声「うわっ、ヤッバ。危ない、危ない、死んじゃうって……（通行人を撮影して）でた、見て見ぬ振り、これが世の中ってやつですかね～」

再び自撮りになり、
マリオ「はい。馬鹿どもには制裁ですね」

マリオはモデルガンを見せる。

画面は暴行の方へ、そこにモデルガンを連射。いかつい男に命中。

男「痛って！」

男はキョロキョロして、カメラ目線になる。

男「おいっ！」

男がダッシュで迫ってくる。

マリオ「やっべ」

マリオがダッシュする手の中で、画面はぶれぶれの映像になる。

ブレ映像にタイトル。

『神は見返りを求める』

2　ヤキトン屋・店内（夜）

トイレから田母神尚樹（45）が出てくると、近くで酔いつぶれている川合優里（25）を見つける。
田母神「大丈夫？」
優里「え？　あ、はい」
テーブル席ではコンパが行われている。
梅川葉（34）、印旛（34）、長井（33）、萌（27）、沙織（26）、美月（26）が盛り上がっている。
萌が豚の生レバー刺を写メで撮ろうとしていると、
梅川「ちょ、ダメだって、生レバーは裏メニューなんだから。今、こういうの厳しいんだって」
萌「え～。じゃあ、モザイク入れたらインスタ上げても大丈夫？」
梅川「だったら載せる意味ねーだろ。バカなのか」
田母神が優里に肩を貸しながら現れる。
梅川「あれ、どうしたんすか？」
田母神「ちょっと、外の空気吸わせてくるわ」
沙織「（優里に）大丈夫？」
コクリと頷く優里。
外へ向かう田母神と優里。優里のスカートが下着の中に入り込んでパンツ丸出しになっている。
それを見つめている梅川達。
梅川「あれ？　あの子、名前なんだっけ？」
萌「え？（美月に）なんだっけ？」
美月「優里ちゃんです」
梅川「そうだ優里ちゃん。ユーチューバーの子でしょ。（萌に）人の名前くらいちゃんと覚えなさいよ」
萌「お前が言うなよ。って言うか私も今日初めて会ったんだから知らないよ」

3　同・外（夜）

田母神がペットボトルの水を飲ましている。

優里「すいません。強くないのに、ちょっと飲みすぎました」

田母神「全然、大丈夫だよ」

優里「あまりこういう飲み会慣れてなくて」

田母神「俺もだよ。ただの人数合わせで呼ばれただけだから」

4　同・店内（夜）

テーブルでは沙織、美月がスマホでユーチューブを見ている。

優里の配信『Yuri-Chan-Channel』。

優里がフラフープをしながらミートスパゲッティーを食べる痛い動画。

沙織「何これ、めっちゃ寒いんだけど」

美月「やばいでしょ？　あの子」

沙織「ウケる」

梅川、印旛、長井はトイレ前でお持ち帰り女子をジャンケンで決めている。

梅川「はい。ジャンケン。ジャンケン」

印旛「え？　先輩は入れなくていいの？」

梅川「いいんだよ。田母神さんはあの痛い子で」

印旛「勝手に決めて怒られない？」

梅川「大丈夫。大丈夫。田母神様は神様だから、いい人なんだから、大体大丈夫なの」

長井「じゃあ、まいっか。あっ、俺、美月ちゃんがいいな」

印旛「俺、あの巨乳ちゃん」

長井「それが美月ちゃんだって！」

梅川「だから、ジャンケンだって、はい。お持ち帰りジャンケン、ジャンケンポン（梅川勝利）よしっ！　はい。俺、美月ちゃん」

すぐ近くの喫煙所で萌が見ている。

萌の視線に気づき、固まる梅川達。

5　同・外（夜）

萌、沙織、美月が怒りながら店から出てくる。

それを追いかける梅川達。

梅川「だから誤解だって。超高度のギャグなんだから～。ねえ、カラオケに行こうよ」

萌「帰る」

梅川「え～なんで？」

沙織「うわっ、汚っ！」

沙織の足元に優里の吐瀉物。

優里を介抱している田母神。

美月「優里ちゃん、帰るよ」

美月はしゃがみこんでいる優里を立たせる。

田母神「あっ、これ持って行きな」

ペットボトルの水を優里に手渡す田母神。

萌がタクシーを止めて乗り込む女子達。

6　田母神の自宅マンション（昼）

田母神が優里の配信を見ている。

7　テレアポ会社・オフィス

優里・美月がテレアポのバイトをしている。

面倒臭いクレーム対応をしている。

8　オフィスビル前（夜）

優里がビルの前で三脚にスマホを立て、撮影する準備。

オフィスビルの敷地内。植え込みには電飾があり、背景が綺麗な場所。

優里の背後には、等身大のイケメンサラリーマンのパネルが立っている。

優里がスマホの録画ボタンを押し、一度しゃがんでから、飛び出すようにフレームイン。

優里「Yuri-Chanです。今回は先週最終回を迎えたドラマ『ちょっとだけの恋』のラストシーンを完全再現したいと思います。あっ、ちなみにあれが月島先輩です」

（途中～撮影画面に入り込んだ、サラリーマンが慌てて画面から逃げ、舌打

ち）
優里がカメラに行くとアングルを変えて、月島先輩の前にスタンバイ。
優里「私……そばにいたいんです。ちょっとだけでいいから……ちょっとでも、ほんのちょっと」
警備員「ちょっと、ちょっと」
背後に警備員がいる。
優里「ちょ、え？　あ、はい？」
警備員「敷地内ですよ。許可取ってます？」
優里「あっ、すいません」
警備員「そういうの、やめてくださいね」
優里「あっ、はい、すぐ片付けます」
優里は慌てて月島先輩を片付ける。
ビルから出てきたサラリーマンが地面に置いた月島先輩を踏み潰して通り過ぎる。
携帯にＬＩＮＥの着信。見ると田母神から『配信面白いね。私は好きですよ』

9　イベント会場・ホール
田母神が物産展のイベントの仕事をしている。
スタッフが会場の片付けをしている。
電話を掛ける田母神。
田母神「ああ、どうも田母神です。先日はどうも」
優里の声「こちらこそ、色々とご迷惑おかけしました」
田母神「いえいえ。あっ、メール見ましたけど、あの、相談したいことって？」
優里の声「ああ、あの、田母神さん、イベント関係のお仕事されてるって言ってたので、もし無理なら全然、断って貰って結構なんですけど」
田母神「ええ、どうしました？」
優里の声「ちょっと、撮影で着ぐるみを使いたいんですけど、どこに相談したらいいか分からなくて」
電話をしながらスタッフに指示を出したり、頭を下げる田母神。
田母神「着ぐるみですか？」
優里の声「はい。あっ、でも私、あまりお金とかなくて」
田母神「そうですか」
優里の声「あっ、ダメなら全然？」
田母神「いや、ちょっと何とか聞いてみますよ」

10　港町・走るバンの車内
運転席に田母神。助手席には優里。
優里「その曲の『踊ってみた』動画は流行ってて、私も一度動画上げたんですけど、ＰＶの完全再現はまだ誰もやってないかなぁ～と思って」
田母神「へ～、そうなんだ。じゃあ、完成したらみんな驚くんじゃない？」
優里「まあ、うまく出来たらですけど……あっ、そうだ、後、大きなフルーツパフェとかあるカフェってないですよね？」
田母神「カフェはどうだろうな？　あっ、アイスクリーム売ってる、売店みたいな所はあるけど、そういうのは違うよね？」
優里「う～ん、まあ、出来る範囲で」

11　海沿いの売店
寂れた売店の前に立つ田母神と優里。
田母神「どう？　イメージ違う？」
優里「ま、まあ、ちょっと……う～ん、ま、でも、ここでいきます」
田母神「本当？　大丈夫？」
優里「はい……あっ、一応これを再現するイメージで」
優里がスマホでアイドルのＰＶを再生する。
スマホを覗き込む田母神。（曲のみ画面は見せず）
田母神「これ全然違うね。これどこだ？」
優里「多分、ハワイですかね？」
田母神「ハワイだね……え？　大丈夫？」
優里「ま、まあ、できる範囲で」

×　　×　　×

三脚を立てたスマホの前で田母神が構える。
優里がアイスクリームを持って振り付け確認中。
優里「わ～。撮影日和ですね。今日、クソ天気いいな～」
田母神「クソ天気って。じゃあ、回すよ」
田母神がスマホを録画する。
田母神「じゃあ、曲出しまーす。3、2、1」
変な指の折り方でカウントダウンして、曲をかける。
踊り出そうとした、優里が吹き出す。
優里「ちょ、ごめんなさい。何ですか？　それ？」
優里が指の折り方を真似する。
田母神「ああ、ごめん。癖」
優里「笑わせないでくださいよ～」

12　砂浜

汚いワカメなどが打ち上げられた砂浜。
優里がスマホでPVを再生しながら振り付けを確認している。
着ぐるみの胴体を着ている田母神が近寄り、
田母神「ごめんね。全然、ハワイっぽくないけど、あとは漁港とかしかないからさ」
優里「全然、ここで大丈夫です」
田母神「本当？　後、これも大丈夫？　本当に汚いでしょ？　前に使った時に汚しちゃって、うちで買い取ったやつだからさ」
田母神は着ぐるみの頭部を見せる。鼻の大きい、森の妖精みたいな小人。
優里「え～、でも、可愛いですよ～。何かジェイコブって感じですね」
田母神「ジェイコブ？」
優里「何かよく分からないけど、ジェイコブって雰囲気」
田母神「そう。じゃあ、ジェイコブ君で」
田母神はジェイコブの頭を被る。
優里「お～ジェイコブだ～」
田母神はポーズを取る。
優里「じゃあ、ジェイコブ君、このリスの着ぐるみを完コピしてね」
田母神「え？　俺も踊るの？（動画を観て）いや、これ無理だよ」
優里「いえ、出来る範囲で大丈夫です」
田母神「え？　こーやって？　こう？」
ダンサーの振りを覚えようと動く。優里が笑う。
優里「田母神さん、本当いい人ですね」

×　　×　　×

スマホの映像。優里が録画し、音楽をかけフレームに入る。
優里「（曲のサビに合わせ）じゃあ、いきます。3・2・1」
優里が変な指の折り方を真似する。
ジェイコブがリアクション。
踊り出す優里。田母神も踊る。グダグダな雰囲気。

×　　×　　×

車に片付けをしている二人。田母神の髪の毛は汗でベトベト。
田母神「あっ、これ、どうする？」
田母神はジェイコブを見せる。
田母神「うちは、もういらないけど、持っていく？」
優里「え？　いいんですか？」
田母神「全然……あっ、でも、本当大丈夫だった？」
優里「大丈夫です。最高ですよ。田母神さん」
田母神「それなら良かった」
優里「後は、PVみたいにテロップ動かしたりが、難しいですね」
田母神「ああ、そういうの俺よくやってるから、出来るよ」
優里「本当ですか？」
田母神「うん。やってあげるよ。企業VPとかよく作るし」

優里「え〜。お願いしてもいいですか〜」
田母神「いいよ。いいよ」
優里「うわ〜。神だ〜」
田母神「いやいや」
優里「だって、普通わざわざ撮影まで付き合ってくれる人いないですよ〜。それなに編集まで。本当、神だ」
照れ臭そうな田母神。

13　イベント会社・近くの道
田母神が会社から出てくると、物陰から南場慎介（34）が近寄ってくる。
田母神は南場に封筒を手渡す。
南場は申し訳なさそうに何度も頭を下げる。

14　同・オフィス
田母神が昼食のパンを食べながら優里の動画にテロップ入れをしている。
梅川が近寄ってくる。
梅川「さっき、南場と会ってませんでした？」
田母神「え？　まあ」
梅川「また金貸したんですか？　ダメですよ〜」
田母神「いや、あいつも色々大変みたいだからさ。もうこれが最後だよ」
梅川「いや絶対また来ますって。あいつ超嘘つきですから。うち辞めた時だって体調不良とか言って毎日ギャンブルやってましたからね。クソですよ」
田母神「いや、まあ」
梅川「あ〜あ、絶対金返ってこないっすよ」
田母神「まあ、それなら、それで仕方ないよ」
梅川「いい人過ぎるでしょ」
梅川がパソコン画面を見て、
梅川「あれ、その子、こないだの」
田母神「ああ、ま、いや、ちょっと仕上げを手伝ってて」
梅川「え？　もしかして、やっちゃいました」
田母神「違うよ」
梅川「え〜、マジっすか？　あ、俺、一昨日、美月ちゃん食いましたよ」

15　優里のアパート・部屋（夜）
田母神が緊張した雰囲気で立っている。
可愛らしい女子部屋を傍観。
キッチンからエプロン姿の優里が顔を出し、
優里「ちょっと、田母神さん、全然くつろいでくださいって〜」
田母神「あ、うん（着席）」

×　　×　　×

田母神が優里の手料理を食べ終えた様子。
優里「まだビーフシチューありますけど、おかわりします？」
田母神「あっ、もうお腹いっぱい。ありがとう。美味しかった〜」
優里「すいません。こんなものくらいしかお礼出来ずに」
田母神「全然」
優里「……それに、せっかく協力していただいたのに、評判も悪くて」
田母神「まあまあ」
優里「私、何やってもダメなんです。頭悪いし、不器用だし、生理的に受け付けない顔みたいですし」
田母神「だから変な書き込み気にしなくていいじゃない。中にはいいコメントもあったよ」
優里「ジェィコブがキモ可愛いってだけですよね？」
田母神「……まあ、じゃあ、またジェィコブ使って何かやろうよ」
優里「え？　じゃあ、また協力してくれるんですか？」
田母神「空いてる時なら全然やるよ」
優里「嬉しい」
優里の笑顔が愛おしい。田母神が幸せそうな表情。

田母神「あっ、じゃあ、ジェイコブと一緒にもっと挑戦的なものをやってみれば？　それで失敗したら、それはそれで面白いじゃない」
優里「面白そうですね。あ〜、登録者増えるかな〜？」
田母神「増えるよ……いや、増えるように俺も頑張るよ」

16　二人の共同作業の日々（半年間）

Yuri-Chan-Channel配信。二人乗り用自転車に乗る。

×　×　×

Yuri-Char-Channel配信。優里がスケボーでミートスパゲッティ。

×　×　×

トーテムポールで輪投げをしている優里。撮影している田母神。

×　×　×

足つぼバドミントン動画を編集している優里。
テロップ入れをする田母神。

×　×　×

Yuri-Chan-Channel配信。ジェイコブ、警察犬に噛まれる。コメントの評判は普通。

×　×　×

国道。運転する田母神と助手席の優里が盛り上がっている。

×　×　×

ボルダリングに挑戦するジェイコブ。

×　×　×

季節が冬へ。サンタコスプレの優里とジェイコブ、撮影。

×　×　×

Yuri-Chan-Channel。可愛い着ぐるみが並ぶイベントに、ジェィコブ、紛れ込み不審がられる。

×　×　×

二人で巨大竹トンボを制作。
巨大竹トンボ失敗する優里の可愛いアクションを愛おしそうに撮影している田母神。

17　ファミレス（夜）

田母神と優里が編集を終えた動画のチェックをしている。
動画では優里が『私が神と尊敬する人がいまして、いつか番組で紹介したい』と話している。
田母神はどこか恥ずかしそうに照れている。
優里「あの、この神ってところのテロップってもっと金色でもっとピカーって感じに出来ますか？」
優里はどこか照れながら田母神を見つめる。
田母神も照れつつ、
田母神「え？　あっ、いや、まあ出来るよ」
田母神は作業を始める。
優里「本当、田母神さんが仕上げやってくれるから、企画考える時間がすごい増えましたよ〜。それに一人だった時はコメント悪かったりすると落ち込んでたけど、今は田母神さんが笑ってくれたからいいかなって思えますもん」
田母神「そ、そっか……あ、出来たよ」
テロップを変更したものを見せる。
優里「わ〜。いいですね。そうしてもいいですか？」
田母神「優里ちゃんのなんだから、俺に許可取らなくてもいいって」
優里「いや、でも、こうやってできるのも田母神さんのお陰ですもん。私、本当に尊敬しています」
田母神「別にそんな」
優里「あっ！　あの、広告収入が入って来たんですけど」
田母神「すごいじゃん」
優里「って言っても千五百円ですけど、あの、田母神さんとの配分ってどうしたらいいですか?」
田母神「いらないよ（笑）……これから増えていくといいね」
優里「ありがとうございます。でも、これからすご〜く増えたらどうします?」
田母神「その時は優里ちゃんが好きに決めればいいよ」
優里「分かりました。って全く入る予定はないですけど」
　笑顔の優里が少し真顔になり、
優里「一年以上やって千五百円かぁ……分かってはいたけど、現実って厳しいですね」

18 イベント会社・オフィス

　田母神が事務仕事をしていると梅川が近寄り、
梅川「田母神さ〜ん。最悪じゃないっすか。キャンドルナイト、予報雨らしいっすね?」
田母神「え?　ああ、まあ」
梅川「いや〜。俺、担当だったらマジでキツイですよ〜。そんなんじゃ神様の出演はまだ先になりそうですね?」
田母神「何だよ」
梅川「いや、見ましたよ。あの子の配信」
田母神「ああ」
梅川「え?　出ないんすか?　出て欲しそうだったじゃないっすか」
田母神「いや。俺は裏方でいいんだよ」

19 優里のアパート・部屋（夜）

　優里が部屋からキッチンまで、ピタゴラスイッチのような、ドミノを一人で制作している。

　キッチンの床にドミノを並べていると、ゴキブリが出現。

　驚き、悲鳴を上げ、ドミノを倒しながら棚の殺虫剤をゴキブリに吹き付ける。

　恐る恐る近付くと、ゴキブリだと思ったものは、ナスのヘタであった。

　ドミノは全壊していて、やる気をなくす。

20 実景・雨の東京（朝）

21 優里のアパート（朝）

　窓の外は雨。

　部屋着姿の優里が動画のコメントをチェックしている。

　『相変わらずセンスない配信』『勘違いブス。まだやってるの?』など。

×　　×　　×

　ベッドに腰かけた優里が電話している。

優里「そうですよね。お忙しいですよね……あっ、いえいえ、とんでもないです……はい。大丈夫です。今回は自分で頑張れます!　いつも甘えてばかりで、すいません」

　暗い表情で立ち上がり、だるそうに着替え始める。

22 テレアポ会社・オフィス

　優里がクレームに謝り続けている。

23 田母神のマンション・リビング（夜）

　田母神がパソコンで『Yuri-Chan-Channel』を見ている。

　優里はヤキトン屋で生レバーを食べている動画をアップしている。

　コメント欄には『これ営業停止モンじゃね?』『ソッコー通報した!』などの書き込みが並ぶ。

24 ヤキトン屋・外観

　シャッターが閉まり、張り紙に『しばらく休業します』と書かれている。

25 同・店内

　田母神が店長に頭を下げている。
店長「本当うち潰れちゃうよ」
田母神「本当に申し訳ありません」
店長「頼むよ。タモちゃんの知り合いだって言うから特別に出したのに」

26　田母神のマンション・リビング（夜）

優里が正座をして、泣きながら謝罪コメントを言っている。
それを撮影している田母神。
田母神「オッケー。とりあえず、ちょっとしたテロップだけ入れて、早めに流そうか」
優里「はい」
田母神「あっ、俺やるよ」
田母神はパソコンで作業をする。
優里「本当にすいません。ありがとうございます」
優里は泣き出す。
田母神「大丈夫だよ。いいコメントだったし、許してもらえるよ」
優里「……」
田母神「お店の方も大丈夫だから、落ち着いたら一緒に謝りに行こう」
優里「はい……私、やっぱり自分一人じゃ何も出来ないですね」
田母神「そんな事ないって」
しばしの間。俯く優里、パソコンの作業音だけが響く部屋。
優里は立ち上がると、急に服を脱ぎ出す。
田母神「……ちょ、どうしたの？」
優里「私、こんな事しか返せないから」
田母神「いや、そんな」
下着姿の優里が田母神に抱きつく。
優里「これも迷惑ですか？」
田母神「そういうわけじゃないけど、本当大丈夫だよ」
優里を離す。
田母神「俺は見返り欲しさにやってるんじゃないから」
優里「……私、むいてないですね」
田母神「そんな事ないって」
優里「（泣きじゃくり）だって、いくら頑張っても登録者増えないし……コメントだって批判ばっかりだし……もう疲れちゃった……考えるのも、撮影するのも無意味な気がしてきて」
田母神「成功した時には、それまで無意味に思えたことが大事だったたってAkane色さんが言ってたよ」
優里「……Akane色さんのチャンネルででですか？」
田母神「ううん。こないだAkane色さんのワークショップに行った時に聞いた」
優里「そんなの行ってたんですか？」
田母神「うん。何か登録者増えるヒントが転がってないかなって思って」
優里「すいません。そんなことまでしてくれてて。何かヒントありました？」
田母神「いや、言ってることが難しくて」
優里「（泣き笑顔）今度は誘って下さいね」
田母神「うん」

27　テレアポ会社・廊下の自販機前

休憩に入った優里が廊下に出ると、美月が沙紀（25）と優里の配信を見ている。
トウモロコシを変則な食べ方をしている動画。
美月「マジでセンスないよね。テロップとか、クソダサいし」
沙紀「この音楽とか痛いでしょ（効果音を真似）チャラーンってウケる」
優里が音を立てながら近寄ると、美月は動画を消し、
美月「あっ、優里ちゃん、今からランチ行くけど」
優里「あ、うん」
美月「行こ。行こ」
優里達は歩き出す。
沙紀「（小声で）チャラーン」
美月が笑いを我慢しながら沙紀を小突く。
優里の表情は暗い。

28　どこかの会社・前の道

田母神がビルから出てくると優里から電話。

田母神が電話に出る。
田母神「あ～。ごめんなさい。立て込んでて、折り返そうと思ってたんだけど……ちょっと今週はバタバタしててさ……え？……いや、今まで通りでいいんじゃないかな？ あ、そお……でも、そんなに投稿頻度あげなくてもさ」

29 ライブイベント会場・会場内（夜）

人気ユーチューバー、カビゴン（27）とチョレイ（27）とSAORIのトークイベント。
沢山の客の中に優里の姿。羨望の眼差し。しばらくすると、会場内をうろつく梅川と遭遇。
優里「あ」
梅川「おお～。え～と……優里ちゃん（同時）」
優里「優里です（同時）」
梅川「分かってる。分かってる。見てるもん。配信」
優里「あ、ありがとうございます……え？ 梅川さんは？」
梅川「俺？ このイベントを担当してんだよ。あ～、言ってくれればチケットあげたのに」
優里「え～。すごい」
梅川「あ、良かったら、マイルズ紹介してあげようか？」
優里「え？ カビチョレさんですか？」

30 BAR（夜）

優里、梅川、カビゴン、チョレイ、他数名が打ち上げで飲んでいる。
優里「え～、本当に面白くないですよ～」
チョレイ「いいじゃん。いいじゃん」
チョレイがiPadで優里の配信を再生する。
優里「うわ～。めっちゃ恥ずかしい」
カビゴン「再生回数少なっ！ ヤバっ！」
優里「だから底辺なんですって～」
梅川「これ、着ぐるみは田母神さんが入ってるんでしょ？」
優里「はい」
カビゴン「何か、動きが素人臭いね。後、フォントが堅苦しくね？」
チョレイ「企業VPみたいじゃん」
優里「やっぱりそうですか？」
チョレイ「もっと可愛くポップにした方がいいよ」
優里「そうですよね～……ちょっと田母神さんのセンスは古いのかな～？」
梅川「まあ、田母神さん、仕事もシニア向けばっかやってるからな～」
カビゴン「そうなの？ だからジジ臭いんだ～」
チョレイ「え～。もっとセンスあるやつに頼めばいいじゃん。ああ、（カビゴンに）デザイナーの村上とかめっちゃセンスいいよね」
カビゴン「ああ、そうだよ。今度村上紹介してやるよ。めっちゃ可愛いの作るよ」
優里「いえ、そんな、こうやって参加させて頂けてるだけでも夢のようなのに」
チョレイ「あっ、って言うか来週とか暇してない？」

31 マイルズTV・部屋

インストリーム広告が流れる。
カビゴン、チョレイの人気チャンネル。
センスあるオープニング。
カビゴン、チョレイがオシャレなセットの中で座っている。
カビゴン「カビゴンです」
チョレイ「チョレイです……いや～、こないだキムニーにドッキリを仕掛けられたじゃないですか～」
カビゴン「あれは酷かった。キムニーの人間性を疑うよね」
チョレイ「で、今度はこっちから仕掛けてやろうかな～って思ってます。マジで」

カビゴン「つーことで。今回キムニーの為に特別なドッキリを考えました。でも、これは俺らだけでは出来ないので、参加してもらう仕掛け人を紹介します。ユーチューバーのYuri-Chanです」
　優里がフレームイン。
優里「どうも初めましてYuri-Chanです」
チョレイ「Yuri-Chanには少し体を張ってもらうことになるけど大丈夫?」
優里「何でもやります。NGなしのYuri-Chanです」
　優里が謎のポーズを決める。
カビゴン「かっこいい」
チョレイ「はい。そんなYuri-Chanにやってもらうのは、ボディーペイントです」
カビゴン「裸の上に絵の具で服を描いたりするやつですよね」
チョレイ「そうです。実は今晩、キムニーと会う予定なんだけど、そこで同席してるYuri-Chanが、着てるパーカーを脱いだら、下がボディーペイントだった時のキムニーの反応を見ようと思います」
カビゴン「ヤベー。キムニーいい反応しそう。鬼嫁のキムコが見たらブチ切れそうだね」
チョレイ「楽しみだね～。じゃあ、早速準備しますか?」
優里「はい。風邪ひかないように頑張ります!」
カビゴン「そこかよ!」
　　×　　×　　×
　上半身裸の優里が胸を隠して立っている。
チョレイ「何かエロっ!」
優里「いや～。恥ずかしい」
カビゴン「大丈夫。すぐに服を着せてあげるから」
チョレイ「いや、描いてあげるでしょ」
優里「お願いしま～す」
カビゴン「じゃあ、描いていきましょう」
　カビチョレが背中をペイントしていく。
優里「冷たっ! くすぐったい!」
　早送りから、普通再生に戻り、
カビゴン「じゃあ、正面お願いします」
チョレイ「NGなしのYuri-Chanじゃないんですか?」
優里「うわ～。はい」
　優里は恥ずかしそうに胸から手を外す。
　画面上は胸にモザイク。
優里「あ～、あんまり見ないでください～」
チョレイ「大丈夫。これアートだから」
カビゴン「そうそう」
　二人は優里の正面を塗っていく。早送り。
　完成する優里。
チョレイ「完成しました。これは完全に服だね」
優里「ちょ、全然、裸じゃないですか～」
カビゴン「ちょっとモザイクじゃないとBANされる案件だね。これ」
チョレイ「確かに、めっちゃ乳首立ってるし」
優里「(胸を隠し) ぎゃあああ」

32　イベント会場脇
　停車中の車中。運転席に座る田母神。イヤホンを付けてノートPCを見ている。音は聞こえない。

　画面上にはマイルズTVが流れている。

33　マイルズTV・カラオケボックス
　曲がかかりユーチューバーのキムニー(29)がマイクを持つ。
　周りにカビゴン、チョレイ、パーカーを着た優里。
　カビゴン、チョレイが立ち上がり、
カビゴン「ちょ、トイレ」
チョレイ「俺も」
キムニー「おいっ!」
　部屋を出たカビチョレは隣の個室に入り、隠し撮りのモニターを見る。
　残されたキムニーが曲のサビに入るところで優里がパーカーを脱ぐ。
　少し気づくのに時間があった後、キム

ニーは優里を二度見した後、音程を外したサビを歌う。
別室で大ウケしているカビチョレ。

34 イベント会場脇

優里の裸同然の格好を見て、田母神は厳しい表情。
イベント関係者が近寄り、気づいた田母神が車外へ出て挨拶。

35 ファミレス（夕）

田母神と優里が向き合っている。
優里は満面の笑みで、テンション高い。
優里「本当、運が良くて、マイルズの中でも最高視聴回数だし、たった一晩で登録者こんなに増えるとは思わなかったです」
田母神「うん」
優里「コメントにYuri-Chan-Channelでもボディーペイントやって欲しいってリクエストすごいきましたよ。見ました?」
田母神「うん」
優里「え～、やった方がいいですかね?」
田母神「いや、あまりいいと思えないかな」
優里「……そうですか?……でも反響がすごくて」
田母神「そういうさ、ちょっと品がないって言うか、いや、別に面白くはあったよ。でも、優里ちゃんが少し安く見られたりとか」
田母神の難しい表情に、優里は動揺する。
優里「ごめんなさい。田母神さん、登録者増えて喜んでくれると思ったから」
田母神「……まあ、それは良かったんじゃない……でも、う～ん」
しばし無言の二人。
優里「……じゃあ、次の企画は田母神さんの納得のいくやつにしましょう。ちょっと、いくつか考えたんですけど」
優里がノートを開くと、
田母神「ごめん。これから、また会社戻らなきゃなんだ」
優里「すいません。お忙しいのに」
田母神「ちょっと、次回は参加出来ないけど、仕上げはやるからデータ送って」

36 道（夕）

歩く優里の後ろ姿、寂しそう。

37 イベント会場

イベント開催日。多くの来場者。忙しく動き回る田母神。
ふと見ると優里がイベント会場に来ている。
田母神「あれ? どうしたの?」
優里「ちょっと、見学に来ました」
田母神「あっ、本当。あ～、そうだ、仕上げ作業遅れてごめんね。ちょっと荒くなっちゃってるけど」
優里「ええ」
スタッフが田母神を呼びに来る。
田母神「あ～。ちょっと行くから、自由に見て行ってね」
優里「はい……あの」
田母神「ん?」
優里「いつも時間取らせて申し訳ないし、次回は違う人と組んで配信してみようと思うんですけど」
田母神「え?……ああ、そう」
優里「……はい」
田母神「ま、まあ……優里ちゃんのチャンネルだし……あの、別に好きにしていいと思うよ」
田母神が動揺しながらも、スタッフに促され消えて行く。

38 田母神のマンション（夜）

優里の配信を見るとリニューアルされてハイセンス。
優里自身も垢抜けてタレントっぽさが出ている。

× × ×

田母神は動揺を抑えて優里に電話。
田母神「いや、本当、びっくりした……あの、すごいオシャレだし、いや何かすごいなぁ～って」
優里の声「……そうですか。ありがとうございます（素っ気ない）」
田母神「うん……ほらっ、前に優里ちゃんがテロップの事とか言ってたの、見ると、あ～確かにってなるね。いや、すごいいいと思うよ」
優里の声「……そうですか」
田母神「え？　あ、うん……でも、個人的にはカットの切り替えが早すぎて」
優里の声「（遮り）ごめんなさい。ちょっと人と一緒なので」
田母神「ああ、ごめん。お忙しい時に。じゃあ、また」
優里が電話を切る。田母神は寂しそう。

39　ファミレス（夜）
優里がドリンクバーで飲みものを入れている。
テーブルには田母神と村上アレン（26）が向き合っている。
田母神「そうですか、それはすごいですね」
村上「はあ、まあ、後は××とか××とかのウェブデザインやムービングロゴとか作ってますね」
田母神は言っている事が分からない。
田母神「は、はぁ」
村上「まあ、でも今後は（全く分からない用語）を展開していきたいですけどね」
優里が飲み物を二つ持って戻ってくる。
優里「村上さん、熱いから気をつけてください」
村上「うん」
優里「あっ、田母神さんのも持ってくればよかったですね」
田母神の飲み物は空だ。優里は村上の横に座る。
田母神「ああ、大丈夫」
優里「ん？　それ何ですか？」
優里は田母神の横に置いてある袋を指差す。
田母神「いや、こないだ仕事でスタッフトレーナーを作ったから、ついでに頼んでみたんだけど」
田母神は袋から番組のオリジナルトレーナーを取り出す。
それを受け取る優里。若干ダサい。
優里「……あ～、なるほど」
田母神「いや、デザイナーさんがいる前で、こんなの恥ずかしいんだけど」
村上がトレーナーを見て堪えきれず笑いだす。
村上「……ごめんなさい（笑）」
田母神「ちょっと、古いかな？」
優里「……お気持ちは嬉しいんですけど……こういうの作るなら前もって教えていただけると」
無表情の優里に、田母神は焦り、
田母神「そ、そうだよね。ごめんね。驚かそうと思ったんだけど……スべったね」
優里「あの、今後なんですけど、テロップとか効果とか村上さんが用意したもので、やっていきたいんですけど」
田母神「ああ、そ、そう。こないだのやつ、良かったもんね」
優里「すいません」
田母神「いやいや」
村上が思い出し笑いで、吹き出すのを堪えてヒクヒクしている。

40　国道を走るバン
田母神が運転するバン。助手席は誰もいない。
後部座席の優里、村上、チカ（30）が盛り上がっている。

41　公園・駐車場
荷物を下ろす田母神。優里たちが運んで

いる。

田母神はジェィコブを出し、着替えようとすると、優里とチカが近寄り、
優里「あっ、田母神さん、それ今回はダンサーのチカちゃんにお願いしてもいいですか?」

田母神「え? あっ、そう……分かった」

田母神はジェィコブをチカに手渡し、重い荷物を持って移動する。

少し歩いて振り返る田母神。

車の方ではチカがジェィコブの匂いを嗅いで、
チカ「くっせー。うえぇ。ちょ、ファブリーズとかない? 激臭えーんだけど。誰だよ。これ着てた奴」

横で優里が爆笑している。

42 同・見晴らしのいい場所
ジェイコブを着たチカがキレキレの動きを見せている。
優里「チカちゃん、そういうの可愛くていいかも~」
チカ「オッケー」
ドローンカメラを準備している村上。
田母神が荷物を運ぶと、
村上「あっ、そこフレームに入るから。荷物置かないで」
田母神「あ、はい」
田母神は壁際に荷物を移動する。
村上「いや全然、むこうまで移動しないと映っちゃうから」
田母神「あ、はい。すいません」
村上「あっ、ちょ、(呼び止め)あの人も映っちゃうから、どかしてください」
村上の指差す方に、変なおじさんが奇行を繰り広げている。
田母神「あ、はい」
田母神は変なおじさんに話しかける。
× × ×
ドローンが宙を浮いている。
いつでも撮影できる状態で、村上が苛立ちながら、
村上「ちょっと、田母神さん、早くしてよ」
田母神「すいません。ちょっと待ってください」
田母神は変なおじさんに移動してもらおうと奮闘しているが、頑なに移動を拒む変なおじさん。

43 田母神のマンション・玄関前(夜)
撮影荷物を持った田母神が帰宅すると、南場が玄関前で座っている。
南場は食べていたブリトーを隠しながら近寄り、
南場「あっ、田母神さん」
田母神「ごめん。もうお金は貸せないよ」
南場「あの、そこを何とかならないですか? 俺、田母神さんしか」
田母神「本当ごめん。申し訳ない」
田母神は部屋へ消える。
残された南場。握っているブリトーからチーズが滴り床に垂れる。

44 スタジオみたいな部屋
撮影の準備中。テーブルの上に塗料やハケなどが並んでいる。
田母神と優里が話している。
田母神「いや、別に変な意味で言ってる訳じゃないんだけど……う~ん」
面倒臭そうな表情の優里。
優里「田母神さん、こういうの嫌いかもしれないですけど、反響が冷めないうちにやった方がいいって村上さんも言ってますし」
田母神「勿論、反響は分かるけど、だからって何度も裸になったり」
優里「なんか田母神さん、変な見方してません? ボディーペイントってアートですからね」
田母神「……そうかもしれないけど」
優里「ここだって借りるのにお金かかってるんですから、今更、言われても困りますし、

なんか、撮影前にそんなこと言われるとテンション下がるんですけど」
田母神「そ、そうだよね」
　優里が不機嫌そうにため息。
　村上が持ち手の長いハケを持って部屋に入ってくる。
村上「ねえ、これならどう？　背中塗れそう？」
　優里にローラーを手渡し、優里は背中にあてがう。
優里「あっ、これならいけそうです」
村上「いいね。うまくいきそうじゃん。セルフボディーペイントなんてまだ誰もやってないからね。絶対うけるでしょ」
優里「わ〜。でも、ちゃんと綺麗に出来るかな〜」
　笑顔の優里。
村上「あっ、田母神さん。そろそろ外してもらっていいですか？」
田母神「はい？」
村上「いや、優里、脱ぐから最小人数でいきたいんで、仕事ない人は外でお願いしたいんですけど」
田母神「……はい」
　部屋を出ていく田母神。
　外に出ると部屋の中から楽しそうにイチャついた優里達の声が聞こえる。

45　マンション（夜）

（スマホで撮影された縦画面の動画）
マンションの屋上の縁に立っている南場の姿。
動画の撮影者の声が入っている。
声1「え？　マジで飛び降りるんじゃね？　え？　やばくねえ？」
声2「いや、景色見てるだけじゃ」
その瞬間、南場が飛び降り地面に叩きつけられる。
声1「うおっ！　マジか！　ヤッベーっ!!」

46　葬儀場（夜）

南場の告別式。あまり人がいない質素なもの。
参列している田母神、梅川。
梅川「いや、マジで悔しいっすよ。同期なんだから、ガチで相談して欲しかったっすよ。俺、ぶっちゃけ金貸す準備してたのに」
田母神「……そうか」
梅川「ええ。田母神さん、結局いくら貸してたんすか？」
田母神「それはいいよ。プライベートな事だし」
梅川「いやいや、教えてくださいよ。モヤモヤしたまま手合わせられないっすよ」
田母神「いや、まあ、貸したのは100万くらいだけど、それより借金の保証人になってるから、それがちょっとな」
梅川「え〜。いくらっすか？」
田母神「……400くらい」
梅川「マジっすか！　保証人って自殺しても払わなきゃいけないんすか？」
田母神「まあ」
梅川「大丈夫っすか？」
田母神「どうだろう……ちょっと厳しいね」
梅川「わ〜……あ、あいつに相談した方がいいっすよ。優里。あいつ、結構稼いでるはずですよ」
田母神「え？　そうなんだ」
梅川「そうっすよ。こないだなんかテレビにも出てたし、そこまで跳ねたの田母神さんのお陰じゃないっすか。あっ、これ俺から聞いたって内緒ですけど、あいつ田母神さんの事、センスが古いって言ってましたよ。シニア向けの仕事ばかりしてるからジジ臭いんじゃないかって馬鹿にして、俺、一瞬ブチ切れかけましたよ」
　田母神がショックな表情。

47　テレアポ会社・オフィス

小綺麗でブランド物を身につけた優里が美月、沙紀と話している。

優里「本当、ここ大好きでもっと働きたかったのに。ごめんなさい。あまりに番組が人気出過ぎちゃったから、もう掛け持ちは体持たなくて～」
　美月達が内心苛立ちながらも、
美月「いや、本当すごいよ。頑張ってね」
優里「ありがとー。みんなも仕事頑張ってね」
　勝ち誇った優里。

48　ファミレス（夜）
　田母神と優里がテーブル席で話している。
優里「え？　だって田母神さん、分配金は私の好きにしていいって言いましたよね？」
田母神「あ、うん。まあ」
優里「ですよね？　だからムリです」
田母神「そ、そうか」
優里「だって、後から約束を変えろっておかしいですよね？　仕事って普通、そういうものじゃないですか？」
田母神「う～ん。まあ……あっ、じゃあ、例えば少しの期間だけでもお金を借りることとかは」
優里「いくらですか？」
田母神「取り急ぎ50万あると」
優里「ごめんなさい。ムリですね。私も色々と使う事が決まってるんで」
田母神「そうだよね。ごめん」
優里「いえいえ……あっ、田母神さんもお仕事大変ですし、これからは私たちだけで続けていこうと思います」
田母神「いや、全然手伝うよ」
優里「いえ結構です」
田母神「……ほらっ、今は繁忙期だけど来月になれば」
優里「いや、人手は足りてますし、今は村上さん筆頭に最強の布陣になってるんで」
田母神「……え？　俺いると迷惑？」
優里「迷惑って言うか……田母神さんのセンスが私達とズレがあるって言うか……いや、あの、若い子って田母神さんのセンスと少し違うんですよね」
田母神「そっか。そうだよね」
優里「すいません。今までありがとうございました」

49　優里のマンション
　優里が高価そうなマンションへ引っ越しをしている。
　引っ越し業者が荷物を運んでいる。その様子をカメラで実況している優里。

50　田母神の安アパート
　田母神が貧乏になり安アパートへ引っ越す。
　一人、荷物を運んでいる田母神。

51　Yuri-Chan-Channel・部屋撮影
優里「は～い。Yuri-Chanです。今日はなんと前々から念願だった、私の神様が来てくれています。お～い。神様～」
　画面横から村上がフレームイン。
村上「どうもデザイナーの村上アレンです」
優里「本当、村上様は神様です。実は村上さん、今日のために番組オリジナルトレーナーを作ってくれました～。じゃあ、着替えたいと思います」
　優里は服を脱ぎ出し、下着が見えそうなところで、
優里「って、ここで着替えるか～い。はい。バンっ！」
　ジャンプカットで、着替えた優里に早変わり。
優里「どうですか～。可愛くないですか～。本当、神様はセンスありますよね～」
村上「喜んでもらえたなら良かったです」
優里「いや～。本当、神だ～」
村上「いや、たまにさ、クソダサイの作る奴いるでしょ。デザインとかの知識もなく気持ちだけで作っちゃいましたみたいな」
優里「あっ、いますよね～」

52　田母神の安アパート（夜）
田母神が優里の配信を見ている。

壁には自分の作ったダサい番組トレーナーが掛かっている。

優里の声「あれ、どういうつもりで作ってるんでしょうね？　恥ずかしくないいんですかね？」

53　イベント会社・オフィス
田母神が会議をしている。

上司「いや、大変なのは分かるけど、何とか間にあわせることできないかな？」

田母神は若干苛立った様子。

田母神「いや、流石に今回は物理的に無理がある訳で、予算的にも人足増やせないんですよね？　それでこの準備期間はありえないですって！」

上司は田母神の言い方に、固まる。

田母神は我に返り、
田母神「……ちょっと、何か打開策はないか探ってみます」

54　同・廊下
田母神が外出しようとすると梅川と遭遇。
梅川「あれ？　田母神さん、昨日なんで来なかったんですか？」
田母神「ん？」
梅川「いや、優里の誕生パーティー」
田母神「……ん？」
梅川「……あっ、いや、大丈夫っす」
去っていく梅川。

55　オフィス街の道
歩いている田母神。急いだ様子のサラリーマンとぶつかり転倒。

鞄から資料が地面に散乱する。

田母神「あっ、すいません」

慌てて、資料を拾う田母神。拾いながらストレスが爆発。

田母神「ぎぃぃぃぃーーー（奇声）」

立ち去ろうとしたサラリーマンがビクッとする。

田母神「拾えーーー！　拾えって言ってんだよ！！！」

常軌を逸したキレ方の田母神。

56　道（夕）
苛立った田母神がズンズン進みながら携帯で電話をかける。
田母神「いや、だから、携帯じゃなくて、会って話したいって言ってるの……だから直接話さないと伝わらないから言ってる訳」

57　ファミレス（夜）
優里が店に入り、田母神の座るテーブルに座る。
優里「あの、本当にあまり時間ないんで」
田母神「やっぱり、おかしいよね？」
優里「はい？」
田母神「俺さ、君に今まで色々してあげたよね？」
優里「分かってます。感謝してますよ」
田母神「え？　本当分かってる？　俺、徹夜して仕上げやってたんだよ」
優里「分かってますよ」
田母神「車出してあげたり、必要な道具だって、自腹で用意してあげたよね？」
店員がやってくる。
優里「ドリンクバー追加で」
店員「ドリンクバー一つ追加で。あちらにグラスがありますので」
店員は去っていく。
田母神「そういうのって、普通、少しでも返そうとか思わない？」
優里はため息をつく。
田母神「後、これは言いたくなかったけど、ヤキトン屋が営業停止になった時、俺、示談金も払ってんだよ」
優里「え？」

田母神「俺は、君が傷ついたり、悲しんだりしないように、陰で支えてたんだよ。そういうのさ、分かってないでしょ?」
優里「……でも、あれからよく考えたら、そもそも売っちゃいけないものを出してる店の方が悪くないですか?」
田母神「は?」
優里「だって、条例を破ってるのは店の方で、知らずに食べた私って、むしろ被害者ですよね?」
田母神「すごいね」
優里「はい?」
田母神「いや、自己中なのは分かったけど、よくそこまで人の好意を踏みにじれるよね」
　優里は立ち上がり、ドリンクバーの方へ。
　田母神もぴったり後をつける。
優里「あの、私、感謝してるって言いましたよね? 田母神さんの方こそ、恩着せがましくないですか?」
田母神「は?」
優里「前に、俺は見返りを求めてる訳じゃないとか格好つけたこと言いましたよね?」
　優里はドリンクを入れる。
田母神「いや、だからって恩を仇で返すのは違うでしょ。俺は与え続けたものに対して、誠意を見せろって言ってる訳」
優里「誠意って金よこせって事なんですか? それ見返りですよね?」
田母神「違う。お互い困った時は協力し合おうって」
優里「もういいです」
　優里は財布を取り出すと、五百円を田母神に差し出し、グラスの飲み物を一口飲んで去っていく。

58　オフィス・会議室

　優里、カピゴン、チョレイ、ユーチューバーのゆぴぴが会議室にいる。
　梅川とイベントの打ち合わせ。
　　×　　×　　×
　打ち合わせを終え、帰宅するユーチューバー達。
　優里は梅川と話している。
優里「後、これ見てくださいよ」
　優里は梅川にＬＩＮＥのやりとりを見せる。
梅川「何これ?」
優里「これ、やばくないですか?」
　田母神からのＬＩＮＥをみせる優里。
梅川「言い忘れたけど温泉撮影の時の宿泊費は俺が出した……名古屋の時の新幹線代も俺が出した……線香花火一万本も……ライトの購入代……何これ? 怖え～よ」
優里「(怒り顔)超女々しくないですか?」
カピチョレ「(去りつつ)お疲れ様～」
優里「(怒り顔～笑顔)お疲れ様で～す。(怒り顔)こんな人だと思わなかった」
梅川「そういうところあるんだよ、あの人。いや、これ俺から聞いたって言わないで欲しいんだけど、田母神さん、優里ちゃんの事、媚ばっかり売ってるコバンザメみたいな女とか言っててさ～、俺、それは酷いでしょと思って一瞬ブチ切れかけたよ」
優里「(怒り顔)すごいムカつく」
ゆぴぴ「(去りつつ)お疲れ様です」
優里「(怒り顔～笑顔)お疲れ様で～す」
梅川「今度俺から説教しとくよ。まあ、俺の言うことは耳傾けるだろうし」
優里「言ってやってくださいよ」
梅川「ほらっ、俺って人の心を動かしたりするの得意じゃん。結構、今まで人の価値観とか? そういうのに影響与えてきてると思うな～。元々心理学とか好きだし、まあ、常に人を見てるからね。趣味も人間観察だったり」

59　イベント会社・駐車場

　苛立っている田母神。その横に焦り顔の梅川。
梅川「いや、違いますよ。別に説教しようって事じゃなくて」

田母神「だからお前は何を知ってるんだって！」

梅川「ちょ、そんな怒らないでくださいって～。ほらっ、いつもの神様の田母神さんはどうしたんすか～。あっ、ほらっ、神様といえば、神は見返りを求めずって言うじゃないですか」

田母神「あ?」

梅川「いや、違う、だから」

田母神「ふざけんなよ。俺は見返りを求める！　それだけの事をしたんだ。当然だろ！」

梅川「そ～っすよね。いや、確かに、あの女はちょっと変ってるって言うか」

田母神「完全に頭おかしいだろ」

梅川「確かに、俺、今度会ったらガツンと言ってやりますよ。それに知ってます?　あの女、有名ユーチューバーとやりまくってるみたいですよ」

　田母神が怒りと悔しさの表情を見せる。

60　田母神の安アパート（夜）

　覆面を被る田母神。スマホをセットして、録画ボタンを押す。

田母神「え～。初めましてＧＯＤ．Ｔです。ゴッティーとでも呼んでください。このチャンネルでは、世の中の悪を私目線で罰していきたいと考えています。まず最初に罰していきたいのは」

×　×　×

　ユーチューブを開き、『新しいチャンネル』の作成ボタンを押す。

　『チャンネル名』に『ＧＯＤ．Ｔの裁き』と打ち、作成ボタンを押す。

×　×　×

　動画をアップロードする。

61　ＧＯＤ．Ｔの裁き～部屋撮影（夜）

　覆面をした田母神が話している。

田母神「このYuri-Chan-ChannelのYuri-Chanこと、本名（ピー音）はですね。登録者かなりの数ですけど、皆さんが思ってるような人間じゃないんです。本当に酷い。これからあの女の本性を暴露していきたいと思いますので」

62　優里のマンション・外観（夜）

63　同・部屋（夜）

　優里がパソコンで『ＧＯＤ．Ｔの裁き』を見ている。

田母神の声「人のこと散々利用しておいて、その発言どう思います?　普通じゃないですよね?　本当に許しがたい。でも、言いたいことはこれだけじゃ収まらないので、これから先、どんどん配信していきたいと思います」

　優里は配信を観て激昂。

64　Yuri-Chan-Channel・部屋撮影（夜）

優里「もう本当に最低です。そういう人を陥れようとすることはやめてくださいね。ゴッティーこと、本名（ピー音）さん。いや、確かに一瞬お世話になったことはありました。でも、大した事してないですよね?　はい。それくらいの関係の人なんです。それなのにこの人、恩着せがましく付きまとって、怖いですよね～。今日は、そんなヤバイ人の為にストーカー規制法を説明したいと思いま～す。パチパチ。（本名ピー音）さん、ちゃんと勉強して下さいね～」

65　ＧＯＤ．Ｔの裁き・駐車場

　駐車場。乗用車の近くで待機している田母神。

田母神「はい、ゴッティーです。今日はYuri-Chanさんが去年配信して好評だった、一人アベンジャーズに関わるロケです」

しばらくすると茶髪の男性が現れ、車の鍵を開ける。
田母神が男性に近寄る。
田母神「あの～、すいません」
茶髪男性「はい？」
田母神「ちょっと、お伺いしたいのですが、去年のクリスマスくらいに、こちらの車って傷がついてた事ありませんでしたか？」
茶髪男性「え？　あ。はい……え？　何ですか？」
田母神「いや、実はユーチューバーのYuri-Chanという方がここで撮影した時に、御宅様の車にキャプテンアメリカの盾をぶつけてしまって」
茶髪男性「は？　キャプテンアメリカ？」
田母神「キャプテンアメリカの盾です」
茶髪男性「……ん？」
田母神「まあ、撮影の小道具ですけど、それを投げた際に車にぶつけてしまって、そのまま帰宅してしまったんですよ」
茶髪男性「はあ？　何？　何なんだよ、お前！」
田母神「すいません。私もその場にいて、彼女に謝った方がいいって何度も説得したんですけど、彼女が大丈夫って言うものでして……え？　大丈夫でした？」
茶髪男性「はぁ？　ふざけんなよ！　修理代いくらかかったと思ってんだよ」
田母神「そうですよね～。いや、彼女、この車は洗車もしてないし、別に気にしないでしょって自分勝手な事を言ってまして」
茶髪男性「何なんだよ、この野郎！　そいつ連れてこいよ」

66　Yuri-Chan-Channel・部屋撮影

優里の配信に若いアイドル二人組、リオンとレノンがゲストで来ている。
優里「Yuri-Chanです。今日は素敵なゲスト」
リオン「リオンです」
レノン「レノンです。二人合わせて」
リオン・レノン「RioLenoです」
優里「かわいい～!!　あっ、いつも曲聞いてますよ～」
レノン「ありがとうございます～。私たちもいつも観てます」
リオン「最近、すごいですよね～。ゴッティーやばくないですか？」
優里「そうそう、あっ、でも、実はゴッティーは、RioLenoのファンだって言ってましたよ」
リオン「え～!!」
レノン「怖い。怖い」
優里「スマホの待受もRioLenoだし、握手会とか来たら気をつけてね、あの人極度のロリコンだから」
レノン「ヤバ！」
リオン「本当にキモ～い」
優里「うん。キモいよね～。キモいし、臭い。あの人ワキガだし」
リオン、レノンが悲鳴を上げて騒ぐ。
優里「後、食べる時にペチャペチャ音立てる」
レノン「ヤダ～。ペチャ男！」
優里「最悪でしょ。本当生理的に無理。話す時ツバ飛ぶし、私服壊滅的にダサいし、それなのにナルシストなとこがあって送ってくるメールがポエムっぽいの」
レノン「え？　どんなのですか？」
優里「……じゃあ、昔、来たＬＩＮＥで……（スマホを見て）あっ、これこれ、映画見た感想を一方的に送ってきたやつ……確かにアカデミー賞取るだけの作品でした。一つ一つのシーンが無駄なく美しかった……ふと思ったんだけど、僕と優里ちゃんが映画だったら、今はシーンいくつなんだろう。クライマックスに差し掛かってるのかな？　どんな困難があっても、僕たちにはきっと美しいハッピーエンドが待っているよ……いやエンドはないか、いつまでも旅を続けるのだから」

リオン「うわっ、鳥肌立った」
レノン「ヤバすぎる！」
優里「いやマジで、あんたとはシーンいくつでもないから！」

67　GOD・Tの裁き・部屋撮影（夜）

田母神「今日はYuri-Chanさんに対してのバッシングについて、この場を借りて謝罪をさせて下さい。コメントでも沢山のお叱りの声がありました。深く反省しています。私は……本当はYuri-Chanさんの才能に憧れを持っていたのでしょう。どんどんと輝いていく彼女が眩しくて、恥ずかしながら嫉妬をしていたのだと思います」

68　スタジオみたいな部屋

撮影の合間。ソファーで優里と村上が『GOD・Tの裁き』を見ている。

優里はバスローブ姿で顔も髪もピンク色の塗料で塗られている。

田母神の映像「でも、それは彼女が自分自身の努力で輝いていったのだと思います。本当に彼女はすごい。そんな、Yuri-Chanさんへの今までの無礼をお赦し下さい」

深く頭を下げる田母神を見て、心が動く優里。

田母神の映像「（顔を上げ）って嘘だよ。バカ」

優里の顔が怒りに変わる。横にいる村上は笑いを堪えて震えている。

田母神の映像「いいか、お前なんか才能のかけらもない、自己中の勘違い女だからな。はい、今日はYuri-Chanの夏にやったドッキリでのヤラセを暴露していきたいと」

優里が勢いよくノートPCを閉じる。

部屋には優里の体で作った魚拓を乾かしている。

69　ライブイベント会場・会場内（夜）

優里、カビゴン、チョレイなどのトークイベント。

ステージ脇で梅川が見ている。

優里「いや、まさか自分がこの場に立つなんて夢見たいです。前のイベントでは私、客として来てたんですよ～。ちょうどあの席くらいで見てて」

ふと入口を見ると田母神の姿。

70　同・バックヤード廊下～トイレ（夜）

優里がトイレに向かおうとすると、田母神が現れる。
田母神「トーク上手になったじゃん」
優里「そうですね。色々と経験積んだんで」
田母神「（嫌味っぽく）そう。立派になって」
優里「そうですね。もう、あの頃みたいな場所にいないんで」
田母神「へ～。格好いい。やっぱ言うことが違うね～」
優里「今は違う次元で戦ってるんです。邪魔しないでもらっていいですか？」
田母神「すごいね。勘違いもそこまでいくと」
優里「私は成長してるのに、田母神さんは同じところにいる訳じゃないですか。正直、上を目指すには、そういう停滞した人って置いていくのは仕方ないと思うんですよ。だから、逆恨みしてる暇あったら、もっと自分を磨いたらどうですか？」
田母神「はあ？」
優里「後、配信、相変わらずセンスないですね。もっと勉強した方がいいですよ。あっ、今登録者何人でしたっけ？」
田母神「お前、本当クソだな。このまま済むと思ってんのかよ。おいっ」
優里はスマホを動画撮影にして田母神に向けている。
優里「はい。脅迫の証拠撮ったんで」
田母神「ちょ、何してんだよ」
田母神は慌てて顔を腕で隠す。
優里「もう、話すことないんで。お疲れ様です」

優里はトイレに入る。後を追う田母神。

女子トイレに入ってくる田母神。

田母神「待てよ。勝手に話終わらせてんじゃねーよ」

優里「信じらんない。何なんですか」

優里は急に怯えた芝居をしながら、
優里「出て行ってください。ここ女子トイレですよ」

田母神「勝手に撮ってんじゃねーよ。消せよ」

優里「やめてください。出て行ってください」

田母神が優里のスマホを掴み、もみ合う。

優里は個室に逃げ込むと、汚物入れを田母神に投げつける。

田母神にヒットした際に汚物が飛び散り、丸まった使用済みナプキンの粘着テープが髪の毛に張り付く。

ドアが開きトイレに女性が入って来る。

女性は髪にナプキンを貼り付けた田母神を見て悲鳴をあげる。

田母神は慌てて、ナプキンを剥がしトイレから出ていく。

優里は録画を停止すると平然な顔。

71 優里のマンション・前（夜）

停車したタクシーから優里が降りると、その横をバンが横切る。

バンの運転席には田母神。

田母神と優里、目が合う。

田母神の狂気の目線。優里に戦慄が走る。

72 Yuri-Chan-Channel・女子トイレ映像、部屋撮影（夜）

田母神が女子トイレに乱入した映像。田母神の顔にはモザイク。

×　×　×

部屋。優里が泣きそうな顔。
優里「本当に怖かった。色んな人に警察行った方がいいとか言われたんですけど、皆さんどう思います？　私、殺されちゃったりしないかな？　もう、外出るのも怖い」

73 公園

田母神が外で撮影をしている。
田母神「はい。ゴッティーです。今日はYuri-Chan-Channelで人気のあった目隠しフリースローの、インチキを検証していきたいと思います。まず、これ実際使った目隠しをします」
田母神は黒い目隠しをする。
田母神「そして、その場で5回周ります」
録画画面。田母神がクルクル回っていると、背後にヤバめの男がフレームイン。
男「おいっ！」
田母神「え？」
田母神は足を止めるが、男と全然違う方を向いている。
男「おいっ」
田母神は目隠しを外し、男の方を向く。
田母神「え？　あ、はい？」
男「お前、何、調子こいてんの？」
田母神「何ですか？」
男「何ですかじゃねーよ。何調子こいてんだって言ってんだよ」
田母神「はい？　いや別に調子こいてないですけど」
男「調子こいてんだろ！　あんま調子こいてると、さらうぞボケ！」
田母神「いや、あの撮影中なんですけど」
男「撮影中じゃねーんだよ。お前マジでさらわれたいの？　あ？」
しばらくヤバめ男に絡まれる田母神。

74 田母神の安アパート・玄関前（夕）

田母神が帰宅すると部屋のドアに『ゴッティーの部屋』と落書きされている。

75 同・部屋（夜）

テーブルの上には借金取りからの催促状。

田母神がパソコンで動画の下のコメント

を見ている。
誹謗中傷が並んでいる。
家を特定され住所が載っている。本名や経歴などが晒されている。

76 イベント会社・オフィス

田母神が上司のデスクの前にいる。
田母神「……え？　すいません。どういうことでしょうか？」
上司のノートパソコンには田母神の配信画面。
上司「だから、こういう事されたら困るって言ってんだよ」
田母神「いや、何度も言ってますけど、それは僕じゃなくて、ゴッティーがやってる事ですから」
上司「だ、だから、ゴッティーはお前なんだろ？」
田母神「はい！（真顔）」
上司「……お前、大丈夫か？」
田母神「大丈夫です（真顔）」
上司「……あ、あれだな。きっと激務で疲れてんだろ。しばらく休んだらどうだ？」

77 川沿いの広場（夕）

録画画面。綺麗な人気のない広場が写っている。
画面下からカビゴン、チョレイが飛び出す。
カビゴン「カビゴンです」
チョレイ「チョレイです。今日はマイルズＴＶ史上、最もヤバげな企画です」
カビゴン「ヤバげだね～」
チョレイ「ヤバイよね～。はい。今日の企画のゲストはこちら」
下から優里が飛び出す。
優里「Yuri-Chanです」
チョレイ「はい。Yuri-Chanが来たと言うことは。あれしかないでしょ」
カビゴン「ひょっとして、ゴッティー案件？」
優里「あああああ～」
耳を塞ぐ優里。
チョレイ「トラウマになってるね～。と言うことで、今回は我々、マイルズがYuri-Chan VS、ゴッティーに終止符を打つ手助けをしたいと思っています」
カビゴン・優里「（拍手）パチパチパチ～」
チョレイ「Yuri-Chanには事前にゴッティーを呼び出して頂いてます」
優里「間も無く待ち合わせの時間です。いや、どうしよ」
チョレイ「大丈夫。何かあったら僕らが助けますんで。でも一応念のためにこんなものを用意しました」
チョレイはスプレーを取り出し、優里に手渡す。
優里「はい。催涙スプレーゲットです……ん？　これ熊よけスプレーじゃないですか」
チョレイ「いや、近所のファミマに売ってたから」
優里「絶対売ってないでしょ」
カビゴン「まあ、それを使うことのないようにフォローしていきますので」
チョレイ「任せてください」
カビゴン「では、ゴッティーも到着しそうなので、一旦切ります」
カビゴンが録画ボタンを止める。
チョレイ「どうする？　一旦うちらは隠れる？」

×　×　×

茂みに隠れて実況しているカビゴン、チョレイ。
チョレイ「何か、くせーと思ったら犬のウンコあんじゃん」
カビゴン「あっ、来た、来た、来た」
チョレイ「マジで？　うわっ、やべえ」
ベンチに座る優里の元へ、覆面を付け、自撮り棒で実況しながら歩く田母神が近寄る。
チョレイ「自撮りしてる～。怖え～（爆笑）」

優里は田母神を見て、
優里「そんなんじゃ、まともに話せないですけど」
田母神「お前もどうせ、どこかで撮ってるんだろ?」
田母神は自撮りから、相手向けに録画を切り替え、優里を撮る。
優里「……もう、こういうのやめにしませんか? 結局、お金を払えばいいってことですよね? いくらですか?」
田母神「金はもういらない。俺の与えた好意と労力を返せ」
優里「は? そんなの無理だし……って言うか、それやめて下さい」
自分の顔の前にある自撮り棒のスマホを払う。
しかし、すぐに優里に向ける田母神。
田母神「ほらっ、返せよ。俺があげた善意を返せって」
優里「じゃあ、どうやって返せばいいんですか?」
田母神「まずは、その顔やめろよ」
優里は田母神を睨んでいる。
優里「じゃあ、これもやめて下さいよ」
自撮り棒を払いのける優里。
田母神「ほらっ、早く返せよ」
優里「もう意味わかんない。マジで、キモいんだけど」
隠れていたカビゴン、チョレイが、
チョレイ「ちょっと、やばそうだね。行きますか」
二人は茂みを出て、田母神の方へ近寄る。
カビゴンは田母神同様、スマホを自撮り棒に付けて、
カピゴン「ちょっと待ったー。シャキーン」
自撮り棒を伸ばす。
チョレイ「何だよ、それ。ウケる」
田母神は二人を見て、怒りの表情で優里に詰め寄る。
田母神「お前、やっぱり、そういう奴だよな!」
優里は近寄る田母神にスプレーを吹きかけるが、横風の影響でスプレーは横に来たカビゴン、チョレイを直撃。
正面の田母神は無傷。両目が激痛で苦しむカビゴン達。
チョレイ「痛ってー。ううう」
優里「あっ、ごめんなさい」
田母神は優里に近寄る。
田母神「どうしてこうなった?」
優里は地面からカビゴンの自撮り棒スマホを拾い、田母神に向ける。
優里「知らないよ! 自分が暴走始めたんでしょ!」
田母神「(カビチョレを見て)こんな中身ない奴らの仲間になって楽しいの?」
優里「は? あなたより、ずっとすごい人たちなんだけど」
田母神「登録者多いかもしれないけど、しょーもない動画垂れ流して、調子に乗ってる、ただのガキじゃねーかよ」
優里「そうやって、本当はユーチューバーの事バカにしてんでしょ?」
田母神が図星の顔。
優里「分かるよ。私たち、そういう見下されることに敏感だから」
田母神「別に、見下してる訳じゃ」
優里「どうせ、今だけチヤホヤされてるコンテンツとか思ってるんでしょ? だから適当でいいって思ってるんでしょ?」
田母神「思ってないよ」
優里「思ってる! 私たちバカみたいな内容でも真剣に、毎日頭抱えて考えて、寝る間も惜しんでやってるの」
田母神「分かってるよ。そんなの」
優里「じゃあ、人のことディスる物じゃなくて、自分の好きな物で動画作って登録者増やしてみなよ。どんだけ大変か分かるから」
田母神が鼻で笑うようにバカにする。
田母神「人を笑い者にするために呼び出して

おいて、よく言うな。これが、真剣に向き合ってる姿な訳?」

　目が開かずゾンビのようにうろつくチョレイの背中を蹴り倒す田母神。

優里「最低！　大嫌い！」

田母神「俺だって嫌いだよ。お前みたいなやつ」

優里「本当、気持ち悪い」

　自撮り棒を優里の顔の前に突き出す田母神。

　それを自分の自撮り棒で払いのける優里。

　自撮り棒で、フェンシングのようなやりとりから、鍔迫り合いを始める二人。

優里「やめてよ」

田母神「お前がやめろよ」

　夕日を浴びて美しく見える。

優里「本当、出会わなければ良かった」

田母神「……ふざけんな」

　再び自撮り棒がぶつかると、田母神のスマホが自撮り棒から外れ、地面に落ちる。

　それを拾う田母神。その隙に逃げ出す優里。

田母神「おいっ！」

　追いかける田母神。

78　道（夕）

　歩道橋から優里が走って出てくる。

　通りがかりの男性に、
優里「助けてください」

　男性は気が弱そうな雰囲気。

男性「え？」

　すぐに覆面姿の田母神が現れ、男は驚き、
男性「結構です」

優里「え？」

　男性はそそくさと逃げ出す。

　田母神は優里の腕を掴み、
田母神「お前が呼び出しておいて、勝手に終わらせんのかよ」

優里「やめてよ」

田母神「……俺はお前の成功の立役者だとは思ってないよ。でも通過点ではあったんじゃないの？」

　優里は腕を振り解き逃走。

　田母神が諦めて見送る。

79　田母神の安アパート・前の道（夕）

　苛立った田母神が帰ってくると、アパート前で覆面姿のハイパーマリオに話しかけられる。

　ハイパーマリオはスマホを田母神に向けて撮影中。

マリオ「田母神さんですよね？　これ、サイン貰ってもいいっすか？」

　マリオが色紙を田母神に差し出す。

　田母神は色紙を膝で叩き割り、部屋へ向かう。

　背後からマリオがモデルガンを連射してくる。

田母神「このやろう」

　田母神が捕まえようとするが、マリオはダッシュで逃げていく。

80　優里のマンション・部屋（夜）

　優里がパソコンを開いている。

　『ゴッティーに襲われそうに』の動画コメントをチェックしている。

　『いつまでくだらない争いをしてるの？』『昔の楽しい動画が見たい』など。

81　クラブ（夜）

　キムニーの誕生会を撮影している。

　複数のユーチューバーの中に優里がいる。

　男がシャンパンタワーに高級シャンパンを持ってくる。

男「キムニー。ハッピーバースデー」

キムニー「おーい！　やめろ！　それも請求、俺なんだろ？　勝手に祝うな」

　シャンパンを注ぐ男。

　キムニーが大袈裟に騒ぎ、周りも盛り上がっている。

　部屋の隅で優里が村上と話している。

村上はｉＰａｄを手に説明。

村上「まず、優里がゴッティーを小屋まで誘い込むじゃない。で、優里が赤いボタンをバーンって叩くとトラップ発動する感じにしたいのね。最初にオリが上からドーンって降りてきて」

優里は浮かない表情。

優里「……あのう」

村上「ん？」

優里「これって、ゴッティーじゃなきゃだめですか？」

村上「え？　何で？　自分が言ったんじゃん」

優里「あ、はい、そうなんですけど、やっぱり、違うのの方が」

村上「は？　もうオリ発注済みだし、小屋も作ってる最中なんだけど」

優里「そ、そうですよね」

村上「ああ（冷たい表情）」

優里「すいません……た、例えばオリに私が入るとか」

村上「は？」

優里「あ、いや、例えばですけど」

村上「え？　それが面白いの？」

優里「……あ、面白くないですよね」

村上「ああ、面白くないね」

優里「そ、そうですよね」

村上「うん。全く面白くない」

優里「……私がボディーペイントしてオリに入るとか……違いますよね？」

村上「違うね。え？　それにどういう意味があるの？　それの面白さを説明してみて」

優里「あ、すいません」

×　×　×

荷物置き場になっているソファーの隅に座っている優里。

キムニーが高額当選した当たり馬券を食べ始める。

それを実況しているユーチューバー。

バカみたいに盛り上がっている。

落ち込んでいる優里にユーチューバー男が近寄り、

ユーチューバー男「あははは。超もったいね～。アホだあの人。やっぱキムニーくらいになるとやる事違うよね？」

優里「え？　うん」

ユーチューバー男「あはは。ウケるわ～。マジでくだらなくね？」

優里「うん。くだらない……（小声）くだらない」

82　田母神の安アパート・部屋（夜）

田母神はスマホを見ている。

広場で優里に向けた動画。優里が憎悪の表情で睨んでいる。

動画を止め、古い動画にスクロールして再生する。

初期の冴えない優里が楽しそうに笑いかけている映像。

田母神は切ない表情。

83　寺・一角

優里と村上が撮影準備をしている。

優里の横にはお坊さんと、新しいセンスある着ぐるみを用意しているチカ。

ジェイコブの人形供養の準備。

村上「え～と、じゃあ、優里が火をつけて、お坊さんと一緒に供養するでしょ。そして上手に移動したところで、ジェンキンスが初登場って感じでいこうか」

優里「あっ、はい」

×　×　×

録画画面。

優里「ジェイコブには沢山お世話になりましたので、心を込めて供養したいと思います」

優里が火を付ける。

お坊さんが、お経を読み始めて優里が手を合わせる。

徐々に燃えていくジェイコブ。

優里が燃えていく様子を見ていると、急

に泣きそうな表情に。
優里「ごめんなさい。やっぱり、やめましょう」
優里が慌て出す。
村上「ちょっと、何やってんの、ワンテイクしか撮れないんだよ」
優里「お水。お水は？」
優里が慌てて、水をジェイコブにかける。
村上「お～い！」

84　同・長い石段
神社に続く石段。荷物を搬出する優里と村上。
優里は燃えたジェィコブを運んでいる。
村上「あまり勘違いしない方がいいよ。自分の力で人気出た人じゃないんだから」
優里「はい」
村上「結局バズったのだって、カビチョレの押しがあったのと、俺のセンスのお陰な訳じゃない。別に優里がしてることなんて、誰でも出来るからね」

85　イベント会場・会場内
有名ユーチューバーのサイン会が行われている。

優里にサインを求める列ができている。

優里はオタクっぽい男と握手。微妙な表情の優里。

次に女子中学生、ひまり（15）が握手を求める。

優里「こんにちは。お名前何さんですか～？」

ひまり「あっ、平仮名でひまりです」

優里「ひまりちゃんですね～」

宛名とサインを書き始める優里。

ひまり「あの、私、将来Yuri-Chanみたいになりたいんです」

優里「（笑）え～。そうなの～。結構大変だよ～。楽しいことばっかりじゃないよ～」

ひまり「でも、みんなを楽しませるのってすごいじゃないですか」

優里「そうだね。それはやりがいあるかな。まあ、でも、映画や音楽みたいに時代を超えて残るものじゃないし、それは少し寂しいよね」

少し虚しい表情の優里。

ひまり「……よく分からないんですけど、残るものって、そんなに偉いんですか？　私はYuri-Chanの配信が面白くて好きなんですけど、それだけじゃダメなんですか？」

優里の表情がほぐれる。

優里「……ううん。ダメじゃない……ありがと」

サインを手渡すと、ひまりは去っていく。

それを見送り満足そうな優里。次の男が来る。キャップを被った田母神だ。

田母神がゆっくり手を出す。しばし固まっていた優里は、警戒しながらゆっくりと手を出し握手。

無言でサインを書き始める優里。

田母神「……見返りはもういいや」

優里「え？」

田母神「これからも頑張って」

優里「……はい……ありがとうございます」

硬い表情のまま、サインを受け渡す。

優里から離れる田母神。次の男に笑顔を見せる優里。

急に田母神が振り返り、
田母神「あっ、これ」

優里とスタッフが警戒の色を見せる。

田母神が持っていた紙袋を優里に手渡す。

出口へ向かう田母神。

優里は次の男と握手しながら田母神を目で追う。

優里「（スタッフに）すいません。ちょっとトイレ休憩お願いします」

優里が出口へ小走りで向かう。

86　同・会場外通路
田母神を追いかける優里。

田母神は喫煙所でタバコを吸っている梅川と話している。

梅川「いや〜。俺は全然オッケーなんですけど、関係者からは出禁にしろって言われてるんで。今後は」
田母神「もう来ないって」
梅川「すいません。本当、ここの連中頭悪くて……」
優里が近寄ってくることに気づき、会話をやめる田母神たち。
優里「あの……もういいんですか?」
田母神「もういい」
優里「そうですか」
田母神「ああ」
梅川「おっ、良かった。仲直りですか? いや〜、無駄に争ってもいい事ないですから」
優里「でも……やっぱり私、あなたが嫌い」
田母神「ああ、俺も嫌いだ」
梅川「え〜。そう言わず、仲良くしましょうよ〜。ね?」
田母神は梅川を見て、
田母神「後、お前も嫌い」
梅川「え? 何すか?」
優里「私も嫌いです」
梅川「ちょ、何ですかそれ〜。冗談やめてくださいよ」
田母神「全然、冗談じゃなくて嫌いだから」
優里「はい」
梅川「な、何でですか〜?」
田母神「人の悪口を伝達する奴って一番タチが悪いよな」
梅川「え? 俺、そんな事しないですって」
優里「いつもしてます」
梅川「え? 俺が?」
田母神「そういう自覚ないところも嫌いだわ」
3人の間にしばしの、気まずい空気。
梅川「……田母神さん、辛いの分かりますけど、八つ当たりで、事実を捻じ曲げるのは良くないですよ」
田母神「……お前、もっとしっかり生きろよ」
梅川「え? それ田母神さんが言います?」
田母神「ちゃんと、自分がないと、どんどん人が離れていくぞ」
梅川「ちょっと、田母神さんに言われたくないっすよ。悪いですけど田母神さん重症ですよ」
田母神「そんな俺に言われるって、お前、末期だからな」
梅川「マジっすか? 俺、末期ですか?」
田母神「じゃあ、帰るわ」
田母神が優里に軽く頭を下げ、去っていく。
優里は声を掛けようとして、やめる。
梅川「(優里に)俺、末期なの?」
優里は去って行く田母神を見つめている。

87　**立ち飲み居酒屋・店内(夜)**

田母神が一人飲みをしている。
向かいの席のカップルが田母神に気づき、ツイッターにつぶやいている様子。

88　**同・外(夜)**

田母神が店から出てくる。
少し歩くと背後からモデルガンを連射される。
振り返ると自転車にまたがった覆面のハイパーマリオが撮影中。
田母神「おいっ!」
田母神がマリオの方へダッシュ。
自転車を走らせるマリオは焦って携帯を地面に落とし、それを拾う。
その隙に追いつき、マリオを自転車ごと地面に倒す。
マリオ「ちょ、やめてくださいよ。何ですか」
田母神「何ですかじゃねーだろ」
マリオ「やめてください。ああ、ごめんなさい」
田母神「てめー、ふざけんなよ」
マリオは自転車を放棄、ダッシュで逃げ

ていく。

田母神は自転車にまたがり追走。

89　道【OPの再現】（夜）
走るマリオ。自転草で追いかける田母神。

マリオは急に振り返り、モデルガンを連射。

田母神は躱そうとして、歩いていたカップルの女性に激突。

女性は悲鳴と共に転倒。

田母神「あっ、すいません」

カップルの男は怖い雰囲気。

男「テメー、何してんだ！　このやろう」

田母神を蹴りつける。

田母神「すいません」

女「何なの、こいつ」

道の角ではマリオが動画撮影を始める。

マリオ「（息切れ）ハイパーマリオです。ゴッティーめっちゃ、やられてんだけど。やっば」

田母神は蹴られ、女にビール瓶で頭を殴られる。

急にモデルガンの発射音で弾が男に命中。

男「痛って！」

男はキョロキョロして、マリオを発見。

男「おいっ！」

男はマリオの方へダッシュで消えていく。

その場でうずくまっている田母神。

90　田母神の安アパート・室内（夜）
洗面所で顔や頭を洗う田母神。
排水溝に血の混ざった水が吸い込まれて行く。
×　×　×
覆面を被った田母神が撮影の準備。
カメラの録画を押す。しばしの間、動かずカメラ目線。
急に覆面を外し、素顔を晒す。
立ち上がると、変な動きを始める。
不恰好なダンス。
頭から血が流れてきて、近くにあったタオルで拭き取り、再び踊り始める。

91　ＢＡＲ（夜）
イベントの打ち上げ二次会の様子。
優里やカビゴン、チョレイ、他数名がいる。
優里は帰り支度をしている。
カビゴン「え～、帰っちゃうの～。朝までいこうよ」
優里「ごめんなさい。お先に失礼します」
カビゴン「え～、後、野郎しか残ってないじゃん」
優里「いいじゃないですか男同士で」
テーブル席のチョレイがｉＰａｄを見ながら、
チョレイ「ちょ、来て、来て、来て」
優里「もうタクシー来ちゃったんですから」
チョレイ「すげーよ。これ」
爆笑しているカビチョレ。
優里、カビゴンはｉＰａｄを見る。
田母神の踊っている動画。
カビゴン「ついに狂ったー～」
チョレイ「素顔晒してるし。ヤバイでしょ。何これ」
優里が見ていると、ダンスが最初に撮影した時の振り付けと気づく。
優里は笑顔を見せる。

92　国道（夜）
タクシーが走っている。

車内の優里は田母神から貰った袋を開くと、以前作った番組トレーナーが入っている。

ダサめのトレーナーが流れる街灯の光を浴びている。

93　実景・東京の夜景（夜）

94　田母神の安アパート・部屋（夜）
田母神がパソコンで『ＧＯＤ．Ｔの裁

き』のアカウントを削除する。

95 **マンション前**

引越し屋のバイトをしている田母神。

若いバイトの男子に怒られながら働いている。

96 **空き地**

録画画面。優里が田母神から貰ったダサめのトレーナーを着ている。
横にはカビチョレ。抜けにジェンキンス。
優里「今回はですね。スーパーモデルYuri-Chanが、このレッドカーペットをパリコレのようにランウェイしたいと思いまーす」
拍手で盛り上がる。
優里「まあ、マイルズさんがいるってことは、普通のランウェイじゃないですよね?」
カビゴン「いや、普通だよ」
チョレイ「普通、普通」
優里「絶対普通じゃない。ドラゴン花火メッチャ仕込まれてるじゃないですか〜」
ドラゴン花火が並んだセット。
カビゴン「いや、それは優里ちゃんを華やかに見せる演出っていうか」
優里「これ、絶対熱いでしょ!」
チョレイ「優里ちゃんなら大丈夫。って言うか、そのトレーナー何だよ!」
優里「やっぱり気になります? ちょっとダサいですよね〜。でも、このダササが可愛くないですか?」
カビゴン「いやいや、今回必要なのはパリコレ感だから」

97 **田母神の安アパート・部屋（夜）**

田母神がテレビニュースを見ている。

優里が花火を使った挑戦をして大火傷を負ったニュース。

田母神の作ったトレーナーを着て、笑顔の優里。静止画に本名のテロップ。

誰かが撮った事故の画像。優里が火だるまになっている。

キャスター「危険な挑戦などを禁止するガイドラインが出来たにも関わらず、このような事故は後を絶ちません」

98 **病院・廊下（夜）**

手術室近くで、カビゴンとチョレイが自撮り棒を使って撮影している。
チョレイ「なんか、ゴール近くまで進んだところで、スカートに火がついて、気づいたら全身火だるまになってて」
カビゴン「いや、マジで一瞬だったよね?」
チョレイ「本当、すげーびっくりした。後、あれ、肉の焼ける匂いがすごくて」
カビゴン「ああ、すごかった。爪燃やした匂いの強烈なやつって言うか」
看護師が通りがかり、
看護師「すいません。撮影はちょっと」
チョレイ「あっ、すんません。（スマホに）ま、でも、本当、Yuri-Chanの無事祈ってます」

99 **優里のマンション・部屋**

誰もいない部屋。リビングの隅に焼け焦げたジェィコブの頭部。

100 **病院・優里の病室**

一命をとりとめた優里。

医師がガーゼを交換する。

爛れた顔。痛みに悲鳴を上げ、苦しんでいる。

画面に事故に対する世間のコメント。

『Yuri-Chanがガチ炎上!!』

『また? 自業自得』

『こういう奴がいるからYouTuberって馬鹿にされるんだよな』

『はい。Yuri-Chan終了——!』

『もっと規制をかけた方がいいでしょ』

などなど。

101 大きな公園
カビゴンとチョレイが撮影している。キムニーを噴水の中に突き落とし、私物も投げ入れ大爆笑している。

102 国道
田母神が運転する車。その表情。

103 病院・優里の病室
優里が寝ている。ふと何かの気配で目を覚ます。
ベッドサイドには、覆面姿のハイパーマリオがスマホで撮影している。
ビクッと恐怖で固まる優里。
優里「何?」
マリオ「こんにちは〜。ハイパーマリオです。どうですか? まだ痛みますか?」
優里「ちょっと、何なの?」
マリオ「あのう、火傷って、一生残ったりするんですか? あれですか? お尻の皮膚とか移植したりするんですか?」
優里「やめて」
マリオ「配信って、やめちゃうんですか? 火傷治っていく動画ってどうですか? メッチャウケそうじゃないっすか? ちょっと、包帯取って今の状態を撮らせてくださいよ」

マリオは背後の気配に振り返ると、田母神が自撮り棒スマホで撮影している。
驚くマリオ。優里は泣きそうな目をしている。
田母神は無言で撮影。自撮り棒をマリオに近づけていく。
マリオは何事もなかったように部屋を出て行こうとする。
田母神「おいおいおい」

104 同・廊下
覆面をかぶったままのマリオが早足で逃げる。
それを撮影しながら追いかける田母神。
看護師や患者が驚いた顔で見ている。

105 同・階段〜中庭
襟首を掴まれたマリオが田母神に連れられてくる。
中庭の隅で倒され、怯えるマリオ。
マリオ「ごめんなさい。本当ごめんなさい。ごめんなさい」
田母神はマリオの覆面を剥ぎ取る。
素顔を晒したマリオは気の弱そうな中学生の男子。
マリオ「勘弁してください」
田母神はマリオの顔を撮影。

田母神「これ流したら一生残るし、お前の名前や学校、全部さらされるからな」
マリオ「やめてください。もう、しません。ごめんなさい」
田母神「ダメ。絶対流す」
マリオ「本当もうしないですから、許してください」
田母神「気が向いた時に流すから、毎日ビクビクしながら過せよ」
田母神は去っていく。
その場で放心状態のマリオ。

106 同・病室
田母神がやってくる。
優里は田母神を見て俯く。
田母神「変なやつ、もう来ないから大丈夫だよ」
優里はこくりと頷く。
しばし沈黙。
田母神は三脚を立て始め、スマホをセットしている。
優里「何してるんですか?」
田母神は録画を押そうとすると、優里が顔を逸らす。
優里「やめて下さい」
しばしの間。優里が田母神を見る。見つめ合う二人。

田母神が変な指の折り方でカウントダウンの後、録画ボタンを押す。
少し力の抜けた優里。ゆっくり口を開く。
優里「……私……やっぱりあなたが嫌い」
田母神が少し悟ったような表情。

107 **同・廊下**
田母神が病室から出てくる。

108 **同・駐車場**
田母神が運転席でスマホの動画を見ている。
先ほど撮影した優里の映像。
優里「……私……やっぱりあなたが嫌い……でも……ありがと」
それを見て泣きそうになる。
もう一度リピートする。
優里「……でも……ありがと」

109 **田母神の安アパート前**
田母神がアパートに入ろうとすると、背後からマリオにビニール傘の先で刺される。
その場にうずくまる田母神。
マリオは複数傘で刺した後、田母神のポケットからスマホを奪い、逃走。
田母神は立ち上がり、
田母神「返せよ〜……また一から始めんだよ……返せって」
マリオを追うが、とっくに姿は見えない。

110 **道**
背中から出血している田母神がフラフラと歩いている。
しばらくするとポケットから自撮り棒を取り出し、伸ばして自撮りの構えをする。
しかし自撮り棒にはスマホはない。
何もない自撮り棒に向かって話しながら歩く田母神。
田母神「え〜……背中刺されて、痛いです……」
通行人が驚いた表情で固まっている。
田母神「……あ〜、痛い……うん、まだ……まだまだ……まだやれるわ……うん」
田母神が少し笑いながら、優里と踊った振り付けを踊り出す。
田母神「あ〜、今日もクソ天気いいなぁ」
（了）

こちらあみ子

森井勇佑

〈脚本家略歴〉

森井勇佑（もりい・ゆうすけ）

１９８５年兵庫県生まれ。日本映画大学映像学科を卒業後、映画学校の講師だった長崎俊一監督の『西の魔女が死んだ』（08）で演出部として映画業界に入る。以降主に大森立嗣監督をはじめ、日本映画界を牽引する監督たちの現場で助監督を務め『こちらあみ子』（２０２２）で監督デビューする。

第27回 新藤兼人賞金賞受賞

第14回ＴＡＭＡ映画賞 最優秀新進監督賞受賞

第77回 毎日映画コンクール音楽賞（青葉市子）受賞

第36回長崎映画祭 新進監督グランプリ、最優秀新人俳優賞（大沢一菜）

第52回ロッテルダム国際映画祭 Bright Future部門出品

２０２２年キネマ旬報 ベストテン第４位

第32回日本プロフェッショナル大賞 新人監督賞受賞

監督：森井勇佑

原作：今村夏子『こちらあみ子』（ちくま文庫）

製作：ハーベストフィルム エイゾーラボ アークエンタテインメント TCエンタテインメント 筑摩書房 フューレック

制作プロダクション：ハーベストフィルム エイゾーラボ

配給：アークエンタテインメント

〈スタッフ〉

企画・プロデューサー　近藤貴彦

プロデューサー　南部充俊　飯塚香織

撮影・照明　岩永洋

録音　小牧将人

美術　大原清孝

編集　早野亮

音楽　青葉市子

〈キャスト〉

あみ子　大沢一菜

お父さん・哲郎　井浦新

お母さん・さゆり　尾野真千子

1 **小学校**

チャイムが鳴り、生徒たちが各教室から一斉に出てくる。

生徒たちが廊下を次々と下校してゆく中、あみ子（11）が駆け足で来る。

あみ子「（ひとりの生徒に）のり君知らん？」
生徒Ａ「え？　知らん」
あみ子「（別の生徒に）ねぇ、のり君知らん？」
生徒Ｂ「知らんよ」
あみ子「（さらに別の生徒に）のり君は？」
生徒Ｃ「知らん知らん」

2 **小学校・校門**

生徒たちがワイワイと下校してゆく。

あみ子、ひとりで出て来る。

3 **抜けに海の見える小高い道**

下校中の小学生たちがまばらに歩いている。

歩いているあみ子、その背中。

ガードレールを木の枝でカーンカーンと叩きながら歩く。

4 **階段のある道**

階段に座って、石を積み上げているあみ子。

『ハナトルナ！』と書かれた札が花壇に何枚も刺さっている。

5 **田中家・表〜庭**

住宅街の道をあみ子が歩いて来る。

ある一軒家の門に『田中習字教室』と看板がある。

あみ子、その一軒家のガレージを通過して、玄関には入らずに、横の庭へ入ってゆく。

庭に面した窓越しに習字教室の様子が見える。

中では生徒たちが一心に習字をしている。

あみ子、その前を見つからないように、しゃがんで通り過ぎる。

6 **同・台所**

あみ子、勝手口から入って来ると、台所を物色する。

冷蔵庫を開けるが、欲しいものがない。

椅子を持って来て椅子の上に乗り、手を伸ばしたりして、いろんなところを探る。

7 **同・廊下**

ひっそりとした廊下。

トウモロコシを片手に持ったあみ子が、廊下の奥から姿を現し、抜き足差し足で歩いて来る。

襖を開け、寝室に入る。

8 **同・寝室〜習字教室**

寝室に入って来るあみ子。

あみ子、襖を少しだけ開けて、隙間から書道教室の中を覗きこむ。

あみ子の目線……一番手前に先生のさゆりの後頭部、その奥にこちら向きに正座した生徒たちが見える。

赤い絨毯が敷き詰められた十畳ほどの部屋には、小学生たちが静かに習字をしている。

生徒たちの正面には、先生のさゆりが正座して生徒の習字に朱を入れている。

さゆりは妊娠しており、お腹が大きい。

あみ子、ひとりの少年、のり君（11）に視線が釘付けになる。

あみ子「……」

あみ子、手に持っていたトウモロコシをむしりと齧る。

のり君、顔をあげる。

あみ子、目が合ったみたいになる。

のり君、手をあげる。

さゆり「はい、のり君」

のり君、書き終わった習字を掲げる。

『こめ』と書いてある。

墨が多かったのか『こめ』の端っこの墨がツーっと下へ垂れる。
あみ子のトウモロコシを握る手に力が入り、皮を食い破り、汁が床に垂れる。
と、坊主頭の少年がいきなり立ち上がり、襖を指差して叫ぶ。

坊主頭「あみ子じゃっ！」

あみ子「！」

トウモロコシが、ぼとりと床に落ちる。
生徒全員が一斉に顔をあげる。

坊主頭「先生後ろ後ろ！　あみ子が見とるっ！」

さゆり、立ち上がり襖を開けると、あみ子が突っ立っている。

あみ子「……」

さゆり、部屋を出ると、後ろ手に襖を閉め、あみ子を怖い顔で見下ろす。

さゆり「あみ子さん、あっちで宿題してなさい」

あみ子「入っとらんもんね。見とっただけじゃもん」

さゆり「いけません」

あみ子「あみ子も習字する」

さゆり「宿題終わってないのにお習字してはいけません」

あみ子「じゃあ見とく」

さゆり「いけません。ちゃんと宿題して毎日学校にも行って先生の言うことをちゃんと聞けるんだったらいいですよ。できますか？　授業中に歌を歌ったり机に落書きしたりしませんか？　ボクシングもはだしのゲンもインド人ももうしないって約束できますか？　できるんですか？　できますか？」

さゆり、早口でまくし立てると中へ入り、襖をピシャリと閉める。

9　田中家・庭

「さようならー」と習字教室の終わった生徒たちが次々と縁側から出て来て靴を履き帰ってゆく。
のり君も出て来て、しゃがんで靴を履く。
あみ子、くる。

あみ子「のりくん！」

のり君「なに」

あみ子「呼んだだけえ」

のり君、靴を履き終わり、立ち上がる。

あみ子「おがんでって」

のり君「また？」

あみ子「こっちよ」

あみ子、のり君の腕を掴み、庭の隅へ強引に連れてゆく。
庭の隅には、『トムのおはか』と『金魚のおはか』と汚い字で書かれた木の札がプランターに刺さっている。
のり君、あたりを見回して、仕方がなさそうにしゃがむ。

あみ子「なんまいだー」

のり君、黙って短く拝むと、「じゃ」と立ち上がり、さっさと帰ってゆく。
あみ子、のり君の背中を見つめる。
のり君、振り返らず庭を出てゆく。

10　メインタイトル「こちらあみ子」

11　田中家・台所〜居間（夜）

あみ子、テーブルにちょこんと座っている。

みんなの声「ハッピバースデイトゥーユー、ハッピバースデイトゥーユー〜」

火のついたロウソクをさしたケーキを持った孝太（13）、その後にさゆり、紙袋を抱えた哲郎が、歌いながら居間に入ってくる。
あみ子、立ち上がり、居間へ移動する。

全員「ハッピバースデイアあみ子さーん。ハッピバースデイトゥーユー♬おめでとーう！」

あみ子、ケーキはそっちのけで、紙袋を覗こうとする。

孝太「あみ子、火、火」

あみ子「(紙袋に) なにこれ!」
孝太「あみ子、火」
　あみ子、飛び跳ねて、紙袋の中を覗こうとする。
哲郎「ちょっと待ちんさい」
　哲郎、紙袋からプレゼントを取り出す。
哲郎「あみ子、お誕生日おめでとう」
　あみ子、プレゼントをぶんどると、包装紙をビリビリと破く。
哲郎「容赦ないのぉ、あみ子は (笑)」
あみ子「おぉ〜!」
　出てきたのは、おもちゃのトランシーバーセット。
あみ子「これで赤ちゃんとスパイごっこができる!」
哲郎「まだあるで」
　哲郎、紙袋からチョコクッキー一箱、黄色い花の鉢植え、使い捨てカメラ、と次々と出して、テーブルに並べてゆく。
哲郎「これで赤ちゃんの写真ようけ撮ってあげんさい」
あみ子「(使い捨てカメラを手に取り) 練習してええ?」
哲郎「ええよ」

×　　×　　×

　椅子に並んで座る哲郎とさゆり。

　あみ子、孝太にカメラの撮り方を教えてもらっている。

　孝太、教え終わると哲郎とさゆりの横に立って並ぶ。

　あみ子、カメラを構える。

あみ子「とるよー」

　ピースする哲郎、面白いポーズをとる孝太。

さゆり「あ、ちょっと待って。あみ子さん」

　さゆり、立ち上がり、奥に消えたかと思うと、手鏡を手に戻ってきて、元の席に座り前髪をいじり始める。

　あみ子、カメラのファインダーを覗いたまま固まっている。

　哲郎は笑顔のまま、孝太は面白いポーズのまま固まっている。

　さゆり、沈黙の中、手鏡を手に前髪をいじり続ける。

　と、突然フラッシュが焚かれる。

　あみ子、シャッターを押してしまった。

　驚いて顔をあげるさゆり。

さゆり「(哲郎に) 信じられない。あたし今、待ってって言ったわよね」

哲郎「ん?」

あみ子「今のは練習よ。次が本番。本番いくよー」

さゆり「もういいわ」

　さゆり、カメラに背を向ける。

さゆり「撮らなくていいです。あみ子さんも、う、本当に」

　哲郎、箸を持ち、キュウリの漬物に手を伸ばす。

　それを見て、孝太の顔から面白味が消える。

あみ子「とるよとるよ。みんなこっち向いてー」

　誰もカメラの方を向かない。

　さゆり、立ち上がり、あみ子からカメラを取り上げる。

さゆり「はいありがとうございます、あみ子さん」

　と、冷蔵庫の上にカメラを置き、怖い顔で炊飯器から五目ごはんをよそう。

さゆり「今日はあみ子さんの誕生日ですから、あみ子さんの好きな五目ごはんにさせてもらいましたから」

あみ子「あみ子絶対おかわりするけえね!」

×　　×　　×

　あみ子、両手で人を作って遊んでいる。

　五目ご飯はたくさん残っている。

　哲郎、見る。

哲郎「おかわりする言うたじゃろ」

あみ子「いらん、もう食えん」

　さゆり、出来立ての唐揚げを運んでくる。

　あみ子、「シッシッ」と手で払う。

さゆり「……」
　さゆり、唐揚げをテーブルに置き、無言で食べ始める。
　あみ子、さっきもらったクッキーの缶を手に取り、
あみ子「これ食べるんじゃ」
　と、中身を開けると、クッキーのチョコの部分だけぺろぺろと舐める。
　あみ子、舐めながらさゆりの顎の大きなホクロをじっと見る。
　孝太、そんなあみ子を見る。

12　同・孝太とあみ子の部屋（夜）

　2段ベッドのある部屋。

　孝太、2段ベッドの上の段で、漫画を読んでいる。

　あみ子、床に座ってクッキーのチョコの部分を舐めている。

　孝太、2段ベッドの上の段から顔を出し、あみ子を見る。

　あみ子、孝太を見るが、気にせず舐め続ける。

　孝太、しばらくあみ子を黙って見る。

あみ子「なに」

孝太「おまえ、お母さんのホクロ見過ぎじゃ」

あみ子「落ちんかね」

孝太「とにかく、あんまジロジロ見過ぎんな」

あみ子「うん」

　あみ子、舐め終わったただのクッキーを缶に戻し、新たなクッキーのチョコの部分を舐め出す。

　あみ子、立ち上がり、2段ベッドのはしごをのぼり、孝太の頭のテッペンを見ようとする。

　孝太、嫌がってよける。

　あみ子、しつこく見ようとする。

　孝太、諦めて、仕方がなさそうに、あみ子に向かって頭頂部を見せる。

　孝太のつむじの横には、十円ハゲがある。

　あみ子、満足そうに見る。

13　道

　バスに乗り遅れそうになった小学生たちが走ってバスに乗り込む。バスには乗らずにそのまま歩いてゆく小学生たちもいる。

　ランドセルを背負ったあみ子とのり君、歩いている。

あみ子「ねぇのり君、すごいんよ、黄色のやつよ、かっこいいんよ、見してあげようか。しゃべれるんよ。はなれても。なんでもしゃべれる。すごいじゃろ。のり君も使ってええんよ。あとカメラも。お母さん写した。光ってから。ねえ、トランシーバーしようね、あっ、みみず。ねぇのり君、みみず」

　のり君、黙って歩いている。

あみ子「のりくん！」

　と、のり君の正面に先回りして、顔を覗き込む。

　のり君、あみ子を無視して通り過ぎる。

　2人の前方から自転車に乗ったおばさんが「おかえりなさーい」と通りかかる。

のり君「ただいま帰りました」

　と、のり君、礼儀正しく頭を下げる。

あみ子「（誇らしげに見て）えへん」

　と、咳払いする。

　のり君、無視して川へ続く階段を降りてゆく。

　階段の下では男子たちが小石で水切りして遊んでいる。

　のり君、中段に座り込むと、ランドセルから本を取り出して読み始める。

　あみ子、のり君より下に降りて、のり君の正面に回る。

　と、ランドセルからクッキーの缶を取り出す。

あみ子「これ食べんさい」

のり君「なにこれ」

あみ子「しゃべったー」

のり君「なにこれって聞いとんよ」
あみ子「チョコ。昨日もらったやつよ」
のり君「誕生日のやつ？」
あみ子「うん。あげるわ。食べんさい」
のり君「いらん。こんなん持って帰ったらお母さんに怒られる」
あみ子「じゃあ今食べんさい」
のり君「いまぁ？」
　のり君、缶を受け取ると、開ける。
　ただのクッキーが並んでいる。
のり君「チョコじゃないじゃん」
あみ子「食べんさい」
　のり君、訝しがりながらもクッキーを食べる。
のり君「（モグモグしながら）どこがチョコなん。チョコじゃないじゃんか。これクッキーじゃんか」
あみ子「おいしいじゃろ」
のり君「普通。しけっとる」
　とか言いながら、次のクッキーを食べるのり君。
あみ子「全部食べんさい」
　あみ子、嬉しそうにのり君を見つめる。

×　×　×

　住宅街の道。

　空っぽのクッキーの缶を抱えたあみ子が、地団駄のような変なスキップで帰っていく。


（F・O）

14　田中家・庭

　雨が降っている。

　庭の隅のプランターの『トムのおはか』と『金魚のおはか』。

15　同・居間～玄関

　ソファーで、大きなお腹を抱えて汗だくで唸っているさゆり。

　孝太とあみ子、何もできずに突っ立っている。

　哲郎、電話していたが、切って戻ってくる。

哲郎「救急車だめじゃ。車で行こう。孝太手伝って」

　哲郎と孝太、さゆりを両脇から支え、玄関へ向かう。

　あみ子、慌てて先回りして、ドアを開けに行く。

　「かさ、かさ」と傘を開いてやろうとするが上手く開けず、孝太に「じゃまじゃ」と、どかせられる。

　あみ子、ようやく傘が開けた。

16　同・居間

　窓に打ち付ける滝のような雨。
　それを見ているあみ子。
　テレビを見ている孝太。
あみ子「もう生まれたかねえ」
孝太「わからんよ」
あみ子「いつ生まれるんかねえ」
孝太「わからんって」

17　同・孝太とあみ子の部屋

　孝太、勉強机で宿題している。
　と、突然襖が開き、トランシーバーを持ったあみ子が立っている。
あみ子「練習したい」
孝太「……？」

18　同・階段下

　片方のトランシーバーを持った孝太、階段をどかどかと駆け下りて来る。
孝太「（上に向かって）ええぞーっ！」

19　同・孝太とあみ子の部屋

あみ子「（下に向かって）はいよー」
　もう片方のトランシーバーを持ったあみ子、スイッチを押す。
あみ子「おーとーせよ、おーとーせよ」
　トランシーバーに耳を近づけ、返事を待つ。が、返事ない。

あみ子「おーとーせよ。こちらあみ子、こちらあみ子。おーとーせよ」
トランシーバーからはザーザーと雑音がするだけ。
あみ子「おーとーせよ、おーとーせよ、あれ？　おーとーせよ……、もしもーし！」
と、下から哲郎と孝太の喋る声が聞こえて来る。
あみ子「……！」
あみ子、部屋を飛び出す。

20　同・階段～玄関

あみ子、ドタドタと階段を駆け下りて来る。
あみ子「おかえり！　赤ちゃん産まれたん！」
がちゃん、と玄関の戸が閉まる。
玄関には孝太だけが、ひっそりと立っている。
あみ子「お父さんは、どこ」
孝太「病院戻った」
あみ子「赤ちゃんは」
孝太「おらん」
あみ子「どこにおるん」
孝太「どこにもおらん」
孝太、あみ子の横を通り過ぎて階段をあがってゆく。
あみ子の手のトランシーバーが、ピーギャーピーギャーやかましい。

21　田中家・表（数日後）

強烈な太陽の光。

雨傘をさしたあみ子、玄関の前で、汗だくで立っている。

顎から滴る汗が、地面で小さな水溜りを作っている。

それを見て、汗の狙いを定めて垂らすあみ子。

と、車の音がして、あみ子見る。

哲郎の車が走って来る。

車はガレージに駐車する。

あみ子、じっと見ている。

車から哲郎とさゆりが降りて来る。

さゆりのお腹はぺしゃんこになっている。

あみ子「おかえり」

さゆり「ただいま」

哲郎「ただいま」

さゆり、あみ子の前まで来てしゃがむ。

さゆり「待っててくれたの」

あみ子「うん」

さゆり、あみ子の汗で濡れた頬を拭う。

さゆり「びっちょり」

と、微笑む。

あみ子「……」

あみ子、さゆりのホクロがとても小さくなっているのをじっと見る。

哲郎「さ、はよ入ろう、熱中症になる」

さゆり、あみ子の手を繋ぎ、家の中に入っていく。

22　同・廊下～寝室

廊下をあみ子がジュースとお菓子を載せたお盆を持って来る。

さゆり、布団に横になっている。

ノックの音。

さゆり「はぁい…」

お盆を持ったあみ子が扉を開けて中に入ってくる。

あみ子「お菓子とジュースよ」

さゆり「ありがとう、あみ子さん…」

お盆をさゆりの枕元に置くと、あみ子、さゆりを黙ってじっと見る。

さゆり「……ん？」

あみ子「これ見て」

と、ポケットから輪ゴムを取り出し、指と指の間を輪ゴムが瞬間移動する手品を見せる。

さゆり「わぁ、すごい」

得意そうなあみ子。

23　同・居間（夜）

並んで立つあみ子とさゆり一礼する。

哲郎と孝太、拍手する。

あみ子とさゆり、輪ゴムをポケットから取り出して、輪ゴムが指と指の間を瞬間移動する手品を見せる。

「おぉ〜!」と歓声をあげ拍手する哲郎と孝太。

哲郎「すごいのぉ! あみ子とお母さんで親子マジシャンになれるのぉ!」

笑顔のさゆり、片手をあげる。

あみ子、戸惑う。

孝太「あみ子、ぱちんじゃ、ぱちんっ」

あみ子「あぁ(わかった)」

あみ子、片手をあげ、ハイタッチする。

ぱちん、と鳴る手と手。

24 商店

孝太、商品の棚を見ていると、話し声が聞こえてくるのでそっちを覗く。

あみ子の前に近所のおばさんが立っている。

おばさん「残念じゃったね、元気だすんよ」

あみ子「そうよ、ほんまにがっかりしたよ」

棚の向こうで、2人の会話を聞いていた孝太、近づいてきてあみ子に「行くで」と言う。

おばさん「孝太くんも、元気だすんよ」

孝太「ええ、まぁ、はい……失礼します…」

孝太、礼をして、あみ子を連れて歩いてゆく。

おばさん、心配そうに2人を見る。

25 道

自転車に乗った孝太の後ろに、あみ子が背中を向けて乗って2人乗りしている。

と、突然孝太が自転車を止め、路地へ隠れる。

通りを孝太の同級生たちが歩いてゆく。

あみ子「もうおらんよ、見てくる」

と、通りへ走ってゆく。

孝太「まてっ、まだ早い」

あみ子、通りへ出て来ると、孝太の同級生たちに囲まれる。

同級生A「でた妹じゃ。こうちゃんの妹じゃ」

同級生B「あみ子じゃろ」

同級生C「給食手で食うんじゃろ」

けらけら笑う同級生たち。

「あ、こうちゃんおる」「なに隠れよるん」と同級生たちが口々に言う。

物陰で黙ってうつむいている孝太。

(F・O)

26 田中家・庭(9月)

さゆり、歩いて来る。
さゆり「あみ子さーん」
庭でジョーロで水やりをしていたあみ子、振り返る。
さゆり「お散歩に行こうか」
あみ子「うん」

27 ひっそりとした公園

地面で四つ葉のクローバーを探しているさゆりとあみ子。
さゆり「あった!」
あみ子、近づいて見る。
あみ子「ちがうじゃん、これ3つ葉」
さゆり「あれ」
また探し始める2人。

× × ×

さゆりとあみ子、ベンチに座ってお弁当を食べている。
さゆり「あみ子さん、ありがとう」
あみ子「なにが」
さゆり「あみ子さんは優しいね。孝太さんも優しいね。お父さんも、みんな」
あみ子「そうかねえ。やさしいかねえ」
さゆり「みんな優しくて、お母さん嬉しいわ」
あみ子「ふぅん。やさしいんかねえ」
さゆり「このお箸、孝太さんにもらったのよ。これでうまいもの食って早よう元気になってくれんといけんよって。孝太さんに貰ったお箸を使って、あみ子さんと一緒に作ったお弁当を食べて、お母さんほんとに嬉しいわ」
あみ子「ふぅん」
さゆり「ねぇあみ子さん、帰ったらお父さんに天ぷら作ってあげようか」
あみ子「うん」
さゆり「お手伝いしてくれるかな」
あみ子「うん」
あみ子、見ると、地面をバッタが飛んでいる。
あみ子、立ち上がり、バッタを追いかける。
さゆり「なに?」
あみ子「バッタ」
さゆり「そろそろ教室もスタートさせようかな」
あみ子「え!　させようや!」
さゆり、微笑む。
あみ子「見てもいい?」
さゆり「あら、あみ子さんも一緒にお習字するのよ」
あみ子「えっ」
さゆり「いくらお母さんでも手加減しないからね。覚悟しといてね」
あみ子、呆然として、さゆりの顎の下を見ると、ホクロが元の大きさに戻っている。
あみ子「……」

28　小学校・廊下~5年1組の教室

あみ子、廊下をバタバタ走ってきて、教室の廊下に面した窓から身を乗り出す。

あみ子「おーい、おーい。今日から習字の教室はじまるよー。そこのきみー!」

坊主頭、「あみ子じゃ!」と立ち上がり指差す。

教師「こらっまた田中さん、あなたいい加減にしなさいよ。帰りの会の途中でしょうが」

あみ子、のり君に向かって、投げキッスする。

坊主頭「あっ!　投げキッスした!　今見たか!」

のり君、俯いている。

坊主頭「キスじゃ!　うわっ、またしたっ!　のり君にした!　のり君なんなん、あみ子が恋人なん!」

のり君、首をぶんぶん横に振り、何か言葉にならない声で喚く。

坊主頭「知っとるかー!　あみ子の好きな男子はのり君なんじゃ!　あみ子はのり君と結婚したいんじゃ!」

男子たちが「ヒューヒュー!」とか囃し立てる。

坊主頭「おえー。き、も、ち、わ、る!」

女子の気の強いのが「やめろや男子!」と怒って周りの女子たちも「そうじゃそうじゃ!」と加勢して、男子「なんじゃ、お前らものり君が好きなんか!」女子「はあ?　うっさいんじゃ!」とどんどん騒がしくなる。

教師「やめなさい!　静かにしなさい!」

しっちゃかめっちゃかになる教室。

29　道

あみ子とのり君、無言で歩いている。
のり君はキャップ帽を深く被り、表情が見えない。
のり君「ぼく今日習字の日じゃないんじゃけど」
あみ子「しゃべったー」
のり君「ねえ」
あみ子「うん知っとるよ。今日から習字の教室始まるよって言っただけじゃん。いけん?」
のり君「待たんでもええじゃろ」
あみ子「今日はのり君に字書いてもらうんじゃけえ」
のり君「なんでぼくが字書くん。意味不明」
あみ子「なんでか教えてあげようか」

のり君「いい」
あみ子「教えてあげよう」
のり君「いい」
　のり君、電信柱に正面からぶつかる。
のり君「イタッ！」
　あみ子、ケラケラ大笑いする。
のり君「（ムッとして）言っとくけど、ぼくお母さんからたのまれとるだけじゃけえね。孝太君の妹は変な子じゃけどいじめたりしちゃいけんよって。なんか変なことしようとしたら注意してあげるんよって。じゃけえ一緒に帰ってあげとんじゃ。ほんまはばりいや」
　あみ子、笑っている。
のり君「ねぇ、なにがおもしろいん。なんなん。先生の赤ちゃんだめだったんじゃろ。笑っとる場合じゃないじゃろ」
あみ子「赤ちゃんだめじゃないもん。生まれてきたもん。あーおもしろ」
のり君「うそじゃ」
あみ子「生まれてきたけど死んどった」
のり君「それは生まれてきたって言わん」
あみ子「ねぇ、字書いてやあ」
のり君「じゃけえ今日習字の日じゃないって言っとるじゃろうが」
　あみ子、ランドセルから木の札とマジックペンを取り出す。
あみ子「これに書いて」
　木の札の裏には『ハナトルナ！』と書いてある。
のり君「それ横田さんちのやつじゃ。ちょっと。ほんまになにしよるん。横田さんちのひとが怒るわ」
あみ子「これに、弟のおはかって書いて」
のり君「ばかじゃろう」
あみ子「弟死んどったけえね。おはか作りたいんよ」
のり君「ばかじゃ。あっち行けや」
　のり君、歩き出す。
　あみ子、追いかける。
あみ子「たのむ。のり君、たのむ」
のり君「いやじゃ」
あみ子「たのむたのむたのむ。一生のお願いよ」
のり君「もうしつこい」
あみ子「お母さんのお祝いなんよ」
のり君「え、お祝い？　田中先生の？」
　のり君、足を止める。

30　田中家・台所（夕）

　さゆり、夕飯の支度をしている。
　あみ子、来る。
あみ子「ねえねえ、見せたいものがあるんじゃけど」
さゆり「（にっこり笑って）なんじゃろう」
あみ子「ちょっと外来て」
さゆり「外？　外行くなら、火とめなくちゃ」
　さゆり、ガスコンロの火を止めると、あみ子に引っ張られてゆく。

31　同・廊下〜庭（夕）

　あみ子がさゆりを引っ張ってくる。
さゆり「あみ子さん、そういえば今日赤い部屋に来なかったわね。どこか行ってたの？」
あみ子「ちょっとね」
さゆり「もうお習字いやになったのかと思った」
あみ子「ぜんぜん、明日は習字するよ」
　つっかけを履いて、庭に降りる2人。
あみ子「これこれ」
　と、庭の隅っこを指差す。
さゆり「なぁに」
　さゆり、あみ子の指差す先を、腰を屈めて見つめる。
　『トムのおはか』と『金魚のおはか』の横に、『弟の墓』と立派な字で書かれた札が刺さっている。
　中腰になったまま動かないさゆりの後ろで、あみ子は吹けない口笛をシューシュー吹く。
あみ子「きれいじゃろ」

さゆり「……」
あみ子「ねぇきれいじゃろ」
さゆり「……」
さゆり、あみ子に背を向けたままその場にしゃがみこむ。
あみ子「手作りよ。死体は入っとらんけどね」
さゆり、やがて大きな声をあげて泣き出す。
あみ子「……」
孝太、泣き声を聞きつけ、家から飛び出して来る。
孝太「どうしたん」
あみ子「わからん、いきなり泣き出した」
孝太「なんで、なにこれ…」
あみ子「それ、おはか」
孝太「……なにこれ」
あみ子「のり君に書いてもらった」
哲郎、「ただいまー」と庭をのぞく。
孝太、『弟の墓』を引き抜き、哲郎に駆け寄る。
孝太「こんなもんが、こんないたずらが」
哲郎、無言でさゆりに近づき、立たせようとするがやめて、両脇の下に手を差し入れて引きずって家の中へ運び込む。
哲郎「……」
無言で立ち尽くす孝太とあみ子。

32 同・居間（夜）

あみ子、テレビを見ている。
インターホンがピンポンと鳴る。
哲郎、寝室から出て来て玄関へ向かう。
あみ子、テレビを消音にする。
玄関から話声が聞こえて来る。
哲郎の声「そんなこちらこそ…」
大人の男の声「本当にすみません…」
哲郎の声「子供のいたずらですから…」
あみ子、じっと聞いている。

33 小学校・校門

小学生たちが登校している。

34 同・廊下

小学生たちが登校する中、ランドセルを背負ったあみ子、歩いて来る。
と、正面からのり君があみ子に向かって早足で歩いてくる。
あみ子、何か言おうと口を開きかけた。
と、のり君、あみ子の腹を思いっきり蹴った。
お隣のおばさんが、窓からこちらを覗いている。
孝太、睨む。
窓をぴしゃりと閉めるおばさん。
あみ子「イタッ！」
登校して来た生徒たち、ぎょっと立ち止まり見る。
のり君、赤く充血した目であみ子を睨む。
のり君「お前のせいで叱られた」
のり君、踵を返して、自分の教室へ入っていく。
あみ子、突っ立っている。
周りの生徒たち、普通に歩き始める。

35 田中家・玄関〜居間（夕）

居間で新聞を読んでいる哲郎。
玄関から、あみ子が入ってくると、鼻をくんくん嗅ぎ出す。
あみ子、居間に入ってくる。
哲郎、あみ子を見る。
あみ子「お父さん、これなんのにおい？」
哲郎「ん？」
あみ子「へんなにおいがする」
哲郎「孝太がたばこ吸いよるんじゃろ」
あみ子「えーっ！」
あみ子、居間を飛び出し、階段を駆け上がってゆく。

36 同・孝太とあみ子の部屋（夕）

襖を開けて飛び込んで来るあみ子。
雑誌を読んでいた孝太の胸ぐらを両手で

掴み詰め寄る。

あみ子「たばこ吸いよるん？　ねえ、たばこ吸いよるん？」

孝太「うっさい！」

孝太、あみ子を突き飛ばす。

あみ子「吸いよるんじゃろ！　お父さん言っとったもん！　におい！」

孝太、さらにあみ子を廊下まで突き飛ばす。

あみ子「いたーっ！」

孝太「うっさいんじゃおまえは。死ね！」

と、襖を閉める。

あみ子「うそじゃろー。おわった。不良じゃ。（階段の下へ向かって）お父さん！　ちょっとお父さん！」

哲郎、「あんまり大騒ぎしなさんな」と言いながら、階段をあがってくる。

哲郎、扉を開けて部屋の中を見る。

哲郎「火の始末にだけは十分気をつけんさい」

と、扉を閉める。

あみ子「それだけ？　お父さんそれだけ？」

哲郎、階段を降りてゆく。

あみ子「お父さん！」

と、扉が開き、孝太があみ子のおもちゃや布団等を廊下にどんどん放り投げる。

あみ子、それを呆然と見る。

37　同・習字教室

生徒が3人くらいしかいない習字教室。

さゆり、前の席で、うつらうつらしている。

生徒Aの声「田中先生また寝とる」

生徒Bの声「やる気ないね」

あみ子、襖の隙間から習字教室を覗いている。

生徒Aと生徒B、携帯ゲームをしだす。

のり君、ひとり静かに習字している。

と、突然、縁側から孝太が土足のままドカドカと上がり込んで来る。

生徒AとB、ビクッとして携帯ゲームを隠す。

孝太、さゆりの前に立つ。

孝太「金」

さゆり「……え？」

孝太「金」

さゆり、力なく首を横に振る。

孝太、さゆりの席の上に置かれていた月謝袋を鷲掴みにする。

あみ子、「いけん！」と襖を開け飛び出してきて、孝太の足にしがみつく。

あみ子「それのり君の！　ほかのやつにして！」

微妙な表情の生徒AとB。

のり君、習字セットを片付け始める。

孝太、あみ子を振り払う。

のり君の前でひっくり返るあみ子。

孝太、縁側から出て行く。

あみ子「あーあ（のり君を見る）」

のり君、習字セットを片付け終わると、立ち上がり、教室を出てゆく。

38　同・表

先輩の不良が跨るバイクの後ろに乗る孝太。

けたたましい音を立てて、数台のバイク達が蛇行運転しながら走りさってゆく。

習字セットを手に提げたのり君、出て来て、帰ってゆく。

生徒AとBも出て来て、帰ってゆく。

（F・O）

39　中学校・トイレ（2年後・6月）

ぶかぶかの制服を着たあみ子（13）、女子生徒たちに取り囲まれている。
湿気が高く、皆じっとり汗が滲んでいる。
女子生徒たち、順番にあみ子の脛を蹴りだす。
女子A「いい音がする」
女子B「ほんまじゃ」
女子C「木魚みたいじゃの」

順番にあみ子の脛を蹴ってゆく女子生徒たち。
と、そこへ女子Ｄがトイレのドアを勢いよく開けて入って来る。
女子Ｄ「ストップ！　それ田中先輩の妹だって！」
女子たち「えっ」
女子生徒たち、固まる。
女子Ａ「ごめんね、違うんよ。知らんかったんよ」
女子Ｂ「全然似てないんですね」
女子Ｃ「田中先輩に言わんといてね」
と、あっという間に走り去ってゆく女子生徒たち。
去ってゆく後ろ姿をじっと見るあみ子。

40　同・教室

髪型が変わってかっこよくなったのり君（13）が、男女数人の輪の中で喋っている。
のり君「それでさぁ、俺さぁ、昔田中先輩と習字…」
女子Ｅ「こっち見おるよ」
教室の後ろの掲示板の前で、のり君をじっと見ているあみ子。
あみ子「のり君」
のり君「（話を変えて）昨日のあれ見た？」
あみ子を無視して、再び盛り上がるのり君たちの輪。
あみ子、習字を見上げる。
真っ黒に日焼けした坊主頭の少年が通りかかる。
あみ子「ねぇ、のり君のどれ？」
坊主頭「は？」
あみ子「のり君の」
坊主頭、掲示板をざっと眺め、のり君の習字を見つけるとパチンと指で弾く。
あみ子「（見て）すごいね」
坊主頭「なにが。どこが」
あみ子「すごいじゃん」
坊主頭「ようわからん」
あみ子「きれいじゃん」
坊主頭「おまえ字汚いもんのう」
あみ子「うん」
坊主頭「ちなみにじゃけど、こっちがわしの」
と、自分の習字を指で弾く。
あみ子、ちょっと見るが、すぐにのり君の習字に目線を戻す。

41　田中家・居間〜玄関（夜）

かなり散らかった居間。
洗濯物などが山積みになっている。
テレビを見ているあみ子。
玄関でドアが開く音がする。
あみ子、玄関へ向かう。
玄関では、スーパーの袋を持った哲郎とさゆりが靴を脱いでいる。
あみ子「おかえり」
哲郎「ただいま」
さゆり、あみ子を見ると避けるように寝室へ向かう。
あみ子、振り返ってさゆりの背中を見る。
哲郎「晩御飯にしようか」
あみ子「（哲郎に振り返り）うん」

42　同・居間（夜）

哲郎とあみ子、スーパーの惣菜を２人でもそもそ食べている。
あみ子「なぁあとでオセロしようや」
哲郎「孝太としんさい」
あみ子「おらんじゃろ」
哲郎「今日はおらんか」
あみ子「いっつもおらんよ」
哲郎「ほうか？　お父さんこの前見たぞ」
あみ子「見ない。ずっとね」
哲郎「ほうか？　変じゃのう」
遠くに暴走族のバイクの爆音が聞こえる。
あみ子と哲郎、箸を止めて音を聞く。

43　同・あみ子と孝太の部屋（夜）

誰もしばらく掃除をしていないひどく散らかった部屋。

あみ子、ひとりでオセロをしている。

と、ベランダの方から、ポクポク、サササ、ぼぶぼぶぼぶ……と謎の変な音が聞こえてくる。

あみ子「……」

あみ子、気のせいかと、オセロを再開しようとするが、また変な音が聞こえて来る。

あみ子「……」

あみ子、恐る恐る立ち上がり、カーテンが開けっぱなしになっている窓を開け、首を伸ばし、ベランダを覗く。

狭いベランダには、空の植木鉢が隅に寄せられて並べられているだけ。

あみ子、窓を閉め、カーテンも閉める。

オセロを再開する。

と、また変な音が聞こえて来る。

あみ子、押入れの襖を開け、中に入ると、オセロを再開する。

44 同・居間（朝）

食卓で、さゆりが机に突っ伏している。

縛られていない髪が、つむじからどくどく溢れ出すように方々へ広がっている。

その前に立っているあみ子。

あみ子「変な音聞こえるんじゃけど」

さゆり、反応はない。

あみ子「ねぇ、誰もおらんのに変な音聞こえるんじゃけど」

さゆり、反応はない。

45 同・洗面所（朝）

哲郎、鏡に向かって電動歯ブラシで歯を磨いている。

あみ子「ベランダから変な音聞こえるんじゃけど」

哲郎「ほうか」

あみ子「うん。昨日テレビでやっとったけど。もしかしたらなんかの霊かもしれん」

哲郎「ほうか。こわいのう」

あみ子「うん、霊が乗り移った男の人が」

哲郎「こわいこわい」

46 中学校・運動場

体育教師が笛を吹き、全力疾走する女子生徒たち。

１００メートル走の体力測定をしている。

あみ子も列の中にいる。

と、どこからともなく、ポクポク、サササ……と例の変な音がしてくる。

あみ子、隣に並んでいた女子生徒の肩をガシッとつかむ。

女子生徒「え？」

あみ子「聞こえるじゃろ」

女子生徒「は？」

あみ子「しーっ、ほら。ね。この音よ」

女子生徒「……（眉間にしわを寄せ）キモッ」

女子生徒、あみ子の手を振りほどき、スタートの姿勢をとると、あみ子もスタートの姿勢とる。

と、また変な音が聞こえて来る。

あみ子「！」

ピッ！ と笛が鳴り、女子生徒、勢いよく走ってゆく。

あみ子、全然違う方向に走ってゆく。

体育教師「こら、田中！」

あみ子、音から逃げ回る。

47 田中家・哲郎とさゆりの寝室（夜）

さゆり、布団の中で壁に向かって横になっている。

風呂上がりの哲郎、あぐらをかいて、タオルで頭を拭いている。

と、頭から毛布をかぶったあみ子が襖を開けて入って来る。

あみ子「今日からここで寝るけえね」

哲郎「なんで」

あみ子「前から言っとるじゃろ。霊がおるんよ」

哲郎「幽霊はあみ子の気のせいじゃ。テレビの見過ぎなんじゃ」

あみ子「気のせいじゃない。弟の霊かもしれんよ」

　哲郎、頭をこする手を止め、あみ子を見る。

あみ子「ほら昔、弟死んだじゃん」

　哲郎、立ち上がる。

あみ子「弟、たぶんまだ成仏できてないんよ」

　哲郎、さゆりを見る。

　さゆり、壁を向いたまま動かない。

　哲郎、あみ子を見ると、ゆっくりと近づき、あみ子の鎖骨あたりをトン、と押す。

あみ子「お父さん？」

　哲郎、さらに何度かトン、トン、と押して、あみ子を廊下に追い出すと、ゆっくりと襖を閉めた。

48 中学校・教室

　休み時間。教室の中は騒がしい。
　あみ子、ぼんやりしている。
　あみ子の髪の毛は油っぽく、制服もしわくちゃで全体的に小汚い。
　隣の席の坊主頭があみ子を見る。
坊主頭「おい」
　あみ子、反応ない。
坊主頭「おい」
　あみ子、反応ない。
　坊主頭、あみ子の椅子をガンと蹴る。
あみ子「！」
坊主頭「はっきり言うけど、おまえくせえよ」
あみ子「……？？」
坊主頭「おまえ風呂入っとらんじゃろ」
　あみ子、少し考えて、首を縦に振る。
坊主頭「なんで入らんのじゃ。家に風呂ないんか？」
あみ子「ある」
坊主頭「じゃあ入れるじゃろ。入れよ。周りが迷惑しとる事ちょっとは考えぇや。ちなみにわしが一番迷惑しとるんじゃけどのう。風の方向がわしに向かっとるもん。ほれ見ろ、わかるじゃろ。風の通り道もろに直撃しとんよ」
　と、坊主頭、窓の方を指差す。
　あみ子、振り返り見ると、カーテンが風にそよそよ揺れている。
坊主頭「なぁお前ってなんなん。全然学校こんし、来たと思ったらくさいし。なぁ、おい、わかっとん？　お前の兄貴はもう退学になったんぞ。その意味わかっとんか？」
あみ子「アニキ？」
坊主頭「ばか、いままではお前の兄貴にビビってみんな遠慮しとったけど、兄貴おらんくなったらお前なんか指でプチってやられて終わりなんよ、わかるじゃろ」
あみ子「ああ」
坊主頭「あぁじゃない。殺されるかもしれんて言うとんじゃ、いやじゃろう」
あみ子「あぁいやじゃね」
坊主頭「ほんならせめて風呂入れや」
あみ子「うん」
坊主頭「ほんでなんで裸足なんじゃ。上履きは？　いやその前に靴下は」
　あみ子の足元は裸足。
あみ子「上履きはなかった。靴下は家にある」
坊主頭「ほー、それで足踏まれてみ。ばり痛いで、泣くで。踏んじゃろうか。えーい、うそうそ。画鋲踏んづけたらどうなるじゃろ。よし実験じゃ。試しにやってみ、今ここで。うそじゃって。ははは、ばーか。でもええのう。なんか自由の象徴じゃのう。ま、いじめの象徴でもあるけどの」
　あみ子、坊主頭をじっと見ている。
あみ子「ベランダに幽霊おるんじゃけど」
坊主頭「はい？」
あみ子「もうずっと前からよ。誰もおらんのに、変な音が聞こえるんよ」

坊主頭「どんな」
あみ子「もうほんまにしんどいよ。うるさいし」
坊主頭「じゃけぇ、どんな音?」
あみ子「えっと、コツコツ、パサ、グルルウ、クウクウ、パササ、ぼぶぼぶぼぶぼぶぼぶぼぶ」
坊主頭「うるさいやめろ。ていうか今気づいたけど、おまえのプリントなにそれ。その漢字」
　と、あみ子のプリントを取り上げる。
坊主頭「この漢字。私っていう漢字に送り仮名はいらん。しをつけたら、読むときわたしになるじゃろ。朝っていう字も左側が車になっとる。こわい」
　と、パチンパチンと指でプリントをはじきながら指摘する。
坊主頭「字が汚いのも謎じゃ。かあちゃん習字の先生なのに。あ、関係ないか。おまえ習ってなかったもんね。教室に入ったらキレられとったもんね」
あみ子「そう」
坊主頭「まあありゃわしにも責任があるんじゃ。今じゃけぇ言えるけど、実は友達と競争しとったんよ。どっちが先におまえの姿を発見できるか。先にあみ子じゃーって叫んだ方が勝ちで、百円もらえる。習字教室に限らんけどな、学校でも、どこでも」
あみ子「ふぅん、そうなん」
坊主頭「叫びすぎたかもな」
あみ子「あんた習字の生徒だったん」
坊主頭「知らんかったんか。じゃけぇわし字うまいじゃろうが」
　と、自分のプリントをあみ子に見せるが字は汚い。
坊主頭「ほんでベランダっちゅうのは、おまえん家の、柿とか洗濯物が干してあったあのベランダか? それとも反対側の、狭いほうのベランダか?」
あみ子「なに」
坊主頭「幽霊のことじゃ。幽霊がおるんじゃろ」
あみ子「なにが」
坊主頭「殺すぞ。おまえさっき言うたじゃろうが。ベランダに」
あみ子「あ、そうなんよ。ベランダからね、誰もおらんのに変な音聞こえるんよ。パサパサパサ、コッ」
坊主頭「聞いた。霊のしわざじゃ」
あみ子「じゃろ? どうする」
坊主頭「知るかっ」
　チャイムが鳴る。

×　×　×

誰もいない。しんと静まり返った教室。
あみ子、ひとりでポツンと座っている。
立ち上がり、教室から出てゆく。

49　同・誰もいない長い廊下

あみ子、教室から出て来る。
誰もいない長い廊下。
あみ子、廊下を裸足で歩いていく。
ペッタピッタペッタピッタペッタピッタ
…と、足の裏から音がする。
それが次第にリズムを刻み出しはじめる。
ペッタピッタペッタピッタペッタピッタ
…♬
あみ子、呟くように小声で歌い始める。
あみ子「おばけなんてないさ、おばけなんてうそさ、ねぼけたひとが、みまちがえたのさ。だけどちょっとだけどちょっとぼくだってこわいな。おばけなんてないさ、おばけなんてうそさ」

×　×　×

音楽室。
バッハの幽霊が、オルガンを弾いている。
モーツアルトの幽霊がそれを見て優雅にミルクティーを飲んでいる。
周りの生徒たちは普通に掃除をしている。

×　×　×

校長室。
歴代の校長先生の写真が並んでいる。

途中から人物の部分がすっぽり抜けている。

執務する現校長の前を、歴代の校長たちの幽霊が歩いてゆく。

× × ×

トイレの個室からトイレの花子さんが出て来る。

× × ×

花壇の土からミイラが出てくる。

50 同・校庭

あみ子の後ろに、幽霊たちが行列をなして歩いて来る。

あみ子「ほんとにおばけが、でてきたらどうしよう、れいぞうこにいれて、かちかちにしちゃお」

下校している生徒たちは誰も気づかない。

51 河川敷・大きな木の下

ピクニックしているあみ子と幽霊たち。
あみ子「だけどちょっとだけどちょっと、ぼくだってこわいな。おばけなんてないさ、おばけなんてうそさ」

52 同・運動場

ゲートボールをしているあみ子と幽霊たち。

53 川

ボート3艘を漕ぐあみ子と幽霊たち。

あみ子「だけどこどもなら、ともだちになろう。あくしゅをしてから、おやつをたべよう。だけどちょっとだけどちょっとぼくだってこわいな。おばけなんてないさ、おばけなんてうそさ」

どんどん漕いでゆく。

ボートは湾へ向かって行く。

54 田中家・孝太とあみ子の部屋（夜）

あみ子、窓の方をじっと見ている。

変な音が鳴っている。

あみ子「おばけなんてないさ、おばけなんてうそさ！」

と、歌って黙り、窓を見つめるあみ子。

変な音が止んでいる。

だがまた鳴り出す。

あみ子「おばけなんてないさ！」

確認するあみ子。音、やんでいる。だがまた鳴り出す。

あみ子「（早口で）おばけなんてないさ、おばけなんてうそさ！」

襖を開けて、顔を出す哲郎。

哲郎「もうちょい静かに歌いんさい。お母さん寝とるんじゃけ」

と、言って襖を閉める。

あみ子、小さい声で歌う。

あみ子「（小さい声）だけどちょっとだけどちょっとぼくだってこわいな……」

外から暴走族のバイクの走る音が聞こえて来る。

エンジン音は、どんどん激しくなってゆく……！

あみ子「（絶叫）おばけなんてないさっ！おばけなんてうそさっ！」

「あみ子っ！」と1階から怒鳴る哲郎。

布団に飛び込むあみ子。

ぽくぽくささ……、と変な音が聞こえて来る。


（F・O）

55 田中家・台所（春）

担任の教師の園田と哲郎とあみ子が三者面談している。

園田は勝手口のところに座り、座布団を敷いて哲郎とあみ子が地べたに座っている。

饅頭が入った皿が床に置かれている。

哲郎「（小声で）すみません、こんなところで」

園田「（小声で）いえいえ、奥様のお体の具合はいかがですか」

哲郎「（小声で）まぁ、いったりきたりといった感じですかねぇ」
あみ子「（饅頭食べながら普通の声で）先生聞いて、お母さん一日中寝とるんよ。全然やる気ないけえね」
哲郎「（無視して小声で）入院すると少しよくなって戻ってくるんですが、精神的なものですんで、環境によってまた悪化したりといった具合なんです」
あみ子「ちょっとちょっと入院って誰が。お母さんじゃないよね」
園田「（小声で）そうですか、それは大変なことで…」

56　同・門前

「じゃあ田中、また明日学校でな」と園田出て行く。
哲郎とあみ子、見送る。
あみ子「ねぇちょっと、入院って誰が」
哲郎「お母さん」
あみ子「今も？　今も入院しとる？」
哲郎「今は家におる」
あみ子「あ、そうなん。今はおるんじゃ。あー、びっくりした」

57　同・居間

うどんを食べている哲郎。
あみ子は食パンを食べている。
あみ子「ねえ、お母さんにご飯作ってって言ってみようや」
哲郎「あみ子」
あみ子「ん？」
哲郎「引っ越しするか」
あみ子「エッ」
哲郎、うどんの汁をすする。
あみ子、食パンの白いところを大きくちぎって、咀嚼する。
哲郎を見る。
咀嚼する。
ごくんとパンを飲み込む。
あみ子「わかった！　離婚するんじゃろう」
哲郎「ん？」
あみ子「……離婚じゃ（呆然）」
哲郎、うどんの汁をすする。

58　同・孝太とあみ子の部屋

ピンクのカラーボックスと、段ボール箱が一箱ずつ、部屋の真ん中に置かれている。

哲郎、セミの抜け殻の入った瓶を手に取り、段ボール箱に入れる。

あみ子「それはいる」

と、段ボール箱から出して、カラーボックスに入れる。

哲郎、落ちている使い捨てカメラを手に取る。

哲郎「これはまだ使えるのう」

と、カラーボックスに入れる。

あみ子「こんなんいらんよ」

と、カラーボックスから取り出し、段ボール箱に投げ入れる。

哲郎「フィルム残っとるじゃろ。まだ使えるで」

あみ子「いらん」

哲郎「もったいないことしんさんな。一枚しか撮ってないじゃろ。あと二十三枚も残っとる」

哲郎、段ボール箱からカメラを取り出し、カラーボックスに入れる。

あみ子「いらんって言っとるじゃろ！」

あみ子、カラーボックスからカメラを取り出すと、段ボール箱めがけて投げつける。

哲郎「……」

哲郎、落ちていたトランシーバーを手に取ると、段ボール箱に入れようとする。

あみ子、突進してきて、トランシーバーをもぎ取る。

あみ子「これはいる」

あみ子、あたりをキョロキョロ見回して、
あみ子「もう一個どこ。もう一個さがして」

あみ子、段ボール箱に頭を突っ込んで、かきまわす。
あみ子「ない、ないじゃん。もう一個あるはずなんじゃけど。絶対二個あったもん。弟とスパイごっこしようと思っとったんじゃけえ。そうよ絶対二個あったよ。ない。あっ、隠した？　お父さん隠したじゃろう」
ゴツン、という音がする。
あみ子、驚いて哲郎を見る。
哲郎が畳の上に握ったこぶしを振り降ろしている。
哲郎「弟じゃない」
あみ子「……」
哲郎、静かに立ち上がり、部屋を出て行こうとする。
あみ子「弟よ」
哲郎、立ち止まる。
あみ子「絶対に弟よ。死んだ時に成仏できんかったんよ。今も、そうじゃ、お父さん、お父さんにも聞かせてあげよう。この部屋霊の声が聞こえるんよ」
あみ子、哲郎を引っ張って、窓のそばに連れて行こうとするがビクともしない。
あみ子「きて、こっち。ほんまなんよ信じて。黙って、静かにして静かにして、うそじゃないんじゃ絶対聞こえるんじゃけえ！」
哲郎「……」
あみ子「お願い、静かにして！」
哲郎、振り返り、あみ子を見る。
哲郎「妹じゃ、女の子じゃった」
あみ子、動きを止める。
あみ子「なにが。女の子？　女の子の霊？」
哲郎「霊じゃない。あみ子。今、お父さんは、霊の話は、しとらんよ」
あみ子「……」
哲郎「人間じゃ。女の子の、赤ちゃんじゃ」
あみ子「赤ちゃん？」
哲郎「わからんじゃろう」
あみ子「それって」
哲郎「あみ子にはわからんよ」
哲郎、部屋を出て行く。
あみ子、呆然と立っている。

59　**中学校・教室**

数学のテスト中。みなカリカリと用紙に向かっている。
あみ子、頬杖をついて鼻歌を歌っている。
誰かが小さい声で「うっさい」と言う。
園田先生「田中、外でうたえ」
あみ子、席を立つ。

60　**同・保健室**

保健の先生の宮本照子が机に向かっている。
扉を開け、あみ子が入って来る。
照子「おうあみ子、また来たか」
あみ子「おう」
照子「あみ子の音痴な歌は聞き飽きたで」
あみ子「先生マイク貸して」
照子「ここはあんた専用のカラオケルームか」
と、ぼやきながらも、椅子をすいーっと動かし、棚からおもちゃのマイクを取り出し、あみ子に渡す。
あみ子「（大きく息を吸い込み歌う）おばけなんてなーいさー、おばけなんてうーそさー、ねーぼけーたひーとがみまちがーえたーのさー！（声を落として）だけどちょっとだけどちょっとぼーくだってこわいな（急にでかい声で）おばけなんてなーいさ！　おばけなんてうそさ！」
照子「鼓膜破れる」
あみ子「ほんとにおばけが、でてきたらどうし」
照子「待て」
あみ子、歌うのをやめる。
照子「どうした、入りんさい」
入り口に青い顔をしたのり君が立っている。
あみ子「のり君」

のり君、あみ子を見ない。

照子「どうした」

のり君「朝から具合悪くて保健室で休ませてもらおうと思ったんですけど、やっぱいいです。教室戻ります」

照子「真っ青じゃんか。ちょっとだけでも休んでいきんさい。あみ子、静かにできるよな」

あみ子「できる。のり君おいで。ジュース飲む?」

のり君、それには返事せずにふらつきながら入って来ると、ぐったりとソファーに座る。

照子「しんどそうじゃのう。テスト勉強で寝不足か?」

のり君、わずかに首を縦に動かす。

あみ子、冷蔵庫からジュースを取り出し、マグカップに注ぐと、のり君の前に「どうぞ」と差し出す。

のり君、ぐったり俯いており反応がない。

あみ子「(照子に)なんか甘いものないん」

照子「甘いもの? あー」

照子、机の引き出しの中から、クッキーの箱を取り出し、あみ子に渡す。

照子「(のり君に)食欲なんかないじゃろうけど、もし腹が減ったら食べんさい。あみ子、ひとりじめしちゃいけんよ」

あみ子「あーっ、これ知っとる。食べたことある。先生もこれ好きなん」

照子「おう。うまいよな」

チャイムが鳴る。

廊下が生徒たちでざわつき始める。

照子「早退するか? それともベッドで寝とくか?」

のり君「……早退します」

照子「わかった。ちょっとご自宅に連絡してくる」

と、保健室を出て行く照子。

保健室はあみ子とのり君の2人っきりになる。

あみ子、クッキーの箱をのり君の前の低いテーブルに置く。

あみ子「のり君いる?」

のり君、俯いている。

あみ子、手持ち無沙汰で、のり君の背後に回ると、壁に貼られている視力検査の張り紙を見る。

あみ子「(片目を塞ぎ)みぎ、ひだり、ひだり、した、わかりません(張り紙に近づく)あ、みぎじゃ」

と、のり君の背中を見る。

のり君、動かない。

あみ子、のり君に近づき、肩についている糸くずをつまむ。

あみ子「糸、ついとったよ」

のり君「……」

あみ子「のり君、おはよう」

のり君「……」

あみ子、のり君の正面のソファーに向き合う形で座る。

沈黙。

あみ子、テーブルのクッキーの箱を開け、ひとつ包みを手に取ると開封し、ぽりぽり食べる。

あみ子「あーおいしい」

あみ子、食べ終わると、次のクッキーに手を伸ばし、次は噛まずにチョコの部分だけ舐める。

沈黙の中、舐め続けるあみ子。

あみ子「あ、これ食べたことある」

あみ子、立ち上がり、俯いているのり君に近づき、肩を揺さぶる。

あみ子「のり君、起きて。これのり君が好きなお菓子じゃ。ほら、見てみんさい。好きじゃろ」

のり君、反応しない。

あみ子、揺さぶり、叩き、大声で話しかける。

あみ子「昔学校から帰るときのり君にあげたじゃろう。誕生日にもらったチョコ。ほら、のり君が全部食べたやつよ」

のり君、反応がない。
あみ子、ソファーに座り、舐め終わったクッキーをテーブルの上に置くと、新しいクッキーの包みを手に取る。
静かな保健室に、カサカサと包みを開封する音が響く。
あみ子、クッキーを口へ運ぼうとする。
と、のり君、ザバッといきなり凄い速さで顔をあげる。
のり君「クッキーじゃろ…」
のり君、テーブルの上のクッキーを見る。
チョコがなくなっているただのクッキー。
のり君「あれは……」
のり君、さらに何か言おうと口を開きかけた。
と、その瞬間、あみ子が立ち上がり、叫んだ。
あみ子「好きじゃ！」
のり君「殺す」
あみ子「好きじゃ！」
のり君「殺す」
あみ子「好きじゃ！」
のり君「殺す」
あみ子「好きじゃ！」
のり君「殺す」
あみ子「好きじゃ！　好きじゃ！　好きじゃ！　す」
のり君、ローテーブルに足をかけ、あみ子を殴る。

61　同・保健室前の廊下

廊下の奥の方で、生徒たちが楽しそうにふざけあっている。

保健室から出て来るのり君。

殴った方の拳を片方の手で隠して、歩いてゆく。

62　同・保健室

しんと静かな保健室。

鼻と口の周りが血まみれになったあみ子、のっそりと起き上がる。

63　階段のある道

血まみれのあみ子、階段を降りてくる。

正面から日傘をさした女性が階段をあがってくる。

すれ違った後、女性振り返り小さい声で「だいじょうぶ？」と声をかけるが、あみ子は聞こえていないのかそのまま降りてゆく。

64　田中家・表（夕）

仕事帰りの哲郎が帰って来る。

65　同・玄関（夕）

哲郎、戸を開け、固まる。

赤黒いティッシュを口にくわえたあみ子が、玄関の上り口に腰掛けている。

哲郎、青ざめる。

あみ子、哲郎を見る。

66　病院・表〜ロビー（薄暮）

あみ子を抱きかかえた哲郎が、慌ててロビーに駆け込んでゆく。

哲郎の肩の上で揺さぶられ、ぼんやりしてるあみ子。

67　喫茶店（8年前・回想・夏）

顎の大きなホクロ。
あみ子（5）と孝太（7）と哲郎とさゆりが席に座っている。
さゆり「好きな食べ物はなんですか？」
孝太「肉」
あみ子、さゆりのホクロを見つめて固まっている。
さゆり「あみ子さんは？」
あみ子「エッ」
さゆり「好きな食べ物はなんですか？」
あみ子「……にく」
さゆり「孝太さんはお肉、あみ子さんもお肉……」

と、メモ帳に書く。
哲郎「さゆりさんの料理はうまいんで」
孝太、あみ子の足を蹴る。
あみ子「痛ッ！　けったね」
孝太、無視する。

68　道（8年前・回想・夏）

あみ子と孝太、歩いている。
あみ子「ほくろおばけじゃ」
前を歩いていた孝太、立ち止まり、振り返り、あみ子をじーっと見る。
あみ子「ん？」
孝太、頭を屈めて頭頂部をあみ子に見せる。
孝太「おれのハゲ」
あみ子、見ると、つむじの横に十円ハゲがある。
孝太「あみ子から見ておれはなんじゃ？　あにきか、それともはげか」
あみ子「あにきじゃ」
孝太「ほうじゃ。じゃああみ子から見てお父さんはなんじゃ。父親か、それともメガネか」
あみ子「ちちおやじゃ」
孝太「ほうじゃ。それじゃあさっき会ったあのひとはなんじゃ。母親か、それともホクロか」
あみ子「おかーさんじゃっ」
孝太「ほうじゃ。そういうことじゃ」
あみ子「あっ。あれと同じ大きさじゃった」と、木になっている実を指差して言う。
孝太、深いため息をつく。
あみ子、木になった実をジャンプして取ろうとする。
が、届かない。
孝太もジャンプして実を取ろうとする。
2人してぴょんぴょんぴょんぴょん飛び跳ねる。
孝太、「どりゃっ！」と大きなジャンプをして実をむしりとる。
孝太「ほら、食え。甘いで」
あみ子、実を食べると「すっぱいすっぱい」と飛び跳ねる。
それがやがて、変なスキップになる。
孝太「なんじゃそりゃ」
あみ子「スキップ」
孝太「あみ子のは地団駄じゃ」

69　病院・診察室

鼻に大きなガーゼを貼られているあみ子、ベッドに寝かされている。
医者に説明を受けている哲郎。
医者「鼻が折れてます」
哲郎「……転んだ拍子にどこかの角にぶつけたんだと思います。あとで本人に聞いてみます」

70　同・走る車の中（夜）

ゆっくり流れてゆく車窓から見える夜の国道。
運転している哲郎。
後部座席のあみ子。
あみ子「（モゴモゴと）……痛い、入院したい」
あみ子の言葉は呻き声のようになっている。
あみ子「（モゴモゴと）お父さん、入院したい」
哲郎「しゃべらんとき」
あみ子「（モゴモゴと）ねえ、お母さんは入院したんじゃろ。あみ子も入院してええじゃろ」
哲郎「しゃべらんとき」
あみ子「（モゴモゴと）ずるいよ。お母さんばっか」
哲郎「……」
車窓からは、夜の街がゆっくり流れていく。

71　田中家・元書道教室の部屋（朝）

赤い絨毯が敷き詰められた部屋の真ん中

に、布団がぽつんと敷いてあり、さゆりが眠っている。

72　同・洗面台（朝）

鼻の筋に大きなガーゼを貼られているあみ子が鏡で自分を見ている。

おもしろいのか、ニヤニヤしている。

73　同・孝太とあみ子の部屋

綺麗に片付いた部屋。

あみ子、カラーボックスに最後のガラクタを入れて、蓋をする。

あみ子、あぐらをかいて座る。

と、窓の外から、また変な音が聞こえて来る。

ポクポク、サササ、ぼくぼくぼくぼくぼく……。

あみ子「……」

あみ子、手を伸ばして、傍に置いてあるカラーボックスを引き寄せる。

手を突っ込んでトランシーバーを取り出す。

スイッチを入れるが電池が切れていて、うんともすんとも言わない。

あみ子、おもむろにトランシーバーを口に近づける。

あみ子「応答せよ。応答せよ。こちらあみ子」

　返事はない。

あみ子「応答せよ、応答せよ、こちらあみ子、こちらあみ子、応答せよ」

　返事はない。

あみ子「もしもし、聞こえとる？　あみ子じゃけど」

　あみ子はひとりでしゃべりだした。

あみ子「お父さんとお母さんが離婚することになったよ。あみ子はお父さんと引っ越すけえ、もうすぐこの家からおらんくなるわ。ご近所さんともさよならじゃ。のり君ともさよならじゃ。のり君はね、泣いたけえね。こないだ。泣いたんよ。これ言うなって言われたけえ、誰にも言っとらんけどね」

　返事はない。

あみ子「あのねえ、妹だったんと。弟じゃなかったんと。なんで誰も教えてくれんかったんじゃろう。いっつもあみ子に秘密にするね。絶対みんな秘密にするよね」

　返事はない。

あみ子「あー霊がおるよ今も霊おるよもうだめじゃ」

　「は？」とどこかから声が聞こえる。

あみ子「（反応して）幽霊がね、おるんよ、ベランダのところにね」

　返事はない。

あみ子「応答せよ。応答せよ。こちらあみ子。応答せよ、応答せよ、こちらあみ子。応答せよ」

　沈黙。

あみ子「どうしよう。こわいこわい。こわいよ。こわいこわいこわいこわいこわいっ。こわいんじゃこわいんじゃ助けてにいちゃん！」

そのときバシン！と鋭い音を立てて、襖が勢い良く開く。

あみ子、驚いて振り返る。

ライオンの鬣のような神々しい金髪をたくわえた孝太（15）が、入り口に仁王立ちしている。

あみ子「（呆然）」

孝太、あみ子の横を大股でずかずかと通り過ぎてゆく。

窓を勢い良く開くと、狭いベランダに出る。

あたりを見回すと、ベランダの隅に置いてある植木鉢をがしゃんがしゃんと蹴り上げる。

と、その時、バサバサ！と一羽の鳥が空へ飛び立つ。

あみ子「あ！」

　鳥は一瞬で見えなくなり、羽根が辺りに舞っている。

こちらあみ子

あみ子、おそるおそる四つん這いで窓に近づいてゆくと、顔を出してベランダの孝太の立っている方を見る。

転がった植木鉢のかげに、何か見える。

あみ子、四つんばいで更に近づく。

植木鉢のかげには鳥の巣があり、真ん中には卵がひとつ乗っている。

あみ子「わぁ」

あみ子、巣に手を伸ばす。

あみ子「こわくないよ、安心しんさい」

伸ばすあみ子の手の横から、孝太の手が伸びてきて、巣を鷲掴みにするとつぎの瞬間「どりゃあっ！」と空へ向かってぶん投げた。

あみ子「あっ！」

巣と卵は空中ではらはらと分解して、地面に落下してゆく。

あみ子、落下した方ではなく、空中を見続ける。

孝太、落下した行方を目視すると、部屋に戻り、そのまま階段を降りてゆく。

あみ子、いつまでも空中を見つめている。

バイクの爆音が聞こえてきて、遠のいてゆく。

×　　×　　×

庭の木の枝、卵が割れずに枝に挟まっている。

74　中学校・教室

廊下を走って来る坊主頭。
教室に入る。
教室では、あみ子がひとりで後ろの掲示板に習字が貼り出されているのを見ている。
坊主頭「わっ！……なんじゃ、お前か。幽霊かと思ったじゃろが…」
あみ子、坊主頭を見る。
坊主頭、自分の机から忘れ物を取り出し、カバンに入れる。
坊主頭「なにしとんじゃお前」
あみ子「のり君のどれ」
坊主頭「は？　またか」
坊主頭、探して、パチンと指で弾いてやる。
『金鳳花』と書かれてある。
坊主頭「おまえって、毎度毎度のり君のどれって聞いて来るのう」
あみ子「うん」
坊主頭「一途なやつじゃのう」
あみ子「なんて読むん」
坊主頭「キンポウゲ」
あみ子「エー、変なの。それって苗字?」
坊主頭、あみ子をエッという表情で見る。
坊主頭「おい、鷲尾のことか。なんて読むんって、まさか鷲尾のことか」
あみ子「わしおって」
坊主頭「おまえの大好きなのり君じゃんか」
あみ子「きんぽんげんは」
坊主頭「ばか、キンポウゲはこの字。花の名前じゃ」
あみ子、習字を見る。
『一年三組　鷲尾　佳範』と書いてある。
あみ子「なんて読むん」
坊主頭「わしおよしのり」
あみ子「わしおよしのり」
坊主頭「ちなみにじゃけど、こっちがわしの名前。読めるか？　読めるよな、な」
あみ子、チラと坊主頭の習字を見るが、すぐにのり君の名前の字に目線を戻し「わしおよしのり」と繰り返す。
坊主頭「お前引っ越すんじゃろ」
あみ子「うん」
坊主頭「どこに」
あみ子「ばあちゃんち」
坊主頭「遠いんか」
あみ子「うん」
坊主頭「ほうか」
あみ子「うん」
沈黙。
坊主頭「しっかしお前ともほんまに長い付き合いじゃったけど、これでやっとバラバラじゃのう」
あみ子「あんたはあれじゃね。さてはあみ子をよく知っとるひとじゃね」
坊主頭「なんじゃそりゃ。おまえだってわしのこと知っとるじゃろ」
あみ子「知らん」
坊主頭「殺す」
　と言って、笑った。
　あみ子も笑った。
坊主頭「まぁおまえは鷲尾しか見えてないもんの。あいつにどんだけ気持ち悪がられても懲りんかった。小学校のときからずっと。すげぇね。あっぱれあっぱれ」
　と、あみ子の肩をぽんぽん叩いた。
あみ子「気持ち悪かったかね」
　坊主頭、一瞬黙る。
　だが、すぐに笑顔に戻り、
坊主頭「気持ち悪いっていうか、しつこかったんじゃないか」
あみ子「どこが気持ち悪かったかね」
坊主頭「おまえの気持ち悪いとこ？　百億個くらいあるでー」
あみ子「うん。どこ」
坊主頭「百億個？　いちから教えて欲しいか？　それとも紙に書いて表つくるか？」
あみ子「いちから教えて欲しい。気持ち悪いんじゃろ。どこが」
坊主頭「どこがって、そりゃあ」
あみ子「うん」
　坊主頭の顔がふいに固く引き締まった。
あみ子「教えて欲しい」
坊主頭「そりゃ」
あみ子「……」
坊主頭「そりゃ、わしだけの秘密じゃ」
　あみ子、坊主頭の目をじっと見つめる。
　だが何も言葉が出てこない。
坊主頭「引っ越しても忘れんなよう」
　と、あみ子の肩を小突き、教室を出てゆく。
　あみ子、坊主頭の背中が見えなくなっても、ずっと見ていた。
（F・O）

75　山道を哲郎の車が走る

長いトンネルを抜けると、あたり一面の緑。

76　喜久子の家・表

山に囲まれた古い家。
表には、哲郎の車が停まっている。

77　同・中

あみ子、走ってきて、部屋をひとつひとつ見て回っている。
　カラーボックスを抱えた哲郎が後ろをついてくる。
あみ子「お父さん、ここあみ子の部屋にしてええ？」
哲郎「ばあちゃんに聞いてみんさい」
あみ子「（廊下の奥に向かって）ばあちゃん、ここあみ子の部屋にしてええ？」
喜久子「ええですよ」
あみ子「お父さんの部屋は？」
哲郎「ん？　うん」
　哲郎、部屋に入る。
あみ子、哲郎をじっと見ている。
×　×　×
夕方。
夕飯を食べている哲郎とあみ子と喜久子。
あみ子「これうまい」
喜久子「絹さやよ、好きか、あみちゃん」
あみ子「うん」
喜久子「珍しい子。裏の畑でようけ取れるけえ、毎日食べれるわいねえ」
あみ子「なぁごはん食べたらトランプしようや」
喜久子「トランプ？　ええよ」
　嬉しそうにご飯をかきこむあみ子。
　静かにごはんを食べる哲郎。
×　×　×
夜になっている。

あみ子と哲郎と喜久子がトランプしている。
楽しそうなあみ子。
あみ子「ばあちゃんの負けじゃ！」
喜久子「もうわからんよ」
哲郎、笑っている。
あみ子「もっかい、もっかい」
喜久子「もうええわ、ばあちゃんは」
あみ子「じゃあお父さんとあみ子でやろう、もっかいだけ、もっかいだけじゃけ」
哲郎、トランプを静かに置く。
あみ子「お父さん、もっかいだけ、もっかいだけ」
哲郎「……」
あみ子「ええじゃろ、まぜて」
哲郎、動かない。
あみ子、ひとりでトランプを混ぜる。
あみ子「もっかいしたら終わりじゃけえ」
哲郎「あみ子」
あみ子「ちゃんと混ぜて」
哲郎「あみ子」
あみ子、哲郎の前と自分の前に一枚ずつトランプを配ってゆく。
沈黙の中、トランプだけが淡々と配られる。
哲郎「お父さん、もう帰らんといけんのんじゃ」
あみ子「帰るって？」
哲郎「家」
あみ子、トランプを配り終わると、哲郎をじっと見る。
あみ子「……」
哲郎「家に帰らんといけん」
あみ子「……」
哲郎「あみ子はここで、ばあちゃんと2人で暮らす」
あみ子「……」
哲郎「ええな、あみ子」
あみ子「……」

78　同・表（夜）

哲郎、車に乗り込む。

喜久子とあみ子、玄関前で見送る。

車、走り出す。

あみ子、じっと見ている。

車、見えなくなる。

79　同・寝室〜庭（早朝）

空は青白くなっている。

あみ子、布団の上であぐらをかいて、窓の外を見ている。

隣には、喜久子が布団の中で眠っている。

あみ子、徐に立ち上がり、窓を開ける。

裸足のまま庭に降りる。

土の感触が気持ち良い。

その場で何度も足踏みするあみ子。

やがてスキップをしだす。

まるで地団駄のような不恰好なスキップ。

80　喜久子の家の前の坂道（早朝）

あみ子、スキップのまま庭から出て来る。

そのまま、スキップで、坂道をくだってゆく。

81　田舎道（早朝）

あみ子、スキップでゆく。

82　田舎道を抜けると海（早朝）

あみ子、スキップしてくる。

田舎道を抜けると、海があり、小さな砂浜がある。

あみ子、砂浜に降りてゆく。

波打ち際まで来る。

バシャバシャと水を蹴る。

あみ子、それに飽きると、海をぼんやりと見つめる。

と、海に、ボート3艘に乗った幽霊たちが見える。

モーツアルトやバッハや校長先生たちや花子さんやミイラが、おいでおいで、と手招きしている。

あみ子「……」

　あみ子、手を振る。

　ボートの幽霊たち、残念そうに「そうかそうか」と頷くと、手を振って海の先へボートを漕いでゆく。

　あみ子、手を振る。

　ボートの幽霊たち、見えなくなる。

　あみ子、いつまでも手を振る。

　釣りセットを持ったおじさんが通りかかる。

おじさん「おーい、まだ冷たいでしょ」

　あみ子、おじさんを振り返って見る。

あみ子「だいじょうぶじゃ」

　と、笑った。


（おわり）

さかなのこ

沖田修一　前田司郎

〈脚本家略歴〉

沖田修一（おきた　しゅういち）

1977年埼玉県出身。短編映画の自主制作を経て、『このすばらしきせかい』を公開。2009年、『南極料理人』が劇場公開。その後も『キツツキと雨』(12)、『横道世之介』(13)、『滝を見にいく』(14)、『モヒカン故郷に帰る』(16)、『モリのいる場所』(18)、『おらおらでひとりいぐも』(20)、『子供はわかってあげない』(21)、『さかなのこ』(22)、『おーい！どんちゃん』(22)などがある。2023年に、テレビドラマWOWOW連続ドラマW『0、5の男』が放送。

〈脚本家略歴〉

前田司郎（まえだ　しろう）

1977年4月13日生まれ、東京都出身。97年に五反田団を旗揚げ、主宰。以後全作品の作・演出を担当し役者としても出演。力みのない不思議な劇空間が話題を呼び、無駄を省いたシンプルな舞台で、登場人物の日常を顕微鏡で覗くかのごとく事細かくリアルに描いているのが特徴。2005年「愛でもない青春でもない旅立たない」で小説家デビューし、08年戯曲「生きてるものはいないのか」で岸田國士戯曲賞受賞、09年小説「夏の水の半魚人」で三島由紀夫賞受賞。映画では「大木家のたのしい旅行 新婚地獄篇」、「生きてるものはいないのか」の脚本を担当。13年には「ジ、エクストリーム、スキヤキ」で初監督を務め、監督2作目となる「ふきげんな過去」では第8回TAMA映画賞にて最優秀新進映画監督賞を受賞。15年には、脚本を担当したドラマ「徒歩7分」（NHK-BS）で向田邦子賞を受賞。近著に、芥川賞候補作「愛が挟み撃ち」「園児の血」など。

監督：沖田修一

原作：さかなクン『さかなクンの一魚一会～まいにち夢中な人生！～』（講談社刊）

製作：『さかなのこ』製作委員会

企画・制作・配給：東京テアトル

制作プロダクション：ジャンゴフィルム

〈スタッフ〉

エグゼクティブプロデューサー　濱田健二　赤須恵祐

プロデューサー　西ヶ谷寿一　西宮由貴　西川朝子　日野千尋

撮影　佐々木靖之

照明　山本浩資

美術　安宅紀史

装飾　三ツ松けいこ

録音　山本タカアキ

編集　山崎梓

音楽　パスカルズ

〈キャスト〉

ミー坊（さかなクン）　のん

ヒヨ　柳楽優弥

モモコ　夏帆

総長　磯村勇斗

籾山　岡山天音

ギョギョおじさん　さかなクン

ジロウ　三宅弘城

ミチコ　井川遥

1 **ミー坊の現在の家・寝室**

水槽の中を、イシガキフグが泳いでいる。

洒落た洋館。ベッドで眠っているミー坊（45）、目を覚ます。まだ鳴る前の、魚のイラストが入った目覚まし時計を止める。

朝の三時半。

起き上がり、ベッドに腰掛け、深い息を吐く。

窓を開ける。月の光に照らされたミー坊を、海風が優しく撫でる。

歯ブラシで、イシガキフグの歯を磨く。

2 **同・洗面所**

ミー坊、歯を磨く。

3 **同・寝室**

クローゼットを開く。吊るされて並ぶ、たくさんの白衣には、魚のイラストが描かれている。

いろいろな種類のハコフグの帽子が並ぶ。

ミー坊、今日の帽子を選ぶ。

4 **同・玄関**

魚帽子にウェットスーツ姿のミー坊、玄関を出て行く。振り返ると、誰かにそっと、呟くように、
ミー坊「いってきます」
ミー坊、ドアを開け出ていく。

5 **海までの道（早朝）**

まだ薄暗い朝の道を、ミー坊がペンギンのように、海に向かって歩いていく。

6 **海・船の上（朝）**

しぶきを上げ、一艘の船がやってくる。

船の上、テレビクルーが、ミー坊を撮影している。

ミー坊「みなさん、おはようぎょざいます！　今日は千葉県館山市のお魚さんたちの生態を調べにきたんでぎょざいます！　それでは、さっそく、レッツぎょー」

＊　＊　＊

漁師が網を引きあげると、大量の魚たち、ミー坊の前で、踊るように弾ける。

ミー坊「ぎょぎょ、ネコザメちゃんに、マアジちゃん、シマアジちゃんに、カサゴちゃんも！　まさに大漁でぎょざいます！」

興奮のミー坊、ふと、何か気づき、海中を覗き込む。

見たことのない魚影。

真顔になったミー坊。

急に船が揺れる。ミー坊、「あ」と声をあげる前に、そのまま海へ。

7 **海の中**

ドボンと落ちたミー坊（8）、水の中もがく。

苦しいミー坊・・ふと目の前を何かが通りすぎる。

苦しさを忘れて、観察するミー坊。

銀色に輝く身体、大きな魚だ。

海中のミー坊M「・・・おさかなさんだ」

魚、身を翻し、向こうへ悠然と泳いでいく。

ミー坊、いつまでも見ている。

メインタイトル『さかなのこ（仮）』

8 **水族館**

水槽を泳ぐ、様々な魚たち。

＊　＊　＊

閉館の音楽が流れる。帰りを急ぐ人たちをよそに、まだ水槽にへばりつく、ミー坊の小さな背中。

水槽の中、タコが動いている。

ミー坊、じっと見つめている。

傍らのベンチでは、兄のスミオ（10）が疲れて寝てしまっている。

ミー坊の横から、母のミチコ（36）が、静かに顔を出す。

気づかないミー坊の横顔をじっと見ている。

ミチコ「・・・」
　ミチコ、もうミー坊と一緒に、タコを見つめる。
ミチコ「タコって、よく見ると、けっこう可愛いのね」
ミー坊「（気づいて）うん、タコさんは、可愛いし、あと格好いいよ」
ミチコ「そうね」
　笑ったミチコ、買ってきた売店の袋から、魚の図鑑を取り出すと、ミー坊に渡す。
ミチコ「はいこれ、ミー坊にあげる」
ミー坊「わあ」
　ミー坊、うれしそうに、ページをめくる。
ミチコ「タコさん以外にも、お魚がたくさん載ってるわ」
ミー坊「ほんとだ、どれもかっこいいね」
ミチコ「うん、今日はこれでおしまい、また来週こよっか」
　我に返ったミー坊、あたりを見回す。
　誰もいなくなった館内に、苦笑いの二人。

9　ミー坊の家・ミー坊の部屋
　トラックや妖怪など、ミー坊の好きなものの絵が貼ってある。その隣に、タコの絵。

　掃除機の手を止めたミチコが、その絵を見ている。

　距離をとってみたり。

10　同・リビング（夜）
　額に入れられ壁に飾られた、ミー坊のタコの絵。

　並んだタコづくしの食卓。タコの煮物に、タコの刺身、タコの酢の物、お吸い物まで、タコづくし。

　ミチコ、手の匂いを嗅ぐ。

　うんざりした顔の父、ジロウ（41）とスミオの隣で、ミー坊の顔が輝いてる。

ミー坊「タコさん、かわいいね」

スミオ「死んでんじゃん・・」

ジロウ「・・どれ」

ミチコ「いただきます」

　ミー坊、幸せそうにタコを食べる。メモ紙に書いたタコ料理の数々を、食べた順から塗りつぶす。

11　小学校・教室
　ヒヨ（8）の席の周り、男子1、2が集まっている。
　お母さんの作った巾着袋から酒ビンの蓋を出す。
男子2「出ました、チャンピョン」
男子1「いや、俺のチャンピョン、今日からこれだから」
ヒヨ「だせえ、鶴のやつじゃん」
男子1「昨日ねえ、トーナメントやってねえ」
男子2「みて、俺の、蝋を溶かして塗ったから、超強い」
ヒヨ「なんかきたねえな」
　蓋を指で弾き落とす遊びをはじめる。盛り上がる男子たちを背にして、ミー坊、ノートに何か描いている。「ぶしゅー」とか「にゅう」とか一人、ブツブツ言っている。
　前の席にいたモモコ（8）、後ろを向き、ミー坊を見ている。ミー坊、何となく隠す。
モモコ「今週のミー坊新聞？」
ミー坊「うん」
　ノートに『ミー坊新聞』。魚のイラストが、今週の魚（タコ）を紹介している。
モモコ「なにそれ、タコ？」
ミー坊「うん、こないだ水族館で見たの、タコさん」
モモコ「あんた、タコにさんづけしてんの？」
ミー坊「格好いいよね、タコさん」
モモコ「えー、普通にきもいでしょ」
ミー坊「そんなことないよ、だって本物は見たことないでしょ？」
モモコ「え、あるよ」

ミー坊「ほんとに?どこで?」
モモコ「海?」
ミー坊「え、どこの海?」
モモコ「千葉?」
ミー坊「千葉のどこ?」
モモコ「知らないよ、千葉の海なんて一つしかないでしょ?」
ミー坊「そうなの? 千葉だって沢山海あるよ」
モモコ「あのね、海って言うのは繋がってるの、海は一つなの」
ミー坊「え?」
モモコ「千葉が持ってる海なんてないんだよ、千葉にそんな力があると思う?」
ヒヨ「おいミー坊、何、女子と話してんだよ」
　モモコ、チラと男子たちを見て無視。前を向く。
ミー坊「タコさんの話だよ、あと海」
男子1「お前、モモコのこと好きなんだろう?」
ミー坊「え、好きだよ」
モモコ「・・・」
　素直なミー坊に、動揺を隠せないみんな。
男子2「ええ、エロ、お前、モモコのこと好きなの?」
ミー坊「好きだよ」
ヒヨ「わあ、エロい」
男子1「エロス! エロス!」
ミー坊「エロいってなに?」
ヒヨ「エロいって、エロいことだよな?」
男子たち「え? う、うん・・・」

12 帰り道

　ミー坊、魚図鑑を読みながら、歩いている。
　ヒヨ、リコーダーの真ん中の部分を振り回している。
　先っぽの吹くところがない。
ヒヨ「なあ、お前の笛の先っちょのところくれよ、なあ」
ミー坊「嫌だよ」
ヒヨ「なんだよおめえ、二宮気取りかよ」
　リコーダーで、ミー坊のランドセルを叩く。
ミー坊「気取ってないよ、ねえヒヨ、見てよこのタコさん、かっこいいよ」
ヒヨ「おめえ、タコにさん付けするのやめろよな。相手魚だぞ」
ミー坊「ああ、本物のタコさん、触ってみたいなあ」
ヒヨ「さんづけすんなって、なんでタコにさん付けして、俺のこと呼び捨てなんだよ」
ミー坊「お母さんが、夏休みに海に連れてってくれるんだ」
ヒヨ「でました、ミーママ」
ミー坊「ヒヨも一緒に来ない?」
ヒヨ「やだよ、だってそれ、家族の奴だろ?」
ミー坊「あ、でも、モモと、モモの家族も行くかも」
ヒヨ「こねえだろそんなの、お前、モモコと結婚するんじゃねえ」
ミー坊「結婚?」
　ヒヨ、固まる。ミー坊も足を止める。
　道の先に、白衣を着て、怪しげな魚の帽子をかぶった男が立っている。こちらを見ている。
　二人、やや警戒して、男から距離をとって歩く。
ミー坊「誰?」
ヒヨ「知らないのかよ、親指隠せ」
　ヒヨ、両手の親指を握りこむ。ミー坊、真似る。
ミー坊「なんで親指隠すの?」
ヒヨ「親の死に目に会えないぞ」
ミー坊「死に目?」
ヒヨ「親が死ぬところ見れないぞ」
ミー坊「え、見たくないよ」
　二人、下を向いて、男の横を通りすぎようとする。
　男、ギョギョおじさん（45）通り過ぎる

二人を見ている。
ギョ「ぎょぎょー」
二人、恐がり、一瞬歩みを止め、早足に離れる。
ギョ「ぎょぎょぎょ?」
ギョギョおじさん、二人を追う。二人は気づいていないフリ。
ギョギョおじさん、ミー坊の図鑑が気になる。
ギョ「君はお魚さんが好きなんですか?」
ミー坊「え?」
ヒヨ「おい、逃げるぞ」
ミー坊「え、でも・・・」
ヒヨ「おい、ミー坊、マジで」
ヒヨ、ミー坊を引っ張っていく。
ヒヨ「いい帽子ですね。では、さようなら」
ギョ「あ・・」
ミー坊とヒヨ、走る。遠ざかる。少し離れて、
ヒヨ「あぶねえ、ギョギョおじさんに掴まるところだったぜ」
ミー坊「あの人がギョギョおじさん?」
ヒヨ「そうだよ、知らねえのかよ」
ミー坊「きいたときあるけど」
ヒヨ「ギョギョおじさんに会ったら、帽子を褒めて逃げるんだぞ」
ミー坊「そうしないと、どうなるの」
ヒヨ「捕まる」
ミー坊「捕まるって?」
ヒヨ「ギョギョおじさんに捕まったら、解剖されて魚に改造されちゃうぜ」
ミー坊「ええ、そんなことされないでしょ?」
ヒヨ「ミー坊は、知らないだけだよ、ガキだからな」
ヒヨ、腕を回して速度を上げる。
ミー坊「あ、待ってよ」
ミー坊、あいている方の腕を回し、速度を上げ、ヒヨを追う。
空には初夏の雲が浮かんでいる。

13 海辺

夏。水着姿のヒヨ、眩しそうに海を見ている。
その隣にモモコが座っている。
ヒヨ「お前、なんで来たの?」
モモコ「お母さんが行ってこいって言うから」
ヒヨ「うちもだぜ」
モモコ「てかこれ、家族のやつじゃん」
ミチコ、一人、海辺にいる。
ジロウ、その辺の釣り人と話をしている。

14 海・中

ミー坊、網を持って海に顔をつけている。

顔をあげ、息を吸いまた潜る。

その横で、浮き輪に掴まっているスミオ、顔をつけ、すぐ顔をあげ、
スミオ「何が居るの? ねえ」

ミー坊、顔をあげ、
スミオ「なに、どうしたの?」

ミー坊、今度は水面下に潜る。

スミオ「ミー坊?」

スミオ、恐くて水にながく顔をつけられない。周りには誰も居ない。不安になって浜を見る、皆が遠くに感じる。

そこへ、ミー坊の顔が出る。

ミー坊「網じゃ駄目だ、もってて」

スミオ「え?」

スミオ、網を持たされる。

スミオ「あ、ねえ」

ミー坊、再び潜る。

15 海辺

モモコ「あの兄弟さっきから何してるの?」
ヒヨ「知らね」
モモコ「あんた行かないの?」
ヒヨ「いかない、ガキじゃないから」
モモコ「海が恐いんじゃない」
ヒヨ「・・恐くねえよ」
モモコとヒヨ、海を見ている。
何やら沖で、ミー坊とスミオが騒いでい

る。
スミオが、浮き輪にバタ足で、逃げるように、岸にあがってくる。
スミオ「わー！」
ミー坊「わー！　わー！」
ミー坊も泳いでくる。岸に近づいたミー坊の体に巨大なタコが絡みついている。
ミー坊「見て！　タコさんだよー‼」
モモコ・ヒヨ「（立ち上がり）うわ‼」
子供達の叫声に、海辺にいた大人たちが振り返る。
ミー坊、タコを抱いたまま、浜辺へ。
ミー坊「（笑いながら）やめてよ、いたいよー」
スミオ「痛い？　痛いの？」
スミオ、触りたいけど、怖くて触れない。
ヒヨとモモコ、ミー坊のもとへ走ってくる。
ヒヨ「すげえ！」
モモコ「うわぁ、気持ち悪い！」
ミー坊「タコさんだよ、ほら、可愛いよ」
モモコ「なにが？　何言ってんの！　でかいって」
ヒヨ「すげえな！　すげえなミー坊、墨吐いた？」
スミオ「俺とミー坊で掴まえたんだ。オレが見つけた」
ミー坊「（ミチコを探し）お母さーん！　みてータコさんだよ！」
ミー坊、タコと歩いていく。子供たち、ついていく。
モモコ「どうするの、それ？」
ミー坊「飼うんだよ」
モモコ「どこで？」
ミー坊「お風呂に飼う」
モモコ「え？　海の水は？」
ミー坊「水にお塩を入れるよ」
ヒヨ「は？　無理だよそんなの、散歩とかどうすんだよ」
スミオ、ジロウに向かって大声で叫び、走っていく。
スミオ「お父さん！　オレとミー坊で、タコ捕まえたよー」
ミー坊、向こうからも歩いてきたミチコと合流。
ミー坊「お母さん、みて！」
ミチコ「すごいわね、ミー坊、大きいね」
ミー坊「見て、吸盤がすごいよ」
ミチコ「うん、そうね」
ミー坊「ねえお母さん、この子おうちで飼っていい？」
モモコ「だから、飼えるわけないでしょ」
ミチコ「いいわよ」
モモコ「え、でも、飼えないと思います」
ミチコ「その代わり、きちんと自分で飼うの、できる？」
ミー坊、真剣な顔でうなづく。
ミチコ、ニコニコしている。
モモコ「・・・え？」
そこへスミオと共に、ジロウが、やってくる。
ジロウ「ミー坊、すごいな、たいしたもんだ」
ミー坊「うん」
ジロウ「どれ」
ジロウ、ミー坊からタコを受け取る。観察している。
と、すかさず、タコの頭部をひっくり返す。
そのまま、タコの内臓を引きちぎる。
ミー坊「・・・え」
子供たち、唖然。
ぐったりしたタコを持ち岩場へ。得意げに、タコを近くの岩にぶん回して叩きつける。
ジロウ「で、こうすんだよ」
ミー坊「わ、え！　わ、え?!」
ジロウ「びっくりしたか？　タコは、こうするんだ」
ミー坊「わ、わー、タコさん？　タコさーん！」

ジロウ、執拗にタコを岩にたたきつける。
タコ、ぐったりしている。
ジロウ「タコはこうしないと、うまくならないんだよ」
ミー坊「タコさーん！　タコさーん！！」
ミチコ、そっと掌でミー坊の目を隠した。

＊　＊　＊

夕暮れの海、焚火を囲み、ミー坊、泣きながら焼いたタコを噛みちぎる。

16　帰り道

雨。道着姿のミー坊、傘を首と肩で固定し、図鑑を読みながら歩いている。
傘が不安定で何度も直す。と、目線をあげたその先・・・道の向こうにギョギョおじさんが立っている。
ミー坊「・・・」
葱が飛出たスーパーの袋を持ち、ミー坊をじーっと見ている。
ミー坊、足を止めているが・・・歩きだす。
顔を伏せ、おじさんの横を通りぬけようとする。
ギョ「ぎょぎょー！」
傘の向こうから、ギョギョおじさん、割と大きめの声がする。
ミー坊、硬直、出来るだけ何事も無かったかのように、見ないように、また歩き出す。
ギョギョおじさん、傘で隠れたミー坊の顔を、覗きこむように見ながらついてくる。
ギョ「ぎょぎょ、やっぱり、君はこないだのお魚好きな小学生でぎょざいますね」
ミー坊「え？」
ギョ「お魚さんが好きなんですかー」
ミー坊「・・はい」
ギョ「やっぱり。前もお魚の図鑑読んでましたよね」
ミー坊「おじさんの帽子はそれ、ハコフグさんですか？」
ギョ「ぎょぎょぎょー！」
大きな声を出すので、ミー坊凄く驚く。
恐怖すら感じるが、それだけではない。
ギョギョおじさんに対して興味を持っている。
ギョ「ハコフグさん知ってるんでぎょざいますか？」
ミー坊「ハコフグさんは大好きです、水族館でも、お魚屋さんでも見ましたー」
ギョ「ぎょー、お魚屋さんで？」
ミー坊「ウオケンの木村のおじちゃんが、特別に仕入れてくれたの」
ギョ「食べたんですか？」
ミー坊、怒られそうで、不安になり、答えない。
ギョ「美味しいんですよ」
ミー坊「おじさんも食べたことあるんですか？」
ギョ「おじさんは沖縄で食べました」
ミー坊「沖縄、凄い」
ギョ「沖縄の海には珍しいお魚が一杯いますよー」
雨の中の二人、いつまでも魚の話をしている。

17　ミー坊の家・リビング（夜）

壁に貼られた『ミー坊新聞』のバックナンバー。
ミー坊一家、魚料理を囲んでいる。
ミチコ「ミー坊よりもお魚好きの人なんて珍しいね」
ミー坊「ミー坊なんかより全然詳しいんだ、びっくりしちゃった」
ジロウとスミオ、黙々と食べている。
ミー坊「今度、ギョギョおじさんの家に遊びに行くんだよ」
ジロウとミチコ、食べる手を止める。
ミー坊とスミオ、何かを察し、
ミー坊「・・・行って、良いでしょ？」
ミチコ「・・・いいわよ」
ジロウ「・・・」

ミー坊「やったー、ギョギョおじさんのお家には水槽がたくさんあって、お魚の本とか、お魚の標本とかたくさんあるんだって！」
ミチコ「そうなの。それは楽しみだね」
ミー坊「うん、楽しみだなー」
ジロウ「ミー坊」
ミー坊「何？」
ジロウ「駄目だ」
　ミー坊、一度、ミチコの方を見て、
ミー坊「・・・何が？」
ジロウ「そんな知らない人の家に入っちゃいけません」
ミー坊「なんで？」
ジロウ「そんなところに行って、危ない目にあったらどうするんだ？」
ミー坊「危ない目って？」
ジロウ「イタズラでもされたらどうするんだ」
ミー坊「でも、ギョギョおじさんはイタズラなんてしないよ」
ジロウ「駄目だ」
　スミオ、黙っている。
ミー坊、言葉が見付からない。ミチコを見る。
ミチコ、箸をおき、ミー坊を見る。
ミチコ「ミー坊は、その人のこと好きなの？」
ミー坊、ジロウを伺いつつ・・・小さくうなづく。
ミチコ「じゃあ行って良いわよ」
ジロウ「おい」
ミチコ「そのかわり、暗くなる前に帰ること、できる？」
ミー坊「うん」
ジロウ「駄目だ、駄目に決まってるだろ！」
　ミチコ、黙々と食べ始める。
ジロウ「・・・」
　ミー坊とスミオが、ミチコとジロウを交互に見る。

18　同・寝室（夜）

眠っているスミオの横で、眠れないミー坊。
ふすま越しにジロウとミチコの声が聞こえてくる。
ジロウの声「そんななんでもかんでも子供のいう通りにしてたら、おかしなことになっちゃうだろ」
ミチコの声「なにもおかしなことなんて、なってないじゃないですか」
ジロウの声「だけどミー坊の成績なんて、酷いもんじゃないか！」
　ミー坊、そっと戸を開く。隙間から二人が見える。
ジロウ「もう怖いんだ」
ミチコ「何がですか？」
ジロウ「だって、どう考えても普通じゃないだろ？　小学生が毎日、魚、魚・・魚のことばっかり考えて、魚ばっかり食べて、魚で頭がいっぱいなんて」
ミチコ「いけないことですか？」
ジロウ「俺はただ、心配なんだ・・・あの子は、だって・・・」
ミチコ「？」
ジロウ「ちょっと違うだろ、まわりの子と」
ミー坊「・・・」
ミチコ「・・・いいんです」
ジロウ「・・・」
ミチコ「あの子は、このままでいいんです」
　ミー坊、そっと戸をしめる。
布団にくるまり、丸くなる。

19　学校・教室

昼休み、ワイワイしている子供たち。
ミー坊、珍しく『ミー坊新聞』を描く手が止まっている。
そこへ、男子1が、マジックペンを持ち、ミー坊に腕を見せる。
男子1「なあ、ここに、キン肉マン描いてくれよ」
　ミー坊、男子1の腕に、さっとキン肉マンを描き『キン肉マンさん』と描く。

男子1「すげえ、おまえ、漫画家になれんじゃねえ」
ミー坊「うーん」
やりとりを聞いていたヒヨ、笑いながら、
ヒヨ「ミー坊は漁師になるんだろ?」
ミー坊「え、なんで?」
ヒヨ「魚好きだから」
男子1「魚好きなら魚の博士じゃねえの?」
ヒヨ「バカ、博士になるとかは、勉強しないといけないんだぞ、ミー坊バカじゃん、眼鏡もかけてねえし」
男子2「ヒヨはなんになるの?」
ヒヨ「俺? 俺はサッカーやってねえじゃん」
男子2「サッカー選手」
ヒヨ「中学からやる」
そこへ、担任の先生が顔を出す。
担任「宮下、今、ちょっといいか」
ミー坊「?」

20 同・職員室

先生たちに囲まれ、ミー坊、緊張している。
担任と先生たち、『ミー坊新聞』のバックナンバーまで広げて、感心しきり。
先生1「いやぁ、ほんとよく描けてるよな、すごいよ」
先生2「このウマズラハギの回、好きなんだよな」
先生3「いい顔描きますよね、味があるっていうか」
先生2「ヨシノボリの回もいいよね。実際この辺釣れますしね」
先生1「先生たち、釣りが好きでな」
先生たち、ワイワイと楽しそう。釣りの話で盛り上がる。
担任「宮下の新聞、今、先生たちの間で、流行ってんだ」
ミー坊「・・え」
座っている先生たちまで、遠目にこっちを見て、笑っている。
担任「でな、これもっと、みんなに見てもらったほうがいいと思うんだ」
ミー坊「え?」

21 同・廊下

貼りだされた『ミー坊新聞』に、子供たちが群がり、ワイワイしている。その横をミー坊が、恥ずかしそうにやってくる。

聞き耳をたて、やがて嬉しそうに走りだす。

22 ギョギョおじさんの家・表

空の水槽など、乱雑にモノが置かれた家の前。まるで研究所のよう。

23 同・部屋

沢山の水槽と泳ぐ魚たち。水槽の向こうにミー坊とギョギョおじさんが、並んで魚を観察している。
ミー坊「ギョギョおじさんは、いつも水槽見てるの?」
ギョ「そうでぎょざいますねえ、水槽を見ているか、図鑑を見ているかです」
ミー坊「ギョギョおじさんのお仕事ってなんですか?」
ギョ「うーん」
ミー坊「今日、なんか、友達が、言ってたから、あの、将来なにになるとか」
ギョ「おじさんのお家はお金持ちだったんですけど、今はお金が無いんです」
ミー坊「そうなの?」
ギョ「今のおじさんは、就職に失敗して、しぎょとがないんでぎょざいます」
ミー坊「でも、お魚博士なんでしょ?」
ギョ「ちがいますよ、お魚博士になりたかったけど、勉強がからっきしだったから、なれなかったんです」
ミー坊「ええ、でも、だってお魚さんのこと、こんなに詳しいのに?」
ギョ「全然でぎょざいます」
ミー坊「そうかなあ、ギョギョおじさんより、お魚に詳しい人、見たことないけど」
ギョ「ミー坊がいますよ」
ミー坊「じゃあ、二人が一番だね」
　ギョギョおじさん、照れる。
ミー坊「決めた、ミー坊は、おさかな博士になるよ」
ギョ「ぎょぎょ！」
　ギョギョおじさん、嬉しそうに跳ねる。
　ミー坊も真似して跳ねる。

＊　　＊　　＊

　ミー坊、魚の絵を描いている。横からの絵。
　ふと、隣のおじさんが、魚を下から見上げている。
ミー坊「・・・」
　ミー坊、おじさんと一緒に見上げみる。

＊　　＊　　＊

　ミー坊、下から見上げた魚の絵を描いている。
　それを嬉しそうに見ているおじさん。
　ふと、ノックの音がする。
ミー坊「おじさん、誰か来たよ」
ギョ「ぎょぎょ、おじさんの家には誰も来ませんよ。聞き違いですよ、きっと」
　再び、ノックの音。
　ギョギョおじさん、ハッとして時計を見る。九時を過ぎている。

24　同・玄関（夜）

　ドアを開けるギョギョおじさん、向こうに、警察が立っている、奥にジロウもいる。
ギョ「ぎょぎょ」

25　同・表（夜）

　警察に囲まれるギョギョおじさん。パトカーの回転灯の明滅で光っている。地元の野次馬が集まってきている。スミオが見ている。
ギョ「大変申し訳ぎょざいません、ございません、あまりに楽しくて、時間を忘れてしまって」
ジロウ「あんたねえ、誘拐だって言われてもおかしくないんですよ！」
　興奮ぎみのジロウが食ってかかる、警官が止める。
ジロウ「だいたい、なんだ、そのふざけた帽子は！」
　ジロウ、帽子を取ろうとするが、何か見えない力で帽子が取れない。
ジロウ「！」
ギョ「申し訳ございません！」
警察「まあ、とりあえずここじゃなんだから、一日署まで来てもらえますか？」
　ミチコに付き添われてミー坊、やってくる。
ミー坊「ギョギョおじさんは悪くないよ、ミー坊が絵を描いてて時間を忘れただけだから」
ミチコ「ほんとにそうなのね」
ミー坊「うん」
ミチコ「この子もそういってますんで」
警察「まあ、よくわかんないけど、とりあえず行きましょう」
ミー坊「おじさんを逮捕しないでください」
警察「逮捕はしないよ、任意同行」
ミー坊「おじさんを任意同行しないでください」
警察「・・・」
ミー坊「おじさん」
ギョ「ミー坊」
　ギョギョおじさん、ハコフグ帽子をそっと取る。
　ミー坊の頭に、かぶせる。
　パトカーに乗り、連行されていくおじさん。
ミー坊「おじさーん、ギョギョおじさーん！」
　ミー坊、走って追いかける。魚帽子、風に飛ばされ、道に落ちる。
　やがて夜が朝になる。
　帽子を拾い上げたその手。

高校生になったミー坊（17）だ。

すっかり朽ちてしまった、ギョギョおじさんの家を眺めている。

手にはボロボロの図鑑。やがて歩き出す。

26 **高校・廊下**

落書きだらけの廊下。生徒たち、何やら見ている。

貼りだされた『ハイスクールミー坊新聞』。

魚の記事がほとんどだが、社会面に『大図解、総長のバイク』が描かれ、総長の似顔絵とともに紹介されている。

忍び寄る影、生徒たち、散る。向こうから総長（17）と田村（17）がやってくる。

田村、『ミー坊新聞』を引きはがす。

27 **川辺**

釣り竿を背負いクーラーボックスを持ったミー坊、川べりに立っている。バイクの音が聞こえる。
ミー坊、全く意に介さず、釣りの準備をしている。
バイクの総長、田村、自転車に乗った赤鬼（16）と青鬼（16）、やってくる。
田村「こいつです」
総長「おい、お前がミー坊か？」
ミー坊「・・うん、はい」
田村「おい、俺らのこと、ミー坊新聞に書くなって言ったよな、これでもう三回目だぞ」
ミー坊「でも、凄い人気なんだよ？」
田村「てめえ、なめてんだろ？　俺らのこと」
青鬼、ナイフホルダーからバタフライナイフを出し刃を見せる。
田村「（制して）青鬼」
青鬼、ナイフをしまう。
ミー坊「でも、お母さんが、ジャーナリズムが暴力に屈するような社会は良くないって」
田村「あ？　社会？」
総長「てめえにジャーナリズムのなにがわかんだ？　おい」
ミー坊「・・・」
総長「ミー坊新聞なんて、新聞のうちにはいんねえんだぞ、おい、おめえは社会がどうのって言ってるけどな、嫌だって言ってる相手に、嫌なことを繰り返すやつの方がおかしいんじゃねえのか、それってお前、ジャーナリズム以前の話じゃねえかって、言ってんだよこっちは」
ミー坊、話を聞きながら、釣りをはじめる。
総長、言葉がでない、田村を見る。
田村「おいてめえ、総長が、ジャーナリズムの話してんだろうが！」
ミー坊「うん、でも釣りしながらでもお話は出来ると思って」
田村「できるけど、お前・・お前、なんだよ」
総長「おいてめ、勇気あるじゃねえかよ、おい」
ミー坊「でも、本当の勇気ってこういうことじゃないと思うよ」
総長「オレもそう思うけど・・・おい、なんだ、こいつ」
田村「魚やろうっす」
総長「魚やろう？」
田村「魚を殺して板に貼り付けて、机の中にたくさん入れてるんす」
総長「なんで？」
ミー坊「だって可愛いでしょ？」
総長「おいてめえ、こんな川で魚なんか釣れるわけねえだろ」
ミー坊「釣れるよ」
田村「てめえガキ、なめてんだろ、総長のおじいちゃんは漁師だぞ」
ミー坊、魚を釣り上げる。
ミー坊「ほら、ボラさんだよ、汽水にも住んでるんだ」

ミー坊、ボラをもってあがってくる。
総長「マジかよ、こんな川に」
ミー坊「お魚さん好きなの？」
総長「あ？」
赤鬼「てめえ、総長が魚なんか好きなわけねえだろ、総長は肉しかくわねえんだよ」
ミー坊「そうなんですか？」
赤鬼「そうだよ」
田村「おい赤鬼、てめ何勝手に総長の食べもの決めてんの？」
赤鬼「・・いや、でも、総長みたいに育ち盛りの男はやっぱ肉食うと思うんで」
田村「お前なに口答えしてんだよ」
赤鬼「・・・すいません」
落ち込んだ赤鬼を、青鬼が慰めるように寄る。
ミー坊、魚の体長を測り、メモを取り川に戻す。思わず見てしまう不良たち。
総長「・・とにかく、わかったな？」
ミー坊「うん、わかった」
総長「あんまなめてると、マジでしめるぞ」
ミー坊「あ、そうだ、今度一緒に釣りに行こうよ」
総長「なんでだよ、なんでそうなるんだよ」

28　**新しいミー坊の家・表**
古いアパート、階段を上っていくミー坊。

29　**同・居間**
ミー坊、帰ってくる。前よりも狭い家。
壁の『ミー坊新聞』もだいぶ増えた。道具を置き、部屋へ。

30　**同・ミー坊の部屋**
水槽だらけの部屋。たくさんの魚が泳ぐ。
その重さで畳は沈み、水のせいで黒ずんでいる。
ミー坊、帰ってくるなり、壁のウマズラハギのポスターにキス。魚たちに餌をあげる。

31　**同・居間（夕）**
ミー坊、釣った魚を絵に描いている。

32　**同・台所（夜）**
エプロンをして魚を素揚げしているミー坊、手が粉まみれ。
そこへ、仕事の恰好をしたミチコ、疲れた様子で帰ってくる。
ミチコ「ただいまー」
ミー坊「おかえり、今日は、オイカワとウグイが釣れたよ」
ミチコ「あら、手伝おうか？」
ミー坊「大丈夫、ちょうど揚げたてだよ」
ミー坊、揚げたての魚を、ミチコに渡す。
ミチコ、その場でつまみ食い。熱くてホフホフと。
それを見たミー坊もつまみ食い。
ホフホフと、美味しそうに食べる二人。

33　**高校・廊下**
放課後、生徒たちが、恐々と道を開ける。
総長たち、金属バットとか持って歩いてくる。

34　**同・教室**
帰り支度をするミー坊。机の中から教科書に混じって、魚の剥製やら出てくる。
総長たちやってくる。割れた窓から顔を出す。
総長「おい、さかな」
ミー坊「・・うん、はい」
総長「つらかせや」
ミー坊「つら？」
ミー坊、剥製の魚のつらを見る。
喧嘩だ喧嘩だと周りの生徒たちが騒ぐ。

35　**同・理科準備室**
総長たちに連れられ、ミー坊、ドアを開ける。
そこに、白衣の鈴木先生（45）が座って

いる。こっちを手招きする。
鈴木先生「おお、ミー坊、こっちこっち」
ミー坊「?!」
　先生の前にある水槽、中にカブトガニが二匹いる。
ミー坊「え！　うそ、え、なんで?!」
　ミー坊、入ってくるなり、水槽にかぶりつく。
鈴木先生「すごいよね、びっくりしちゃうよね」
　総長たちも入ってくる。
鈴木先生「総長のおじいさん、漁師でしょ？　昨日ね、網にひっかかってたからって、学校に送ってくれたのよ、教材用に」
総長「しかもつがいだ」
　ミー坊、話しを聞いてるんだか。
鈴木先生「でね、先生、もらったはいいんだけど、育て方わからないっていうか」
ミー坊「？」
鈴木先生「だからさ、ミー坊、一緒に手伝ってくれない？」
ミー坊「えー、うそ、えー。どうしよう、えー」
総長「おいこらてめ、カブトガニ、育てられんのか」
　ミー坊、水槽をまじまじと見つめる。
ミー坊「かぶちゃん」
鈴木先生「お」
　カブトガニ、水槽が狭そう。ぶつかっている。
ミー坊「かぶちゃんと、おさんぽしてもいいですか？」
鈴木先生「え？」

36　同・廊下
　生徒たち、何事か見ている。

　カブトガニを先頭に、ミー坊と総長たちがものすごいゆっくり歩いている。全然前に進まない。

37　海沿いの道
　青鬼の猛スピードの自転車を先頭に、鈴木先生の軽バンが走る。その後を総長たちのバイクが、ラッパ鳴らしてついてくる。最後に赤鬼の自転車。

38　漁港
　不良たち、バケツリレーで海水を運ぶ。
　最後に鈴木先生がポリタンクに注ぎ、車に積む。

＊　＊　＊

　カブトガニのオス水辺を歩く、先生と不良たちが、拍手喝采。
　防波堤では、カブトガニのメス歩く。その横で、ミー坊と総長たち、釣り糸を垂れている。
総長「なあ、おめえ、なんで魚好きなの？」
ミー坊「だって、お魚さんってかっこいいでしょ」
総長「まあな」
ミー坊「それにお魚さんは、人と違って、いろんな種類があって楽しいよ」
総長「え、人だって、みんな違う顔してるだろ？」
ミー坊「お魚さんだって、そうだよ、みんな顔は違うよ」
総長「ああまあ、そうか」
ミー坊「お魚さんは友達だし、憧れの存在なんだ」
総長「でも、ただの魚だろ？　話せるわけでもないのに」
ミー坊「でも気持ちは判るときあるよ」
田村「マジかよ」
ミー坊「悲しい時とか、こうやって釣り糸を垂れてると、お魚さんと話してるような気にならない？」
総長「・・・いや知らないけど、向こうは必死だろ？　釣られたら死ぬんだから・・・て・・お」
　と、総長の太い枝の竿に当たりがくる。
田村「総長！　きてます！」

総長「わかってるよ」
ミー坊「総長、そのまま引いて、竿たてて」
赤鬼「テコの原理す」
総長「テコ？　何？　だれ？」
　ミー坊、糸を巻きつけひっぱると、ついに魚が姿を現す。大きなアジだ。
ミー坊「アジさんだ、総長凄い！」
　釣り上げたアジの針をミー坊が外す。皆見ている。
ミー坊「かわいいねえ」
田村「可愛くはねえだろ」
総長「・・確かに、ちょっと可愛く見えてくるな」
田村「え？」
赤鬼「食えんのこれ？」
ミー坊「うん、美味しいよ、青鬼くん、ナイフ貸して？」
　青鬼、ナイフホルダーからバタフライナイフを出して、くるくる回して見せる。
ミー坊「うん、だから、貸して」
　ミー坊、青鬼のナイフで、エラの辺りに刃をいれ、内臓を取り出す。
青鬼「あ・・」
　バタフライナイフが、魚の血に濡れていく。
総長「おい、何すんだよ」
ミー坊「シメてるんだよ、総長だってシメたりするでしょ？」
総長「するけど・・・そういうシメ方はしないよ」
ミー坊「ほら、これがエラだよ、で、これが肝臓だね、ちょっと胃の中身を見てみようか」
田村「え、なんでだよ、いいよ見なくて」
　不良たち、苦い顔で見ている。
ミー坊「ほとんど空だ、この子はお腹減ってたんだね」
　ミー坊、素早く三枚におろす。
赤鬼「・・なあ、お前、自分のナイフとか持ってないの？」
ミー坊「持ってるけど、臭くなっちゃうでしょ？」
赤鬼「え？　でも・・」
ミー坊「自分のものが臭くなったら誰だって嫌でしょ？」
赤鬼「・・え、そうだけど、青鬼の？・・え？」
　ミー坊、総長に、切り身を差し出す。
　総長、恐る恐る指でつまみ、口に運ぶ。首をかしげ、
総長「・・・味がねえ？」
ミー坊「そんなことないよ、よく味わってみて、甘いでしょ」
　ミー坊、田村たちにも渡す。首をかしげる。
田村「つうかさ、醤油だったんだな、刺身が美味いと思って食べてたけど、醤油の味だったんだな」
ミー坊「違うよ、お刺身さんが美味いんだよ」
総長「醤油ってなんだっけ」
田村「大豆っす」
赤鬼「大豆すげえな、てかさ、大豆って白いのに何で醤油って黒いんだろうな？　大豆すげえな」
　ミー坊、赤鬼につめよる。
ミー坊「違うよ、大豆なんて、お魚さんに比べたら、まるで面白みもないよ、もっとお魚さんの良さを思い出してよ」
赤鬼「・・・すいません」
　赤鬼、青鬼を見る。青鬼、返されたバタフライナイフを、悲しそうに点検している。
総長「お前、魚好きなのわかっけど、魚以外のこと悪く言うの良くないぞ」
　その間、違う学ランの男たちが、近づいてきている。
　ふと、背後から声をかけられる。
籾山「いいカブトガニですねえ」
　振り返ると、学ランの下に網のTシャツを着た籾山（17）とその仲間たちが立っ

ている。
総長「なんだてめえら」
籾山「この辺シメてる籾山ってもんだけど」
田村「総長、あいつカミソリモミですよ」
総長「カミソリモミ?」
籾山「うちらの島に、なに連れてきてんだよ、教科書でしか見たことねえっつーんだよ」
総長「俺らがどこで釣りしようが勝手だろうが、おい」
籾山「あ?」
総長「ここはてめえらの土地かよ? あ? 違うだろ? 千葉県のもんだろうがよ!」
籾山「あ? 千葉県羽出市の土地だよ、ばかやろう」
総長「じゃあ、お前らに関係ないだろうが、お前らは市の人か? あ? おい? 市役所の人かよ?」
籾山「あ? 不良が小理屈並べてんじゃねえよ、ここはうちらの海なんだよ」
ミー坊「海は誰のものでもないよ」
籾山「うるせえぞ子山羊」
ミー坊「子山羊?」
籾山、これ見よがしに足元の魚を踏みにじる。
ミー坊「あ」
籾山「ここらの魚はうちらのものなんだよ」
ミー坊「何するの? おさかなさんが可愛そうだと思わないの、君には心がないの?」
総長「そうだ、死への冒涜だろコノヤロウ」
籾山、そう言われるとなんとなく足をどけ、
籾山「な、なんだよ、お前らが殺したくせに」
ミー坊「殺したんじゃないよ、しめたんだよ」
籾山「同じだろ」
ミー坊「お魚さんに謝れ」
総長「そうだてめえ、お魚さんに謝れ」
ミー坊「土下座しろ不細工」
籾山「てめえはなんなんだよ、さっきから」
籾山、学ランの襟から剃刀を出しかまえる。
青鬼、ナイフを抜く。ちょっと嗅ぐ。
そこへ、向こうから、籾山の仲間、狂犬(17)がバイクでやってくる。
田村「総長、あいつ、狂犬ですよ」
総長「やっかいなのが出てきやがったな」
狂犬「は、おもしれえ、この千葉で、うちらにケンカ売る奴がまだ居るとは・・・」
ミー坊が、ピョンピョン跳ねて手を振っている。
ミー坊「おーい」
狂犬「・・・」
ミー坊、明らかに狂犬に手を振っている。
狂犬、見て見ぬ振り。皆はなんとなく気付く。
籾山「・・おい、狂犬」
狂犬「なんすか!」
籾山「なんか、呼んでるぞ」
狂犬「あ?」
籾山「あ? じゃなくて、呼んでるぞ」
ミー坊「ヒヨー、ねえ、ヒヨー」
狂犬「・・・」
ミー坊「何してんの? ねえ」
狂犬「あ? 誰だてめえ、知らねえよ、てめえなんて」
ミー坊「何言ってんの? ミー坊だよ」
籾山「知り合い?」
狂犬「知らないす」
ミー坊「知ってるでしょー、何言ってるのー、一緒にお習字通ったでしょ?」
籾山「通ったの?」
狂犬「通ってないす」
総長「お前、狂犬の知り合いなの?」
ミー坊「狂犬? ヒヨだよ」
籾山「ヒヨなのかよ?」
狂犬「ヒヨじゃないって言ってんだろ? 黙れてめえ」
ミー坊「てめえとか言わないでよ、ヒヨ」
狂犬「あ? 黙れってんだろこのヤロウ!」
狂犬、走りだす。それを合図に籾山、剃

刀を仕舞う。

青鬼もナイフを仕舞う。

ケンカが始まる。押し合いへし合い。つかみ合い。

映画のようには格好よくいかない。

その喧噪の中を、ゆっくりとカブトガニが歩く。ミー坊がひょこひょこ捕まえにくる。

相手の不良に襲われたミー坊、カブトガニの裏を見せて、撃退。

かかってきた狂犬を、得意の合気道でねじ伏せる。

ミー坊「なんなのもう」

田村「ミー坊が、狂犬をやったぞ！」

　皆、盛り上がる。

39　同・同

車の陰にいる鈴木先生、出るに出れず・・・。
タイマンを張っている総長と籾山、激しい息切れ。
総長「うりゃーーー！」
籾山「どりゃーーー！」
　重なり合う青春。は、どうでもよくて、その近くでミー坊と不良たちが、一緒に海を覗き込んでいる。
不良1「マジだ、マジでいる」
ミー坊「ね、多分、アオリイカさんだと思うよ」
不良2「うめえの？」
ミー坊「もちろん、獲れたては、最高だよ！」
不良1「お前あれ、掴まえられるの？」
ミー坊「うーん、どうだろう、網持ってないから」
不良2「マジか、くっそー、食いてえなあ」
　と、戦っている籾山が、こっちに蹴飛ばされてくる。
その網のシャツを見たミー坊、籾山を離さず。
籾山「あ？」

＊　＊　＊

籾山の剃刀が、網のシャツを引き裂く。

ミー坊と総長と籾山、ベルトとチェーンなどつなぎ合わせた手作りの網をかまえ、意識を集中している。

ミー坊、総長、籾山、網を投げる、歓声が上がる。

不良1「うわー！」

不良2「いま、いったよなあ！」

ミー坊「引いて！」

籾山、慌てて網についた紐を引っ張る。

籾山「あ！」

　紐がはずれてしまう。唖然とする不良たち。

突然、ミー坊、心臓をドンドンと三回ほど叩くと、海に飛び込む。一同、息を飲む、「あっ」と声にならない声をあげる。

海に飛び込んだミー坊に、全員が駆け寄る。

しばらくしてミー坊、海面から顔をだすと、網を掴んでる。見事、イカが入っている。

籾山「うわーすげー!!」

　不良たち、一同、大歓声。

ミー坊「青鬼くん」

　青鬼、嫌な顔をする。

＊　＊　＊

みんなから借りた学ランを沢山羽織っているミー坊、イカをさばき、肝和えを不良たちに振舞っている。
籾山「イカの肝にはアニサキスがいると聞く、俺は食べねえぞ」
ミー坊「大丈夫、アオリイカさんにはいないから」
籾山「・・え、そうなの？」
　籾山、イカを食べる。その顔。
　総長と田村と狂犬、並んでイカを食べつつ、ミー坊を見ている。
総長「あいつってなんかの主人公みたいだな」
田村「・・・そうすね」

狂犬「・・・」
　ミー坊、イカを振る舞い、笑っている。

40　防波堤

　ミー坊、防波堤を歩く。その横の道で、狂犬がバイクを押している。
狂犬「お前、ほんと変わってねえな」
ミー坊「そう?」
狂犬「相変わらず魚かよ」
ミー坊「うん、でもヒヨが狂犬になってるなんてね」
狂犬「そろそろ狂犬も卒業だよ」
ミー坊「狂犬を卒業?」
狂犬「こんなことしてても負け組みだからな、オレは勉強して東京のいい大学に行くんだ」
ミー坊「そっか」
狂犬「お前相変わらず馬鹿なの?」
ミー坊「馬鹿じゃないけど勉強は出来ない」
狂犬「魚のこと本当に勉強したいんなら、ちゃんとした大学行ってやらないと無理だぞ」
ミー坊「そうなのかなあ」
狂犬「・・・お前のそれさ、本気でやれよ」
ミー坊「本気だよ」
狂犬「じゃあ、勉強しろよ」
ミー坊「そうか、じゃあ少し勉強してみようかなあ」
狂犬「少しじゃ駄目だよ」
ミー坊「じゃあ、凄い勉強してヒヨと同じ東京の大学に行くよ」
狂犬「はっ。なんだよそれ」
　狂犬、照れたように、バイクにまたがり、
狂犬「じゃあな」
　狂犬、右腕を回し、走りだす。ミー坊も真似る。一人になったミー坊、防波堤の上を、遊ぶように歩いていく。

41　ミー坊とヒヨの高校生活

　魚に餌をやるミー坊。
　図書館で必死に勉強するヒヨ。
　魚の絵を描くミー坊。
　手の甲に鉛筆を刺し、眠気を堪えて勉強するヒヨ。
　魚を食べるミー坊。
　模試の成績をみて涙を流すヒヨ。
　剥製に囲まれ、笑顔で眠るミー坊。

42　高校・理科準備室

　水槽のカブトガニを、嬉しそうに見ているミー坊。
　ふと、何か気づいたのか、眉をしかめる。
ミー坊「ん?」
　そこへ、担任の先生が、ミー坊を探して顔を出す。
担任「おい何やってんだ、はじめるぞー」
　ミー坊、仕方なく先生のもとへ。
　残された水槽の中、黄色い玉のような、何かが・・。

43　同・教室

　ミー坊、気まずそうに座っている。隣にミチコ。
　目の前の担任、ミー坊の成績表に、苦い顔。
担任「お前、どうすんだよ、数学と英語なんて、受験の必須科目だぞ」
ミー坊「あ、でも、音楽と美術は5です」
担任「・・とにかく、もう少し頑張らないと、
　ミー坊がお魚さん好きなのはわかるけど、そろそろ、お魚さんもたいがいにしないとな」
ミー坊「はあ」
担任「ってことで、お母さん、もう少し、ご自宅でも頑張ってもらえませんかねえ」
ミチコ「・・・先生」
担任「はい?」
ミチコ「成績がいい子もいれば、悪い子がいたっていいんじゃないですか?」
担任「はい?」
ミチコ「みんな勉強ができて同じだったら、

優等生だらけのロボットみたいだわ」
担任「・・・お母さん、言いたいことはわかりますけどね、あとで困るのは、本人ですから」
ミチコ「いいんです」
担任「?」
ミチコ「この子は、魚が好きで、魚の絵を描いて、それでいいんです」
ミー坊「・・・」
ミチコ「それでいいんです」
担任「・・・」

44 同・廊下
不良たち、どく。奥からミチコが、早足にスタスタと歩いてくる。その後ろからミー坊がついてくる。
ミチコ、急に振り返ると
ミチコ「ミー坊は、好きなことをやりなさい」
ミー坊「・・・」
ミチコ「思う存分、本気でやりなさい」
ミー坊「・・・」
ミー坊、コクリとうなづいた。
二人、力強く歩いていく。

45 同・理科準備室(夜)
電気の消えた理科室。

カーテンが揺れる、神聖な光が。

水槽の中、数の増えた黄色い玉の中、小さな命が動いている。カブトガニの卵、孵化している。

46 同・校長室
テレビ局数社が押しかけている。新聞記者もいる。
ミー坊と総長、鈴木先生、校長と並び、賞状を持たされ表彰され、ポカンとしている。校長だけ笑顔。
テレビが回ると、女性アナウンサーが話しだす。
女性アナ「高校生がやりました、カブトガニの人工孵化に成功したのは、なんと日本で初だそうです」
ミー坊「・・・」
女性アナ「ちょっと話を聞いてみましょう」
マイクを向けられたミー坊。
女性アナ「大変でしたか?」
ミー坊「・・・・・おさんぽしただけで」
困って鈴木先生を見る。
鈴木先生「ミー坊は、とにかく魚が好きでな」
女性アナ「将来は、なりたいものとかありますか?」
ミー坊「はい、ミー坊は、いつか、おさかな博士になりたいです」
テレビの人たち、ミー坊に胸がいっぱい。
遠い目。
新聞記者「はい、じゃあ、撮りまーす」
シャッター音とフラッシュ。

47 高校・廊下
掲示板に、総長と田村が何か貼っていく。

地元の新聞の一面、ミー坊が飾っている。

48 新しいミー坊の家・居間(夜)
壁一面の『ミー坊新聞』と地元新聞。
ミー坊とミチコ、二人で夕飯の魚を食べている。
ミー坊、魚を頭から丸ごと食べる。
ミチコ、訝しげに見ている。
ミチコ「ミー坊って、いつも、そうやって丸ごと食べるでしょ」
ミー坊「うん、その方が、骨が喉にひっかからないから」
ミチコ「あら、そうなの?」
ミー坊「知らなかったの?」
ミチコ、恐る恐る、魚を頭から食べてみる。
ミチコ「あら、ほんとね」
ミー坊「骨は後ろに伸びてるからね」
二人、魚を頭からボリボリ食べる。

ミチコ「・・・ねえ、ミー坊」
ミー坊「ん？」
ミチコ「お母さんに遠慮しなくていいんだよ」
ミー坊「何が？」
ミチコ「もっともっと、お魚のこと知りたいんでしょ、お魚のお仕事がしたいんでしょ？」
ミー坊「・・・」
ミチコ「広い海に出てみなさい」
ミー坊「・・・」

49 **新しいミー坊の家・ミー坊の部屋**

水槽が減ったミー坊の部屋。
ウマズラハギのポスターも色あせた。
居間でミチコ、一人、のんきにお茶を飲んでいる。
ふと思い出したようにミー坊の部屋へ。
ミー坊が残したメモを見ながら、残された魚たちに餌をやる。

50 **東京湾**

高層ビルや大きな橋が見える、東京の海。
やや大人になったミー坊（24）、釣りをしている。

51 **ミー坊のアパート・表**

釣り道具を持ち、古い階段を駆け上がるミー坊。

52 **同・部屋**

狭い安アパートの部屋、ほとんどが水槽。
ミー坊、帰ってくると、餌をやる。

53 **水族館**

一組の若いカップルが、水槽の魚を見ている。

54 **同・バックヤード**

ミー坊、飼育員の実習生の格好をして立っている。
教えている飼育員の酒井（28）。
酒井「まず、水族館の仕事は、毎朝の水槽の掃除と測温から始まります、それから調餌、餌作りですね」
ミー坊、嬉しそうに聞いている。
酒井「質問はありますか？」
ミー坊「はい、おさかなさんと触れ合う時間はいつですか？」
酒井「はい？」
ミー坊「マンボウを洗ったり、サメに餌をあげたりするのは、いつですか」
酒井「まずは、測温から始めましょう」

＊　＊　＊

ミー坊、機械の温度を表に書き込む。
が、隣の水槽の魚が気になって仕方ない。
ミー坊「・・・」

＊　＊　＊

酒井、見回りに来る、が、ミー坊がいない。
ミー坊、水槽の魚をへばりついて見ている。
酒井「あれ、もう終わりました？」
ミー坊「あ、いや」
測温表、まったく書き込まれていない。
酒井「・・・もう少し頑張りましょう」
ミー坊「あ、はい」

＊　＊　＊

でかいカメの水槽を、一人で洗っているミー坊。
隣でアシカショーが始まる。
ミー坊「・・・」

＊　＊　＊

ミー坊、アシカショーを客と一緒に見て、のんきに拍手している。
そこへモップを持った酒井、ミー坊の隣にきて
酒井「え、どういうこと？」
ミー坊「あ、すいません、つい」
ミー坊、慌てて仕事に戻る。
酒井「・・・え？」

＊　＊　＊

サイフォンで水槽のゴミを駆除しようと酒井が吸い込んで見本を見せる。

やってみろとミー坊に代わる。

ミー坊、吸い込む。急にゴホゴホと咳き込み、小魚を吐き出す。酒井、もうちょっと笑っている。

＊　＊　＊

調餌場で、ひたすらに餌を作るミー坊。

酒井「オキアミとアミエビは大水槽用で、アジは切り身にして、こっちの入れ物に、ミンチと分けて冷蔵庫にしまってくださいね」

ミー坊、汗をふきふき、餌を作る。

55　**同・館内**

ミー坊、餌を運んでいる、が、足をひっかけて、そのまま餌ごとぶちまける。
ミー坊「あ・・・」
全部混ざる餌、もうわけがわからず、一緒くたにして入れなおしていると、そこへ酒井が来てバレる。
酒井「ちょっと、え？　何やってんの！」
ミー坊「・・・すいません！　すいません！」

56　**同・水槽の上**

餌をあげるミー坊、フラフラした足元、もう目がうつろ。

57　**同・館内**

カップルが手をつなぎ、水槽の魚を見ている。

キスする雰囲気、そこに突然、水槽の上からミー坊がゆっくり落ちてくる。

カップル「！」

ミー坊、水槽の中をもがき、カップルに笑う。逃げるカップル。

58　**同・バックヤード**

シャワーを浴びたミー坊、無言。そこへ酒井、あったかいお茶をもってくると、ミー坊に飲ませて、
酒井「君、向いてないんじゃない？」
ミー坊「・・・」

59　**ミー坊のアパート**

ミー坊、布団にくるまっている。留守電が聞こえる。

酒井の声「宮下さん、来ないなら来ないで、連絡ください」

ミー坊、丸くなる。

60　**老舗の寿司屋**

寿司を握る大将、その横で、ひたすら甘エビの殻をむくミー坊（25）。

61　**場末のキャバクラ（夜）**

大将と職人たち、女の子たちと楽しそうに話している。その端のミー坊、つまらなそうにしている。

ミー坊の前を通りかかるたびに、なんとなく顔を隠す女の子が居る。ミー坊だんだん気になる。

ミー坊「あ！」

みんな、ちょっとびっくりしてミー坊を見る。

ミー坊「モモ？」

ミー坊に気付かれた女の子、舌打ちをひとつ。

すっかり大人になったモモコ（25）だ。

62　**同・裏の喫煙所（夜）**

タバコを吸うモモコと、ミー坊、外にいる。
ミー坊「OLやってるって聞いたけど」
モモコ「やめたの、いいでしょ別に。あんたこそ、何やってんのこんなところで」
ミー坊「お寿司屋さんだよ」
モモコ「相変わらず魚なんだね」
ミー坊「うん、お魚の仕事がしたいけど・・・でも、なんか、どこに行っても思ってたの

と違くて・・」
モモコ「・・・この辺？　ミー坊の家」
ミー坊「まあうん、モモは？」
モモコ「今は違うけど、今度こっち引っ越す。あ、そうだ、ミー坊、暇？　暇だよね？」
ミー坊「いや、だからお寿司屋さんだけど」

63　モモコのマンション・部屋

軍手のミー坊が、大きな段ボールを運ぶ。モモコが、軽そうなものを運ぶ、指示したり。
ミー坊「え、じゃあ、その人がご飯とか、そういうお金を全部だしてくれるってこと？　家賃とか？」
モモコ「まあ、うん」
ミー坊「・・・」
モモコ「なに？」
ミー坊「なにが？」
モモコ「なんか、考えたでしょ？　今」
ミー坊「そりゃ、考えるけど」
モモコ「何考えたの？」
ミー坊「いやまあ、それってその人に飼われるみたいだなあって思ったの」
モモコ「・・・だから何よ」

＊　＊　＊

作業がおちつき、二人、ダンボールだらけの部屋に座る。
モモコ「なんか飲む？」
ミー坊「あ、うん、ありがとう」
モモコ、立ち上がり、台所のほうへ。
ミー坊「あ、ねえ、なんかさ、水をためて置けるものない？」
モモコ「え？　どういうこと？」
ミー坊「何か水をためて置ける、容器のような」
モモコ「なに？」
ミー坊「引っ越し祝い」
モモコ「え、なんでよ」
ミー坊、リュックから金魚を出す。
モモコ「リュックから金魚出す人、はじめてみた」
ミー坊「寂しいだろうから」
モモコ「二人で住むって言ってんのになんで寂しいのよ」
ミー坊「だって居ないじゃないその人」
モモコ「・・・」

＊　＊　＊

金魚を入れたどんぶりを、見ている二人。
モモコ「あ、そうだ、ミー坊にぴったりの仕事があるんだけど」

64　歯科医院

金持ちが来そうな内装。豪華なソファーにミー坊、なんだかわからないまま座っている。
歯医者（50）がやってくる、オールバック、黒いタイトなパンツを穿いている、歯が白い。
歯医者「ああごめんごめん、待たせたね。君が・・」
ミー坊「はい、ミー坊です」
歯医者「はいはい、リンダちゃんの友達の、ありがとありがと」
歯医者、ソファに座る。二人、だまっている。
歯医者「・・・なんだっけ？」
ミー坊「え？」
歯医者「ああ、水槽ね、水槽の件だ」
ミー坊「はい」
歯医者「ここに、どかんと大きな水槽をね、置くつもりなの」
ミー坊「はい、良いと思います」
歯医者「僕はねえ、ワンダーを提供したいのよね、お客さんに」
ミー坊「ワンダー・・はい」
歯医者「歯が痛い、治したい、そういうお客さんにね、ワンダーを提供して、少しでも心を穏やかにしてもらいたいわけ、歯を治すだけじゃない、プラスαを提供したいわけ。もっとここで歯を削りたい、もっと削ってしまいたい、そう思ってもらえるような、ワンダーな水槽ね」
ミー坊「なるほど」
歯医者「君にそれ、出来る？」
ミー坊「出来ますかね？」
　二人見つめ合う。
　しばらくして歯医者、頷く。
歯医者「うん、良い目だ。よし、君に任す、頼んだよ」

65　都会の道

　ミー坊、小走りでかける。嬉しい走り。

66　ミー坊のアパート（夜）

　熱心に水槽の構想を練るミー坊、真剣な顔つきで、ノートに生態系の図を書いたり。

67　ペットショップ海人

　ミー坊、魚たちの様子を観察している。と、店長（45）が近寄ってくる。
店長「また君か」
ミー坊「あ、ウミヒトさん、ボロカサゴの稚魚、分けてもらえませんか？」
店長「うーん、ボロカサゴの稚魚は餌がめちゃくちゃ難しいからねえ」
ミー坊「もちろん、心得ています」
店長「ほう、その心は」
　ミー坊、何やら棒を取り出し、店長の目の前で揺らしてみせる。
店長「ほう、負けたよ、ミー坊くん、合格だ」
　ニヤリと笑う二人。

68　ミー坊のアパート（夜）

　腕立てと腹筋をするミー坊。
ミー坊「足りない、何かが足りないんだ、歯医者さんが求めているワンダーには、まだ何かが・・」

69　荒海

　地元の人が、海を見ている。
地元の漁師「おいバカヤロウ、やめろ、死んじまうぞ！」
　ミー坊、網を持ち、漁師を振り返り、ニコリと笑って親指をたてる。岩の奥へ消えていく。
地元の漁師「俺は知らねえ、知らねえぞ！」
おばあさん「ああ、恐ろしい、恐ろしいことだ」
　隣でおばあさん、手を合わせて拝んでいる。

＊　＊　＊

ずぶ濡れのミー坊が、魚を捕まえ、岩からあがってくる。魚を掲げる。
地元の漁師「あの野郎やりやがった！　本当にやりやがったよ！」
おばあさん「ああ、あれは人じゃない、さかなの子だよ」

70　歯科医院

　歯医者が来る。
歯医者「おはよう」
　満身創痍のミー坊、ソファーに座っている。
　その自信に満ちた表情をみて、
歯医者「・・・出来たんだな？」
ミー坊「（頷き）ミー坊のお魚人生の全てをつぎ込んだつもりです」
　歯医者が自動カーテンをあける、差し込む光。
　アクアリウムが完成している。が何も見えない。
歯医者「？　そうか、魚はこれからか」
ミー坊「そう思うでしょ？　よく見て下さい、岩の陰です」
　歯医者、よく見る。岩の陰にものすごく地味で小さな魚がいる。擬態していて、よく見えない。
ミー坊「ボロカサゴの稚魚です」
歯医者「え？」
ミー坊「あ、ほら、その岩の所に、カエルアンコウがいた。多分、砂の中にはイシヨウジもいますよ」

　歯医者、何も見つけられない。ミー坊を見る。

歯医者「他にはいないの？　他の魚は？」

ミー坊「この中には13種類のお魚さんと、2種類の海老、そして無数のプランクトンや海草が住んで居ます」

歯医者「・・・どこにいるの？」

ミー坊「物陰にいます。できるだけ自然に近い形を目指しました。根気よく観察を続ければ、イシヨウジちゃんがふわっときます。あと、ボロカサゴちゃんの餌は、死んだエビをこの棒で、一日二回、生きてるみたいに揺らしてくださいね」

　ミー坊、満足気に歯医者を見る。

歯医者「ミー坊」

ミー坊「はい」

歯医者「こういうんじゃないんだよ」

ミー坊「はい？」

歯医者「こういう本気のじゃないんだよ」

ミー坊「え？」

歯医者「もっとキラキラしたグッピーとかが泳いでるやつが欲しいんだよ」

ミー坊「・・・・・・」

　イシヨウジ、ふわっとくる。

71　ペットショップ海人

　店長とミー坊、魚を悲しげに水槽に戻している。

店長「いや、そうだと思ったよ」

ミー坊「そうだと思ったんですか？」

店長「まあね、だって地味だもん、マニアックだし」

ミー坊「・・・本当に、ごめんなさい」

店長「まあいいよいいよ、お金はもらったし、魚たちも戻ってきたし、まあ、魚を飾りとして考えてる人もいるからね」

ミー坊「・・・なんだか店長にも申し訳なくて」

　店長、落ち込むミー坊を見ている。

店長「ミー坊くん、うちで働かないか？」

ミー坊「え？」

店長「仕事ないんでしょ？」

ミー坊「はい、でも、いいんですか？」

店長「もちろんだよ」

ミー坊「他のどの仕事しても、使えないし、必ずなにか壊して店に損害を与えるのに、良いんですか？」

店長「え？」

　ミー坊、嬉しくて飛び跳ねる。

ミー坊「ほんとうにありがとうございますウミヒトさん、一生懸命がんばります」

店長「うん。あと、ウミヒトって店の名前であって僕の名前じゃないからね、ついでに言うとあれ、ウミヒトじゃなくてウミンチュって読むんだ」

ミー坊「はい？」

72　夜景の綺麗なレストラン

　ウェイターがワインのコルクを抜く。

　すっかり大人になったヒヨ（29）の鼻先へ。

　ちょっとびっくりしたヒヨ。ワインが少し注がれる。

ウエイ「御確認ください」

　ヒヨ、飲み干す。わかったように頷く。

　ウエイター、ヒヨと、ヒヨの前にいる女性にも注ぐ。

　綺麗な女性、谷崎ゆりえ（28）。

　ヒヨ、恰好いい顔で、ゆりえをみる。

　と、入口で何やら高い声が聞こえ、振り返る。

　受付で、場違いな魚のセーターを着たミー坊が、店員に捕まっている。

ミー坊「ちがいます、このお店に用があるんです」

　ヒヨとゆりえ、顔をあわせる。

ミー坊「（ヒヨたちを見つけ）ヒヨー、ミー坊だよー」

＊　＊　＊

　席に着いたミー坊。
ヒヨ「お前、なんだよその服」
ミー坊「キビナゴちゃん、お母さんが編んでくれたの。似合わない?」
ヒヨ「いや、すげえ似合ってるけど」
　ミー坊、ヒヨの隣の女性をものすごく見ている。
ヒヨ「あ、こちら、谷崎ゆりえさん」
　ゆりえ、ミー坊に微笑み、うなずく。
ミー坊「こんにちは」
ヒヨ「これ、ミー坊」
ゆりえ「あの、お話は伺ってます、魚が好きなんですよね?」
ミー坊「・・・友達?」
ヒヨ「まあ、付き合ってる」
ミー坊「ふーん」

＊　＊　＊

　三人、会食している。
ヒヨ「なあ、ミー坊、ゆりえのこと、どっかで見たことない?」
ミー坊「え?」
ヒヨ「ほら、テレビで」
ミー坊「?」
ヒヨ「きらり、夢ナビ♪　きらり、夢ナビ♪」
ミー坊「?」
ヒヨ「うんまあ」
ゆりえ「テレビ嫌いですか?」
ミー坊「魚の番組なら観ますけど」
ゆりえ「(笑顔) ミー坊さんは、今は、何をされてるんですか?」
ミー坊「何っていうと?」
ゆりえ「その、仕事とか」
ミー坊「ああ、今はまだ、ペットショップで働いてて」
ゆりえ「・・まだ?」
ミー坊「はい、いつか、おさかな博士になれたらいいかなって思ってて」
ゆりえ「・・・」
　ゆりえ、我慢していたが耐えきれず、吹き出し笑い出す。
ミー坊「面白いですか?」
ゆりえ「いえ、ごめんなさい、ちょっと、びっくりして」
ヒヨ「お前、まだそんなこと言ってんのかよ」
ゆりえ「おさかな博士って・・・」
　ゆりえ、もう、笑いが止まらない。ミー坊も笑う。
ミー坊「そんなにおかしいですか」
ゆりえ「ごめんなさい、だって・・いい大人が・・大人なのに」
ヒヨ「・・・」
　最初は笑っていたヒヨの顔が、みるみるうちに不機嫌になっていく。

＊　＊　＊

　出入り口で、ヒヨとゆりえが、何やらもめている。
　ミー坊、一人待っている、と、ヒヨだけ帰ってくる。
ミー坊「あれ、ゆりえさんは」
ヒヨ「帰った」
ミー坊「なんで?」
ヒヨ「・・もういいんだ」
　ヒヨ、ワインをがぶ飲みして、
ヒヨ「ガキの頃さ、近所に変なおじさんいたろ、ほら、お前がいたずらされた」
ミー坊「されてないよ」
ヒヨ「そうだ、たしか親指隠してさ、帽子を褒めて逃げるんだ、じゃないと・・どうなるんだっけ」
ミー坊「解剖されて魚に改造されちゃうの」
　ヒヨ、懐かしくて笑う。
ヒヨ「なれたらいいな、おさかな博士」
ミー坊「・・・」
ヒヨ「ミー坊なら、余裕だよ」
　大人になったミー坊とヒヨ、ワインを飲む。

73　**ミー坊のアパート・前(夜)**

　ミー坊、仕事から帰ってくる、と、ア

パートの前に誰か居る。積み上げられた
　小石。
ミー坊「？」
ミー坊に気付きこちらを向く。モモコが、
まだ小さな子（3）を抱いている。
ミー坊「モモ？」
モモコ、どういう顔をしていいか判らず。

74　同・部屋（夜）
モモコ、座っている。
子供、自分の水筒を持ち、ウロウロして
いる。
ミー坊、お茶を持ってくる。
ミー坊「鯵の骨茶しかないけど」
モモコ「・・本当にそれしかないの？」
ミー坊「ミー坊の手作りだからオーガニック
　だよ」
二人、黙って茶を啜る。
ミー坊「どうしたの急に、びっくりしたよ」
モモコ「・・・」
子供「この人だれ？」
モモコ「ミー坊」
子供「へー、変な名前」
ミー坊「・・・君の名前は？」
子供、モモコを見る。モモコ、微笑む。
子供「ミツコ」
ミツコ、照れたようにしている。

ミー坊「お魚好き？」
ミツコ「好きでも嫌いでもない」
ミー坊「へえ・・金魚さんは？」
ミツコ「好き」
ミー坊「金魚さんは好きなの？」
ミツコ「・・・」
ミー坊「ねえねえ」
ミツコ「・・・」
モモコ「何も聞かないの？」
ミー坊「え？　なんか聞いてほしいの？」
モモコ「私たち、行くところがないのよ」
ミー坊「・・・」
モモコ、かばんからビニール袋を出す。
モモコ「覚えてる？　全然死なないの」
ミー坊「・・・」
中に、いつかの金魚が入っている。

75　ミー坊のアパート（朝）
ミー坊、何か重いものが乗っかって目を
覚ます。
ミツコの声「ねえねえ」
ミツコが乗っている。ミー坊、起き上が
る。
ミツコ「（モモコに）ねえ、起きたよ、ミー
坊」
ミー坊「？」
台所で朝飯を作るモモコの後ろ姿が見え
る。
モモコ「おはよう」
ミー坊「・・おはよう」

＊　　＊　　＊

朝飯を食べる三人。

76　ミー坊のアパート・前（朝）
ミー坊、出かけていく。下から見上げる。
起き抜けのモモコが、ベランダから手を
振っている。
モモコ「いってらっしゃい」
ミー坊も、手を振る。
ミー坊「いってきます」
首をかしげつつ、歩いていく。

77　ペットショップ海人
ミー坊、接客中、それなりに働いている。

78　ミー坊のアパート
モモコ、洗濯物を乾かす。
ミツコが、ミー坊の魚を絵を描いている。
すり減った短いクレヨン。

79　同・前（夜）
仕事帰り、家を見上げるミー坊、明りが
ついている。
ミー坊「・・・」

80　**同・部屋（夜）**

ミー坊、帰ってくると、テーブルの上に魚の絵。
ミツコが寝ている。起こさないようにそっと見守る。
モモコがそれを見て微笑む。
モモコ「今日、ミツコが餌やったんだよ」
ミー坊、驚いた顔を作る。

＊　＊　＊

狭苦しいスペースで、川の字で寝る三人。まるで家族のよう。

81　**海**

パラソルの下、ビニールシートに、ミー坊とモモコが座っている。
海ではしゃぐミツコが手を振っている。
ミー坊とモモコ、手を振り返す。
それを見て、通りがかった老夫婦が声をかける。
老妻「いいわね、ご家族で」
モモコ「・・・」
そのまま通り過ぎていく。
モモコ「・・・ごめんね、ミー坊」
ミー坊「なにが?」
モモコ「ミー坊と魚たちの生活に、私たち、割り込んできて」
ミー坊「そんなことないよ、楽しいよ」
モモコ「だって、普通じゃないよね、私たち」
ミー坊「普通って?」
モモコ「え?」
ミー坊「普通って何、ミー坊はよくわからないよ」
向こうで、ミツコがミー坊に手を振っている。
ミー坊、ミツコのもとへ走っていく。
戯れあって、遊んでいる二人。
モモコ、それを、じっと見つめている。
モモコ「・・・」

82　**ミー坊のアパート・部屋（朝）**

ミツコの声「ねえ、お母さん、ねえ」
とミツコに起こされ、目を覚ましたモモコ。
ミツコ「お魚さんは?」
モモコ、起き上がり部屋を見回す。ミー坊がいない。
水槽の数が減り、部屋にスペースができている。
モモコ「?」

83　**同・表**

モモコ、台所の窓から顔を出す。外に空の水槽が積み上げられている。悲し気に見ている。
モモコ「・・・」

84　**ペットショップ海人**

ミー坊、水槽に自分の魚を入れている。
店長が来て、
店長「何、どうしたの、ミー坊くん」
ミー坊「店長、ミー坊は、もう少しお金が欲しいです」
店長「ミー坊くん、それは僕も同感だよ」
ミー坊「もう少し、お仕事に、たくさん入れませんか?」
店長「何、何、どうしたの? 急に」
ミー坊「もっともっと、ミー坊が頑張らないと」

85　**文房具店**

ミー坊、豪華なクレヨンセットを選んでいる。
どれにしようか、嬉しそうに迷っている。

86　**ミー坊のアパート・表（夕）**

ミー坊、嬉しそうに買い物袋を提げ、帰ってくる。
階段を駆け上がる。
ミー坊「?」

表の水槽がなくなっている。

87　同・部屋（夕）
ミー坊「ただいま」

と、入ってきたミー坊、立ち尽くす。

水槽が全部元に戻っている。

誰もいない部屋、夕暮れがさす。

ミー坊「・・・・・・」

ミツコが描いた魚の絵に「あじのほねちゃ、おいしかったよ」の文字。

テーブルの上の鉢で、金魚が泳ぐ。

88　同・部屋（夜）
豪華なクレヨンセット。

ミー坊、一人、買ったクレヨンで金魚の絵を描く。

89　場末の居酒屋（夜）
ミー坊、酒を飲んでいる、酔っている様子。
店員「シシャモお待たせしました」
ミー坊「ちょっとー、ちょっとー」
店員、面倒臭そうにくる。
ミー坊「シシャモちゃんを頼んだんだけどー」
店員「あ、だからはい、シシャモですけど」
ミー坊「シシャモちゃんはもっと小さくてお腹もプリッとしてて、これは樺太シシャモちゃんだからー」
店員「・・・あ、はい、だからあの、樺太で獲れたシシャモ」
ミー坊「ちがーう！　か、ら、ふ、と、し、しゃも。し、しゃ、も。ちがーう！　これはキャ、ペ、リン！。同じキュウリウオ科でも全然違うでしょー、ふしあなかー」

90　路地（朝）
気がつけば朝、どこかの路地で目覚めるミー坊、目の前にはガレージがある。

すぐそこに、ゴミが不法投棄されている。

ビニールのゴミ袋に入ったペンキ缶と刷毛。

ミー坊、ぼおっと見ている。

＊　＊　＊

野次馬が集まっている。

壁には、大きなししゃもが一匹、描かれている。

ミー坊、絵の前でしゃがみ、満足そうに眺めている。

そこへ、魚の発泡スチロールケースを積んだ原付バイクが通りすぎ、しばらくして戻ってくる。

バイク「・・・お前が描いたの?」

ミー坊、怒られると思って、聞いてないフリ。

バイク「なあ」

ミー坊、おそるおそる振り返る。

バイク「かわんねえな、お前」

バイクの男、フルフェイスを取る・・総長だ。

総長「久しぶりだな」

ミー坊「え、総長!?」

ミー坊、ペンキだらけの手で総長に抱きつこうとする。総長、逃げる。

中からガレージを開け、店の人が出てきた。

91　スナック
寂れたスナックの店内、総長が魚のケースを運ぶ。
店の奥にマスターらしき人がいて、それを厨房に運んでいる。何やら、総長とコソコソ話しては、カウンターにいるミー坊を見ている。総長戻ってきて、
総長「昼まだだろ?」
ミー坊「ああ、うん」
総長「ここ、寿司がうまいんだ」
ミー坊「え?」
誰もいない、スナックの店内を見回す。

＊　＊　＊

カウンターに座るミー坊と総長の前、マスターがイカに包丁を入れる。その見事

な手さばき。
マスター、握ると、塩とゆずをふってミー坊に出す。
マスター「そのままどうぞ」
ミー坊、言われるがままに食べる。思わずのけぞる。
ミー坊「うーん、美味しい！　アオリイカさん」
マスター、ニコニコしている。総長、ニヤニヤする。
マスター「アオリイカには、アニサキスの心配がないからね」
ミー坊「・・・え?・・・籾山くん?!　あの、網網のシャツを着ていた」
総長「やっと気付いたのかよ」
総長と籾山、笑う。
籾山「高校の時、ミー坊に会って、イカの美味さに感動してね、卒業してすぐ、寿司屋に修行に行ったんだよ」
ミー坊「美味しい、美味しいよ籾山くん」
籾山「ミー坊は変わらないな」
ミー坊「そんなことないよ、ミー坊だって年相応だよ」
籾山「人の家の壁に酔っ払って、絵を描いたんだろ」
ミー坊「違うよ、ガレージだよ」
籾山「そうか、そしたらよ、この店に描いてくれよ、ミー坊の絵をさ」
ミー坊「え?」
籾山「まあ今はこんな店だけど、ちょうど今、ここをちゃんとした寿司屋にしようと思っててさ」
ミー坊「・・・（総長を見る）」
総長、ニコニコしながら見ている。
籾山「もちろん、ちゃんとお金も払うよ」
ミー坊「・・・いいの?」
籾山「やってくれるか?」
ミー坊、満面の笑みで、イカをほおばる。

92 スナック（夜）
誰もいないスナックの壁と向かいあうミー坊。

しばらくして、ようやく刷毛を手にすると、そのままミー坊、青色を一心不乱に塗っていく。

93 ペットショップ海人
ミー坊、レジで寝ている。店長が来て起こそうとするが、幸せな寝顔を見て、そっとしておく。

94 スナック
ミー坊、描く。描く。

楽しそうに真剣に、魚の絵を描いていく。

F・0

95 道～スナック改め寿司屋（夜）（数ヶ月後）
地図を頼りに歩いてくる女性が一人。年をとったミチコ（57）だ。

ふと、立ち止まる。向こうの壁に、見覚えのある魚の絵が遠目に見える。

ミチコ「?!」

ミチコ、小走りで駆け出す。壁の絵を追うように、走る。やがて人の賑わう声、寿司屋の前、人だかりができている。

やってきたミチコ、唖然として見上げる。

店の壁という壁が、魚の絵で埋め尽くされている。

ミー坊の絵だ。

ミチコ「・・・」

ミチコ、寿司屋の戸を開ける。

籾山「いらっしゃいませー」

中で、待っているミー坊、席を立ち
ミー坊「お母さん」

ミチコ「ミー坊」

ミチコ、店を見回しながら入ってくる。

壁一面にミー坊の描いた魚の絵がある。

ミチコ「・・・すごいわ」

ミー坊「・・・うん」

ミチコ「・・・ミー坊みたい」

ミー坊「・・・そうかな」
　店の奥で、総長が一杯やりながら様子を見守っている。
　ミチコ、ミー坊の隣に座る。まだ絵を見ている。
ミー坊「そうだ、仕事が来たんだ、絵のお仕事だよ、この絵をみたお客さんが注文してくれたんだよ、絵を気にいってくれて、雑誌の挿絵を描きませんかって、すごいよ」
ミチコ「よかったね、ミー坊」
ミー坊「ちゃんとお金ももらえるんだよ」
ミチコ「すごいね、ちゃんとした仕事だね」
ミー坊「うん、そのお金で、お母さんにまたお寿司をごちそうするよ、あ、そうだ、今度はお父さんもスミオも呼ぼう、またみんなで、お寿司でも食べようよ」
ミチコ「・・・あのね、ミー坊」
ミー坊「ん?」
ミチコ「お母さん、ミー坊にずっと内緒にしていたことがあるの?」
ミー坊「え?」
ミチコ「お母さんね、本当は、お魚苦手なの」
ミー坊「・・・え?!」
　総長と籾山、思わず顔をあげる。
ミチコ「もっというと、お父さんも、スミオも」
ミー坊「えー！　そんな、まさか」
ミチコ「お母さん、お父さんとスミオにちょっと無理させてたかもしれない」
ミー坊「えー、うそでしょ、そんな、言ってくれたらよかったのに」
ミチコ「お母さん、ミー坊の好きを邪魔したくなかったの、ミー坊は好きって気持ちがすごく強いでしょ、それってきっとすごいことなんだよ」
ミー坊「・・・」
　ミチコ、嬉しそうに絵を見上げる。
ミチコ「ああ、よかった」
ミー坊「?」
ミチコ「ミー坊がずっと、お魚を好きでいてくれて」
ミー坊「・・・」
　籾山がおしぼり持って、注文を取りにくる。
籾山「どうしましょ?」
ミチコ「・・・あら、じゃあ、そうね・・」
　ミチコ、ミー坊の絵を改めて見る。
ミチコ「じゃあ、タコを」
籾山「タコ?」
　ミー坊とミチコが、笑う。
　二人の後ろに、活き活きと描かれたタコ。

F・O

96 海

誰もいない静かな海。
突如、ミー坊(30)があがってくる。
それを、浜辺でじっと見ている男がいる。
ミー坊「ヒヨ?」
ネクタイをした仕事着のヒヨ(30)、手を挙げる。

97 浜辺

ミー坊、テレビの企画書に目を通している。
イラストレーターのミー坊を紹介する小さな番組。
ディレクターの名前に『日吉』の名前。
ヒヨ「まあ、小さな番組だけど、その分、ミー坊の好きなように喋ってくれていいからさ」
ミー坊「無理だよ、テレビなんて」
ヒヨ「なんで?」
ミー坊「だって、恥ずかしいし、何喋ればいいかわからないよ」
ヒヨ「いいんだよ、俺らに話すみたいに、魚の話すれば」
ミー坊「うーん」
ヒヨ「俺はさ、ただミー坊のこと、みんなにもっと知ってもらいたいんだよ、みんなにミー坊を紹介したいっていうかさ、たぶん、テレビの向こうに、ミー坊の話聞きたいやつ、いっぱいいると思うんだ」
ミー坊「・・・」

98　ミー坊のアパート（夜）

ミー坊、一人、正座して座っている。

突然立ち上がり、押入れの中のダンボールを引き出す。魚の剥製や魚の皮を板に張ったものが出てくる。

そこから、いつかのハコフグの帽子が出てくる。

ミー坊「・・・」

ミー坊、ギョギョ帽子についた魚の目を見る。

ギョギョ帽子をかぶるミー坊。

鏡の前にきて、じっと見る。つぶやく。

ミー坊「ぎょぎょ」

声が大きくなっていく。

ミー坊「ぎょぎょ！」

叫ぶ。

ミー坊「ぎょぎょ!!」

99　テレビ番組の収録スタジオ

カメラの前のミー坊、ハコフグ帽子をかぶり、緊張している。
MC「今日は、イラストレーターとして活躍するミー坊さんをゲストに迎えております、どうもこんにちは」
ミー坊「皆さんはじめまして、ミー坊でぎょざいます！」
MCとコメンテーターが、少し驚く。
MC「お話を伺う前に、その帽子はいったい」
ミー坊「これは、ハコフグ帽子です。ギョギョ」
コメン「ギョギョ？」
MC「・・・そうですか、ミー坊さんは小さな頃から魚が好きだったんですよね？」
ミー坊「はい！　そうでぎょざいます、ミー坊は、小さい頃からお魚さんに夢中なんでぎょざいますよー」
MC「さんづけするんですね、魚に」
周りのスタッフたちも、思わず笑いだす。
コメン「ミー坊さんは、ずっとその話し方？」
ミー坊「その話し方とは？」
コメン「あ、いや、なんでもないです、なんでも」
ミー坊「でも、最初に好きになったのは、実は、お魚さんじゃなくて、タコさんだったんでぎょざいます」
ミー坊、昔作ったタコの『ミー坊新聞』を取り出し、身振り手振りを交え、楽しそうに話しだす。

100　見ている人たち

総長と籾山が寿司屋で、一杯やりながら。

海人の店長が、店の小さなテレビで。

ジロウとスミオが、自宅のテレビで。

ミチコが、まだミー坊の名残が残る家で。

サザエを担いだ海の男、通りがかった店のテレビで。

男の声「ぎょぎょぎょ！」

101　画面に映るミー坊

ミー坊、楽しそうに話す。描いた魚の絵や、カブトガニの剥製を見せたり。地元の新聞を見せたり。

ミー坊が話すたびに、MCやコメンテーターが笑う。

感心するように、頷いたりもする。

ミー坊、一生懸命話す、その目にカメラは寄っていく。その目の中を泳ぐ、一匹の魚。

102　水族館

その魚が泳いでいる。一人の子供が、じっと水槽の前でへばりつき、見ている。

見覚えのある水筒。小学生になったミツコ（8）だ。

閉館の音楽がなるが、一向に動こうとしない。

やがて、その横にモモコがきて、一緒に
見ている。
モモコ「はい、これ、あげる」
ミツコが受け取ったのは、魚の図鑑だ。
ミツコ「わあ」
モモコ「今日はこれで我慢して」
ミー坊のイラストがたくさん載った、楽
しそうな魚の図鑑。著者の名前に『おさ
かな博士　ミー坊』とある。

103

海までの道

色とりどりのランドセルの小学生たち、
歩いている。
先頭の一人が、ミー坊の図鑑を開いてい
る。
皆、それを奪い合うように、見ながら来
る。
ふと、道の先に立っている人がいる。
魚の帽子をかぶっている。
子供たち「ミー坊！」
子供たち、ミー坊に向かって走っていく。
ミー坊「ぎょぎょ！」
ミー坊、飛び上がると、面白がって逃げ
る。
ミー坊、走る、家や道の脇から、子供た
ちが続々と集まってきて、ミー坊を追い
かける。
ミー坊、走る。その道の先に海が見えて
くる。

104

防波堤

ミー坊と子供たち、走ってくる。
やがて防波堤の先へ。
ミー坊、走る。そのまま、海に向かって、
跳んだ。

105

海の中

ドボンと落ちたミー坊、もがく。
そこへ、目の前を通り過ぎる、いつかの
大きな魚。
白衣に描かれた魚たち、一斉に泳きだす。
いつの間にか、ミー坊、ハコフグになっ
ている。
色とりどりの魚たちと一緒に、泳いでい
く。
ミー坊の声「おさかなさーん」
水面に浮かんだ、真っ白な白衣だけ残し
て。

106

エンドクレジット

夜明けまでバス停で

梶原阿貴

〈脚本家略歴〉

梶原阿貴（かじわら　あき）

1973年東京都出身。私立自由の森学園高校卒業。在学中に、映画『櫻の園』（90）中原俊監督のオーディションを受け、ちょっと怖い上級生役で俳優デビュー。劇団第七病棟、現代制作舎、MASHに所属。主な映画出演作品に『青春デンデケデケデケ』（92　大林宣彦監督）『M／OTHER』（99　諏訪敦彦監督）『のんきな姉さん』（04　七里圭監督）『ふがいない僕は空を見た』（12　タナダユキ監督）などがある。『苺の破片』（05　中原俊・高橋ツトム監督）で、共同脚本、主演を果たし、その後、脚本家の柏原寛司に師事。2007年『名探偵コナン』で脚本家デビュー。その後、アニメ、テレビドラマを経て、映画『WALKING MAN』（19　ANARCHY監督）で脚本、監督補を務める。2022年映画『夜明けまでバス停で』（高橋伴明監督）で数々の賞を受賞。

©高橋マナミ

第96回キネマ旬報ベスト・テン日本映画脚本賞
おおさかシネマフェスティバル2023　脚本賞
第77回毎日映画コンクール脚本賞ノミネート

監督：高橋伴明
制作：G・カンパニー
配給：渋谷プロダクション

〈スタッフ〉
エグゼクティブプロデューサー　鈴木祐介
プロデューサー　角田睦
小林良二
見留多佳城
神崎良
佐久間敏則
撮影監督・編集　小川真司
照明　丸山和志
録音　植田中
美術　丸尾知行
音楽　吉川清之

〈キャスト〉
北林三知子　板谷由夏
寺島千春　大西礼芳
大河原聡　三浦貴大
工藤武彦　松浦祐也
石川マリア　ルビーモレノ
小泉純子　片岡礼子
高橋美香　土居志央梨
介護職員　あめくみちこ
小出　幕雄仁
井上　鈴木秀人
赤ら顔の男　長尾和宏
KENGO　柄本佑
センセイ　下元史朗
如月マリ　筒井真理子
派手婆　根岸季衣
バクダン　柄本明

1　街道沿いにあるバス停（深夜）　２０２０年11月

そこだけ世間から取り残されたようにぼんやりと明かりが灯っているバス停。ベンチに腰かけた北林三知子（45）が、俯くようにキャリーケースに頭をもたげ仮眠をとっている。

三知子「……」

向こうからコンビニ袋を下げた男がやってくる。

男は生垣からおもむろに石を拾って袋に入れた。

男「……」

男は立ち止まってジッと三知子を見ている。

三知子は微動だにしない。

男は一歩一歩、三知子に近付いて、やがてその正面で立ち止まる。

男「……」

男は突然、石の入ったコンビニ袋を三知子の頭上に振り上げる——

暗転——

2　タイトル『夜明けまでバス停で』

3　居酒屋・店内　２０２０年1月

活気にあふれた店内。

三知子「いらっしゃいませ！」

三知子が、ビールジョッキを両手に忙しく働いている。

小泉純子と高橋美香（27）も、元気な声で

純子・美香「いらっしゃいませ～」

と笑顔で忙しく配膳をしている。

店長の寺島千晴（30）はフロアを行き来しながら、アルバイト達に大きな声で指示を出している。

千晴「はい、7卓ドリンクお代わり伺って。4卓お皿下げちゃって、お茶出してちょうだい。1卓小皿足りないみたいよ」

会計レジに向かう客を見て、

千晴「ありがとうございます！」

と、そのままレジに入って会計をする。

その仕事ぶりはとてもテキパキしている。

4　同・バックヤード

奥のシンクには洗い物が山と積まれている。

それを一人で片付けている石川マリア（60）。

男性バイトの小出が、お湯と洗剤が入った大型のシンクに直接皿をドボンと入れると、マリアの顔に汚れた泡が飛ぶ。

マリア「……」

顔についた泡をぬぐったマリアは、それを拭い、再び洗い物を始める。

5　同・店内

客が帰った後のテーブルを片付けている三知子。

比較的きれいなまま残されている唐揚げや焼うどんを、トレーの一番上に載せて運んでいく。

6　同・バックヤード

トレーを持った三知子がやってくる。

マリアが一人で洗い物をしている。

三知子「マリアさん」

唐揚げの乗った皿をこなす。

マリア「（頷く）」

マリアはエプロンのポケットから出したビニール袋に、その唐揚げをさっと入れる。

そこにエリアマネージャーの大河原聡（33）がやってくる。慌てて作業に戻る三知子とマリア。

大河原「お疲れっす～。店長見ない？」

三知子「さっきはレジにいましたけど」

下げられた焼うどんとポテトサラダを見て、

大河原「残飯はちゃんとゴミと混ぜて、野良

犬が食べないように棄てて下さいねー」

　言いながらゴミ箱に放り投げて、更に唾を吐く。

　それを見ているマリア。

　千晴がくると、大河原は急ににこやかになる。

「すみません。探してました?」

大河原「お疲れ〜ちょっと事務所の方いいかな?」

　千晴をエスコートするようにして出ていく。

　マリア、その去った方向に、
マリア「(タガログ語で)野良犬って私への当てつけかよ！　今時野良犬なんかいるか？　ムカつくんだよ、苦労知らずのクソボンボンが！」

三知子「?…?」

マリア「なんでもないよ」

　とニッコリ笑う。

7　同・事務所

　大河原と千晴が出ていく。

千晴「……それって、こないだ言ってた店ですか?」

大河原「うん。ほら、俺ってワインとか結構うるさい方じゃない?」

　更衣室のドアを開けて私服に着替えた三知子が出てくる。

　三知子は小声で「知らねぇし」と呟く。

8　同・表

　三知子が立っている。
純子「おっまたー」
　帰り支度をした純子と美香が出てくる。
美香「純子さん、それ止めて下さいって」
純子「なんでよ」
三知子「なんでって、下品だもんね」
　うんうん、と頷く美香。
　純子、意に介さず、千晴と大河原の後姿に、
純子「正社員さんはいいよね。どうせまた高い店行くんでしょ」
三知子「……」

9　寮への帰り道

　歩いている一同。
純子「……え、じゃあ、未だに別れた旦那の借金返してるってこと?」
三知子「私名義のカードでキャッシングされちゃってたからね」
美香「ゴミですね」
三知子「うん。しかも限度額いっぱいまでのやつが4社。毎月頑張ってもなかなか元金が減らないの」
純子「うわぁ。地獄。でもなんでみっちーが返さなきゃなの?」
三知子「弁護士さんに相談すれば良いのかもだけど、一応私の名義だし、なんか他人に恥をさらしたくないっていうか……」
美香「そんなもんですかね」
三知子「だって、そんな男を選んだのはお前だろって言われそうで……」
純子「言わないでしょ、誰も」
三知子「ここだったら寮費も安いし、なんとか借金返しながら生活できるかなって」
純子「……確かに。でも私、未だに奨学金返せてないけど」
美香「私なんてまだ500万くらい残ってますよ。お金借りて大学出たのに就職できないって、ほんとヤバいです」
三知子「それ聞くと、逆に高卒で良かったかも……」
　三人、はぁと溜息。

10　寮・表

　ごく普通の集合住宅。
三知子「じゃ、お疲れ様」
純子「また明日ねー」
　「おやすみなさい」とそれぞれの自室に向かう。

11 同・三知子の部屋
小さなキッチンのついたワンルーム。
棚には愛猫の写真が飾られている。
明かりがついて、三知子が帰ってくる。
バッグからスマホを出すと、『兄』の文字。
仕方なく出る。
三知子「（電話に出て）もしもし、どうしたのこんな時間に」
兄の声「どうしたのじゃねぇだろ。何回電話しても出ねぇで」
三知子「……ごめん、色々忙しくて」
三知子、通話をしながら上着を脱いだり、手を洗ったり、お湯を沸かしたり――
兄の声「何が忙しいだよ。こっちは仕事にお袋の世話にで、寝る間もねぇんだぞ」
三知子「うん、それは、ごめん」
兄の声「……お袋、施設に入れることにした」
三知子「……」
兄の声「それで入所費用やなんかである程度金が要る」
三知子「……大変だね」
兄の声「お前の母親でもあるんだぞ。なんだよその言い方」
三知子「……20万でいいかな？　それが限界なんだけど」
兄の声「……お前、昔から母さんのこと嫌ってたもんな」
三知子「だから出すって言ってるでしょ。私だって生活きついんだし、これがギリギリなんですけど……」
兄の声「母さんの様子も訊ねないのか」
三知子「……」
兄の声「ま、いいや。じゃ今週中に振り込んどいてくれ」
電話が切られる。
棚に置かれた愛猫の写真に、
三知子「……母さんだって昔から私のこと嫌ってんだよ」
写真の猫がじっと見ている。
三知子「あー！　家族、めんどくさっ！」
ごろんと寝転がる。
スマホを操作して、ネットバンキングで20万円振り込む。
最後の確認画面で、実行ボタンを「えい」と押す。
三知子「……はぁ」
「送金完了」の画面。

12 カフェ（数日後）居酒屋定休日
明るい店内。オーナーの如月マリがカウンターでコーヒーを淹れている。
三知子は自作のアクセサリーを店内に展示している。
如月「4月の個展の時には、店のレイアウトも適当に変えていいからね」
三知子「ありがとう。フライヤーの発注も済ませたし、ちょっと良い石も仕入れたんだよね」
如月「それじゃ頑張って元取らないと」
三知子「いやいや、そういうんじゃないから」
如月「そんなだからダメなのよ。バイト辞めて、これで喰ってくぞ！　って気概が感じられない」
三知子、ふと、
三知子「……実家に帰らない言い訳にしてるのかな」
如月「うん？」
三知子、一瞬手を止めて如月を見る。
如月「なに、どうした。顔になんかついてる？」
三知子「……ううん。如月さんが家族だったらなって思っただけ」
如月「え、なに言ってんの？」
三知子「ごめん」
カウベルが鳴って、純子と美香が入ってくる。
如月「いらっしゃいませー」
三知子「おー。来てくれたんだ！」

純子「……」
三知子「どうしたの？」
　純子、気まずそうに背後をこなすと、遅れて千晴が入ってくる。
三知子「店長⁉」
　千晴、笑顔で、
千晴「純子さんが誘ってくれました」
　純子、千晴に見えないように「誘ってないから」とジェスチャーをする。

×　　×　　×

　三知子が実演でアクセサリーを作っている。針金ワイヤーでパワーストーンをくるくる巻いて、ペンダントヘッドが出来上がる。
純子「おおー」
美香「すごいキレイ」
千晴「三知子さん、プロになれますよ。なんでうちなんかでバイトしてるんですか？　もったいない」
　純子と美香一瞬固まる。
三知子「……え、いや、これでも一応プロなんですけど、なかなか」
　三知子、苦笑い。

13　寮・三知子の部屋（夜）

　部屋着姿の三知子、純子、美香が思い思いの格好でビールを飲んでいる。
純子「（モノマネで）なんでうちなんかでバイトしてるんですか？　って、ああいうとこだよね、あの人」
三知子「まぁ、悪気はないんだから」
純子「好きなことやって生活できたら誰も苦労しねーっつーの。自分は社員だから関係ないんだろうけどさ」
三知子「でも、社員は社員で色々付き合いとか大変そうじゃない？　私には無理だな、やっぱ」
　純子、不満気に三知子を見て、
純子「みっちーってさ、いつも正しいよね」
三知子「え？」
純子「それってなんか、時々ムカつく」
　ビールを飲み干す。
　年上二人の空気がヤバそうなのを察して、
美香「……ていうかあの二人、結婚するんですかね」
　三知子、ホッとして、
三知子「店長とマネージャー？」
純子「まぁ次期社長だから美味しいっちゃ美味しいけど、性格あれだしなー」
美香「でも、性格でいったら店長もいい勝負じゃないですか？」
　純子、「あ、そうだ」とスマホのアプリを起動する。
　画面上では千晴のアイコンが動いている。
　三知子、純子、美香のアイコンは同じ場所に固まっている。
純子「お、噂の次期社長とお出かけですか？」
三知子「ちょっと、止めなよ。それ社員旅行の時入れたアプリでしょ」
美香「プライバシーの侵害ですよ。私消そう」
　言いながらさっさと消している。
三知子「純子さんストーカーみたいで怖いもんね」
純子「ちょっと、なにそれー」

14　居酒屋・表（日替わり）

大河原の声「……業績を上げる最大のカギは責任感です！」

15　同・店内

　大河原による朝礼が行われている。
　スタッフはまだ私服である。
大河原「皆さん一人一人がこの店の経営者だと思って、常に行動して下さい」
一同「はい！」
大河原「宴会のご予約ですが、まだまだ余裕ありますので積極的な営業を心掛けて下さい！　今月も売り上げ目標達成しましょう」
一同「はい！」

三知子も一応返事をしている。

16 同・フロア

数人のバイトと美香が、テーブルにメニューを置いたりして開店準備をしている。

男性バイトたちは適当に喋りながら作業している。

と、そこに大河原がやってくる。

小出「行ってきましたよ、巣鴨」

大河原「え、マジで行ったの。で、どうだった？」

井上「もう最悪でしたよ。歯抜けのババァで」

小出「いやいや、ちゃっかりイってましたからねこの人」

大河原「じゃ、俺の勝ちだな」

井上「え、賭けてたんですか？　てか、俺イってないすよ」

チラチラと美香の反応を見ている男たち。

美香「……」

レジにいた千晴がやってくるが小出は気付かずに話を続けている。大河原はスッと話から抜ける。

小出「いくら巣鴨でもあれは詐欺すよ。俺は無理す」

千晴が注意しようとするより先に、やってきた三知子が、

三知子「はーい、その話はそこまでにしましょう」

美香・千晴「！」

小出「あー、巣鴨だったら三知子さんでもナンバーワンすね」

三知子「いや、だから、それセクハラ」

大河原「そうだぞ、君たち。（千晴に）じゃ、今日も宜しく」

千晴、わざと明るい声で、

千晴「オープンします！　今日も一日宜しくお願いします」

一同「お願いします」

皆、それぞれの持ち場に散る。

千晴、去っていく三知子に、

千晴「ありがとうございました」

三知子「？」と笑って持ち場に行く。

×　×　×

オーダーを取ったり、ドリンクを運んだり、下げ物をしたりと、それぞれ忙しく立ち働いている。

宴会の席に料理を出して、ビールの空き瓶を下げている三知子。

赤ら顔の男が指を×にして偉そうに「チェック！」と大声を上げる。

三知子「はい！　ただいま」

大河原がその客の席に飛んで行ってペコペコする。

伝票を見た三知子は、「？」となる。

そんな三知子を見る大河原。

17 同・事務所

千晴が、三知子が持ってきた伝票を睨んでいる。

三知子「ビールの本数も実際はこれの倍は出てますし、刺し盛も蒸し鶏もついてないです」

千晴「これねえ……」

そこに大河原が来る。

大河原「説明するの忘れてた」

三知子「？」

大河原「あのテーブル、大学のＯＢでね、色々世話になってるから」

千晴「……」

大河原「（三知子に）なに？　なんか言いたい事あります？」

三知子「……いえ、さっき朝礼で……」

大河原「あなた、ただのバイト」

三知子、うなだれている。

大河原、伝票を千晴の手から取って店に戻る。

18 同・店内

大河原の客が帰った後のテーブルには、

大量の料理が手つかずで残されている。
三知子はそれをなるべくきれいな状態でバックヤードに下げる。

19 同・バックヤード

マリアが洗い物をしている。
三知子が大量の残り物をカウンターに乗せる。
三知子「マリアさん」
マリア、頷いていつものようにビニール袋に手際よく詰めていく。
周りに誰もいないのを見計らって三知子も手伝う。
そこに千晴がやってくる。
千晴「三知子さんちょっと」
三知子・マリア「！」
三知子は慌ててマリアを背で隠す。
千晴はまるで何も見なかったかのように、
千晴「……さっきのことですけど」
三知子「はい……」
千晴「ああいうのは気付かない振りするのが良いのかなと思って……」
三知子「でも、それじゃあ……」
千晴「言いたいことは私も分かるんですけど……」
そこに大河原が入ってくる。
大河原「そろそろ出れるかな？　先輩たちが二次会には彼女も是非ってうるさくて」
千晴「あ、はい」
大河原「仕事もういいから、早く着替えてきちゃいな」
ポンと千晴の腰の辺りを押して、部屋から出す。
千晴が出たのを確認して、マリアが隠した残り物の袋を全てゴミ箱に投げ入れる。
三知子・マリア「！」
大河原「残り物は棄てろって言ってるだろ！」
マリアまだ棄てられていないビニール袋を手に持って、
マリア「……食べ盛りの孫が、うちに三人いるんです」
大河原「知らねぇよ。大体さ、自分の孫にこんな残飯食わして可哀相だと思わないの？　そういうの日本語でなんて言うか知ってる？　虐待だよ、虐待」
大河原、言いながら唐揚げなどが入ったビニール袋の中に水を入れる。
マリア「……」
大河原「（三知子に）あんたも共犯？」
言い捨てて出て行く。
三知子「……」

×　×　×

閉店後。
純子と美香がバイバイしながら事務所の更衣室に向かう。
三知子「マリアさん、落ち込まないでね」
マリア、ぽつりと、
マリア「……日本に来て、もう35年だよ」
三知子「そんなになりますか」
マリア「……ジャパゆきさん、聞いたことある？」
三知子「……なんとなく」
マリア「みんな日本に行けば幸せになれると思ってた。日本人の男と結婚すればフィリピンに家、建てられるって」
三知子、聞いている。
マリア「でも、全部、ウソ。娘が生まれてしばらくは幸せだったけど、夫はどこかに居なくなったし、孫が三人できたけど、今度は娘が居なくなった」
三知子、うんうんと頷いて聞いている。
マリア「……こんな国、来なきゃ良かったよ」
三知子「そんなこと言わないで……」
マリア「孫たちは日本語しか話せない」
三知子「……」
三知子、かける言葉がない。

20 カフェ（日替わり）　2月

三知子と千晴が向かい合って、ブレスレットを作っている。

子供のような顔で真剣にペンチを握っている千晴。
店で働いている時とは別人のように幼く見える。
手先が不器用なようでなかなか上手くいかない。

三知子「……店長、さっきも言ったんですけど、ここは、こう優しく持って、ひょいって感じで」
千晴「ひょいって」
　言いながらやっても全然上手くいかない。
　三知子が手を取って、「ひょい」とやってやる。
　やってきた如月が、
如月「店長さんはぶきっちょなのねぇ」
千晴「……その店長って言うの止めて下さい」
如月「じゃ、なんて呼んだら良いの?」
　千晴、少し考えて、
千晴「……ちーちゃん、とか?」
　三知子、思わず手を止めて千晴を見る。
千晴「おかしかったら別にいいですけど」
如月「ううん。おかしくないよ。ねぇ?」
三知子「うん、ちーちゃん、ね」
千晴「はい」
　と、嬉しそう。
　如月は千晴が選んだ石を見て、三知子に、
如月「この石はどういう効果があるの?」
三知子「心身の調和と、あ」
　千晴「?」と三知子を見る。
如月「なに?」
三知子「……チームワークと、友情、とか?」
　千晴は気まずそうに笑う。
　三知子はそんな千晴を見ている。
三知子「よし、私もこの石入れて作るんでお揃いにしましょう」
　三知子も同じ石を手に作業を始める。
　千晴はそれを見ている。

× × ×

　お揃いのブレスレットが出来上がる。
三知子「できた」
　二人、腕にはめてみる。
　千晴の作ったものは少し不格好である。
三知子「良いですね」
千晴「はい」
　千晴、三知子に笑顔を向ける。
　如月のスマホがピコンと鳴って、ニュースが届く。
如月「(見て)横浜港のクルーズ船、検査で陰性だった人降ろすんだって」
三知子「ああ、ずっと閉じ込められてたから帰れて良かったじゃない」
如月「え、でもみんな普通に電車乗って帰ってきちゃうの大丈夫なのかな?」
三知子「でも陰性なんでしょ?　そのコロナウィルスだっけ?」
千晴「インフルエンザとはまた違うんですかね」
如月「なんだかよく分かんないけど、ちょっと怖くない?」
　三人、不安気に顔を見合わせる。

21 同・事務所

　電話が鳴る。
千晴「(出て)はい、お電話ありがとうございます。×××です!……はい、ええ、……ええ、本来でしたら前日のキャンセルというのは、ええ、はい……」
　大河原が入ってくる。
千晴「(電話に)はい、ではまたのご利用をお待ちしております」
　電話を切る。
大河原「またキャンセル?」
千晴「はい。来月の歓送迎会のキャンセルも併せますと、もう15件超えました」
大河原「ヤバいなこれ。このコロナっていつ終わるの?」
千晴「いや、私には分からないです」
大河原「売上見せて」
　千晴、「はい」とプリントアウトした紙を渡す。

大河原「（見て）」
　大河原、何やら考えている。
千晴「……」

22　同・店内

　閉店後。従業員一同が集められている。
　千晴の隣には大河原もいる。
千晴「……本日も売り上げが平均の三分の一以下でした。それで、申し訳ないのですが当分の間、今のシフトから少し減らすということをご了承頂ければと思います」
　ざわざわする一同。
千晴「……今から明日以降のシフト表を配りますので確認して下さい」
　シフト表を配る。
　受け取ったマリア、それをジッと見ている。
　三知子も手元の紙を見ている。
マリア「……あの」
千晴「はい、なんですか?」
マリア「少し減らすって、これだと半分になってます」
千晴「……はい、申し訳ないんですが……」
　後ろの方にいた小出と井上が小声で、
井上「文句あるなら自分の国帰れよ」
小出「洗い物なんか誰でも出来んだから」
　二人、言った後にチラっと大河原の方を見て愛想笑いをする。
　マリアは項垂れている。
三知子「……そんな言い方ないじゃないですか。みんな一緒に働く仲間なのに」
　小出、鼻で笑って、
小出「……仲間って、ワンピース以外で久々聞きましたわ」
　三知子、小出を睨む。
千晴「……とにかく、しばらくこれでお願いします。以上です」

23　同・事務所

　事務仕事に戻った千晴の手元には、リストラ候補者の名前が書かれている。
　その中に「北林三知子」の文字。

24　帰り道

　三知子、純子、美香、マリアが無言のまま歩いている。
　角の所まで来て、
純子「また明日」
マリア「私、明日も明後日も休みだよ」
　と肩を落として去っていく。
　三知子は声をかけることができない。

25　カフェ（日替わり）4月

　店は閉店している。
　やってきた三知子、電気も点けずに座っている如月に驚く。
三知子「……どうしたの?」
如月「さすがに落ち込んでるのよ」
　三知子、「そっか」と呟いて、
三知子「うちもしばらく休みになるかも」
如月「……三知子の個展だけどさ、様子見て仕切り直すんでいい?」
三知子「もちろん。まだ作品も揃ってなかったから逆にいいかも」
　咄嗟にそう言ってしまう。

26　寮・三知子の部屋

　テーブルには所狭しと、作品が並べられている。
　それを見つめる三知子。
　×　　×　　×
　しばらくして食事の支度を始める三知子。
　TVをつけると安倍首相が緊急事態宣言を発令している。
三知子「……」
　呆然とその言葉を聞いている。

27　居酒屋・表（日替わり）

　『緊急事態宣言発令によりしばらくの間休業致します』の貼り紙。
　それを見ている、三知子、純子、マリア。

三人ともマスクをしている。
純子「……だからっていきなりクビってどういうこと?」
三知子「美香ちゃんは、大丈夫だったみたいね」
純子「店長とマネージャーに電話したけど繋がらないし、ラインひとつで解雇ってこれ、なくない?」
マリアは頭を抱えて座り込んでいる。
マリア「……どうしよう。これから」
三知子「一ヶ月分のバイト代は保証してくれるって言うけど……」
純子「でもうちら、住むところも無くなっちゃうんだよ」
三知子「……純ちゃんはどうするの?」
純子「私はとりあえず実家帰る。それしか方法ないわ。みっちーは?」
三知子「私は……」
そこに大河原がやってきて、止まる。
マリア「!」と気が付いて、
マリア「マネージャー、きたよ!」
三知子と純子も「え!」と見る。
大河原、三知子たちの姿を見て、
大河原「!」
マリアはマスクを投げ捨てて、
マリア「なんでクビにした! 降りてこい!」
大河原「俺に触るな! 警察呼ぶぞ」
マリア、店の脇に置いてあった生ビールの空きタンクを持ち上げて車に向かっていく。
大河原「やめろー」
大河原、逃げ出す。
マリア「!」
追いかけて走りながら、
マリア「逃げるなバカ」
生ビールのタンクを大河原に向かって投げる。
微妙に届かず、タンクは道路に転がる。
マリア「私は野良犬じゃない! 人間だ、バカヤロー」
三知子「マリアさん!」
マリア「人間なんだよ!」
駆け寄った三知子、その肩を抱いて、
三知子「……(走り去る大河原を見ている)」

28 一人、歩いている三知子

兄からの着信がある。
三知子「(出て)もしもし」
兄の声「よぉ、どうしてる?」
三知子、涙が出そうになる。
兄の声「どうした?」
兄の声が優しい。
三知子「……お兄ちゃん」
兄の声「うん」
三知子「……お兄ちゃん、私、あのね、私さぁ……」
三知子、思い切って今の窮状を話そうとする。
兄の声「ちょっと電波悪くてよく聞こえねぇんだけど、お前さ、あと5万位なんとかならないか?」
三知子「……」
兄の声「介護用のなんとかで色々金かかってさ……」
三知子、電話を切る。
三知子「……」
そのまま呆然と立っている。

29 寮・三知子の部屋(日替わり)

部屋はずいぶんと片付いている。
キャリーケースとリュックサックに身の回りの荷物を詰めている。
最後に残った猫の写真に、
三知子「大変なことになっちゃったよ」
話してからリュックに写真をしまう。
インターフォンが鳴って、三知子は玄関へ。
ドアを開けるとそこには憔悴しきった千晴が立っている。
三知子「……」
千晴「……」

千晴、深々と頭を下げる。
三知子「ちょっと、止めて下さい」
千晴「……私の力不足です。すみません」
三知子「……仕方ないです、こういうことは誰のせいでもないので」
千晴、顔を上げて、
千晴「……次のお仕事って決まりました？」
三知子「とりあえず住み込みの所で探したら、介護施設の求人があったので、オンラインで面接してもらって採用決まりました」
千晴「ああ、良かったです」
三知子「落ち着いたら連絡しますから」
三知子は笑って見せる。

30　介護施設前の道

キャリーケースを引いた三知子が歩いている。

31　介護施設・表

立ち止まった三知子、今一度スマホを確認して敷地内に入る。

32　同・玄関

『当施設クラスター発生の為、関係者以外立ち入り禁止』の貼り紙を貼っている職員。
三知子「！」
職員「何か……」
三知子「北林美知子です。今日から採用の」
職員「あれ、ゆうべ送ったメール、見てらっしゃらない？」
三知子「え？　届いてないです」
職員「（貼り紙を示し）この通りでして……」
三知子「はい……」
職員「それで、今回新規の採用は見送ることになったんですよ」
三知子「ええ！」
職員「……メール、なんで届かなかったんでしょうね」
三知子「え、じゃあ、これからどうしたら……」
職員「ディサービスもひと月以上は閉めることとなったので、今回の採用は見送り、ということでご理解頂きたいのですが……」
三知子「困ります！　だって私……」
職員、パッと飛び退いて、
職員「大きな声止めて下さい。飛沫、飛ぶじゃないですか」
三知子「え」と、職員を見ている。
職員「そういうことなんで、本当に申し訳ありません」
逃げるように建物中に入って消える。
三知子「……」

33　児童公園のベンチ

やっと一息ついた三知子がペットボトルの紅茶を飲んでいる。

三知子「……」

三知子はスマホに、『求人』『住み込み』『女性』と打ち込んで検索するがヒットしない。

34　街

ネオンが消え閑散としている。

あてどなく歩いている三知子、ふと「ネットカフェ」の看板を目にし、入口に急ぐ。

しかし、ここも『緊急事態宣言中』の貼り紙がされ、閉店している。

三知子「……」

35　ビルの前（早朝）

三知子は入り口の段差に腰かけている。

シャッターの閉まったドラッグストアには『マスク、トイレットペーパーの入荷予定はありません』の貼り紙。

36　商業施設のトイレ

歯を磨いて顔を洗う三知子。人がいないのを見計らって首筋や脇を拭く。

鏡の中の自分は他人からどう見えるのか。

三知子「……」

37　公園
ホームレスたちが段ボールやブルーシートの小屋の周りにたむろしている。

三知子はその横を恐る恐る歩きながら、休めそうな所を探して歩いている。

しかしどこも安全ではないような気がして、なかなか落ち着けない。

都の職員2名がトラメガを使って呼び掛けている。

職員「……緊急事態宣言が発令中です。不要不急の外出はお控え下さい」

三知子「……」

足元に未使用のアベノマスクが落ちている。

三知子「……（見ている）」

38　マスクをしているお地蔵さん

39　寮（三知子がいた部屋）
千晴が室内のチェックをしている。

洗面台のところにブレスレットが忘れられている。

千晴、ふと思い立って居所確認アプリを起動させる。

三知子のアイコンが進んでいくのが見える。

千晴「……?」

三知子のアイコンが止まってそこから動かなくなる。

千晴「?」

40　街道沿いにあるバス停
最終バスが出ていく。

三知子がバス停の前で立ち止まっている。

三知子「……」

少しだけ明るい照明。時刻表を確認する。

バスはもう来ない。三知子はそっと腰かけて、キャリーケースに頭をもたげて目を閉じる。

×　×　×

朝。三知子の姿はない。

41　公園内に続く道
公園にやってくる三知子。

42　公衆便所（日替わり）
三知子が顔を洗って歯を磨いている。

ふと、顔しかめ、トイレの個室に入る。

43　ドラッグストア・店内
生理用品のコーナーを行きつ戻りつしている三知子。

どれも値段が高い。

やっとの思いで型落ちのセール品を手に取る。

食料品コーナーで半額になったロールパンの大袋を手に取って、化粧品コーナーの鏡に映った自分にハッとする。

三知子「……」

店員が居ないのを見計らって、サンプルで眉毛を描く。

44　道
キャリーケースを引いた三知子が歩いている。

千晴の声「……もしもし、三知子さん？　前にお揃いで作ったブレスレットをこちらに忘れています。新しい住所教えて頂けたらこちらから送りますので連絡ください」

ふと、スマホを見ると千晴からの着信があることに気が付く。留守電を聞くが、折り返さずに電話を切る。

45　コインランドリー　5月
三知子が大量の衣類を洗濯している。

ここにはコンセントもＷｉ－Ｆｉもあるので、充電したり、求人情報をチェックしたりしている。今はどこも新規募集していない。

46　水呑場　6月
半袖姿の三知子が、人目を忍んで歯を磨いている。

47　コインランドリー　7月
袖なしの服で、忘れ物コーナーを物色する三知子。

新たな利用客が来店し、物音に慌てる。

48　街道沿いにあるバス停（夜）　8月
スマホで残金を確認する三知子。

預金残高は3千7百円。

三知子「……」

49　パソコン画面
人気ユーチューバーのKENGOがドヤ顔でマシンガントークをしている。

KENGO「あのね、ボク思うわけ。ホームレスっていなくてよくない？　臭いしさ、なんの生産性もないよね？　働かざる者喰うべからずって言葉あんじゃん。税金も払わないし、ああいうのが街にうろうろしてたらさ、その土地の価値が下がるよね。真面目に働いてる人の足引っ張って何が面白いんだろう。いい？　経済に問題がある人は必ず人間関係に要因があるの。よく聞いてね。経済は、人間関係とイコール」

その画面に映る三知子の顔。

50　薄暗い部屋
モニターの明かりに照らされた工藤武彦が動画を見ながら無表情でカップ麺を食べている。

KENGO「ディズニーの良い所ってさ、ゴミ落ちてないとこじゃん。キャストの人たちがいつも掃除してくれてるからだよね」

それを聞いてニヤッと笑う工藤

51　街道沿いにあるバス停
キャリーケースに頭をもたげて休んでいる三知子。

52　街道沿いの歩道
ビニール袋を下げた工藤がやってくる。

バス停のベンチに座る三知子に立ち止まる。

工藤「……」

少し離れた所から見ている。

53　居酒屋・事務所
千晴が居所アプリを見ている。三知子はまたあのバス停にいるようだ。

思い切ってメッセージを送る。

『ブレスレットも渡したいのでお時間ある時ランチでもしませんか？　それか新しい住所に送ります』

54　街道沿いにあるバス停
うたた寝をしていた三知子、千晴のメッセージで目を覚ます。

55　街道沿いの歩道
三知子が起きたのを見た工藤は、何食わぬ様子で歩き出す。

56　街道沿いにあるバス停
三知子がスマホで内容をチェックしていると、目の前を工藤が通り過ぎて行く。

三知子は千晴に返事を打つ。

『ランチをするお金なんてありません。新しい住所も仕事もありません』一度打ち込んでからそれを全て消す。

三知子「……」

何も書かれていない画面を見ている。

57　カフェ（日替わり）　9月
如月と千晴が話している。
千晴「……じゃ、如月さんの電話にも出ないってことですか？」

如月「まさかバイトクビになって、部屋も出されてたなんてねぇ」
千晴「新しい仕事も決まったって聞いてたので、安心してたんですけど」
如月「それも、ほら、コロナでダメんなったんじゃないの?」
千晴、「うーん」と考え込む。
如月「あの性格じゃ、人に弱いとこ見せられないでしょ。もしかしたらウソついたのかも」
千晴「……新しい住所教えるようにメッセージ送っても返事がないんです。あ、もしかして実家に帰ったとか?」
如月「それはない。あの子、家族と上手くいってなかったから」
千晴、「え」と如月を見て、
千晴「……そうなんですか?」
如月「うん。お母さんの認知症も進んでるみたいだし、お金のこととか色々大変みたいよ」
千晴「……私、三知子さんのこと何も知らないですね」
まだ店に飾られたままの三知子の作品。
千晴「……(じっと見て)」

58 居酒屋・事務所

千晴が事務仕事をしているとパソコンに本社からのメールが届く。

開けてみると、その内容に「!?」となる。

三知子とマリアと純子、勤続10年以上のアルバイトに、それぞれ退職金として30万円ずつ支給された旨が記載されている。

千晴「……」

千晴は支払い記録があるか調べるが、本人たちに支払われている形跡は見つからない。

千晴は本社の経理に電話をする。

千晴「……お疲れ様です。××支店の寺島です。以前支払われたとされている三人分の退職金の件なのですが……はい、全部で90万円です……。はい、……ええ、……ではマネージャーに直接渡された、ということで宜しいでしょうか。……その際に受領書にサインは、ええ、はい、ではお手数なのですがそちらをスキャンしてメール頂いても宜しいでしょうか。はい、分かりました。お手数おかけします。失礼します」

電話を切る。

千晴「……」

三知子に電話をしてみるが、留守電になってしまったので、純子にかけてみる。

千晴「……ご無沙汰しております。××支店の寺島です」

純子の声「はい?　ていうか今更なんの用ですか?」

千晴「……その節は、本当に申し訳ありませんでした。確認なのですが、弊社からの退職金は受け取られていないですよね?」

59 純子の実家・畑

野良着を着た純子が電話に出ている。
純子「……そんなのそっちが払ってないんだから受け取ってるわけないでしょ。バイトとはいえさ、10年以上働いたのに、いきなりクビってほんとひどいよね」
千晴の声「……申し訳ありません。今後お支払いできるよう努力します。それでですね、その受け取っていない、という書類をこちらからお送りするので、そこにサインして返送して頂いても宜しいでしょうか?」
純子「え?　退職金は貰ってないって書類にサインすんの?」

60 居酒屋・事務所

千晴「はい、お手数なのですが、お願いします」
頭を下げる。

61 純子の実家・畑

切れた電話に、

純子「?」

62 清涼亭

千晴とマリアが並んでベンチに座っている。

マリア「……店長、ひどい人、思ってた」

千晴「……実際、そうだと思います。すみません。……新しいお仕事は決まりましたか?」

マリア「決まるわけないでしょ。……外人、年寄り、女。コロナで前よりもっと仕事ないよ」

千晴、書類を出して、

千晴「ここにマリアさんのサインをお願いします。退職金を貰えるようにする書類ですから」

マリア、書類を用心深く見て、

マリア「……漢字読めない。……店長、騙さないって誓うか?」

千晴、一瞬考えてブレスレットを見る。

千晴「はい、これに誓います」

千晴、ブレスレットを見せる。

マリア「これ、三知子さんの……」

千晴「……お揃いで作ったんです」

マリア、頷いて書類にサインをする。

63 居酒屋・事務所

大河原が制服のカタログを見ている。

ノック音と共に美香が入ってくる。

美香「……なんでしょうか」

大河原「いやさぁ、店の制服変えようと思って」

カタログを開き、美香に見るように促す。

大河原「俺的にはこういうのが良いと思うんだよね」

カタログを見る美香の背後に回って、美香の体を包むようにしてカタログを指差す。

美香「……」

不快だが抵抗できずにいる。

64 アルタ前のオーロラビジョン

新たに就任した菅首相が『自助、共助、公助、そして絆』と、死んだ魚のような目でうわ言の様に語りかけている。

それをぼんやりと見ている三知子。

三知子「……」

65 大きな公園　10月

どぎついメイクを施す派手婆。(UP処理)

× × ×

三知子がキャリーケースの上にケースを出して自作のアクセサリーを売っている。

手持ちの石とワイヤーで実演を行うが、通行人は素通りしていく。

朝から一つも売れていない。

三知子「……」

「誰に断って商売してんだ」

三知子、「!」と顔を上げると、そこには煙管を手にした派手な服装とメイクをしたホームレスの婆さんが仁王立ちしている。派手婆である。

派手婆「ここはあたしのシマだよ。きっちりスジ通して貰わないと示しがつかないんだよ」

煙を吐き出す。

三知子「……」

派手婆「あ?　なんか文句あんのか」

三知子の腹が鳴る。

派手婆「ついてきな」

顎をしゃくって歩き出す。

66 都庁下

多くの人が列を作っている。派手婆は慣れた様子でその列に加わる。

NPOのスタッフやボランティアたちが、手際よく食料品が入ったビニール袋を配布している。

スタッフ1「皆さんの分ありますから慌てずに受け取って下さい。生活相談、医療相談、就労相談の受付はあちらです」

　三知子は少し離れた所からその様子を見ている。

『スマホの充電器あります』『Ｗｉ－Ｆｉエリアここです』『相談色々承ります』などの貼り紙を、通りがかりの人を装ってさりげなく、
三知子「……（見ている）」

　でも、列には並べない。

スタッフ２「一巡しましたので、もう一度並んで頂いて結構ですよ」

　既に袋を受け取った派手婆がもう一度列に並ぶ。

　三知子はそれを見ている。

×　　×　　×

　両手に袋を持った派手婆が公園に向かって歩いて行く。三知子は何となくその後について歩く。

『東京オリンピックまで残り○○○日！　頑張ろうニッポン！』の看板の前を通り過ぎる。

67　大きな公園

　派手婆、ベンチに腰掛け、三知子に横に座るよう促す。
　座るのをためらう三知子。
　派手婆、一袋を突き出す。
三知子「……いえ、大丈夫です」
　派手婆、「ふん」と、袋からバナナを取り出して食べ始める。三知子の腹が鳴る。
派手婆「毎週土曜日、あそこで貰えるから」
三知子「……」
派手婆「オリンピックにかこつけてみーんな追い出されちゃってるからね、この辺り」
　煙管に火をつける。
三知子「……」
　派手婆、ふーん、と三知子の全身を見て、
派手婆「あんた、スタイルいいから中曽根ちゃん好みだねぇ」
三知子「？」
派手婆「パンク芸者なんて陰口たたく奴もいたけど結構皆さんにかわいがってもらって、中曽根ちゃんの座敷にもよく出てたのよ。笹川会長にもずいぶん呼んでもらった。あの人は玉代以外にも女の子みんなに握らせてくれるからね。遊び方知ってるよ」
三知子「……はぁ」
派手婆「そんなあたしがどうしてだろ？　あたしもバカだったんだよ、案外人が良いっていうかさ」
三知子「？」
派手婆「あの子が店出すっていうから保証人になんかなっちまって、挙句の果てがこのざまだ。……でもあたしさぁ、ほんとの妹みたいに思ってたんだよ（突然叫ぶ）人類みな兄弟なわけがないだろう！」
三知子「……」
　そこに、同じく支給品の袋を持ったバクダン（75）が通りかかる。
派手婆「おい、バクダン！」
　派手婆は三知子をこなして、
派手婆「この子、新人！」
バクダン「……」
　思わずぺこりと頭を下げる三知子。
派手婆「この男はな、昔、伊勢丹の前にある交番を爆破したんだ」
三知子「……そうなんですか？」
派手婆「おっかないよぉ～　クリスマスツリーだと思って触ってみたらドカンだよ」
　三知子、「？」とバクダンを見ている。
バクダン「そういうあんたもまあずいぶんな爆弾女じゃないか」
派手婆「あたしのどこがだよ、人聞きの悪いこと云うんじゃないよ」
バクダン「宇野の女スキャンダル暴露したのあんただってな」
派手婆「誰に聞いたのさ、ったく、あれはチョットしたリップサービス。あたし、海部ちゃんのファンだったから」
バクダン「時の総理大臣の首とったんだから大した爆弾だよ」

三知子、二人の会話についていけない。

68 居酒屋・事務所

千晴の手元には、純子とマリアのサインが入った書類が置かれている。

千晴「……」

最後に残った1枚に、「北林三知子」と自分でサインをする。

69 商店街

工藤がゴミ拾いをしている。

「いつもありがとね」

声をかける商店の人に軽く頭を下げてゴミを拾い続ける。

70 街道沿いにあるバス停

三知子が座っていたバス停に工藤が消毒スプレーをまいている。

工藤「……」

71 居酒屋・フロア 10月

賑わいを取り戻している店内。

あちこちに『GO TO Eat』の貼り紙。

忙しそうに働く、美香、井上たちの姿。

『新規アルバイト大募集』の貼り紙もされている。

千晴も大きな声で指示を出しながら走り回っている。

洗い場では小出が洗い物に追われている。

誰かが乱暴に放り込んだ食器のせいで、汚れた泡が顔に飛ぶ。

72 同・事務所

大河原が売り上げを見てニヤニヤしている。

そこに着換えを終えた千晴が出てくる。

大河原「ゴートゥーイート様様だな。いつまでも自粛なんてしてらんないっつーの」

千晴「……新規バイトのことですけど、それだったら春に解雇した人たちに先に声掛けるべきじゃないですか?」

大河原「え、あのおばさんたちのこと? 絶対嫌だよ」

千晴「……でも、みなさん困ってると思うんです」

大河原「正直、おばさんたちがどうなろうと俺には関係ないよね。直ぐ言い返してくるし、使いにくいし、自業自得だろ」

大河原、千晴を壁ドンして、

大河原「千晴も早く結婚しないとあの人たちみたくなっちゃうよ?」

千晴、ハッとして大河原を見る。

大河原「俺の気持ち、分かってるでしょ」

大河原、キスしようとしている。

千晴、じっと大河原を見つめて、

千晴「……本社に退職金の件で問い合わせました」

大河原「え?」

慌てて体を離す。

千晴「三人分の退職金として90万円受け取られてますが、ご本人達への支払いはされていません」

三人分のサイン入りの書類と、大河原の署名が入った90万円の受領書を出す。

大河原「え? なんだよこれ……もちろん後で払うつもりだったよ」

千晴「……では、早急にお支払いの方お願いします。それと、過去の伝票も遡って調べましたけど、例の議員の方以外にも、相当な数でサービスされてますね。しかも原価率が変わらないように、仕入れの数字も後から改ざんされています。これは悪質ですよ」

大河原「何だよその言い方。この会社はいずれ俺のもんなんだから、細かい金のことまでいちいち口出さないでもらえる?」

千晴「店長として、見過ごせません」

大河原「……あのさ、誰に向かって口利いてんだよ。千晴だって来年には本社勤務になるんだから、こんなとこでキャリアに傷つけない方が賢明だよ?」

千晴、メールをプリントした用紙を示し、

千晴「あと、複数の女性アルバイトから、セクハラの相談があがってます」

大河原「誰？　ああ、美香のこと？　なに、もしかして嫉妬してこんなことやってんの？　確かに美香の方が若くて素直で可愛いもんな」

千晴「……」

千晴、ポケットからスマホを出して、ボイスレコーダーの録音画面を見せる。

千晴「こちらを本社に提出します。お疲れ様でした」

出て行く。

後ろから大河原の怒声が聞こえる。

73　走る千晴

情けなくて、悔しくて、泣けてくる。

74　道

走ってきた千晴。

ふと三知子に電話を掛けてみる。

電話のアナウンス「この電話はお客様の都合により通話ができなく……」

千晴「……」

75　街道沿いにあるバス停（深夜）

いつものベンチに三知子が腰を掛けている。

マスクはしていない。

76　街道沿いの歩道

コンビニ袋を下げた工藤がジッと三知子を見ている。

工藤「……ばいきん……ばいきん……」

小声でブツブツ言っている。

77　大きな公園

派手婆が寝床に向かって歩いていると、向こうからボロ傘を杖にしたセンセイが、よろよろとやってくる。

派手婆「あらセンセイ、こんばんは」

センセイ「こんばんは。いい夜ですね」

派手婆「センセイ、バクダンになんか言いませんでしたあ？」

センセイ「さぁ……」

会釈して、生垣の中に入っていく。

月が輝いている。

78　大きな公園（日替わり）

三知子が歩いている。

その姿は以前よりもくたびれている。

どこからか猫の声が聞こえ、その声を追って生垣の奥に入っていく。

必死に猫を探す三知子。

生垣の隅に段ボールを敷いたセンセイが足を抱えて三知子を見上げる。

三知子「あの……猫、見ませんでした？」

×　×　×

夜。

三知子が先生に愛猫の写真を見せている。

センセイ「……かわいい子ですね」

三知子「……8年前に私の不注意で逃がしてしまったんです……なので猫の声を聞くと未だについ、そうかなと思ってしまって」

センセイ「そうでしたか……お可哀相に。私も昔猫を飼っていましたよ」

センセイの優しい声に三知子は涙が出そうになる。

センセイ「いつかまた、猫ちゃんに会えるといいですね。元気出してください。それじゃ私は早めに休ませていただきますので」

手を合わせて祈り始める。

三知子、そんなセンセイの横顔を見ている。

三知子「……何をお祈りされたのですか？」

センセイ、少し笑って、

センセイ「……明日こそ目が覚めませんように」

三知子「！」とセンセイを見る。

三知子「……」

三知子は何も言えない。

79　夜の街

さまようように歩いている三知子。
食べ物屋を見ては立ち止まり、また歩く。

80　居酒屋の前

やってきた三知子が立ち止まる。
ゴミのビニール袋から、残飯が透けて見えている。
三知子「……」
ふらふらと無意識のうちに近付いて、ついにゴミ袋に手を掛ける。袋を開ける。
自分でも制御できない勢いで残飯を頬張る。
三知子「（食べている）」
「だから水掛けとけって言っただろ！」
声に慌てて、その場を離れる。
居酒屋のユニフォームを着た男が先輩らしき男に叱られながら出てくる。
先輩「ホームレスのエサにされるだろうがよ！」
三知子、慌てて逃げる。

81　必死に走る三知子

82　公園近くの道

走ってきた三知子。
向こうから歩いてきたバクダンと鉢合わせる。
三知子「！」
バクダン、三知子の尋常でない様子に、
バクダン「どうしたんだ？」
三知子、思わず安心してへたり込む。

83　バクダンの小屋・表

バクダンと三知子が古びたカップでコーヒーを飲んでいる。
バクダン「これでも食え」
ＮＰＯから支給された食料を分けてやる。
三知子は涙をこらえて、それを口に運ぶ。
バクダン「案外旨いだろ？」
三知子、こくりと頷く。
バクダン、三知子の横顔に、
バクダン「……こんな世の中、やっぱおかしいよな」
三知子「？」
バクダン「あんたみたいな若い娘がこんなことになってんのは、俺たちに責任があるんだろうか……」
三知子「え、いや、ないですよ。それに私、もう若くないですし」
バクダン「俺から見たら十分若いよ。あんたが生まれる前だからな、あれは」
三知子、派手婆の言葉を思い出し、
三知子「……事件のことですか？」
バクダン、ふと息を吐いて、
バクダン「高度成長期なんて言ってよ、自分らは安全なとこにいて、ベトナムを攻撃するための武器や戦車売って儲けたんだこの国は。そういうこと今の若いヤツら知ってんのか？」
三知子「……いえ」
バクダン「三里塚でどれだけの農民が機動隊に殴られて、追い出されたと思ってんだよ。そうまでして作ったのがあの成田空港だぞ。俺のサングラスはな、あの4千メートル滑走路の下に今も埋まってんだよ！」
三知子「サングラス？」
バクダン「機動隊にボコボコにされて、あげく泥靴に踏まれて壊されたんだ。おろしてだったのによ」
三知子「……それは、大変でしたね」
バクダン、「そんな大変じゃねぇけど」と笑って、
バクダン「……俺たちはどうしたら良かったのかな。それが今でも総括できねぇ」
バクダン、考え込んでいる。
三知子「……爆弾で、何を壊したかったんですか？」

バクダン「……何かを壊したいというよりも、爆弾を持つことによって、自分の存在そのものが変われるということかな」
三知子「……存在そのものが、変われる……」
バクダン、真剣な顔の三知子に少し笑って、
バクダン「なに言ってるか分からないか」
三知子「……すみません」
バクダン「要するにさ、俺自身は何者なのか、という問いを立てることなんだ」
三知子も考えて、
三知子「……私は……そういう哲学みたいなことはよく分からないんですけど、でも、今の政治のせいで世の中はすごく不公平だなと思います」
バクダン「確かに今の政治はクソまみれだ。モリカケさくらも、うやむやにして辞めやがって……。人が死んでんだぞ！　それをあいつはどう考えてんだよ」
三知子「……」
バクダン「後藤田が長官だった時、装甲車の中から機動隊と学生の両方を見てこう言ったそうだよ。『こいつらがこれからの世の中を作っていくんだ』って。そこが岸の孫との違いだな。あいつなんかよ、『こんな人たちに負けるわけにはいかない』って国民に向かって言っちゃうんだから。あげくの果てにあのちっさいマスクだろ」
三知子「あの人のやることは滅茶苦茶だけど……私が今こうなったのは、全部自分のせいなんだと思います」
バクダン、三知子を見て、
バクダン「そりゃちっとはそうかも分かんねぇけど、要するに社会の底が抜けたんだ」
三知子、ハッとしてバクダンを見る。
バクダン「でも、あいつらは、底が抜けようがどうしようが痛くも痒くもねぇ。全部、自己責任だって弱いもんに押し付けやがる」
三知子「……それって、かなり悔しいです」
バクダン「だよな」
三知子「私、真面目に生きてきたはずです！」
三知子、少し考えて、
三知子「……爆弾って今でも作れますか？」
バクダン「そりゃー材料があればなんとか……んん？」
三知子、バクダンを見つめて、
三知子「……一度くらい、ちゃんと逆らってみたい」
何かを決意したその表情。
バクダン、三知子を見つめる。

84　バクダンの小屋・表

三知子が出てくる。
煙管をくわえた派手婆がそれを見ている。
派手婆「…………」

×　　×　　×

三知子の背後から
派手婆「よお！」
三知子「ヒッ！」
派手婆「（三知子の過剰な反応に）なんだよ、あたしだよう。あんたにいいもんやろうと思ってさ」
三知子「えっ？」
派手婆、荷物の中の大量の生理用品を見せる。
派手婆「あたしはもう上がっちまったから」
三知子「（戸惑いながらも）ありがとうございます」

85　トイレの中

バクダンから渡されたらしい『腹腹時計』を読んでいる三知子。
バクダンの声「人のいるところでは開くなよ」

86　バクダンの小屋・中

バクダンと爆弾を作っている三知子。
『腹腹時計』に爆弾の作り方が分かりやすく図解入りで書かれている。

三知子「（材料を見て）……すごいですね」
　三知子の前には、百均やホームセンターで買った、ビニールテープ、乾電池、アナログ目覚まし時計、木炭、硫黄、硝酸カリウムなどが置かれている。
　バクダン、ビールの空き缶の上部を缶切りで開けて、材料を詰め始める。
三知子「空き缶で大丈夫なんですか?」
バクダン「ピース缶でも作れるくらいだからな」
　言いながら作業を続けるバクダン。
　バクダン、雷管から出たコードに乾電池を繋ぐ。
　一生懸命作業している三知子。
　バクダンは工具を使って配線を繋いでいるが指先が震えて細かい作業ができない。目も見えない。
バクダン「ダメだなこりゃ」
　三知子、「見せて下さい」と受け取り、アクセサリー用の極細ペンチを取り出し器用に配線を繋げる。
バクダン「すげぇな姉ちゃん、初めてじゃないだろ」
三知子「……まさか」
バクダン「……この目覚まし時計の針が重なった時に、信号が送られて、ドカン」
三知子「……はい」
バクダン「下手打ったら間尺に合わねえ懲役が待ってる、わかってるな」
三知子「……間尺?」
バクダン「割に合わない、不当に長い懲罰ってこと。仁義なき戦いだよ」
三知子「何ですか、それ」
バクダン「知らねえの⁉　映画だよ。（広能昌三風に）間尺に合わん仕事したのう。……俺はこの映画を観ている時にパクられたんだ。2年以上逃げてたんだがなあ、映画の通りになっちまった。そういうことだってあるってこと」
三知子「どうせ世の中、間尺に合ってないし……」

87　都庁に向かう道（日替わり）

　『がんばろうニッポン２０２０』と書かれた紙袋を手に歩いている三知子とバクダン。
　それを見ている派手婆。
派手婆「……あんたら、なに企んでんだ?」
　三知子とバクダン、顔を見合わせると別の方向に分かれる。
　一人都庁に向かう三知子。

88　都庁・表

　バクダン、しゃがみ込んで爆破現場の様子を伺っている。その横に派手婆が並ぶ。
バクダン「なんでアンタがいるんだよ」
派手婆「あたしだって、もうひとはな咲かせたいんだよ」
バクダン「勝手に便乗していいとこどりするな」
派手婆「ケチな男はモテませんわよ。うふふ」
バクダン「……」
　バクダン、派手婆に心底うんざりしている。

89　同・爆破現場

　三知子がやってきて、物陰にそっと紙袋を置いてその場を後にする。

90　同・表

　バクダンと派手婆が小競り合いをしている。
　そこに三知子が戻ってくる。
三知子「……（頷く）」
バクダン「……」
　三人、固唾を飲んでロビーを見ている。

91　同・爆破現場

　警備員が紙袋の存在に気付き、持ち主がいないか辺りを見回している。

92　同・表

息を殺して腕時計を見つめるバクダン。

バクダン「……」

三知子「……」

派手婆「……」

93　同・ロビー

警備員、紙袋の中を覗こうとする。

94　同・表

紙袋に手を掛けた警備員に、

三知子「あぶない、早くどいて！　逃げて！」

派手婆「！」

95　同・ロビー

警備員が紙袋を持ち上げた瞬間、目覚まし時計のベルが鳴る。

96　同・表

三知子「ええっ？」

バクダン「（妙に納得している）……」

派手婆「……」

派手婆、考えて答えを見つけたようだ。

派手婆「アンタ、企んだね」

バクダン「……」

奇妙な笑顔を浮かべるバクダン。

その笑いに派手婆ものっかって。

三知子「……」

97　街道（夜）

街道を前に千晴が地図を見ている。

居所アプリには三知子の表示が出ていない。

千晴「……」

うん、と自身に頷いて、街道を歩き始める。

98　街道沿いにあるバス停

最終バスが出て行く。

荷物を持った三知子がやってきてベンチに腰を掛ける。

三知子は自分で自分を抱くようにしてキャリーケースに頭をもたげる。

99　街道沿いの歩道

コンビニ袋を下げた工藤がやってくる。

工藤「……」

少し離れた場所からバス停に座る三知子をじっと見ている。

100　歩いている千晴

101　街道沿いの歩道

工藤は生垣からおもむろに石を拾って袋に入れる。

立ち止まってジッとバス停を見ている。

工藤「……」

やってきた千晴は、「？」とバス停を見る。

バス停のベンチには女性の姿。

よく見るとそれは三知子だ。

千晴「！」

工藤は三知子に近付いて、やがてその正面で立ち止まる。

千晴「？」

工藤「……」

工藤は突然、石の入ったコンビニ袋を三知子の頭上に振り上げる――

千晴「ドロボー」

工藤「!!」

その声に慌てて腕を降ろし、逃げて行く工藤。

千晴が工藤を見送っていると、三知子が目を覚ます。

三知子「ドロボー？」

千晴を見上げている。

その視線に気付いた千晴が振り返る。

千晴「三知子さん私です（マスクを下げる）」

三知子「……どうしたの？　こんなところに」

千晴、バッグから封筒に入った30万円と

三知子のブレスレットを出して、

千晴「これ、遅くなったけど退職金です」

封筒とブレスレットを渡す。

三知子「(受け取って)……」

千晴「私も会社辞めてきました。だから、も

う同じです」

三知子、しばし封筒を見つめて、

三知子「……ちーちゃん」

千晴「……はい」

千晴、三知子の目をじっと見る。

三知子、すっくと立ちあがり、

三知子「あなた爆弾に興味ない？」

千晴「……は？」

唖然とした千晴に、満面の笑みを返す三

知子。

終わり

ある男

向井康介

〈脚本家略歴〉

向井康介（むかい　こうすけ）

１９７７年、徳島県生まれ。大阪芸術大学映像学科卒業。在学中、『鬼畜大宴会』（熊切和嘉監督）の照明、編集助手を経て、卒業制作『どんてん生活』（山下敦弘監督、１９９９年公開）で製作、脚本、照明を担当。以後、数々の現場を照明助手として経験し、２００４年より脚本家に専念。

監督：石川慶
原作：平野啓一郎『ある男』（文春文庫）
製作：『ある男』製作委員会
制作プロダクション：松竹撮影所
企画・配給：松竹

〈スタッフ〉
エグゼクティブプロデューサー　吉田繁暁
プロデューサー　田渕みのり
　秋田周平
撮影　近藤龍人
照明　宗賢次郎
美術　我妻弘之
録音　小川武
編集　石川慶
音楽　Cicada

〈キャスト〉
城戸章良　妻夫木聡
谷口里枝　安藤サクラ
谷口大祐（ある男X）　窪田正孝
後藤美涼　清野菜名
谷口恭一　眞島秀和
中北　小籔千豊
悠人　坂元愛登
武本初江　山口美也子
伊東　きたろう
柳沢　カトシンスケ
茜　河合優美
小菅　でんでん
谷口大祐（本物）　仲野太賀
城戸香織　真木よう子
小見浦憲男　柄本明

1
とあるバー・夜
小さく古びた、情趣のある店内。
その壁に、ルネ・マグリットの絵画『複製禁止』が掛かっている。
姿見の中の男の後ろ姿を見ている男の後ろ姿。
そしてその側、カウンターでその絵を見つめる男の後ろ姿がある。
薄暗い中に浮かんでいる三つの男の後ろ姿。
その一番手前、生身の男が振り返るとき。

2
タイトル
『ある男』

3
宮崎県・桜葉市・午後
一人の子供（悠人）が自転車で桜並木の坂道を登っている。
漕いで、漕いで、ようやく登りきる。
目の前に広がる桜葉市の遠景。

4
文房具屋・店内
居並ぶ品物は新しいが、建物は年季が入っている。客は誰もいない。

外は本格的な雨。

レジ台にぽつんと一人の女。

武本里枝。

里枝「（眼差しにどこか哀しさがある）」

と、驚くほど突然に、涙が出てくる。

里枝「……（自分では止められず）」

ドアが開き、一人の男（谷口大祐）が入ってくる。里枝、慌てて涙を拭う。

男「……（見逃していなかった）」

里枝が男を見つめるその表情から、男が初めて来た客だということがわかる。

男は里枝の視線を感じつつ、スケッチブックと水彩絵の具を何色か選ぶと、レジにやってくる。

ふいに窓の外の雨雲が光る。ややあって、遠くで小さく、低い雷の音。

突然、店内の電気が消える。

薄暗い店内で思わず天井を見上げる二人。

男がドアを開けて、外を眺めたあと、
男「ブレーカー、どこですか?」

里枝「え?」

男「周りの家は、電気がついてるから」

里枝、ブレーカーの真下にゆく。が、手が届かない。

男が代わろうと里枝に近づく。そのとき、里枝は男の眉の辺りに深い傷跡があることに気づく。

男がブレーカーを上げ、電気がつく。安堵の笑顔を里枝に向けた。

里枝「……ありがとうございます」

里枝、会計して、品物とお釣りを渡す。男は里枝にそっと頭を下げて、店を出てゆく。

里枝「ありがとうございました」

ガラス戸越しの男の背中を、里枝は見送った。

5
チャプタータイトル
『里枝』

6
里枝の実家・台所・朝
里枝が朝食を作っている。
息子の悠人が起きてくる。
悠人「おはよう」
里枝「悠人、このお皿持ってって」
悠人、出来上がったばかりの料理を居間に運ぶ。
背後の居間の方から、細長い鈴《りん》の音。

7
同・居間
里枝の母、初江が仏壇に手を合わせている。仏壇には父らしき老人の写真と、二歳児の男の子の写真。線香の煙。
おかずが揃う前から、悠人が朝食を食べ始めている。側にはランドセル。
続きの居間に来て朝食を並べる里枝。
里枝「母さん、ご飯」

初江は黙って遺影を見つめている。
仏壇の上の、二つの写真。

8　文房具屋・午後

窓の外は雨。
いつかの男、大祐が絵の具を物色している。
大祐「……（少しレジ台の方を気にして）」
レジ台。店番をしている里枝。側で初江と奥村という中年女性が話している。
初江「……最近思うっちゃわ。お父さん、先に天国に行ってくれたんだって。遼ちゃんが向こうで寂しくならんよう」
奥村「自分のことは全部後回しにして、子供んこと考えるような人じゃったもんねぇ、正広さん」
初江「……里枝がまだ行けんから、俺が代わりに行ってやるって」
初江のすすり泣き。
大祐が少し、里枝たちの方を振り返る。
里枝「（大祐の視線に気づいて、気まずく）」
と、悠人が帰ってくる。大祐とすれ違う。
奥村「悠人、おかえりー」
里枝「奥村のおばちゃん、大成堂のケーキ買ってきてくれたよ」
奥村「いちごんやつと、モンブラン」
悠人「うそっ！」
悠人、嬉しそうに笑って、母屋へ。
見送った後、
里枝「母さん、（泣くの）やめて」
奥村「そうよ、悠人だっておるっちゃし、初江さんがしっかりせんと……一番つらいとは、里枝ちゃんやっちゃし。横浜から戻ってきて、ひとりぼっちよ」
里枝「……」
うん、うん、と涙を拭く初江。
と、スケッチブックと絵の具を手にした大祐が、会計に来る。
大祐「お願いします」
奥村のおばちゃんが場の空気を入れ替えるように、
奥村「お兄さん、絵描くの、趣味？」
大祐「……あ、まあ」
奥村「お兄さんが絵描いちょるとこ見たって、うちのお客さんも言っちょったかい。清瀬川んとこの芝生で」
大祐「ああ……」
奥村「今度見せてよ」
大祐「え？　や……見せるほどのものじゃ」
奥村「里枝ちゃんも見たいじゃろ？」
里枝「おばちゃん、嫌がってるでしょ……（大祐に）すみません」
大祐「や……」
大祐、品物と釣りを受け取ると、軽く頭を下げて店を出てゆく。

9　神社・夕方（日替わり）

夕日の差し込む境内で、悠人が同級生二人と遊んでいる。
片隅。スケッチブックに向かっている大祐の姿がある。
悠人、少し大祐のことを気にして。

10　伐採現場

林産会社の作業員たちが働いている。
その中に、大祐の姿。年上の作業員の指示に従い、大木に向かっている。
ベテラン作業員がチェーンソーで木の根元を切断してゆく。大木を支える大祐。
やがて木が傾き、ゆっくりと倒れる。
ほれぼれと眺める大祐。
そんな大祐のヘルメットを叩き、ねぎらう先輩の作業員たち。
田島の声「……その谷口大祐って人、どこの人っすか？」

11　市役所

里枝が印刷紙などの消耗品の配達に来ている。
フロアの片隅の応接スペースで、公務員の田島と林産会社の社長、伊東が話している。

伊東「群馬の伊香保温泉あるやろ？　そこの旅館の次男坊だって。結構老舗の」

里枝が作業をこなしながら、それとなく聞いている。

田島「そんなとこの人がなんでこんなとこで林業やるとですかね？　なんか気持ち悪い感じせんですか？」

伊東「確かに普通じゃないけどよ。まあ人間ある程度生きると、脛に傷持っちょらん奴なんておらんやろ」

田島「前科持ちとか？」

伊東「田島ちゃん、Iターンだ移住支援だって人欲しがっちょるのはそっちやろ？」

田島「問題起こされたらたまらんでしょ。なんか暗ーい感じやし」

伊東「暗いんじゃないの。大人しいの。礼儀正しいし。仕事覚えるんも早いし。お前んとこの弟よりよっぽど使えるわ」

田島「タケシの話はいいじゃないすか」

伊東「とにかくよ、いいやつよ。俺は好きよ、大祐」

里枝「……（それとなく聞いている）」

12　文房具屋・午後（日替わり）

外はまた雨が降っている。

いつものようにレジ台に里枝がいる。

店の外で傘をさした大祐がいて、入ろうか入るまいか、迷っている。

里枝「（見ている）」

とうとう入ってくる大祐。

里枝「……こんにちは」

大祐、軽く頭を下げると、商品を見る素振りを見せながら、里枝の前にやってくる。側で売っているボールペンを一つ抜き取ると、レジ台に置く。

里枝が会計を済ませたとき、大祐が鞄からスケッチブックを取り出した。

大祐「あの、これ……」

里枝「……？」

受け取り、開くと、平凡な風景画が描かれている。

里枝「持ってきてくれたんですか？」

大祐「（頷く）恥ずかしいんですけど……」

ページを捲る里枝。いくつかの風景画が続き、神社の境内の絵にたどり着く。

境内の片隅に佇む子供に気付き、

里枝「この子、悠人みたい……あ、子供。よくここで遊んでるんで」

大祐「前にこの店で見た男の子ですよね。じゃあ、たぶんその子です」

里枝「えー。やっぱり」

里枝がしみじみとその絵を眺めていると、

大祐「……あの、よかったら、友だちになってくれませんか？」

里枝「え？」

大祐「ご迷惑ですか？　家庭が、あるから」

里枝「家庭はないです……あ、息子はいますけど、離婚したので」

大祐「そうですか……すみません、何も知らなくて」

里枝「知ってたら怖いですよ！」

大祐「あ、そうですよね……」

初めて笑う、二人。

里枝「……お名前は？」

大祐「谷口大祐です」

大祐は伊東林産の名刺を差し出す。

里枝は大祐の買ったボールペンで、手元の小さな付箋に名前を書きながら、

里枝「私、武本里枝です」

と言って、付箋を大祐に渡した。

付箋を見て、嬉しそうな大祐。

里枝「外回りもしてますけど、大体お店には出てるし、この通り暇ですから、いつでも絵を見せに来てください」

そしてボールペンを差し出し、

里枝「何も買わなくていいですから」

嬉しそうな大祐。

13　鰻屋・午後（日替わり）

座敷で、うな重を食べ終わったあとの里

枝と大祐。

カウンターの方では、先に食べ終えた悠人が店の若い店員とじゃれている。

里枝と大祐、茶を飲みながら、

里枝「そう、お父さん、肝臓がんで……」
大祐「はい」
里枝「それじゃあ、旅館の方は……」
大祐「兄が継いでます」
里枝「お兄さん、いるのね」
大祐「でも、昔からあんまり合わなくて、家族とは……もう戻るつもりもないし」
里枝「そう」
大祐「だから、家族の話をするのは、これっきりです」

店員と遊んでいた悠人が笑い声を上げる。

悠人を眺める里枝と大祐。

里枝、少し迷いながら、

里枝「……悠人にもね、弟がいたの」
大祐「……」
里枝「でもね、二歳のときに亡くなったの……いい？　こんな話」
大祐「（頷く）」
里枝「脳の病気。治ると思ってたんだけど……やっぱり悪性だってことがわかって」
大祐「……それが原因ですか？　前の人と別れたの」
里枝「（頷いて）治療のやり方で揉めて、それからもう全部のことが食い違うようになっちゃって」
大祐「……」
里枝「治らないってわかってたら、あんな放射線治療とかしないで、美味しいものいっぱい食べさせて、大好きだった動物園もいっぱい行って、少しでも……少しでも生きててよかったって思わせたかったなって」
大祐「……」
里枝「あんなに苦しい思いさせたのに、それがみんな無意味だったってわかったときの、あの……あの……」
大祐「……」
里枝「悠人のためにもね、明るく生きなきゃって思うんだけど……自分が許せない……ずっと、許せないの」

絶望する里枝の手を、大祐の手が優しく包む。ごつごつした、働く男の手。

大祐「その子の、名前は？」
里枝「……遼」
大祐「リョウ……リョウくん……リョウくん」

大祐、涙を堪らえようとするが、我慢ができない。

悠人がそんな二人を見ている。

14　鰻屋の帰り道・夕暮れ

雨は上がっている。

里枝と悠人と大祐。

大祐が、地面の石ころを蹴った。石ころは悠人のもとへ。

二人、石ころをパスし合いながら進む。

と、大祐、石ころを里枝にパス。

里枝、受けた石ころを、えい、と悠人に向かって蹴る。

が、石はあらぬ方向に飛び、近くに停めてあった高級車にぶつかる。

一同「！（顔を見合わせて）」

里枝、悠人と大祐の手を取って逃げ出す。

笑い声を上げながら走ってゆく三人。

15　夜の駐車場に止まっている里枝の車（日替わり）

運転席の里枝と、助手席の大祐。

緊張で体を強張らせている大祐。里枝がその腕を優しく掴む。

大祐「……」
里枝「……」

大祐、窓に反射する自分の顔と目が合い、怯える。と、窓の自分を遮るように、里枝が大祐の頬に顔を寄せる。

大祐の視界が里枝でいっぱいになり、安心したように身を委ねる。

里枝「だいじょうぶ……だいじょうぶ」

　里枝の唇が触れる。

　大祐、次第に里枝に心を許して。

　　F・O

16　宮崎県・桜葉市・実景（4年後）

　瑞々しい朝。

17　里枝の実家・台所

　台所で弁当を作っている里枝。その指には結婚指輪。そこに小さな女の子の手。娘の花がおにぎりを作るのを手伝っている。

18　同・居間

　大祐と初江、そして中学校の制服を来た悠人が朝食を食べている。大祐の膝の上には娘の花がいて、大祐に食べさせてもらったり。
　大祐と悠人が、箸でおかずを取り合ったりする。遊びのような雰囲気で、悠人が声を上げたり。
里枝「食べ物で遊ばない！」
　台所から弁当を手にやってきた里枝が二人を叱ったり。
里枝「悠人学校遅れてるよ」
　食べ終えた悠人と入れ替わるように里枝が食卓につく。
　悠人は立ち上がって鞄を肩にかけるが、
悠人「ねー山行ったら駄目？」
里枝「駄目に決まってるでしょ」
悠人「体育祭の予行演習だよ？　意味ないって」
里枝「あんた一人で休んでズルじゃんそれ」
悠人「ねー父さん（からも言ってよ）」
大祐「母さんが駄目って言ったらもう全部駄目」
悠人「もーなにそれー……」
大祐「行ってこーい！」
　と悠人のお尻をたたく。
悠人「（渋々）いってきまーす」
　と出てゆく。
里枝「父さんこれお昼（と弁当渡したり）」
　居間の棚の上に、桜並木のもとで撮られた家族写真がある。

19　同・表

里枝「いってらっしゃい」

　軽トラで出勤する大祐を、花を抱えた里枝が見送る。

　大祐がエンジンをかけ、ドア越しに里枝と手を振り合う。

　発進する車を見送る里枝。

20　車を走らせる大祐

　両側を田畑に挟まれた道で、自転車通学している悠人の背中を見つける。
　大祐、追いついて止まって、
大祐「乗れよ」
悠人「学校は……？」
大祐「（微笑んでみせる）」
悠人「！」
　大祐、悠人と一緒に自転車を荷台に乗せる。悠人はそのまま荷台に座る。
　走り出す軽トラ。

21　伐採現場

　チェーンソーを器用に扱って大木を伐採している大祐。側で同僚も手伝っている。手の空いた同僚たちが、悠人の遊び相手になってやったり。

　　×　　×　　×

　伐採現場で仕事に励む大祐。

　一人で大木に挑んでいる。

　手際よくチェーンソーで切り込みを入れた。

　と、突風。その影響で、木がいつもより早く傾ぐ。慌てず退こうとする大祐。しかし、その足が雨上がりの泥に捕まり、思わず倒れる。木は傾ぐのを止めない。

　そのとき、初めて自分が危険だということ

とに気づく。慌てて立ち上がろうとする。

また転ぶ。降り掛かってくる大木はもう目の前。枝葉の折れる音と共に大木が、ずしん、と倒れた。

伊東「！　大祐っ！」

慌てて駆け寄る伊東。

遊んでいた悠人も、何事かと振り返る。

大木の下に、うつ伏せに倒れた大祐の体がある。その体は動かない。

わらわらと、他の同僚も集まってくる。

悠人の蒼白な頬。

頭上で風は、木々を揺らし、音を立てている。

22　宮崎・桜葉市・桜並木の坂（一年後）
悠人が、自転車を走らせている。坂を登りきると、大きな桜の木。

23　里枝の実家・居間
大祐の一周忌の法要が行われている。

僧侶が読経。

仏壇。亡き父の写真と、遼の写真。その隣に、大祐の写真が増えている。

参列者（伊東たちも）の最前列に里枝と初江、悠人。その顔は途方に暮れている。

24　同・玄関
初江「どうもありがとうございました」

里枝と初江が僧侶にお布施を渡し、見送っている。

と、表から一人の男がやってくる。谷口恭一。

恭一、里枝と目が合って。

25　同・大広間
お斎の片付けが行われている。伊東たち数人が居残って手伝っている。
その片隅に里枝、初江、そして恭一。
恭一が差し出した名刺。伊香保温泉の旅館の名前と、『代表取締役』の肩書、そして『谷口恭一』の名が記されている。
里枝「遠いところを、ありがとうございます」
恭一「この度は、弟がご迷惑をおかけしました」
里枝「いえ……お葬式にお呼びもせずに、すみませんでした」
恭一「あいつが言うなって言ってたんでしょ。わかります」
里枝「でも……ね、お墓のこととか、やっぱりご相談しないわけにもいかないだろうって（と母に相槌を求めたり）。それで……」
恭一「大祐、僕のことも悪く言ってたでしょう？」
里枝「昔のことは、あんまり話しませんでした。ただ、家族とは……」
恭一「いいんですよ。わかってますから。（舌打ちして）最後まで色んな人に迷惑かけて、なんでもっとまともな生き方ができなかったんだろ。こんなとこで木の下敷きになって死ぬなんて、最後まで親不孝ですよ」
遠くで聞いていた同僚がむっとするが、伊東が制する。伊東の側にいた悠人も、立ち上がり、部屋を出てゆく。
花「ママ、アイス」
里枝のもとに花がやってくる。
恭一「その子、大祐の……」
里枝「はい。花といいます」
恭一「ハナちゃん（と微笑みかけるが）、姪っ子かぁ。全っ然実感湧かない」
里枝「……」
初江「花、ばあちゃんと行こう」
とアイスを食べに誘う。
恭一「……線香、いいですか？」
里枝「あ、勿論」
と立ち上がる。

26　同・廊下
二人、居間に繋がる廊下を行きながら、
恭一「あこれ、うちの旅館で作らせてる和菓子なんですけど、めちゃくちゃ美味いんで。お茶でもコーヒーでも何でも合いますから（と袋に入った和菓子を差し出す）。あと、葬式代とか墓代、必要な分請求してください」
里枝「いえ、それはもう、ほんとに大丈夫なので……」

27　同・居間

里枝に導かれて仏壇の前につく恭一。
線香を上げたあと、
恭一「写真、置いてやらないんですか？」
里枝「？」
恭一「や、写真。遺影？　せめて」
里枝「？　置いてますけど」
恭一「？（と今一度仏壇を振り返って）……どこすか？」
里枝「や、それ」
恭一「どれ？」
里枝、仕方なく大祐の遺影を指差す。
恭一「違いますけど」
里枝「え？」
恭一「え？　これ、大祐じゃないですけど」
里枝「……え？」
何事かと、伊東たちが、恭一と里枝を見ている。
恭一「大祐じゃないですけど」
里枝「大祐さんですけど」
恭一「大祐じゃないですけど」
里枝「……変わってますか？　昔と」
恭一「や、変わってるとか……全然違うんだけど」
里枝「……え？」
恭一「全然違う人」
里枝「……伊香保温泉の、旅館の」
恭一「ええ」
里枝「だから（遺影を指して）この人」
恭一「大祐じゃないです」
里枝「……じゃ、これ……」
里枝・恭一「誰なんですか？」
遺影の中で微笑む男。

F・O

28　飛行機内（日替わり）

窓際の席に座っている男。
城戸章良《あきら》。
城戸「（窓の外を眺めている）」
窓の外に、海と緑の陸が見えてくる。
アナウンスが、まもなく宮崎空港に着陸すると告げている。

29　チャプタータイトル

『城戸』

30　桜葉市に向けて走る里枝の車

里枝が運転、助手席に城戸。
城戸「七年ぶり、ですかね？」
里枝「ええ。離婚調停のときは、本当にお世話になりました」
城戸「お子さんは？　だいぶ大きくなられたでしょう？」
里枝「上のが中学生になりました」
城戸「上……」
里枝「あ、再婚してもうひとり生まれたんです。娘が」
後部座席にジュニアシート。
城戸「そうだったんですか。おいくつ？」
里枝「四歳」
城戸「あ、うちと同じだ」
里枝「あ、城戸さんも？」
城戸「そうです。あのあと結婚して」
里枝「そうですかあ。女の子？」
城戸「男です」
里枝「そうですかあ」
城戸「……」
里枝「……」
城戸「そうなると、これから大変ですね」
里枝「しかも、結婚した相手の戸籍が別人だったなんてね……警察に言っても相手してくれないし」
城戸「警察は何もしないでしょうね。失踪事件だけでも年間数千件ありますから……基本的に彼らも公務員ですから面倒を増やしたくないんです」

里枝「相談できる弁護士って言われて、私の中では城戸さんしかいなくて……」

城戸、ハンドルを握る里枝の指に光る、結婚指輪を何となく眺めて。

31　鰻屋

テーブルには生命保険などの資料がある。
城戸と里枝が鰻重を待つ間、
里枝「それで、生命保険なんですが……」
城戸「あ、それは返還しなくて大丈夫です」
城戸はあらかじめ用意していた生命保険の受け取りに関する書類を取り出して見せる。その『谷口大祐』と書かれた文字を消すように横線を引き、隣に〝X〟と記し、『谷口大祐』の名前で書類を書いてますけど、契約主体はあくまでX《エックス》さんで、Xさんが保険料を払い続けていたわけですから。それは貰ったままでいいです」
里枝「ありがとうございます」
城戸「いえ、これは当然の権利です。それよりも、まずは谷口さんの戸籍上の死亡を取り消すことですよね（と戸籍の書類を指差しながら）死亡したのはXさんで、『谷口大祐』ではないですから」
里枝「それじゃ、本当の『谷口大祐』はどうなるんですか？」
城戸「戸籍上は生きてることになりますね。実際にどうかは調べてみないとわかりませんが」
「おまちどうさまでしたー」
と鰻重が来る。
城戸「先、食べちゃいましょうか」
と箸を割る。
鰻に口をつけようとしたとき、里枝がふと思い出したように、
里枝「そうなると、花、娘はどうなりますか？」
城戸「……娘さんは、法律上は非嫡出子という扱いになりますね」
里枝「ヒチャクシュツシ？」
城戸「法律上の婚姻関係がない男女の間に生まれた子ども、ということです」
里枝「……」
里枝の箸を動かす手が止まる。
城戸はなんだか申し訳ないような気分になり……。

32　文房具屋・午後

城戸が、スケッチブックを開き、大祐、否、Xの描いた風景画を眺めている。
と、悠人が母屋の方から出てくる。
城戸「……悠人くん？」
悠人、不審そうな目を向ける。
母屋から里枝が電気シェーバーや歯ブラシなどを手にやってきて、
里枝「（悠人に）どこ行くの？」
城戸「（里枝に悠人のことを）大きくなりましたね」
里枝「（悠人に）横浜でお世話になった人、覚えてる？」
悠人、軽く頭を下げ、外へ。
里枝「（申し訳無さそうに）……電気シェーバーのヒゲとかどうでしょう？」
城戸「いいと思います」
里枝「あとあの人が使ってた歯ブラシ、服についてた髪、あ、あと爪切りの中に爪、ありました」
城戸「ああもう十分です」
里枝「どれぐらいかかるんですか？」
城戸「お金は経費としてまとめてこちらが立て替えておきますから」
里枝「あ、や、時間」
城戸「あ、時間。そうですね、一ヶ月見といていただければ」
里枝「それ（絵）、役に立ちますかね？」
城戸「んーどうでしょうか……でもいい絵ですね。少年がそのまま大人になったみたい

な」
里枝「……この絵の通りの人だったんです」
城戸「（ほれぼれと絵を見ていたが）」
　とあるページを捲り、手が止まった。
　大祐の自画像らしき画。だが、その表情は何度も消されている。まるで自分の顔がわからず、描きあぐねているような。
里枝「夫は、犯罪に関わってるんでしょうか?」
　城戸、思わず里枝を見る。
城戸「……」

33　横浜・午後の実景（日替わり）

34　裁判所・法廷内

　過労自殺をめぐる裁判が行われている。

　原告側の弁護で城戸が陳述している。隣に同僚の中北もついている。

城戸「事実関係をもう一度確認します。坂崎さんは、２０１３年10月、大沢スタジアム建設の地盤改良作業を管理する立場で現場に配属されました。翌14年3月31日から失踪前日の5月1日まで、30日間の時間外労働は１９０時間18分。過労死ラインとされる月80時間を二倍以上も越え、5月2日朝、『今日は欠勤する』と連絡を入れた後から連絡が取れなくなり、翌3日の朝、栃木県高根沢町の山の中で自殺したとみられ……」

×　　×　　×

　過労自殺した男の遺書を読み上げる中北。

中北「突然このような決断をしてしまい、申し訳ありません。身も心も限界な私には、このような結果しか思い浮かびませんでした。母さん、苦しい思いばかりさせ、今日、最大の苦しみを味わわせてしまうこと、お許しください。でも、もう生きていたくない……」

　傍らで、坂崎の母が泣いている。その様子を見つめる城戸。

35　同・ロビー

坂崎の父「先生、本当にありがとうございました」
　城戸に頭を下げる。坂崎の母は遺影を抱え、泣くばかり。
坂崎の父「勝もこれでやっと浮かばれると思います。城戸先生のような人権派弁護士にお願いできて、本当によかった」
城戸「や、僕はただ自分の仕事をしただけで……」
坂崎の父「これ、つまらんもんですが……」
　と菓子折りを差し出す。
中北「あーもうそんな……すんません遠慮なくいただきます」
　と中北が受け取ったり。
坂崎の母「先生にはなんてお礼を言ったらいいのか、もう……」
城戸「先生はやめてください。お願いですから……」
　戸惑うばかりの城戸と、殊勝顔の中北。
中北「ほれ、素直に喜んどき」
　と城戸に耳打ち。
　城戸はぎこちなく微笑む。

36　横浜市・城戸のマンション・表・夕方

　新築マンション。新開発地区らしく、周りにも似たようなマンションが建ち始めている。

　城戸が帰ってくる。

37　同・キッチンテーブル

　城戸とその妻、香織、そして義父と義母がテーブルで夕食を食べている。

　息子の颯太《そうた》は夕食に飽きたらしい、水槽の魚に餌をやったりしている。

義父「わからないんだけど、その過労死ってのは自殺なんだよね？　自殺でも慰謝料が出るんだ?」

城戸「……ええ」

義父「そんなに仕事がキツいなら逃げればい

いだけの話じゃない」
城戸「……そういった正常な判断ができなくなるほど、追い詰められていたんだと思います」
義父「金の使い方がなんかおかしいんだよな、この国。生活保護なんかもさ、まだまだ働ける人間が税金で養ってもらって、何やってるかっていうとパチンコだろ。そもそも矛盾してるんだよ制度が」
城戸「（愛想笑い）」
義父「だいたいああいったものにすがるのは日本人じゃないっていうじゃない。在日とかそういう連中の面倒見る余裕なんか、今の日本にないんだよ。あ、もちろんアキラくんは全然別だよ」
城戸「……」
義母「アキラさんは三世でしょう。三代も経ったらもう普通の日本人よ。私なんて最近韓流ドラマばっかりなんだから」
香織「まだ観てんの母さん!?」
義母「終わんないのよもー次から次へと……時間足りないから二倍速で観てる」
香織「バカじゃないの!?　時間の無駄よ!?」
香織と義母が場を和ませようとする中、城戸の愛想笑いだけが浮いている。

38　同・リビング

義父母の帰宅後。リビングは薄暗い。
風呂上がりの城戸がソファでブランデーを飲んでいる。
と、横から差し出される薄い冊子。
香織の持ってきた新築一戸建てのパンフレットだ。
香織「これ、お父さんのツテでかなり優遇してくれるんだって。頭金も手伝ってもらえるかも」
城戸、軽く部屋を見渡し、
城戸「……今で充分じゃない？」
香織「私はもう一人欲しいと思ってるの」
城戸「……ここどうするの？」
香織「賃貸に出せばいいじゃん。資産に変わりないんだから」
香織、ソファに置かれている枕をちらっと見て、
香織「……ねぇ、この間の宮崎、ほんとに出張だったんだよね？」
城戸「うん。なんで？」
香織「……」
城戸「バカ。見せようかチケット」
香織「いい……じゃ先寝るね。おやすみ」
と、寝室へ。
城戸、ブランデーを飲み干すと、テーブルの資料を片付けにかかる。
と、資料の中の里枝の家族写真に目が止まる。
写真の中のXの笑顔。
城戸「……」

39　伊香保温泉（日替わり）

温泉街の町並みを行く城戸。
とある老舗の旅館にたどり着く。

40　チャプタータイトル

『大祐』

41　その老舗旅館・浴場

恭一が城戸に温泉の湯を触らせている。
恭一「やっぱり温泉旅館の顔って言ったら城戸さん、なんですか？」
城戸「……温泉？」
恭一「でしょ。顔だけはね、絶対変えちゃダメ。めちゃくちゃいい泉質なのは間違いないから。変にいじくり回しちゃだめなの」
城戸「はぁ……」
恭一「親父から僕に代わって、予約が一気に増えたんですよ。弟じゃ絶対無理ですよ」
城戸「……恭一さんとはこの旅館を継ぐ継がないで揉めたって里枝さんからお聞きしたんですが」
恭一「や、揉めてないっすよ。弟が勝手にそう思ってただけで。てかあの奥さん、うち

の家族の写真まで持ってたんですよ。気持ち悪い」

42　同・廊下

恭一が従業員たちの動きを見回っている。
その恭一についていくような格好の城戸。

恭一「僕、東京の大学出たあと二年間アメリカに留学したんですよ。それを僕がもう旅館捨てたんだって大祐思ったらしくて」

話すうちに、とある客室に辿り着き、二人は入ってゆく。

43　その客室

恭一が点検しながら、

恭一「それまったく逆で、アメリカ行ったのも外側から日本を見て温泉旅館ってものをグローバルに捉えたかったから。あとインバウンドも見越して。で帰ってきたらあいつがなんか経営者面してやってるでしょ。いやいやちょっと待てよと。社長は俺だろと」

44　同・厨房

料理人が仕込みに励む中、城戸と恭一。

恭一「頼まれてたこれ」

と城戸に書類を差し出す。
谷口大祐の戸籍抄本と、大祐の顔が写っている写真。

城戸「ありがとうございます」

写真の中の谷口大祐をあらためて確認する城戸。

城戸「これが本物の谷口大祐ですか……」
恭一「はい。宮崎で木こりになる前は大阪にいたみたいですね」
城戸「！　そうですか。早速行ってみます」
恭一「あ、もう行ってきました」
城戸「……」

恭一は配膳前の料理を箸でつまんで城戸の口に放り込む。もぐもぐ食べる城戸。

恭一「住んでたっていう北区のアパートの大家にその写真見せたんです。そしたらそうだってことでね」
城戸「本物の大祐さんだったと」
恭一「（頷いて）一応偽者の方の写真も見てもらったんですけど、見覚えがないって」
城戸「つまり大阪時代は、二人はまだ入れ替わる前だったということですね」
恭一「……どうですか？」
城戸「いやーまだ何とも……」
恭一「美味いしょ？」
城戸「え？　あ、ああ……」
恭一「うちの料理長、京都の懐石料理屋から引き抜いてきたの。ほら、もっと食べて」

45　同・表

恭一が城戸を見送っている格好。

恭一「しかし、大祐は生きてるんですかね？」
城戸「……」
恭一「入れ替わったその男に殺されてるんじゃないですか？　あの奥さんも話してる通りなら被害者なんでしょうけど、生命保険ももらってるし、僕は調べるべきだと思いますけどね」
城戸「……」

46　伊香保温泉・路地・夕暮れどき

一人の女が歩いている。
後藤美涼。
犬の散歩をしている顔見知りと挨拶してすれ違ったり。
美涼の行く先、小さなバーが見えてくる。

47　バー

に入ってくる美涼。
開店前のようで、カウンターの奥ではマスターの高木が支度している。

美涼「おつかれさまでーす」
高木「美涼ちゃん」

と、バーカウンターを指差す。そこに一人の男がいて、その後頭部が美涼を振り返った。

男は城戸、美涼に軽く頭を下げる。
美涼「……」

×　×　×

カウンターに入った美涼がビールを入れている。
美涼「ビール、でいいですよね？」
城戸「あ、じゃ、はい……いただきます」
美涼の入れたビールを飲む城戸。
美涼はカウンターを出て、城戸の隣につくと、卓上に置かれた写真（Xと里枝の家族写真）を手に取って眺めた。
美涼「この人が大祐になりすましてたんですか？」
城戸「そうです。呼びようがないから、ひとまずXさん、と呼んでますけど」
美涼「さん付け（と少しウケて）……顔もですけど、身長もたぶん全然違うと思う」
城戸「見覚えもないですか？」
美涼「はい」
美涼、スマートフォンを操り始める。
城戸「大祐さんとはいつから……？」
美涼「私が高校の時から。つきあったり別れたり……ずるずると」
城戸「最後に会ったのは……」
美涼「いつだっけ……大祐のお父さんがなくなって、お葬式に出て、その頃……これが大祐」
と操っていたスマートフォンを見せる。
美涼と一緒に、一人の男が写っている。
美涼「もう結構前ですけどね」
城戸「このときは、その……」
美涼「つきあってました」
美涼は画面をスライドさせていくつか写真を見せる。お互いの腕に、ペアタトゥーが入っているのが目立つ。
美涼「でもそのあたりかな、最後はだから、別れ話もなくて、急にいなくなったんです」
スマートフォンを操る美涼の腕に今も残るタトゥーを、城戸は何となく見ていた。
城戸「電話とかメールとかは？」
美涼「全然。つながらなくて」
城戸「いなくなった理由は何だと思いますか？　お兄さんとは、あんまり関係がよくないような……」
美涼「兄弟っていうより、親の問題なのかなと思いますけどね。よくある話ですけど、どっちが家を継ぐかで両親の考えが揺れたんですよ」
城戸「はぁ……」
美涼「でも何でその人、大祐の過去を欲しがったんですかね？　大祐の経歴なんて別にそんな感じだし……遺産とか？」
城戸「わかりません」
と、ソファで雑誌を読んでいた高木が、
高木「もしかして、北朝鮮に拉致されたんじゃないですか？」
城戸「……」
高木「俺聞いたことありますよ。拉致した男の戸籍盗んでそいつになりすますって」
城戸「Xさんは宮崎の小さな町で林業やってたんですよ」
高木「今もけど、北朝鮮の工作員とかその辺にいっぱいいるんでしょ？」
美涼「また陰謀論始まったー。この人、3・11も人工地震とか言っちゃう人だから」
高木「や、あれはだけどさ……」
美涼「こっちは真面目に人探ししてるの」
美涼と高木のやり取りに、怒りより可笑しさを感じる城戸。

48　店を出てくる城戸

美涼が見送りに出てくる。
城戸「今日は突然ですみませんでした」
美涼「こちらこそ。大祐のこと、ホントに心配してましたから」
城戸「また、何かありましたらご連絡……？」
と、美涼の目が赤いことに気づく。
美涼、涙が溢れるのを、あー、とか言ってごまかす。
美涼「すいません。大祐、バカだなあ。ほんとバカ。やっと消息がわかったと思ったらこれですもん」

49　宮崎・里枝の実家・午後（日替わり）

里枝が城戸と電話で話している。
城戸の声「ＤＮＡ鑑定の結果、Ｘさんは谷口大祐ではないことが確定しました」
里枝「……そうですか」
城戸の声「これで結婚の事実もなくなって、里枝さんはもう未亡人でもなくなります」
里枝「……」
城戸の声「……里枝さん？」
里枝「あ、はい」
城戸の声「……大丈夫ですか？」
里枝は自嘲するように笑って、
里枝「私って、誰の人生と一緒に生きていたんでしょうね……なんで私たちに本当のこと話してくれなかったんだろう……私は、全部見せたのに」
仏壇の写真で微笑む、Ｘ。

50　法律事務所・共有スペース

ホワイトボードに、谷口大祐とＸを中心とした場所などの相関図が書かれている。
城戸「（眺めている）」
傍らでは、中北が温泉まんじゅうを食べながら、テーブルに並べたワインボトルを手にとって仔細に調べている。
中北「……私は誰の人生と一緒に生きてきたのか」
城戸「なんて答えたらいいのか、わからなかったよ」
中北「そのＸってやつ、やっぱりなんか犯罪歴を隠したかったんちゃう？　それもかなり重い罪の……美味いなこのまんじゅう」
城戸「でしょ」
中北「セキュリティ上のリスクとして国から睨まれるっちゅうんが一番困るやん」
城戸「まあ、普通に考えたらそうなるけど……（ワインボトル）それ何？」
中北「銘柄詐欺。コンビニで売ってるようなやっすいワインにビンテージもんのラベル貼って売っとるやつがおんねん」
城戸「はぁ……」
中北「騙されても味のわからん人間って思われたないから殆ど泣き寝入りや」
城戸「（笑って）考えたねぇ」
中北は剥がしたラベルの糊口などを調べながら、
中北「……ああ、なるほど（と独り言ち）」
城戸「？」
中北「詐欺で思い出したんやけどな、俺が前に担当した事件で、なりすましがあったのよ」
城戸「なりすまし？」
中北「55歳やった男が67歳の別の男になりすまして年金貰ろてたってやつ。もう有罪は確定して民事に移ってんねやけど、その戸籍交換な、仲介人がおってん」
城戸「それ、いつの事件？」
中北「２００……あれ？」
と自分のデスクに向かう。

×　×　×

パソコンで事件を検索している中北。
背後から見守る城戸。
中北「……あこれや、２０１３年や」
城戸「！　谷口大祐が宮崎にやってきた頃と同じだ」
中北「このブローカー、当時他にもようさん仲介して手数料取ってたみたいやで」
城戸「（画面の記事を読む）……小見浦《おみうら》憲男」
中北「今は大阪刑務所入ってんのか」
城戸「……本物の谷口大祐が大阪にいたころとも重なる」
中北、微笑んで、
中北「５５１の豚まん買うてきて。久しぶりに食いたいわ」

51　大阪刑務所・廊下（日替わり）

城戸が面会室へ向けて歩いてゆく。

52　同・面会室

城戸が椅子に座って待っている。

と、アクリル越しの向こうのドアが開き、刑務官に付き添われて初老の男が入ってくる。

小見浦憲男。

小見浦は城戸の顔を見るなり、

小見浦「いやー、こんなイケメンの弁護士先生が会いに来てくれるなんて」
と席につく。
小見浦「私、不細工やろ？　こんなんやから性格も歪んでますねん」
城戸、愛想笑いで、
城戸「今日はありがとうございます。あらためまして、弁護士の城戸ともうし……」
小見浦「先生、在日でしょ？」
城戸「……」
小見浦「ね？」
城戸「答えるべきことですか？」
小見浦「顔見たら一発ですよ」
城戸「もう、帰化して日本国籍です……あの、今日はですね、お手紙でも書いたように、五年前の……」
小見浦「先生、世の中には三百歳まで生きる人間って本当にいるんですね」
城戸「……え？」
小見浦「よく言うやないですか、三百歳の人間がいるって」
城戸「……よく言いませんけど」
小見浦「先生みたいな人の住む世界にはいないんですかね……ここだけの話、この大刑（通称）にもいたんですよ。もう出所しましたけど」
城戸「……」
小見浦「……」
城戸「すごく、面白い話なんですが、今日は五年前の事件について伺いたいんです。谷口大祐さんという方、ご存知ないですか？」
とアクリル越しにXの写真を見せる。
城戸「彼の名を名乗っていた男が亡くなってるんです。でも、彼は本当の谷口さんじゃなかった。小見浦さん、戸籍交換の仲介をやってたそうですね？　この方についても何かご存知ないですか？」
小見浦「……伊香保温泉の次男坊でしょ？」
城戸「！　そうです！　ご存知ですか？」
小見浦「もう今日はいいでしょ」
城戸「彼が誰と戸籍を交換したのか知りたいんです」
小見浦「交換やなくて、身許のロンダリングですよ。汚い金と同じで、過去を洗い流したい人はいっぱいいるんです。先生かて、在日が嫌で交換したいと思ったことあるでしょ」
と立ち上がり、
小見浦「先生は在日っぽくない在日ですね。でもそれはつまり、在日っぽいってことなんですよ。私みたいな詐欺師と一緒で」
と笑いながら、面会室を出てゆく。
城戸「……」

53　横浜市・実景（日替わり）

ビル工事が進んでいる再開発地区。

54　法律事務所

出勤してくる城戸。

と自分のデスクに置かれたハガキに目を止める。

城戸「……（手に取り、眺めて）」

×　×　×

共有スペース。中北が551の豚まんを食べながら資料の仕分けをしている。

城戸が来て、ハガキを差し出す。

中北「？（と受け取って、見る）」

差出人は小見浦憲男。裏を見ると、雑誌の卑猥なグラビア写真が切り貼りされている。

写真の下に書かれてある文字を読む中北。

中北「イケメン弁護士先生の目は節穴ですか？　マ・ヌ・ケ……（苦笑）」

城戸「……（写真の）胸のとこ」

中北「?」

と促されてグラビア写真を見る。両の乳房にそれぞれ小さな文字で『谷口大祐』『曾根崎義彦』と書かれている。

城戸、ホワイトボードの図に、曾根崎義彦の名前を書き加えた。

中北「……このソネザキヨシヒコいうんがXやって言いたいんかな?」

中北、ハガキを返して豚まんを頬張る。

中北「(豚まん) やっぱチルドはあかんな」

不服そうにハガキを今一度眺める城戸。

55 宮崎・桜葉市・神社(日替わり)

お正月。出店なども並び、初詣客で賑わっている。

おみくじなどで盛り上がっている花と初江と里枝。

悠人だけが、三人から離れて一人でいる。

里枝「(そんな悠人が気になっていて)」

56 神社近くの桜並木

初江と花が並んで歩いている。

その少しあとを追うように、里枝と悠人。

里枝「……どうしたの?」

悠人「……」

里枝「何?」

悠人「……父さんの木、覚えてる?」

里枝「うん。あれでしょう? ここから三番目の、枝がこうなってる……であっちが母さんの木で、あれが花ちゃんの木で、悠人はあれがいいって選んだでしょう?」

里枝がそれぞれの木々を指差しながら言う。

悠人「今年の命日も、父さんのお墓、作ってあげなかったね」

里枝「……」

悠人「……僕、また苗字変わるの?」

里枝「?」

悠人「生まれた時は〝米田〟で、母さん離婚して〝武本〟になって、そのあと父さんの〝谷口〟……僕、次は誰になればいいの?」

里枝、逡巡したのち、

里枝「……悠人にずっと黙ってたことがあるんだけどね……父さん、本当は谷口大祐って名前じゃなかったの」

悠人「……え?」

里枝「母さんも知らなかったんだけど、死んだあとで、本名じゃないってわかったの」

悠人「……何それ」

里枝「他人の名前使ってたの」

悠人「……じゃ、誰だったの?」

里枝「それをずっと調べてもらってるの。警察に行ったり、弁護士さんにお願いしたりして」

悠人「で、誰だったの?」

里枝「まだわからない。だからね、お墓も作れないの。谷口大祐って書くわけにもいかないしね……」

悠人「じゃあ……僕の谷口悠人って名前は、何なの?」

里枝「谷口はだから、わたしたちが知らない人の名前ってこと」

悠人「……父さんが僕にしてくれた話は? 実家が伊香保温泉で、家族と喧嘩して家を出てきたっていうの」

里枝「父さんじゃなくて、その谷口大祐さんって人の話みたい」

悠人「嘘だったの?……だまされてたの? みんな? え……なんで? なんで父さん嘘ついてたの? 何やったの?」

里枝「わからないのよ、母さんも……だから悠人にも説明できないし、もう少し色んなことがはっきりしてから言おうと思ってたんだけど……」

花　「ママ! 見て! パパの木!」

先を歩いていた初江と花が〝お父さんの木〟にたどり着いてこちらを振り返っている。

花たちのもとに辿り着く里枝と悠人。花が大きな枝に夢中になってそのことを里枝に話したり。

初江「花、パパの木と写真撮ろうか」
　里枝、促されて初江にスマートフォンを渡す。
初江「私あとでいいかい。あんたら並んで」
　けれど、悠人は、ぷいと背を向けて歩いてゆく。
初江「？　悠人……」
里枝「いいの」
初江「……」
　〝お父さんの木〟の前に並ぶ花と里枝。
初江「はい。いくよー。チーズ」
　カシャっと機械音。
　その場に立ち尽くす里枝。花だけが無邪気でいて。

57　都内・ギャラリー（日替わり）

　入口に『極点の芸術　死刑囚が描く』の文字。
　壁にかけられたいくつもの絵画。を、眺めている美涼。
美涼「（興味深げに眺めている）」
　その背後にふと現れる城戸。
城戸「（美涼の横顔を眺めている）」
　美涼、城戸を少し振り返り、微笑んでみせたり。
城戸「……大丈夫ですか？」
美涼「……すごいですね。言葉が出ない……城戸さんのフェイスブックで告知見るまで、死刑囚が描く絵って、想像もしてなかったので」
　美涼、足を止めて、目前の絵を眺める。
美涼「犯罪者が描く絵って、何ていうか、言い訳？　みたいな感じかなって漠然と思ってたんですけど、全然違いました」
城戸「……？」
美涼「自分は無実だって言いたいんじゃなくて、そんな人間じゃないんだって叫んでる感じ」
城戸「……（そんな美涼に感じ入り）」
　二人の様子を、離れたところから中北が眺めている。

58　同・休憩スペース

　長椅子に腰掛けている城戸と美涼。
　城戸が、美涼が差し出したスマートフォンを覗いている。
　二人の背後、ギャラリー内部では、スタッフによって椅子が並べられたり、小さな講演会の準備が始まっている。
　美涼のスマートフォンはFacebookアプリが開かれていて、アカウントの名は『谷口大祐』。
城戸「これって……」
美涼「私が作ってみたんです。大祐になりすまして、時々投稿してるんです」
　タイムラインは二日に一度くらいの間隔で書き込まれている。
美涼「大祐の趣味とか、どんなこと言いそうかとかはわかってるから、それらしく書いて。本人が見たら、絶対連絡してくるはずだから」
城戸「おびきだそうってことですか？」
美涼「はい。（城戸が複雑そうな顔をしているので）バカみたいだとは私も思ってるんですけどね……何か役に立ちたくて」
城戸「……」
中北「まもなくトークイベント始まりますので、ご観覧の方、お座りくださーい」
　と、ギャラリー内で中北が声をかけている。
城戸「あ、始まるみたいです」
　と美涼を客席に促す。
　美涼と入れ替わるようにして、中北がやってくる。美涼の後ろ姿を眺めながら、
中北「……べっぴんさんやなあ」
城戸「……」
中北「しかしデートが死刑囚の絵画展てどうなん？」
城戸「向こうが見たいって連絡してきたんだよ……だし、デートじゃないし」
中北「（城戸の肩を諭すように叩く）」

城戸「なんだよ（それ）」
中北「心配すな。俺、めっちゃ口堅いんで有名やから。試しに（唇）触ってみる？」
城戸「ばか」

59　同・ギャラリー内

講演が始まっている。

客席の後方で講演を見守りながら、壁にかかった絵画をそれとなく眺め歩く城戸。

客席の美涼を時折気にしながら。

と、一つの作品の前で足が止まった。

A4ほどの大きさの紙に描かれた自画像。目や鼻、口元が消されては何度も描き直されて、明瞭でなくなっている。

城戸「……？」

スマートフォンを取り出し、写真アルバムを開く。

文房具店で撮った、Xが描いた自画像の写真を取り出し、目の前の絵と見比べる。

城戸「（絵の名札を見て）」

手の中で丸めていたパンフレットを開いて、絵の解説を見る。作品解説の隣に載っている、絵の作者の死刑囚、小林謙吉の顔写真を見て、動けなくなる。

Xと、瓜二つ。

城戸「……！」

60　チャプタータイトル

『X』

61　法律事務所・共有スペース

中北と城戸がパソコンをプロジェクターに繋ぎ、スクリーンで小林謙吉の事件の写真や当時の雑誌の切り抜きなどを投影して眺めている。
中北「こいつ、何やらかしたん？」
城戸はスクリーンに過去の新聞の切り抜きコピーを投影して見せる。
『強盗殺人で34歳の男が逮捕』
城戸「ギャンブル依存症で借金作って、仕事先の工務店の社長の家に強盗に入った。で、社長夫婦と小6の息子刺殺して放火。一審で死刑が確定」
中北「誰がどう弁護してもそうなるやろな」
城戸「2003年に死刑執行されてる」
中北「Xは宮崎で木の下敷きになって死んだんやろ？　そもそもこいつ、Xと年齢が親と子くらい合わへんし」
城戸「（にやっと）」
中北「まさか……」
城戸「いるんだよ。息子が」
中北「マジか……」
城戸「名前は原誠。事件の後から離婚した母親の姓を名乗ってる。前橋市の児童養護施設にいたっていうのと、あとプロボクサーとして名前が残ってる」
プロジェクターを操ってプロボクサー原誠の記事を見せる城戸。
中北「ほんならこれは誰やねん？」
と小見浦からのハガキを軽く掲げて、
中北「ソネザキ言うんは」
城戸「……（答えあぐねて）」
中北「まあしかし、もしXがその死刑囚の息子やったとしたら……やっぱり何か犯罪犯して逃げてたんかもしれんな」
城戸「どうして？」
中北「犯罪は遺伝する、とまでは言わんが、家庭環境がその人の将来に影響しやすいのんは、お前も長年弁護士やってんねんから、言わんでもわかるやろ」
城戸「……」

62　城戸のマンション・リビング・夜

テレビの中のニュース番組。ヘイトスピーチの特集が放送されている。

城戸が見ている。手元とテーブルにX関連の資料。

側で、颯太がおもちゃでバタバタと遊んでいる。

城戸「颯太ー、ちょっとうるさいよ」

注意しながらも、テレビに見入ってしま

う。

と、颯太が誤って投げたおもちゃがテーブルの城戸のブランデーのグラスにぶつかり、倒れる。

周りにあった資料が酒浸しに。

城戸「こらっ！　だから言っただろ！」

颯太、城戸の剣幕に、萎縮。

その声を聞きつけて、香織が来る。香織の顔を見た途端、泣き出す颯太。

香織「どうしたの?」

颯太、香織に抱きつき、泣く。背中を擦ってやる香織。

63　同・寝室

眠りについた颯太。

香織、その頭を撫で、電気を消して、部屋を出てゆく。

64　同・リビング

城戸が濡れたテーブルを片付けている。
香織が戻ってくる。
城戸「……ごめん」
香織「最近、別人みたい」
城戸「……」
香織「人探し、囚われすぎじゃないの？　そういうのあんまり家庭に持ち込まないでよ」
城戸「……」
香織「その人の人生が、あなたにとって何なの?」
城戸「……わからない。ただ気が紛れるんだよ。なぜか。他人の人生を追いかけてると」
香織「死刑囚の一人息子よ。私には理解できない」
城戸「自分でもわからない。現実逃避かな?」
香織「悪趣味ね」
城戸「そう?」
香織「……私のせい?」
城戸「?」
香織「私から逃げたいの?」
城戸「まさか」
香織「……」
城戸「……」
香織「とにかく早く終わらせて、いつものあなたに戻って」
香織、寝室に消える。
城戸「……」
城戸、濡れた資料の中にある、小見浦からのハガキに目を落とす。それから窓辺に寄った。
城戸「……（夜景を見つめて）」

65　大阪刑務所・面会室（日替わり）

小見浦「ああ、イケメンの先生、お久しぶりです！」
入ってきた小見浦が、アクリルボード越しに待ち受けていた城戸の姿を見て嬉しそう。
城戸「……元気そうですね?」
小見浦は椅子に腰掛けながら、
小見浦「冗談言いなや。かろうじて生きとるだけですわ」
城戸「これ、ありがとうございました」
と小見浦から送られてきたハガキを見せる。
小見浦「気に入りました？　私らぐらいの年になるとね、もう若い子のヌードは駄目なんですよ。先生はまだ若いからわからんかなあ」
城戸「……今日は、原誠さんという方についてお聞きしたいんです」
小見浦の目が据わる。
城戸「ご存知ですよね?」
小見浦「……さあ、どやろか」
城戸「彼も小見浦さんが仲介したんですか?」
小見浦「何をです?」
城戸「……伊香保温泉の家族から逃げて大阪にいた谷口大祐と、死刑囚の息子としての人生を送っていた原誠の戸籍交換です」
小見浦「まあ、何言うてたか知りませんけど、私は関係ないですよ」
城戸「原誠はプロボクサーだったそうですね」
小見浦「誰がですか?」
城戸「……わからないのは曾根崎義彦という男なんです（とハガキを掲げる）」
小見浦はニヤニヤ笑いを崩さないで、
小見浦「先生は何も分かってないんじゃないですか? 結局」
城戸「そうですか?」
小見浦「アホ丸出しですね。生きてて恥ずかしくないですか?」
城戸は鼻で笑う。
小見浦「先生は朝鮮人のくせに私を見下してるでしょ? 私のことただの詐欺師や思て、私の言うことなんて信じてないんですよ。私を差別主義者や思いながら、自分の方が差別してるんです」
城戸「差別も何も実際にあんたは詐欺罪で服役してるじゃないか!」
小見浦、城戸が声を荒げたことが嬉しくて笑う。
小見浦「先生の一番アホなとこ言うてあげましょか?」
城戸「……」
小見浦「私が『小見浦憲男』っちゅう男やてどうしてわかるんですか? 私、そんなに『小見浦憲男』っぽい顔してますか?」
城戸「……」
小見浦「刺青の彫師かて人に彫る前にまず自分に彫るでしょ? 私だけどうして戸籍を変えてないと思うんですか? アホやなあ」
城戸「……」
小見浦「アホな先生に最後に一つだけ教えてあげますわ……」

66 北千住・午後の路地（日替わり）

雨が降っている。
傘を差した城戸がやってくる。
× × ×
イメージ。面会室の小見浦。
小見浦「……先生が熱心に正体知りたがってる男はな、つまらん奴ですよ。変な期待してるかしらんけど、人殺しの子なんて所詮そんなもんですよ」
× × ×
城戸「……」
前方に、ボクシングジムが見えてきた。

67 ボクシングジム

にやってくる城戸。
ジム内は何人かが練習していて、騒がしい。
スーツ姿の城戸は浮いている。トレーナーらしき男（柳沢）が城戸を振り返る。
城戸、頭を下げる。
柳沢「会長」
柳沢がリングサイドで指導していた初老の男に声をかける。
会長と呼ばれた男、小菅が促されて、城戸を見た。
× × ×
城戸が差し出した写真（里枝の家族写真）を見つめる小菅と柳沢。
柳沢「ああ、誠です。ねぇ会長」
うん、と頷く小菅。

68 四日市市・とある小さな工務店・午後（回想）

少年時代の原誠が走ってやってくる。母屋につながる戸に向かって、
誠「やっちゃーん! 野球行こー!」
しかし、返事はない。
誠、訝って、裏手へ回る。
と、勝手口の戸がちょうど開き、一人の男が出てくる。
誠「……父さん?」
誠の父、謙吉が無表情で誠を見下ろす。
誠、謙吉のシャツが赤く汚れていることに気づく。そして手には血だらけの包丁。

謙吉は、もう片方の手に握りしめていたくしゃくしゃの札（これも血だらけ）を誠に持たせ、
謙吉「誠、何でも好きなもん買え」

そして、一人で歩き去る。

誠、見送ったあと、勝手口の奥を覗く。

血溜まりの床に、子供の身体が横たわっている。

誠「……」

69 **誠の実家・表・夜（回想）**
古い文化住宅。パトカーが止まっている。
謙吉が刑事に囲まれて家の中から出てきた。
パトカーの赤色灯が野次馬の顔を照らす。
玄関で、呆然と立ち尽くす誠の母。そこへ、誠が帰ってくる。
誠「……母さん」
母は誠を見つめると、
誠の母「……待ってね、晩ごはん、今やるから」
ふらふらと家の中に入ってゆく。
誠「（母の後ろ姿を見つめて）」

70 **チャプタータイトル**
『原誠』

71 **ボクシングジム・会長室**
ボクサー姿でファイティングポーズをとっている誠の写真。
城戸が手に取って眺めている。
そこはロフトのような二階にあり、窓から階下のリングやジムの様子が見られる。
小菅と柳沢。
小菅「誠が来たのは２００1年の春ですよ」
柳沢「最初なんか気持ち悪かったですよ。暗いっていうか怖いっていうか、正直苦手でしたね」
城戸「彼はどうしてボクシングを始めたんですかね？」
小菅「なんとなくだったみたいですよ。よく入口のガラス越しに見てて。そのうちふらっと入ってきて」
城戸「で、芽が出たと」
小菅「ボクシングのことは何にも知りませんでしたけど、運動神経も良かったし、覚えは早かったですよ」

72 **ボクシングジム（回想）**
走り込み、シャドーボクシング、ミット打ち、縄跳びなどの練習の点描がいくつか続き。

× × ×

リングで柳沢とスパーリングしている誠。

リングサイドから小菅の檄が飛ぶ。

おされながらも必死でくらいつく誠。

その顔から……

73 **プロテスト会場で戦う誠へ（回想）**
セコンドに小菅と柳沢。

いくつかのパンチを貰うも、やり返す誠。

次第に誠が優勢の形となり、ついにダウンを奪う。

何が起きたのか、よくわかっていない誠。

小菅と柳沢はガッツポーズで喜んでいる。

74 **中華料理屋（回想）**
厨房で働く誠。
客として来ている柳沢。餃子を肴にビールを飲んでいる。
フロアで茜（19）が働いている。
柳沢「リングネーム？」
誠「偉そうですかね？」
柳沢「いいんじゃない？　プロデビュー戦決まったんだし、何かド派手なのつけようよ」
誠「や、できるだけ目立たないの」
柳沢「は？　何で？」
誠「緒方ってどうですかね？　俺、緒形拳好きなんです」
柳沢「オガタ……」

と、皿を下げてきた茜に、
柳沢「茜ちゃんオガタってどう思う？　リングネーム」
茜「オガタね……じゃカツトシは？　勝利《ショウリ》って書いてカツトシ」
柳沢「それはちょっと……」
誠「いいっすね！」
柳沢「いいのかよ！」
誠「緒方勝利」
柳沢「それ、リングネームにする意味ある？」
茜「だって縁起もいいし」
柳沢「……？　や、でもこれもし勝ったらさ、緒方勝利勝利《ショウリショウリ》になっちゃわない？」
茜と柳沢、思わず笑ってしまう。

75　試合会場（回想）

誠がリングで闘っている。目の上が切れて、出血している。
インファイト。誠はガードを下げて、わざと相手に殴らせているように見える。
ゴングが鳴り、リングサイドに戻ってくる誠。セコンドに柳沢と小菅。
小菅「腕上げろ腕！」
柳沢「相手へばってんぞ。次イケる」
次のラウンドが始まる。
再びインファイトで向き合う誠と相手。
誠の拳が相手を捉え始める。
柳沢「いいよいいよ！」
誠が攻める。
小菅「いけ！　殺せ！　殺せ！」
誠「……！」
一心不乱に拳を叩きつける誠。
相手、ついにダウン。
声を上げる小菅と柳沢。
柳沢「っしゃーっ！　緒方勝利勝利《ショウリショウリ》！」

76　同・控室（回想）

試合後、記者数人から取材を受けている誠。
記者A「最後のカウンターは狙ってましたか？」
誠「ストレートにフック合わせるのは、会長の作戦通りだったんで……」
記者B「次は新人王決定戦ですけど、どんな心境ですか？」
誠「や、もう、会長とか、ジムの人が喜んでくれれば……それが一番嬉しいです」
柳沢「すみません、ぼちぼちいいすか？」
場が砕けた雰囲気となり、記者たちが片付けを始める。
誠がほっと息をついたとき、
「……やっぱ親父の血、継いでんだな」
背後でそんな声が聞こえ、思わず振り返る。
しかし、誰が言った気配もなく……。
誠「（動揺）」

77　誠のアパート・表・深夜（回想）

誠が帰ってくる。
郵便受けを覗くと、一通の封筒。刑務所からで、差出人は『小林謙吉』。
誠「……」
誠、その場で破り捨てる。
城戸の声「知ってました？　原誠さんのお父さんのこと」

78　ボクシングジム・会長室（現在）

城戸と小菅と柳沢。
柳沢「や、最初は全然……わかったのは誠が新人王決定戦出る前で、あいつ、辞退したいって言ったんですね、うん。俺も相談されて、それで『何でだ？』って会長聞いたんです。したら親父のこと話し始めて」
城戸は小菅を見る。
小菅「まあ……びっくりはしましたけど、親は親、子は子だし、ね……」
柳沢「誠は親父さんのことは死ぬほど恨んでましたから……殺された男の子も、誠の遊び仲間だったんですよね……それはちょっとたまらないですよ」
小菅「ちょっとすみません。いいですかね少し」
　と、階下を見ていた小菅が会長室を出てゆく。リングに寄り、スパーリング中の選手を指導し始める。
　柳沢はそんな小菅を眺めながら、
柳沢「新人王決定戦、誠が辞退したいって言ったの、理由がその、親父さんのことだって聞いて、会長、すごく怒ったんですよ」
城戸「名前が売れて、犯罪者の息子だってバレるのが、怖かったんですかね？」
誠の声「……や、そうじゃなくて」

79　ジム前の広場・午後（回想）

　バーベキューで盛り上がっているジム仲間たち。その片隅に、小菅と誠。少し離れたところで、柳沢や茜たちが談笑している。
誠「こんな俺が、そんな……明るい場所に立っていいのかって」
小菅「それはお前、お前の純粋な実力で勝ち取ったんだろ」
誠「……正直、勝ち負けとかどうでもいいんです。俺がボクシング始めたのは……自分を殴るためだから」
小菅「……」
誠「朝、起きて、鏡見るじゃないですか。したらね、そこに親父がいるんです……俺、そっくりなんです。毎日毎日……自分の身体に親父がいると思うとね、身体掻きむしって剥ぎ取りたくなる」
小菅「（怒りが沸々と湧き上がり）」
誠「だから俺、ボクシングで自分の身体をいじめてるんです。それだけなんです」
小菅「……じゃお前あれか？　自分が苦しんだら殺された人が生き返るのか？」
誠「……」
小菅「生き返んのかって聞いてんだよ⁉」
　その大声に何事かと周りが振り返る。
　小菅、誠の頬を引っ叩く。
誠「！」
小菅「じゃ俺が殴ってやるよ。ほら！　ほら！　ほら！」
　と殴り続ける。
　騒動に気づいた柳沢が会長を後ろから制する。小菅、わかった、という風に柳沢の手を逃れ、
小菅「お前な、新人王になりたくてなりたくて仕方ないやつのこと考えたことあるか？　拳一つで必死に今の環境から抜け出そうとしてるやつにな、同じこと言えるか？」
誠「……」

80　同・ジム内（回想）

　ほとぼりを冷ましている誠と柳沢。窓の外ではバーベキューが続いている。

柳沢「会長、お前の強さ、買ってんだよ」

誠「……すみません」

柳沢「今のお前の家族は、俺たちだろ？」

　そう呟く柳沢の視線の先に茜の姿。ジムに入ってくる。

　柳沢、誠の頭をぐしゃっと撫でると、茜とバトンタッチするように、その場を後にした。

　茜、誠の隣に座る。

81　茜のアパート・深夜（回想）

　布団の中で誠と茜が裸で抱き合っている。不器用な手付きの誠を、茜がゆっくりと導く。

　そして、いよいよというとき。

　誠、姿見に反射して映る、自分の顔と目が合う。はっと起き上がり、放心する。

　茜、誠が緊張しているのかと思い、抱きしめようとする。

　その体を突き飛ばす誠。

茜「！」

誠「……」

82　その帰り道・夜（回想）

　自転車を走らせる誠。脳裏に、先日か

かってきた法務省職員からの電話が聞こえてくる。
職員の声「本日8時15分、小林謙吉さんの死刑が執行されました……ご遺体をお引取りになりたいか、唯一の親族であるご子息の誠さんに……」
誠の声「結構です。父のものは、何一つ引き取るつもりはありません。今後、このことで連絡してほしくもありません」

83　誠のアパート・表・早朝（回想）

誠が帰ってくる。
とトレーニング姿で柳沢が待っていた。
柳沢「（微笑んで）朝帰りかよ。ほら、行くぞ」

84　早朝の公園（回想）

柳沢と誠がランニング。
……と、次第に誠の速度が落ち始める。
どんどん遅れを取り、ついに立ち止まった。
柳沢「……？」
誠は力が抜けたように、両膝をついた。
柳沢は近寄って、
柳沢「おい……どうした？」
誠「……」
誠は両手も地面につき、突っ伏して、
誠「！（慟哭）」
柳沢はうろたえ、見守るほかなく。
柳沢の声「……かわいそうでしたよ、誠は」

85　ボクシングジム・会長室（現在）

柳沢と城戸。
柳沢「……そのあとすぐに、あいつ事故起こしたんです」
城戸「事故？」

×　×　×

駅前のモールの屋上から、樹が倒れるように傾いで落ちてゆく誠の身体。

×　×　×

柳沢「ビルから落ちたんです。駅前のモールの……」
城戸「それは……」
柳沢「本人は、うっかりしてて、とか言ってましたけど……うっかり落ちないでしょ」
城戸「……」
柳沢「俺はでも、誠は本当に死にたかったわけじゃないと思うんですよね……」
城戸「……会長さんは？」
柳沢「会長もショックでねぇ……今はもう元気ですけど、結構長いこと鬱だったんですよ。さっき席外したでしょ？　しんどいんですよ、思い出すと多分」
城戸と柳沢、指導する小菅を見つめる。
柳沢「あの、ひとついいですか？」
城戸「はい」
柳沢「自殺ですか？　誠の最後」
城戸「……僕が把握してる限りでは、違うはずです」
柳沢「よかった……ボクシングはやってなかったんですかね？」
城戸「やってなかったみたいですね」
柳沢、里枝たちとの家族写真の中の誠を今一度眺め、語りかけるように、
柳沢「あいつと今、話したいこといっぱいありますよ」

86　横浜駅前・午前（日替わり）

駅の方からやってくる里枝。都会的な余所行きの格好をしているが、
里枝「……（どこか浮いていて）」

87　法律事務所・共有スペース

原誠のボクサー時代の写真が載った雑誌、そしてジムの名簿などを眺めている、里枝と谷口恭一。
里枝「……はら、まこと」
城戸「結論から言うと、あなたの夫だった方は、何の罪も犯していない、善良な人間です」
恭一「……人の戸籍無理矢理奪っといて、何

の罪もない？　どうせうちの遺産目当てだろ？（と里枝を睨む）」
里枝「……」
恭一「大体なんでよりによって死刑囚の息子なんかと……」
城戸「……弟さんも同じだったんじゃないですか？」
恭一「？」
城戸「せっかくこの世界に生まれてきたのに、こんな人生はいやだ、どんな境遇でもいいから、今の自分を捨てて新しい自分になりたい……谷口さんもそう思ってたんじゃないですか？」
恭一「新しい自分？　名前変えようが何しようが死刑囚の息子は死刑囚の息子だろ」
城戸「それは違う！」
恭一・里枝「（城戸の剣幕に戸惑う）」
城戸「二度目の人生を、原さんは精一杯生きようとしたはずです……こうまでしないと、生き直せない人がいるんです」
里枝「……」
恭一「……大祐ももう生きてねぇかもな」
城戸「僕が探し続けます……最後まで見届けようと思っています」
里枝「……」

88　里枝の実家・悠人の部屋・夜

悠人が学校から帰ってくる。
と、部屋の中に、里枝の姿。横浜から帰って来たままの外出着だ。
悠人「……何？」
里枝「おかえり」
悠人「……ただいま」
悠人、里枝を気にしながら、鞄を置いたり。
里枝は悠人の本棚に並んだ古い小説の背表紙を眺めている。
里枝「……悠人も、段々母さんにもわからないようなこと、考えるようになるのね」
悠人、里枝に背を向けて、制服を脱いだり。
里枝「……悠人、苗字ね、やっぱり武本に戻さなくちゃいけないみたい」
悠人「……」
里枝「ごめんね……本当の谷口さんに、迷惑かけるわけにもいかないし……」
悠人「……僕、父さんが死んで、悲しいっていうのはさ、もうないんだよね。けど、なんか……」
里枝「うん」
悠人「寂しいね、父さんに聞いてもらいたいこと、毎日いっぱいあるのは」
里枝「……お父さんのこと、好きだった？」
悠人「……」
悠人の肩が震えている。見ると、泣いている。
里枝は悠人の背中を擦ってやる。
里枝「……好きだった？」
頷く悠人。
里枝「……ごめんね」
里枝、悠人を小さく抱きしめる。

F・O

89　伊香保温泉・バー・夜（日替わり）

カウンターに美涼。

開店中だが、客は一人で、マスターの高木が相手をしている。

美涼は、手持ち無沙汰にスマートフォンでFacebookを見ていた。

城戸のタイムライン。

城戸が、子どもや妻とキャンプに行ったり、遊園地に行ったり、誕生日を祝ったり、正月に帰省したりといった家族写真。

美涼「……（思慕と幽かな嫉妬と）」

吹っ切るように、谷口大祐のアカウントに切り替える。と、友達リクエストに新しいリクエストと、メール着信がある。

開く。

『あなたに警告します。ただちに、このなりすましの偽アカウントを削除してください。対応がなされない場合は……』

美涼「ソネザキ……?」
　差出人の名前。Sonezaki Yoshihiko。

90　法律事務所・朝（日替わり）

　中北が出勤してくる。
　と、城戸が待ち構えていた。
中北「ずんだ餅食べる?　仙台出張やってん」
　城戸はスマートフォンのメッセンジャーを掲げて、
城戸「本物の谷口大祐が見つかったよ」
中北「!」

91　同・共有スペース

中北「で、メッセンジャー経由でなりすましアカウントにソネザキから連絡が入ったと……」
　城戸と中北。ホワイトボードに書いたり貼られたりしている資料を眺めながら、
城戸「小見浦は本当のことを教えてくれてたんだ」
中北「ホンマて?」
城戸「原誠は、2回名前を変えてた」
　城戸はテーブルにあるワインボトルと剥がされたラベルを手に取る。
城戸「原誠は曾根崎義彦の戸籍を手に入れて……」
　ワインボトルに『曾根崎義彦』と書いたラベルを貼り、
城戸「そのあと谷口大祐とまた名前を交換した」
　そのラベルの上に、今度は『谷口大祐』と書かれたラベルを貼る。
城戸「過去が消せないなら、わからなくなるまで、上から書くんだ」
　ワインボトルを眺める中北。
中北「……で?　こいつ今どこおんねん?」

92　流れる車窓の景色を眺める美涼の横顔

　数日後。朝の新幹線の車内で。
　美涼の隣には、城戸。
美涼「……なんていうか」
城戸「はい?」
美涼「……私の知ってる昔の大祐がいて、林業で事故死しちゃった谷口大祐さんがいて、あと、これから会う本物の大祐の人生があってって……不思議ですよね。『谷口大祐』の人生自体が単なる乗り物みたいで」
城戸「僕も変な気がしてて……たとえば僕の人生もね、誰か他の人にバトンタッチしたら、僕より上手くやって、もっといい人生送るのかなあとかね……考えたりして」
　と笑う城戸と美涼。
美涼「やっぱり面白いですね、城戸さん」
城戸「なんですかそれ」
　新幹線がトンネルに入る。黒い窓に、城戸と美涼の顔が浮かぶ。美涼はその反射した二人に話しかけるように、
美涼「……私、この半年くらい、久しぶりに人を好きになったんですね」
城戸「はい」
美涼「バイトしてるバーに。来たんです。ある日その人が」
城戸「へぇ」
美涼「私の周りって、大体私のことを『お前』って言ったりするような男ばっかりなんですけど、その人は真逆のタイプだったんですよ。ネットでやりとりしてても、なんか品があって、ああ、いいなあって」
　城戸、微笑む。
美涼「でも、その人もすごく忙しそうな人だし、全然お店にも来ないから、自分から会いに行ったりして」
城戸「幸せな男ですね。何やってる人なんですか?」
　風が爆ぜる音と共に新幹線がトンネルを抜けた。黒い窓の二人が消える。
　明るくなった車内で美涼が本当の城戸を振り返る。
城戸「……」
美涼「……」

城戸「……相手には、伝えたんですか？」
手すりにある二人の手。今にも触れそうで。
……と、車内の電子音。まもなく名古屋につく、というアナウンス。窓の外の景色の速度が落ち始める。
城戸「……」
美涼「……」
美涼、微笑んで、
美涼「行きましょうか」
と立ち上がる。
城戸「……」

93 名古屋市内・とある喫茶店・表・夕方
ラッシュアワーで多くの人が行き交う交差点。美涼と城戸がいる。
呼吸を整える美涼。城戸に頷いて見せて、喫茶店に向かう。

94 同・店内
美涼が入ってくる。店内を見回しながら歩き……一番奥のテーブル席。
曾根崎義彦となった谷口大祐が、美涼を見て立ち上がった。

95 同・外
窓越しに店内を覗いている城戸。
大祐と再会し、泣き笑いの表情を浮かべる美涼。
城戸「（美涼の表情を見つめて）」
納得したように、その場を後にする。

96 同・店内
美涼が窓外を振り返る。
もうそこに城戸はいない。
美涼「……」
大祐「……美涼」
美涼、大祐のもとへ。

97 駅へと向かう城戸の後ろ姿

98 城戸のマンション・リビング・夜
水槽の中の魚たちに餌をやっている城戸と颯太。風呂上がり。
城戸「……ニモ、全然餌食べないね」
颯太「パパ違うよ。その子はリック。ニモはこっち」
城戸「あれ？　ニモはこいつじゃなかったっけ？」
颯太「それはピピでしょ！」
城戸「あれ～？」
颯太「パパ、もし僕とニセモノがいたら、本物の僕、わからないでしょ？」
城戸「そりゃわかるよ」
颯太「お魚もわからないのに？」
城戸「だって自分の子どもだもん。わかるよ」
颯太「どうやってわかるの？」
と、香織が仕事から帰ってきた。
城戸「おかえりー」
颯太「ママおかえりー！」
颯太が香織の懐に飛び込む。
受け止める香織、颯太とじゃれる。
香織はいつもより高価な洋装で、どことなく美しい。
母子の姿を惚れ惚れと眺める城戸。
香織「もー飲み会が長引いちゃって……」
城戸「お風呂、まだあったかいよ」
香織「ありがと……（城戸の視線に）何？」
城戸「いや……俺は、この人生を手放したくないなあって」
香織「？」
城戸、笑って、
城戸「人探しの件ね、終わったよ。来週、宮崎に最後の報告に行ってくる」
香織「そう……よかったわね」
香織は城戸に微笑んで見せて、着替えるために寝室へ向かいかけ、
香織「あ、戸建てのことだけど、お父さんに断っといた。手狭になったらその時考えるからって」

そして颯太と共に寝室へ。

城戸は立ち上がり、窓辺に寄る。

窓の外を眺めるつもりが、反射した自分の顔と目が合った。

城戸「……（自分を見つめて）」

99　チャプタータイトル
『ある男』

100　水族館で遊ぶ城戸と香織と颯太
魚やペンギンを見たり、イルカショーを見たり。

颯太の笑顔を中心に回っている。

101　水族館の中のレストラン
で昼食をとる三人。城戸と香織はビールを飲んだりしながら、料理を待っている。
城戸「うまいなあ。久しぶりに飲むと」
颯太がオレンジジュースを飲んで真似る。
颯太「うまいなあ。ひさしぶりにのむと」
三人の笑い声。
香織「（自分のも）飲んでみる？　こっちも美味しい」
城戸「（飲んで）あー。さらっと飲めるねこれ」
颯太「ねーママ。ゲームやるー」
香織、スマートフォンを渡した。
香織「ちょっといい？」
と席を離れる。
ビールを楽しむ城戸。周りの、自分たちと同じような家族連れを満足気に眺める。
颯太「……あ、パパ。変な画面になっちゃった」
城戸「んー？」
とスマートフォンを見る。他のゲームの広告ページになっていて、
城戸「あー、どっか触っちゃったんだな」
そのとき、ＬＩＮＥの着信。男の名前で、『昨日の夜はありがとう。会えて嬉しかった。今もまだ余韻の中で……』
ハートの絵文字などが入っている。
城戸「……」
埃を払うように、その文面を消す。
と、それぞれの料理が来る。
城戸「ほら、ゲーム終わり。お子様ランチ来たから」
颯太「えーもー……じゃ終わったらいい？」
城戸「ママがいいって言ったら」
と、香織が戻ってくる。
香織「あ、料理来た？」
城戸「うん」
香織「わー、美味しそー。お子様ランチ豪華！」
颯太と並んでわいわいと食べ始める。
城戸は、そんな母子を幸せそうに眺めて。
城戸「……」

102　宮崎県・桜葉市・桜並木・午後（日替わり）
高台の大きな桜の木のそばに立つ城戸。

遠くに桜葉市の遠景が見えて。

坂道をゆっくりと下っていく。

103　里枝の実家・居間
里枝が、調査報告書を読みおえるところ。

里枝を見守る、城戸。

里枝「……ありがとうございました」

読み終えて顔を上げる里枝。

城戸「……原誠さんにとって、里枝さんや悠人くんと一緒に過ごした三年九ヶ月は、人生のすべてだったような気がします……短い時間かもしれませんが、彼は、本当に幸せだったと思います」

里枝、頷いて、
里枝「……こうやってわかってみると、本当のことを知る必要なんて、なかったんだって、思えてきました」

城戸「……」

里枝「だって、この町であの人と出会って、好きになって、一緒になって、花が生まれて……それは、それだけは、はっきりとし

た事実ですから」
　里枝の視線の先で、花がすやすやと昼寝している。

104　同・表

　軽トラの荷台に悠人がいて、遠くを眺めていた。
　里枝がやってくる。
　悠人の足元には、調査報告書がある。
里枝「……読んだ?」
悠人「うん……」
里枝「大丈夫?」
悠人「……父さんがどうしてあんなに優しかったのか、わかった」
里枝「……どうして?」
悠人「自分が父親にしてほしかったことを僕にしてたんだと思う」
里枝「そうね……でも、それだけじゃなくて、やっぱり悠人が好きだったからよ」
悠人「……お父さんのお墓、どうする?」
里枝「どうしようかね……遼とおじいちゃんと同じお墓に入ってもらおうか」
悠人「いいと思うよ。みんな寂しくなくて」
里枝「うん」
悠人「花ちゃんには言うの?」
里枝「どう思う?」
悠人「……僕が話すよ」
里枝「……」
悠人「いつか、僕が花ちゃんに教えてあげる。どんな父さんだったか」
里枝「うん」
　悠人、荷台の手すりに置かれた里枝の手を、包み込むように握る。
悠人「守ってあげないと、花ちゃんは」
里枝「……うん」
　そんな二人を眺めている城戸。

105　林道を走るトラック

　伊東林産の伊東が運転。助手席に里枝。そして後部座席に城戸。傍に献花用の花束。

106　伐採現場

　にやってくる伊東たち。高台に車は停められている。
　現場では作業員が働いている。
伊東「林業も今は全部機械化されて、暑さ寒さはありますけど、体力的にはだいぶ楽になりました……こん先です。大祐が事故にあった場所……」
城戸「あの(大祐じゃなくて)……」
伊東「あ、原だ。原さんでしたね。すみません、私らの中ではまだ大祐なもんで……」
　里枝、伊東が教えてくれた斜面に向かって歩き出す。城戸も続く。
　伊東はその背中を見守る。
　斜面に佇む里枝と城戸。
　里枝が地面に献花する。
城戸「……僕たちは、誰かを好きになるとき、その人の何を見てるんでしょうね……この調査をはじめて、ずっと考えてるんです。人を好きになって、過去を知って、信じるようになって、でもその過去が赤の他人のものだってわかったとき、どうすればいいのか」
里枝「……またやりなおすんじゃないですか」
城戸「……」
里枝「一回愛したら終わりじゃなくて、何回でも何回でも、愛し直す……愛し直すしかないんじゃないですか。だって……」
城戸「……」
里枝「変わるから、続くって……私はそう思います」
城戸「……」
　そのとき、城戸は見た。前方に佇む原誠を。
　原誠は二人に微笑んで、背を向けて歩いてゆく。
　城戸はいつまでもその背中を見送る。

107 とあるバー・夜

小さな店内。
壁に絵画がかかっている。
姿見の中の男の後ろ姿を見ている男の後ろ姿。ルネ・マグリットの『複製禁止』。
カウンター。城戸がブランデーを飲みながら、隣の男性客（40代）と飲んでいる。
カウンターには二人のほか誰もいない。

客「樹齢はどのくらいになるんですか?」
城戸「大体50年くらいで伐ってしまうみたいですね」
客「へぇ」
城戸「で、家とかの材料になってからまた50年持つんだそうです。山で50年、人間と一緒にあと50年」
客「なるほどねぇ……ってことは自分が植えたものは切れないんですね」
城戸「なんか、いい話だなあと思って」
客「受け継がれてく感じが」
城戸「そうそう。親が植えて、息子が切る、みたいな」
客「あ、お子さん（いらっしゃる）?」
城戸「はい」
客「もう大きいんですか?」
城戸「4歳……と13歳です」
客「二人」
城戸「そちらは?」
客「いえ……その前に相手見つけないと……ってもうそれも諦めてますけど」
と笑う。
二人、しばらくグラスに口をつけて、
客「県外からって言ってましたけど」
城戸「はい……元々は群馬なんですよ。あの、伊香保温泉って……」
客「ああはい。有名なとこ」
城戸「実家が旅館やってて」
客「へぇ」
城戸「でも実家は兄が継いだんで、僕は出たんですけど」
客「僕だったら離れないなあ。だって毎日温泉入れるでしょ?」
と笑う。城戸も調子を合わせて笑う。
城戸「元々家族とも仲悪かったしね……それで今の奥さんとも出会えたし」
客「好きに生きるのが一番ですよね。自分の人生は自分だけのものですから」
城戸「そうですね……この人生は、もう手放したくないですね」
城戸、腕時計を見て、
城戸「僕、そろそろ……マスター、お会計お願いします」
客「初対面でこんな長々と」
城戸「や、ホント楽しかったです」
客は、あ、と名刺を差し出し、
客「鈴木と言います」
城戸「すみません、僕、名刺切らしてて」
客「いえ、全然」
城戸「僕は……」
と言いかけて。

了

ケイコ　目を澄ませて

三宅唱　酒井雅秋

〈脚本家略歴〉
三宅唱（みやけ　しょう）
1984年生まれ。主な監督作に『Playback』（12）、『きみの鳥はうたえる』（18）、『ケイコ　目を澄ませて』（22）。最新作は『夜明けのすべて』（24年公開予定）。

〈脚本家略歴〉
酒井雅秋（さかい　まさあき）
1975年生まれ、東京都出身。日本大学芸術学部映画学科卒業。2003年からテレビドラマを中心に手がける。主な脚本作に『絶対零度～未解決特命捜査～』『破門（疫病神シリーズ）』『コールドケース2～真実の扉～』『レッドアイズ　監視捜査班』『アバランチ』『ケイ×ヤク～あぶない相棒～』『インフォーマ』『CODE～願いの代償～』や、映画『仁侠学園』（19）など。

監督：三宅唱
原案：小笠原恵子『負けないで！』（創出版）
製作：『ケイコ　目を澄ませて』製作委員会
制作プロダクション：ザフール
配給：ハピネットファントム・スタジオ

〈スタッフ〉
エグゼクティブプロデューサー　松岡雄浩
飯田雅裕
栗原忠慶
企画・プロデュース　長谷川晴彦
チーフプロデューサー　福嶋更一郎
プロデューサー　加藤優
神保友香
杉本雄介
城内政芳
French Coproducer　Masa Sawada
撮影　月永雄太
照明　藤井勇
録音　川井崇満
美術　井上心平
編集　大川景子

〈キャスト〉
小河ケイコ　岸井ゆきの
会長　三浦友和
林誠　三浦誠己
松本進太郎　松浦慎一郎
小河聖司　佐藤緋美
小河喜代実　中島ひろ子
会長の妻　仙道敦子

1　小さな窓（夜）

窓の外、古い電灯の明滅に合わせて小さな雪がゆっくりと舞っている。

ドンドン、タッタッ、ダムダムダム……

サンドバッグの音、ステップの音、スピードバッグの音が響く。

2　ジム・会長の小部屋（夜）

ドン、ズバン、タッタッ……

会長（69）、封筒から会費を取り出し、紙幣を数えている。ごつごつとした、乾燥した指先。

ふと手を止め、パンチの音や指導に耳を澄ます。

ガラリと玄関が開き、小柄な女が入ってくる——小河ケイコ（29）だ。ケイコ、手を消毒しジムに上がる。

3　同・更衣室（夜）

ドン、ズバン、タッタッ……

練習生の男が半裸で体を拭いていると、ケイコが入ってくる。男は一礼し、更衣室を出る。

着替え始めるケイコ。上半身が引き締まっている。運動着に着替え、髪をまとめる。

4　ジム（夜）

サンドバッグを打つ男の手、足。スピードバッグを打つ男の手。筋トレをする男の体。

×　　×　　×

右、左、右、左……と機敏に身をかわすケイコ。リングコーナーの対角線上にピンと張った紐を境界線として、右へ左へとシャドーを繰り返している。

×　　×　　×

林（44）と松本（38）、メイウェザーミットの見本をケイコにみせる。

ケイコ、グローブを脱いでスマートフォンを手に取り、質問を書いて松本に尋ねる。松本、返答を書いてケイコに渡す。

ケイコ、ミット打ちを開始。何度か失敗を経て、動きを覚える。

松本、徐々にスピードを上げる。

ケイコの力強い目が素早い動きを捉え続ける。

気が乱れ、松本の手が顔に当たる。

ケイコは悔しそうに、もう一度、と仕草。

5　同・玄関～練習場（夜）

練習を終えた学ラン姿の隆太郎（18）が、
隆太郎「お疲れ様でした」

　と玄関脇の小部屋に座る会長に一礼し、外へ。

会長は電話中。

会長「じゃあ元気でな。たまには顔でもみせにおいで」

　と電話を切り、席を立つ。

会長、柱に貼った出欠表に近づくが、よくみえない。

片付けをしていた林が、
林「誰でしたか」

会長「山田さんとこのご兄弟」

林はペンを受け取り、山田兄弟の欄に退会を示す横線を引く。他にも既に数本の横線が引かれている。

×　　×　　×

練習後、ケイコが日記を書いている。

その近くに座る会長、ミットのほつれを直している。目を凝らし、手探りで糸を縫う。

ジムには二人だけ。静かで厳かな空気が流れている。ケイコはこの時間が好きだ。

ケイコ、日記を中断し、会長をみる。

会長、ケイコの書く音が止まったことに気がつき、顔をあげる。

ケイコ、顔をふせ、再び日記を書きはじめる。

会長、その鉛筆の音に微笑む。

電話が鳴る。

会長、立ち上がって小部屋へ。

ケイコ、会長のミットを手にとる。長年使った跡が残ってボロボロだが、輝いている。

ケイコは針をとり、ほつれの直しを引き継ぐ。

6 ケイコのマンション・外廊下（夜）

川沿いに集合住宅が何棟も並んでいる。

×　×　×

階段を上がってきたケイコ、玄関へ向かう。

隣の住人、ゴミ袋を手に階下へ。

ケイコが玄関を開けると、中から笑い声や音楽。

7 同・居間（夜）

居間に入ると、聖司（23）と花（22）がいた。

聖司「おかえり」

花「お邪魔してます」

ケイコは頭を下げ、冷蔵庫から飲み物を取り、寝室へ。

聖司、ギター演奏を録音中。

聖司「もう一回」

と、繰り返し同じフレーズを演奏する。

花はヘッドフォンをして音を聞いている。

8 同・洗面所（夜）

ケイコ、洗濯機を回し、バンテージを手洗いする。

「お邪魔しました！」と花の声と、二人が外へ出る音。

9 同・居間（夜）

ケイコ、暖房の前にバンテージを干す。

聖司たちが食べ残した皿などが放置されている。

ケイコはイライラしながら片付ける。

聖司が帰宅し、そのまま制作作業を続ける。

ケイコ、聖司の肩を叩き、

ケイコ「（手話）家賃は」

聖司、財布から1万5000円取り出す。

ケイコ「（手話）足りない。残りはいつ払えるの」

聖司「（手話）ごめん。来月払う」

ケイコ、寝室に戻る。

バンテージが揺れている。

10 翌日　病院

会長、健康診断に来ている。

看護師「音が聞こえたらボタンをしっかり押し続けてください。音が聞こえなくなったらボタンから指を離してください」

会長は頷き、ヘッドフォンを耳にかける。しばらくしてボタンを押し、離す。また少しして押す。

×　×　×

会長が視力検査を受けている。

看護師「これは？」

会長「上」

看護師「じゃあ、これは」

看護師は前よりも大きい「C」を指す。

会長「下……いや、上」

×　×　×

廊下。

看護師「次はあちらにお願いします」

会長、別の部屋へ。

11 シティホテル・客室

マスク姿のケイコ、机のゴミを捨て、消毒している。

新人、飾りのクリスマスツリーを片付けている。

廊下に置いたカートの連絡用電話が鳴る。

新人「（電話を取り）お疲れ様です……ちょっとお待ちください。（ケイコに）腕時計の忘れ物ってありましたっけ？」

ケイコ、「マスクをとって」と手で仕草。

新人は慌ててマスクを取り、
新人「忘れ物、腕時計の」
ケイコ、忘れ物保管用の袋を手で示す。
新人、袋を手にその場を離れる。
ケイコ、一休みでふと窓の外をみる。
遠くまで高層マンションやホテルが並んでいる。

12　**病院**

会長と妻・千春（57）の前に座る医者が、
医者「血糖値、血圧、それからコレステロール値が高いので、動脈硬化が進んでいると思われます。また、以前の検査と比べると視力が随分落ちています」
医者、二人の目をみて、
医者「それと、脳梗塞の経験が一度おありですよね」
会長「ええ、10年前ですが」
医者「再発する可能性は十分にありますから、改めてしっかり検査しましょう」
千春「うちの人、みた目は全く元気なんですけどね」
医者「いえ、目にみえてからではもう遅いんです。例えば、小さな雨粒が長い時間をかけて硬い石に穴を開ける、ということがありますよね。そんな風に、最初は小さくても、少しずつゆっくりとですが、でも着実に、変化というものは起きているんです」

×　×　×

廊下。診察室を出る会長と千春。

13　**コンビニ（夕方）**

大きなスポーツバッグを肩からかけたケイコ、サラダチキンやゆで卵などを手に取り、レジへ。

マスク姿の店員が、
店員「ポイントカードはお持ちですか？」

ケイコ、エコバッグを取り出して店員にみせる。

店員「ポイントカードはありますか？」

ケイコ、お金をトレーに置き、エコバッグに商品を入れていく。

店員「ポイントカード、今作るとお得になるんですが」

と申し込み用紙をだす。

ケイコ、要らないと手で仕草。

14　**雑踏（夕方）**

ケイコ、早足で歩く。外は寒く、息が白い。

すれ違う人は誰もがマスク姿。

後ろから自転車のベル。

ケイコはその音に気がつかない。

15　**小さな階段道（夕方）**

ケイコ、幹線道路脇の小さな階段道へ。

と、先に会長と千春が歩いていた。

ケイコは二人に一礼し、先に早足でジムへ向かう。

古い木造の家や小さな町工場の脇を抜ける。

16　**ジム（夜）**

千春、練習を見学している。
パン、パンパンパン、パン……とパンチの音。
林、心配そうに千春に顔を向ける。
会長がリングに上がり、スティックミットを手にケイコの相手になっていた。
会長「いいか、ケイコ」
ケイコ、会長の口元をじっとみる。
会長「もっと肩の力を抜け。一回深呼吸しろ。わかるか？」
ケイコは頷き、大きく深呼吸をする。
会長、パンチングミットを松本から受けとり、
会長「よしこい」
ケイコは躊躇しつつ、ジャブを打つ。
会長「もっと力を抜け」
ジャブ、ジャブ、ストレート、ストレート。

ケイコのパンチがしなやかにミットを打つ。

会長がよろけ、膝をつく。しかしすぐに立ち上がり、ミットを構える。ケイコは遠慮なくパンチを打つ。

千春、玄関へ。練習生たちの靴を並べ直し、外に出る。

×　×　×

汗だくのケイコ、黙々と筋トレをしている。

松本「もっとゆっくり、もっとしっかり」

その横、サンドバッグを打っていた隆太郎、息を切らして手を止める。

ケイコ、体や顔がプルプルと震え、うめき声を何度も漏らす。汗が床に滴る。

隆太郎、ケイコに圧倒される。

×　×　×

着替え終えたケイコ、スマートフォンに書いた質問を松本にみせる。

松本「そう、ツーフック、ダック、アッパー」

ケイコ、鏡の前で動きを復習する。と、鏡越しに会長の視線に気がつく。

会長、後ろからじっとケイコをみつめたあと、席へ。

ケイコ、会長を目で追いながらシャドーを続ける。

17　翌朝　ケイコのマンション・寝室（早朝）

ケイコ、目覚める。

カーテンの窓を開ける。まだ薄暗い。

寝巻きを脱ぎ、トレーニングウェアに着替える。

18　団地（早朝）

ケイコ、団地の脇を抜け、走り出す。

19　土手（早朝）

ケイコ、橋を渡り、土手を走る。

20　高架下（早朝）

ケイコ、ストレッチをしている。体が柔らかい。
仰向けになり、高架裏を眺めていると、
会長「おはよう」
と会長が視界に。会長もかるくストレッチを始める。

×　×　×

少し日が上がってきた。

ケイコ、ロープ（縄跳び）をしている。

会長、その音に耳を澄ましている。

21　数日後　試合会場（夜）

字幕「プロ第二戦　第3ラウンド」

ドン！　ケイコが相手の狩野選手に顔を強打された。そのままコーナーに追い詰められラッシュを食らう。

なんとか右ストレートを出す。しかしかわされ、ジャブを食らう。

ケイコ、大振りのパンチで突っ込む。逃げる狩野選手。

ゴング。

×　×　×

コーナーに戻ったケイコの顔は大きく腫れ、視線が安定しない。息も切れ切れだ。

セコンドの林と松本がケイコの肩を何度も強く叩き、体を揺する。しかしケイコは顔を上げられない。

林、ケイコの髪をぐいと引っ張り上げ、
林「負けるな！」

ケイコはなんとか力を振り絞り、頷く。

会長、ケイコに深呼吸させる。

×　×　×

字幕「最終ラウンド」

レフェリー「ボックス！」

突っ込むケイコ。逃げる狩野選手。

相手セコンド「最後だぞ！　逃げるな！」

狩野選手のパンチがケイコの顎にヒット。

ケイコは堪え、相手を押し返すように攻めに転じ、コーナーに追い詰めてラッシュ。

逃げる狩野選手、大振りで追いかけるケ

イコ。

×　　×　　×

リングサイド。

林「なんでだよ！　落ち着け！」

会長、じっと戦況を見つめている。

×　　×　　×

客席。千春が戦況と会長を見守っている。

千春の横の客が携帯電話を手に席を立つ。

別の席には聖司と母・喜代実（55）。聖司は息を詰めてリングをみつめている。

喜代実、手にデジタルカメラを持っているものの、試合を直視できていない。聖司は喜代実の手からデジタルカメラをとり、試合を撮影する。

×　　×　　×

狩野選手のアッパーがケイコの顎に入る。

ケイコは狩野選手に頭から突っ込んでクリンチの形になり、転倒。

レフェリー「ブレイク！」

ケイコには聞こえず、すぐに殴りかかろうとする。

レフェリー「ストップストップ！」

とケイコを押さえつけ、

レフェリー「頭、気をつける。いいね。ボックス！」

ケイコ、また突っ込む。

狩野選手は足を使って距離を取る。

相手セコンド「もう時間ないぞ！」

ケイコ、狩野選手をロープ際に追い詰めていく。

試合終了のゴング。

コーナーに戻ったケイコ、目の周りは血が滲んで腫れ、口の中が切れて血が出ている。

ケイコの判定勝ちが宣言されるが、聞こえない。

林がケイコをコツンと叩き、立ち上がるように促す。

ケイコ、リング中央へ。レフェリーがケイコの腕を上に持ち上げる。ケイコは呆然としたままで、すぐに力なく腕を下にだらりと垂らす。

22　同・控え室と廊下（夜）

控え室。会長らが次に試合がある選手の準備をしていると、喜代実と聖司が林の案内で入ってくる。

林「会長、ケイコのお母さん」

会長「今日はおめでとうございます」

喜代実「あの子がこうしてリングに上がれるのも会長さんやジムの皆さんのおかげです。本当にありがとうございました」

会長「いえ、本人の力です。しかし今日はボコボコにやられちゃって。美味いモノでも食べさせてやってください」

喜代実、頭をさげる。

×　　×　　×

廊下。ケイコがスポーツ新聞やボクシング雑誌の写真撮影に応じていた。

カメラマン「笑顔でお願いします！」

ケイコ、笑わない。

カメラマン「はい、もう一枚！　笑顔でどうぞ！」

ケイコの仏頂面にフラッシュがたかれる。

聖司が心配そうにケイコをみる。

一方、喜代実はちらりとみるが、すぐ背を向ける。

23　ケイコのマンション・寝室（夜）

ケイコ、眠れずにいる。痛みとアドレナリンのせいだ。

ベッドの下では喜代実が布団をひいて寝ている。

そっと部屋を出るケイコ。

喜代実、起きていた。

24　同・洗面所（夜）

ケイコ、歯がグラグラしていないか確かめる。

洗面台にペッとつばをはくと、血が混じっていた。

と背後に、聖司が立っていた。

25 同・居間（夜）

ケイコ、デジカメを操作して写真をみている。
ケイコ「（手話）これ撮ったの、聖司？」
聖司「（手話）いや、母さん。緊張して試合前も全然ご飯食べられてなかったから。ひどい写真だよね」
ケイコ「（手話）お母さん試合の後なんか言ってた？」
聖司、答えない。
ケイコ「（手話）なんて言ってた？」
聖司「（手話）自分で聞きなよ」
聖司、スマートフォンでニュースを見ながら、
聖司「うわ、すげえ（手話）ねえ。相手選手、試合の後すぐ病院らしいよ」
ケイコ、再び喜代実が撮った写真に目を落とす。

26 母が撮った写真（夜）

手ブレがひどく、床や天井だけなど、まともに映っていない写真ばかり。喜代実の衝撃が写っているようだ。

27 翌日　ケイコのマンション・外廊下（朝）

ケイコと喜代実、外へ出てくる。

ケイコ、喜代実のスーツケースを持とうとする。喜代実は断るが、ケイコは無理やり持つ。

28 踏切（朝）

ケイコと喜代実、踏切が開くのを待っている。
喜代実「（手話）仕事の時間、大丈夫？　ここまででいいよ」
喜代実、ケイコからスーツケースを取る。
ケイコの手に触れると、冷たい。
喜代実「（手話）手袋は？」
ケイコ「（手話）忘れた」
と、吐息で手を温める。拳はまだ赤く腫れている。
電車が通り過ぎ、踏切が開く。
が、喜代実は何か言いたそうに立ち止まったまま。
ケイコ「？」
喜代実「（手話）いつまでボクシング続けるの？」
ケイコ「（手話）なんで」
喜代実「（手話）もういいんじゃない？　プロになって、それだけでもすごいことなんだから。もう十分じゃないの？」
ケイコ、目をそらす。
喜代実、踏切を渡る。振り返って、
喜代実「（手話）あんまり無理しないで。たまにはゆっくり休みなさい」
ケイコ「（手話）わかった。お母さんも気をつけて」
立ち去るケイコを喜代実が見送っている。

29 シティホテル・作業エレベーター前

ケイコ、顔のアザを隠すためにメガネをかけて仕事をしていると、同僚がケイコの肩を叩く。
同僚「（手話）おめでとう、勝ったね」
ケイコ「（手話）ありがとうございます」
同僚もケイコと同じく手話の話者だ。
同僚「（手話）その傷、すごいね。名誉の負傷だ」
ケイコ「（手話）私の技術不足なので、恥ずかしいです」
同僚「（手話）疲れてない？　試合のあとくらいゆっくり休めばいいのに」
ケイコ「（手話）そうすると私の場合、ズルズルとサボっちゃいそうなので」
同僚「（手話）すごいなあ。仕事とボクシングを両立するなんて。私には真似できない」
ケイコ「（手話）いえ、すごくないです。仕事のストレスを発散してるだけですから。

あ、これは秘密でお願いします」
同僚「(手話) 今度の試合も楽しみにしてるね」
と作業に戻る。
二人の手話を、新人は意味もわからずみていた。
ケイコ、仕事を再開しようとするが、悪寒が走る。
おでこを触ってみると熱っぽい。
吐き気を覚え、口元を抑えて客室トイレへ。
新人、ケイコの異変に気づくが、追いかけない。

30　ジム

記者が待っていると、会長と林がやってくる。
記者、挨拶をし、ジムを見回して、
記者「このジムはいつから?」
会長「１９４５年／このあたりは空襲の被害がなかった／日本で一番古いジム／最近は再開発でどんどん整理されている」
記者「ケイコはいつから?」
会長「2年ぐらい前／荒削りながら基礎はできていた／最初は話さなかったが、真面目に練習していたから、プロになりたいのか確認したら、初めて声を出して「はい」と答えた」
記者「耳が聞こえないことはハンデになるか確認」
会長「もちろん致命的／レフェリーの声が聞こえず、危険／うちのジムに来る前、何件も他のジムに断られているらしい」
記者「どう練習・指導しているのか、苦労話を聞く」
会長「ケイコは目がいい／じっとみている」
記者「そもそもケイコはなぜボクシングをするか?」
会長「わからない／負けず嫌い／若いころはいじめられて、その反動でグレて、先生殴ったり、問題児だったらしいと母から聞いた」
記者「社会に対する反骨心ということか?」
会長「わからない／ボクシングをしていると頭が空っぽになって、無になれる」
記者「無とは?」
会長「無心」
記者「(話題を変えて) ケイコと衝突したことがあるか?」
会長「一度、女がやるもんじゃないと言ったら反発された／それ以来「女だからって甘えるな」と言っている／ボクシングは男も女も関係ない世界」
記者「なぜケイコはプロになれたのか。才能や素質があるのか?」
会長「才能はない／足も短いし、スピードもない／でも、なかなかいい子。人間としての器量がある／率直、素直／好感の持てる一人の女性」

31　ケイコのマンション・居間

チャイムが鳴り、センサーが光る。
が、ケイコは居留守を使う。
体温計を確認し、立ち上がる。
バランスボールにぶつかる。
そのまま寝室に入り、扉を閉める。
バランスボールが転がり、止まる。

32　ジム

記者の取材メモには大きく「二人の絆について」などと書かれている。
記者「デビュー戦は1ラウンドＴＫＯ勝ち、先日の二戦目は判定勝ち／夢は二人で共にチャンピオンか?」
会長「まだボクサーとしての信念が足りない／本物の雰囲気はまだない」
記者「雰囲気とは具体的に言うと?」
会長「黙っていても伝わってくるもの／私のように目が悪くても肌で感じられるもの／私が元気なうちにケイコからそれを感じられたら幸せです」

記者「会長の目はどのくらい悪いのか?」
会長「全然みえない／視野狭窄で、これぐらいはみえる」
記者「目の障害のせいで、ボクシング指導でどんな苦労があるか」
会長「全然苦労してない／音を聞けばわかる」
　松本がやって来て、
松本「今本人からメールが来たんですが、熱が出てしまったみたいで。大変申し訳ありません」
記者「いえ、お大事にとお伝えください。（会長に向き直り）ぜひ、お二人でチャンピオンを目指してほしいです」
会長「本人の気持ち次第／外からみてもわからない」
　会長、お茶に手を伸ばす。しかし、うまく掴めず、茶碗を落として割ってしまう。
記者「（慌てて）大丈夫ですか」
　林がさっとホウキで割れた欠片を片付ける。

33　ケイコのマンション・居間（夜）

　夕飯を食べているケイコと聖司。
　ケイコ、食が進まない。
聖司「（手話）次の試合っていつ?」
ケイコ「（手話）二ヶ月後くらい」
聖司「（手話）ボクシングの面白さってなに?」
ケイコ「（手話）殴ると気持ちいい」
聖司「（手話）怖くはないの」
ケイコ「（手話）怖いよ。怖いに決まってるでしょ」
聖司「（手話）なるほど。安心した」
ケイコ「（手話）どういう意味?」
聖司「（手話）ふつうの人間なんだなと思って」
ケイコ「（手話）なにそれ。失礼だね」
聖司「（手話）殴ったり殴られたり……頭おかしいよ」
　と言いつつ、聖司はシャドーの真似事をしてみせる。
聖司「どう?」
　ケイコ、席を立つ。

34　川沿いの道（夜）

　ケイコ、夜の川を眺めている。
　川面にビルや車の光が反射し、揺らめいている。
　松本からメール（「具合大丈夫?」）が入る。返信しようとするが、しまう。
　と、背後から肩を叩かれる。振り向くと、警官2人。
警官A「高校生? こんな時間まで何してるの」
　ケイコ、マスク姿の警官をじっと睨む。
警官A「パスポート・プリーズ? パスポート?」
　ケイコ、財布からヘルプカードを出し、ジェスチャーで耳が聞こえないことを伝える。
警官A「なるほど、耳が悪いんですか。（ジェスチャーをしながら）顔の怪我は?」
ケイコ「（手話）ボクシングの試合の怪我です」
警官A「え? 喧嘩ってこと?」
ケイコ「（手話）わたしはプロなので大丈夫です」
警官A「ん? どういうこと?」
　警官B、「次行こう」と警官Aの肩をたたく。
警官A「（大きな声で）じゃ、気をつけて!」
　警官たち立ち去る。

×　×　×

　ケイコ、暗い道を歩いている。
　電車の光がケイコを照らし出し、また暗闇に。

35　翌日　ケイコのマンション・寝室（昼）

　ケイコ、日記を書いている。
　コップを手にとるが、空だった。

36
数日後　ジム
ケイコと一緒にジムにきた聖司、松本に基礎を習っている。「手の力じゃなくて腰」などのポイントを松本から初めて聞き、聖司は楽しそうに驚く。
ケイコ、バンテージを巻きながら聖司たちにちらりと目をやったあと、会長席をみる。会長は不在。

37
ビデオ映像
ジムのスタッフが撮影したケイコの試合映像。ケイコがラッシュを受ける場面で巻き戻され、もう一度再生。

38
ジム
ケイコと林、試合のビデオ映像をみている。

林がビデオを一時停止し、小さなホワイトボードに、
林の字「なんでちゃんとガードしない？」

と書き、ケイコにみせる。

ケイコは答えられない。

林の字「怖いから、前に突っ込んでる？」

ケイコは小さく頷く。

林　「ビビってんじゃねえよ、カッとなって前にでたら自分だって危ないだろ。気持ちコントロールするのが大事だから」

ケイコ、字を書く。

ケイコの字「痛いのは嫌いです」

林　「おまえ正直だな」

×　　×　　×

リングの上。林、パンチを繰り出す。ケイコの腹や顔にもろに当たり、後ずさりする。
林　「ダメだ、逃げるな」
ケイコ、ガードを構えるが、顔にパンチが当たる。
床に鼻血がぼとぼとと落ちる。
林、練習をみていた聖司に、
林　「そこのモップとって」
聖司、戸惑いつつ、モップをとって林に渡す。
林、何事もなかったかのように血をふく。

×　　×　　×

玄関から学ラン姿の隆太郎が入ってくる。
隆太郎「会長いますか」
林　「どうした」
隆太郎「……いえ」
林　「さっさと着替えてこい」
隆太郎「あの」
とカバンから封筒を取り出して、
隆太郎「これ、会長に渡してもらえますか」
林、封筒を開けて中の手紙に目を通し、
林　「自分の口で直接言えばいいんじゃないか？」
隆太郎、俯く。
林　「どうして辞めるんだ」
隆太郎「女ばっか教えてるし、ここじゃ強くなれないと思ったんで」
林　「……」
隆太郎「お世話になりました、ありがとうございました」
と頭を下げ、立ち去る。
そのやりとりをケイコらがみていた。
林　「よし、続きやるぞ」
と手を叩いて促す。

39
ケイコのマンション・寝室（夜）
ケイコ、日記を書いている。
そのページを破って丁寧に折り、日記に挟む。

40
翌日　ケイコのマンション・寝室（早朝）
目覚めたケイコ、カーテンを開けて外をみるがすぐに閉じ、また布団へ戻る。

41
数日後　病院の待合室
ロビーのテレビではニュースが流れている。

ニュース「……有効な経済政策が打たれず、また中小企業に対する保障なども十分ではないせいか、これまで横ばいを保ってきたようにみえた倒産件数と失業率が今年に入って目にみえるように大きく上がってきています……」

　千春、本を読みながら検査中の会長を待っているが、そわそわして落ち着かない。

　会長が看護師と一緒に検査室から戻ってくる。

看護師「もうしばらくこちらでお待ちください」

　看護師が立ち去る。

　千春、会長の手を握る。

　テレビでは続いて、12億円宝くじのニュース。

42 橋（夕方）

　会長と千春、橋を渡っている。

　無言で歩く二人の横を電車が通り過ぎていく。

43 空き地沿いの道（夕方）

　千春が立ち止まる。会長、千春がみた先に目をやると、解体工事を終えた空き地が広がっていた。

廃品回収車のアナウンス「……なんでも無料で回収します。こちらは不用品回収車です……」

　遠くから工事の音が聞こえてくる。東京の東側、下町では、老朽化した建物の建て壊しと再開発が続く。

44 ジム・更衣室（夕方）

　練習を終えたケイコ、読んでいた日記をカバンにしまい、着替えはじめる。

　ロッカーの向こうから、

林の声「（練習生に）集中しろよ。やる気ないんだったら帰ってもいいんだぞ」

45 同・玄関（夕方）

　着替え終えたケイコ、小部屋をみるが、会長はいない。

　練習生たちを尻目に玄関を出ていく。

46 小さな階段道（夕方）

　ケイコが階段道に出ると、病院から戻ってきた会長と千春が階段を降りていた。

　ケイコ、二人に一礼し、すれ違う。

47 ジム・会長の小部屋～練習場（夜）

　席に座っていた会長、立ち上がる。

×　×　×

　会員たちがそれぞれ練習していると、

林「みんな集まってくれ」

　何事かと集まる会員たちの前に、会長が立ち、

会長「（2ヶ月後の3月末に正式に閉める旨を伝える）」

　動揺する会員たち。

会長「林と松本は、どうにか移転先がないか、どうにか会員数を増やせないかと協力してくれていました。改めて、ありがとう。今後の試合が決まっている者は、引き続き二人について行ってほしい」

　林と松本、じっと話を聞いていた。

48 同・前の道（夜）

　松本、玄関脇でケイコにメールを書いている。

練習生「おつかれさまでした」

　練習生、自転車に乗って帰っていく。

49 道（夜）

　ケイコ、ジムから帰っている。

　立ち止まり、松本からのメールを確認する。

　動けなくなるケイコを車のライトの流れが照らす。

ケイコ　目を澄ませて

50　ジム（夜）
千春、会長の言葉をメモしている。
千春「コロナ禍における会員数の減少、また土地の再開発に伴い移転先を探して参りましたが……」
会長「いや、違うな。今のは消してくれ」
千春、文字を消す。
会長、少し考えて、
会長「気力、体力ともに……これじゃ横綱の引退っぽいか」
千春「真面目に考えて」
会長「考えてるよ……気力、体力ともに、これまでのように情熱を持って、選手の指導に当たるには難しい年齢になったこともあり、ここが潮時と決断いたしました」
千春、復唱しながら言葉通りにメモを取る。

51　翌日　ホテル
ケイコ、窓の外を眺めている。

新人がシーツを直しているが、遅く、仕上がりが悪い。

ケイコは新人からシーツを奪い、やり直す。

52　幹線道路〜小さな階段道
ケイコ、ジムに向かっている。

背後から、自転車の高校生グループがベルを何度か鳴らす。ケイコは気がつかずに歩き続ける。

高校生たちは追い抜きざまに、
高校生「どけよ。シカトしてんじゃねーよ」

と笑って去っていく。

ケイコ、まっすぐ前を向いて歩き続ける。

階段を降りると、耳にイヤホンをしたサラリーマンとぶつかり、
サラリーマン「痛ってなあ」

ケイコ、思わず男を睨む。

サラリーマン「あ？　なんだよ？」

ケイコ、頭を下げて、その場を足早に去る。

サラリーマン、落としたスマートフォンを拾う。

53　ジム
ドン！　ケイコ、苛立ちにまかせて力一杯にサンドバッグを殴る。フォームはむちゃくちゃ。

その音を聞いていた会長、
会長「どうした？」

ケイコ、答えない。

会長「最近、朝は走ってないみたいだけど、調子悪いのか？」

ケイコ、答えずに目をそらす。

×　×　×

ケイコ、松本とミット打ちをしている。

フットワークが重い。弱いパンチ音が続く。

その音を会長がじっと聴いている。

54　同・玄関（夕方）
外に雨が降っている。
着替え終えたケイコ、外に出るか躊躇していると、
会長「ケイコ」
とケイコの横に並ぶ。
会長「ボクシングは闘う気持ちがなくちゃできない。闘う気持ちがなくなったら、相手にも失礼だし、危ないからね。わかるか、ケイコ」
ケイコ「……はい」
会長「ん？　聞こえない、もうちょっと大きい声で」
ケイコ「はい」
とかろうじて声を出すが、ほとんど聞こえない。
会長「次の試合、やりたくないんだったら、今からでも断ろうか」
ケイコ「……」
会長「考えておいで」
ケイコ、一礼して外へ出る。

55　同・前の道（夕方）

雨。外に出ると、林が壁に貼った「新規会員募集中！」のポスターを剥がしていた。

ケイコ、一礼して立ち去る。

56　同・会長の小部屋（夕方）

会長、薬を水で飲み干し、目を閉じて深呼吸。

林がポスターを丸めて中へ戻ってくる。

57　ケイコのマンション・居間　夜

外は雨。
聖司「（手話）どうしたの?」
ケイコは答えない。
聖司「（手話）何でイライラしてるの」
ケイコ「（手話）してない。勝手に人の心を読まないで」
聖司「（手話）じゃあ話してよ」
ケイコ「（手話）話したからって問題は解決しない」
聖司「（手話）でも、悩み相談とか、口にしてだれかに話すことで、気持ちが楽になったりするんじゃないの」
ケイコ「（手話）話したって結局、人は一人でしょ」
聖司「（手話）姉ちゃんは強い。でもみんなは違う」
ケイコ「（手話）別に私は強くない」
聖司、ケイコに気圧され、自分の部屋へ戻る。

58　ジム（夜）

掃除を終えた会長、ジムを見回し、電気を消す。

無人のジムに雨音が響く。

59　翌日　川沿いのカフェ

騒がしい店内。ケイコはお茶、同級生の葉月と瞳はビールを飲んでいる。
瞳「（手話）うちの部下が本当に使えなくて。連絡ができないし、身だしなみも汚いし。もうほんと無理」
葉月「（手話）じゃあカラオケ行ってストレス発散しようよ」
瞳「（手話）上司も自分勝手だし、思い切りぶん殴って川に沈めたい」
ケイコ、心ここにあらずで話をきいている。

×　×　×

葉月、ケイコの手を取り、手相をじっとみたあと、
葉月「（手話）以前は、頑固で負けず嫌いな線がくっきり出ていたけど、今はちょっと柔らかくなってる」
瞳「（手話）年齢じゃない？　来年私たち30だよ」
葉月「（手話）あ、お金持ちになる線が出てるよ。ここ、二本の線が平行しているでしょ」
手の皺をみるケイコ。
葉月「（手話）思い当たる節はない？」
ケイコ、少し考えて「馬鹿馬鹿しい」と首を横に振る。

60　ジムの前の道

林、玄関脇にしゃがみ、電話をかけている。

林「ええ、耳は聞こえていませんが問題はないです……いやいや、実際にプロ試験も受かって、もう2勝してるんですよ?……一度直接ご相談に……そうですか、失礼しました」

林は電話を切り、ジムの連絡リストに×をつける。

すでに上から3つも×がついている。

林、再び電話をかける。

玄関が開き、会長が出てくる。

林「もしもし、林です。ご無沙汰しています……ええ、来月末で閉めることになりま

して……それで、うちの選手のことでご相談があるんですが……」
会長、林に「代われ」と手で合図。
林「……今、会長に代わりますね」
会長「もしもし。ご無沙汰……うん、元気だよ。そっちはどうだ？」

61　浅草駅前の交差点（夕方）
瞳「（手話）じゃあまた連絡するね」
葉月「（手話）次の試合、楽しみにしてるよ」
またね、と別れる3人。

62　小さな階段道（夕方）
ケイコ、ジムに向かって階段を降りる。

が、ふと立ち止まり、方向転換して、来た道を戻る。

63　商店街（夕方）
ケイコ、商店街を歩く。

街は老人ばかり。

64　ケイコのマンション・外廊下（夕方）
ケイコ、帰ってくる。
聖司がちょうど外に出てきた。
聖司「（手話）夕飯作っておいたから、温めて食べて」
ケイコ「（手話）どこ行くの」
聖司「（手話）映画みてくる」
ケイコ「（手話）いいな。私も行こうかな」
聖司「（手話）デートだけど、一緒に来る？」
ケイコ「（手話）じゃあ行かない」
聖司「（手話）行ってきます」

65　同・居間（夜）
ケイコ、一人でご飯を食べているとメールが届く。

喜代実と祖母の2ショット写真。

喜代実のメール「元気？　なにか送ってほしいものある？」

ケイコのメール「ないよ」

喜代実のメール「次の試合、また東京に行きます」

ケイコ、メールを閉じる。

気持ちが落ち着かず、歩き回る。

と、足元にピチャピチャと水が。

台所の水道が溢れ、床に水が広がっていく。慌ててタオルで応急処置をしようとするが、手に負えない。

苛立ち、タオルを投げつける。

66　数日後　ジム（朝）
誰もいないジムに朝日が差し込んでいる。

67　東京中心部
綺麗に整備されたオフィス街。

ケイコと警備服姿の林が街を眺めていると、スーツを着た松本がやって来る。3人、ビルに入る。

68　五島ジム
モダンな内装のジム。

ケイコ、林、松本が並んで座っている。

事務室から五島と会長が出てくる。

会長「（五島に）じゃあ、お願いします」

会長、林らに「じゃ、頼む」と手をあげ、外へ。

五島「お待たせです」

と3人の前に座り、
五島「（ゆっくりとした手話で）初めまして。お会いできて嬉しいです」

驚くケイコ。

五島は教則本を取り出し、
五島「まだはじめたばっかりだけど。今日はこれも使いながらお話させてください」

と、タブレットとタッチペンを取り出す。

五島「みましたよ、この間の試合のビデオ。パンチ力もあるし、強いですね。もうちょっとでK.O.できそうでした」

話した内容をタブレットに書き、ケイコにみせる。

ジムのスタッフがお茶を運んでくる。

五島「（林と松本に）試合中はどうやって指示出してるの？」
松本「いくつかサインを決めて、それをみてもらってますね」
五島「みる余裕なんてあるの」
林「どうですかね。僕らも何もしないわけにも行かないですし」
五島「でも、強いってことだよね。指示聞こえなくても勝てちゃうんだから。すごいよ」
とケイコに微笑む。
ケイコ、五島から目をそらす。
五島「次の試合、もう決まってるんですよね？　それで是非勝ってもらって、その後はぜひウチで面倒をみさせてください」
林「ありがとうございます」
ケイコ、タブレットとタッチペンに手を伸ばし、
ケイコの字「難しいです」
林「どういうことだよ」
ケイコの字「家から遠いです」
林「なんだそれ、おまえバカか。会長はお前のためを思って頭下げてくれたんだぞ」
五島「次の試合が終わったら、ゆっくり考えてください」
林、頭をさげる。松本、黙ってケイコを見ている。

69　前の道（夕方）
ビルから出る3人。
林「飯でもいくか？」
松本は答えず、ケイコをじっとみて、
松本「がっかりだよ」
と立ち去る。ケイコ、逆方向に歩き出す。
林「ケイコ！」

70　バス（夕方）
ケイコ、日記を開き、手紙を確認している。

手紙「一度、お休みしたいです。このままだと皆さんに迷惑をかけてしまいます。プロになることができて、とても嬉しかったです。ありがとうございました」

手紙をポケットに入れる。

71　車窓（夕方）
川岸にビルがずらっと並ぶ、東京の東側の街並み。

72　ジムの前の道（夜）
ジムの前にやってきたケイコ、ポケットから手紙を取り出し、郵便受けに投函しようとする。

が、人の気配を感じ、ジムの中へ。


ケイコは驚いた。

73　ジム（夜）
会長が一人、ケイコのプロ第二戦のビデオが流れるテレビに顔を近づけながら、ケイコの練習メニューを組んでいた。
会長、気配に気づき、
会長「誰だ？」

74　ジムの前の道（夜）
ケイコ、ジムをあとにしようとする。
が、動けなくなる。手紙をくしゃくしゃに丸める。
玄関から出てきた会長が、
会長「ケイコか。どうした？」
と、ケイコの肩をたたく。

75　ジム（夜）
ケイコ、暖房の前でストレッチをしていると、会長に肩を叩かれる。立ち上がり、鏡の前へ。

ケイコ、会長の手に右ストレートをあてて体を預け、重心を確認する。

会長、シャドーを始める。

ケイコは鏡越しに会長の動きをみて、真似をする。そのうち、シャドーをしながら静かに涙する。

会長、ジャケットの脇の穴が大きく広がってしまったことに気づき、
会長「ああ、また怒られちゃうよ」
ケイコ、涙を拭い、笑顔に。
会長はジャケットを脱ぎ、シャドーを続ける。

×　　×　　×

窓外から、静かにシャドーをしている二人がみえる。

76　翌日　シティホテル・廊下

客室を出るケイコ。カートを押して廊下の奥へ。

77　同・控え室

ケイコが弁当を食べていると、ポケットのスマートフォンが震える。こっそりみると、林からのメールだ。
メール「会長が倒れた。無事。念のため入院。詳しくはジムで」

78　ジム

千春、会長が飲んでいた薬の瓶を手元で遊ばせながら、
千春「いつかはこういう日が来るって覚悟はしてたんだけどね、でもやっぱりびっくりするね」

ケイコと松本、千春の話を聞いている。

千春「私もレントゲンをみせてもらったんだけど、頭に新しい影があるんだって。でも本当に小さくて、私には全然みえなくて。細い血管がもっと細くなっていて、ほおって置くと、太い血管ももっと細くなるみたい。でも入院して、時間はかかるかもしれないけれどしっかり治療すれば大変な事にはならないって。うちの人そういうのだけは得意だからお医者さんがびっくりしちゃうかもしれない」

戸惑うケイコ。半分程度しか口から読み取れなかった。

林、ケイコの肩を叩き、
林　「早く着替えてこい」

ケイコ、体が動かない。

千春「次の試合そろそろだよね？　楽しみだね」

ケイコは真剣に千春の目をみて、
ケイコ「はい」

×　　×　　×

ケイコ、リングの上でガードの特訓を受ける。

松本のパンチを受ける。パンチを避ける。

同じ動きを繰り返し、体の状態を丁寧に確かめる。

ふと松本の手が止まる。

ケイコがみると、松本が涙をこらえて背を向ける。

松本「ちょっと休憩」

とリングを降りる。

ケイコが待っていると、松本がびしょ濡れの顔でリングに戻ってくる。

ケイコ、笑顔で松本を受け止め、練習を再開。

79　ケイコのマンション・外廊下（夜）

階段を上がってきたケイコ、玄関へ。

80　同・居間（夜）

ケイコが帰ってくると、聖司と花がいた。
ケイコ、台所へ。
花が立ち上がり、ケイコの肩を叩く。
花　「（手話）私の名前は、花です」
驚くケイコ。
聖司「（手話）俺が教えたの」
花　「下手くそで、すみません」
聖司「（手話）下手ですみません、って言ってる」
ケイコ「（手話）手が綺麗だね」
花　「？（聖司をみる）」
聖司「手が綺麗だって」
花　「ありがとうございます、ってどうやるんだっけ？」

聖司、ありがとうの手話を教える。

花、ケイコに手話で「ありがとう」を伝える。

81　翌日　病院（夕方）

スーツ姿の千春、病院にやってくる。

82　同・病室（夕方）

千春、病室に入ると、ケイコが見舞いに来ていた。

寝ている会長の横でケイコが日記を書いている。

千春「それ、みせてもらってもいいかな」

ケイコ、日記を渡す。

千春がページをめくると、どのページにもぎっしりとトレーニング内容や絵が書かれている。

千春の声「……1月25日。ロードワーク10㎞。今日は川がとても臭かった。サボればよかったと思ったが、途中からどうでもよくなった。ジムで会長とミット打ち。一度会長が転んだ。顔がムキになっていた。笑いそうになったが我慢した。我慢は大事だ」

千春、ケイコをみて微笑み、ページをめくる。

83　街の点景（朝）

人の気配のない朝方のマンション群や、古い路地。
千春の声「……12月28日。ロード10㎞／ロープ2R／シャドー2R／ミット3R／サンドバッグ2R／脇が開いてしまうクセがまた出ている。直したはずなのに」

×　×　×

ケイコ、荒川土手を走る。

ふと立ち止まって足元の花をみたり、ゆっくり歩いて周囲を眺めたり。

×　×　×

ケイコ、荒川土手から堀切駅の歩道橋を渡り、隅田川へと走る。早朝の電車とすれ違う。

×　×　×

ケイコ、足を止めて街を眺め、また走り出す。

大規模工事、川、新しい町並み、スカイツリー。

84　ケイコの生活の点景

千春の声「……2月22日。晴れ。ロード10㎞／シャドー3R／サンドバッグ2R／ミット5R／ロープ2R／まだ力んでしまう。息をするのを忘れないように。深呼吸するとリラックスできる」
ある日の昼、居間。シャワー上がりのケイコ、バランスボールに座りながらドライヤー中。

×　×　×

ケイコが大きなあくび。

それが聖司にうつる。

×　×　×

千春の声「……2月24日。晴れ。ロード10㎞／シャドー3R／サンドバッグ2R／ミット5R／腰が痛い。治りが遅い。うまくまだ体を使えていない」

団地の前。ケイコ、聖司と花にジャブを教えている。

並んでジャブを繰り返す3人。

いつの間にか、花がケイコにダンスを教えている。

85　ケイコと会長の点景

川に朝日が反射し、煌めいている。

千春の声「……3月1日。ロード10㎞／シャドー5R／サンドバッグ3R／ミット5R／今日は気持ちが体についていかなかった。でも休むのはこわい」

練習を終えたケイコと会長、歩いている。

ケイコ、汗だくの髪をまとめようとするが、手間取る。

会長、自分が被っていたキャップを脱ぎ、手渡す。

ケイコ、キャップをかぶってみせる。

会長、後ろ向きにかぶれ、と手で仕草。

ケイコ、後ろ向きにキャップをかぶり直す。

会長は満足そうに頷くが、ケイコは前かぶりに戻す。

二人の頭上を朝の電車の光が通り過ぎる。

86　ジムの点景

リング、ケイコと松本がメイウェザーミットの練習。

千春の声「……3月10日。雨。ロード10km／シャドー5R／サンドバッグ3R／ミット5R／ロープ2R／ずっと目を開けていると、乾いてきて涙が出そうになる。集中すること。相手を殺す気でやらないと負ける」

複雑なコンビネーション。どんどんスピードが上がる。

見事に上達し、自然と満面の笑顔になるケイコと松本。

×　　×　　×

ケイコ、一人でジムの鏡を磨いている。

ふと会長の気配を感じるが、いない。

87　病院・病室（夜）

会長、じっと千春の声を聞いている。

千春「……3月23日。雲り。ロード10km／ガードの特訓。ジムをしめるなんてやはり信じられない。受け入れがたい。許せない」

会長、じっと遠くに耳を澄ます。どこから、パンチの音、足の音、殴る音が聞こえてくる。

88　数日後　試合会場（夜）

字幕『第三戦　ラウンド3』
リングでは静かな攻防が続く。
ケイコは冷静に、練習通りにステップをうまく使って距離を取り、ガードも固い。
×　　×　　×
無観客試合で、場内は静かだ。
客席には中継のカメラと少数の関係者だけ。
静かな会場にパンチの音や足音が響く。

89　居酒屋の裏（夜）

休憩中の聖司、スマートフォンで試合をみている。

ケイコの動きに合わせて体を揺らす。

隣で先輩も覗き込んでいるが、すぐに飽きる。

先輩「先に戻ってるぞ」

と立ち上がり、店に戻る。

90　ケイコのマンション・居間（夜）

花、ノートパソコンで試合を見ている。

喜代実が二人の飲み物を手に隣に。

二人、スーパーで買った寿司を食べている。

花「あの。ウニもらってもいいですか」

91　試合会場（夜）

コーナーに戻ったケイコの顔が大きく腫れている。

林がタオルでガシガシと汗を拭く。

ケイコ、水を顔にかけ、しっかりと前を向く。

×　　×　　×

字幕「第3戦　最終ラウンド」

レフェリー「ボックス！」

ケイコ、すぐに間合いを詰めてジャブ。

左フックをもらうが、続く右ストレートは冷静にサークリングでかわす。

緊張感のある駆け引きが続く。

大塚選手、大きく右フック、左フック、右ストレート。ケイコはうまく避けるが、ロープ際に詰められ、ラッシュを受ける。と、大塚選手に足を踏まれ、ケイコが転倒。

レフェリー「1、2、3、4」

ケイコ、「足を踏まれた！」と必死に主張するが、レフェリーに伝わらない。

リングサイドの林たちも「早くファイティングポーズを取れ」と必死に合図。

ケイコがようやくファイティングポーズをとり、カウントが止まる。

レフェリー「ボックス！」

ケイコは冷静さを失ってノーガードで突っ込み、ジャブを食らう。なんとかストレートを返そうとするが、かわされ、左フックをもろに食らう。

×　×　×

リングサイドの林、
林「なんでだよ！　落ち着け！」
呆れるが、戦況をみつめているうちに、
林「思いっきりいけ！　もう時間ないぞ、最後だぞ！」

×　×　×

ケイコ、大振りのパンチで大塚選手を追い、コーナーに追い詰める。そのまま頭から突っ込み、クリンチに。

レフェリー「ブレイク！　ブレイク！」

しかしケイコは聞こえずラッシュを続ける。

大塚選手がケイコを振り払って倒す。

レフェリー「スリップ！」

レフェリー、ケイコのグローブを拭いながら注意。

ケイコ「あああ！　あああ！」

と大声を出し、自分を振るいたたせる。

92　病院・ロビー（夜）

手元の映像、静かな会場で叫ぶケイコが写っている。

暗いロビーの一角で、車椅子の会長と千春がタブレットで試合をみている。

会長はイヤフォンを耳にし、じっと目を閉じて試合を聞いている。

93　試合会場（夜）

レフェリー「ボックス！」

ケイコ、また突っ込み、大振りのパンチ。コーナーに追い詰めてラッシュ！　渾身のストレート！

しかし交わされ、ロープに突っ込む。がすぐに体勢を整え、大きなストレート！

しかしカウンターが顎に炸裂。

ケイコ、リングに背中から倒れた。

ケイコのＫＯ負けが宣告される。

ケイコ、悔しくてたまらない。

94　病院・ロビー（夜）

会長、イヤホンを外し、黙る。
千春、悔しそうな会長をみて、
千春「お腹すいちゃった。あなた何かいる？」
会長、いらないと首を横に振る。
千春「ここで待ってて」
とその場から離れる。
会長「こう……もっと……」
一人、小さくジャブの動きをする会長。

95　数日後　シティホテル・客室

ケイコ、膝をついてトイレ掃除をしている。

目のまわりにまだ少しアザが残っている。

×　×　×

新人、一人でまだうまくシーツを整えられない。

ケイコは二人で一緒にシーツを整える。

96　ジム・前の道

千春、林、松本らがジムから荷物を運び出している。

97　シティホテル・控え室

ケイコ、ウインドブレーカー姿に着替える。

会長にもらったキャップを取り出し、かぶる。

キャップを後ろかぶりにするが、鏡をみ

て、やはり前被りにし、控え室を出る。

98 ジム

林は子供を連れてきていた。松本がカメラをセットし、林と子供とみんなで記念写真を撮る。

99 土手（夕方）

土手の下。ケイコ、メールをみると、松本からジムの写真が届いていた。

工事現場姿の女性が現れる。

大塚選手「こないだの、試合の」

　と自分の顔を指す。

　ああ！　と驚くケイコ。

大塚選手「ありがとうございました」

ケイコ「（手話）ありがとうございました」

　大塚選手、一瞬戸惑うが、その真似をして返す。

大塚選手「じゃあ、また」

　ケイコ、笑顔で返す。

大塚選手、仕事へ戻る。

ケイコの顔から笑顔が消え、悔しさがふつふつと湧き上がり、心が掻き乱れる。いてもたってもいられなくなり、土手に上がり、走りだす。

100 エンドロール（夕方）

ランナーや散歩中の人々が行き交う。

その横を川がゆっくりと流れている。

どこからかパンチの音が聞こえてくる。

ドンドン、タッタッ、ダムダムダム……

東京のさまざまな街角。

誰もいないジム。


（完）

※この物語は実在の人物や出来事に着想を得たフィクションであり、実在の人物・団体とは一切関わりはありません。

解説

『'22年鑑代表シナリオ集』出版委員会を終えて

（委員・荒井晴彦　いながききよたか　今井雅子　里島美和　長谷川隆　蛭田直美　松下隆一　吉村元希）

向井康介（長）

今年の年鑑代表シナリオは11作品が選ばれることになりました。

候補作となったのは22作品。『夜明けまでバス停で』『PLAN 75』『恋は光』『愛なのに』『麻希のいる世界』『ケイコ　目を澄ませて』『さがす』『死刑にいたる病』『マイスモールランド』『流浪の月』『はい、泳げません』『冬薔薇《ふゆそうび》』『神は見返りを求める』『こちらあみ子』『さかなのこ』『窓辺にて』『ハケンアニメ！』『夜、鳥たちが啼く』『リング・ワンダリング』『神田川のふたり』『ある男』『かがみの孤城』

以下、選定から外れた11作品の批評から記してゆきたいと思います（順不同）。

『恋は光』

恋をしている女性が光っているように見える特異体質の青年と、彼を取り巻く女子学生たちが繰り広げる恋愛模様。

「セリフ回しやキャラクターなどははっきりと面白く読ませる」（向井）といった意見もあったが、委員の多くは否定的な意見。

「恋愛ものとしてただ遠回りしているようにしか見えず、結局〝灯台下暗し〟だったという結末に落ち着くのも驚きがない。よくある話を手を変え品を変えて作り上げたというだけの話」（荒井）

「設定、人物、ストーリー、共に表面上のことに留まっている」（里島）

〝恋をしている女性が光って見える特異体質〟というしかけを活かしきれていない印象の方が強く残った。

『愛なのに』

古本屋の若い店主と彼に求婚する女子高生との関係を追いかけながら、店主が今も想いを寄せる一人の女の恋愛事情が交差する。

「狭い世界をオリジナルでよく膨らませている。こういう出題の作品が成立していけば劇映画がまだまだ作れる余地があるのではと期待を産んだ作品」（今井）と評価。しかし構成の弱さも感じられて、

「ミサキという女の子の話で始まるが、読んでいくうちに彼女の存在がどんどん弱くなってゆく。二人の関係も変わらないまま予定調和に着地する一方、結婚を控えた女が暴走してゆく話の方が面白くなるのはやはりバランスを欠いている」（長谷川）

「人間関係の果てが、セックスが上手いとか下手とかだけの話に終始して、芯を食ってない」（いながき）

「人を好きになることに理由はないかもしれないが、主人公ミサキのトーンがずっと変わらないことに違和感を覚える」（里島）

という意見も散見された。会話の妙で読ませるが、物語が本質の深いところまで行ききれなかったように読めた。

『麻希のいる世界』

重い持病を抱えた女子高生が同年代の勝ち気な少女と運命的に出会い、彼女の歌声に惹かれるまま人生を一変させてゆく。

「持病や記憶喪失という障害など、病気が多すぎる上に、その持病自体もよくわからない」（荒井）

「病気がそれぞれに人物に割り振られ、構造的ではあるのだけれど、観念的で何なんだろう？　と思ってしまう。説明から逃げてるわけではなくておそらく監督の確信犯なのだろうけれど、やはり人物の気持ちがわからないとどう見ればいいのかわからない」（長谷川）

そこがハードボイルド的なおもしろさでもあるという見方もできなくはないが、やはり病気を都合よく扱い過

ぎではないかという意見が大半だった。

『さがす』

３００万円の懸賞金欲しさに指名手配犯を探すと言って突然姿を消した父親と、その消えた父親の行方を追う娘の追跡劇を軸としたサスペンス。

「父はなぜ殺人犯に関わったのか。失踪する前になぜ事件のことを娘に言ったのか。父は娘のことを本当に見ていたのか。そしてなぜ自身も殺人に取り憑かれていったのか。消化不良の感が否めない」（里島）

「母親が自殺と認められた件など、本編を見ると演出で意図がわかるという部分があちこちに見られて、映画だと成立しているのに脚本では成立していないと思う」（長谷川）

批評のほとんどは父親の動機の不明瞭さに集まったが、時制が動く構成の運びのぎこちなさも指摘された。また書き方の形式についても、

「柱の書き方がまちまちだったり、何人かの書き手のスタイルが混じっているように読めた。掲載する場合は揃えてほしい」（今井）

などの意見もあった。

脚本を読み終わった後に、「……で、この物語は一体なんだったんだろう」という脱力感が残る。

『流浪の月』

幼女を誘拐したとして加害者の烙印を押された青年が、15年後、大人の女性となったかつての幼女と再会し、過去の事件が紐解かれると共に二人の人生が大きく変わってゆく。

今回、一番賛否が大きく分かれた作品だった。しかも特徴的だったのは、総じて女性委員の評価が高く、男性委員はほとんどが否定的。

「小児性愛者だと思わせて、本当はマイクロペニス、クラインフェルター症候群だったというオチ。だったら二人の共同生活の中で風呂はどうしていたのか？　学校での共同生活は？　トイレでは？　たとえば修学旅行ではどうしていたのかとか、そういう部分を取っ払って作り手の都合のいい部分だけを切り取っている」（荒井）

「物語の舞台がどこなのかいちいち気になった。山梨出身の婚約者が、一部上場企業に勤めている設定なのに東京じゃないところで働いていることにまず違和感。かつての被害者と加害者がバッタリ再会するなら、これも東京の方が自然なのになぜか松本。御都合と言うより、そもそもの設定として成立していない」（長谷川）

一方で女性委員。
「美しい世界として切り取っていて面白く読めた。小説を脚色する側面として、説明を極力省いて行間の空気をよく拾っている。」（吉村）
「繊細で真っ直ぐなものを見たという印象。脆く危なげなものを現代社会と対比させ、丁寧に描いていた」（里島）
「作品の世界を綺麗に浄化している。圧倒的に美しいものを作りたかったのかなという、原作の精神をよく汲み取っている」（今井）
意見を俯瞰すると、この物語を現実に落とし込んで見るか、ファンタジーとして見るかで大きく意見が別れたように思う。
しかし、秀逸な撮影や美しい美術など本編の魅力を差し引いて脚本だけで評価した場合、掲載には見合わないと判断。
「実は普通の話を、何だかものすごく世間から弾かれた孤独な二人、みたいな方向へ持っていこうとしている感じで、そこが好きになれなかった」という長谷川委員の言葉に、僕も大いに頷いた。
尚、選考会後、吉村委員からは「女性委員の全員が掲載を推していたので、女性委員が過半数以上いたら結果が異なっていたのではないか？」との指摘があった。
『はい、泳げません』
とある事情から水が苦手で泳げなかった大学教授の男が、水泳教室に通い、女性コーチと出会うことで次第に泳げるようになってゆく。
作品はコメディタッチで始まるが、やがて息子が川で溺死してしまったという大学教授のトラウマが提示され、克服のための物語となってゆく。その構成が上手いと思ったのは僕だけだったようで、多くは拒否反応が強く、
「子供の事故死を、泳げるようになることで克服できるということが僕には考えられない。子供がこういう形で亡くなって、乗り越えられたように描くこと自体が、物語の中心軸を巧みにずらされたような感じがしてしまう」（松下）
「泳げない男が泳げるようになる、その過程を成立させるための仕立て方に好感が持てない」（いながき）
「泳げない人が泳げるようになる話に、５歳の子供の命を天秤にかけていいのか、という疑問」（吉村）
「子供の命があまりにも軽すぎやしないか？」（今井）
「子供を死なせてしまったことのトラウマが、泳げることになったからって解消できるとは思えない」（荒井）

物語の中での命の扱い方に多くの意見が集まり、掲載を見送ることとなった。

『窓辺にて』

フリーライターの男が、妻の浮気を知りながら、何の感情も浮かばないことに自分でも違和感を抱きながら日々を過ごす。その生活の中で「好きという感情は何なのか?」という問いかけと向き合ってゆく。

「本編も見ていたが、脚本の方がよく出来ている。主題の重ね合わせなどが複雑に仕込まれていて、本編で分かりづらかった部分が解消された思い」（長谷川）

と評価のある一方、主人公の感情線に引っかかる委員も多く、

「妻に浮気されて何も感じないということ、それだけで引っ張るのは無理がある。だらだらと喋るだけで解決できるわけでもない」（荒井）

「浮気されて怒りがわかないって気持ちは普通に理解できるが、それが映画の主題になりうるのかという。そういう疑問を持ちながらも、もしかしたらおもしろいのかもと、読み進めながら感情が行ったり来たりした」（いながき）

また、脚本という読み物としての側面にも数々の指摘。

「ト書きは基本的に自由でいいと個人的には思うが、時折混ざる作者の詩的な吐露みたいなト書きは、正直自己愛しか感じない」（いながき）

「監督が書く脚本だから許されるところがあって、『……かもしれない』っていうト書きが何度も出てくるあたり、演者に問いかけている部分をどう評価するか」（今井）

里島委員はこの脚本を「舞台脚本に近い」と評したが、僕は書き手が小説を書いている気分だったのではないかと推測。脚本としては掲載を見送ることが委員の総意となった。

『夜、鳥たちが啼く』

売れない小説家の家に、友人の元妻とその子供が転がり込んでくる。三人の奇妙な共同生活の中で、小さな、けれど強い感情がそれぞれの心で静かに動き出す。

「原作では主人公の小説家と居候している女が体の関係を結ぶところから始まっている。そこを映画では後半に持ってきて、その前日譚を丁寧に置いている印象」（長谷川）

「書き味が上手く気づいたら読み終わっていた。そのあたりは高田さんの技術力の高さだと思う」（いながき）

今や日本映画界の風物詩と言っていい佐藤泰志原作映画。高田さんの書きぶりも手慣れたもので一気に読ませるが、その分小さな疑問点に目が止まってしまう。

「どうして彼女と子供が小説家の家に来ることになったのか、その経緯がよくわからない。なぜ自分の妻を寝取った友人の元妻がこの家に来ているのか、その状況がみんな示されていない。あとタイトルに入っている肝心の鳥の啼き声の意味。ただ啼いているだけで終わらせている」（荒井）

そして一番の問題が〝小説内〟としているシーンの意味。

脚本上では柱に〝小説内〟として定義しているシーンが、本編では小説内の虚構の出来事としてではなく、どうしても回想にしか見えない。

「小説内として分からせるならもう少し方法があったのではないか。実際に起きたことと小説とは実際は違うはずではないか。主観と客観の視点の問題」（荒井）

やり方として方法はいくらでもあったはずだが、そこに策はなく、おそらく敢えて放置している。委員全員の中で消化不良の感が否めず、今回掲載は見送りとなった。

『リング・ワンダリング』

漫画家志望の青年がバイト先の工事現場で動物の骨らしきものを見つけたことがきっかけで第二次大戦中の日本にタイムスリップし、不思議な少女と出会う。

独特の世界観を評価する意見がある中、ＳＦ的発想をどう捉えるのかという声も。

「タイムスリップの手続きをまったく踏んでいない。幻想譚だとしても、やはり何かのきっかけは必要ではなかったか。主人公が戦時中に迷い込んだことにまったく気づかないのも完全な御都合主義」（長谷川）

「主人公がこの世界に入り込むときの動機付けがないことがどうしても引っかかる」（松下）

「自然賛歌なのか柳田国男的なお話なのか、最後まで掴みきれない」（いながき）

また、別の方面からは、

「ト書きも含めて非常に小説的アプローチが強い」（荒井）

「読み物としてはおもしろいが、年鑑代表に脚本作品として掲載していいのかは疑問」（今井）

などと形式への指摘もあり、掲載は不可となった。

『神田川のふたり』

中学時代のクラスメイトの葬儀に参加した高校生の男

女二人が神田川沿いを歩きながら、互いに惹かれ合う心や亡くなったクラスメイトへの思いを吐露してゆく。
佳作ではあるが、年鑑代表に掲載する脚本としてのレベルには達していないとの委員の総意。
「入れ替わり立ち替わり新たな人物が出てくるところに脈絡がなく、展開を促すだけの役割。主人公二人の人物像としても深みが足りない点に物足りなさを感じる」（里島）
「監督のいまおか演出やワンシーンワンカットの撮影が巧みな映画で、本編が面白いんであって、シナリオを評価はできない」（荒井）
神田川を歩きながら話す高校生の二人。その他愛もなさを、どう特別な感覚で魅せるのかがひとつの腕の見せ所でもあるのだが、如何せんその線まで到達できていない印象が残った。

『かがみの孤城』
いじめが原因で不登校になった少女が、自室の鏡の中にある孤城に迷い込み、そこで出会った自分と似た境遇を持つ6人の少年少女と共に冒険を始める。
「原作を読み、映画も観た身として脚本を読むと、よく原作を読み取った無駄のない構成となっている」（今井）

と非常に好意的な批評もある一方、委員の多くは否定的な意見。
「原作がそうなっているから仕方ないかも知れないが、パラレルワールドというミスリードを仕掛けておいて、実はそうじゃなかったとひっくり返す、そのドンデンのために、中学生を集めるオオカミさまを設定し、集められる中学生たちを不登校と設定し――と、ひたすら逆算して作った感じの物語。結果として中学生たちの悩みもただの設定になっていないか。あまりに作為的でノレなかった」（長谷川）
「一番気になるのは、この子どもたちの人間関係に時間差があるというようなことを成立させるために、作為がどうしても生まれてしまうところ」（いながき）
そういった疑問も、遡ると原作に対する懐疑になってくる時点で、審査の俎上に上げることそのものが間違いではないか、というような結論に達し、掲載を見送ることとなった。

次に、選出された11作品の選評です。

『夜明けまでバス停で』
コロナ禍が原因で仕事と家を失った45歳の女の苦悩と

社会的孤立を描く。2020年に起きた渋谷ホームレス殺人事件に着想を得た作品。

二つのテーマで意見が別れた作品。一つは主人公がコロナ禍をきっかけに困窮し孤立してゆく様を描く前半から、後半、路上で出会ったホームレスと共に爆弾作りに従事する展開の転換をどう評価するかということ。二つ目はコロナ禍という時事を扱うために脅かされる普遍性。

「リアルな前半が、後半でファンタジーめいてくる。そこが面白いのかも知れないが、ただの逸脱のようにも感じた」(長谷川)

「コロナなどはっきりわかっていないものを扱うのは、作品の寿命を短くさせるだけではないか」(里島)

批判的な意見に関してはもっともだと思う一方、はっきりとわかっていないものと向き合う勇気は相当なものだし、たしかに寿命は短いかもしれないが、それでもあの事件のことについて考えた方がやっぱり大事だという作者の姿勢を僕は買う。

里島委員も批判的な意見を寄せる中に、

「社会から孤立していった人がいたのも事実。分断もされた。皆が憤りを感じている世の中だからこそ成立したのだと感じる」

と一定の評価もあり、ラストの救いも含めて秀逸と判断。掲載に至った。

『PLAN 75』
満75歳から生死の選択権を与える制度『PLAN 75』が国会で可決・施行された日本を舞台に、この制度に翻弄される後期高齢者の現実を描く。
これも評価が大きく別れた。現実に今75歳である荒井委員。不愉快だと笑ったあとで、
「老人を年齢だけで考えて思考が浅い。登場人物たちが70数年、戦後をどのように見てきたのか、人生について何も触れていない。安楽死の問題にも届いていない。このシステムで何をやろうとしたんだろう」(荒井)
「なぜPLAN 75という制度が始まったのかという始まりの部分も描かれていない。これではどう考えて観ていけばいいのかわからない」(松下)
「世の中に一石を投じようとすごく真面目に作っているとは思う。が、その投げかけ方の底が存外浅いのではないか」(長谷川)
この批判に頷きながらも、しかし作り手は敢えてこの乱暴な制度を意識的に使ったのだと僕は思う。僕はこの作品を星新一的な発想に基づく実験映画だと捉えた。同じ意見はいながき委員からも出た。

「現代の楢山節考をやろうとした実験精神。今まさに社会問題化している高齢化の問題をどう観客に提示して見せるかそのための道具としての制度。実験して作ってみせた感じがする」（いながき）

おそらく高齢化社会がテーマになる作品はこれからたくさん出現するだろう。本作はその先駆けとなるに違いないし、象徴的な意味で残る作品になり得ると判断した。

『ケイコ　目を澄ませて』

生まれつきの聴覚障害で両耳の聴こえないボクサー・ケイコと、老い先短いジムのオーナーたちとの日常を描く。

「特別なことはしていないにもかかわらず、情感が伝わってずっと引き込まれる」（松下）

「脚本の中で音をよく視覚化している。音声を画で見せる方法としてすごく価値のある脚本」（今井）

無駄な開発でどんどん失われてゆく風景や町並み、そしてボクシングジム。その中で黙々とトレーニングに励むケイコと老トレーナーの姿は神々しくもあり、読み進めていけば行くほど、主人公であるケイコからどんどん目が離せなくなる。委員のほとんども高評価で、掲載可となった。

一点だけ。里島委員や他の委員も指摘していた所々のセリフ。スラッシュ（／）で区切られ、伝えたい内容の情報だけを与えた箇条書きのような部分をどう評価するのか。インタビューを受ける被写体の部分だけに用いられているにせよ、俳優任せのセリフとして認められないということは主張しておく。

『死刑にいたる病』

鬱屈した大学生活を送る主人公の青年の元に一通の手紙が届く。それはかつて行きつけにしていたパン屋の主人。彼は24件の殺人容疑で逮捕されていた。

「自分が犯した23件の殺人罪は認める。しかし最後の一件だけは自分の犯行じゃない。お願いだから本当の犯人を見つけ出してほしい」

手紙でそう頼まれた主人公は独自に調査を始めるが……。

「殺人犯の男と真犯人を捕まえようとする青年。『羊たちの沈黙』のレクターがクラリスをリモートコントロールするような面白さにまでは至っていない。しかし高田さんの構成力は頭一つ抜きん出ていて、最後までぐいぐい読ませる面白さ」（長谷川）

「商業的な映画脚本としてよくできている」（いながき）

「宇都宮で23件もの連続殺人が起きる、そのリアリティに大いに疑問」（荒井）
「何を残したい作品なんだろう」（今井）
などと意見も別れたが、否定的な意見の多くはそもそも原作設定に由来するもの。脚色の肉付けや省略の巧みさはそれを補ってあまりあるものだ。構成、形式、運びの上手さは掲載に値すると判断した。

『マイスモールランド』
幼い頃から日本で育ったクルド人女子高生、サーリャを中心に、日本で生きるクルド人コミュニティの悲喜こもごもを描く。
「クルドの風習や料理など、伝えたいことを丁寧に伝えている。父親の難民申請不認可を機に状況は一変しながらも、聡太とのやりとりに心が和む。父の選択は悲しいが、愛に守られつつ懸命に歩む主人公たちの姿にたくましさを感じる」（里島）
「実際にコミュニティの中に入って拾ったものがたくさんあったんだろうと感じた。丁寧な取材が脚本に活かされている」（長谷川）
と、こちらも概ね好意的な意見が並んだ。
マイノリティな弱者を描く映画には、状況を描くだけで精一杯な作品が多く見受けられるが、この作品は作り手がしっかりと答えを提示している。僕としてはその覚悟に好感が持てた。

『冬薔薇《ふゆそうび》』
小さな港街を舞台に、その日暮らしの生活を送る不良の男とその家族の葛藤を描く。
「書き味が硬質で多少読み進めるのに時間がかかったが、読み終わるといいものを読んだと思える」（いながき）
「もちろん水準以上の脚本だが、ラストの唐突な途切れ感には疑問を感じた」（長谷川）
とやや意見は分かれる。
個人的には主人公よりもその父のキャラクター及び描写が本当によく描けていると思った。それは作り手（監督）の視点に近いからか。セリフ、構成も手堅く破綻なく読ませる。背筋の伸びる脚本だった。

『神は見返りを求める』
イベント会社に勤める中年男が、ユーチューバーで成り上がろうとする若い女を手助けする。二人はいいパートナーとなりかけるが、ボタンを掛け違うように感情がすれ違い、ついには仲違い。男女の本音と建前、嫉妬と憧れを皮肉たっぷりに描く。
「吉田監督らしい、嫌な話を巧みに運んでいる上手さ。映画でもドラマでも悪者扱いされることの多いユーチューバーを、作り手が高みからバカにするようなことをせず、寄り添ってしっかり捉えているところに好感を持った。今の映画という意味で評価できるのではないか」（長谷川）
「登場人物が皆嫌なやつで気分が落ちた。そういった意味では成功しているのかもしれない……」（里島）
ストーリーテリングのうまさはもちろん、ユーチューバーというアイコンを上手く消化して、その嫌な部分すらも魅力的に見せる腕前は相当に手堅い。

『こちらあみ子』
風変わりで周りから浮いている存在の少女あみ子。自分に素直で純粋な性格は、彼女を取り巻く家族や友人関係に大きな波をもたらし、台風の目のように周囲の世界を一変させてゆく。
「あみ子が強烈すぎて芝居と脚本が見えない」（松下）
主人公あみ子を演じる大沢一菜の圧倒的な存在感が光る作品の中で脚本をどう評価するか。
「両親や大人をもう少しきちんと描くべきではなかったか。父と母が娘のことをどう思い、どう話していたのか。そのへんを裏で処理せず、表に出したほうがよかったのでは」（荒井）
一方でこんな意見も。
「本編と原作、そして脚本を並べてみると、圧倒的に映画の力が強い。原作をそのままトレースしたような印象の脚本だが、本編から振り返ると、お芝居としてかなり自然に機能している」（長谷川）
原作の文体、セリフを尊重したことはむしろ好判断だったとの見方。
個人的には形式としても、内容を見ても一定の水準を超えた出来栄えの脚本だと思う。あみ子というキャラクターを抜きにしても、彼女を取り巻く少年少女たちの瑞々しさ、困惑する大人たちの言動などは読んでいて飽きさせない。
「あみ子のおかしな言動が病理であるとわかっていても、破天荒で伸び伸びと生きる様には魅了された。扱いにくい題材を形に出来たのは、誤魔化しのない人間像ゆえだろう」（里島）

『さかなのこ』
小さな頃から魚が大好きなミー坊が家族や友人と多く

の経験を積みながら一人前の大人になってゆく成長譚。原作はさかなくんの自伝的エッセイ。

　さかなくんがモデルであろう主人公のミー坊を女優ののんが演じたところが肝。そのイメージを取っ払ってひとつの脚本作品として読んだ場合にどう評価するのか。

「多すぎる偶然と良い人すぎる主人公たち。キャストありきになっているのでは」（里島）

　里島委員の言うように、この作品には基本〝良い人〟しか出てこない。物語としては欠点になり得る選択だが、

「今作ではむしろそれが活きている。今どきこんな設定はありえないと思われるが、しかし、なぜこんなにも読んでいてホッとするのか」（松下）

　つまりは現代の童話なのだろう。その虚構性を補完するためにあるセリフ。簡単なようで味があり、書けそうでなかなか書けない筆致。これは唯一無二。

「不思議な感じというのが一番で、読むとまず面白い。が、後に何も残らないというか、結局何がやりたかったのか、考えながら読み返したりする。すると本当に何もない。さかなクンという面白い人がいました、というそれだけ。でも、それはそれでいいんじゃないかと思わせる不思議さ」（長谷川）

　それはつまり、〝人は好きなものを好きと思いながら生きることが一番だ〟という、簡単なようで実は難しい生き方を自然に実践するミー坊にうらやましさを感じているのだ。

　曰く言い難い魅力に気圧されてしまった。

『ハケンアニメ！』

　新人アニメ監督と天才アニメ監督が業界の覇権をかけてアニメ作品で争う。辻村深月の小説原作。

　これも意見がやや別れた。

「回想の使い方が作り手のご都合で冷めてしまう。王道で盛り上げてゆく道筋なんだけど、これでは『シン仮面ライダー』のメイキングドキュメンタリーの切実さに負けていると思う」（いながき）

「新人監督と天才監督の作るアニメ作品は果たしてどういうものなのか。本編ではわかるのかもしれないが脚本上で見えない。だからその作品を観る劇中の観客たちが何に反応し、何に面白がり、何を評価しているのかも見えない。最後、アニメ作品中の主人公を殺すのか殺さないのか、その選択しかこっちにはわからない。脚本だからといってその部分をほったらかしてもいいものか」（荒井）

　一方、評価する意見の多くは、その構成や物語として

の完成度の高さに集まる。
「原作は章立てになっていて、三人の主要人物がそれぞれ独立して描かれている。その三つのキャラクターとエピソードを上手く混合、配分して二時間にまとめてみせたバランス感覚は秀逸」（長谷川）
「構成を組み替えて上手くキャラクターを立たせている。情報の整理が上手い」（今井）
アニメ制作現場をスポ根モノとして描くことに成功している。構成も上手く、泣かせるところはきちんと泣かせる。エンターテイメント作品として、今回の選考作品の中で頭ひとつ抜きん出ていたと思う。

『ある男』
事故で死んだ夫が、実は名前を偽っていた。夫は一体誰なのか。死んだ男の妻に真相究明を依頼された弁護士を中心に、物語はミステリーの様相からアイデンティティの揺らぎに帰結してゆく。
委員長である僕、向井康介の作品であることから、私的な発言は控える。委員長という立場もあり、選考の俎上に上げることもためらったが、他の委員の方の後押しもあり、選考作品として残った。以下、委員の意見。
「映画は名前を捨てた男たちの話になっていく。だが、老舗旅館の次男は何故名前を捨てたのかは語られない。ラストで在日朝鮮人の弁護士が嘘の名前を名乗るところに違和感を感じた。殺人犯の子供と在日は違う。彼の祖父母たちは創始改名で名前を奪われて、戦後の在日は戸籍名ではなく通名を使うことの方が多いし、ましてこの弁護士は帰化したという。その理由は映画では語られない。が、朝鮮人、在日朝鮮人は名前を奪われ、捨てさせられたと言えないだろうか。だとしたら、ここは捨てた、捨てさせられた名前を名乗る方がいいのでは」（荒井）
「複数の物語として読める脚本。視点が移り変わり、主人公である弁護士は20分経ってようやく出てきたりするんだけど、そのことに無理がない。弁護士の物語としても、夫に死なれた妻の物語としても、そして名前を偽っていた男の物語としてもちゃんと読めるようになっている」（長谷川）
「櫛の歯スタイルの展開は判りやすく、ルービックキューブをしているような感覚で読み進んだ。名前を変えざるを得ない者の苦しみがひしひし、じわじわ伝わり、重さがのしかかった。また弁護士の城戸が主役でありストーリーテラーであり、ある男でもあるという構成の魅力」（里島）
委員長以外の委員の総意で、掲載可となる。

今年の選考会も大きな衝突や意見の食い違いもなく、極めて順当に作品が選ばれたと思います。コロナ禍も明け、日本もようやく以前の活気を取り戻してきました。今年もすでに様々な話題作が公開されています。来年はどの脚本が選考作品に上るのか、同業者として楽しみ、また恐れながら一年を過ごしたいと思います。

二〇二二年　日本映画封切作品一覧

（　）内は、配給会社

〈1月〉

『弟とアンドロイドと僕』（キノシネマ）脚本・監督：阪本順治　出演：豊川悦司　安藤政信

『魔神英雄伝ワタル　七魂の龍神丸　再会』※アニメ（サンライズ）脚本：永井真吾　原作：矢立肇　監督：神志那弘志

『truth 姦しき弔いの果て』（ラビットハウス）脚本：三浦有為子　原案・監督：堤幸彦　出演：広山詞葉　福宮あやの

『映画　文豪ストレイドッグスBEAST』（KADOKAWA）脚本：朝霧カフカ　原作：角川ビーンズ文庫「文豪ストレイドッグス　BEAST」　監督：坂本浩一　出演：橋本祥平　鳥越裕貴

『決戦は日曜日』（クロックワークス）脚本・監督：坂下雄一郎　出演・窪田正孝　宮沢りえ

『春原さんのうた』（イハフィルムズ）脚本・監督：杉田協士　原作：東直子　出演：荒木知佳　新部聖子

『ある夜、彼女は明け方を想う』（Amazon Prime Video）脚本：小寺和久　原作：カツセマサヒコ　監督：松本花奈　出演：黒島結菜　若葉竜也

『ひとつぼっち』（DARKHORSE）脚本・原案：波流じゅん　監督：副島新五　出演：広山詞葉　美村多栄

『文禄三年三月八日』（カエルカフェ）脚本：落合雪江　監督：秋原北胤　出演：松平健　瀬野和紀

『ポプラン』（エイベックス・ピクチャーズ）脚本・監督：上田慎一郎　出演：皆川暢二　アベラヒデノブ

『静謐と夕暮』脚本・監督：梅村和史　出演：山本真莉　延岡圭悟

『コンフィデンスマンJP 英雄編』（東宝）脚本・古沢良太　監督：田中亮　出演：長澤まさみ　東出昌大

『フタリノセカイ』（アークエンタテインメント）脚本・監督：飯塚花笑　出演：片山友希　坂東龍汰

『サイキッカーZ』（イナズマ社）脚本・監督：木場明義　出演：中山雄介　吉見茉莉奈

『なん・なんだ』（太秦）脚本：中野太　監督：山嵜晋平　出演：下元史朗　烏丸せつこ

『桃源郷的娘』（アルミード）脚本・監督：太田愛　出演：小宮孝泰　川越ゆい

『ホラーちゃんねる　事故物件』（モバコン）脚本：郡弥生　監督：大橋孝史　望月元気　出演：大西桃香　KAZUYA

『さがす』（アスミック・エース）脚本：片山慎三　小寺和久　高田亮　監督：片山慎三　出演：佐藤二朗　伊東蒼

『真夜中乙女戦争』（KADOKAWA）脚本・監督：二宮健　原作：F　出演：永瀬廉　池田エライザ

『三度目の、正直』（ブライトホース・フィルム）脚本：野原位　川村りら　監督：野原位　出演：川村りら　小林勝行

『おじドル、ヤクザ』（トリプルアップ）脚本・監督：大川裕明　出演：大川裕明　彦坂啓介

『殺すな』（時代劇専門チャンネル）脚本・中

村努　原作：藤沢周平　監督：井上昭　出演：中村梅雀　柄本佑

『**ホラーちゃんねる　樹海**』（モバコン）脚本・監督：大橋孝史　出演：田中美久　HARUKA

『**前科者**』（日活、WOWOW）脚本・監督：岸善幸　原作：香川まさひと　月島冬二　出演：有村架純　磯村勇斗

地球外少年少女　前編『**地球外からの使者**』※アニメ（アスミック・エース、エイベックス・ピクチャーズ）脚本・原作・監督：磯光雄

『**仮面ライダーセイバー　深罪の三重奏《トリオ》**』（東映ビデオ）脚本：福田卓郎　原作：石ノ森章太郎　監督：上堀内佳寿也　出演：内藤秀一郎　山口貴也

『**きみは愛せ**』（映画の会）脚本・監督：葉名恒星　出演：細川岳　海上学彦

『**ノイズ**』（ワーナー・ブラザース映画）脚本：片岡翔　原作：筒井哲也　監督：廣木隆一　出演：藤原竜也　松山ケンイチ

『**Pure Japanese**』（アミューズ）脚本：小林達夫　監督：松永大司　出演：ディーン・フジオカ　蒔田彩珠

『**修羅の世界**』（ライツキューブ、Staff Like That）脚本：松平章全　監督：藤原健一　出演：的場浩司　榊原徹士

『**誰かの花**』（ガチンコ・フィルム）脚本・監督：奥田裕介　出演：カトウシンスケ　吉行和子

『**麻希のいる世界**』（シマフィルム）脚本・監督：塩田明彦　出演：新谷ゆづみ　日高麻鈴

〈2月〉

『**宇宙戦艦ヤマト2205新たなる旅立ち　後章STASHA**』※アニメ（松竹ODS事業室）シリーズ構成：福井晴敏　原作：西崎義展　監督：安田賢司

『**大怪獣のあとしまつ**』（松竹、東映）脚本・監督：三木聡　出演：山田涼介　土屋太鳳

『**鹿の王　ユナと約束の旅**』※アニメ（東宝）脚本：岸本卓　原作：上橋菜穂子　監督：安藤雅司　宮地昌幸

『**夕方のおともだち**』（彩プロ）脚本：黒沢久子　原作：山本直樹　監督：廣木隆一　出演：村上淳　菜葉菜

『**ミラクルシティコザ**』（ラビットハウス）脚本・監督：平一紘　出演：桐谷健太　大城優紀

『**鈴木さん**』（Incline）脚本・監督：佐々木想　出演：いとうあさこ　佃典彦

『**再会の奈良**』※中国／日本（ミモザフィルムズ）脚本・監督：ポンフェイ　出演：國村隼　ウー・イェンシュー

劇場版『**TIGER&BUNNY The Rising**』※アニメ（ユナイテッド・シネマ）脚本：西田征史　原作：サンライズ　監督：米たにヨシトモ

地球外少年少女　後編『**はじまりの物語**』※アニメ（アスミック・エース、エイベックス・ピクチャーズ）脚本・原作・監督：磯光雄

『**嘘喰い**』（ワーナー・ブラザース映画）脚本：江良至　大石哲也　原作：迫稔雄　監督：中田秀夫　出演：横浜流星　佐野勇斗

『**HOMESTAY**（ホームステイ）』（Amazon Prime Video）脚本：菅野友恵　大浦光太　原作：森絵都　監督：瀬田なつき　出演：長尾謙杜　山田杏奈

『**北風アウトサイダー**』（渋谷プロダクション）脚本・監督：崔哲浩　出演：崔哲浩　櫂作真帆

『**高津川**』（ギグリーボックス）脚本・原作・監督：錦織良成　出演：甲本雅裕　戸田菜穂

『**ちょっと思い出しただけ**』（東京テアトル）脚本・監督：松居大悟　出演：池松壮亮　伊藤沙莉

『**西成ゴローの四億円**』（吉本興業、チームオ

クヤマ、シネメディア）脚本・監督：上西雄大　出演：上西雄大　山崎真実

『われ弱ければ　矢嶋楫子伝』（現代ぷろだくしょん）脚本：坂田俊子　山田火砂子　来咲一洋　原作：三浦綾子　監督：山田火砂子　出演：常盤貴子　石黒賢

『牛首村』（東映）脚本：保坂大輔　清水崇　監督：清水崇　出演：koki,　萩原利久

『フルーツバスケット prelude』※アニメ（エイベックス・ピクチャーズ）脚本：岸本卓　原作：高屋奈月　監督：井端義秀

『ホテルアイリス』※日本／台湾（リアリーライクフィルムズ、長谷工作室）脚本・監督：奥原浩志　原作：小川洋子　出演：永瀬正敏　陸夏

『愛国女子　紅武士道』（日活）脚本：大川咲也加　原作：大川隆法　監督：赤羽博　出演：千眼美子　田中宏明

『グッバイ、ドン、グリーズ』※アニメ（KADOKAWA）脚本・監督：いしづかあつこ

『私、アイドル辞めます』（「sommelierTV.エスピーエスエス）脚本・監督：川井田育美　原作：はなさく　出演：実玖　工藤菫

『君が落とした青空』（ハピネットファントム・スタジオ）脚本：鹿目けい子　原作：櫻いいよ　監督：Yuki Saito　出演：福本莉子　松田元太

『真・事故物件　本当に怖い住民たち』（TOCANA）脚本・監督：佐々木勝己　原案：角由紀子　出演：海老野心　小野健斗

『犬ころたちの唄』（Donuts Films）脚本：梶田真悟　監督：前田多美　出演：ミカカjacky

『西成ゴローの四億円　死闘篇』（吉本興業、チームオクヤマ、シネメディア）脚本・監督：上西雄大　出演：上西雄大　津田寛治

『リング・ワンダリング』（ムービー・アクト・プロジェクト）脚本：金子雅和　吉村元気　監督：金子雅和　出演：笠松将　阿部純子

『愛なのに』（SPOTTED PRODUCTIONS）脚本：今泉力哉　城定秀夫　監督：城定秀夫　出演：瀬戸康史　さとうほなみ

『Ribbon』（イオンエンターテイメント）脚本・監督：のん　出演：のん　山下リオ

『劇場版　DEEMO　サクラノオト　あなたの奏でた音が、今も響く』※アニメ（ポニーキャニオン）脚本：藤咲淳一　藤沢文翁　原作：Rayark inc『DEEMO』　監督：松下周平　総監督：藤咲淳一

『コネクション』（MARCOT）脚本：井川楊枝　春井環二　監督：井川楊枝　出演：杉枝真結　上田堪大

『その消失、』（AMGエンタテインメント）脚本・原作・監督：狩野比呂　出演：札内幸太　平祐奈

『この日々が凪いだら』（Filmssimo）脚本・監督：常間地裕　サトウヒロキ　瀬戸かほ

『灰色の壁　大宮ノトーリアス』（アルバトロス・フィルム）脚本：朝比奈徹　安祖兄小屋次　監督：安藤光造　出演：奥野壮　紺野彩夏

〈3月〉

『永遠の1分。』（イオンエンターテインメント）脚本：上田慎一郎　監督：曽根剛　出演：マイケル・キダ　Awich

『あしやのきゅうしょく』（アークエンタテインメント）脚本：白羽弥仁　岡本博文　監督：白羽弥仁　出演：松田るか　石田卓也

『余命10年』（ワーナー・ブラザース映画）脚本：岡田惠和　渡邉真子　原作：小坂流加　監督：藤井道人　出演：小松菜奈　坂口健太郎

『ブルーサーマル』※アニメ（東映）脚本：橘正紀　高橋ナツコ　原作：小沢かな　監督：橘正紀

MANKAI MOVIE『A3!』AUTUMN&WINTER ※アニメ（ギャガ）脚本・監督：倉田健次　原作：MANKAI STAGE「A3!」

『銀河英雄伝説 Die Neue These 激突 第一章』※アニメ（松竹メディア事業部）シリーズ構成：高木登　原作：田中芳樹　監督：多田俊介

『あんさんぶるスターズ!! Road to Show!!』※アニメ（バンダイナムコアーツ）脚本：木野誠太郎　原作：Happy Elements　監督：菱田正和

『映画ドラえもん　のび太の宇宙小戦争（リトルスターウォーズ）２０２１』※アニメ（東宝）脚本：佐藤大　原作：藤子・F・不二雄　監督：山口晋

『親密な他人』（シグロ）脚本・監督：中村真夕　出演：黒沢あすか　神尾楓珠

『CODE-D 魔女たちの消えた家』脚本：水津亜子　監督：古本恭一　出演：水津亜子　新宮明日香

『ある職場』（タイムフライズ）脚本・監督：船橋淳　出演：平井早紀　伊藤恵

『ムーンライト・ダイナー』(TEAM KAMUI) 脚本・監督：神威杏次　出演：菅井玲　中川ミコ

『私だってするんです１』（カッシー）脚本：中村公彦　原作：小谷真倫　監督：荒木憲司　出演：加藤智子　西川俊介

『映画しまじろう　しまじろうと　キラキラおうこくの　おうじさま』※アニメ（東宝映像事業部）脚本：三浦浩児　監督：河村貴光

『#アリスの裁き』脚本：原澤直人　監督：つっちー　出演：古谷佳乃　長岐詩織

『私だってするんです２』（カッシー）脚本：中村公彦　原作：小谷真倫　監督：荒木憲司　出演：加藤智子　西川俊介

『仮面ライダーオーズ10ｔｈ復活のコアメダル』（東映ビデオ）脚本：毛利信弘　原作：石ノ森章太郎　監督：田崎竜太　出演：渡部秀　三浦涼介

『ウェディング・ハイ』（松竹）脚本：バカリズム　監督：大九明子　出演：篠原涼子　中村倫也

『猫は逃げた』(SPOTTED PRODUCTIONS) 脚本：城定秀夫　今泉力哉　監督：今泉力哉　出演：山本奈衣瑠　毎熊克哉

『ペルセポネーの泪』（源田企画）脚本：細川博司　永井和男　磯部鉄平　原作：源田泰章　監督：磯部鉄平　源田泰章　出演：渡部秀　剛力彩芽

『ウルトラマントリガー　エピソードＺ』（バンダイナムコアーツ、円谷プロダクション）脚本：根元歳三　監督：武居正能　出演：寺坂頼我　豊田ルナ

『あしたのわたしへ　私の卒業　第３期』（マイシアターD.D.）脚本：松本美弥子　高石明彦　監督：高石明彦　北川瞳　出演：永井彩加　織部典成

『KAPPE-カッペイ』（東宝）脚本：徳永友一　原作：若杉公徳　監督：平野隆　出演：伊藤英明　上白石萌歌

『永遠の８３１』※アニメ（WOWOW）脚本・監督：神山健治

『階段の先には踊り場がある』（レプロエンタテインメント）脚本・監督：木村聡志　出演：植田雅　平井亜門

『ちくび神！』脚本・監督：米澤成美　出演：阿紋太郎　米澤成美

『たまらん坂』（イハフィルムズ）脚本：土屋忍　小谷忠典　原作：黒井千次　監督：小谷忠典　出演：渡邊雛子　古舘寛治

『虹が落ちる前に』(BABY OWL) 脚本・監督：Koji Uehara　出演：守山龍之介　畦田ひとみ

『yes,yes,yes』（リアリーライクフィルムズ、アルミード）脚本・監督：矢野瑛彦　出演：上杉一馬　瓜生和成

『吟ずる者たち』（ヴァンブック）脚本：油谷誠至　仁瀬由深　安井国穂　監督：油谷誠至　出演：比嘉愛未　戸田菜穂

『ツーアウトフルベース』（東映ビデオ）脚本：内田英治　監督：藤澤浩和　出演：阿部顕嵐　板垣瑞生

『人生の着替えかた』（アークエンタテインメント）脚本：蛭田直美　岡部哲也　監督：後藤庸介　岡部哲也　篠原哲雄　出演：秋沢健太朗　中村優一

『Phantom Pain』（BEAT PARADOX）脚本：原田光規　柿原利幸　監督：柿原利幸　出演：守谷菜々江　眞嶋優

『映画　おそ松さん』（東宝）脚本：土屋亮一　原作：赤塚不二夫　監督：英勉　出演：向井康二　岩本照

『HARD BLUE 蒼穹』（公野研究室）脚本：古川大志　監督：公野勉　出演：野川雄大　YAMATO

〈4月〉

『世の中にたえて桜のなかりせば』（東映ビデオ）脚本：敦賀零　三宅伸行　原案：鈴木均　監督：三宅伸行　出演：岩本蓮加　土居志央梨

『女子高生に殺されたい』（日活）脚本・監督：城定秀夫　原作：古屋兎丸　出演：田中圭　南沙良

『カルマカルト』（ラミアクリエイト）脚本・監督：松本了　出演：五十嵐啓輔　堀越せな

『銀河英雄伝説Die Neue These 激突　第二章』※アニメ（松竹メディア事業部）シリーズ構成：高木登　原作：田中芳樹　監督：多田俊介

『pinto』（リアリーライクフィルムズ、アルミード）脚本・監督：矢野瑛彦　小野寺ずる　大橋一輝

『やがて海へと届く』（ビターズ・エンド）脚本：中川龍太郎　梅原英司　原作：彩瀬まる　監督：中川龍太郎　出演：岸井ゆきの　浜辺美波

『マイライフ、ママライフ』（ムービー・アクト・プロジェクト）脚本：亀山陸実　脚本監修：狗飼恭子　監督：亀山陸実　出演：鉢嶺杏奈　尾花貴絵

『猿ノ王国』（pop）脚本・監督：藤井秀剛　出演：坂井貴子　越智貴広

『旧グッゲンハイム邸裏長屋』（アインワーカー）脚本・監督：前田実香　出演：清造理英子　門田敏子

『とんび』（KADOKAWA）脚本：港岳彦　原作：重松清　監督：瀬々敬久　出演：阿部寛　北村匠海

『クレマチスの窓辺』（アルミード）脚本：永岡俊幸　木島悠翔　監督：永岡俊幸　出演：瀬戸かほ　里内伽奈

『THE 3名様　リモートだけじゃ無理じゃね？』（アットムービー）脚本・原作：石原まこちん　監督：森谷雄　出演：佐藤龍太　岡田義徳　塚本孝史

『今はちょっと、ついてないだけ』（ギャガ）脚本・監督：柴山健次　原作：伊吹有喜　出演：玉山鉄二　深川麻衣

『チェリまほTHE MOVIE 30歳まで童貞だと魔法使いになれるらしい』（アスミック・エース）脚本：坂口理子　原作：豊田悠　監督：風間太樹　出演：赤楚衛二　町田啓太

『眠り姫』（charm point）脚本・監督：七里圭　原作：山本直樹　出演：つぐみ　西島秀俊

『味噌カレー牛乳ラーメンってめぇ～の？』（シネブリッジ）脚本：静森夕　原作：石黒志玖夢　監督：片山拓　出演：仲本愛美　重川茉弥

『ニワトリ☆フェニックス』（イオンエンターテイメント）脚本・監督：かなた狼　出演：井浦新　成田凌

『名探偵コナン　ハロウィンの花嫁』※アニメ（東宝）脚本：大倉崇裕　原作：青山剛昌　監督：満仲勧

『遠吠え』脚本・監督：シェーク・M・ハリス　出演：橋本一郎　高橋ユキノ

『映画クレヨンしんちゃん　もののけニンジャ珍風伝』※アニメ（東宝）脚本：うえのきみこ　橋本昌和　原作：臼井儀人　監督：橋本昌和

『山歌』（マジックアワー）脚本・監督：笹谷遼平　出演：杉田雷麟　小向なる

『劇場版Free! the Final Stroke 後編』※アニメ（松竹）脚本：河浪栄作　脚本協力：横谷昌宏　原案：おおじこうじ　監督：河浪栄作

『3つのとりこ』（六本企画）脚本・監督：小川貴之　出演：黒沢あすか　山口まゆ

『劇場版ラジエーションハウス』（東宝）脚本：大北はるか　原作：横幕智弘　モリタイシ　監督：鈴木雅之　出演：窪田正孝　本田翼

『ツユクサ』（東京テアトル）脚本：安倍照雄　監督：平山秀幸　出演：小林聡美　平岩紙

『劇場版 RE:cycle of the PENGUINDRUM 前編　君の列車は生存戦略』※アニメ（ムービック）脚本：幾原邦彦　伊神貴世　原作：イクニチャウダー　監督：幾原邦彦

『N号棟』（S・D・P）脚本・監督：後藤庸介　出演：萩原みのり　山谷花純

『ホリック xxxHOLiC』（アスミック・エース）脚本：吉田恵里香　原作：CLAMP　監督：蜷川実花　出演：神木龍之介　柴咲コウ

『機界戦隊ゼンカイジャーVSキラメイジャーVSセンパイジャー』（東映ビデオ）脚本：香村純子　原作：八手三郎　監督：山口恭平　出演：駒木根葵汰　小宮璃央

『わが青春つきるとも　伊藤千代子の生涯』（ゴーゴービジュアル企画）脚本：宮負秀夫　桂壮三郎　原案：藤田廣登　監督：桂壮三郎　出演：井上百合子　窪塚俊介

〈5月〉

『ファーストミッション』脚本・総監督：HAYATE　出演：小玉百夏　HAYATE

『死刑にいたる病』（クロックワークス）脚本：高田亮　原作：櫛木理宇　監督：白石和彌　出演：阿部サダヲ　岡田健史

『マイスモールランド』（バンダイナムコアーツ）脚本・監督：川和田恵真　出演：嵐莉菜　奥平大兼

『IDOL NEVER DiES』（ギュウ農シネマ）脚本・監督：井口昇　出演：桃果　楓フウカ

『パティシエさんとお嬢さん』（トリプルアップ）脚本：蒲田子桃　古厩智之　原作：銀泥　監督：古厩智之　出演：崎山つばさ　岡本夏美

『神様のいるところ』脚本・監督：鈴木冴　出演：荒川ひなた　瀬戸かほ

『ばちらぬん』（ムーリンプロダクション）脚本・監督：東盛あいか　出演：東盛あいか　石田健太

『まっぱだか』（元町映画館）脚本・監督：安楽涼　片山享　出演：柳谷一成　津田晴香

『夜を走る』（マーメイドフィルム、コピアポア・フィルム）脚本・監督：佐向大　出演：足立智充　玉置玲央

『バブル』※アニメ（ワーナー・ブラザース映画）脚本：虚淵玄　大樹連司　佐藤直子　監督：荒木哲郎

『劇場版　おいしい給食　卒業』（AMGエンタテインメント）脚本：永森裕二　監督：綾部真弥　出演：市原隼人　上村芳

『流浪の月』（ギャガ）脚本・監督：李相日　原作：凪良ゆう　出演：広瀬すず　松坂桃李

『銀河英雄伝説 Die Neue These 激突　第三章』※アニメ（松竹メディア事業部）シリーズ構成：高木登　原作：田中芳樹　監督：多

田俊介

『**シン・ウルトラマン**』（東宝）脚本：庵野秀明　監督：樋口真嗣　出演：斎藤工　長澤まさみ

『**生きててよかった**』（ハピネットファントム・スタジオ）脚本・監督：鈴木太一　出演：木幡竜　鎌滝恵利

『**距てて**』脚本：豊島晴香　監督：加藤紗希　出演：加藤紗希　豊島晴香

『**さよなら　グッド・バイ**』（トキメディアワークス）脚本：佐東みどり　原案：太宰治　監督：谷健二　出演：玉城裕規　金澤美穂

『**大河への道**』（松竹）脚本：森下佳子　原作：立川志の輔　監督：中西健二　出演：中井貴一　松山ケンイチ

特『刀剣乱舞　花丸』雪ノ巻　※アニメ（東宝映像事業部）脚本：猫田幸　原案：「刀剣乱舞ONLINE」より（DMMGAMES/NITROPLUS）監督：直谷たかし

『**タヌキ社長**』（TOCANA）脚本・監督：河崎実　出演：町あかり　関智一

『**映画　五等分の花嫁**』※アニメ（ポニーキャニオン）脚本：大知慶一郎　原作：春場ねぎ　監督：神保昌登

『**ハケンアニメ！**』（東映）脚本：政池洋佑　原作：辻村深月　監督：吉野耕平　出演：吉岡里帆　中村倫也

『**鋼の錬金術師　完結編　復讐者スカー**』（ワーナー・ブラザース映画）脚本：曽利文彦　宮本武史　原作：荒川弘　監督：曽利文彦　出演：山田涼介　本田翼

『**辻占恋慕**』（SPOTTED PRODUCTIONS）脚本・原作・監督：大野大輔　出演：早織　大野大輔

『**終わりが始まり**』（トキメディアワークス）脚本・監督：中前勇児　出演：根本正勝　峯岸みなみ

『**恋い焦れ歌え**』（「恋い焦れ歌え」製作委員会）脚本・原作・監督：熊坂出　出演：稲葉友　遠藤健慎

『**HE-LOW THE FINAL ヒーロゥ ザ・ファイナル**』（エレファントハウス）脚本：田口恵　監督：高野八誠　出演：吉岡毅志　須賀貴匡

『**20歳のソウル**』（日活）脚本・原作：中井由梨子　監督：秋山純　出演：神尾楓珠　尾野真千子

『**犬王**』※アニメ（アニプレックス、アスミック・エース）脚本：野木亜紀子　原作：古川日出男　監督：湯浅政明

〈6月〉

『**鋼色の空の彼方へ**』（スターキャット）脚本：成子貴也　原案：伊藤政則　監督：山田貴教　出演：秋田卓郎　岡陽介

『**頭痛が痛い**』（アルミード）脚本・監督：守田悠人　出演：阿部百衣子　せとらえと

『**極主夫道　ザ・シネマ**』（ソニー・ピクチャーズエンタテインメント）脚本：宇田学　原作：おおのこうすけ　監督：瑠東東一郎　出演：玉木宏　川口春奈

『**太陽とボレロ**』（東映）脚本・監督：水谷豊　出演：壇れい　石丸幹二

『**きさらぎ駅**』（イオンエンターテイメント）脚本：宮本武史　監督：永江二朗　出演：恒松祐里　本田望結

『**とんがり頭のごん太2つの名前を生きた福島被災犬の物語**』※アニメ（ワオ・コーポレーション）脚本・監督：西澤昭男　原案：仲本剛

『**機動戦士ガンダム　ククルス・ドアンの島**』※アニメ（松竹ODS事業室）脚本：根元歳三　原作：矢立肇　富野由悠季　監督：安彦良和

『**冬薔薇**（ふゆそうび）』（キノフィルムズ）脚本・監督：阪本順治　出演：伊藤健太郎　小林薫

『**ある惑星の散文**』（夢何生）脚本：深田隆之　島田雄史　監督：深田隆之　出演：富岡英里

子　中川ゆかり

『レッドブリッジ』（ＢＢＢ）脚本：山本甲斐　監督：山嵜晋平　出演：豊田裕大　大倉空人

『レッドブリッジ　ビギニング』（ＢＢＢ）脚本：中野太　監督：山嵜晋平　出演：豊田裕大　大倉空人

『はい、泳げません』（東京テアトル、リトルモア）脚本・監督：渡辺謙作　原作：高橋秀実　出演：長谷川博己　綾瀬はるか

『劇場版　からかい上手の高木さん』※アニメ（東宝映像事業部）脚本：福田裕子　伊丹あき　加藤還一　原作：山本崇一朗　監督：赤城博昭

『ALIVEHOON アライブフーン』（イオンエンターテイメント）脚本：作道雄　高明　監督：下山天　出演：野村周平　吉川愛

『泥棒日記』（BLUE ROSE）脚本・監督：上條大輔　出演：石塚汐花　佐々木春香

『わたし達はおとな』（ラビットハウス）脚本・監督：加藤拓也　出演：木竜麻生　藤原季節

『ドラゴンボール超（スーパー）スーパーヒーロー』※アニメ（東映）脚本・原作：鳥山明　監督：児玉徹郎

『ＰＬＡＮ 75』（ハピネットファントム・スタジオ）脚本・監督：早川千絵　脚本協力：ジェイソン・グレイ　出演：倍賞千恵子　磯村勇斗

『バスカヴィル家の犬　シャーロック劇場版』（東宝）脚本：東山狭　原案：アーサー・コナン・ドイル　監督：西谷弘　出演：ディーン・フジオカ　岩田剛典

『恋は光』（ハピネットファントム・スタジオ、ＫＡＤＯＫＡＷＡ）脚本・監督：小林啓一　原作：秋★枝　出演：神尾楓珠　西野七瀬

『君たちはまだ長いトンネルの中』（トリプルアップ）脚本・監督：なるせゆうせい　原作：消費税増税反対botちゃん　出演：加藤小夏　北川尚弥

『峠　最後のサムライ』（松竹、アスミック・エース）脚本・監督：小泉堯史　原作：司馬遼太郎　出演：役所広司　松たか子

『怪盗クイーンはサーカスがお好き』※アニメ（ポニーキャニオン）脚本：國澤真理子　原作：はやみねかおる　K2商会　監督：傳沙織

『鬼が笑う』（ラビットハウス、ALPHA Entertainment, MINO Bros.）脚本：三野和比古　監督：三野龍一　出演：半田周平　梅田誠弘

『京都カマロ探偵』（マグネタイズ）脚本：宮崎健　吉田由一　監督：吉田由一　出演：塚本高史　木村祐一

『メタモルフォーゼの縁側』（日活）脚本：岡田惠和　原作：鶴谷香央理　監督：狩山俊輔　出演：芦田愛菜　宮本信子

『映画　妖怪シェアハウス　白馬の王子様じゃないん怪』（東映）脚本：西荻弓絵　監督：豊島圭介　出演：小芝風花　松本まりか

『ここ以外のどこかへ』脚本・監督：椎名零　出演：辻本りこ　森本あお

『きみの正義ぼくの正義』（グランピクス）脚本・監督：天野裕充　出演：中村優一　市川由衣

『漆黒天　終の語り』（東映ビデオ）脚本：末満健一　監督：坂本浩一　出演：荒木宏文　小宮有紗

『それいけ！アンパンマン　ドロリンとバケ〜るカーニバル』※アニメ（東京テアトル）脚本：葛原秀治　原作：やなせたかし　監督：矢野博之

『一つ目物語』（クロスロード）脚本・監督：林家しん平　出演：柳家㐂三郎　橘家文蔵

『神は見返りを求める』（パルコ）脚本・監督：吉田恵輔　出演：ムロツヨシ　岸井ゆきの

『鋼の錬金術師　完結編　最後の錬成』（ワーナー・ブラザース映画）脚本・曽利文彦　宮本武史　監督：曽利文彦　出演：山田涼介

本田翼
『鍵』（BBB）脚本・監督：井上博貴　原案：谷崎潤一郎　出演：水澤紳吾　桝田幸希
『人でなしの恋』（BBB）脚本・監督：井上博貴　原案：江戸川乱歩　出演：兎丸愛美　細田善彦
『(instrumental)』（早稲田大学映画研究会）脚本・監督：宮坂一輝　出演：秋田ようこ　黒澤凛士
『どうしようもない僕のちっぽけな世界は、』（Nabura）脚本・監督：倉本朋幸　出演：郭智博　古田結凪

〈7月〉

『ラストサマーウォーズ』（『ラストサマーウォーズ』製作委員会）脚本：奥山雄太　監督：宮岡太郎　出演：阿久津慶人　飯尾夢奏
『ヘタな二人の恋の話』（キングレコード）脚本：いまおかしんじ　監督：佐藤周　出演：街山みほ　鈴木志遠
『映画　ゆるキャン△』※アニメ（松竹）脚本：田中仁　伊藤睦美　監督：京極義昭
『映画　バクテン』※アニメ（アニプレックス）脚本：根元歳三　原作：四ツ木えんぴつ　監督：黒柳トシマサ
『HANNORA』（Team Dylan）脚本：西島ユタカ　明石和之　監督：明石和之　出演：田中理来　幡乃美帆
『宇宙人の画家』（ブライトホース・フィルム）脚本：京阪一二三　監督：保谷聖耀　出演：渡邊邦彦　丸山由生立
『初仕事』（ムービー・アクト・プロジェクト）脚本・監督：小山駿助　出演：澤田栄一　小山駿助
『こちらあみ子』（アークエンタテインメント）脚本・監督：森井勇佑　原作：今村夏子　出演：大沢一菜　井浦新
『おそ松さん　ヒピポ族と輝く果実』※アニメ（エイベックス・ピクチャーズ）脚本：松原秀　原作：赤塚不二夫　監督：小高義規
『TELL ME hideと見た景色』（KADOKAWA）脚本：塚本連平　福田卓郎　原作：松本裕士　監督：塚本連平　出演：今井翼　塚本高史
『ビリーバーズ』（クロックワークス、SPOTTED PRODUCTIONS）脚本・監督：城定秀夫　原作：山本直樹　出演：磯村勇斗　北村優衣
『ディスコーズハイ』（アルミード）脚本・監督：岡本崇　出演：田中珠里　下京慶子
『破戒』（東映ビデオ）脚本：加藤正人　木田紀生　原作：島崎藤村　監督：前田和男　出演：間宮祥太朗　石井杏奈
『モエカレはオレンジ色』（松竹）脚本：山岡潤平　原作：玉島ノン　監督：村上正典　出演：岩本照　生見愛瑠
特『刀剣乱舞　花丸』月ノ巻　※アニメ（東宝映像事業部）脚本：猫田幸　原案：『刀剣乱舞ONLINE』より（DMMGAMES/NITRO PLUS）監督：越田知明
『掟の門』（N・I FILM）脚本・監督：伊藤徳裕　出演：岡部莉子　松谷鷹也
『幻の蛍』（イハフィルムズ）脚本：伊吹一　監督：伊林侑香　出演：野岸紅ノ葉　池田埜々耶
『続・掟の門』（N・I FILM）脚本・監督：伊藤徳裕　出演：大塚菜々穂　井神沙恵
『キングダム2遥かなる大地へ』（東宝、ソニー・ピクチャーズエンタテインメント）脚本：黒岩勉　原泰久　原作：原泰久　監督：佐藤信介　出演：山崎賢人　吉沢亮
『スウィートビターキャンディ』（MotionGallery Studio）脚本：小寺和久　中村祐太郎　監督：中村祐太郎　出演：小川あん　石田法嗣
『さよなら、バンドアパート』（MAP）脚本・監督：宮野ケイジ　原作：平井拓郎　出演：清家ゆきち　森田望智

『アイカツ! 10thSTORY 未来へのSTARWAY(2022)』※アニメ(バンダイナムコピクチャーズ) 脚本:加藤陽一 監督:木村隆一

『ほとぼりメルトサウンズ』(SPOTTED PRODUCTIONS) 脚本:永妻優一 東かほり 監督:東かほり 出演:xiangyu 鈴木慶一

『Eternal of link』(ハルエンタテイメント)脚本:仁瀬由深 監督:春田克典 出演:石崎なつみ 葉月りん

『OLD DAYS』(袴田光) 脚本・監督:末松暢茂 出演:高野春樹 末松暢茂

『劇場版 仮面ライダーリバイス バトルファミリア』(東映) 脚本:木下半太 原作:石ノ森章太郎 監督:坂本浩一 出演:前田拳太郎 木村昴

『劇場版 Gのレコンギスタ IV 激闘に叫ぶ愛』※アニメ(バンダイナムコアーツ、サンライズ) 脚本・総監督:富野由悠季 原作:矢立肇 富野由悠季

『夜明けの夫婦』(スターサンズ) 脚本・監督:山内ケンジ 出演:鄭亜美 泉拓磨

『島守の塔』(毎日新聞、キューテック) 脚本:五十嵐匠 柏田道夫 監督:五十嵐匠 出演:萩原聖人 村上淳

『ゴーストブック おばけずかん』(東宝) 脚本・監督:山崎貴 原作:斉藤洋 宮本えつよし 出演:城桧吏 柴崎楓雅

『猫と塩、または砂糖』(PFF、マジックアワー) 脚本・監督:小松孝 出演:田村健太郎 吉田凜音

『愛ちゃん物語』(Atemo) 脚本・監督:大野キャンディス真奈 出演:坂ノ上茜 黒住尚生

『今夜、世界からこの恋が消えても』(東宝) 脚本:月川翔 松本花奈 原作:一条岬 監督:三木孝浩 出演:道枝駿佑 福本莉子

『雨の方舟』脚本:松本笑佳 監督:瀬浪歌央 出演:大塚菜々穂 松寄翔平

〈8月〉

『甲州街道から愛を込めて』(ブラウニー) 脚本:中野太 監督:いまおかしんじ 出演:有里まりな 古瀬リナオ

『怪奇タクシー 風の夜道に気をつけろ!』(ギグリーボックス) 脚本:岡本英郎 原作:森野達弥 監督:夏目大一朗 出演:稲田直樹 山本高広

『ウラギリ』(エムエフピクチャーズ) 脚本・監督:中前勇児 出演:岡田結実 齋藤英里

『劇場版 ねこ物件』(AMGエンタテインメント) 脚本・監督:綾部真弥 出演:古川雄輝 細田佳央太

『コンビニエンス・ストーリー』(東映ビデオ) 脚本・監督:三木聡 出演:成田凌 前田敦子

『ONE PIECE FILM RED』※アニメ(東映) 脚本:黒岩勉 原作:尾田栄一郎 監督:谷口悟朗

『零へ』脚本・監督:伊藤高志 出演:久保瑠季 笹原侑里

『裸足で鳴らしてみせろ』(PFF、マジックアワー) 脚本・監督:工藤梨穂 出演:佐々木詩音 諏訪珠理

『ぜんぶ、ボクのせい』(ビターズ・エンド) 脚本・監督:松本優作 出演:白鳥晴都 川島鈴遥

『野球部に花束を』(日活) 脚本・飯塚健 原作:クロマツテツロウ 出演:醍醐虎汰朗 黒羽麻璃央

『TANG タング』(ワーナー・ブラザース映画) 脚本:金子ありさ 原作:デボラ・インストール 監督:三木孝浩 出演:二宮和也 満島ひかり

『カカリ 憑』(UUUM) 脚本:寺内康太郎 監督:HIROKI 出演:シルクロード

HIROKI

『彼女たちの話』脚本・監督：野本梢　出演：稲村美桜子　笠松七海

『あいたくて　あいたくて　あいたくて』（ムービー・アクト・プロジェクト）脚本・監督：いまおかしんじ　出演：丸純子　浜田学

『遠くへ、もっと遠くへ』（ムービー・アクト・プロジェクト）脚本：井土紀州　監督：いまおかしんじ　出演：新藤まなみ　吉村界人

『超伝合体ゴッドヒコザ』（エクストリーム）脚本：木川明彦　河崎実　監督：河崎実　出演：八神蓮　沙羅

『サバカン　SABAKAN』（キノフィルムズ）脚本：金沢知樹　萩森淳　監督：金沢知樹　出演：番家一路　原田琥之佑

『劇場版ツルネ　はじまりの一射』※アニメ（松竹）脚本・監督：山村卓也　原作：綾野ことこ

『バイオレンスアクション』（ソニー・ピクチャーズエンタテインメント）脚本：江良至　瑠東東一郎　原作：浅井蓮次　沢田新　監督：瑠東東一郎　出演：橋本環奈　杉野遥亮

『凪の島』（スールキートス）脚本・監督：長澤雅彦　出演：新津ちせ　島崎遥香

『ウルフハンターが行く！　アメリカ南北戦争編』（ユナイテッドエンタテインメント）脚本：長田安正　高橋陽　笹木彰人　監督：笹木彰人　出演：中島礼貴　土屋神葉

『ハウ』（東映）脚本：斉藤ひろし　犬童一心　原作：斉藤ひろし　監督：犬童一心　出演：田中圭　池田エライザ

『翼の生えた虎』脚本・監督：冨田航　出演：谷英明　池田香織

『帰ってきた宮田バスターズ㈱』（チームオクヤマ、シネメディア）脚本・監督：坂田敦哉　出演：渡部直也　大須みづほ

『グリーンバレット』（ラビットハウス）脚本・監督：阪元裕吾　出演：和泉芳怜　山岡雅弥

『異動辞令は音楽隊！』（ギャガ）脚本・監督：内田英治　出演：阿部寛　清野菜名

『激怒』（インターフィルム）脚本・監督：高橋ヨシキ　出演：川瀬陽太　小林竜樹

『でくの空』（アルミード）脚本・監督：島春迦　出演：林家たい平　結城美栄子

『アキラとあきら』（東宝）脚本：池田奈津子　原作：池井戸潤　監督：三木孝浩　出演：竹内涼真　横浜流星

『オカルトの森へようこそTHE MOVIE』（WOWOW、KADOKAWA）脚本・監督：白石晃士　出演：堀田真由　飯島寛騎

『とおいらいめい』（ルネシネマ）脚本・監督：大橋隆行　原作：とおいらいめい（2004年上演舞台）出演：高石あかり　吹越ともみ

〈9月〉

『さかなのこ』（東京テアトル）脚本：沖田修一　前田司郎　原作：さかなクン　監督：沖田修一　出演：のん　柳楽優弥

『この子は邪悪』（ハピネットファントム・スタジオ）脚本・監督：片岡翔　出演：南沙良　大西流星

『スーパー戦闘　純烈ジャー　追い焚き☆御免』（東映ビデオ）脚本：久保裕章　監督：佛田洋　出演：白川裕二郎　小田井涼平

『神田川のふたり』（アイエス・フィールド）脚本：川崎龍太　上野絵美　監督：いまおかしんじ　出演：上大迫祐希　平井亜門

『てぃだ　いつか太陽の下を歩きたい』（エムエフピクチャーズ）脚本：印東由紀子　監督：中前勇児　出演：馬場ふみか　中村静香

『俺と○○すれば売れる』（イオンエンターテイメント、ティ・ジョイ）脚本・監督：森岡利行　原作：香穂　出演：青山泰菜　西野入流佳

『アウトロダブル』（AMGエンタテインメント）脚本：池谷雅夫　監督：西海謙一郎　出

演：藤田玲　佐藤流司

『俺を早く死刑にしろ！』（バグダス）脚本・原作・監督：高山直美　出演：西村佳祐　宮田祐奈

『消えない虹』（アークエンタテインメント）脚本・監督：島田伊智郎　出演：内田周作　猪爪尚紀

『ザ・ミソジニー』（「ザ・ミソジニー」フィルムパートナーズ）脚本・監督：高橋洋　出演：中原翔子　河野知美

『HiGH&LOW THE WORST X』（松竹）脚本：増本庄一郎　渡辺啓　平沼紀久　監督：平沼紀久　総監督：二宮〝ＮＩＮＯ〟大輔　出演：川村壱馬　吉野北人

『夏へのトンネル、さよならの出口』※アニメ（ポニーキャニオン）キャラクター原案：くっか　原作：八目迷　監督：田口智久

『私を判ってくれない』（フルモテルモ）脚本・監督：近藤有希　水落拓平　出演：平岡亜紀　花島希美

『ＬＯＶＥ ＬＩＦＥ』（エレファントハウス）脚本・監督：深田晃司　出演：木村文乃　永山絢斗

『グッバイ・クルエル・ワールド』（ハピネットファントム・スタジオ）脚本・高田亮　監督：大森立嗣　出演：西島秀俊　斎藤工

『なんくるないさぁ劇場版　生きてるかぎり死なないさぁ』（ユーステール）脚本：高橋徹郎　野田孝則　監督：野田孝則　出演：仲田幸子　仲田まさえ

『百花』（東宝）脚本：平瀬謙太朗　川村元気　原作・監督：川村元気　出演：菅田将暉　原田美枝子

『ナナメのろうか』（夢何生）脚本・監督：深田隆之　出演：吉見茉莉奈　笠島智

『雨を告げる漂流団地』※アニメ（ツインエンジン、ギグリーボックス）脚本：森ハヤシ　石田祐康　監督：石田祐康

『Ｂ／Ｂ』脚本・監督：中濱宏介　出演：倉嶋かれん　中澤康心

『沈黙のパレード』（東宝）脚本：福田靖　原作：東野圭吾　監督：西谷弘　出演：福山雅治　柴咲コウ

『川っぺりムコリッタ』（ＫＡＤＯＫＡＷＡ）脚本・原作・監督：荻上直子　出演：松山ケンイチ　ムロツヨシ

『ヘルドッグス』（東映、ソニー・ピクチャーズエンタテインメント）脚本・監督：原田眞人　原作：深町秋生　出演：岡田准一　坂口健太郎

『よだかの片想い』（ラビットハウス）脚本：城定秀夫　原作：島本理生　監督：安川有果　出演：松井玲奈　中島歩

『手』（日活）脚本：舘そらみ　原作：山崎ナオコーラ　監督：松居大悟　出演：福永朱梨　金子大地

『ある役者達の風景』（リアリーライクフィルムズ）脚本：沖正人　中西良太　秋庭亮　原案：中西良太　監督：沖正人　出演：大谷亮介　草野とおる

『逝く夏の歌』（第七詩社）脚本・監督：仙元浩平　出演：吉田剛士　桜木洋平

『魚の目』脚本：板野侑衣子　原案：ますだあやこ　監督：ますだあやこ　板野侑衣子　出演：島田愛梨珠　若草

『劇場版　人生いろいろ』（HumanPictures）脚本・監督：寺西一浩　出演：寺西優真　北乃颯希

『映画デリシャスパーティ・プリキュア　夢みる・お子さまランチ！』※アニメ（東映）脚本：田中仁　原作：東堂いづみ　監督：座古明史

『ＣＯＬＯＲ ＣＲＯＷ 緋彩之翼』（Ask）脚本・監督：ヨリコジュン　原作：中原裕也　出演：高木学　設楽銀河

『犬も食わねどチャーリーは笑う』（キノフィルムズ）脚本・監督：市井昌秀　出演：香取慎吾　岸井ゆきの

『あの娘は知らない』（アーク・フィルムズ、レプロエンタテインメント）脚本・監督：井樫彩　出演：福地桃子　岡山天音

『リ、ライト』（トリプルアップ、クロスメディア）脚本・監督：一ノ瀬晶　出演：梅宮万紗子　大森博史

『チビハム・ジューシー・アンド・ミー』※アニメ（ズーパーズース）脚本：大沢愛子　本庄麗子　原作：大神田リキ　監督：大神田リキ

『DEAD OR ZOMBIE ゾンビが発生しようとも、ボクたちは自己評価を変えない』（ムービー・アクト・プロジェクト）脚本・監督：佐藤智也　出演：倉島颯良　みやべほの

『とどのつまり』脚本・監督：片山享　出演：森戸マル子　下京慶子

『虎の流儀　旅の始まりは尾張　東海死闘編』（ユナイテッドエンタテインメント）脚本：村田啓一郎　監督：辻裕之　出演：原田龍二　駒木根隆介

『銀河英雄伝説 Die Neue These 策謀　第一章』※アニメ（松竹ODS事業室）シリーズ構成：高木登　原作：田中芳樹　監督：多田俊介

『アイ・アム　まきもと』（ソニー・ピクチャーズエンタテインメント）脚本：倉持裕　原作：ウベルト・パゾリーニ　監督：水谷伸生　出演：阿部サダヲ　満島ひかり

『四畳半タイムマシンブルース』※アニメ（KADOKAWA、アスミック・エース）脚本：上田誠　原作：森見登美彦　上田誠　監督：夏目真悟

『マイ・ブロークン・マリコ』（ハピネットファントム・スタジオ、KADOKAWA）脚本：向井康介　タナダユキ　原作：平庫ワカ　監督：タナダユキ　出演：永野芽郁　奈緒

『〝それ〟がいる森』（松竹）脚本：ブラジリィー・アン・山田　大石哲也　監督：中田秀夫　出演：相葉雅紀　松本穂香

『愛してる』（日活）脚本：白石晃士　谷口恒平　監督：白石晃士　出演：川瀬知佐子　鳥之海凪紗

〈10月〉

『ファンタスマゴリー　ザ・ゴーストショー』（Nikaism Film Factory）脚本：二階健　橋本東一　松下隆一　監督：二階健　出演：小川紗良　永瀬正敏

『ボーダレス　アイランド』※日本/台湾（ムービー・アクト・プロジェクト）脚本：岸本司　木田紀生　監督：岸本司　出演：リー・ジャーイン　朝井大智

『オジキタザワ』（BIS）脚本：松森モヘー　監督：藤本匡志　出演：平川はる香　小川ガオ

『透子のセカイ』脚本：中村元樹　監督：曽根剛　出演：吉本実憂　白石優愛

『わかりません』脚本・監督：片山享　出演：ボブ鈴木　木原勝利

『優しさのすべて』（光と音）脚本：四本研祥　監督：安達勇貴　出演：二田絢乃　田中一平

『42-50 火光（かぎろい）』（スタンダードフィルム）脚本・監督：深川栄洋　出演：宮澤美保　桂憲一

『七人の秘書 THE MOVIE』（東宝）脚本：中園ミホ　監督：田村直己　出演：木村文乃　広瀬アリス

『虎の流儀　激突！燃える嵐の関門編』（ユナイテッドエンタテインメント）脚本：江良至　原案：田中宏章　監督：辻裕之　出演：原田龍二　木下隆行

『呪い返し師　塩子誕生』（日活）脚本：大川咲也加　原作：大川隆法　監督：赤羽博　出演：希島凜　福永紗也

『千夜、一夜』（ビターズ・エンド）脚本：青木

研次　監督：久保田直　出演：田中裕子　尾野真千子

『僕が愛したすべての君へ』※アニメ（東映）脚本：坂口理子　原作：乙野四方字　監督：松本淳

『君を愛したひとりの僕へ』※アニメ（東映）脚本：坂口理子　原作：乙野四方字　監督：カサキケンイチ

『夜明けまでバス停で』（渋谷プロダクション）脚本：梶原阿貴　監督：高橋伴明　出演：板谷由夏　大西礼芳

『MONDAYSこのタイムループ、上司に気づかせないと終わらない』（パルコ）脚本：夏生さえり　竹林亮　ぶんけい　監督：竹林亮　出演：円井わん　マキタスポーツ

『もっと超越した所へ。』（ハピネットファントム・スタジオ）脚本・原作：根本宗子　監督：山岸聖太　出演：前田敦子　菊池風磨

『ガディガルズ』※アニメ　脚本・監督：でぃーきぃー　原作：でぃーきぃー　MMDGP

『耳をすませば』（ソニー・ピクチャーズエンタテインメント、松竹）脚本・監督：平川雄一朗　原作：柊あおい　出演：清野菜名　松坂桃李

『カラダ探し』（ワーナー・ブラザース映画）脚本：土城温美　原作：ウェルザード　監督：羽住英一郎　出演：橋本環奈　眞栄田郷敦

『いつか、いつも……いつまでも。』（バンダイナムコフィルムワークス）脚本：矢沢由美　監督：長崎俊一　出演：高杉真宙　関水渚

「オカムロさん」（エクストリーム）脚本・監督：松野友喜人　原案：原昌和　出演：吉田怜香　バーンズ勇気

「向田理髪店」（キャンター）脚本・監督：森岡利行　原作：奥田英朗　出演：高橋克実　白洲迅

「百合の雨音」（日活）脚本：高橋美幸　監督：金子修介　出演：小宮一葉　花澄

「ミドリムシの姫」脚本：太田善也　監督：真田幹也　出演：河井青葉　大橋洋夫

『劇場版　山崎一門　日本統一』（ライツキューブ）脚本：村田啓一郎　監督：辻裕之　出演：北代高士　舘昌美

『a20153の青春』（アイ・エム・ティ）脚本・監督：北沢幸雄　出演：兼次要那　神倉千晶

『空のない世界から』（ライツキューブ）脚本：梶原阿貴　監督：小澤和義　出演：児玉遥　つむぎ

『線は、僕を描く』（東宝）脚本：片岡翔　小泉徳宏　原作：砥上裕將　監督：小泉徳宏　出演：横浜流星　清原果耶

『夜を越える旅』（クロックワークス）脚本・監督：萱野孝幸　出演：高橋佳成　中村祐美子

『ぼくらのよあけ』※アニメ（ギャガ、エイベックス・ピクチャーズ）脚本：佐藤大　原作：今井哲也　監督：黒川智之

『大事なことほど小声でささやく』（S・D・P）脚本：谷碧仁　原作：森沢明夫　監督：横尾初喜　出演：後藤剛範　深水元基

『劇場版　ソードアート・オンライン　プログレッシブ　冥《くら》き夕闇のスケルツォ』※アニメ（アニプレックス）ストーリー原案・原作：川原礫　監督：河野亜矢子

『月下香』（テンダープロ）脚本：乃木リリー　監督：淵澤由樹　出演：清瀬汐希　松井健太

『不倫ウイルス』（無限の猿定理）脚本・監督・長谷川徹　出演：依田啓嗣　馬渕恭子

『カメの甲羅はあばら骨』※アニメ（イオンエンターテイメント、アスミック・エース）脚本：田中眞一　モリ・マサ　原作：川崎悟司　監督：モリ・マサ

『あの庭の扉をあけたとき』（モバコン）脚本：蜂須賀健太郎　原作：佐野洋子　監督：蜂須賀健太郎　出演：加藤柚凪　佐藤隆太

『天間荘の三姉妹』東映）脚本：嶋田うれ葉　原作：高橋ツトム　監督：北村龍平　出演：のん　門脇麦
『銀河英雄伝説 Die Neue These 策謀　第二章』※アニメ（松竹ODS事業室）シリーズ構成：高木登　原作：田中芳樹　監督：多田俊介
『貞子DX』（KADOKAWA）脚本：高橋悠也　監督：木村ひさし　出演：小芝風花　川村壱馬
『王立宇宙軍　オネアミスの翼』※アニメ（バンダイナムコフィルムワークス）脚本・監督：山賀博之
『グランギニョール』脚本：吉崎崇二　監督：橋本一　出演：小宮璃央　浦上晟周
『背中』（キングレコード）脚本・監督：越川道夫　出演：佐藤里穂　落合モトキ
『さすらいのボンボンキャンディ』（インターフィルム）脚本：十城義弘　竹浪春花　原作：延江浩　監督：サトウトシキ　出演：影山祐子　原田喧太

〈11月〉

『桜色の風が咲く』（ギャガ）脚本：横幕智裕　監督：松本准平　出演：小雪　田中偉登
『窓辺にて』（東京テアトル）脚本・監督：今泉力哉　出演：稲垣吾郎　中村ゆり
『鳩のごとく　蛇のごとく　斜陽』（彩プロ）脚本：白坂依志夫　増村保造　近藤明男　原作：太宰治　監督：近藤明男　出演：宮本茉由　安藤政信
『シグナチャー　日本を世界の名醸地に』（カートエンターテイメント）脚本・監督：柿崎ゆうじ　出演：平山浩行　竹島由夏
『炎上シンデレラ』（キャンター）脚本・監督：尾崎将也　出演：田中芽衣　飯島寛騎
『それぞれの花』（エムエフピクチャーズ）脚本・監督：中前勇児　出演：尾上寛之　齊藤英里
『ハッピーエンディング』（SPOTTED PRODUCTIONS）監督：井上康平　大崎章　出演：北浦愛　中尾有伽
『死刑』（ディレクタースカンパニー）脚本・監督：宮本正樹　出演：馬場良馬　高崎翔太
『人に非ず』（GORILLA PICTURES）脚本：矢川健吾　佐藤考太郎　監督：矢川健吾　出演：椎橋綾那　佐藤考太郎
『やまぶき』※日本／フランス（boid, VOICE OF GHOST）脚本・監督：山崎樹一郎　出演：カン・ユンス　祷キララ
『あちらにいる鬼』（ハピネットファントム・スタジオ）脚本：荒井晴彦　原作：井上荒野　監督：廣木隆一　出演：寺島しのぶ　豊川悦司
『すずめの戸締まり』※アニメ（東宝）脚本・原作・監督：新海誠
『追想ジャーニー』（セブンフィルム）脚本：武田新　監督：谷健二　出演：藤原大祐　高橋和也
『わたしのお母さん』（東京テアトル）脚本：杉田真一　松井香奈　監督：杉田真一　出演：井上真央　石田えり
『左様なら今晩は』（パルコ）脚本：高橋名月　穐山茉由　原作：山本中学　監督：高橋名月　出演：久保史緒里　萩原利久
『渚に咲く花』（ライスフィールド）脚本・監督：松田圭太　出演：兒玉遥　金子さやか
『土を喰らう十二ヵ月』（日活）脚本・監督：中江裕司　原案：水上勉　出演：沢田研二　松たか子
『退屈なかもめたち』（バブーシュカ）脚本・監督：鈴木秀幸　出演：紀那きりこ　倉多七与
『ゆめのまにまに』（スールキートス）脚本・監督：張元香織　出演：こだまたいち　千國めぐみ
『夢半ば』（すねかじりSTUDIO、イハ

フィルムズ）脚本：安楽涼　片山享　監督：安楽涼　出演：安楽涼　大須みづほ
『**銀河２０７２**』脚本・監督：小池博史　出演：徳久ウィリアム　伊藤健康
『**宮松と山下**』（ビターズ・エンド）脚本・監督：関友太郎　平瀬謙太朗　佐藤雅彦　出演：香川照之　津田寛治
『**愚か者のブルース**』（アークエンタテイメント）脚本・原作・監督：横山雄二　出演：加藤雅也　熊切あさ美
『**ある男**』（松竹）脚本：向井康介　原作：平野啓一郎　監督：石川慶　出演：妻夫木聡　安藤サクラ
『**死神遣いの事件帖　月花奇譚**』（東映ビデオ）脚本：須藤泰司　監督：柴崎貴行　出演：鈴木拡樹　安井謙太郎
『**森の中のレストラン**』（NeedyGreedy、フルモテルモ）脚本：幸田照吉　監督：泉原航一　出演：船ヶ山哲　畑芽育
『**間借り屋の恋**』（国映映画研究部）脚本・監督：増田嵩虎　出演：林裕太　荻野友里
『**ボクらのホームパーティー**』脚本・監督：川野邉修一　出演：橋詰高志　井之浦亮介
『**シャーマンの娘**』脚本・監督：井坂優介　出演：木原渚　長野こうへい
『**母性**』（ワーナー・ブラザース映画）脚本：堀泉杏　原作：湊かなえ　監督：広木隆一　出演：戸田恵梨香　永野芽郁
『**ナニワ金融道　灰原、帝国金融の門を叩く！**』（ティ・ジョイ）脚本・監督：藤澤浩和　原作：青木雄二　出演：高杉真宙　加藤雅也
『**銀河英雄伝説 Die Neue These 策謀　第三章**』やまル※アニメ（松竹ＯＤＳ事業室）シリーズ構成：高木登　原作：田中芳樹　監督：多田俊介
『**川のながれに**』（コンセント）脚本・監督：杉山嘉一　出演：松本享恭　前田亜季
『**メイヘムガールズ**』（アルバトロス・フィルム）脚本：なかやまえりか　藤田真一　監督：藤田真一　出演：吉田美月喜　井頭愛海
『**はだかのゆめ**』（boid,VOICE OF GHOST）脚本・監督：甫木元空　出演：青木柚　唯野未歩子
『**劇場版　転生したらスライムだった件　紅蓮の絆編**』※アニメ（バンダイナムコアーツ）脚本：筆安一幸　原作：川上泰樹　伏瀬　みっつばー　ストーリー原案：伏瀬　監督：菊地康仁
『**ダラダラ**』（国映映画研究部）脚本：川崎龍太　監督：山城達郎　出演：浦野徳之　芦原優愛
『**の方へ、流れる**』（chiyuwfilm）脚本・監督：竹馬靖具　出演：唐田えりか　遠藤雄弥
『**ワタシの中の彼女**』（T-artist）脚本・監督：中村真夕　出演：菜葉菜　占部房子

〈12月〉

『**ナニワ金融道　銭と泪と権利と女**』（ティ・ジョイ）脚本・監督：藤澤浩和　原作：青木雄二　出演：高杉真宙　加藤雅也
『**海岸通りのネコミミ探偵**』（ビデプランニング）脚本：金杉弘子　監督：進藤丈広　出演：牧島輝　和田正人
『**ドーナツもり**』脚本・監督：定谷美海　出演：中澤梓佐　足立智充
『**月の満ち欠け**』（松竹）脚本：橋本裕志　原作：佐藤正午　監督：廣木隆一　出演：大泉洋　有村架純
『**私の知らないあなたについて**』（トリプルアップ）脚本・監督：堀内博志　出演：佐々木ありさ　加藤小夏
『**I AM JAM ピザの惑星危機一髪！**』（活弁映画『I AM JAM』製作プロジェクト）脚本・監督：辻凪子　出演：辻凪子　きばほのか
『**光の指す方へ**』（アイトゥーオフィス、新日本映画社）脚本・監督：今西祐子　出演：犬

飼直紀　役松崎映子

『THE FIRST SLAM DUNK』※アニメ（東映）脚本・原作・監督：井上雄彦

『甘い夏』（マーメイドフィルム）脚本：村田信男　佐向大　監督：村田信男　出演：倉中るな　出口亜梨沙

『映画かいけつゾロリ　ラララ♪スターたんじょう』※アニメ（東京テアトル）脚本：冨岡淳広　原作：原ゆたか　監督：緒方隆秀

『光復』（スタンダードフィルム）脚本・監督：深川栄洋　出演：宮澤美保　永栄正顕

『ナニワ金融道　大蛇市マネーウォーズ』（ティ・ジョイ）脚本・監督：藤澤浩和　原作：青木雄二　出演：高杉真宙　加藤雅也

『天上の花』（太秦）脚本：五藤さや香　荒井晴彦　原作：萩原葉子　監督：片嶋一貴　出演：東出昌大　入山法子

『道草』脚本・監督：片山享　出演：青野竜平　田中真琴

『夜、鳥たちが啼く』（クロックワークス）脚本：高田亮　原作：佐藤泰志　監督：城定秀夫　出演：山田裕貴　松本まりか

『特撮喜劇　大木勇造　人生最大の決戦』（cinemago）脚本：田中元　石井良和　監督：石井良和　出演：藤田健彦　町田政則

『散歩時間　その日を待ちながら』（ラビットハウス）脚本：ガクカワサキ　原案：戸田彬弘　監督：戸田彬弘　出演：前原滉　大友花恋

『ラーゲリより愛を込めて』（東宝）脚本：林民夫　原作：辺見じゅん　監督：瀬々敬久　出演：二宮和也　北川景子

『にわのすなばGARDEN SANDBOX』（キノコヤ映画）脚本：黒川幸則　山形育弘　小林瑛美　原案：山形育弘　監督：黒川幸則　出演：カワシママリノ　新谷和輝

『渇いた鉢』（vandalism）脚本：木村暉　監督：宇賀那健一　出演：安部一希　三溝浩二

『咬む嘴』（マコトヤ）脚本：深井戸睡睡　渡邉安悟　監督：渡邉安悟　出演：吉見茉莉奈　間瀬永実子

『ケイコ　目を澄ませて』（ハピネットファントム・スタジオ）脚本：三宅唱　酒井雅秋　原案：小笠原恵子　監督：三宅唱　出演：岸井ゆきの　三浦誠己

『大きな古時計　劇場版』脚本：藤岡美暢　監督：小林宏治　出演：松田悟志　松本まりか

『Dr.コトー診療所』（東宝）脚本・吉田紀子　原作：山田貴敏　監督：中江功　出演：吉岡秀隆　柴咲コウ

『終末の探偵』（マグネタイズ）脚本：中野太　木田紀生　監督：井川広太郎　出演：北村有起哉　松角洋平

『僕の名前はルシアン』脚本・監督：大山千賀子　出演：柳俊太郎　福永里朱

『【窓】MADO』（towaie）脚本・監督：麻王　出演：西村まさ彦　大島葉子

『僕らはみーんな生きている』（yucca）脚本・監督：金子智明　出演：ゆうたろう　鶴嶋乃愛

『そばかす』（ラビットハウス）脚本・原作：アサダアツシ　監督：玉田真也　出演：三浦透子　前田敦子

『かぐや様は告らせたい　ファーストキッスは終わらない』※アニメ（アニプレックス）シリーズ構成：中西やすひろ　原作：赤坂アカ　監督：畠山守

『七つの大罪　怨嗟のエジンバラ　前編』※アニメ（Netflix）脚本：池田臨太郎　原作：鈴木央　監督：ボブ白旗　総監督：阿部記之

『仮面ライダーギーツ×リバイス　MOVIE バトルロワイヤル』（東映）脚本：高橋悠也　木下半太　原作：石ノ森章太郎　監督：柴崎貴行　出演：簡秀吉　前田拳太郎

『ジャパニーズスタイル Japanese Style』（スタジオねこ）脚本：アベラヒデノブ　敦賀零　監督：アベラヒデノブ　出演：吉村界人　武田梨奈

『ブラックナイトパレード』（東宝）脚本：鎌田哲生　福田雄一　原作：中村光　監督：福田雄一　出演：吉沢亮　橋本環奈
『狼　ラストスタントマン』（武蔵野エンタテインメント）脚本・監督：六車俊治　出演：南翔太　高橋昌志
『真・事故物件パート2全滅』（エクストリーム）脚本：佐々木勝己　久保寺晃一　監督：佐々木勝己　出演：窪田彩乃　小野健斗
『かがみの孤城』※アニメ（松竹）脚本：丸尾みほ　原作：辻村深月　監督：原恵一
『餓鬼が笑う』（ブライトホース・フィルム、コギトワークス）脚本・監督：平波亘　原案：大江戸康　出演：田中俊介　山谷花純
『近江商人、走る！』（ラビットハウス）脚本：望月辰　監督：三野龍一　出演：上村侑　森永悠希

※掲載は主な劇場公開作品

JASRAC 出 2304011-301

日本シナリオ作家協会
「'22年鑑代表シナリオ集」出版委員会

向井康介（長）
荒井晴彦
いながききよたか
今井雅子
里島美和
長谷川隆
蛭田直美
松下隆一
吉村元希

'22年鑑《ねんかん》代表《だいひょう》シナリオ集《しゅう》

2023年7月20日　初版発行
編　者　日本シナリオ作家協会
「'22年鑑代表シナリオ集」出版委員会
発行所　日本シナリオ作家協会
〒103-0013
東京都中央区日本橋人形町2-34-5
TEL 03(6810)9550
©2023 Printed in Japan
ISBN 978-4-907881-13-9

落丁・乱丁本はお取り替えいたします。